नीलांचल चन्द्र

प्रेम, करुणा, भक्ति का यात्री

नीलांचल चन्द्र

प्रेम, करुणा, भक्ति का यात्री

सुजाता

वाणी प्रकाशन

वाणी प्रकाशन
4695, 21-ए, दरियागंज, नयी दिल्ली 110 002
फ़ोन : +91 11 23273167 फ़ैक्स : +91 11 23275710
शाखाएँ
अशोक राजपथ, पटना 800 004, बिहार
कॉफ़ी हाउस कैम्पस, महात्मा गांधी मार्ग, इलाहाबाद 211 001, उत्तर प्रदेश
महात्मा गांधी अन्तरराष्ट्रीय हिन्दी विश्वविद्यालय, वर्धा 442 001, महाराष्ट्र
सुल्तानिया रोड, मोतिया पार्क, भोपाल 462 001, मध्य प्रदेश
www.vaniprakashan.com
marketing@vaniprakashan.in
sales@vaniprakashan.in

NEELANCHAL CHANDRA
by Sujata

ISBN : 978-93-89915-36-5
Novel

प्रथम संस्करण 2020

मूल्य : ₹ 495

सिटी प्रेस, दिल्ली-110 095 में मुद्रित

वाणी प्रकाशन का लोगो मक़बूल फ़िदा हुसेन की कूची से

प्रेम और सौहार्द

के लिए

जान की बाज़ी लगा देने वाले

महानायकों

को

समर्पित

-सुजाता

भूमिका

नीलांचल चन्द्र चैतन्यदेव की जीवन–यात्रा पर रचित उपन्यास में बचपन की स्मृतियों ने बीजवपन किया; शोध–यात्रा के दौरान इसका पूर्ण प्रस्फुटन हुआ और वर्तमान माहौल की त्रासदियों के बीच उपन्यास ने प्रस्तुत आकार ग्रहण किया।

श्रावण के महीने में वृन्दावन धाम में हरिगोविन्द जी की गौरांग लीला को देखकर पूरा पण्डाल सिसकने लगता था, संगदिल की आँखें भी छलछला जाती थीं तो भावुक भक्तों के कहने ही क्या थे? किन्हीं की आँखों से आँसुओं की फुहारें छूटतीं तो किन्हीं की आँखें रोते–रोते लाल जवाकुसुम के रंग–सी हो जातीं। निमाई का गृह–त्याग और शची माँ की वेदना देखकर आँसुओं के वेग को रोकना बहुत ही मुश्किल हो जाता। मैं उस समय छोटी–सी थी, नहीं जानती लीला के उस दर्शन को समझ पाती थी या नहीं, हो सकता है रुलाई के संक्रमण का शिकार हो जाती होऊँ परन्तु स्मृतियों के झूले में बैठकर आज जब उन दृश्यों को द्रष्टा की तरह देखती हूँ तो मुझे अपना चेहरा भी उस कालखण्ड में आँसुओं से तरबतर दिखायी पड़ता है। अपनी सन्तान से बिछुड़ने के माँ के दुःख को उस समय भी महसूस कर सकती थी। शची माँ के रुदन में मुझे अपनी माँ की वेदना की झिलमिलाहट ज़रूर मिलती फिर भी मेरा मन यही करता कि एक दिन मैं भी चैतन्यदेव की तरह संन्यास लूँगी।

बचपन की हसरत बढ़ती उम्र के साये में धुँधली पड़ती गयी। संन्यास तो नहीं ले पायी, लेकिन विवाह के पश्चात अपनी माँ को छोड़कर चली आयी अपने पति के साथ और संन्यासी बनते–बनते एक स्त्री बन गयी। स्त्री की पीड़ा, उसकी घुटन, उसकी व्यथा, समाज में उसके दोयम दर्जे की स्थिति, धार्मिक जगत् में उसका तिरस्कार आदि एक से बढ़कर एक पाखण्डपूर्ण त्रासदियों को देखकर मन में भयंकर बवण्डर चलने लगा।

इन्हीं मानसिक स्थितियों में मेरे मन में अवस्थित करुणावरुणालय चैतन्यदेव का सिंहासन हिलने लगा। अब मेरे सामने विष्णुप्रिया थी, बीस वर्षीया विष्णुप्रिया, एक ऐसी स्त्री जिसका मात्र चार वर्ष पहले गौरांग देव से विवाह हुआ था, जिसके पैरों की आलता की लाली अभी मद्धिम भी नहीं हुई थी उसी विष्णुप्रिया को अँधेरी रात में सुप्तावस्था में छोड़ निमाई चले गये चैतन्यदेव बनने। कोमल हृदय, करुणावरुणालय कहलाने वाले चैतन्यदेव हमें पाषाण हृदय लगने लगे।

थोड़ा और समय बीता। चैतन्यदेव के प्रति मानसिक अवधारणा में फिर से बदलाव आया। शोधपरक अध्ययन और वर्तमान के सन्दर्भ ने धारणा के बदलाव में प्रेरक कार्य किया। गौरांग देव का श्रीकृष्ण के प्रति प्रेमोन्माद मन में उछालें मारने लगा। चैतन्यदेव के ऊपर अपना शोध–प्रबन्ध लिखते समय एक बात समझ में आयी कि चैतन्यदेव के सन्देश को अगर एक शब्द में व्यक्त किया जा सकता है तो वह शब्द है–प्रेम–प्रेम के बिना विश्व की कल्पना नहीं की जा सकती। जिस तरह सिर्फ़ ईंट पर ईंट रखकर महल नहीं बनाया जा सकता उसी तरह बहुत अधिक मात्रा में भोग्य पदार्थों को इकट्ठा कर देने से मानव सभ्यता नहीं बच सकती। प्रेम के बिना मनुष्य की सभ्यता पागलखाने में बदल जायेगी। मानवीय प्रेम एक दिन में जन्म नहीं ले सकता और न हज़ारों भाषणों, सभाओं या सम्पत्तियों से लाया जा सकता है। मनुष्य और मनुष्य के बीच सम्बन्ध किसी नक़ली बन्धन से नहीं बाँधा जा सकता है। यह प्रेम तभी स्थापित हो सकता है जब मनुष्य के अन्तस् में रहने वाले ईश्वर से सहृदय सम्बन्ध बनाया जा सके। चैतन्यदेव ने यही किया अपने प्रेम में हिंसक वन्य पशुओं से लेकर दुर्दान्त दुर्जनों को भी सज्जनता के नये अवतरण में लाकर समाज के सम्मुख खड़ा कर दिया। स्वामी विवेकानन्द का मानना है–पृथ्वी पर आज तक जितने आचार्य हुए इनमें श्री चैतन्यदेव श्रेष्ठतम हैं। उनके प्रेम की कोई सीमा नहीं थी, पुण्यवान, पापी, हिन्दू, मुसलमान, पवित्र, अपवित्र, जातिच्युत एवं समाज परित्यक्त सभी को प्रेम दिया, आश्रय दिया।

लगभग साढ़े पाँच सौ वर्षों से चैतन्यदेव सिर्फ़ बंगाल ही नहीं वरन् भारतीय संस्कृति के जननायक रहे हैं। लाखों के प्रणेता रहे हैं। महात्मा गाँधी और विनोबा की आँखों से चैतन्यदेव के नाममात्र से प्रेमाश्रु निकलने लगते थे। वस्तुतः चैतन्यदेव का प्रेम दर्शन आत्मा का श्रृंगार है। इसे पाकर

ही मानवता पुष्ट होती है। चैतन्यदेव ने प्रेम से परिपूर्ण मीठे वचनों से अहिंसात्मक प्रवृत्तियों को प्रोत्साहन दिया। चैतन्यदेव का दर्शन है–प्रेमास्त्र, यह आणविक अस्त्रों से भी अधिक शक्तिशाली होता है। आणविक अस्त्र मनुष्य की देह पर ही प्रहार करता है किन्तु प्रेमास्त्र उसके अन्तरतम के मर्मस्थल पर प्रहार करता है। आणविक अस्त्र विनाशकारी होता है जबकि प्रेमास्त्र कल्याणकारी होता है। स्वयं प्रेम का मूर्तिमान रूप बनकर चैतन्यदेव ने समाज और संस्कृति में क्रान्तिकारी परिवर्तन ला दिया था।

चैतन्यदेव को कोई भक्तावतार कहता है, कोई प्रेमावतार, उनके अनुयायी तो इन्हें राधा भाव से भावित साक्षात् श्रीकृष्ण ही मानते हैं, ईश्वर ही मानते हैं। परन्तु ईश्वर पर उपन्यास नहीं लिखा जा सकता है, इसी से मेरे चैतन्यदेव महामानव हैं जो यह महसूस करते हैं, उनसे एक भूल हुई है–अपनी माँ एवं पत्नी को त्याग करने की भूल, जीवन भर वे इसे महसूस भी करते हैं। माँ से तो क्षमा भी माँगते हैं पर पत्नी के प्रति वाणी से मौन हैं, उस समय की संन्यास की कठोर मर्यादाएँ शायद उन्हें इसकी इजाज़त नहीं देती होंगी। उनके संन्यास की मर्यादा उन्हें राजा प्रताप रुद्र को अपने समीप तक आने से रोकती थी। जहाँ चैतन्यदेव संन्यास की मर्यादाओं में इतने कठोर थे, वहीं श्रीकृष्ण के प्रेम में राधा की तरह महाभाव में अवस्थित थे। श्रीकृष्ण प्रेम में ऐसे डूब गये कि भूल गये अपने आपको, सुध ही नहीं रही कि वे निमाई हैं या गौरांग...। निमाई, चैतन्यदेव यह सोचकर बने कि अपने प्यारे गोविन्द को पा लेंगे लेकिन नहीं पा सके, तब तक, जब तक उनका अन्तस् विष्णुप्रिया नहीं बन गया। उन्होंने पूरी दुनिया को एक नूतन सन्देश दिया कि कोई भी व्यक्ति बिना स्त्री हृदय हुए प्रेम की उस ऊँचाई पर नहीं पहुँच सकता जिससे प्रेम स्वरूप ईश्वर की प्राप्ति हो सके।

यह दुनिया में प्रेम, करुणा, भक्ति का विस्तार करते हुए एक ऐसे महामानव की गाथा है जो ईश्वर से मिलने के लिए स्वयं भाव की उच्चतम अवस्था महाभाव में भावित होकर प्रेमपुरुष *नीलांचल चन्द्र* बन जाता है। इस परावर्तन से चैतन्यदेव स्वयं न स्त्री रहे और न पुरुष, वे प्रेम स्वरूप अर्थात ईश्वर स्वरूप बन गये।

मेरा यह *नीलांचल चन्द्र*, जीवन–भर धार्मिक पाखण्डों, कुरीतियों, अन्धविश्वासों के साथ संघर्ष करते नहीं थकता, अपने जाग्रत प्रेम से लोगों

को अभिसिंचित करता हुआ भारत देश को ज्योतिर्मय बनाने हेतु कोई कोर–कसर नहीं छोड़ता। मैं कामना करती हूँ हमारा देश फिर से नीलांचल चन्द्र के मार्गों का अनुसरण करे जिससे सभी जातियों और सम्प्रदायों में प्रेम और सद्‌भाव की गंगा प्रवाहित हो।

–सुजाता

1

मन्दिर का विशाल शिखरध्वज हवा की विपरीत दिशा में लहराता हुआ कितना भव्य दृष्टिगोचर हो रहा था। वैसे सच्चाई तो यही है कि इस पद्मक्षेत्र नीलांचल में क्या है जो विशाल और भव्य नहीं है, और भव्य हो भी क्यों न..., नाथों के नाथ जगन्नाथ ने इस पुरुषोत्तम क्षेत्र को अपना वास जो बनाया है। आज उन्हीं जगन्नाथ की यात्रा निकली है। सबसे आगे नीले वस्त्रों से आच्छादित विशाल नीले रथ में श्रीकृष्ण के दाऊ भैया विराजमान हैं और सबसे पीछे वाले पीले रंग से सुसज्जित रथ पर जो नीले रथ से भी एक हाथ ऊँचा ही होगा उस पर आसीन हैं जगत् के नाथ पीताम्बरधारी जगन्नाथ। इन दोनों रथों के मध्य थोड़ा ही छोटा एक रथ और है, उस काले रेशमी वस्त्रों से सुसज्जित रथ में विराज रही है श्रीकृष्ण–बलराम की अनुजा सुभद्रा की प्रतिमा।

आषाढ़ का महीना, थोड़ी–सी बूँदा–बाँदी के पश्चात वायुमण्डल से धूलकण छँट जाने के कारण सूरज की तपिश थोड़ी–सी और बढ़ गयी है। लेकिन इससे क्या फ़र्क़ पड़ता है, जन समुद्र का उमड़ना और घुमड़ना दोनों बढ़ता जा रहा है। यह अनुमान लगाना मुश्किल है कि कितने लोग यहाँ एकत्रित हुए हैं, फिर भी अनुमान लगाने वाले लोग लगा ही रहे हैं, लाख से कम तो कोई नहीं आँक रहा। चहुँदिशा में सिर्फ़ और सिर्फ़ मानव मुण्ड दिखायी पड़ रहे हैं, स्त्री हो या पुरुष, ब्राह्मण हो या चाण्डाल आज सारी दीवारें ढह गयी हैं। जय जगन्नाथ, जय जगन्नाथ के घोष से सारा आकाश गुंजायमान हो रहा है। रथ धीमे–धीमे आगे बढ़ रहा है परन्तु जनसमूह के उत्साह की कोई सीमा नहीं है तभी तो न तपती धरती की चिन्ता हो रही है और न आग उगलते सूरज की। एक बार फिर से ज़ोर से जयकारे की आवाज़ गूँजी–जय जगन्नाथ...। जनसमूह आगे बढ़ने की जगह रथ की ओर टूट रहा है, दरअसल सब को रथ की रास को

स्पर्श करना है, सबकी इच्छा है परलोक सुधर जाये, नरक की वेदना में न तपें...किसी तरह आवागमन के चक्कर से मुक्ति मिल जाये। इतने सारे प्रलोभनों से मुक्त होने का उपाय जब सामने उपलब्ध हो तो उसे प्राप्त करने के लिए बढ़ती भीड़ को सँहभलना किसकी सामर्थ्य हो सकती थी। अपार जनसमुद्र गर्जना कर रहा था।

गर्जना तो सागर भी कर रहा था, गम्भीर गर्जना। उसकी जलराशि एक क्षण आकाश को स्पर्श करने के लिए ऊर्ध्वमुखी हो रही थी तो दूसरे ही क्षण मानो विश्वनियन्ता के चरणों को पखारने के लिए समर्पित हो रही थी। हालाँकि आज पूर्णिमा की रात नहीं पर सुधाकर उसी वेग में है। पूर्णिमा की रात क्या हो जाता है इस रत्नाकर को, अपनी सारी मर्यादाओं को तोड़कर वह चाँद को अपनी गम्भीर गर्जना से कितने निमन्त्रण भेजता है पर चाँद ऐसा कि अपने स्थान पर अचल रहता है...रत्नाकर फिर भी नहीं मानता। अपनी अपार जलराशि को लेकर चाँद से मिलने के लिए मानो मचलता रहता है तभी तो उसकी जलतरंगों में इतनी उछाल रहती है।

भले ही पूर्णिमा की रात्रि में चाँद अपने स्थान पर अचल रहता है पर सागर के आमन्त्रण का प्रत्युत्तर देना कदापि नहीं भूलता...इसी नैसर्गिक सम्प्रेषण के कारण चाँद की चाँदनी से सागर की सम्पूर्ण जलराशि प्रकाशित होती रहती है। चाँदनी के दूधिया प्रकाश से सिर्फ़ सागर ही प्रकाशित नहीं होता, उसके तट भी...चाँदनी की छटा से आलोकित हो जाते हैं।

सागर के उसी तट पर बैठे हैं आज श्रीकृष्ण चैतन्यदेव! भले ही चाँदनी रात नहीं है पर ऐसा लग रहा है जैसे चाँदनी उनके शरीर से टकराकर परावर्तित हो रही है। चैतन्यदेव...भी तो चन्द्र ही हैं...गोरा चाँद, गौर चन्द्र, नीलांचल चन्द्र। काषाय वस्त्रों से ढँका उनका शरीर। लाख प्रयत्न के बाद भी वस्त्र कहाँ रोक पाता है उनके शरीर से निकलने वाली किरणों को...।

चन्द्र किरणों से गौर चन्द्र की किरणें टकराकर अपूर्व छटा बिखेर रही हैं...। चैतन्यदेव की दृष्टि अपलक निहार रही है सागर को...। पहली बार ऐसा नहीं हुआ है जब चैतन्यदेव को सागर की सान्निध्यता ने आकर्षित किया है। अक्सर रत्नाकर इन्हें अपनी ओर खींचता रहता है। इसके पूर्व भी न जाने कितनी बार, सागर पर दृष्टिपात होते ही चैतन्यदेव भूल जाते थे अपनी सुध–बुध। सागर की विशाल श्याम जलराशि को देखकर इन्हें अपने प्रियतम श्याम सुन्दर, श्यामधन का स्मरण भर ही नहीं होता था

बल्कि लगता था स्वयं इनके प्राणस्वरूप श्याम साक्षात् प्रकट हो आवाज़ दे रहे हैं...। बस फिर कहाँ सवाल उठता था, अपनी सुध–बुध को बनाये रखने का? महासागर की तरंगों में हा श्याम सुन्दर! हा प्रियतम! कहकर कूद पड़ते रहे हैं। कितनी बार तो रोते–गाते भक्तों ने जाल डालकर चैतन्यदेव को सागर की गोद से बाहर निकाला है...।

क्यों न दिखें चैतन्यदेव को सागर में अपने श्याम...? समुद्र भी विशाल और व्यापक, इनके श्याम भी...। श्याम तो समुद्र से भी अधिक व्यापक और विशाल है। कौन–सा ऐसा स्थान है जहाँ वे नहीं हैं, अणु से लेकर परमाणु तक...पिण्ड से लेकर ब्रह्माण्ड तक। श्याम इसी से तो श्याम हैं क्योंकि विशाल हैं। सिर्फ़ श्याम ही नहीं, हर विशाल चीज़ श्याम ही क्यों होती है? आकाश भी श्याम दिखता है...तो सागर भी...फिर कण–कण में व्याप्त श्रीकृष्ण श्याम कैसे न दिखायी दें?

किन्तु आज चैतन्यदेव श्रान्त बैठे हैं। परम शान्त। हमेशा की तरह आज उनकी आँखों से अश्रुपात भी नहीं हो रहा है, श्याम के विरह प्रेम में बहकर इनके प्रेमाश्रु इसी जलराशि में समाहित हो जाते थे...। शायद सागर का जल इन्हीं प्रेमी विरहियों की अश्रु जलधारा मिलने से खारा हो गया है।

कितने पहर बीत गये हैं। चैतन्यदेव अविचल स्थिति में विराजमान हैं। न शरीर हिल–डुल रहा है, न नेत्र। निर्निमेष भाव से निहारे जा रहे हैं...। पलकें न उठती हैं, न गिरती हैं। दृष्टि अपलक सागर पर अवश्य टिकी है पर उसके उठते ज्वार–भाटे को नहीं निहार रही है...। क्योंकि जब सागर की लहरें चाँद को स्पर्श करने ऊपर उठती हैं तब भी इनकी दृष्टि ऊर्ध्वगामी नहीं होती और लहरें जब इनके चरणों को पखार जाती हैं तब भी दृष्टि नीचे नहीं जाती...। जैसे बस एक बिन्दु पर टिक–सी गयी है।

चैतन्यदेव की निष्कम्प दृष्टि ज़िस बिन्दु पर अटक–सी गयी है, दरअसल वह सागर किनारे है ही नहीं, वह तो भागीरथी के किनारे है। भागीरथी की भी नियति तो सागर में मिलने की ही है। वह भी तभी शान्त होती है तभी तृप्त होती है जब सागर में समाहित हो जाती है। फिर भी गंगा का अपना एक अलग महत्त्व है। हर–हर गंगे के उद्घोष से गंगा का घाट हमेशा से जयघोषित होता रहा है, गंगोत्री से लेकर गंगा सागर तक...।

आज चैतन्यदेव की स्मृतियाँ पद्मा के जलप्रपात में आलोड़ित, अवगुण्ठित हो रही हैं। आज इन्हें बहुत याद आ रही है...गंगा के तट पर बसी अपनी जन्मभूमि नवद्वीप की और उसी नवद्वीप में रहने वाली अपनी वृद्धा

जननी की, और...उसकी, जिसे स्मृति क्या मन में एक क्षण के लिए भी लाने की इजाज़त संन्यास धर्म नहीं देता पर जिसे स्मृतिलुप्त होने नहीं देता इनका मानव धर्म...।

तीन साल हो गये नवद्वीप छोड़े हुए। इन तीन सालों में जाह्नवी के कितने जल बहे होंगे और सम्पूर्ण जलराशि इसी सागर में ही तो मिली होगी। फिर भी आज, सागर की जलराशि से मन अनाकर्षित हो रहा है। जैसे कोई चुम्बकीय शक्ति उधर ही खींच रही है, गंगा के उसी तट पर जहाँ छोड़ आये हैं, अपने जीवन के व्यतीत चौबीस साल की दास्ताँ। जो वहाँ के लोगों को कभी रुलाती है तो कभी हँसाती है।

अकस्मात चैतन्यदेव का कम्पित हस्त चमकते हुए केश मुण्डित सिर को निष्काम भाव से सहलाने लगा। आज यह सिर केश मुण्डित भले है पर तीन साल पहले तक वहाँ काली घुँघराली केशराशि थी, जो अनायास ही लोगों का ध्यान, अपनी ओर आकर्षित कर लेती थी...जिसे काटते वक़्त नाई भी फफफ–फफफ कर रोने लगा था...इतने सुन्दर सिंचित केश को काटते वक़्त उसके हाथ भी थरथराने लगे थे, किसी तरह चैतन्यदेव ने ही उसे समझा–बुझाकर इस कठोर कार्य को करने के लिए विवश किया था। पर आज उसी केशराशि में चैतन्यदेव की उँगलियाँ नहीं, मन उलझ रहा है और परत–दर–परत उधेड़ना चाह रहा है...जिसे आज तक उनके मन ने कभी उधेड़ने देने का असंयम नहीं किया पर आज बेक़ाबू हो रहा है, मन...असंयमित–सा हो रहा है..., परत–दर–परत खोलता जा रहा है...।

2

छोटे से चैतन्यदेव...नहीं–नहीं, उस समय तो निमाई थे, शची माँ के गौर थे...। निमाई–निमाई कहते शची माँ की जिह्वा क्षण–भर के लिए भी कहाँ विश्राम कर पाती थी? इतना नटखट जो था निमाई। पर कुछ दिनों से शची माँ निमाई से अधिक विश्वरूप...विश्वरूप करने लगी थीं। विश्वरूप थोड़ी देर के लिए भी आँखों से ओझल होता तो शची माँ कातर हो जातीं।

उस दिन मध्याह्न का एक बज रहा था। ठेठ दुपहरी हो गयी थी। जाड़े के दिन थे, गुनगुनी धूप खिली थी...। शची माँ भोजन करने के लिए विश्वरूप का इन्तज़ार कर रही थीं। प्रातःकाल ही घर से विश्वरूप

निकला है, मुँह में एक दाना तक नहीं डाला था, ख़ाली पेट था। पेट ख़ाली विश्वरूप का था और पेट में मरोड़ उठ रही थी शची माँ के। पं. जगन्नाथ मिश्र की आँखें द्वार पर ही टिकी थीं। उनका मन भी अशान्त था पर ऊपर से शान्त दिखने की कोशिश कर रहे थे।

शची माँ ने बाबा जगन्नाथ मिश्र के सामने भोजन की थाली लगा दी थी। चावल, केले के फूल की सब्ज़ी, उड़द दाल के साथ बैंगन भाजा, सहजन की सब्ज़ी और साग। पूरी थाल ही विश्वरूप के पसन्द की थी। पर अब न जाने उसे क्या हो गया था? अब कितना भी स्वादिष्ट भोजन हो उसे न पसन्द करता था और न नापसन्द। इसी बात से माँ कितनी परेशान रहती थीं...। कितने प्यार से विश्वरूप से पूछतीं—आज क्या बनाऊँ बेटा? विश्वरूप मुस्कुराकर कहता—'कुछ भी'। पर न माँ को विश्वरूप का मुस्कुराना अच्छा लगता और न 'कुछ भी' कहना। माँ बहुत ही आशा और प्रेम से पूछती थीं। पर निमाई माँ को निराश नहीं होने देता—जितने व्यंजनों के नाम जानता था...सब जल्दी–जल्दी बता देता...।

थाली देखकर बाबा भी प्रसन्न नहीं हुए—इतने प्रकार के व्यंजन बनाने की क्या आवश्यकता है? निकाल लो।...इच्छा नहीं हो रही भोजन करने की। पता नहीं क्यों अन्दर से कुछ भी अच्छा नहीं लग रहा है।

माँ की भी आँखें गीली हो गयीं—मेरी भी वही स्थिति है, लगता है कुछ खोने वाला है, जैसे ग़रीब व्यक्ति का सबसे अमूल्य धन...। पर वह अनमोल धन है क्या...यह नहीं समझ पा रही। कुछ समझ नहीं आ रहा है, शची माँ ने अपनी आँखें बन्द कर लीं—'नारायण रक्षा करो'।

'धीरज रखो विश्वरूप की माँ ईश्वर जो करेंगे मंगल ही होगा, मंगलमय प्रभु कभी अमंगल नहीं कर सकते', कहकर बाबा भोजन करने लगे।

पर शची माँ...को धैर्य कहाँ? घबरायी हुई निमाई के पास आयीं—'तू अपने दादा को बुलाकर ला सकता है? शायद वह आचार्य अद्वैत के पास होगा? सवेरे से उसने एक दाना भी नहीं खाया है।'

निमाई को पहली बार ज़िम्मेवारी वाला काम मिला...। उसे लगा वह बड़ा हो रहा है...नहीं–नहीं, बड़ा हो गया है, तभी तो माँ ने दादा को बुलाने की ज़िम्मेवारी दी है। चल पड़ा ठीक वैसे ही, जैसे दादा या बाबा घर के किसी आवश्यक कार्य से घर के बाहर जाते हैं।

माँ बड़बड़ा रही थीं। निमाई स्पष्टतः पूरी बात तो नहीं समझ पाया पर इतनी बात ज़रूर सुन पाया कि 'आचार्य विश्वरूप को वैरागी बनाकर मानेंगे'।

निमाई जब आचार्य के घर पहुँचा तो दादा और आचार्य दोनों गम्भीर थे। शायद किसी गम्भीर विषय पर वार्ता चल रही थी। निमाई के आते ही दोनों चुप हो गये, वैसे नहीं भी चुप होते तो निमाई क्या समझता—पाँच साल ही तो उम्र थी। गम्भीर बातें नहीं समझ सकता था। पर माँ...की दी हुई ज़िम्मेवारी का निर्वाह करना तो जानता ही था। इतना बड़ा तो हो ही गया था। झट से दादा का हाथ पकड़ा—'दादा चलो, माँ बुला रही हैं।' आज्ञाकारी बच्चे की तरह दादा भी खड़े हो गये और निमाई उनकी उँगली पकड़कर चल पड़ा।

निमाई थोड़ा ही आगे बढ़ा था कि उसे माँ की बात याद आ गयी कि आचार्य विश्वरूप को वैरागी बनाकर मानेंगे। निमाई ने दादा की उँगली थामे—थामे अपने चेहरे को पीछे घुमाकर आचार्य की ओर देख। यह क्या? आचार्य भी सम्मोहितावस्था में निमाई को ही एकटक निहार रहे थे। निमाई को हँसी आ गयी पर किसी तरह उसे रोका...। आचार्य मुस्कुराये...निमाई भी मुस्कुराया।

निमाई को आचार्य बड़े अच्छे लग रहे थे। बिल्कुल बाबा की तरह स्नेहिल उनकी आँखें लग रही थीं। श्वेत धवल केश दाढ़ी में सज्जित आचार्य कितने सुशोभित हो रहे थे...। वे दादा को क्यों वैरागी बनाकर मानेंगे? फिर माँ ने ऐसा क्यों कहा...? निमाई कुछ नहीं समझ पाया...। छोटा बच्चा ही तो था उस समय, इतनी बड़ी—बड़ी बातें सोचने और समझने में उसके पैरों की चाल लड़खड़ा गयी।

निमाई को लड़खड़ाते देख विश्वरूप ने उसे उठाकर अपने अंक में भर लिया। दादा की गोद से बढ़कर निमाई को कुछ भी प्रिय नहीं था... स्वर्ग का सिंहासन भी नहीं। प्यार से गलबहियाँ डालकर दादा की गोद में बैठने का आनन्द लेने लगा। इतनी जल्दी निमाई को घर पहुँच जाना एकदम अच्छा नहीं लगा, विधाता ने छोटे—से निमाई को दादा की गोद में बैठने के सुख से वंचित कर दिया...।

विश्वरूप को देखते ही माँ की आँखें भीग गयीं। साड़ी के आँचल से झटपट अपनी आँखें पोंछकर शची माँ ने विश्वरूप के लिए थाली लगा दी।

—माँ, तुमने भोजन किया? विश्वरूप बोले!

—पहले तू खा ले...मेरा मन तृप्त हो जायेगा।

—नहीं माँ, कल से चाहे जो करना पर आज तुम मेरे ही साथ भोजन करो। विश्वरूप ने माँ से ज़िद की।

माँ ने अपनी थाली लगा ली, माँ और विश्वरूप...। माँ, विश्वरूप को देखती जा रही थीं...एकटक और हाथ का ग्रास स्वतः विश्वरूप के मुख की ओर जा रहा था। निमाई कभी दादा की ओर देखता तो कभी माँ को। दादा बीच–बीच में निमाई के मुख में भी ग्रास डालते जाते। विश्वरूप को ख़ूब छककर खाते देख माँ का कलेजा जुड़ा गया।

–माँ, बहुत स्वादिष्ट व्यंजन तुमने बनाये हैं। माँ के हाथों बने भोजन भाग्यवानों को ही मिलते हैं? कहते वक़्त विश्वरूप की आँखें भर गयीं।

शची माँ का मन भी सन्तोष से भर गया। माँ का हृदय भी अजीब होता है। भोजन सन्तान करती है और पेट माँ का भरता है। बहुत दिनों से परेशान थीं माँ...थोड़ा–सा अवसाद भी हो रहा था। विश्वरूप के इस बोल ने उनके अवसाद के बादल को छितरा दिया। बड़े प्रेम से दिश्वरूप के बालों में उँगलियों को फिराते हुए माँ ने बाबा से कहा–सोचती हूँ विश्वरूप का विवाह इस साल कर दूँ...एक सुशील संस्कारी कन्या को देखकर...।

विश्वरूप कुछ नहीं बोला; उठकर अपने कमरे में चला गया। सायंकाल भी घर से बाहर नहीं निकला...आचार्य के पास भी नहीं गया। निमाई के साथ खेलता रहा। माँ कितनी ख़ुश थीं, एकदम निश्चिन्त। मन–ही–मन नारायण को प्रणाम किया।

पर सवेरे जब निमाई की नींद खुली तो सामने हृदय दहलाने वाला दृश्य था।

माँ गाय की तरह रँभा रही थीं ठीक वैसे ही जैसे नवजात शिशु से अलग होकर गाय रँभाती है। शची माँ का विलाप प्रलाप में बदल गया। ऐसा प्रलाप कि पत्थर भी पिघलकर पानी बन जाये। पर जिस पाषाण हृदय के पसीजने से माँ का प्रलाप समाप्त होता, वह तो न जाने कहाँ, कितनी दूर निकल गया था।

–कोई मेरे विश्वरूप को लौटा लाओ। उसके बिना मेरे प्राण नहीं बचेंगे। कैसे रहेंगे उसके बिना उसके बाबा...और निमाई...? वह अपने दादा को खोजेगा तो मैं क्या जवाब दूँगी? विश्वरूप...एक बार भी तुम्हें अपनी अभागन माँ का ख़याल नहीं आया। चल छोड़ मेरी..., अपने बाबा का कितना आदर करता था तू...उनके बारे में भी नहीं सोचा...। इतना बड़ा फ़ैसला ले लिया...बाबा से आज्ञा लेने की भी ज़रूरत नहीं समझी...। छोड़ मेरी और बाबा की...। निमाई की भी नहीं सोची...कितना प्यार करता था तू उसे, उससे भी मुँह मोड़कर चल दिया...। कल ही तो उसके

विवाह की बात की थी, एक बार भी कुछ नहीं बोला...और आज अचानक अपनी माँ से, इतना बड़ा छल...। शची माँ अपने को सँभाल नहीं सकी, लड़खड़ाकर गिर पड़ीं।

–सँभालो अपने आपको विश्वरूप की माँ। विवाह की बात सुनकर ही तो उसने इतना शीघ्र संन्यास का निर्णय ले लिया। अच्छा ही है, विवाह के बाद जाता तो तुम्हारे साथ एक और बेचारी कन्या रोती रहती–जगन्नाथ मिश्र रुँधी हुई आवाज़ में बोले।

–पर बहू का मुँह तो देख लेती...विश्वरूप की एक स्मृति तो संग रहती...अभी तो कोई नहीं, कोई जाकर खोजो...रोको उसे, अभी ज़्यादा दूर नहीं गया होगा...। शची माँ स्वयं बाहर की ओर दौड़ीं...।

सामने से आ रहे थे पं. नीलाम्बर चक्रवर्ती–श्वेत परिधान और श्वेत केश, चेहरे पर एक अलग तरह का गाम्भीर्य, प्रकाण्ड ज्योतिषी...। पिता को सामने देख शची माँ उनके पैरों पर गिर गयीं।

शची माँ नीलाम्बर चक्रवर्ती की बड़ी प्यारी बिटिया थीं। इसी से अपने जामाता को उन्होंने अपने पास नवद्वीप में ही बसा लिया था। सरल, विद्वान, मेधावी जगन्नाथ मिश्र को देखकर...कितनी गणना करने के बाद अपनी बेटी का हाथ सौंपा था उन्हें। जब शची माँ की कोख से एक–एक कर छह कन्याओं का जन्म हुआ और सब काल कवलित हो गयीं तो नीलाम्बर चक्रवर्ती को अपना पोथी–पत्रा भारी लगने लगा...मन किया था कि इन पोथियों को एक किनारे रख दूँ...! पर जब विश्वरूप का जन्म हुआ नीलाम्बर चक्रवर्ती की सारी पोथियाँ खुल गयीं। हर्षातिरेक से भर उठे–'शची यह, बालक बलराम की तरह है जैसे देवकी के गर्भ की छह सन्तान नष्ट हो गयीं वैसा ही योग तुम्हारा भी है। देखना एक दिन बलराम का भाई कृष्ण भी तेरी कोख में अवश्य आयेगा।' पर आज शची माँ को इस तरह विह्वल, विचलित अवस्था में देखकर किस पाषाण हृदय पिता की अवस्था सामान्य रह सकती थी?

–पिताजी! आपका दौहित्र हम सबको अनाथ बनाकर न जाने कहाँ चला गया? कृपया गणना करके बताइए न कहाँ गया है और कब लौटेगा? आप तो उसे बलराम कहते थे, बलराम ने अपनी माँ को कब छोड़ा था...? शची माँ को कौन चुप कराये और कैसे चुप कराये? किसके ख़ज़ाने में सान्त्वना देने के शब्द थे? सब चुप थे। आसपास की स्त्रियाँ क्या चुप करातीं? उनकी आँखों से तो स्वयं ही गंगा–यमुना की धारा बह रही थी।

ज्योतिषाचार्य नीलाम्बर चक्रवर्ती ने अपने पैरों पर पड़ी पुत्री को उठाकर उसके सिर को अपने हाथों से सहलाते हुए कहा—सिर्फ़ दौहित्र ही नहीं पुत्री, पौत्र भी चला गया संन्यासी बनने। मैं वृद्ध घोर संसार में आसक्त पड़ा हुआ हूँ, और दोनों दुधमुँहे बच्चे संन्यास के कठिन मार्ग पर निकल पड़े...। मैं गिनता रह गया...तारे, नक्षत्र..., गणना करता रह गया दूसरों के भविष्य की... स्वयं डूबा हुआ हूँ संसार पंक में, पर क्या करूँ? यही उस ईश्वर की माया है, जिस माया के चक्कर में विश्व के समस्त जीव पड़े हुए हैं...।

—क्या लोकनाथ भी...? शची माँ की आँखें विस्फारित हो गयीं...। हे भगवान! सिर पकड़कर बैठ गयीं, फिर अगले ही क्षण उठकर खड़ी हो गयीं—आप लोग सब यहाँ चुपचाप खड़े क्यों हैं? जल्दी से जाइए दोनों बच्चों को समझा—बुझाकर ले आइए...अधिक दूर नहीं गये होंगे, वे तो अभी बच्चे हैं नासमझ हैं..., उन्होंने नासमझी की है...।

—वे न बच्चे हैं, न नासमझ। प्रत्येक व्यक्ति को अपनी आत्मोन्नति करने का पूरा अधिकार है और शायद मानव का सबसे बड़ा कर्तव्य भी यही है। विश्वरूप कोई ग़लत कार्य करने तो गया नहीं है जो उसे लौटा लाये, और वह लौटेगा भी नहीं। वह विवाह पाश में नहीं बँधना चाहता था। जगन्नाथ मिश्र अपने थरथराते होंठों से शची माँ को समझाने की कोशिश कर रहे थे।

पर माता का हृदय कब समझता है? माँ का हृदय पता नहीं विधाता किन अवयवों से निर्मित करता है। शची माँ झल्लायीं—वाह रे संन्यास—किसने यह रीति चलायी—यदि विवाह पाश है तो संन्यासी का जन्म कहाँ से हुआ? इसी पाश के फलस्वरूप न। कौन—सा ईश्वर है जो प्रसन्न होता है उस व्यक्ति से जो अपनी माँ को इस तरह अधमरी होकर मरने के लिए छोड़ जाता है।

माँ के विलाप से पाषाण हृदय भी पसीजकर अश्रुजल बनकर लोगों के नयनों से टपक रहे थे तो नवनीत हृदय सुकोमल मन के बालक निमाई की हालत क्या हो सकती थी...? निमाई एक कोने में चुपचाप बैठा था। माँ को देखकर उसकी भी छाती फट रही थी। बिना दादा के उसे भी घर कैसा लग रहा था, बिल्कुल बेजान...। बिना आत्मा के शरीर ठीक वैसे ही बिना विश्वरूप के निमाई...। शची माँ और जगनाथ मिश्र का प्राण है निमाई, पर निमाई सबसे ज़्यादा प्यार करता है अपने दादा से।

जब पहली बार बोलना सीखा–दादा ही बोला था..., दा...दा। प्रायः शची माँ से कहता–माँ, मैं भी बड़ा होकर दादा जैसा बनूँगा। माँ तब कितनी ख़ुश होती थी।

परन्तु अब...? क्या अब भी वह दादा जैसा बनेगा...? निमाई के बालमन में ढेर सारी बातें उठ रही थीं। पर सबसे ज़्यादा परेशान था अपनी माँ को देखकर जो अब निःशब्द हो गयी थीं, आँसुओं की अजस्र धार गालों पर ढलक रही थी। निमाई अपनी माँ से जाकर लिपट गया। अपने नन्हे–नन्हे हाथों से माँ के नयनों से निर्झरित होते आँसुओं को पोंछते हुए कहा–माँ, तुम परेशान मत हो, मैं हूँ न। तुम्हारी और बाबा की ख़ूब सेवा करूँगा।

माँ ने उसे कलेजे से लगाकर भींच लिया–मेरे लाल। तू तो अभी बहुत छोटा है।

–कहाँ छोटा हूँ माँ? बस दादा से थोड़ा–सा छोटा...; निमाई पंजों के बल खड़े होने की कोशिश करने लगा।

माँ की रुलाई वेग से फूट पड़ी, उन्होंने निमाई को खींचकर अपने वक्षस्थल से लगा लिया...और फिर शान्त हो गयीं...। शान्त होकर अपने शरीर को ढीला छोड़ दिया और मन को भी...समर्पित कर दिया नारायण के चरणों में। मनुष्य के पास क्या चारा है अथाह दुख के सागर से निवृत्त होने का...? समुद्र में डूबता हुआ व्यक्ति कितनी देर हाथ–पैर मार सकता है...? शची माँ भी थककर शान्त होकर बैठ गयीं।

बाबा तो पहले से ही शान्त प्रकृति के थे...पर दादा के जाने के बाद और अधिक हो गये। कोई दादा की बात नहीं करता...न माँ, न बाबा। माँ की आँखें कितनी सूनी और वीरान लगतीं। निमाई की इच्छा होती दादा के बारे में पूछे, जाने कि आख़िर दादा हैं कहाँ? ठीक है दादा संन्यासी बन गये किन्तु यह कौन–सी बात हुई कि यह भी पता न हो कि वे कहाँ रहते हैं? दादा का पता चल जाता तो, माँ–बाबा कितने ख़ुश हो जाते, और निमाई स्वयं...। निमाई ने सोचा वह ऐसा नहीं करेगा, जब कभी संन्यास लेगा माँ से आज्ञा लेकर लेगा...।

उदास माँ को देखकर निमाई ने सोचा माँ को बता दूँ, शायद माँ के चेहरे पर हँसी आ जाये! तभी तो निमाई झटपट उठा और जाकर धम्म से माँ की गोदी में बैठ गया और माँ की ठोढ़ी पकड़कर बोला–माँ, मैं दादा की तरह नहीं करूँगा, तभी संन्यासी बनूँगा जब तुम मुझे आज्ञा

दोगी। संन्यासी बनने के बाद भी तुमसे ज़्यादा दूर नहीं रहूँगा...तुम जहाँ कहोगी...वहीं रहूँगा...अब तो हँस दो मेरी प्यारी माँ...।

क्या हँसती माँ? निमाई को क्या पता उसका मलहम माँ के घाव को भरने की जगह नमक छिड़कने का काम रहा है। माँ बिलख पड़ी–हे विधाता! यह क्या सुना रहा है? तेरे पास हृदय नहीं है क्या? मेरे एकमात्र पुत्र, मेरे जीवन आधार के मस्तिष्क में यह कैसी उल्टी–सीधी बातें भर रहा है। माँ ने अपने हाथों से निमाई का मुँह ढँक दिया–बेटा ऐसी बात नहीं कहते, कहकर अपने आँचल में समेट लिया...। शची माँ का वश चलता तो निमाई को अपने हृदय के अन्दर घुसाकर हमेशा के लिए उसके कपाट बन्द कर लेतीं।

3

दो साल हो गये विश्वरूप को घर छोड़े हुए...। फाल्गुन पूर्णिमा भी आ गयी...निमाई का जन्मदिन और होली का त्योहार...एक साथ। माँ का मन तो उदास था किन्तु कर्म तो करने ही पड़ते हैं। उस पर आचार्य चन्द्रशेखर ने आकर स्वयं कहा था–निमाई की वर्षगाँठ पर सपत्नीक आपके ही घर भोजन करूँगा दीदी माँ। बहन–बहनोई को भोजन कराने से कैसे मना कर दें शची माँ?

निमाई का भी जन्मदिन है, वह भी बहुत उदास रहता है, इसके मुखमण्डल पर से मुस्कुराहट जैसे ग़ायब ही हो गयी, सोचकर परेशान हो रही थीं शची माँ। अब हिम्मत करनी ही होगी ज़िन्दगी को पटरी पर लाना ही होगा। शची माँ दृढ़ निश्चय करके सुखिया दासी के साथ घर की सफ़ाई में जुट गयीं। घर से लेकर आँगन तक...बिना लिपाई–पुताई के जर्जर हो रहा था...। गोबर मिट्टी से लीपे जाने के बाद वही घर चमकने लग गया। तुलसी चौरा अब ढहने ही वाला था...शची माँ ने स्वयं उसकी...मरम्मत कर उस पर अल्पना बनाकर उसकी रंगत ही बदल दी।

आज दो साल बाद इतने लाड़ के साथ शची माँ ने निमाई को नये वस्त्र पहनाकर टीका लगाया...। इतने कार्यों को करने के बाद शची माँ थक कर चूर हो गयीं। शारीरिक श्रम ने उनके मन की बोझिलता को भी कम कर दिया। शची माँ ने चार थाली लगायीं–जगन्नाथ मिश्र, आचार्य चन्द्रशेखर, निमाई और विश्वरूप के लिए...। शची माँ काम की रौ में रसोईघर से ही चिल्लायी–निमाई, जल्दी जा...अपने दादा को बुला...ला।

जगन्नाथ मिश्र के हाथ का ग्रास मुँह में नहीं जा सका। शची माँ का रुदन सुनकर निमाई थाली छोड़ माँ के पास दौड़कर गया—माँ, तुम रोओ मत, ...एक दिन मैं ज़रूर पता लगा लूँगा कि दादा कहाँ गये। मैं उन्हें खोजने ज़रूर जाऊँगा माँ...।

माँ ने उसे अपने अंक में समेट लिया—बेटा, तू इस अभागिनी को छोड़कर कहीं नहीं जायेगा। तुम्हारे दादा कहीं खो नहीं गये हैं जो तुम उसे खोज निकालोगे..., उसने जान—बूझकर घर छोड़ा है...परमात्मा की प्राप्ति के लिए...। पर इन बातों को एक माँ कैसे समझे? परमात्मा की प्राप्ति हेतु क्या माँ के कलेजे को काटकर ले जाना आवश्यक है...? शची माँ रोने लगीं।

शची माँ का दर्द उनके आँसुओं के साथ निकल भी जाता था पर बाबा! पता ही नहीं चलता बाबा के मन में क्या चलता रहता था? बाबा गम्भीर ही इतने अधिक हैं, प्रारम्भ से ही निमाई ने देखा है, पर दादा के जाने के बाद और अधिक गम्भीर हो गये। वैसे निमाई भी अब कहाँ कोई चपलता करता है?

दादा के जाने के बाद बाबा की गम्भीरता और अधिक गहरी हो गयी पर एक बहुत ही ज़बर्दस्त परिवर्तन आ गया उनमें। शिक्षा को ही अपना सर्वस्व समझने वाले जगन्नाथ मिश्र को शिक्षा से ही विरक्ति हो गयी। शिक्षा प्राप्ति के लिए ही वे अपना गाँव श्रीहट्ट छोड़कर इतनी दूर नवद्वीप आये थे और हमेशा के लिए यहीं के होकर रह गये।

तभी तो प्रकाण्ड विद्वान और ज्योतिषी नीलाम्बर चक्रवर्ती ने सार्वभौम की पाठशाला में पढ़ने वाले सबसे योग्य छात्र जगन्नाथ मिश्र को ही अपना जामाता बनाने योग्य समझा। ज्योतिषाचार्य को लगा कि शची और पं. जगन्नाथ दोनों एक—दूसरे के लिए ही इस धरा पर आये हैं।

जगन्नाथ मिश्र ने अपने पाण्डित्य और विद्वत्ता से नदिया की नयी पीढ़ी में अपना एक अलग स्थान बना लिया था। नदिया में श्रीहट्ट क्षेत्र के अनेक ब्राह्मण रहते थे। श्रीहट्ट निवासियों ने नवद्वीप में अपना एक अलग मुहल्ला ही बसा लिया था। विवाह के बाद जगन्नाथ मिश्र भी उसी मुहल्ले में एक घर ख़रीदकर बस गये। आतंक और अनास्था के ज़माने में पण्डितों की आमदनी यद्यपि पहले जैसी नहीं रह गयी थी, फिर भी पं. जगन्नाथ मिश्र की पाण्डित्य—प्रतिभा ने उन्हें और उनके परिवार को कभी अभावग्रस्त नहीं होने दिया। एक—एक करके छह कन्याएँ हुईं, सभी काल—कवलित

हो गयीं। विश्वरूप के जन्म के बाद जगन्नाथ मिश्र ने श्रीहट्ट बसने का ही फ़ैसला किया और नवद्वीप छोड़कर चले भी गये थे।

पर होता तो वही है जो ईश्वर को मंजूर है। श्रीहट्ट में ही जगन्नाथ मिश्र की माँ ने एक अद्‌भुत स्वप्न देखा स्वप्न में एक अनन्त ज्योति पुरुष ने उनसे कहा—मैं तुम्हारा पौत्र बनकर आऊँगा, पर यह गाँव मेरी जन्मभूमि नहीं है। अपने बहू—बेटे को नदिया लौट जाने को कहो।

ज्योतिर्मय पौत्र पाने की उत्कट अभिलाषा ने जगन्नाथ मिश्र की माँ की इस इच्छा को समाप्त कर दिया कि बेटा—बहू—पौत्र उनकी आँखों के सामने ही रहें। ज्योतिर्मय पौत्र के आने की सम्भावना ने ही उनके मोह की पट्टी ढीली कर दी। उन्होंने पुत्र से कहा—बहू को लेकर नदिया लौट जाओ, उसी स्थान पर मेरे घर भगवान पधारेंगे।

माँ की आज्ञा और नदिया की सुखद स्मृतियों ने शची और जगन्नाथ मिश्र का मार्ग आने के लिए प्रशस्त कर दिया। इस अकल्पनीय स्वप्न पर शची माँ और जगन्नाथ मिश्र दोनों ही आँख मूँदकर विश्वास करते थे तभी तो उनके हृदयाकाश में रंग—बिरंगे आकाश पुष्प सुरभित होते रहते थे। फाल्गुन, पूर्णिमा की रात्रि में अकल्पनीय स्वप्न पूर्ण हो गया, जब हरिबोल—हरिबोल की तुमुल ध्वनि के बीच निमाई का जन्म हुआ। प्रकाशपुंज के रूप में इस बालक को देखकर शची माँ और जगन्नाथ मिश्र समझ गये कि माँ का स्वप्न साकार हो गया।

विश्वरूप और निमाई...अलौकिक पुत्र के पिता होने के बावजूद, विश्वरूप के गृहत्याग के बाद उनका इतना हृदय परिवर्तन कैसे हो गया। जगन्नाथ मिश्र का पाण्डित्य न जाने कहाँ चला गया? एकदम निरक्षरों, अनपढ़ों—सी बात करने लगे थे। वे विश्वरूप के गृहत्याग का एकमात्र कारण शिक्षा को मानने लगे थे। कितना विचित्र है यह संसार...और उससे भी विचित्र है मानव सृष्टि..., एक ईश्वर ही है जो उसे समझ सकता है, उसका सृजनहार जो ठहरा।

जगन्नाथ मिश्र ने शची माँ को निमाई से अलग हटाकर कहा—आजकल मैं देख रहा हूँ विश्वरूप के गृहत्याग के बाद निमाई काफ़ी बदल गया है। न उसके अन्दर वो चपलता रही है और न चंचलता, दिन—रात किताबों में मुँह घुसाये रहता है। पता नहीं क्यों इन सब बातों को देखकर मेरे मन में तरह—तरह की आशंकाएँ उठती रहती हैं। तुम निमाई को पढ़ने से मना कर दो। न वह विद्यालय जाये और न घर में पढ़े।

शची माँ अवाक् हो गयीं—क्या पूरे नवद्वीप में एक अकेले विश्वरूप ने पढ़ाई की थी? एक से बढ़कर एक विद्वान नवद्वीप में बनते रहे हैं। मेरे पिता प्रकाण्ड विद्वान हैं..., स्वयं आप..., कहाँ संन्यास लिया? अनपढ़ निमाई नहीं...नहीं...। बीच में ही जगन्नाथ मिश्र शची माँ की बात काटते हुए बोले—मैं जानता हूँ अनपढ़ पुत्र दुख का कारण होता है, किन्तु संन्यासी होने से अधिक दुख नहीं देगा। जगन्नाथ मिश्र ने अपनी ज़िद नहीं छोड़ी। अक्षरशः सत्य है यह, न कोई विद्वान है न कोई मूर्ख...समय सबसे ज़्यादा बलवान है।

निमाई अब शैतानी नहीं तो क्या करता? करने के लिए कुछ बचा ही नहीं था। किताब—कॉपी स्पर्श ही नहीं करनी थी। वृद्ध तो था नहीं कि चुपचाप बैठा रहता? तीक्ष्ण मस्तिष्क और विलक्षण प्रतिभा का धनी निमाई चुपचाप कैसे बैठा रहता—कुछ—न—कुछ तो उसे करना ही था। निमाई ने अपनी चंचलता से नवद्वीपवासियों को वृन्दावन के कृष्ण कन्हैया की याद दिला दी।

शची माँ के पास उलाहनों का ढेर लग जाता कितने लोगों को अनसुना करतीं? उस दिन तो हद हो गयी जब निमाई ने अपनी आँखों पर काली पट्टी बाँधकर अपने ही घर के दरवाज़े पर खड़े होकर लम्बी टेक लगायी—'भिक्षां देहि।' माँ ने सोचा कोई भिखारी है, जल्दी से दो मुट्ठी चावल लेकर आयीं। सामने दिखायी पड़ा उनका जीवन सर्वस्व, प्राणधन पुत्र निमाई...एक फटी हुई गुदड़ी ओढ़े और अपनी आँखों पर काली पट्टी बाँधे गुहार लगा रहा था।

शची माँ ने दौड़कर निमाई के शरीर पर से सड़क पर से उठाई हुई गुदड़ी को उतारकर फेंक दिया और लगायी उसको एक चपत। पर निमाई के प्रश्न का उत्तर नहीं दे पायीं शची माँ। उन्होंने फ़ैसला कर लिया कि अब निमाई पढ़ेगा।

शची ने दृढ़ निश्चय कर लिया, अब पति की बात भी नहीं सुनेगी। निमाई की बात उनके दिमाग़ पर हथौड़े की तरह चोट कर रही थी—ब्राह्मण का लड़का पढ़ेगा नहीं तो वह अन्धा ही हुआ न, और ग़रीब अन्धा ब्राह्मण भीख नहीं माँगेगा तो क्या करेगा माँ?

शची माँ ने जगन्नाथ मिश्र को अपना फ़ैसला सुना दिया—भले ही निमाई संन्यास ले ले, पर वह अनपढ़ नहीं रहेगा।

जगन्नाथ मिश्र भी मान गये। एक अनपढ़ पिता भी नहीं चाहता है कि उसका पुत्र अनपढ़ रहे, फिर इतने विद्वान पिता के दिल पर क्या बीतती

होगी अपने इस फ़ैसले पर...। पर पिता क्या करे...पुत्र मोह है ही इतनी दुर्भेद्य वस्तु कि पाण्डित्य और मूर्खता में कोई अन्तर रहने ही नहीं देता।

निमाई के पढ़ने के लिए उसकी अलमारी में बन्द पुस्तकों को शची माँ निकालने लगीं। एक पुस्तक को उन्होंने छुपा कर रख लिया। शची माँ बुदबुदा रही थीं—इस किताब को कभी भी निमाई के हाथ में पड़ने नहीं दूँगी।

दरअसल संन्यास के लिए घर छोड़ने के एक दिन पूर्व ही विश्वरूप अपने कमरे में जब अपने ग्रन्थों को छाँट रहा था, उसी समय विश्वरूप ने बाहर आकर एक ग्रन्थ दिखाते हुए माँ से कहा था—माँ, निमाई जब बड़ा हो जाये तो उसे यह ग्रन्थ पढ़ने के लिए दे देना।

माँ उस दिन निमाई की चंचलता से परेशान थीं। झुँझलाकर कह दिया—ईश्वर जाने वह पढ़ेगा भी या ऐसे ही दंगे मचाता रहेगा।

—एक दिन यह जगत् गुरु बनेगा माँ, विश्वरूप ने उत्तर दिया था।

शची माँ भी विचित्र हैं,—नहीं, नहीं सभी माँएँ विचित्र होती हैं। विश्वरूप अपने सब साथियों से एकदम अलग था। उसे गाल बजाने वाली पण्डिताई से चिढ़ थी...दर्शन, उपनिषद् जैसे गम्भीर विषय उसके पसन्दीदा विषय थे। उस समय भी उसकी गम्भीरता देख शची माँ परेशान होती रहती थीं और निमाई इतना अधिक नटखट था कि उसकी चंचलता देखकर भी परेशान रहती थीं। न शान्त पुत्र रास आता न चंचल...दोनों स्थितियों में माँ आशंकित ही रहती हैं।

पर चाहे जो कुछ हो वह निमाई को इस पुस्तक को कभी पढ़ने नहीं देगी...नहीं बनाना है उन्हें अपने पुत्र को जगत्गुरु...। माँ ने उस पुस्तक को पूजाघर में नारायण के सिंहासन के नीचे छुपाकर रख दिया।

उपनयन संस्कार के बाद निमाई को गंगादास की पाठशाला में पढ़ने के लिए भेज दिया। शची माँ जिस निमाई के लिए सोचती थीं इतना नटखट बच्चा पढ़ेगा कैसे? उसने पढ़ने में अपने मन को ऐसे अद्भुत ढंग से लगाया कि लोगों के लिए चर्चा का विषय बन गया। निमाई विलक्षण प्रतिभाशाली छात्र सिद्ध हुआ। उसके अध्यापक उसकी प्रतिभा देखकर प्रशंसा करते थकते ही नहीं थे।

विश्वरूप की जुदाई का ग़म अब कुछ—कुछ कम होने लगा, निमाई को देख—देखकर छाती जुड़ने लगी। जगन्नाथ मिश्र निमाई की विलक्षण प्रतिभा को देखकर कभी—कभी भयभीत भी हो जाते। नारायण के विग्रह के आगे अपने सिर को पटककर विनती करते, 'हे प्रभु! भला दिखाकर

बुरा मत दिखाना। विश्वरूप की गुण सम्पन्नता पर मैं कितना हर्षित होता था। तुमने उसे ज्ञानी भी बना दिया पर मुझसे छीन लिया। अब इसे मत छीनना। छह लड़कियाँ दिवगंत हुईं, एक पाला–पोसा बेटा संन्यासी हो गया, अब बुढ़ापे के इस एकमात्र सहारे को हमसे मत छीनना प्रभु।' निमाई अक्सर बाबा को नारायण के चरणों में प्रार्थना करते हुए देखता था।

सब कुछ सामान्य चल रहा था। बहुत अधिक खेत नहीं थे, पर इतना धान हो जाता था कि शची माँ द्वारा दोनों हाथ से दान करने के बाद भी वर्ष–भर चावल की कमी नहीं रहती थी। बाग़ में आम, केला, कटहल लदे रहते। सुपारी के पेड़ों की भी अच्छी संख्या थी। पान की पत्तियाँ भी ख़ूब उगती थीं। बाबा और माँ दोनों के मुँह पान की लाली से लाल रहते थे... तभी तो पान का बीड़ा लगाते–लगाते शची माँ निमाई के ज़िद करने पर उसके मुख में भी पान का बीड़ा डाल देतीं...कितने दिनों तक निमाई की यह आदत बनी रही थी।

बहुत दुख झेलने के बाद मनुष्य इतना सशंकित हो जाता है, कि उस क्षण का भी आनन्द नहीं ले पाता जो वर्तमान में मिल रहा होता है। जगन्नाथ मिश्र की हालत भी वैसी ही थी। निमाई की विलक्षण प्रतिभा उन्हें आह्लादित कम सशंकित अधिक करती थी। अपनी माँ का स्वप्न, अपने श्वसुर द्वारा की गयी भविष्यवाणी कि निमाई अलौकिक महापुरुष बनेगा, मोहवश उन्हें डंक–सी चुभती थी। निमाई बड़ा होकर कहीं संन्यासी न बन जाये इस चिन्ता में जगन्नाथ मिश्र घुलते रहते थे। अचानक वे बीमार हो गये। ज्वर इतना तीव्र कि उतरने का नाम ही नहीं ले रहा था। शची माँ के जीवन में कड़ी धूप के बाद थोड़ी–सी छाँह आयी थी, बस अभी–अभी विश्वरूप के वियोग की तपिश से बाहर ही निकली थीं कि जगन्नाथ मिश्र की बीमारी में वह छाँह भी विलुप्त हो गयी।

निमाई अभी मात्र ग्यारह साल का था, पर शारीरिक गठन ऐसा कि सोलह का दिखता था। जगन्नाथ मिश्र खाट पर पड़े–पड़े सोच रहे थे 'अगर निमाई सोलह का ही होता तो कम–से–कम पुत्रवधू का मुँह देखकर मरता।' चाह पूरी नहीं होनी थी, जगन्नाथ मिश्र भी समझ रहे थे। वे अपना मन पुत्र और पत्नी से हटाकर नारायण में लगाने की कोशिश करने लगे।

वैद्य ने हाथ खड़े कर दिये। रोग समझ में नहीं आ रहा था–ज्वर उतरने का नाम नहीं ले रहा है। अब ईश्वर के हाथ में ही सब कुछ है, मुश्किल घड़ी है।

नन्हा निमाई विह्वल हो गया। दौड़कर बाबा के चरणों पर अपना सिर पटक दिया–बाबा, आप हम लोगों को छोड़कर नहीं जा सकते। आपके बिना हम लोग कैसे रहेंगे? माँ अकेले क्या करेंगी?

जगन्नाथ मिश्र की अधीरता और मोह न जाने ईश्वर की कौन–सी कृपा से समाप्त हो गये थे। उन्होंने निमाई के सिर पर हाथ फेरते हुए कहा–मैं सिर्फ़ इस जीवन में तुम्हारा पिता हूँ। जन्म–जन्मान्तर के पिता नारायण सदा तुम्हारे साथ रहेंगे। जैसे ही उन्होंने रोती हुई शची माँ का हाथ रोते हुए निमाई के हाथ में रखा उनकी साँसें उखड़कर उलटी चलने लगीं।

कुछ मिनट के अन्दर ही दुनिया बदल गयी। हरा–भरा बाग़ बियावान हो गया। शची माँ कितनी बदल गयीं। चौड़े लाल पाड़ की साड़ी, पाँवों में आलता, हाथों में पोला, हाथीदाँत की चूड़ी, सोने का कंगन कुछ न रहा। माँग में दमकता हुआ लाल सिन्दूर और माथे पर बड़ी–सी गोल बिन्दिया सब एक क्षण में उनके शरीर से लुप्त हो गये।

निमाई एकटक अपनी माँ को देख रहा था। बाबा के जाते ही माँ इतनी बदल क्यों गयीं? अचानक माँ बूढ़ी दिखने लगीं, एकदम वृद्धा। उनके सारे बाल श्वेत दिख रहे थे। श्वेत परिधान और श्वेत केशों में शची माँ बिल्कुल संन्यासिनी–सी लग रही थीं। दादा ने संन्यासी बनने के लिए घर छोड़ दिया, पर माँ तो बाबा के जाते ही संन्यासिनी बन गयी...पर क्यों? निमाई ने देखा माँ बाबा के चरणों पर झुकी हुई थीं।

जो शची माँ विश्वरूप के गृहत्याग के बाद इतना अधिक विलाप कर रही थीं; पति के परलोकगमन के समय एकदम शान्त थीं, धीर–गम्भीर...। पति के शरीर को निमाई की मदद से स्वयं नीचे उतारा। निमाई के हाथों नारायण का चरणामृत उनके मुख में डलवाया। शची माँ कातर दृष्टि से नारायण को निहार रही थीं कि तभी उन्हें दिखायी पड़ी एक ज्योति, एक लौ जो जगन्नाथ मिश्र के शरीर से निकली और नारायण के श्रीविग्रह में प्रविष्ट हो गयी।

अब नारायण जगन्नाथ मिश्र के शरीर में नहीं रहे। नारायणहीन शरीर को कौन अपने घर में रख सकता है? शची माँ अपने पति के संग–संग, भागीरथी के तट पर आयीं। वही पति जिनके पाण्डित्य पर उन्हें गौरव था, वही पति जिनकी सरलता पर वे मुग्ध थीं, वही पति जिनके प्रेम से वे प्रमुदित होती रहती थीं।

ईश्वर का विधान देखिए कि आज वही पति उनकी आँखों के सामने ही चिता पर प्रज्वलित हो रहे थे। निमाई अपनी खुली आँखों से देख रहा था अपने पिता के शरीर को चिता पर धू–धू कर जलते हुए। मुखाग्नि देने के बाद कितना फूट–फूटकर रोया था निमाई, जाकर लिपट गया अपनी माँ से, जो जड़ावस्था में खड़ी थीं। निमाई के लिपटते ही शची माँ के संयम का बाँध टूट गया। जैसे गंगा अपने वेग से घाटों को तोड़ते हुए निकलती है; वैसे ही शची माँ की आँखों से आँसुओं का स्रोत इतनी ज़ोर से फूटा कि निमाई का स्नान ही हो गया।

ग्यारह वर्ष के निमाई ने अपनी माँ को अपने अंक में समेट लिया जैसे माँ कोई अबोध शिशु हो। निमाई कलपती हुई माँ से कह रहा था–'माँ, जीवनपर्यन्त तुम्हारी सेवा करूँगा, तुम्हें अकेला छोड़कर कभी नहीं जाऊँगा...।'

आज सागर तट पर बैठे चैतन्यदेव ने अपनी आँखें बन्द कर लीं। इतनी शक्ति नहीं थी कि भागीरथी के उस घाट पर और अधिक देर टिक सकें, जहाँ पर निमाई ने अपनी दुखियारी माँ को वचन दिया था–जीवनपर्यन्त उसकी सेवा करेगा, पर उस वचन को कृष्ण चैतन्य बनकर भंग कर दिया।

चैतन्यदेव सागर की गम्भीर गर्जना के मध्य स्पष्ट स्वर में माँ से क्षमा माँग रहे थे–'माँ तुम मेरी प्रार्थना सुन रही हो न! मेरे इस अपराध को क्षमा कर दोगी न। मुझे क्या हो गया था माँ...? बिल्कुल बावला हो गया था तभी तो यह अधर्म कर बैठा। तुम्हारी सेवा छोड़कर संन्यास लेकर बैठ गया। मैं संन्यासी हो गया माँ, पर आजीवन तुम्हारे अधीन रहूँगा। माँ, तुम्हारे आदेश से ही तो वृन्दावन धाम न जाकर नीलांचल में रह रहा हूँ, जीते जी इस स्थान का त्याग नहीं करूँगा।'

माँ से तो क्षमा माँग लेंगे कृष्ण चैतन्य पर बाबा से...? उनसे क्या कहेंगेत्र? बाबा ने महाप्रयाण के वक़्त निमाई के हाथों में शची माँ का हाथ दिया था और निर्निमेष नेत्रों से निमाई को अपने आख़िरी क्षणों में कितनी आशा और विश्वास से निहारा था। उस समय निमाई की आँखों से आँसुओं की धारा बह रही थी। अश्रुजल से धुले निमाई के बड़े–बड़े कमलाक्षों ने बाबा को निश्चिन्तता के साथ नयन मूँदने का विश्वास दिया था।

बाबा समझेंगे अपने निमाई की विवशता, उनके निमाई ने जानबूझकर कुछ भी नहीं किया...। उस साँवले सलोने ने जो चाहा है उससे कराया

है बस...। निमाई तो यन्त्र है...श्याम यन्त्री हैं...चाभी घुमाते गये...निमाई से कृष्ण चैतन्य बना दिया...उसके सामने किसकी चली है? 'बाबा आप समझेंगे न।' चैतन्यदेव बुदबुदा रहे थे।

4

चैतन्यदेव की निर्निमेष दृष्टि पुनः अथाह जलराशि वाले नीलसागर पर से फिसलती हुई शून्य पर टिक गयी। आज चैतन्यदेव का मन बार–बार नवद्वीप की ओर भाग रहा है,...उनके सामने उनका अपना विद्यालय, गंगादास का विद्यालय सब कैसे प्रत्यक्ष होकर खड़े हो गये हैं।

निमाई ने बचपन में जिस गंगादास पाठशाला में शिक्षा प्राप्त की थी वह नवद्वीप में व्याकरण की सबसे बड़ी पाठशाला थी और निमाई वहाँ के सभी विद्यार्थियों में सबसे विलक्षण! ऐसा पाण्डित्य, ऐसी अभूतपूर्व स्मरण शक्ति कि एक बार जो वह सुन ले तो कण्ठस्थ ही हो जाता। दुबारा सुनने की कहाँ ज़रूरत पड़ती थी?

उत्तर में काशी और पूर्व में नवद्वीप इसके मध्य में एक जगह और थी मिथिला। मिथिला में विद्या को गुप्त रखने की मानसिकता अधिक थी। प्रचार–प्रसार कभी भी वहाँ की संस्कृति नहीं रही। इसी से काशी और नवद्वीप की होड़ में विद्वानों का गढ़ रहते हुए भी, मिथिला उसमें शामिल नहीं हो सका। दूसरी बात यह भी थी कि मिथिला में नगरीय संस्कृति नहीं थी बल्कि ठेठ ग्रामीण सभ्यता और संस्कृति थी। मिथिलावासी अपने में सन्तुष्ट रहने वाले थे। अपनी विद्वत्ता, अपना पाण्डित्य जो है, जितना है, वह उनकी नज़रों में अद्वितीय था। यह विचारधारा हमेशा ही वहाँ विराजती रही। पर काशी और नवद्वीप दोनों विशाल नगर थे, स्वाभाविक रूप से नवद्वीप विद्यार्थियों के लिए हमेशा आकर्षण का केन्द्र बना रहा, नवद्वीप के विद्यालयों को साक्षात् विद्या मन्दिर समझने वाले विद्यार्थियों का झुण्ड हमेशा मँडराता रहता था।

चैतन्यदेव को आज पाठशाला के मित्रों की बेहद याद आ रही थी...। बहुत सारे मित्र कितने अधिक प्रतिभासपन्न थे। अलंकार शास्त्र में अद्वितीय कमलाकान्त, 'तन्त्रसार' में कृष्णानन्द, न्यायिक शास्त्र का पण्डित रघुनाथ, और मुरारी गुप्त। मुरारी गुप्त जितना ही धीर–गम्भीर था निमाई उतना ही चंचल। मुरारी गुप्त हमेशा इस प्रयत्न में रहता कि निमाई से सामना ही

कम–से–कम हो। अपने आपको बहुत गम्भीर और विद्वान मानने के कारण मुरारी गुप्त को निमाई के मुँह लगना अच्छा नहीं लगता था। लेकिन निमाई था कि उसे छेड़–छाड़कर वाक्‌युद्ध में फ़ँसा ही लेता था। दूसरे सहपाठी विनोदवश इस तर्क युद्ध को बढ़ावा देते थे, बेचारा मुरारी न चाहते हुए भी ताव में आकर फँस जाता था। तर्क युद्ध में निमाई से पराजित होना ही बेचारे के भाग्य में लिखा था। अपने से छोटी आयु के निमाई से पराजित होना मुरारी के लिए कठिन घड़ी होती थी।

गंगादास की पाठशाला में अध्ययन समाप्त करके न्यायशास्त्र पढ़ने के लिए निमाई सार्वभौम भट्टाचार्य की पाठशाला में भर्ती हुए। निमाई से पहले रघुनाथ वहाँ नामांकन करवा चुके थे। रघुनाथ की न्यायशास्त्र पर बहुत अच्छी पकड़ थी...निमाई भी उनका बहुत सम्मान करते थे।

उस दिन विद्यालय में रघुनाथ नहीं आये थे। निमाई का मन रघुनाथ के बिना लग नहीं रहा था।

उधर रघुनाथ परेशान हो रहे थे। कच्ची लकड़ी के धुएँ से उनकी आँखें लाल हो गयी थीं। मध्याह्न बीत गया, पर चावल अभी चूल्हे पर उबल ही रहा था। 'कब बनेगा, कब भोजन करूँगा और फिर कब लेखन का काम करूँगा?' रघुनाथ की झल्लाहट बढ़ती जा रही थी।

–न्यायशास्त्र के विद्वान को इस तुच्छ काष्ठ ने परेशान कर दिया है तभी तो आँखें लाल हो रही हैं, कहते हुए निमाई पण्डित ने रघुनाथ के कमरे में प्रवेश किया।

–आइए–आइए, इधर आइए। कच्ची लकड़ी का धुआँ है, व्याकरण के विद्वान को भी परेशान करने की शक्ति रखता है। चूल्हे की लकड़ी में फूँक मारते हुए रघुनाथ ने कहा।

–पर कच्ची लकड़ी रही कैसे? धूप में नहीं डाला था? और रही बात व्याकरण के विद्वान होने की तो...वह तो मैं हूँ नहीं...व्याकरण का विद्यार्थी ज़रूर हूँ...नम्रतापूर्वक निमाई बोले।

–कहाँ ध्यान रहा? गुरुदेव ने न्यायशास्त्र के एक श्लोक का चतुर्थांश देकर कहा था इस श्लोक को पूरा करो, बस उसी में उलझ गया था। न जाने कितनी पंक्तियों की रचना की लेकिन कोई उसमें सटीक बैठती ही नहीं थी। बस अभी कुछ ही देर पहले सटीक पंक्ति मिली है और मैं उस उलझन से दूर हुआ हूँ।

—आख़िर किस तरह के श्लोक की रचना करनी थी, जिसने मेरे विद्वान मित्र को इतना परेशान किया? निमाई पण्डित ने गीली लकड़ी को आमने–सामने रखकर खड़ी करते हुए कहा। अग्नि तेज़ी से प्रज्वलित हो गयी।

—आपने कहाँ सीखा अग्नि प्रज्वलित करना? घर में रहने वाले विद्यार्थियों को कहाँ प्रयोजन पड़ता है चूल्हे–चौके से? माँ के साथ था तो सोचता था, खा लेता हूँ यह भी माँ पर कृपा ही करता हूँ, पर जब से नवद्वीप आया हूँ सोचता हूँ एक अकेली माँ कितना आसान बना देती थी जीवन, रघुनाथ की आँखें पनीली हो गयीं।

—कुछ पाने के लिए कुछ खोना पड़ता है रघुनाथ! आप सार्वभौम विद्यालय के सबसे योग्य छात्र हैं। कितनी मेहनत करते हैं आप अध्ययन करने के लिए। आपकी विद्वत्ता बेमिसाल है, पर भोजन भी आवश्यक है। आप खिचड़ी खायें और यदि भोजन करने में बाधा नहीं पहुँचती हो तो उस श्लोक को भी सुनायें जिसने मेरे मित्र की यह हालत बनायी है, निमाई पण्डित हँसते हुए बोले।

श्लोक सुनते ही निमाई पण्डित ने आश्चर्यचकित होकर कहा—इस श्लोक ने आपको इतना परेशान किया? पर अगले ही क्षण मौन हो गये।

रघुनाथ के हाथ का ग्रास हाथ में ही रह गया—अच्छा तो आप इस श्लोक को पूरा करके बतायें—कहते वक़्त रघुनाथ की आवाज़ हकला गयी।

—मैं अच्छे श्लोक की रचना नहीं कर सकता वह भी न्यायशास्त्र में और आपके सामने? इतना भी धृष्ट नहीं हूँ। मेरे कहने का अभिप्राय यह था कि आपके लिए इस श्लोक को पूरा करने में क्या कठिनाई हो सकती है?

रघुनाथ का दिल ज़ोर–ज़ोर से धड़कने लगा। यह बात सही थी कि निमाई पण्डित के आने के पहले वे गंगादास विद्यालय के हज़ारों छात्रों में प्रथम तो रहते ही थे, द्वितीय स्थान पर रहने वाले छात्र के प्राप्तांक और इनके प्राप्तांक में बहुत अधिक अन्तर रहता था। पर जब से निमाई ने विद्यालय में नामांकन कराया है रघुनाथ का स्थान प्रथम से द्वितीय हो गया। एक न्यायशास्त्र को छोड़कर निमाई पण्डित सभी विषयों में अधिक अंक लाते थे, पर आज न्यायशास्त्र में भी..., रघुनाथ ने गले के थूक को घोंटते हुए कहा—आप इस श्लोक को पूरा करें...।

—आप कहते हैं तो कर देता हूँ, कहकर क्षणभर में निमाई ने श्लोक को पूरा कर दिया, रघुनाथ के श्लोक से भी अधिक सुन्दर श्लोक की रचना करके यह कहते चल दिये निमाई—'अब आप भोजन करें, आपके साथ रहूँगा तो आप शास्त्र चर्चा छोड़ेंगे नहीं...।'

निमाई पण्डित चले गये, पर रघुनाथ के मन की शान्ति सुकून और चैन सब लेते गये। बेचारा रघुनाथ भी क्या करे? उसे भी स्वप्न देखने का अधिकार है, फिर वह कोई दिवास्वप्न तो देखता नहीं है। अपने स्वप्न को पूरा करने के लिए क्या नहीं करता है? टिमटिमाती ढिबरी की रोशनी में भी आँखें पुस्तकों के ऊपर से कहाँ हटती हैं? आँखों के चारों ओर, काले—काले घेरे बन गये हैं, युवावस्था में ही आँखें निस्तेज—सी हो गयी हैं, पर कहाँ उसकी परवाह करता है रघुनाथ? बस उसकी तो एक ही ज़िद है गौड़ देश ही नहीं सम्पूर्ण भारतवर्ष का सबसे बड़ा नैयायिक बनने की...। पर आज निमाई पण्डित ने इतनी आसानी से अष्टपदी को पूरा करके...इनके सिंहासन की मानो नींव हिला दी।

दूसरे दिन निमाई पण्डित ने देखा रघुनाथ बड़ा गुमसुम है। शिक्षक जब पढ़ा रहे थे उस समय भी वही कहीं और खोया सा लग रहा था। आँखें उनींदी सी थीं जैसे रात भर का जगा हो।

आज मेरे घर चलिए, माँ ने बुलाया है, साथ में भोजन करेंगे...निमाई पण्डित बोले।

—चलूँगा पर एक शर्त पर...। मैंने सुना है आप न्यायशास्त्र के ऊपर कोई ग्रन्थ लिख रहे हैं उसे पढ़कर सुनाना पड़ेगा।

—इसमें शर्त की क्या बात है, मुझे खुशी होगी कि न्यायशास्त्र का इतना बड़ा विद्वान मेरी रचना को सुने और फिर मेरे बालपन के प्रयास को दिशा—निर्देश दे—निमाई पण्डित ने हर्षित होकर कहा।

रघुनाथ के कलेजे को थोड़ी—सी ठण्डक मिली। चैन की एक लम्बी साँस खींचते हुए रघुनाथ ने कहा—जहाँ भी आवश्यकता होगी मैं सुधार में अवश्य सहयोग करूँगा।

—तो फिर चलते हैं नाव में, भागीरथी माँ की गोद में बैठकर मैं आपको सुनाता हूँ अपने आड़े—तिरछे खींचे शब्द विन्यास को।

नाव खुल गयी। केवट ने नाव को गंगा की मध्य धारा में लाकर छोड़ दिया। केवट के हाथ स्वतः स्तम्भित हो गये। नाव को खेना छोड़कर वह भी मन्त्र मुग्ध होकर सुनने लगा निमाई पण्डित के मुख से निर्झरित होते

पुष्प सरीखे श्लोक। केवट बेचारा न न्यायशास्त्र जानता था, न व्याकरण, न अलंकार...। उसे कर्णप्रिय लग रहा था, संगीत की तरह..., कानों में मिश्री–सी घुल रही थी।

निमाई पण्डित की पाण्डुलिपि समाप्त हो गयी पर यह क्या...? रघुनाथ का पूरा चेहरा आँसुओं से सराबोर हो गया था। उनके आँसू पूरे मुखमण्डल पर फैल रहे थे। निमाई पण्डित अवाक् हो गये।

–भैया रघुनाथ आप इस तरह क्यों सिसक रहे हैं? निमाई पण्डित ने रघुनाथ के हाथों को बहुत प्रेम से अपने हाथों में लेते हुए कहा।

–निमाई पण्डित...आज मेरा स्वप्नभंग हुआ है। वर्षों से जिस 'दीधिति' ग्रन्थ को लेकर एक स्वप्न देखता आ रहा था और मुझे ऐसा आभास भी हो रहा था कि बस, वह स्वप्न अब पूरा होने ही वाला है; मैं इस महान ग्रन्थ का रचयिता बनकर दुनिया में अपना नाम कर जाऊँगा। पर नहीं, मैं ग़लत था। अब वह स्वप्न अभी क्या, कभी भी पूरा नहीं होगा। अपनी आँखों को पोंछते हुए रघुनाथ ने कहा।

–मेरे भाई रघुनाथ...कृपया पहेलियाँ मत बुझाइए...। स्पष्ट कहें, वैसे भी विद्वानों की बातें कहाँ जल्दी समझ में आती हैं मुझे?

इतना सुनते ही रघुनाथ की रुकी सिसकी पुनः तेज़ हो गयी।

–बस...बस भैया...सच, नहीं समझ पा रहा...हूँ, हास–परिहास नहीं कर रहा...। निमाई पण्डित की चिन्ता बढ़ रही थी; कुछ तो बताइए...।

–क्या बताऊँ? घर में एक माँ थीं और एक मैं...। नवद्वीप आया तो माँ भी मर गयीं, पिता को देखा ही नहीं। सिर्फ़ जनविहीन ही नहीं, धनविहीन भी था। पढ़ने में थोड़ा अच्छा था, बुद्धिमत्त ख़ाँ की छात्रवृत्ति पाकर सोचने लग गया...इतना बड़ा विद्वान बन जाऊँगा कि...पूरे गौड़ प्रदेश में कोई न होगा। दिन–रात एक कर दिया, न्यायशास्त्र के ऊपर एक पुस्तक लिख रहा था...बस अभी–अभी पूरा किया है। 'दीधिति' पुस्तक का नाम नहीं है, मेरे जीवन का नाम है, मेरे स्वप्न का नाम है। उसकी एक–एक पंक्ति नहीं, एक–एक शब्द पर भी न जाने कितने गहन चिन्तन किये हैं मैंने। जब उसकी एक पंक्ति पूरी करता था तो आशा, उत्साह और आनन्द की बिजली कौंध जाती थी मेरे अन्दर...। पर अब सिर्फ़ निराशा, उत्साहहीनता और दुख शेष हैं मेरे जीवन में...।

–पर क्यों मेरे भाई अचानक...यहाँ नाव में हम लोग आनन्द के लिए इकट्ठा हुए हैं...फिर ऐसा क्या हो गया...?

—कृपया मुझे ग़लत मत समझें, यह सही है मैं स्वार्थी हूँ। इतना कि अपने स्वार्थ में इतना डूब गया कि आपके ग्रन्थ की प्रशंसा भी नहीं कर सका। मैं सिर्फ़ अपने दीधिति के बारे में सोचता रह गया कि आपकी इस पुस्तक के सामने कौन पूछेगा मेरी दीधिति को..., उस दीधिति को जिसे जन्म देने के लिए मैंने कितनी बार प्रसव वेदना को झेला है। लेकिन मेरी सारी वेदना, सारी मेहनत असफल रही। पर चलिए कोई बात नहीं, जिस जगह दीधिति को देखना चाहता था अब उससे भी कहीं अधिक ज्ञानवर्द्धक पुस्तक विद्वानों का कण्ठहार बनेगी, न्यायशास्त्र पर आपका ग्रन्थ अलौकिक है, इसके सामने दीधिति तो कुछ भी नहीं..., अपनी जीभ को सूखे होंठों पर फेरते हुए रघुनाथ ने अपनी बात समाप्त की।

—बस इतनी—सी बात...इतनी छोटी बात के लिए मेरा मित्र दुखी है।...रघुनाथ, दुनिया हमेशा आपको एक महान नैयायिक के रूप में याद रखेगी। दीधिति के महान रचयिता के रूप में याद रखेगी। दीधिति आपकी रचना उसी तरह जगप्रसिद्ध होगी जिस तरह का स्वप्न आपने देखा है।

—पर कैसे मित्र...आपकी इस रचना के सामने कौन इसे स्थान देगा?

—ऐसे मेरे मित्र...मुस्कुराते हुए निमाई ने अपनी पाण्डुलिपि को गंगा की लहरों पर छोड़ दिया।

जब तक रघुनाथ ने रोकने के लिए अपने हाथ को आगे बढ़ाया..., और चिल्लाया—क्या कर रहे हैं आप...पर तब तक गंगा की लहरों में पृष्ठ ऐसे अठखेलियाँ करने लगे जैसे काग़ज़ की नावें हों।

रघुनाथ पागलों की तरह चिल्लाने लगे—'केवट जल्दी करो...इन पृष्ठों को पानी से छानो। सिर्फ़ मेरी स्वार्थ लिप्सा के कारण विश्व एक दुर्लभतम ग्रन्थ से वंचित रह जायेगा...। केवट मेरी मदद करो..., ज़िन्दगी भर इस बोझ को अपने कलेजे पर लिए मैं नहीं जी पाऊँगा...? यह आपने क्या किया...निमाई पण्डित?' फूट—फूट कर रोने लगे रघुनाथ।

नाव के चारों ओर बिखरे पृष्ठ नर्तन कर रहे थे। केवट नाव खेना छोड़कर पृष्ठों को निकालने का असफल प्रयास कर रहा था और निमाई पण्डित रोते हुए रघुनाथ को चुप कर रहे थे।

—आपने इतना बड़ा त्याग...कर दिया इतनी सहजता से...। मित्रता का मतलब...रघुनाथ की आँखें शून्य में अटक गयीं।

—मित्रता का कोई मतलब नहीं होता रघुनाथ, यदि मतलब ही हो गया तो मित्रता कहाँ रही...? और यह भला कौन—सा बड़ा त्याग हुआ...? फिर तुम्हारे ऐसे परम मित्र को कष्ट पहुँचाने वाला यह ग्रन्थ अब मेरे किसी काम का नहीं रहा था। इस ग्रन्थ की रचना मैंने सिर्फ़ स्वान्तःसुखाय की थी। महान ग्रन्थकार बनकर यशस्वी बनने की लिप्सा मेरी कदापि न थी। अपने क्षेत्र में आप अद्वितीय माने जायेंगे। मेरे लिए आपकी मित्रता अधिक मूल्यवान है रघुनाथ।

रघुनाथ देखते रह गये निमाई पण्डित को...। सोलह साल की उम्र... गौरांग वर्ण...स्वर्ण सरीखा चमकता हुआ अण्डाकार चेहरा, सुतवाँ नाक, निकली हुई ठुड्डी, बड़ी—बड़ी और गहरी झील—सी आँखें और होंठों पर सहज मुस्कान वाला यह मित्र अप्रतिम सौन्दर्य का मालिक और विलक्षण प्रतिभा का स्वामी है यह तो पूर्व से ही विदित था पर यह आन्तरिक रूप से इतना महान है इसकी कल्पना भी नहीं थी। रघुनाथ की आँखें कृतज्ञता और आश्चर्य से विस्फारित होकर फैली रह गयीं।

—मेरे कारण न्यायिक की सर्वश्रेष्ठ कृति समाप्त हो गयी। कितना भूखा था मैं अपनी प्रतिष्ठा पाने के लिए। पर प्रतिष्ठा उसे मिलती है जो उसे ठुकराता है। मेरे जैसे लोगों को नहीं जो दिन—रात इसी उधेड़बुन में लगे रहते हैं कि प्रतिष्ठा को येन—केन प्रकारेण कैसे हासिल करें। रघुनाथ की आँखें कृतज्ञता और श्रद्धा से झुकती चली गयीं।

—भारत के सर्वश्रेष्ठ न्यायिक 'दीधिति' के रचयिता की आँखों में आँसू अच्छे नहीं लगते..., निमाई ने हँसते हुए कहा।

—इतना अधिक शर्मिन्दा मत करें...इतिहास में आज तक किसी ने जो कार्य नहीं किया है और न आगे भी कोई करेगा, उसे आपने किया है। उदारता और त्याग का एक भी ऐसा उदाहरण नहीं है। मैं लोकेषणा का कीड़ा हूँ और आपकी उदारता के कारण शायद सर्वश्रेष्ठ नैयायिक बन भी जाऊँ, पर इस घटना के बाद जितने लोग मेरी 'दीधिति' को जानेंगे उससे अधिक लोग आपकी कृपा, दयालुता, उदारता और करुणा की चर्चा करेंगे।

मित्रता के इतने बड़े ऋण को सिर पर लिए भारी मन से रघुनाथ चले गये और निमाई पण्डित शान्त चित्त से अपने घर आ गये। उनके मन पर कोई बोझ नहीं था, मन शान्त भी था पर शान्त मन में छोटी—छोटी तरंगें उठ रही थीं।

5

विद्या का मतलब क्या होता है? आख़िरकार विद्या का सार क्या है? ज्ञान प्राप्त करना न, तो ज्ञान क्या सिखाता है, सब कुछ पा लेने की पागलपन की दौड़ में शामिल होकर अपना जीवन उत्सर्जित कर देना? या किसी भी तरह येन–केन प्रकारेण प्रतिष्ठा प्राप्त कर लेना ही ज्ञान प्राप्ति का फल है? नहीं–नहीं ज्ञान तो बताता है–'प्रतिष्ठा शूकरे विष्ठा।' फिर क्या पूरा जीवन शूकर विष्ठा की प्राप्ति के लिए विद्यार्जन किया जाये? नहीं ऐसा हरगिज़ नहीं होगा...। निमाई पण्डित चिन्तनधारा में आप्लावित हो रहे थे।

यह कोई पहली बार की बात नहीं है जब निमाई को इन विचारों ने परेशान किया है। क्या है यह संसार...? कितनी क्षणभंगुर है यह दुनिया..., और यह प्रतिष्ठा...? फिर क्यों भागूँ इसके पीछे...? विद्या भी एक व्यसन ही है। अच्छी बात है विद्यार्जन...पर क्या ऐसी विद्या...किसी काम की है जो मनुष्य को मनुष्य नहीं रहने दे, इतना च्युत कर दे उसे अपने स्थान से कि वह अपनी ही दृष्टि में इतना गिर जाये कि फिर उठने की शक्ति ही न रहे।

'विद्या ददाति विनयं' पर कहाँ आती है विनयशीलता उलटे ऊँची–ऊँची उपाधियाँ मनुष्य में सिर्फ़ अहंकार बढ़ाने का ही काम करती हैं।

नहीं, अब नहीं पढ़ूँगा, विद्यालय नहीं जाऊँगा...। जाने या अनजाने भी क्यों किसी की स्पर्धा का कारण बनना? रघुनाथ मेरा कितना अच्छा मित्र है पर मेरे ही कारण कितना कष्ट पा रहा था...।

क्या अच्छी पुस्तक लिखना ही जीवन का ध्येय है...? यह भी तो लोकेषणा है...। क्या होगा ग्रन्थों की रचना करके...? विद्वानों ने कितने ग्रन्थ लिखे हैं...उन्हें पढ़ने वाले कितने लोग हैं? फिर उसे पढ़कर आचरण में कितने लोग अपना पाते हैं? और यदि आचरण में नहीं उतारा गया तो सम्पूर्ण अवधि गदहों के समान क्या सिर्फ़ बोझा ढोने में ही चली गयी? ग्रन्थ लिखते समय मन में यह छुपी आकांक्षा रहती ही है कि यह पाठकों का कण्ठहार बने...। पाठकों से प्रशंसा सुनना प्रारम्भ में रुचिकर लगता है, बाद में लोकेषणा इतनी बढ़ जाती है कि मनुष्य इसके जंजाल में बुरी तरह से जकड़कर मानवता से कोसों दूर चला जाता है।

क्यों आया हूँ इस धरती पर? आने का उद्देश्य क्या है? या निरुद्देश्य ही जीवन काट देना है? बहुत धन इकट्ठा कर लेना या बहुत सारे ग्रन्थों

के रचयिता बनकर विद्वानों की श्रेणी में स्थान पा लेना, या बहुत बड़े जनसमूह का नेता बनकर नेतृत्व प्रदान करना..., क्या है मेरे जीवन का उद्देश्य...? निमाई चीत्कार कर उठे...'हे मेरे ईश्वर! तुम जहाँ कहीं भी हो मेरी प्रार्थना सुन लो। हो सकता है मेरा मन फिर कभी बदल जाये पर अबोध शिशु मानकर मेरी किसी माँग पर ध्यान मत देना। हमेशा अपनी कृपादृष्टि बनाये रखना।'

न धनं न जनं न सुन्दरीं, कवितां वा जगदीश कामये।
मम जन्मनि जन्मनीश्वरे, भवताद्भक्तिहैतुकी त्वयि।

न मेरी इच्छा धन प्राप्ति की हो, न जनन्नायक बनने की, और न बहुत बड़े कवि और विद्वान बनने की हो। हे प्रभु, न सुन्दर–सी स्त्री ही पत्नी के रूप में मिलने की चाह मेरे मन से अंकुर बनकर पनपे। कभी मेरे मन में ऐसे नवांकुर उपजें भी तो दयालु ईश्वर उसे तत्क्षण उखाड़ फेंकना।

अनन्त शक्ति नियन्ता के चरणों में अपनी प्रार्थना समर्पित कर देने के बाद निमाई निश्चिन्त हो गये। निमाई समझ गये ऐसी विद्या, विद्या नहीं अविद्या है। अनित्य वस्तु को नित्य समझना, अपवित्र को पवित्र, दुख को सुख समझना और देह, दैहिक वस्तु में आत्मबुद्धि होना–इसे विद्या नहीं माना जा सकता है।

निमाई ने दृढ़ निश्चय कर लिया कि कल से वे विद्यालय नहीं जायेंगे। उन्हें अपने मित्रों की कमी बेहद खलेगी...इस बात से अनजान नहीं थे पर यह भी ज्ञात हो चुका था दुनिया तो ऐसे ही चलती है...। प्रकृति का काम है सामंजस्य बैठाना...बैठा ही लेगी। पर अब निमाई अविद्यारूपी तालाब का कमल बनने को तैयार नहीं। विद्यालय जाकर अपने ही मित्रों की ईर्ष्या का पात्र बनना निमाई को स्वीकार नहीं...। ईर्ष्या भी बड़ी अनोखी और बेढब वस्तु है। अधिकतर अपनों से ही होती है, अपने प्रिय से होती है, अपने से अधिक योग्य व्यक्तियों से होती है। सबसे अधिक दुखद कि ईर्ष्या निर्दोषों से भी होती है...।

निमाई को आज तक किसी से ईर्ष्या हुई ही नहीं। विधाता को सृष्टि करते वक़्त ईर्ष्या के अवयव की शायद विस्मृति हो गयी, पर निमाई को इतने से सन्तोष नहीं है, वह इस अपराध का भी भागी नहीं बनना चाहता है कि वह किसी की ईर्ष्या का पात्र बने।

–क्या बात है? मेरा निमाई किस चिन्ता में डूबा हुआ है? शची माँ ने कमरे में प्रवेश करते हुए कहा।

—आपके ही पास आने वाला था माँ। सोचता हूँ अब विद्यालय नहीं जाऊँ, यहीं घर पर ही रहकर पढ़ूँ। बाबा के ग्रन्थ हैं, दादा की भी इतनी ढेर सारी पुस्तकें हैं और नानाजी की भी ज्योतिष शास्त्र की पुस्तकें पड़ी हैं..., निमाई की बात समाप्त होने के पहले ही शची माँ हड़बड़ाकर बोल उठीं—कैसी बात करता है निमाई? विद्यालय नहीं जायेगा? जब मैं नहीं चाहती थी, तेरे बाबा नहीं चाहते थे...तब तुमने ही ज़िद की थी विद्यालय जाने की और आज तू ही..., और एक बात और, तुम कभी भी अपने दादा की पुस्तकों को नहीं पढ़ोगे..., पढ़ोगे क्या स्पर्श भी नहीं करोगे...। न जाने क्या लिखा है उन पुस्तकों में कि मेरे पुत्र को मेरे आँचल की छाँव से, मेरे ममता के आँगन से खींचकर दर—दर का भिखारी बना दिया।

—मेरी भोली माँ। भला इसमें पुस्तकों का क्या दोष? पुस्तकों में तो सिर्फ़ ज्ञान की बातें होती हैं। तुम्हारा पुत्र भी ख़ूब पढ़ेगा और ज्ञानी बनेगा, ठीक बाबा और नाना की तरह...माँ को अपनी बाँहों के घेरे में लेते हुए निमाई बोले।

—जो इच्छा है कर, पर अपने दादा की तरह मत बनना—शची माँ अपनी भीगी पलकों को पोंछती हुई ठाकुर घर में प्रवेश कर गयीं। निमाई भी माँ के पीछे—पीछे। श्रीनारायण के विग्रह को उठाकर उसके नीचे रखी पुस्तक को अपने स्थान पर रखी देखकर माँ ने निश्चिन्तता की साँस ली।

माँ की निश्चिन्तता की साँस को चैतन्यदेव अभी, इतने सालों के बाद भी महसूस कर रहे हैं, पर इस अनुभूति से आज चैतन्यदेव विचलित हो उठे। उनके होंठ स्वतः बुदबुदा उठे—माँ मुझे क्षमा कर दो। मैंने उस पुस्तक को पढ़ लिया था जो दादा ने मेरे लिए आपको दी थी...लेकिन उस पुस्तक और मेरे संन्यास ग्रहण करने के बीच कोई सम्बन्ध नहीं है... पर यह बात मैं तुम्हें कभी नहीं बता पाऊँगा क्योंकि तुम दादा को कभी माफ़ नहीं कर पाओगी...मेरे संन्यास का सारा अपराध निर्दोष दादा के सर पर आ जायेगा।

6

वर्तमान के साथ चैतन्यदेव अधिक देर नहीं रह पाये। भूतकाल वर्तमान को निर्वासित कर चैतन्यदेव को निमाई बनाने पर आमादा था, परत—दर—परत खुलता जा रहा था...।

निमाई ने पढ़ने के लिए विद्यालय जाना बन्द ही कर दिया। शची माँ परेशान थीं, विद्यालय भी नहीं जायेगा और घर में रहकर इतनी ढेर सारी पुस्तकों को पढ़ता रहेगा, पता नहीं क्या हो? नवयुवक के लिए इतने एकान्त में रहना क्या सामान्य अवस्था हो सकती है।

वैसे पूरे नदिया में निमाई पण्डित के पाण्डित्य की धूम मच रही थी। नदिया का पण्डित समाज इन्हें आश्चर्य से देखता था कि इतनी अल्पायु में इतनी विलक्षण प्रतिभा, इतनी विद्वत्ता, इतना पाण्डित्य...!

अपने ही विचारों में मग्न शची माँ गंगा स्नान करने कब घाट पर पहुँच गयीं पता ही नहीं चला। घाट पर उनके निमाई की ही चर्चा हो रही थी।

'शची माँ बड़ी भाग्यशाली हैं। इतनी छोटी आयु में आज तक नवद्वीप में कोई इतना बड़ा पण्डित बना है? निमाई की चंचलता देखकर हम कभी यह सोच ही नहीं सकते थे कि आगे चलकर यह बालक ऐसा विलक्षण विद्वान बनेगा। आज उनके पिता होते तो कितने प्रसन्न होते। अब शची माँ को इसके विवाह के लिए सोचना चाहिए'—शची माँ के कानों में ये शब्द मधु की तरह मीठे होकर अमृत घोल रहे थे।

गंगा स्नान से लौटने के बाद शची माँ का मन उद्विग्न हो गया। निमाई का विवाह हो जाये तो गृहस्थी में फँस जायेगा और फिर संन्यास आदि स्वतः विस्मृत हो जायेंगे। पर वह दीन—दुनिया की बात कहाँ सुनना चाहता? फिर विवाह होने के पहले कमाना—धमाना भी तो होगा..., शची माँ उधेड़बुन में लगी रहीं। मन—ही—मन दृढ़ निश्चय कर लिया कि निमाई से बात तो करनी ही होगी।

—निमाई तुम बचपने से ही कहते थे, बड़े होकर गंगादास से भी बड़ा विद्यालय खोलोगे, याद है तुम्हें? शची माँ ने निमाई से बात छेड़ी।

—याद है माँ, बचपन की सारी बातें याद हैं...पर क्या होगा विद्यालय खोलकर?...नदिया में विद्यालयों की कहाँ कमी है? एक—से—एक विद्वान हैं...पढ़ाने वाले। विद्यालय खोलकर आर्थिक स्थिति भले ही कुछ सुदृढ़ हो जायेगी पर माँ अधिक पैसा, अधिक ख़ुशी प्रदान करता है, यह सत्य नहीं...फिर इसके पीछे परेशान होकर दौड़—भाग की क्या आवश्यकता है?

—बात सिर्फ़ पैसों की नहीं है निमाई...मेरी इच्छा है कि मेरा पुत्र अपना एक विद्यालय खोले जो नदिया का सर्वश्रेष्ठ विद्यालय बने। शची माँ को ज्ञात था उनके विद्वान पुत्र के पास भी ममत्व का काट नहीं होगा।

–तुम्हारी इच्छा है तो माँ मना नहीं करता...पर हमारा घर इतना बड़ा नहीं कि इसमें विद्यालय खुल सके। निमाई पण्डित ने बात टालने की कोशिश की।

–इन बातों की चिन्ता तुम मत करो, नारायण पर छोड़ दो। शची माँ प्रसन्न हो गयीं...निमाई पण्डित ने विद्यालय खोलने के लिए हाँ जो कह दिया था।

नवद्वीप में बात फैल गयी। निमाई पण्डित विद्यालय खोलना चाहते हैं, पर उनके पास पर्याप्त मात्रा में स्थान नहीं है। मुकुन्द संजय जगन्नाथ मिश्र की बड़ी इज़्ज़त करते थे। उनके पास एक विशाल चण्डी मण्डप था, हज़ारों विद्यार्थियों के बैठने की जगह उसमें थी। मुकुन्द संजय ने शची माँ के पास सन्देशा भेजा–भाभी, निमाई पण्डित से आप कहें कि मेरे चण्डी मण्डप में अपनी पाठशाला चलाये। उस स्थान की सार्थकता सिद्ध हो जायेगी और जो कुछ सहायता, सेवा मुझसे बन पड़ेगी मैं सहर्ष करूँगा। इतने होनहार महापण्डित की सहायता करके कीर्ति कमाने का लाभ भला कौन छोड़ना चाहेगा?

निमाई पण्डित का विद्यालय खुल गया। नदिया में बड़े–बड़े धुरन्धर बुज़ुर्ग विद्वानों के बीच एक सोलह वर्ष के सुन्दर तरुण के विद्यालय को विद्वत् समाज कौतुक दृष्टि से देख रहा था। सबकी उत्सुकता विस्मय में बदल गयी जब झुण्ड के झुण्ड विद्यार्थी इनके इर्द–गिर्द ऐसे जमा होने लगे जैसे सुन्दर, सुगन्धित और प्रस्फुटित पुष्प पर भौंरे।

शिक्षण की पुरानी परिपाटी को निमाई ने तोड़ दिया। ताड़ना–प्रताड़ना जैसे शब्दों का अपने विद्यालय में प्रवेश वर्जित कर दिया। डरे, सहमे, सकुचे छात्र और गम्भीर और कठोर तने हुए मुखमुद्रा वाले शिक्षक..., निमाई पण्डित को स्वीकार नहीं थे। निमाई पण्डित ने एक अलग परिपाटी बनायी जिसमें शिक्षक और छात्र के बीच मर्यादा की एक अत्यन्त झीनी चादर तो अवश्य थी पर साथ ही इन दोनों के मध्य प्रेम की एक ऐसी धारा बह रही थी जिसमें गुरु और शिष्य दोनों अवगाहन कर रहे थे।

शिक्षक के हाथ में छड़ी नहीं, मुख पर तनाव नहीं, कठोर मुखमुद्रा के स्थान पर स्थिर मुस्कान हो और शान्ति से सैकड़ों छात्रों का पठन–पाठन सुचारु रूप से चल रहा हो, इससे बढ़कर ईश्वर की सृष्टि में दूसरा क्या आश्चर्य हो सकता था? आश्चर्य से लोगों ने दाँतों तले उँगलियाँ दबा लीं।

विद्यार्थियों की भीड़ बढ़ती जा रही थी। निमाई पण्डित मना भी करें तो किसे करें और कैसे करें? उनकी वाणी में ऐसा ओज और आकर्षण था, अध्यापन कला में ऐसी सिद्धि थी कि कुटिल से कुटिल विद्यार्थी उनके सामने ऐसे हो जाते थे जैसे बीन बजाते सपेरे के सामने काला नाग। लेकिन वही निमाई पण्डित जब अपने शिष्यों के साथ गंगा स्नान के लिए जाते तो उनका दूसरा ही रूप होता...। उस समय वे गुरु नहीं मित्र बन जाते...। चाहे गंगा में तैराकी करना हो या कभी किसी से हास–परिहास या व्यंग्य करना ही हो।

नदिया के कुछ लोग उनकी विलक्षण प्रतिभा से जितने प्रभावित थे उतने ही उनके नटखटपन से परेशान भी। निमाई से अच्छे–अच्छे विद्वान शास्त्रार्थ करने में घबराते थे। अपनी विलक्षण तर्क बुद्धि और सूझ–बूझ से किसी की बनी–बनायी साख कब बिगाड़ दें क्या ठिकाना था?

कभी–कभी नहीं, अक्सर ही प्रसिद्धि लोगों की ईर्ष्या का कारण बन जाती है। नदिया के दूसरे विद्यालयों में छात्रों की घटती संख्या के कारण उन विद्यालयों के शिक्षक निमाई पण्डित से अकारण द्वेष करने लगे। तभी तो दिग्विजयी केशव पण्डित के नदिया आने की चर्चा जैसे ही उन लोगों को ज्ञात हुई, उनके बीच हर्ष की लहर दौड़ गयी–अब आया ऊँट पहाड़ के नीचे..., दिग्विजयी को सरस्वती का वरदान है जो उसके सामने आता है उसकी बुद्धि मन्द और कुन्द हो जाती है।

दिग्विजयी केशव पण्डित के पहुँचने के पहले ही वे लोग छद्म विनम्रता धारण कर निमाई पण्डित के पास पहुँच गये–'अब आपके ही हाथ में नदिया की लाज है।'

इधर कश्मीरी पण्डित नवद्वीप पहुँचा नहीं कि इन्हीं महानुभावों ने क्षण भर भी नष्ट किये बिना उन्हें निमाई पण्डित के विद्यालय पर पहुँचा दिया।

निमाई पण्डित हज़ारों छात्रों के साथ ऐसे शोभायमान हो रहे थे जैसे आकाश में तारागण के साथ चन्द्रमा।

कश्मीरी पण्डित स्वयं बहुत सुन्दर था। कश्मीर का सौन्दर्य, गुलाबी रंग, सुतवाँ नाक, सिर पर बड़ी–सी पगड़ी बाँधे जब दर्पण में अपना रूप देखता तो मुग्ध हो जाता। विद्वान ऐसा कि सरस्वती का वरदपुत्र! सौन्दर्य का मद, विद्या का अहंकार, विश्वविजयी होने का दम्भ, उसके आन्तरिक सौन्दर्य को ही कलुषित नहीं कर रहे थे; वरन् बाह्य स्वरूप को भी बिगाड़ रहे थे। दम्भ, अहंकार, मद जब चेहरे पर प्रलक्षित होने लगते हैं तो कितना भी सुन्दर चेहरा हो विद्रूप लगने ही लगता है।

कश्मीरी पण्डित ने जब तारों के बीच इस निष्कलुषित चाँद को देखा तो विस्मित रह गया—गौर चाँद, निष्कलंक, चाँद। निमाई पण्डित को विधाता ने अपने हाथों से रच—रच कर गढ़ा था। ब्रह्मा ने अपनी पूरी कारीगरी लगा दी थी। तभी तो नदिया में कोई उन्हें गौर चाँद कहता तो कोई गौरांग...। यह दिग्विजयी पण्डित भी...जो आया तो था प्रतिद्वन्द्विता करने, पर निमाई पण्डित को देखा तो देखता रह गया...।

दिग्विजयी अवाक् हो सोचने पर विवश हो रहा था कि आख़िर ऐसी कौन—सी बात है इस व्यक्ति में जो उसके मन को इस कदर मथ रही थी? साक्षात् मन्मथ तो नहीं है निमाई पण्डित! इसका सौन्दर्य एकदम अलग है, इस सौन्दर्य में अलौकिकता है, निश्छलता है, निष्कपटता...है, केशव पण्डित की आँखें चौंधिया रही थीं। निमाई पण्डित की आन्तरिक सरलता, सादगी, निश्छलता—विनम्रता, सौम्यता और निष्कपटता उनके चेहरे पर एक अबोध शिशु की सहजता का एहसास करा रही थीं।

शास्त्रार्थ करने के पहले ही केशव पण्डित की घबराहट बढ़ गयी। उसे लगने लगा जैसे निमाई पण्डित उसके श्री का हरण कर रहे हों। अहंकार कहाँ विजयी हो पाता है-विनम्रता के सामने, दम्भ कहाँ टिक पाता है सरलता के सामने...कपटता कहाँ ठहर पाती है सहजता के सामने। आज के पूर्व केशव पण्डित कभी नहीं घबराया था, आज तक हमेशा दम्भ से दम्भ टकराता था; मद से मद और अहंकार से अहंकार टकराता था। पर आज स्थिति भिन्न थी।

दिग्विजयी पण्डित पर दृष्टि पड़ते ही निमाई पण्डित अपने सैकड़ों छात्रों के साथ उनके सम्मान में खड़े हो गये। निमाई पण्डित ने विनम्रतापूर्वक उनसे शास्त्रार्थ करने से मना कर दिया। दिग्विजयी पण्डित फिर धोखा खा गया। अहंकारी व्यक्ति विनम्रता को कमज़ोरी समझ ही लेता है। दिग्विजयी पण्डित अहंकार में भर गया—कुछ तो सुनाओ निमाई पण्डित, इतना नाम, इतनी ख्याति सुनी है तुम्हारी।

—मैं तो आपके सामने अज्ञ शिशु मात्र हूँ। कृपया मुझ पर अनुकम्पा करते हुए काव्यामृत का पान करायें, निमाई पण्डित ने विनम्रतापूर्वक कहा।

—मैंने सुना है सम्पूर्ण नदिया में तुम सर्वश्रेष्ठ व्याकरणाचार्य माने जाते हो, क्या यह सत्य है? दिग्विजयी ने कहा।

—लोगों में ऐसा प्रचार है, पर मैं स्वयं अपने को व्याकरण का विद्यार्थी मानता हूँ। निमाई सविनय बोले।

दिग्विजयी पण्डित के मन में जो घबराहट थी वह निमाई की विनययुक्त वाणी से समाप्त हो गयी। उसके सोचने की दिशा बदल गयी—यह ज़रा—सा लड़का भला मेरे आगे क्या ठहर पायेगा? इसीलिए तो मीठी—मीठी बातें कर रहा है। फिर बड़प्पन बघारने के अन्दाज़ में उसने उपेक्षणीय अन्दाज़ में निमाई पण्डित से कहा—क्या सुनना चाहते हो? विषय तुम बताओ।

सामने भागीरथी गंगा कल—कल करती हुई बह रही थी, निमाई पण्डित गंगा की ओर दृष्टि किये हुए हाथ जोड़कर बोले—माँ गंगा के बारे में ही कुछ सुना दें।

दिग्विजयी पण्डित क्षण—भर गंगा को निहारता रहा, फिर एक के बाद एक, सौ श्लोकों की झड़ी लगा दी। उनका काव्य प्रभाव, शब्द लालित्य, उपमाओं और अलंकारों का जादू भीड़ पर छाता चला गया। शास्त्रार्थ में आनन्द लेने वाले व्यक्तियों की भारी भीड़ इकट्ठा हो गयी।

क्षण भर में सौ श्लोक...बिल्कुल नयी रचना,...तत्क्षण रचकर केशव पण्डित ने माँ गंगा को समर्पित कर दिया। निमाई पण्डित मुग्ध हो गये उनकी विद्वत्ता पर...। सच माँ सरस्वती का वरद हस्त है इनके ऊपर... निमाई मन—ही—मन सोचते हुए बोले—आप सही अर्थों में दिग्विजयी हैं। आपके समान दूसरा कवि अभी पृथ्वी पर कोई नहीं है। आपके काव्य को समझने की शक्ति भी सभी को कहाँ से हो सकती है। कृपा करके अर्थ समझाने का कष्ट करें।

केशव पण्डित ने प्रश्न किया—किस श्लोक की व्याख्या सुनना चाहते हो?

निमाई पण्डित ने इनके रचे हुए सौ श्लोकों में एक श्लोक सुनाया—

महत्त्वं गंगायाः सतत मिद मामाति नितराम्
यदेषा श्री विष्णोश्चरण कमलोत्पति सुमगा...।

कृपा करके इस श्लोक की व्याख्या करें।

दिग्विजयी पण्डित चकित हो गये—मैं तो झंझावात की तरह श्लोक रचता गया इसी बीच तुमने एक श्लोक कण्ठस्थ भी कर लिया?

—केवल एक श्लोक नहीं महाराज मेरे गुरुदेव को आपके सभी श्लोक याद हैं, श्रुतिद्यर हैं मेरे गुरुदेव; निमाई पण्डित के छात्र को बिना बोले रहा नहीं गया। केशव पण्डित ने छात्र की बात का जवाब नहीं दिया। उन्होंने पाण्डित्यपूर्ण कलाबाज़ियों सहित अपने श्लोकों की अभूतपूर्व व्याख्या की।

—आपने हमें कृतार्थ कर दिया। ऐसी सूक्ष्म विवेचना भला कौन कर सकता है? यदि आप आज्ञा दें तो मैं भी इसके गुण–दोष पर कुछ प्रकाश डालने की धृष्टता करूँ—निमाई ने बड़ी विनम्रतापूर्वक कहा।

दिग्विजयी पण्डित की भौंहें टेढ़ी हो गयीं। उसने अपनी पगड़ी को सीधी करते हुए कहा—गुण की विवेचना कर सकते हो पर दोष...? सारे श्लोक निर्दोष हैं।

निमाई पण्डित ने सर्वप्रथम श्लोकों के गुण गिनाने प्रारम्भ किये। उन गुणों का भी वर्णन किया जो उसके रचयिता को भी ज्ञात नहीं थे। रचनाकार की बाँछें खिल गयीं। पर जब दोष गिनाने प्रारम्भ किये तो दिग्विजयी पण्डित रोष से भर गये।

—अभी तुम निरे बच्चे हो निमाई, जो मेरे काव्य में दोष दिखलाने का दुस्साहस कर रहे हो। मैं तुम्हारे प्रत्येक तर्क को काट सकता हूँ।

क्रोध में भरे दिग्विजयी एक तर्क को भी नहीं काट पाये। उलटे शास्त्रार्थ का विषय जैसे–जैसे गहराता गया निमाई के आगे दिग्विजयी पण्डित का बौद्धिक हलकापन सभी को नज़र आने लगा। आख़िरकार दिग्विजयी पण्डित बगलें झाँकने लगे।

दिग्विजयी पण्डित भूल गये कि उनकी सरस्वती माँ वहाँ ठहरंती ही नहीं जहाँ दम्भ, अहंकार रहता है। छात्रों ने जयकार किया—'निमाई पण्डित की जय।' निमाई पण्डित का चेहरा शर्म से लाल हो गया। उन्होंने विद्यार्थियों को झिड़कते हुए कहा—आप लोग सभ्यता की मर्यादाओं का क्यों उल्लंघन कर रहे हैं? आपके इस अशोभनीय कार्य से मुझे लज्जा हो रही है। पण्डित महाशय साक्षात् सरस्वती पुत्र हैं। कालिदास और भवभूति के काव्यों में भी दोष खोजा जा सकता है पर इससे कवि की श्रेष्ठता में कोई कमी नहीं आ जायेगी और न दोष ढूँढ़ने वाला व्यक्ति उससे श्रेष्ठ हो जायेगा।

निमाई पण्डित के इस कथन और मधुर व्यवहार से एक बार फिर दिग्विजयी पण्डित परास्त हो गये। उनकी आभा वैसे ही मन्द हो गयी जैसे सूर्योदय होने से चाँद की हो जाती है।

नदिया आते ही केशव पण्डित ने शास्त्रार्थ कराने के लिए डुगडुगी पिटवा दी थी। किसी ने उनके आगे सामने आने का साहस नहीं किया था और आज नदिया के एक युवा पण्डित ने धूल चटा दी। केशव पण्डित रात–भर सो न सके, करवटें बदलते रहे। पौ फटते ही अपने तम्बू से निकल निमाई पण्डित का दरवाज़ा खटखटाया। निमाई पण्डित ने उन्हें

देखते ही उनके चरणों में अपना शीश झुकाया। केशव पण्डित ने कसकर हृदय से लगाते हुए अश्रुपूरित आँखों से कहा–आपसे पराजित होकर मैं रात–भर जल बिन मछली की भाँति तड़पता रहा। थोड़ी देर के लिए पलक झपकते ही मैंने माँ सरस्वती को सपने में देखा–वे मुझे झिड़क रही थीं–उनसे शास्त्रार्थ करने का दुस्साहस कैसे किया, वे मेरे...कान्त हैं।

शची माँ भी सम्मुख ही थीं। निमाई पण्डित शरमा गये। शची माँ सोचने लगीं...मेरा बेटा निमाई जब माँ सरस्वती के कान्त होने योग्य है तो...पृथ्वी पर भी किसी सरस्वती या लक्ष्मी को विधाता ने अवश्य भेजा होगा।

नदिया में हैसियत विद्या से बनती थी। बड़े–बड़े सेठ, साहूकार, धनी, राजे, महाराजे श्रेष्ठ विद्वानों को देखते ही अपनी गद्दी से उठ खड़े होते थे। तपस्वियों और विद्वानों को देखकर श्रद्धा से झुक जाते थे। विद्वानों के मुख से निकला हुआ आदेश उनके लिए वेद वाक्य होता था। इसीलिए दिग्विजयी को पराजित करते ही निमाई नदिया के कुण्ठित जनसाधारण के लिए आशा और उत्साह के प्रतीक बन गये।

7

अचानक निमाई पण्डित के लिए विवाह प्रस्ताव की बाढ़ आ गयी। शची माँ वधू पक्ष का स्वागत करते–करते थक गयीं पर किसी को हाँ नहीं कह पायीं। ऐसे पुत्र के लिए योग्य वधू मिलना कोई साधारण बात तो थी नहीं, परन्तु एक महत्त्वपूर्ण बात और थी जिस कारण शची माँ भयभीत थीं। वे निमाई पण्डित के साथ विवाह की चर्चा करने से भी घबराती थीं, विवाह के चर्चा के पश्चात ही विश्वरूप विलुप्त हो गया था।

पूरे नवद्वीप में आग की तरह फैलती हुई निमाई पण्डित की प्रतिभा की चर्चा से राजपण्डित सनातन मिश्र भी प्रभावित हो रहे थे। राजपण्डित के मन में उधेड़बुन चल रही थी–इससे अच्छा जँवाई..., मेरी बेटी विष्णुप्रिया के लिए योग्य वर दीपक लेकर ढूँढ़ने पर भी नहीं मिलेगा। पर क्या निमाई पण्डित इस रिश्ते को स्वीकार करेंगे? क्यों नहीं स्वीकार करेंगे, विष्णुप्रिया–सी सर्वगुणसम्पन्न लड़की पूरे नदिया में क्या सम्पूर्ण गौड़ देश में नहीं मिलेगी। आशा के प्रज्वलित दीप ने उनके मन में उत्साह का संचार भर दिया।

उत्साह का संचार केवल सनातन मिश्र में ही नहीं हुआ, शची माँ के अन्दर भी हो रहा था। वर्षों से पतझड़ ने जहाँ अपना स्थायी वास बना

लिया था, कब से सूखा पड़ा मन, जो लगभग वीरान हो चुका था परन्तु उस वीरान मन में भी गंगा किनारा आते ही उत्साह की नन्ही-नन्ही कोंपलें उग आती थीं। विष्णुप्रिया पर दृष्टि पड़ते ही शची माँ के हृदय कपाट पर मानो उत्सव दस्तक देने लगता था।

शची माँ विष्णुप्रिया को निर्निमेष नेत्रों से अपलक निहार रही थीं। बिना सौन्दर्य प्रसाधन के उनका सौन्दर्य द्विगणित होकर प्रकाशित हो रहा था। अवश्य, निमाई की तरह गौरांगी नहीं है...रंग हलका साँवला है पर साँवले रंग में सौन्दर्य कितना लावण्यमयी है। किसी के द्वारा अपलक निहारे जाने पर मनुष्य सकुचा ही जाता है। विष्णुप्रिया भी सकुचा गयी। सकुचाकर शची माँ के पैरों पर झुक गयी। शची माँ ने उठाकर हृदय से लगा लिया। दग्ध हृदय को ठण्डक मिल गयी।

–बेटी तुम राजपण्डित सनातन मिश्र की पुत्री हो न? शची माँ आश्वस्त होना चाह रही थीं। मिश्री घुली आवाज़ निकली–जी।

'जी' सुनते ही शची माँ के सूने आँगन में किलकारियों के स्वर गूँजने लगे, जैसे उनके घर के मन्दिर की घण्टियाँ स्वतः ही बजने लगीं। अचानक डर गयीं शची माँ–नहीं–नहीं, ऐसी ग़लती नहीं करेंगी, विवाह की बातें छेड़कर ही तो विश्वरूप को खोया था, नारायण...नारायण। अब कानों में आँगन से आती किलकारियों की ध्वनि आनी बन्द हो गयी, मन्दिर की घण्टियाँ तो मन में बजती रहीं पर उसके स्वर भी मद्धिम पड़ रहे थे।

पूरा नवद्वीप जानता है निमाई पण्डित अपनी माँ के आज्ञाकारी पुत्र हैं, माँ की बात कभी नहीं टालते। यही सोचकर राजपण्डित सनातन मिश्र ने पुरोहित को शची माँ के पास ही भेजा।

जिस कन्या को शची माँ ने न जाने कितने दिनों से आँखों में अपनी वधू बनाकर बसा रखा था, आज उसी के घर से विवाह का प्रस्ताव आया देखकर भी वे आनन्दित नहीं हो सकीं, विवाह की बात कर अपने पुत्र को हमेशा के लिए खो देने के भय से मुक्त नहीं हो पा रही थीं।

इच्छा तो यही हो रही थी कि झट से इस प्रस्ताव को स्वीकार कर विवाह की तिथि तय ही कर दें पर अपने को संयत कर बोलीं–पुरोहित महोदय, राजपण्डित सनातन मिश्र की अनिंद्य सुन्दरी कन्या को कौन अभागन होगी जो अपनी पुत्रवधू बनाकर आनन्दित नहीं होगी? किन्तु हमने विवाह के बारे में अभी तक सोचा नहीं है। निमाई से बात भी नहीं की है।

कोई बात नहीं। आप निमाई पण्डित से आराम से बात कर लें। राजपण्डित महाशय को भी कोई जल्दी नहीं है, रसगुल्ला और सन्देश खाकर पुरोहित चला गया।

शची माँ का कलेजा ज़ोर–ज़ोर से धड़क रहा था। एक तरफ़ पुत्र की सुखद गृहस्थी, दूसरी ओर उसी बात से पुत्र के गृहत्याग की आशंका का भय। वे आख़िर क्या करें ?

भोजन की एक ही थाली लगी देखकर निमाई पण्डित सुखी दासी से बोले–एक ही थाली?

–आज माँ भोजन नहीं करेंगी, उनकी इच्छा नहीं है, आप बैठिए। वे ठाकुरजी को शयन कराकर तुरन्त आ रही हैं। आँचल से अपने सिर को ढँकती हुए सुखिया बोली।

निमाई पण्डित कहाँ बैठने वाले थे, चिन्तित हो गये। माँ को क्या हो गया? एक माँ और एक निमाई...दोनों एक–दूसरे के लिए जीते थे। दूसरों के लिए वे भले ही बहुत बड़े पण्डित, विद्वान हो गये थे पर माँ के लिए वही बाल निमाई थे, माँ की गोद में सिर रखकर आज भी उन्हें वैकुण्ठ का सुख मिलता था।

–तुम्हारे ठाकुर जी का शयन तो हो गया माँ, फिर भोजन क्यों नहीं करोगी? निमाई माँ के कन्धे पर हाथ रखते हुए बोले।

–थोड़ी देर पहले ही सनातन मिश्र के पुरोहित आये थे उन्हीं के साथ हमने भी कुछ–कुछ खा लिया, शची माँ ने बात छेड़ने की कोशिश की।

निमाई बोले–क्यों आये थे पुरोहित महाशय?

–आये तो थे राजपण्डित की पुत्री का रिश्ता लेकर किन्तु मैंने मना कर दिया, बहुत आग्रह किया तब बोल दिया–'निमाई से बात करूँगी, पर तेरी जो इच्छा...!' शची माँ ने एक ही साँस में अपनी बात समाप्त कर दी।

–मेरी इच्छा क्या माँ? जो तुम्हारी इच्छा। मेरी वही इच्छा...जो मेरी माँ की...। बस इतनी–सी बात...के लिए मेरी प्यारी माँ, भोजन नहीं कर रही थीं?

एक बार फिर शची माँ के कानों में अपने आँगन की किलकारियों की आवाज़ गूँजने लगी। मन्दिर की घण्टियों का मद्धिम पड़ता स्वर तेज़ हो गया। घर का आँगन फूलों की ख़ुशबू से भर उठा। नारायण का श्रीविग्रह प्रसन्न हो विहँसने लगा और शची माँ की आँखों से शीतल अश्रु छलक–छलक कर गालों पर लुढ़कने लगे।

निमाई पण्डित अपने शयनकक्ष में आज जितनी तेज़ी से करवटें बदल रहे थे उतनी ही अधिक उस छोटी–सी बच्ची का चेहरा उनकी आँखों के सामने बार–बार आ रहा था।

तीन–चार साल पहले की बात होगी। निमाई सोलह साल के होंगे। नवद्वीप की लड़कियाँ कार्तिक मास में गंगा स्नान करके ब्राह्मणों का चरण स्पर्श करती थीं। निमाई भी अपनी मित्रमण्डली के साथ गंगा किनारे खड़े थे। तभी राजपण्डित की छोटी–सी...अति सुन्दरी बेटी ने निमाई पण्डित का चरण स्पर्श कर लिया था।

निमाई ने बड़े–बूढ़े सा अभिनय करते हुए आशीर्वाद भी दे दिया था–ईश्वर तुम्हें सर्वगुणसम्पन्न पति दें।

शयन मुद्रा में पलँग पर लेटे निमाई को हँसी आ गयी, अपने को ही सर्वगुणसम्पन्न जो बना दिया था।

शची माँ के चरण धरती को कहाँ स्पर्श कर रहे थे? बाबा रे, इतनी तेज़ चाल–एक बार फिर बुढ़ापे ने यौवन का आँचल पकड़ लिया था। वर्षों से संचित धन को अपने स्वप्न पर न्यौछावर कर दिया। सच्चाई तो यही थी कि शची माँ को निमाई के विवाह के स्वप्न देखने में भी भय लगता था। स्वप्न से भी परे की बात सच्चाई में तब्दील होते देख अपनी ख़ुशियों पर क़ाबू रख पाना असाधारण बात होती है।

जब निमाई सिर पर मुकुट बाँधे बारात जाने के पूर्व ठाकुरघर में शीश नवा रहे थे, तो शची माँ ख़ुशी एवं आनन्द के अतिरेक को नहीं रोक पायीं–आँचल से मुँह ढँक लिया। निमाई जब बाबा के चित्र के सामने शीश झुकाने बैठा तो शची माँ सोच रही थीं, आज अगर इसके बाबा होते तो! कितनी चाहत थी उन्हें निमाई का विवाह देखने की, पर वे हैं, हर पल हमारे साथ हैं और इस मौक़े पर तो प्रत्यक्ष हैं। हमें अनुभूति हो रही है। उनका आशीर्वाद हमेशा निमाई के साथ रहेगा–शची माँ विचारों की दुनिया में गोते लगा रही थीं।

निमाई पण्डित को अपने हाथों बनायी गयी बाबा की तस्वीर के सामने से उठने की इच्छा नहीं हो रही थी। विवाह की तैयारी अभूतपूर्व हुई थी। कन्यापक्ष की ओर से राजपण्डित थे तो वर स्वयं नवद्वीप का सबसे बड़ा पण्डित। मुकुन्द संजय और ज़मींदार बुद्धिमत्त ख़ाँ में तो होड़ लग गयी थी कौन कितना अधिक ख़र्च करेगा। बुद्धिमत्त ख़ाँ ने इन्तज़ामकर्ताओं से पहले ही कह रखा था–निमाई पण्डित के विवाह में किसी तरह की कोई

कमी नहीं रहनी चाहिए। एक राजकुमार के विवाह की तरह सारी व्यवस्था होगी। पं. जगन्नाथ मिश्र जी की कमी नहीं खलनी चाहिए।

पर बाबा की कमी कैसे नहीं खले भावुक निमाई को। बाबा के चित्र के पास आने के पहले उनके मन में एक उमंग, एक उल्लास था पर बाबा के पास आते ही निमाई पण्डित को क्या हो गया? निमाई स्वयं प्रयास कर रहे थे इन बातों में नहीं उलझें, पर लाख कोशिश करने के बाद निमाई का मन उन्हीं विचारों में उलझता चला गया। आख़िर यह दुनिया क्या है? कहाँ से आते हैं लोग और कहाँ चले जाते हैं? आज बाबा नहीं हैं हमारे बीच। कहाँ चले गये? एक मिनट भी बाबा के बिना अच्छा नहीं लगता था पर आज कितने वर्ष हो गये। खाना, पीना, सोना, पढ़ना–पढ़ाना सब हो रहा है और आज विवाह भी हो जायेगा, पर क्या होगा इससे? संसार में जन्म लिया थोड़ी–सी पढ़ाई की, थोड़ी–सी कमाई की, विवाह किया, बच्चे जने...उसके बाद मृत्यु का इन्तज़ार या अकस्मात मृत्यु! इसके बाद क्या...? एक दिन क्या वह भी...काल के गाल में नहीं समा जायेंगे..? निमाई पण्डित ने सिर थाम लिया, बाबा आशीर्वाद देने की जगह मेरे मन में वैराग्य की भावना का संचार कर रहे हैं, क्या इशारा कर रहे हैं? निमाई कुछ नहीं समझ पा रहे थे।

जो माँ अपने बच्चे के रोने से समझ लेती है कि पेटदर्द से रो रहा है या भूख से, वह आज निमाई पण्डित के माथे पर आये हुए पसीने की बूँदों को कैसे नहीं समझ पातीं? प्यार से निमाई के हाथ को पकड़कर शची माँ ने उठाया–बेटा दुनिया ऐसे ही चलती है। वही नारायण मुझमें हैं, तुम में और तुम्हारे बाबा में भी हैं। न कोई कहीं जाता है और न आता है, सब नारायण में समाहित हैं। तेरे बाबा नारायण के पास हैं।

इतनी बड़ी बात शची माँ ने कितनी सहजता के साथ कह दी? इसे समझने में निमाई पण्डित को कितना वक़्त लग रहा था? निमाई पण्डित को अपना पाण्डित्य माँ की सहज श्रद्धा और ज्ञान के सामने छोटा लगने लगा। वैराग्य के उलझे जाल से वे सहज ही निकल गये।

बड़े उल्लास में विवाह सम्पन्न हुआ। समारोहपूर्वक वधू का गृहप्रवेश हुआ। बड़ी हँसी–ख़ुशी, खेल–तमाशे और ज्योनार हुए। विष्णुप्रिया जब पतिगृह में प्रवेश कर रही थी तो अनजाने भय से काँप रही थी। षोडशी विष्णुप्रिया के पैर लड़खड़ा गये। निमाई ने आगे बढ़कर उन्हें अपनी बाँहों में सँभाल लिया। विष्णुप्रिया के अँगूठे में ठोकर लगने की वजह से ख़ून

टपकने लगा, निमाई ने अपने अँगूठे से उनके अँगूठे को दबा दिया। दोनों मन–वचन–प्राण से एक हो गये। शची माँ के मन–प्राण प्रसन्नता से भर उठे कि उनका पुत्र उनकी पुत्रवधू के प्रेम के पाश में बँध गया, अब उनकी गृहस्थी अक्षुण्ण हो गयी।

कितने ख़ुश थे निमाई विष्णुप्रिया का पाणिग्रहण करके। जो देखता बस मुँह से यही निकलता, 'साक्षात् लक्ष्मी–नारायण की जोड़ी है।'

8

'लक्ष्मी–नारायण की जोड़ी ऐसी कि कभी अलग नहीं होती तो फिर क्यों उनके भक्तों को उन्हें प्राप्त करने के लिए अपनी जोड़ी तोड़नी पड़ती है? ईश्वर जब वह कृपा करता है अपने भक्तों पर आकृष्ट करता है अपनी ओर, तो क्यों विवश कर देता है उसे सारे बन्धनों को तोड़ देने के लिए? क्षण–भर के लिए सागर तट पर बैठे देव के मन में यह विचार कौंधा, पर उसे झटककर पहुँच गया शची माँ के घर–आँगन में...जो आँगन विश्वरूप के गृह त्याग और बाबा की मृत्यु से वीरान और उजाड़ हो गया था जो निमाई के लाख प्रयत्न के बाद भी चमन में परिवर्तित नहीं हो पाया था।

एक उदासी से घर–आँगन हमेशा आच्छादित रहा, पर विष्णुप्रिया की एक मुस्कान ने उस अन्धकार को दूर भगाकर उस आँगन में दूधिया प्रकाश की छटा बिखेर दी। विष्णुप्रिया की नूपुर की रुनझुन ने शची माँ के घर–आँगन में ही नहीं उनके सूखे हृदय में भी प्रेम की हरियाली लहलहा दी। वीरान पड़ा घर चमन में परिवर्तित हो गया। शची माँ के हर्ष का ठिकाना न रहा।

और निमाई; भावुक...निमाई–विष्णुप्रिया से जब पहली बार नज़रें मिलीं तो दोनों के नेत्र चमके ठीक वैसे ही जैसे बिजली चमकती है। विष्णुप्रिया ने अपनी नज़रें झुका लीं। निमाई देखते रह गये, लज्जा से रंजित लाल कपोल।

प्रथम मिलन की रात; न सुगन्धित फूलों की लड़ियाँ थीं और न फूलों से सजे पलँग। कमरे में फूलों की ख़ुशबू आ रही थी पर वे फूल पलँग पर नहीं विष्णुप्रिया के इष्ट भगवान विष्णु की प्रतिमा पर चढ़े हुए फूल थे। सामने सुगन्धित धूप की सोंधी महक पूरे कमरे में फैल रही थी।

निमाई पण्डित कमरे में आये तो विष्णुप्रिया सहमी–सकुची गठरी बनी एक कोने में नहीं बैठी थी। विष्णुप्रिया आँखें मूँदकर खड़ी थी भगवान

विष्णु की प्रतिमा के पास, उनके दोनों हाथ जुड़े थे, होंठ थरथरा रहे थे। निमाई पण्डित भी आकर विष्णुप्रिया के पार्श्व में खड़े हो गये। उनकी दृष्टि एकाग्रचित्त नहीं हो पा रही थी, कभी विष्णु पर जाती तो कभी विष्णुप्रिया पर...क्या हैं दोनों के परस्पर सम्बन्ध? विष्णु की प्रिया–विष्णुप्रिया निमाई धीरे–से बुदबुदाये।

विष्णुप्रिया के मुँदे नेत्र खुल गये। उसने झट से निमाई के चरणों पर अपने दोनों कर रख दिये। निमाई पण्डित ने उन्हें अपने आजानबाहु में उठाकर गले से लगाते हुए कहा–तुम्हें किसी के आशीर्वाद की आवश्यकता नहीं, तुम स्वयं विष्णुप्रिया हो।

विष्णुप्रिया सकुचा गयीं; सकुचाते हुए कहा–यह भगवान विष्णु की प्रतिमा है, मेरी ठाकुर माँ की है, बाबा ने मुझे दे दी, बचपन से मैं ही इनकी पूजा करती हूँ।

निमाई पण्डित ने हँसते हुए कहा–अपनी प्रिया के पास! तभी तो तुम्हारा नाम विष्णुप्रिया है। कहीं ऐसा तो नहीं कि विष्णु और प्रिया के बीच मैं अनावश्यक चला आया?

–क्या विष्णु आप में नहीं हैं? वे समस्त जीव–जन्तुओं में हैं और आप में तो विशिष्ट रूप में हैं। मेरे लिए आप विष्णु ही हो। उनसे परे तो कोई है ही नहीं...। चमकती हुई लाल पाड़ की साड़ी के आँचल को अपनी अँगुलियों पर समेटते हुए विष्णुप्रिया ने कहा।

निमाई पण्डित हतप्रभ रह गये। पण्डित मैं हूँ और ज्ञान को इन स्त्रियों ने आत्मसात कर लिया है, जिन्हें ग्रन्थ पढ़ना सिखाया ही नहीं जाता। विवाह वाले दिन माँ ने भी कैसे उपनिषदों का सार उड़ेल दिया था, कितनी सहजता के साथ और आज विष्णुप्रिया ने भी कितनी सहजता से इतने महान दर्शन की गुत्थी सुलझा दी। दिन–रात गृहकार्यों में उलझी स्त्रियाँ काग़ज़–क़लम को स्पर्श तक नहीं कर पातीं पर जीवन में इतनी ऊँची कोटि का दर्शन कहाँ से ग्रहण कर लेती हैं? सराहना भरी नज़रों से निमाई पण्डित को अपनी ओर निहारते देख विष्णुप्रिया शरमा गयीं।

विष्णुप्रिया ने सकुचाते हुए कहा–'हम दोनों मिलकर एक साथ इन्हें प्रणाम करें और जन्म–जन्मान्तर तक साथ बने रहने का आशीर्वाद माँगें।'

निमाई हँसते हुए बोले–'आज मैं तुम्हारा अनुगत बनकर इनकी शरण में आया हूँ तुम विष्णुप्रिया हो, वैष्णवी हो पर देखना बहुत जल्दी मैं बहुत बड़ा वैष्णव बनूँगा...सभी वैष्णव मेरे पीछे नहीं हो लिए तो कहना।'

विष्णुप्रिया विहँसी। विष्णुप्रिया निमाई से हँसते हुए बोली—'कहाँ आप इतने बड़े ज्ञानी पण्डित और कहाँ मैं...सिर्फ़ अक्षर ज्ञान प्राप्त—आपसे क्या बराबरी?' विष्णुप्रिया ने बचपन से ही सुना था पति से बराबरी करना पतिव्रता स्त्री का काम नहीं है।

'बराबरी की बात कहाँ हैं प्रिय? तुम तो मुझसे बहुत आगे हो। तुम विष्णुप्रिया बन चुकी हो और मैं विष्णुप्रिय बनूँगा,' निमाई ने हँसते हुए कहा।

विद्यालय से जब निमाई पण्डित घर लौटे तो घर का कायाकल्प हो चुका था। कांचना के संग मिलकर विष्णुप्रिया ने अपने घर—संसार को फूलों की चित्रकारी और रंगोलियों से इस तरह सजा दिया था कि घर अब घर नहीं चित्रकार की एक जीती—जागती कलाकृति लग रहा था।

तुलसी का चौरा वही था, बस मिट्टी का लेपन इधर से उधर कर उसका रूप ही बदल दिया था। सफ़ेद और केसरिया रंगों से चित्रकारी कर शाम को जब उसके आगे प्रज्वलित दीप रखा...तो पूरे घर का वातावरण सुरम्य हो गया।

शची माँ के कमरे की सामग्री यत्र—तत्र बिखरी पड़ी थी। वैवाहिक कार्यक्रम में उनका कमरा और भी अधिक अव्यवस्थित हो गया था, पर विष्णुप्रिया के सुघड़ हाथ लगते ही उसका भी कायाकल्प हो गया।

निमाई पण्डित का कक्ष! चारों ओर सिर्फ़ पुस्तकें ही पुस्तकें थीं। मोटे—मोटे ग्रन्थ इतने भारी कि कोमलांगी विष्णुप्रिया के अकेले हाथ उसे उठाने में सक्षम भी नहीं—पर विष्णुप्रिया ने हार नहीं मानी। सभी पुस्तकों को क्रमबद्ध सजाया। बड़ी और मोटी पुस्तक पहले और छोटी पुस्तक बाद में, अनपढ़ों की तरह नहीं लगाया। न्यायशास्त्र की सभी पुस्तकें साथ तो व्याकरण दूसरी तरफ़। वेद एक ओर तो उपनिषद् दूसरी ओर... दोनों महाकाव्य एक साथ तो अठारहों पुराणों का अलग खण्ड ही बना दिया...बौद्ध और जैन धर्म की पुस्तकें एक ओर तो क़ुरान और बाइबिल को भी यथास्थान रखा।

विष्णुप्रिया मन—ही—मन सोच रही थी कितना आवश्यक है शिक्षा प्राप्त करना। अगर बाबा ने यह अक्षर ज्ञान नहीं कराया होता तो ये सारी पुस्तकें उनके लिए क्या थीं बस एक वस्तु। विद्या के बिना आँखों के रहते हुए भी अन्धा बनकर जीना है।

लेकिन इतनी किताबें। इन सारी किताबों को पढ़ना कहाँ सम्भव है? अन्तिम पुस्तक को ताक पर रखते हुए विष्णुप्रिया ने अपने पति के वस्त्रों की ओर दृष्टि फेरी।

किताबें जितनी ही अधिक थीं वस्त्र उतने ही कम। बस विवाह का एक जोड़ा थोड़ा चमक रहा था। इस पीताम्बर को पहने निमाई कितने सुन्दर लग रहे थे, पीताम्बर पर हाथ फेरती हुई विष्णुप्रिया सोच रही थी।

निमाई पण्डित अपने घर को देखकर विस्मित रह गये। सिर्फ़ एक व्यक्ति की उपस्थिति से इतना बड़ा अन्तर...! निमाई के पलँग पर सफ़ेद धवल चादर बिछी थी, उस चादर पर विष्णुप्रिया ने अपने हाथों से रेशम के धागों के गुलाब बनाये थे। वे ऐसे लग रहे थे जैसे सफ़ेद चादर पर लाल गुलाब रख दिये गये हों। पूरा कक्ष चमक रहा था।

–भगवान विष्णु का श्रीविग्रह कहाँ गया? निमाई पण्डित ने आश्चर्यचकित होकर पूछा।

–उन्हें ठाकुरघर में प्रतिष्ठित कर दिया माँ के शेषशायी नारायण के साथ–विष्णुप्रिया ने धीमे स्वर में उत्तर दिया।

–विष्णुप्रिया से विष्णु को अलग करना उचित नहीं। मुस्कुराते हुए निमाई पण्डित ने कहा।

–विष्णुप्रिया अपने विष्णु से कहाँ अलग हैं? मेरे लिए ही विष्णु ने आपका रूप रचा है, कहते हुए विष्णुप्रिया ने बात समाप्त करने की कोशिश की।

पर बड़े–बड़े प्रकाण्ड विद्वानों को अपनी वाणी से पराजित करने वाले निमाई पण्डित ने विष्णुप्रिया की कोशिश सफल नहीं होने दी।

–विष्णुप्रिया, पति विष्णु का स्थान नहीं ले सकता। ऐसी ग़लती कभी मत करना। पति आज है, कल नहीं, मृत्यु के मुख से ग्रसित पति कब पत्नी का साथ छोड़ दे, कौन जानता है? मृत्यु को छोड़ो, जीते जी गृहत्याग कर संन्यासी बन जाये या दूसरी सुन्दरी के मोहपाश में बँधकर त्याग ही कर बैठे! ऐसे पति की तुलना ईश्वर से करना सही नहीं है प्रिय। पति को रूप चाहिए, गुण चाहिए, पर भगवान को सिर्फ़ निर्मल मन चाहिए।

निमाई पण्डित ने विष्णुप्रिया को असमंजस में डाल दिया। अभी तक वह विष्णुप्रिया थी किन्तु अब वह गौर प्रिया बनना चाह रही थी। अब मन में कोई द्वन्द्व भी नहीं था। वह निश्चिन्त थी विष्णु ही गौर बनकर आये हैं उसके पति के रूप में। पर निमाई पण्डित की बातें सुनकर उसका सिर

चकराने लगा। पण्डित क्या न कर दे? सीधी–सादी बातों को तोड़–मरोड़ कर, घुमा–फिराकर चाहे तो चाशनी में डली जलेबी बना दे और चाहे तो नीम–सी कड़वी करेली।

सोलह साल की किशोरी, आँखों में कितने सपने बसाये हुए, प्रेम में पगी उसमें सम्पूर्ण रूप से डूबी हुई, उसे कहाँ पड़ना है इन भारी–भरकम बातों में, सिर झटक दिया विष्णुप्रिया ने। पति में ही भगवान विष्णु दिखने लगे। प्रेम की गहराई में डूबी हुई विष्णुप्रिया में निमाई पण्डित को भी लक्ष्मी के दर्शन होने लगे...।

उस दिन कांचना ने कक्ष में प्रवेश किया तो न विष्णुप्रिया को पता चला और न निमाई को। दोनों एक–दूसरे में डूबे हुए...इस दुनिया से दूर–बस जहाँ चार आँखें एक–दूसरे में समाहित हो शून्य में विलीन हो रही थीं। विष्णुप्रिया पान का बीड़ा बना रही हों ऐसा प्रतीत नहीं हो रहा था, सहज स्वतःस्फूर्त पान का बीड़ा बनता जा रहा था और निमाई पण्डित भी पान का बीड़ा खा रहे हों ऐसा नहीं लग रहा था, उनके हाथ भी स्वतःस्फूर्त हो पान लेकर मुख में डाल रहे थे।

न जाने कितने बीड़े विष्णुप्रिया लगाती रही और निमाई पण्डित खाते रहे। चैतन्य तो तब हुए जब कांचना अपनी हँसी दबा नहीं पायी; उसके खिलखिलाने की आवाज़ सुनकर विष्णुप्रिया और निमाई पण्डित दोनों शरमा गये।

कांचना साड़ी के आँचल से मुख को दबाकर हँसते हुए भाग गयी। कांचना विष्णुप्रिया की हमउम्र ही है। बचपन से साथ रही है। कांचना का विवाह तो हुआ पर इतनी छोटी थी कि विवाह क्या होता है पता नहीं चला और न यह ही पता चला कि विधवा कब हुई...? पर अब इसे इतना पता है कि वह विधवा है और उसी समय से विष्णुप्रिया की सहायिका, सहेली बनकर साथ रह रही है। जब से विवाह कर विष्णुप्रिया ससुराल आयी, कांचना प्रायः आ ही जाती थी, दिन–भर घर के कामों में हाथ बँटाती है, शची माँ का भी मन लगाती है। दोपहर के समय निमाई पण्डित घर में रहते नहीं थे इसी से कांचना निश्शंक होकर कमरे में चली आयी थी, निमाई पण्डित को देखकर जो भागी अपने घर जाकर ही रुकी।

शची माँ विष्णुप्रिया को पाकर अपने सारे दुख–दर्द और कष्ट भूल गयीं। यहाँ तक कि विश्वरूप की यादें भी अब उतनी गहरी टीस बनकर हृदय को नहीं छेदतीं, न पण्डित जगन्नाथ मिश्र का वियोग बावला करता। गौर प्रिया की जोड़ी ने उन्हें आनन्द के समुद्र में आप्लावित कर दिया था।

9

उस दिन निमाई पण्डित को बाबा की बड़ी याद आ रही थी। छोटा–सा था जब बाबा परलोक सिधारे। उनके लिए कुछ न कर पाने का दुख मन को कचोट रहा था कम–से–कम बाबा का श्राद्ध ही गयाधाम में कर लेता। निमाई ने मन–ही–मन निश्चय कर आचार्य चन्द्रशेखर जी से अपने मन की बात कही–मौसा जी, सोचता हूँ, गया जाकर बाबा का पिण्डदान कर आऊँ। प्रत्येक सन्तान का यह कर्तव्य है वह अपने पिता और पितरों के लिए कुछ अवश्य करे ताकि उन पुण्यों के कारण वे ऊर्ध्व लोक में गमन करें।

–यह तो बड़ी अच्छी बात है। कब जा रहे हो? आचार्य चन्द्रशेखर ने कहा।

–नहीं–नहीं, निमाई नहीं जायेगा। पता नहीं, पर गया जाने के नाम से मेरी छाती इतनी ज़ोर–ज़ोर से क्यों धड़कने लगी? मन में कैसे–कैसे ख़याल आ रहे हैं? अनहोनी घटना होने की आशंका से मेरा मन घबरा रहा है। शची माँ अपनी नज़रों से निमाई को दूर करने के लिए सोचने की स्थिति में भी नहीं थीं।

–तुम्हारे बाबा को मोक्ष मिल गया होगा निमाई, वे नारायण के भक्त थे, अनासक्त भक्त, वे मेरी तरह मोह–माया में आकण्ठ नहीं डूबे थे। जब मैं मर जाऊँगी तो एक ही साथ दोनों का पिण्डदान कर देना–शची माँ कुछ भी सुनने को तैयार नहीं थीं।

–जाने दीजिए न दीदी माँ। पिण्डदान का कितना महत्त्व है आप जानती हैं न? मेरा दाहिना अंग फड़क रहा है और मेरा ज्योतिष ज्ञान भी यही कहता है, गया जाने से निमाई के जीवन में अभूतपूर्व परिवर्तन आ जायेगा। चक्रवर्ती सम्राट की तरह लोग इसकी पूजा करेंगे–आचार्य चन्द्रशेखर ने शची माँ को समझाने की कोशिश की।

शची माँ पर निमाई से बिछड़ने की कल्पना से ही क्या बीत रही थी उसे आचार्य क्या जानें? कर्मकाण्ड और ज्योतिष की गणनाओं की पकड़ रखने वाले आचार्य को माँ के हृदय की धड़कन कहाँ सुनायी पड़ती है? शची माँ हरगिज़ नहीं मानतीं, पर निमाई 'चक्रवर्ती सम्राट की तरह पूजित होगा' के कथन में माँ की ममता उलझ गयी...।

–पर विष्णुप्रिया...आचार्य...? विष्णुप्रिया के पायल की ध्वनि को सुनकर शची माँ बोली।

–विवाह के बाद विष्णुप्रिया अपने पितृगृह गयी भी नहीं है। निमाई को गया से लौटने में दो–तीन महीने तो लग ही जायेंगे...? कुछ दिन माँ–बाबा के पास भी रह लेगी।

–और मैं फिर अकेली...? इस सुनसान घर में बहुत दिनों बाद थोड़ी–सी चहल–पहल हुई है...कहीं फिर से...सब कुछ समाप्त न हो जाये...। धड़कते दिल से शची माँ ने कहा।

–दीदी माँ आप भी...। आप अकेली कहाँ हैं? हम लोग हैं न। फिर बहू भी नवद्वीप में ही तो रहेगी...। जब इच्छा हो उसे बुला लेंगी या आप स्वयं चली जायेंगी। आजकल नारायण को अपने साथ नहीं मानतीं क्या? चन्द्रशेखर आचार्य ने हँसते हुए कहा।

–नारायण साथ होते तो हैं आचार्य, पर वे न बातें करते हैं न हँसते हैं और न विष्णुप्रिया की तरह अपनी पाजेब की रुनझुन से मेरे सूने आँगन में मधुर संगीत ही छेड़ते हैं।

शची माँ की बातों में सत्यता तो है, आचार्य सोचने पर विवश हो गये।

–एक विनती है आचार्य कि निमाई के साथ आप भी गया जायें। आपके साथ रहने पर मैं धैर्य धारण कर सकूँगी।

आचार्य ने शची माँ की बात सहर्ष स्वीकार कर ली। गया जाने की तैयारी आरम्भ हो गयी। पूरा बंगाल उल्लास और आनन्द में डुबकी लगाने की तैयारी कर रहा था। गंगाघाट से लेकर चण्डी मण्डप तक...दुर्गापूजा की तैयारी की ही चर्चा...। षष्ठी पूजा से ही नयी–नयी साड़ियाँ, नये परिधान पहनने लगती हैं स्त्रियाँ।

विष्णुप्रिया ने भी सोचा था पूजा में मुर्शिदाबाद वाली चौड़े लाल पाड़ की साड़ी पहनेगी...पर अब कोई उत्साह न रहा। विष्णुप्रिया का मन चलायमान हो रहा था, मना भी कैसे करें? निमाई पण्डित मेरे बारे में क्या सोचेंगे, ...इतनी बड़ी स्वार्थी...स्त्री ? और शची माँ...? वे भी तो यही सोचेंगी...दूर्गापूजा अगले साल नहीं आयेगी क्या? एक भी तर्क विष्णुप्रिया को काम का नहीं लगा।

कितने द्वन्द्वों से भरा है स्त्रियों का जीवन। मन में कुछ और है पर अधर पर लाने में कितनी कठिनाइयाँ हैं। इच्छा तो यही हो रही है कि आगे बढ़कर रास्ता रोक लें अपने प्रियतम का...। पर संस्कार की इतनी बेड़ियाँ पड़ी हैं पाँवों में कि पाँव उठ ही नहीं पायेंगे और यदि पाँव उठ भी गये तो जिह्वा कहाँ मुक्त है बेड़ियों से...वहाँ भी ताले जड़े हैं। जिह्वा छटपटाकर रह गयी। विष्णुप्रिया कुछ नहीं बोल सकी।

मार्ग के लिए पेड़ा और पकवान बनाकर थैले में रखा थोड़ी मूढ़ी और चिवड़ा भी बनाया। कपड़े सहेज रही थी कि निमाई अन्दर आये।

–इतनी अधिक सामग्री! रास्ते में ढोयेगा कौन? यात्रा में सामान की संख्या जितनी कम होती है यात्रा उतनी सुखद होती है।

–मुझे ले चलिए, मैं सामान ढोऊँगी, विष्णुप्रिया की जिह्वा की ज़ंजीर थोड़ी–सी ढीली हुई।

निमाई पण्डित ने गौर से अपनी अनिंध। सुन्दरी पत्नी को देखा–कोमलांगी षोडशी...। –पैदल जाना है प्रिया, पालकी नहीं जायेगी और तुम्हारे चरण कितने सुकुमार हैं।

–जनकनन्दिनी जानकी से अधिक सुकुमार तो नहीं हैं, वे तो राजपुत्री थीं...महलों में पली–बढ़ी थीं, विष्णुप्रिया ने हथियार नहीं डाले।

–नहीं–नहीं, बेटी, तू नहीं जायेगी। क्या अब रावण नहीं हैं...? शची माँ घबराकर बोली।

–रावण समाप्त नहीं हुए हैं, माँ रक्तबीज की तरह अनगिनत रावण हो गये हैं। विदेशी आक्रान्ता जाने कब किसका अपहरण कर लें? निमाई पण्डित का शरीर काँप गया। रोंगटे खड़े हो गये। विजय का दम्भ स्त्रियों के अपहरण के बिना पूर्ण ही कहाँ होता है।

विष्णुप्रिया के नयन अश्रुजल से आप्लावित हो रहे थे, अपनी पलकों से बाहर न आने देने के लिए जद्दोजहद कर रही थी। होंठों पर मुस्कान और छलछलाती आँखें उनकी रूपराशि को द्विगणित कर रही थीं। शची माँ निमाई के सिर पर तब तक हाथ फेरती रहीं जब तक निमाई उनके सामने से हट नहीं गये।

पतियों की यात्रा मंगलमय हो इसके लिए पत्नियाँ वियोग, विरह और विक्षोभ के आँसू रोककर चेहरे पर मुस्कान के लिए जो सफल प्रयास करती हैं, वह निरर्थक नहीं जाता। निमाई पण्डित निर्विघ्न पहुँच गये, गया धाम।

पण्डा भगवान विष्णु के पादपद्मों की महिमा यात्रियों को पंचम स्वर में सुना रहा था–'गयासुर ने भगवान से वरदान माँगा कि यहाँ आकर जो कोई भी अपने पितरों का पिण्डदान करेगा उसे मोक्ष मिलेगा। भक्तवत्सल प्रभु ने एवमस्तु कहकर वरदान दिया और इसी स्थल पर धरती के समस्त जीवों पर कृपा करने हेतु अपने चरणचिह्नों की छाप छोड़ दी।'

गयासुर राक्षस था या सन्त? पूरी मानवजाति के प्रति उसके हृदय में कितना प्रेम था...कितनी अधिक करुणा थी? उसने केवल अपने मोक्ष के

लिए नहीं सोचा, यहाँ तक कि सिर्फ़ जीवित प्राणी के लिए ही नहीं सोचा। पितरों तक के लिए सोचा। कमाल की बात है, अपने पितरों की ही नहीं सम्पूर्ण मानवजाति के पूर्वजों को मोक्ष दिलाने की कैसी उत्कट और अद्भुत अभिलाषा थी। कैसा परोपकारी सन्त था गयासुर...? चिन्तन करते–करते निमाई पण्डित ने मन–ही–मन गयासुर को प्रणाम किया–धन्य है आपकी परोपकारिता...। आज आपकी कृपा से मैं भी अपने बाबा का पिण्डदान करने आया हूँ। भगवान विष्णु बाबा को भी अवश्य मोक्ष प्रदान करेंगे।

पण्डे ने यजमानों में भक्तिभाव के उद्रेक की वृद्धि के लिए बड़े ही नाटकीय ढंग से ऊपर की ओर हाथ उठाकर ऊँची आवाज़ में कहा–सामने देखो साक्षात् प्रभु के पादपद्म।

पण्डे को पता था सामने साक्षात् विष्णु के पादपद्म नहीं हैं पत्थर पर उकेरे गये चरणचिह्न हैं। भावुक निमाई के लिए चरणचिह्न साक्षात् हो प्रकट हो गये तभी तो पलकें थम गयीं। निमाई का अन्तर्मन स्थितप्रज्ञ बनता जा रहा था। अन्तस् कुछ बदल चुका था, क्षण–भर पहले वाला निमाई अब नहीं रह गया था। निमाई के अन्तर्मन में ऐसा लग रहा था जैसे जल भरा समुद्र भाप बनकर उड़ता जा रहा है और साथ ही साथ दूसरी ओर सागर कहीं सोते से उमड़कर पुराने जल की जगह अमृत भरता जा रहा है। काया का आभास विलुप्त हो रहा था।

निमाई पण्डित ने अब तक श्रीमद्भागवत को सिर्फ़ काव्य और व्याकरण की दृष्टि से ही देखा था। आज उसी महाकाव्य के रसरूप नायक परम योगेश्वर गोपीजन वल्लभ, राधारमण, भगवान श्रीकृष्ण के चरणचिह्न उनकी अन्तर्दृष्टि में अन्तर्निहित हो रहे थे। जिसकी कल्पना भी नहीं की थी वह सहज सुलभ हो रहे थे। जिनसे मिलने की बातें करना, उनकी कल्पना करना, कभी पागलपन मालूम पड़ता था आज वे सामने प्रत्यक्ष दीख रहे थे...। निमाई पण्डित की बाह्य चेतना लुप्त होती जा रही थी। अति तीव्र संवेदनशील भाव से गरुड़ पर आरुढ़ होकर निमाई चले जा रहे थे एक अनोखे साम्राज्य में जहाँ उनकी प्रतिमा रसराज के चरणों में लुण्ठित हो रही थी। निमाई पण्डित के मन की सारी आकांक्षाएँ उसी क्षण समाप्त हो गयीं जिस क्षण उस रसराज ने उन्हें साक्षात् अपने चरणकमल के दर्शन करा दिये।

निमाई पण्डित के शरीर में कम्पन होने लगा। सात्विक वेग से शरीर अस्थिर हो गया। हा करुणावत्सल, हा गोविन्द, हे मुरारी, हे अचिन्त्य!

कहकर विष्णु के पादपद्म पर गिर गये। स्वेद कम्पन से शरीर ठण्डा हो रहा था। आचार्य चन्द्रशेखर, उनके छात्र जो उन्हें अपना शिक्षक, मित्र, मार्गदर्शक, शुभेच्छु सभी मानते थे, सभी घबरा रहे थे। आचार्य चन्द्रशेखर के अलावा सबकी उम्र कच्ची ही थी।

तीर्थयात्रियों ने ऐसे धारोंधार आँसू और ऐसी परमानन्द छवि के बारे में सुना ज़रूर था, पर देखने का सौभाग्य आज ही मिला था। विष्णुपदी के दर्शनार्थी निमाई पण्डित के भावरूप स्वरूप को ठगे होकर निहार रहे थे।

भीड़ से एक आवाज़ आयी–निमाई पण्डित...। छात्रों ने नज़र घुमाकर देखा तो सामने गौरवर्ण, देदीप्यमान सूर्य से चमकते हुए मुखमण्डल वाले संन्यासी थे, जिनके एक हाथ में दण्ड था तो दूसरे में कमण्डल। आचार्य चन्द्रशेखर पहचान गये–ये तो ईश्वर पुरी पाद जी हैं, कुछ दिनों पूर्व की ही तो बात है नदिया आये थे। निमाई को अपना लिखित ग्रन्थ *श्रीकृष्ण लीलामृत* भी सुनाया था तथा दोष इंगित करने को भी कहा था।

निमाई पण्डित ने पुरी महाशय से आचार्य चन्द्रशेखर के सामने कहा था–महाराज, एक तो कृष्ण कथा दूसरे उसे रचने वाला जब कोरा शब्दविलासी पण्डित न होकर, आप सरीखा भक्त हो तो उस काव्य ग्रन्थ में दोष दिखाने का साहस भला कौन कर सकता है? फिर भी मुझे बहुत प्रसन्नता होगी आपको सुनने में...।

ईश्वर पुरी जी का *कृष्ण लीलामृत* श्रवण करने के बाद निमाई पण्डित में एक ज़बर्दस्त बदलाव परिलक्षित होता हुआ नदिया के श्रीकृष्ण भक्तों ने महसूस किया था। बाह्य रूप में जितना परिवर्तन दृष्टिगोचर होता था, उससे कहीं अधिक आन्तरिक भाव भीतर ही भीतर, एक नयी चेतना, एक नयी विचारधारा की ओर उन्मुख हो रहा था। जिस सखी भाव को निमाई पण्डित नापसन्द ही नहीं करते थे बल्कि गाहे–बगाहे मज़ाक़ बनाने से भी नहीं चूकते किन्तु जब से पुरी महाशय के मुँह से श्रीकृष्ण लीलामृत को सुना, उनके भाव ही बदल गये। किसी वैष्णव से छेड़छाड़ की बात अब इतिहास की बातें बनती जा रही थीं। इतना ही नहीं, निमाई पण्डित अब राधा–गोपी कृष्ण के अनूठे श्रृंगार वर्णनों के श्लोक की अभूतपूर्व व्याख्या भी करने लग गये थे।

चन्द्रशेखर अपनी सोच को विराम देते हुए झटपट पुरी महोदय को बड़ी श्रद्धा से निमाई के पास लेकर आये। उस समय निमाई दिव्य मुद्रा में थे। उन्हें आँख उठाने की सुध ही कहाँ थी जो वे पुरी महोदय की

आवाज़ सुन पाते। पुरी महोदय एकटक उन्हें निहारते रह गये। सबके देखते–देखते आनन्द से पुलकायमान होकर निमाई पण्डित की काया बेसुध होकर धरती पर गिर पड़ी। ईश्वर पुरी पाद ने झट से आगे बढ़कर निमाई को सँभाल लिया, उनके सिर को अपनी जाँघ पर रखकर कमण्डलु से जल निकालकर उनके चेहरे पर छींटा मारा। पुरी महोदय स्नेहपूर्वक अपने हाथ निमाई पण्डित के शरीर पर फेरते रहे और महामन्त्र का गान करते रहे–

हरे कृष्ण हरे कृष्ण कृष्ण कृष्ण हरे हरे।
हरे राम हरे राम राम राम हरे हरे।

निमाई धीरे–धीरे अपनी आँखें खोल रहे थे, शनैः–शनैः उनकी चेतना लौट रही थी। ईश्वर पुरी पाद पर दृष्टि पड़ते ही सकुचा गये निमाई। उन्होंने पुरी महोदय के चरणों पर अपना सिर रख दिया–भगवान विष्णु मुझ पर अत्यन्त प्रसन्न हैं, यह बात मैं भली–भाँति समझ गया हूँ तभी तो उन्होंने अत्यन्त करुणा करके आपके दर्शन का सौभाग्य दिया है। निमाई पण्डित का स्वर गद्‌गद हो रहा था–मेरी यात्रा सफल हो गयी, मेरा जन्म सफल हो गया। मुझे श्रीकृष्ण के पादपद्‌मों की अनुरक्ति मिल गयी। आज मुझे मेरा स्वरूप मिल गया जिसे पाये बिना जीव को जन्म–जन्मान्तर तक अपने पूर्णत्व का बोध नहीं होता...।

निमाई के इस नये अवतरण से ईश्वर पुरी पाद आश्चर्यचकित थे। यह चमत्कार है या कुछ और...। निमाई पण्डित में इतनी उच्च कोटि की वैष्णवता और इतने सात्विक भाव...। आज तक सिर्फ़ उन्हें अपने गुरुदेव माधवेन्द्र पुरी पाद में ही ऐसे भावों के दर्शन हुए थे। अभी कुछ ही दिनों पूर्व तो नदिया में इनसे मिलना हुआ था। पुरी महोदय के हृदय को निमाई पण्डित ने अपनी ओर आकृष्ट भी किया था पर आज निमाई पण्डित की इस अवस्था ने चमत्कृत कर दिया था। सभी सात्विक विकार इनके सभी अंगों में स्पष्ट दृष्टिगोचर हो रहे थे। पुरी महोदय की आँखों में प्रशंसा, आदर, विस्मय के भाव अपने लिए देखकर निमाई पण्डित ने सकुचाकर अपनी दृष्टि झुका ली।

–निमाई पण्डित आपने ऐसे विलक्षण भाव कहाँ छुपा रखे थे? इस अनमोल गुप्त धन को आपने कितनी परतों में छुपा रखा था? ईश्वर पुरी पाद अपने को नहीं रोक सके।

निमाई और अधिक सकुचा गये। क्या बतायें पुरी महोदय को? क्या यह बता दें कि यह विष्णुप्रिया के विष्णु की कृपा है या स्वयं पुरी पाद

द्वारा कृपास्वरूप श्रीकृष्ण लीलामृत सुनाने के फलस्वरूप मिला यह आनन्द प्रसाद...; कुछ नहीं बोल पाये..., चुपचाप चले आये अपने निवास स्थान पर।

छात्रों के साथ निमाई पण्डित नंगे बदन ही रसोई बना रहे थे। सूर्य की तेज़ रश्मियाँ उनकी काया से वैसे ही परावर्तित हो रही थीं जैसे काँच से होती हैं। पूरा शरीर स्वर्ण के सदृश चमक रहा था। होंठों से अधरं मधुरं गलितं मधुरं के श्लोक हरसिंगार के पेड़ से झरते पुष्पों के सदृश झर रहे थे, तभी–हरे कृष्ण की आवाज़ आयी।

सामने पुरी महोदय खड़े थे–मैं भी आपके पास भिक्षा लेने आ गया। संकोच हो रहा था, आप स्वयं परदेश में हैं पर अपने को रोक ही नहीं पाया–पुरी महोदय ने धर्मशाला के अन्दर प्रवेश करते हुए कहा।

–गुरुदेव, शर्मिन्दा न करें, आपका दर्शन होना ही मेरे जीवन की सबसे बड़ी उपलब्धि है। आपके चरणों में बस इतनी प्रार्थना है कि मुझे अपनी शरण में लेने की कृपा करें, कातर स्वर में निमाई ने कहा।

–आपको किसी के शरण में जाने की आवश्यकता ही नहीं है, आप में स्वयं भगवत तत्त्व विद्यमान है। फिर मैं आपका गुरु बनूँ इतनी योग्यता मुझमें नहीं है। एक सच्चे गुरु की वाणी जैसी होती है पुरी महोदय के मुख से वैसी ही निकली।

–गुरुदेव, मैं जानता हूँ मुझमें बहुत कमियाँ हैं, पर आपकी कृपा तो मेघ के सदृश है, मेघ कहाँ देखता है पवित्र और अपवित्र! कहाँ देखता है उसकी बूँदें सागर में गिर रही हैं या गायों के खुर से बने गड्ढे में...।

लेकिन यह क्या! कर्णद्वार से द्वादश मन्त्र, हृदय पटल तक पहुँचते ही निमाई पण्डित की स्थिति विचित्र हो गयी, ठीक वैसी ही जैसी गोविन्द के विरह में गोपियों की स्थिति हो गयी थी। हे गोविन्द, हे वृन्दावन विपिन, हे श्याम सुन्दर कहाँ हो तुम, कहते–कहते उनकी आँखों से अश्रुपात हो रहा था, अश्रुपात पुरी महोदय के नयनों से भी हो रहा था।

भावस्थिति बदलते ही निमाई ने अत्यन्त विनम्र शब्दों में कहा–गुरुदेव! बाबा का पिण्डदान करने आया था। मैं नहीं जानता मेरे पिण्डदान से उन्हें मोक्ष मिला या नहीं, पर इतना अवश्य समझ गया हूँ कि बाबा मुझ पर अति प्रसन्न हैं, उन्होंने कृपा कर मुझे आपके चरणों में डाल दिया है। मैं आपका दास हूँ, माँगने का हक़ तो दास को नहीं फिर भी आपका स्नेह देखकर धृष्टता कर रहा हूँ आप एक कृपा मेरे ऊपर अवश्य करें, बाबा को मोक्ष प्राप्ति का आशीर्वाद दें।

हँसने लगे पुरी महोदय—निमाई पण्डित मैं आपको अच्छी तरह पहचान गया हूँ। मेरे परमपूज्य गुरुदेव माधवेन्द्र पुरी महाराज ने बंगभूमि में जो भक्ति बीज बोया था आप उसी के अक्षयवट हैं, पण्डित। आपके गुरु के रूप में लोग मुझे स्मरण करेंगे यह मेरे इस जन्म का ही नहीं, वरन् जन्म—जन्मान्तर के सौभाग्य का फल है।

निमाई पण्डित संकोच में भरकर गुरुदेव के चरणों में झुक ही रहे थे कि पुरी महोदय ने उन्हें बीच में ही रोक लिया—आपका इस तरह मेरे चरणों पर दण्ड की भाँति पड़ना मेरे सिर पर अपराध चढ़ा रहा है, इस अपराध से बचने के लिए मुझे आजीवन आपके सामने पड़ने से बचना पड़ेगा।

दोनों भक्त एक—दूसरे से आलिंगनबद्ध हो गये। विलग होते समय आँखों से प्रेमाश्रु बह रहे थे। निमाई के अन्तर में जाने कैसा अथाह अश्रु सागर भरा था कि जब इनके आँसू उमड़ते तो फिर उमड़ते ही चले जाते थे। ईश्वर पुरी पाद के साथ निमाई पण्डित का यही अन्तिम मिलन था, फिर कहाँ मिले गुरुदेव?

कितने दिन बीत गये निमाई पण्डित को दिन—रात भगवान विष्णु के पादपद्मों को निहारते हुए। घर लौटने का तो नाम ही नहीं लेते थे, दूसरा कोई घर लौटने की बात करता तो जवाब तक नहीं दे रहे थे।

—निमाई, मेरे पुत्र अब घर चलो। आख़िर हम लोग यहाँ कब तक पड़े रहेंगे? तुम्हारी यह दशा देख—देखकर मेरे प्राण सूख रहे हैं, आचार्य चन्द्रशेखर का धैर्य अब समाप्त हो रहा था।

—मौसा जी, मैं अब कहीं नहीं जा पाऊँगा। आप लोग लौट जायें। मैं जिस स्थिति में हूँ, उसमें अत्यन्त प्रसन्न हूँ।

आचार्य चन्द्रशेखर की हालत ख़राब हो गयी। शची माँ की आशंका निर्मूल नहीं थी। उनके ही कहने पर निमाई को शची माँ ने गया आने दिया था। 'बिना निमाई के कौन—सा मुँह लेकर जाऊँगा उनके पास। मेरे प्रभु कृपा करो...' वे आर्तनाद कर उठे।

—यदि तुम घर नहीं चलोगे निमाई, तो मैं यहीं प्राण त्याग दूँगा। तुम्हारी माँ ने मुझे तुम्हारे साथ भेजा था। अकेले लौटकर भला मैं उन्हें अपना कौन—सा मुँह दिखाऊँगा। हठ करके मेरे चेहरे पर बुढ़ापे में कालिख मत लगवाओ बेटा। मेरी बात मानो, घर लौट चलो।

कुछ देर विचार करने के बाद निमाई पण्डित चलने के लिए राज़ी हो गये। बेचारे मौसाजी के प्राण वापस लौट आये। गठरी—पोटरी लेकर

सब चल पड़े...निमाई पण्डित गुमसुम थे। आते वक़्त जो निमाई था लौटते वक़्त वहीं नहीं था। पूर्णरूपेण बदल चुका था। पण्डित निमाई की जगह भक्त निमाई के पैर शनैः–शनैः बढ़ रहे थे नदिया की ओर...।

मार्ग में मिली छोटी–सी पहाड़ी पर अवस्थित कन्हाई नाट्यशाला ग्राम कितना अलौकिक था। तीनों ओर से गंगा पहाड़ियों से घिरी हुई थी। गंगा का पाट इतना विशाल था कि समुद्र से थोड़ा ही न्यून दिखता था। बस इतना ही फ़र्क़ था कि समुद्र अनन्त दिखता है पर इसका अन्त दिखायी पड़ता था। पहाड़ पर चारों ओर तमाल के काले–काले वृक्ष लगे हुए थे, जो इसे बहुत ही रमणीक बना रहे थे। इतने रमणीक स्थल को देखकर छात्रों ने कहा–क्यों न रात्रि में यहीं विश्राम किया जाये?

निमाई पण्डित को क्या पता था गौतम बुद्ध को जिस परमज्ञान की प्राप्ति बोध गया में हुई थी...उसी तत्त्व की...कृष्ण तत्त्व की साक्षात् प्राप्ति इन्हें कन्हाई नाट्यशाला में होने वाली है।

निमाई पण्डित की हालत विचित्र हो गयी। उन्हें सर्वत्र वासुदेव ही वासुदेव के दर्शन हो रहे थे। उसी आराध्य रसराज श्रीकृष्ण ने उन्हें साक्षात् दर्शन ही नहीं दिये वरन् स्वयं गले से लगा लिया। निमाई ने अपनी खुली आँखों से देखा, हँसते–हँसते एक श्याम वर्ण का बालक आया जिसने गुँजा माला पहन रखी थी, जिसके सिर पर मोर मुकुट था। शरीर पर पीताम्बर था और उनके हाथों में बाँसुरी थी। उसने निमाई की ओर प्रेम भरी दृष्टि से देखते–देखते प्रेमपूर्वक आलिंगनबद्ध कर लिया।

जिनके पादपद्म के विग्रह रूप को ही देखकर निमाई पण्डित की स्थिति वैसी हो गयी थी और जब वे स्वयं प्रकट हो गये, प्रकट ही नहीं हुए इन्हें आलिंगनबद्ध भी कर लिया तब भला क्या स्थिति हो सकती थी? निमाई मौन हो गये...।

नवद्वीप पहुँचते–पहुँचते यह बात जंगल की आग की तरह फैल गयी कि निमाई पण्डित वैष्णव बन गये हैं। छात्रों की जो टोली उनके साथ गयी थी लोगों को आँखों देखा हाल सुना रही थी। गया से लेकर नदिया तक के लोग विस्मित और चकित हो रहे थे, लेकिन शची माँ चिन्तित हो रही थीं।

चार महीने बाद निमाई नवद्वीप वापस आये थे। विष्णुप्रिया अपने मायके में थी। कितनी बार इच्छा हुई, लोकलाज, मर्यादा को तोड़कर जाये, जाकर देखे अपने प्रिय को जो गयाधाम से विष्णुप्रिय बनकर लौटे हैं।

चार महीने चार युग के समान लगे थे विष्णुप्रिया को। एक–एक दिन गिन–गिन कर काटा था। विष्णुप्रिया ने विष्णु की जगह अपने हृदयाकाश पर निमाई को बैठा लिया था, वियोग की पीड़ा उन्हें असह्य हो रही थी, पर निमाई पण्डित ने अपने हृदयाकाश में विष्णुप्रिया के स्थान पर उनके आराध्य को अनावृत कर लिया था। चार महीने में इतना बड़ा परिवर्तन हो चुका था, इस भोली–भाली पतिव्रता नारी को कुछ पता ही नहीं था।

जब विष्णुप्रिया मिली अपने प्रियतम से, प्रियतम की आँखें प्रेमानन्द में डूबी हुई थीं, पर वह प्रेम विष्णुप्रिया के लिए नहीं था इसे वह स्पष्ट देख रही थी। यह दिव्य प्रेम है, यह अलौकिक प्रेम है। न इसमें स्वार्थ है और न वासना। वैसे विष्णुप्रिया के मन में निमाई के प्रति जो प्रेम था वह भी उन्हें दिव्य और अलौकिक ही लगता था।

शची माँ के मन में चिन्ता का पहाड़ टूट रहा था। निमाई उनकी समस्त आशाओं, आकांक्षाओं और सुखों के केन्द्रबिन्दु थे। शची माँ को इतने मान–सम्मान और ऐश्वर्य की स्वामिनी इसी पण्डित बेटे ने ही बनाया था और आज लग रहा था जैसे हाथ की मुट्ठी से रेत फिसलती जा रही है।

रात होते ही उन्होंने विष्णुप्रिया से कहा–बहू, इसका मन संसार में फँसा रहे इसके लिए जो यत्न करना पड़े, करो। यदि यह कृष्ण का हो गया तो फिर हमारा नहीं रहेगा।

बेचारी विष्णुप्रिया क्या करती? रच–रचकर श्रृंगार किया और निमाई पण्डित के कक्ष में प्रवेश करते ही दोनों भावपूर्ण होकर आलिंगनबद्ध हो गये। पर यह क्या, निमाई पण्डित की आँखें...छलछलाने लगीं..., जब तक विष्णुप्रिया कुछ कहती अश्रुधारा की गति तेज़ हो गयी। विष्णुप्रिया घबरायी दौड़ी शची माँ को बुलाने।

निमाई को देखते ही शची माँ ने उन्हें गले से लगा लिया–तुझे क्या हो गया है मेरे लाल? तू क्यों रो रहा है? शची माँ के बार–बार पूछने पर भी निमाई कुछ नहीं बोले, उलटे आँसुओं का वेग बढ़ता ही गया। पति को रोते देख पतिव्रता नारी कर भी क्या सकती थी सिर्फ़ आँसू बहाने के...।

माँ ने समझाने की कोशिश की–बेटा तू तो महाज्ञानी है। इस छोटी–सी आयु में ही नवद्वीप के पण्डितों का सिरमौर बन गया है। तुझे रोते देखकर मेरा कलेजा बैठा जाता है, कहते–कहते माँ स्वयं ही फूट–फूटकर रोने लगीं।

माँ को रोते देख निमाई ने किसी तरह अपने को सँभाला। माँ के हाथ को प्यार से पकड़कर बोले–मेरे रोने से तुम तनिक भी चिन्तित न हो माँ। मेरे यह आँसू दुख के नहीं, सुख के हैं। एक साँवले–सलोने मनोहर मुखाकृति वाले श्याम कृष्ण की छवि जब मेरी आँखों से ओझल हो जाती है तो आँखों से आँसू गिरने लगते हैं और जब उसकी छवि मेरी आँखों के सामने होती है तो मैं आनन्द से विह्वल हो जाता हूँ। तुम शयन करने जाओ माँ, मैं भी सो जाता हूँ।

शची माँ निमाई को सोने के लिए छोड़ आयीं, पर पूरी रात करवट बदलते काट दी। निमाई पण्डित के विद्यालय जाते ही विष्णुप्रिया गृहकार्यों को निपटाने में जुट गयी। पर यह क्या? निमाई पण्डित इतना शीघ्र लौट आये। विष्णुप्रिया ने सिर पर आँचल भी न रखा। दौड़कर दरवाज़े पर आ गयी–आप रास्ते से लौट आये? शरीर और मन ठीक तो है न?

–शरीर तो ठीक है पर मन का नहीं जानता प्रिया...। कहते हुए निमाई पण्डित अपने कक्ष में चले गये।

शीघ्रता से पान का बीड़ा लगाकर कमरे में दौड़ती हुई विष्णुप्रिया गयी। पान का बीड़ा देते हुए बोली–छात्र इन्तज़ार कर रहे होंगे...।

–मैं उन्हें यह कहकर आ गया कि पठन–पाठन अब मुझसे सम्भव नहीं...।

विष्णुप्रिया अवाक् हो गयी। उसका मुँह खुला का खुला रह गया। अपने को संयमित कर बोली–आप इतने बड़े ज्ञानी पण्डित हैं, आपके पाण्डित्य से छात्रों को भी लाभ पहुँचना चाहिए। आपकी विद्या पर उनका भी अधिकार है।

–अब मुझ पर मेरा ही अधिकार कहाँ रहा, गुरुदेव का हो गया। और क्या पढ़ाऊँ? कैसे पढ़ाऊँ? जैसे ही पढ़ाने की कोशिश करता हूँ–वो साँवला सलोना–मोर, मुकुट धारण करने वाला रोक देता है...मैं करूँ तो क्या करूँ?

–आप स्वयं ज्ञानी हैं। अर्जुन से बड़ा भक्त कौन हो सकता है? श्रीकृष्ण ने स्वयं उन्हें कर्म करने का उपदेश दिया है...। उनकी प्राप्ति का मार्ग कर्मयोग से होकर ही जाता है।

–तुम सही कह रही हो, पर मेरा मन पार्थसारथी तक पहुँच कहाँ पा रहा है? वह उलझ गया है गोपियों से घिरे श्रीकृष्ण में, वृन्दावन के तमाल के वृक्षों में, वहाँ के कँटीले बबूल के पेड़ों में। कन्हाई नाट्यशाला में जब से

उन्होंने हँसकर मेरा आलिंगन किया है, तब से उनकी हँसी ने मुझे बावला बना दिया है। जब से तिरछी निगाहों से मुझे देखा है–उनकी वे निगाहें मेरे हृदय को बेधती रहती हैं। मैं उससे निकल ही नहीं पा रहा हूँ प्रिये, तो कैसे पढ़ाऊँ?

–छात्रों को क्या कहा? विष्णुप्रिया ने चिन्तित होकर प्रश्न किया।

–क्या कहना...सुनना? बस अब तो यही कहना है–कृष्ण कहो, कृष्ण सुनो...। क्षमा माँग ली उन बच्चों से, कह दिया उनसे–किसी योग्य शिक्षक को देखकर उनसे पढ़ने चले जायें–कभी संकीर्तन करने की इच्छा हो तो श्रीवास आँगन आ जायें।

विष्णुप्रिया शान्त होकर मौन हो गयी, पर शची माँ अशान्त होकर रुदन करने लगीं–आख़िरकार हमारी ख़ुशियों को दुनिया की नज़र लग ही गयी।

श्रीवास ने शची माँ को शान्त करने की कोशिश की–भाभी, अद्वैताचार्य का कहना है, मनुष्य के लिए इससे बड़े सौभाग्य की बात और क्या हो सकती है? एक दिन निमाई पण्डित पर सिर्फ़ शची माँ को ही नहीं पूरे बंगाल को गौरव होगा...। अद्वैत आचार्य ने कितने साधन, जप, तप किये हैं तब जाकर आज गौड़ देश का भाग्योदय हुआ है।

अद्वैत आचार्य कभी शची माँ को पसन्द नहीं थे। शची माँ को पूर्ण विश्वास था कि विश्वरूप को वैराग्य का रास्ता अद्वैत आचार्य ने ही दिखाया था। उनकी संगति में रहकर ही उनका पुत्र उनकी आँखों से ओझल हो गया। पर तब शची माँ ने कलेजे पर पत्थर रख लिया था।

–अब भी उन्हें इस दुखियारी पर दया नहीं आती है, मेरे निमाई को बावला बना देने के लिए जप–तप और यज्ञ कर रहे हैं। हे भगवान! किस जन्म का बदला ले रहे हैं मुझसे स्वयं तो बुढ़ापे में दो–दो पत्नियों के साथ गृहस्थी के सुख का आनन्द उठा रहे हैं...कहते–कहते शची माँ अपना सिर पकड़कर बैठ गयीं। उनका सिर फटा जा रहा था।

माँ के सिर में तेल की मालिश करती हुई विष्णुप्रिया बोली–माँ, आप परेशान न हों। सब ठीक हो जायेगा। नारायण की इच्छा को कौन टाल सकता है? फिर भक्ति, चिन्ता का विषय कहाँ है?

छोटी–सी विष्णुप्रिया को बड़ी–बूढ़ियों जैसी बातें करते देख शची माँ की आँखें भर आयीं। वे समझ रही थीं, विष्णुप्रिया के अन्तर्मन में क्या चल रहा है। पर बड़े–बड़े प्रकाण्ड पण्डित भी क्यों नहीं नारी मन को समझ पाते हैं? तभी तो कथा में बाँचते हैं–'त्रिया चरित्रं, पुरुषस्य

भाग्यं दैवो न जानाति।' कैसे जानेंगे देव? देव को कहाँ अपने मन को इतना मारना पड़ता है? छोटी–सी विष्णुप्रिया अद्वितीय सुन्दरी, मुख की वाणी वीणा की झंकार जैसी कर्णप्रिय, जब से इस घर की चौखट पर चरण रखे हैं श्री सौभाग्य विराजमान हो गया है। उजाड़ घर कानन बन गया है। पर चौबीस घण्टे बेचारी यही सोचती रहती है, कि ग़लती से भी कोई ग़लती उससे न हो जाये। कभी पति के बारे में सोचती है, तो कभी सास के बारे में। निमाई के इस प्रकार के आचरण पर क्या बीत रही होगी उस पर, किन्तु कैसी बुज़ुर्गों–सी बातें कर रही है? पण्डितों को इसमें नारी का गूढ़ चरित्र दिखता है। जिस गर्भ से जन्म लेता है पण्डित, उसे ही नहीं समझ पाता...कैसे समझेगा कभी कोशिश करे तब न...? निमाई भी कहाँ समझ पा रहा है...अपनी माँ के कष्ट को?

शची माँ ने विष्णुप्रिया को मालिश करने से रोक, खींचकर अपने आगे बिठाकर उसकी ठुड्डी पकड़कर कहा–बेटी, तेरे मन में चल रहे तूफ़ान की आहट को मैं सुन सकती हूँ। तुझे अपने मन के झंझावात को मुझसे छिपाने की कोई ज़रूरत नहीं है, निकल जाने दे इसे...। स्त्रियाँ अपने मन में उठते झंझावातों और चक्रवातों को इस भय से नहीं निकलने देती हैं कि इसमें उनकी दुनिया कहीं प्रवाहित न हो जाये, पर पण्डितों को नीलकण्ठ की तरह स्त्रियों द्वारा हलाहल विष पीने की पीड़ा के स्थान पर स्त्री का कुचरित्र दीखता है। किन्तु मैं पण्डित नहीं, तुम्हारी माँ हूँ, विश्वास कर मुझ पर, तुझसे प्रिय अब मुझे निमाई भी नहीं है।

विष्णुप्रिया विह्वल हो गयी। माँ के कन्धे से लगकर नेत्रों के माध्यम से ग़म के समन्दर को निकाल दिया।

निमाई के व्यवहार परिवर्तन को लेकर नदिया में दो तरह की बातें तेज़ी से फैल रही थीं। पण्डित ईर्ष्यावश यह प्रचार कर रहे थे कि निमाई पागल हो गया। पागल तो होना ही था; इतनी प्रतिभा, इतना पाण्डित्य सामान्य व्यक्ति में हो ही नहीं सकता...प्रारम्भ से ही वह असामान्य था। उसे पागल होना ही था।

दूसरी ओर नवद्वीप की भोली–भाली जनता सोच रही थी, निमाई पण्डित को श्रीकृष्ण भगवान का साक्षात् दर्शन हुआ और जब वे अन्तर्धान हो गये तो निमाई विह्वल होकर विलाप करने लगे। उनके विरह को सहन नहीं कर पा रहे हैं। उनका रोना–मूर्च्छित होना सब उसी कारण से है।

तीसरी ओर निमाई पण्डित के छात्रों में निराशा फैलती जा रही थी। निमाई पण्डित ने उन्हें लाख समझाया कि दूसरा कोई योग्य गुरु तलाश कर लो, पर वे टस–से–मस नहीं हो रहे थे। उन्हें पता था इनसे योग्य गुरु नदिया में मिलना असम्भव है।

चतुर छात्रों ने निमाई पण्डित के गुरु गंगादासजी के पास जाकर अपना रोना रोया। छात्रों के भविष्य और स्वयं उनके सबसे प्रिय शिष्य की दशा सुनकर वे निमाई पण्डित के पास स्वयं गये और उन्हें समझाते हुए कहा–'निमाई तुम्हारे नाना, पिता दोनों ही प्रकाण्ड पण्डित थे। मैंने भी तुम्हें श्रेष्ठ विद्यादान देने में कोई कसर नहीं उठा रखी थी। तुम मेरे सर्वप्रिय छात्र रहे हो। इतनी छोटी उम्र में तुमने कितना अपूर्व यश अर्जित किया है। तुम्हारे जैसी विलक्षण प्रतिभा और पाण्डित्य दुर्लभ है बेटा...। परन्तु अब न जाने तुम्हें क्या हो गया है जो तुम बहकने लगे। क्या यह उचित है बेटा? इतना सम्मान अनेक जन्मों के सुकर्मों का परिणाम है। मनुष्य जन्म की सफलता इससे अधिक क्या हो सकती है? तुम हम सबकी आशा के केन्द्र हो, तुम्हें मेरी सौगन्ध, छात्रों को अच्छी तरह पढ़ाओ।'

गुरु की बात सुनकर निमाई नतमस्तक हो गये, क्षमा माँगते हुए उन्होंने कहा–मैं पूरी कोशिश करूँगा, आपको निराश न करूँ।

शची माँ के नैराश्य संसार में आशा की किरण कौंधती दिखायी पड़ रही थी..., भगवान इसे सद्‌बुद्धि दें। मुकुन्द संजय के चण्डी मण्डप में छात्रों के बीच निमाई को बैठे देख शची माँ का परेशान मन बहुत दिनों बाद सुकून पाया।

मंगलाचरण के बाद छात्रों ने 'हरि–हरि' का जयबोध किया। 'हरि' सुनते ही निमाई पण्डित अपना आपा खो बैठे। आँखें मुँद गयीं, और मनपटल पर कृष्ण छवि अंकित हो गयी। पुलकित होकर निमाई कहने लगे–'कैसा मधुर नाम। श्रीकृष्ण तुम सबका मंगल करेंगे। तुम लोग निरर्थक विद्या सीखने के लिए इतना प्रयत्नशील क्यों हो? सदा स्मरण रखो कि भगवत्चरण की प्राप्ति ही जीवन का परम पुरुषार्थ है।'

निमाई पण्डित की जब आँखें खुलीं तो लज्जित हो गये। शिष्यों का मंगलाचरण पूरा हुआ। अब कल से विधिवत पाठ आरम्भ होगा...। निमाई पण्डित अपनी ओर से प्रयास में कोई कमी नहीं कर रहे थे, पर हर बार उन्हें असफलता ही हाथ लग रही थी। आख़िर उन्होंने हार मान ली, शिष्यों से हाथ जोड़कर कहा–सत्य कहता हूँ मैं तुम्हें पहले की भाँति ही सरल

सुबोध रीति से पढ़ाना चाहता हूँ। नित्यप्रति यही संकल्प लेकर घर से निकलता हूँ किन्तु जैसे ही पढ़ाना प्रारम्भ करता हूँ एक परम सुन्दर कृष्णवर्ण शिशु मेरे नेत्रों के सामने आ जाता है और मनमोहक वंशीवादन करता है कि फिर मेरी सुध–बुध सब हर लेता है...मैं विवश हूँ, मेरे बच्चो, तुम लोग दूसरी व्यवस्था कर लो। नदिया में योग्य शिक्षकों की कमी नहीं है।

शिष्य मण्डली यह सुनकर स्तब्ध रह गयी। जिस गुरु का नाम सुनकर वे लोग दूर–दूर से यहाँ पढ़ने के लिए आये थे, अब वही उन्हें नहीं पढ़ायेंगे। यह बात उन्हें बेहद खल रही थी। निमाई पण्डित की बात सुनकर सारे छात्र विह्वल हो गये। छात्रों ने आगे बढ़कर उनके चरण पकड़ लिए–आपके सिवा हम किसी से नहीं पढ़ सकेंगे गुरुदेव...। हम लोग अपने आपको अन्य छात्रों से सौभाग्यशाली मानते थे कि हम लोग आपके शिष्य हैं...हमसे यह गौरव मत छीनिए गुरुदेव! हम पर कृपा कीजिए।

शिष्यों की हालत देखकर निमाई पण्डित द्रवीभूत हो उठे–यदि मेरे वश में होता तो क्या मैं तुम्हें जान–बूझकर कष्ट पहुँचाता? मुझे पता है यदि मैं तुम्हें अपने से मुक्त नहीं करूँगा तो तुम्हारे साथ छल होगा और तुम शिक्षा के क्षेत्र में पिछड़ जाओगे। लोकदृष्टि से यही तुम्हारे लिए उपयोगी है। मैं श्रीकृष्ण के ध्यान से विमुख होकर अब एक क्षण भी जीवित नहीं रह सकता। श्रीकृष्ण के बिना अब मेरी कोई गति नहीं है। तुमसे भी मैं यही कहूँगा कि सब कुछ तजकर हरि को भजो। 'नामेर रुचि जीवेर दया' बस यही दोनों, जीवन के कल्याणकारी तत्त्व हैं। प्रत्येक जीव पर दया करो मनुष्य से लेकर कीट पतंग तक और श्रीकृष्ण के नाम को ही अपने जीवन का आधार बना लो। समस्त ज्ञान का सार यही है।

छात्र अश्रुपूरित नेत्रों से सुन रहे थे, निमाई ने विदाई की घड़ी में छात्रों से कहा–आओ आज आख़िरी बार पाठशाला में तुम लोग मेरे साथ श्रीकृष्ण संकीर्तन करो। जो व्यक्ति एक बार भी सच्चे हृदय से इन्हें पुकार लेता है वह अपने जन्म–जन्मान्तरों के पापों से मुक्त हो जाता है। आओ संकीर्तन करें–

हरि हरये नमः
कृष्ण यादवाय नमः।।

सुर–ताल–लय के साथ निमाई पण्डित अपने शिष्यों के साथ संकीर्तन में मस्त हो गये, थोड़ी ही देर में वातावरण अनुराग रंजित हो गया।

हर एक के मन में प्रेम–तरंगें हिलोरें मारने लगीं। कई शिष्य जोश में नृत्य करने लगे। नदिया क्या विश्व की किसी पाठशाला में ऐसे आनन्द का महोत्सव न देखा, न सुना था। दर्शक भी आश्चर्यचकित हो स्वयं हरि हरयेनमः करते हुए ताली बजा–बजाकर झूमने लग गये थे।

कीर्तन करते हुए शिष्यों की निर्निमेष दृष्टि अपने गुरु के मुखमण्डल पर टिकी हुई थी। निमाई पण्डित का शरीर कुन्दन की भाँति चमक रहा था। उनका मुखमण्डल दिव्य आभा से प्रकाशित हो रहा था। शिष्यों ने तपस्वियों एवं विद्वानों के मुखमण्डल पर विद्या का तेज देखा था। राजपुरुषों, धनिकों एवं अनेक सौन्दर्यशालियों का तेज देखा था। निमाई पण्डित के पूर्व के तेज को भी देखा था पर आज तो वे अनोखे लग रहे थे। वे मनुष्य होकर भी मनुष्येतर प्राणी लग रहे थे। पूर्ण आत्मलीनता पाने पर मनुष्य अपनी मनुष्यता की सीमा से बँधा होने पर भी असीम लगने लगता है। वह लघु से विराट हो जाता है। शिष्यों को गुरु विराट पुरुष लग रहे थे। उनकी गम्भीर मुद्रा में नाद गूँज रहा था। ऊँचे पर्वत से गिरने वाले झरने की धुआँधार बूँदों की तरह संकीर्तन के शब्द गूँज रहे थे। वे सिर्फ़ कोरी सांस्कारिक श्रद्धावश ही अपने गुरु को ब्रह्मा, विष्णु, महेश्वर नहीं मान रहे थे वरन् सचमुच में अनुभव कर रहे थे कि वे साक्षात् परमब्रह्म को देख रहे हैं। उन्हें अनुभूति हो रही थी कि उनके गुरु एक छोटी–सी पाठशाला और सीमित शिष्य समूह के गुरु नहीं, वरन् विश्व गुरु हैं।

शिष्यों के देखते–देखते निमाई पण्डित उठकर खड़े हो गये और दोनों हाथों को ऊर्ध्व दिशा में उठाकर, अपने पैरों से भी ताल की ध्वनि निकालते हुए कीर्तन करने लगे। शिष्यों ने भी उनका अनुसरण किया, संकीर्तन करते हुए गुरु–शिष्य की मण्डली पाठशाला से निकलकर नदिया की सड़कों पर निकल आयी। पहली बार श्रीकृष्ण संकीर्तन की अनोखी गूँज नदिया में भर गयी। अपनी शिष्य मण्डली के लिए निमाई पण्डित का वही अन्तिम और समस्त नदियावासियों के लिए प्रथम कृष्ण प्रेम संकीर्तन का पाठ था। मुकुन्द संजय के चण्डी मण्डप की चारदीवारी की संकुचित सीमा को तोड़कर निमाई पण्डित आगे बढ़ रहे थे...बढ़ते जा रहे थे।

चैतन्यदेव के कानों में अभी भी...हरये नमः गूँज रहा था। सागर की घोर गर्जना में उन्हें चण्डी मण्डप की गूँज स्पष्ट सुनायी पड़ रही थी। वही गूँज जिसने आज उन्हें कृष्ण चैतन्यदेव बनाकर पुरुषोत्तम क्षेत्र के सागर तट पर ध्यानस्थ अवस्था में ला दिया है।

10

रत्नाकर के इस तट पर चैतन्यदेव के मन–मस्तिष्क में केवल हरये नमः ही नहीं गूँज रहा है। शची माँ का निषेध भी गूँज रहा है...विष्णुप्रिया का माँ को सँभालना भी याद आ रहा है।...

पाठशाला बन्द होने के बाद शची माँ कितनी उदास हो गयी थीं... उन्हें अनुभव हो रहा था निमाई दूर...बहुत दूर होता जा रहा है। दुनिया अन्धकारमय दीख रही थी। धीर–गम्भीर अवस्था में निमाई को चुपचाप बैठे देख माँ की छाती फट रही थी।

–माँ, आप स्वयं नारायण की भक्त हैं आप इतनी अधीर हो जायेंगी तो मेरा क्या होगा? क्या होगा माँ यदि वे विद्यालय नहीं जायेंगे...खाने का अभाव तो ईश्वर की कृपा से है नहीं...। हम लोग भी उनके साथ घर में ही संकीर्तन करेंगे। एक घायल दूसरे घायल की पीड़ा को अच्छी तरह समझ रही थी।

–जानती हूँ बेटी, जो नारायण की मर्ज़ी होगी वही होगा...। निमाई को श्रीवास आँगन जाते शची माँ देखती रहीं चुपचाप, गुमसुम।

कुछ ही देर बाद निमाई पण्डित लौट आये।

–माँ, देखो! कितने लोग आये हैं, गदाद्यर, श्रीवास काका, मुकुन्द, आज सब तुम्हारे ही घर में भोजन करेंगे। बात दरअसल यह है माँ कि तेरी बहू के हाथों में जादू है...इतनी मिठास है उसकी अंगुलियों में कि नमकीन व्यंजन भी मीठा लगने लगता है, बोलते वक़्त निमाई पण्डित ने विष्णुप्रिया की ओर देखा।

विष्णुप्रिया सकुचा गयी। ग़म के बादल छँट गये। इन्द्रधनुष खिल गया। शची माँ हुलस उठीं। कई दिन से पड़ा छाती पर का बोझ हलका हो गया। मन–ही–मन नारायण के चरणों में सिर झुकाकर वरदान माँगा–'सदा सर्वदा मेरे पुत्र को इसी तरह पत्नी प्रेम में आबद्ध कर संसारी बनाये रखना।'

निमाई पण्डित भी माँ के चेहरे पर मुस्कान देखकर प्रसन्न हो गये, मन–ही–मन बुदबुदाये–'मेरी भोली माँ।'

विष्णुप्रिया सकुचाकर झट से रसोईघर में घुस गयी। अतिशीघ्र काँसे की पाँच थालियों में भोजन परोसकर ले आयी। अपने माथे के आँचल को थोड़ा आगे खींचकर थाली सबके सामने रख दी। शची माँ निमाई सहित पाँचों को भोजन करते देख अपनी छाती जुड़ाती रहीं।

शची माँ का आँगन वैष्णव भक्तों के लिए तीर्थस्वरूप बनता जा रहा था। लोगों के आने–जाने का ताँता लगा ही रहता। सबकी श्रद्धा और विश्वास का केन्द्र जो बन गया था। कोई भी समस्या हो, छोटी या बड़ी, निमाई पण्डित के सामने आते ही समाप्त हो जाती थी। समस्या कोई एक–दो तो थीं नहीं, जितने लोग उतनी समस्याएँ। आम जनमानस में सभी स्तरों पर अनास्था का वातावरण व्याप्त था। ऐसे समय निमाई पण्डित लोकदृष्टि में एकमात्र आस्था के केन्द्र बन गये थे।

तभी तो जब क़ाज़ी ने धमकी दी कि कल से यदि संकीर्तन बन्द नहीं हुआ तो कीर्तन करने वालों पर कठोर कार्रवाई की जायेगी। बेचारे भोले–भाले श्रद्धालुओं का डरना अस्वाभाविक नहीं था। जनमानस में आसानी से सत्ता के कार्य सुचारु रूप से चलाने के लिए भय का वातावरण सदियों से बनाया जाता रहा है उस समय इस्लाम को लेकर, धर्म परिवर्तन को लेकर एक नये भय का जंजाल खड़ा किया गया था। जनमानस सदियों से जमे हुए धार्मिक संस्कारों को सहसा नहीं छोड़ सकता था। तर्क के आधार पर ईश्वर हो या न हो लेकिन मनुष्य के मानस में रमकर वह उसे आशा और आत्मविश्वास से ज़रूर लबालब कर देता है।

नदियावासी एकत्र हो गये, निमाई पण्डित के घर के आगे। बाल–वृद्ध जवान ही नहीं वृद्धा माताएँ भी निकल आयीं। घर के बाहर नहीं निकलीं तो सिर्फ़ नवयुवतियाँ, जिनके ऊपर पाबन्दी थी भीड़–भाड़ और सभा के दौरान घर से बाहर नहीं जाने की।

कीर्तन प्रेमियों ने समवेत स्वर में कह दिया–'नदिया छोड़कर कहीं चला जाऊँगा, पर संकीर्तन नहीं छोड़ूँगा। कहीं तो ऐसी जगह होगी, जहाँ संकीर्तन कर सकूँगा, उसी को वास स्थान बनाऊँगा।'

निमाई पण्डित को इन लोगों पर दया भी आ रही थी और क्षोभ भी हो रहा था।

–किसका संकीर्तन करेंगे और कहाँ चले जायेंगे? जिसका संकीर्तन आप कर रहे हैं, उसे आप लोग सर्वोच्च सत्ता, अखिल ब्रह्माण्ड का नायक नहीं मानते? जिसका संकीर्तन आप लोग कर रहे हैं उस पर आप लोगों का विश्वास नहीं है? तो फिर संकीर्तन करने से क्या लाभ? यदि आप ईश्वर पर विश्वास करेंगे तो पता है, इसका परिणाम क्या होगा? सर्वप्रथम आप निर्भय हो जायेंगे। निर्भयता, ईश्वर भक्ति का प्रथम सोपान है। आप क़ाज़ी से डरकर

मन–ही–मन भगवान का नाम ले रहे हैं यह धर्म–भीरुता है, भक्ति नहीं, भक्ति का अर्थ निर्भीकता है, निमाई पण्डित की गम्भीर आवाज़ गूँज रही थी।

भीड़ की गर्दन झुकती चली गयी।

–सिर झुकाने से काम नहीं चलेगा, सिर उठाने का वक़्त है यह। सबसे पहले इस बात का उत्तर दीजिए कि आपको लगता है आप जो संकीर्तन कर रहे हैं यह ग़लत कार्य है? निमाई पण्डित ने ऊँची आवाज़ में भीड़ से प्रश्न किया।

नहीं...भीड़ से ज़ोर की आवाज़ आयी।

–तो फिर स्थान किसे छोड़कर जाना चाहिए, न्याय के रास्ते पर चलने वालों को या अन्याय पर चलने वालों को?

बड़े ज़ोर से आवाज़ आयी–अन्याय पर चलने वालों को।

–तो फिर ठीक है, कल जितने लोग एकत्रित हो सकते हैं, शाम को चार बजे यहाँ एकत्रित हो जायें। अधिक–से–अधिक संख्या में स्त्री–पुरुष, बाल, वृद्ध, जवान सभी खोल करताल, मशाल लेकर यहाँ जमा हो जायें। कल हम सभी लोग खोल करताल सहित उच्च स्वर से संकीर्तन करते हुए बेलपोखरिया मुहल्ले में चलेंगे। वहीं चाँद ख़ाँ की कचहरी है। कुछ लोगों के हाथ में मशालें भी होंगी...।

शाम चार बजे संकीर्तन की तुमुल ध्वनि चारों दिशाओं में गूँजने लगी। घर में संकीर्तन की मनाही हो चुकी है और इनका दुस्साहस कि क़ाज़ी की कचहरी के सामने नगर संकीर्तन कर रहे हैं। चाँद ख़ाँ गुर्राया–इतनी हिम्मत! खुलेआम बग़ावत–अब इन गवैयों को सबक सिखाना ही होगा। ग़ुस्से से आँखें लाल–पीली करते हुए बाहर निकला।

सामने जनसैलाब था। भारी भीड़ थी, निहत्थी भीड़, पर जाग्रत। साहस और विश्वास से भरी हुई जनता। इस विश्वास के साथ कि ईश्वर हमेशा सत्य के साथ होता है और सत्य उनके साथ है। इस साहस के साथ कि अन्याय के सामने नहीं झुकेंगे चाहे उन्हें मृत्यु ही क्यों न वरण करनी पड़े।

जनता जब असहयोग और सत्याग्रह पर डट जायेगी तो कौन–सी सत्ता में शक्ति है जो खड़ी रह जाये। चाँद ख़ाँ भी खड़ा नहीं रह पाया। भयभीत हो गया, होना ही था। अन्याय करने वाला हमेशा अन्दर से आतंकित रहता ही है। इतना बड़ा जन आन्दोलन! क़ाज़ी ने न देखा और न सुना था। चाँद ख़ाँ के पैर थरथरा रहे थे।

भीड़ में से कुछ अतिरेक स्वभाव वाले लोगों ने जोश में भरकर क़ाज़ी और उसके सैनिकों पर हमला करने की कोशिश की। निमाई पण्डित ने उन लोगों को रोक दिया–'एक भी व्यक्ति हिंसा का सहारा नहीं लेगा। वैष्णव विरोध करता है, अन्याय के सामने नहीं झुकता है, पर हिंसा का आश्रय नहीं लेता। हम लोग सविनय अवज्ञा का पालन करेंगे।'

क़ाज़ी हाथ जोड़कर बाहर निकला। वही क़ाज़ी जिसे बादशाह हुसैन ख़ाँ ने नियुक्त किया था और जो बादशाह का बड़ा लाड़ला भी था। सत्ता में मदान्ध पदाधिकारी जनसत्ता के सामने कुछ भी नहीं है–नदिया की जनता यह एहसास कर रही थी। क़ाज़ी के हाथ जुड़े थे, उसकी वाणी संयमित थी–निमाई पण्डित, मैं आपके मामा का मित्र हूँ, इस रिश्ते से आप हमारे भानजे हो। मेरा इरादा आप लोगों को क़तई नुक़सान पहुँचाने का नहीं था। मुझे आपके संकीर्तन से क्या परेशानी है? मैं वचन देता हूँ, आपको संकीर्तन में जो परेशान करेगा, उसको ही दण्ड दूँगा।

–मामाजी, हमें कौन परेशान करेगा? भला हमारे संकीर्तन से किसे परेशानी होगी? हम लोग बहुत सावधानी रखते हैं कि किसी को हमारे व्यवहार से कोई कष्ट न हो। निमाई ने विनम्रतापूर्वक कहा।

–क़ाज़ी महोदय, क्या आपको पता नहीं निमाई पण्डित के जीवन का सिद्धान्त क्या है?

अपने आपको तृण से भी छोटा मानो, पेड़ से भी अधिक सहिष्णु बनो, दूसरों को मान दो और स्वयं मान मत चाहो इसके बाद संकीर्तन करो, तब मिलेगी श्रीकृष्ण की कृपा। हँसते–हँसते अपने अपूर्व ग्रन्थ को अपनी मित्रता की प्रसन्नता ख़ातिर पानी में प्रवाहित कर देने वाले निमाई पण्डित को कौन परेशान करने की सोच भी सकता है? नैयायिक रघुनाथ की वाणी कृतज्ञता से प्लावित हो रही थी।

चाँद ख़ाँ की आँखें चमकीं–निमाई पण्डित! मैं इसके लिए पूर्ण दोषी नहीं हूँ, दोषी को अभी बाहर निकालता हूँ।

चाँद ख़ाँ ने सैनिकों से कहा–पकड़कर लाओ शास्त्री को।

घर की साँकल बजते ही शास्त्री की बत्तीसी निकल गयी, लगता है कार्य सम्पन्न हो गया। निमाई पण्डित को जेल हुई या देशनिकाला? सोचते–सोचते शास्त्री ने दरवाज़ा खोला। सामने सैनिक खड़े थे। 'क़ाज़ी महोदय ने अविलम्ब बुलाया है,' सैनिक की आवाज़ में तल्ख़ी थी। शास्त्री के चेहरे पर हवाइयाँ उड़ने लगीं। बिना चूँ चपड़ किये हुए चल दिया।

अपार जनसमूह के बीच निमाई पण्डित और जनसमूह के द्वारा निमाई पण्डित की जय–जयकार से शास्त्री भयभीत हो गया। एक–एक चाँटा भी भीड़ से लगा तो प्राण जाने के सिवा दूसरा कोई विकल्प है ही नहीं। क्रुद्ध भीड़ को देखकर शास्त्री क़ाज़ी के पीछे जाकर छुप गया। क़ाज़ी ने उसे पीछे से खींचकर अपने और निमाई पण्डित के बीच लाकर खड़ा कर दिया।

गले में रुद्राक्ष, ललाट पर श्रीदण्ड, सिर पर बाल तो नहीं थे पर शिखा बड़ी मोटी–सी थी। आँखें छोटी–छोटी पर तेज़ी से घूमती हुई चमक रही थीं। क़ाज़ी के बदले हुए रुख़ को देखकर शास्त्री चौंका–आपने मुझे क्यों बुलाया है? मैंने आज तक संकीर्तन की ओर रुख़ भी नहीं किया है। इसे मैं मूर्खों का कार्य मानता हूँ।

–जानता हूँ, इसी से बुलाया है। तुमने निमाई पण्डित की झूठी शिकायत करके मुझे इतने निरपराध लोगों के दण्ड का भागी बनाने की कोशिश की है। जिस निमाई पण्डित का आचरण है–

तृण से अपने को छोटा समझना, पेड़ के समान सहनशील बनना, दूसरों को आदर देकर और स्वयं अपमान सहकर कीर्तन करना–ऐसे व्यक्ति से तुमने स्वयं द्रोह किया और उलटे मुझे भी भड़काया शास्त्री? तुम अपने को धार्मिक व्यक्ति कहते हो, यही है तुम्हारा धर्म? मैं तो विधर्मी था,–पर तू...? किसी का सगा नहीं। पकड़कर साले को जेल में ठूँस दो, ग़ुस्से में तमतमाते हुए क़ाज़ी ने कहा।

शास्त्री निमाई पण्डित की ओर लपका,–निमाई पण्डित मेरी रक्षा करो मैं लोगों के बहकावे में आ गया था।

क़ाज़ी ने डपटा–तुम्हें लोग बहकाते हैं? तुम ख़ुद ही लोगों को भड़काते हो। तुमने मुझसे भी कहा हिन्दुओं को भी निमाई पण्डित ने परेशान कर दिया है, हिन्दुओं में इनके प्रति आक्रोश है क्योंकि निमाई पण्डित के साथ बुरे तत्त्वों का जमावड़ा हो गया है।

शास्त्री चिल्लाकर बोला–मैंने कहा था। निमाई पण्डित ने मुझे सड़क का भिखारी बना दिया। इसके जन्मकाल से ही मैं विद्यालय चला रहा था। छात्र मुझसे सन्तुष्ट भी थे। मैं उन्हें अच्छी शिक्षा देता था। बीच में ही भीड़ से एक ज़ोर की आवाज़ आयी–खाक शिक्षा देते थे। चार साल तक आपके विद्यालय में पढ़ा। गुरु सेवा के नाम पर सिर्फ़ अपने गृहकार्य कराते रहे। आपका ही मारा हुआ हूँ कि व्याकरण का क–ख–ग भी नहीं समझता।

निमाई पण्डित ने हाथ उठाकर उस व्यक्ति को रोकते हुए कहा–'शास्त्री जी आप कहें।'

–क्या कहूँ निमाई पण्डित? तुम्हारे विद्यालय के खुलते ही मेरा विद्यालय बियाबान हो गया। इतने गाय–बैल भी नहीं कि उसे गौशाला ही बना देता। घर चलाना मुश्किल हो गया। इतना बड़ा परिवार है मेरा, दस–दस बच्चे हैं मेरे, तुम्हारी तरह घर में तीन प्राणी नहीं हैं। किसी दूसरे विद्यालय में चाकरी कर नहीं सकता, मेरी विद्वत्ता किस काम की? ऐसे पाण्डित्य से क्या लाभ जब दूसरों की ग़ुलामी करनी पड़े। आप विद्यालय में क्या पढ़ाते थे मैं देखता था। न छात्रों की पिटाई ही करते थे न अनुशासन ही रखते थे। हाँ, छात्रों को मित्र अवश्य बना लिया था इसी से छात्र आपके सामने पुष्प के लोभी भ्रमर की तरह चक्कर लगाने लगे। मैंने भी प्रयास किया छात्रों के साथ मित्रतापूर्ण व्यवहार करने का, पर यह अशोभनीय कार्य मुझसे नहीं हुआ। आपके पास हज़ारों छात्रों का दल था, सारे छात्र आपके और मेरे पास दस–बीस और वे भी कितने मान–मनौवल के बाद ठहरते। अब आप ही बतायें निमाई पण्डित! मेरी जगह पर कोई भी व्यक्ति यही करेगा, जो मैंने किया है। आप भी यही करते।

–विप्रवर अब तो न विद्यालय है, न छात्र। क्या अब भी ईर्ष्या है आपके मन में? ईर्ष्या के लायक क्या है मेरे पास? निमाई पण्डित विनम्रता–पूर्वक बोले।

–आपके विद्यालय बन्द करने के बाद मैं गया था आपके छात्रों के पास, पर सभी ने एक स्वर से मुझे मना कर दिया। उलटे मेरी खिल्ली भी उड़ायी कि हंस से पढ़ने के बाद कौवे से क्या पढ़ना? यही संस्कार डाला है आपने अपने छात्रों में?

–मैं अपने छात्रों की ओर से क्षमा माँगता हूँ, जिन्होंने आपको हार्दिक दुख पहुँचाया है। पर विप्रवर वे बच्चे हैं, अबोध लड़कपन है। निमाई पण्डित ने सरलता के साथ कहा।

–बस–बस यही है आपके पास छात्रों के आने का सबसे बड़ा आकर्षण, छात्रों की ग़लत बातों को भी उनका लड़कपन बताना..., शास्त्री ने बुरा–सा मुँह बनाया।

–पर अब तो न छात्र हैं न मैं अध्यापक हूँ, इसी से प्रतिद्वन्द्विता समाप्त हो गयी। अब तो फ़क़ीरी अपना ली है। निमाई पण्डित अपनी बात समाप्त नहीं कर पाये। बीच में ही शास्त्री अपनी भौंहों और हाथों को नचाकर बोल

पड़ा–वाह रे निमाई पण्डित, ठीक ही कहते हैं लोग, आप और फ़क़ीरी! अध्यापकी क्या छोड़ी, राजा बन बैठे, चक्रवर्ती सम्राट! मैं तो कहता हूँ चक्रवर्ती सम्राट से भी अधिक सुख में हैं आप। चक्रवर्ती सम्राट को भी चिन्ता होती है अपने राजपाट की, अपने साम्राज्य की, अपने धन–दौलत की। पर आपको चिन्ता नहीं, केवल सुख ही सुख है। और यह सामने जो भीड़ इकट्ठी है सब क्या है? आपकी प्रजा...निमाई पण्डित। राजा को भी डर लगता है प्रजा विद्रोह कर देगी, पर आपकी प्रजा आपको मानव मानती कहाँ है, अवतार मानती है। क्या यह पाप नहीं है? एक साधारण मनुष्य को लोग भगवान मानें? क्या फ़र्क़ है आपमें और मुझमें? आप भी रमणीया पत्नी के साथ रहते हैं और मैं अपनी कुरूपा पत्नी के संग।

श्रीवास के आँगन में बन्द दरवाज़े के अन्दर आप लोग संकीर्तन करते हैं। मैंने देखा नहीं, पर सुना है लोगों से। उनका कहना है वैष्णवता आदि कहीं कुछ नहीं है, किवाड़ बन्द करके कापालिक क्रिया होती है। निमाई पण्डित भी पंचमकार जैसी ही कोई क्रिया करता है। बस नाम बदलकर धर्म के नाम पर स्वेच्छाचारिता फैला रहे हैं। चौबीसों घण्टे अपनी पत्नी के संग, स्त्री संगी...।

लोगों ने अपने कान बन्द कर लिए। कुछ नवयुवक नहीं रोक पाये अपने आपको। मारने के लिए दौड़े शास्त्री को, पर निमाई पण्डित ने रोक दिया–शास्त्री जी के मन में जो भी विकार हैं, अच्छा है निकाल दिया। अब इनका मन निर्मल हो जायेगा।

उन्होंने शास्त्री के सामने हाथ जोड़कर कहा–विप्रवर, मुझे पता भी नहीं चला कि अनजाने में मैं आपको इतनी वेदना पहुँचा रहा था। यह भी पता नहीं था कि कुछ और लोगों को भी मुझसे कष्ट पहुँच रहा है। मेरी आँखों पर जो यह पट्टी बँधी थी कि मुझसे किसी को भी कष्ट नहीं पहुँच रहा है उस भ्रमजाल को आपने कृपापूर्वक दूर कर दिया है। पर विश्वास करें विप्रवर, मुझे किसी व्यक्ति से कोई शिकायत नहीं, कोई द्वेष नहीं, कोई ईर्ष्या नहीं, कोई नाराज़गी नहीं। मैं वचन देता हूँ प्रयास करूँगा कि आपकी वेदना कम कर सकूँ।

भीड़ विजयोल्लास मना रही थी। निमाई पण्डित के अन्तरंग मित्र व्यथित थे शास्त्री की बातों से। यह सोच–सोचकर परेशान हो रहे थे कि भावुक निमाई पण्डित के हृदय पर इन पाषाण से भी कठोर और असत्य रूपी वाणों से कितनी वेदना हुई होगी।

निमाई पण्डित रात–भर सो न सके, पलकें जैसे ही भारी होती थीं, शास्त्री की बातें एक–एक कर मूर्त रूप लेकर उपस्थित हो जातीं। विष्णुप्रिया ने पूछा भी–स्वामी, आप कुछ परेशान लग रहे हैं। यदि मुझसे कहने योग्य बात हो तो कहकर भारमुक्त हो सकते हैं।

निमाई पण्डित ने गौरपूर्वक विष्णुप्रिया को देखा। निश्छल, निष्कपट, पवित्र, जैसे ईश्वर पर अर्पित पुष्प? फिर सोचा क्या कहूँ विष्णुप्रिया से? लोग क्या समझते हैं मुझे..., स्त्री संगी–! नहीं–नहीं विष्णुप्रिया को बताकर भारमुक्त तो क्या हो पाऊँगा। हाँ, विष्णुप्रिया इतनी भारी ज़रूर हो जायेगी कि इस असत् बोझ को सहन नहीं कर पायेगी।

–तुम सो जाओ प्रिये, मैं ठीक हूँ, जल्दी ही सो जाऊँगा।

विष्णुप्रिया सो गयी पर निमाई पण्डित करवटें बदलते रहे और अन्त में उठकर खड़े हो गये। खिड़की से बाहर झाँका। आसमान साफ़ था, नीला आकाश रात्रि में काला लग रहा था। चन्द्रमा अपनी चाँदनी धरती पर छितरा रहा था। चन्द्रमा के चारों ओर असंख्य तारे जगमग–जगमग कर रहे थे जुगनू के सदृश। दूर रहने से कितनी भी चमकती हुई चीज़ हो जुगनू सरीखी लगने ही लगती है। निमाई पण्डित ने गौर से चाँद को देखा इतनी सुन्दरता? किन्तु इसमें भी कालिमा है पर चाँद की चाँदनी को इसकी कालिमा कहाँ प्रभावित कर पाती है? फिर विष्णुप्रिया मेरी कालिमा नहीं, चाँदनी है। उससे क्या परेशानी? निमाई पण्डित अपने ही मन को समझाने की कोशिश कर रहे थे।

विष्णुप्रिया की चूड़ियाँ खनकीं। वह करवट बदल रही थी। शयनावस्था में विष्णुप्रिया कितनी सुन्दर लग रही थी ठीक वैसे ही जैसे आसमान में चाँद। चाँद में फिर भी कालिमा है, पर विष्णुप्रिया में कौन–सी कालिमा है? निमाई पण्डित निहारते रहे विष्णुप्रिया को–उन्हें कोई कालिमा नज़र नहीं आयी। विष्णुप्रिया तो निष्कलंक है अन्तर और बाह्य दोनों स्वरूपों में। फिर शास्त्री ने विष्णुप्रिया के संग को इतनी हेय दृष्टि से क्यों देखा? कितना बुरा मुँह बनाया था स्त्री संगी बोलते समय। क्या विष्णुप्रिया की सबसे बड़ी कालिमा यही है कि वह स्त्री है? स्त्री संगी–स्त्री संग बिना, स्त्री का आश्रय लिए बिना तो विधाता भी धरती पर नहीं आ सकता है। निमाई पण्डित ने अपने सिर को झटकते हुए पुनः आकाश की ओर दृष्टि फेर ली। चाँद की रोशनी मद्धिम पड़ती जा रही थी। चाँद अपनी रोशनी खो चुका था। संसार में कुछ भी स्थायी नहीं है सोचते हुए निमाई ने अपना

चेहरा पीछे घुमाया, विष्णुप्रिया के मुखमण्डल पर अभी तक वही छटा, वही सौन्दर्य विराजमान था। उनकी वेणी खुल गयी थी, मुखमण्डल के चारों ओर केश खुलकर बिखर गये थे जैसे बादलों के बीच चाँद। विष्णुप्रिया के मुखमण्डल पर जैसे चाँदनी छिटक रही थी, शायद चाँद की चाँदनी इसी से मद्धिम पड़ गयी हो कि उसकी चाँदनी छिटक विष्णुप्रिया के पास आ गयी है। निमाई पण्डित के होंठ मुस्कुरा उठे–'एक व्यक्ति ने कुछ कह दिया उसका दण्ड एक निर्दोष बाला क्यों भोगे?'

11

सूर्योदय हो चुका था। इतनी देर तक विष्णुप्रिया कभी नहीं सोती थी। हड़बड़ाकर उठी। बिछावन पर निमाई पण्डित नहीं थे। खिड़की से बाहर झाँका तो निमाई पण्डित तुलसी के पौधे में जल डाल रहे थे। विष्णुप्रिया स्नानघर दौड़ी। जल्दी–जल्दी शरीर पर पानी डाल रही थी, पर मन रात के स्वप्न में उलझ रहा था। क्या है इस स्वप्न का अर्थ? आवश्यक तो नहीं कि सब सपनों का अर्थ हो ही। फिर क्या सारे स्वप्न सत्य ही होते है? न जाने कितने अनर्गल स्वप्न सुप्तावस्था में आते ही रहते हैं। मन में उठने वाले विचार ही तो स्वप्न के कारण होते होंगे...। साड़ी पहनती हुई विष्णुप्रिया सोच रही थी। कितनी डर गयी थी सपने में, नींद खुली तो जान में जान आयी। यह सोचकर कितनी प्रसन्न हो गयी थी कि यह यथार्थ नहीं, स्वप्न है। पर यही स्वप्न जाग्रतावस्था में हक़ीक़त का एहसास करा मन में भय का संचार कर रहा था। पति को संन्यासी रूप में देखकर किस पत्नी की छाती नहीं फटेगी, भले ही स्वप्न हो। स्वप्न और यथार्थ में अन्तर ही कितना है। एक सूक्ष्म दुनिया की सच्चाई है, तो दूसरी जाग्रत दुनिया की। विष्णुप्रिया अपनी खुली आँखों से फिर उन्हीं दृश्यों को देख रही थी। उसके जीवन सर्वस्व, उसके प्रियतम धोती की जगह लपेटे हुए हैं ढाई हाथ का काषाय वस्त्र। सुन्दर घुँघराले केश की जगह है सिर मुण्डित चमकता हुआ माथा...। घबराकर दौड़ी विष्णुप्रिया अपने स्वामी के पीछे। पर यह क्या? दोनों के बीच में कहाँ से आकर खड़ी हो गयी लोहे की मज़बूत जाली। विष्णुप्रिया लाख प्रयास करती रही कि किसी तरह इस लौह–शृंखला को हटाकर पहुँच जाये अपने पति के पास। विष्णुप्रिया उस लौह–शृंखला को झकझोरते–झकझोरते थक गयी पर उस अभेद्य दीवार

को नहीं भेद पायी, आँखों से आँसू गिरते रहे और अपलक देखती रह गयी अपने जीवन धन को अपने से अलग होते हुए...।

हे ईश्वर! इस स्वप्न को कभी यथार्थ मत बनने देना। दौड़ती हुई ठाकुरघर में जाकर विष्णुप्रिया ने अपना सिर विष्णु के चरणों पर रख दिया।

निमाई पण्डित तुलसी में पानी देकर माँ के पास आ गये। उन्होंने माँ की आँखों को बहुत गौर से देखा। वे महसूस कर रहे थे शची माँ का दर्द, भय और आशंका? क्या कहें माँ से? क्या करें? कौन–सा ऐसा कार्य करें जिससे माँ के अधरामृत खिल जायें? शची माँ कुम्हलाती जा रही थीं। न सिर पर कंघी करती थीं, न बालों में तेल ही लगा रही थीं। सूखे–सूखे सफ़ेद बाल झरते–झरते बस अब ठूँठ से बच गये थे। विष्णुप्रिया को तो शची माँ सोलह श्रृंगार से कम करने नहीं देती थीं और विष्णुप्रिया शोकमग्ना बन कभी निमाई पण्डित के सम्मुख जाती कहाँ थीं? ह्रदय में लाख ज्वालामुखी धधक रहे हों पर उनके पास जाते समय मुखमण्डल स्मित हास्यमय हो जाता था। पर शची माँ शोकमूर्ति नज़र आ रही थीं। अभी शची माँ को इस शोक सागर से निकालकर आनन्दसमुद्र में कोई अवगाहन करा सकता है तो सिर्फ़ विश्वरूप! पर विश्वरूप को कहाँ से लायें, निमाई पण्डित?

दादा और बाबा के जाने के बाद निमाई ने अपनी ओर से कोई कसर नहीं छोड़ी थी माँ को सुख पहुँचाने की। कितनी कोशिश करते थे निमाई कि दादा की कमी माँ को नहीं खले। पर उनकी कोशिश हमेशा असफल रही। बात थी भी ऐसी ही, दादा की मृत्यु तो हुई नहीं थी कि माँ उस कटु प्रसंग को स्वीकार कर लेतीं कि विश्वरूप अब इस दुनिया में नहीं हैं। माँ का दादा का इन्तज़ार करना अस्वाभाविक नहीं था।

और एक दिन निमाई को लगा माँ का इन्तज़ार समाप्त हो गया। निमाई पण्डित आश्चर्यचकित रह गये जब श्रीवास काका ने परिचय कराया–यह हैं श्री नित्यानन्द। निमाई को लग रहा था सामने दादा खड़े हैं; निमाई पण्डित स्तम्भित रह गये।

निमाई पण्डित चैतन्य हुए तो देखा–वही क़द, वही काठी, रंग–रूप नाक–नक्श सभी हू–ब–हू और अवस्था भी वही। निमाई से ग्यारह वर्ष बड़े विश्वरूप, उतने ही बड़े नित्यानन्द। बस एक अन्तर था विश्वरूप हमेशा गम्भीर रहते थे और नित्यानन्द के चेहरे पर हास विराज रहा था।

–कहाँ थे अभी तक? माँ कब से आपका इन्तज़ार कर रही हैं, निमाई ने उन्हें आलिंगन करते हुए कहा।

नित्यानन्द अवाक् थे, लेकिन निमाई को वैसे ही स्नेहिल नेत्रों से निर्निमेष निहार रहे थे, जैसे विश्वरूप निहारते थे।

'दादा चलो ना', कहते–कहते...सँभाला अपने आपको।

घर पहुँचते ही निमाई ने माँ को ज़ोर से पुकारा–माँ, देखो कौन आया है? तुम्हारा पुत्र...।

शची माँ के नेत्र अश्रुजल से प्लावित हो गये। चेहरा अस्पष्ट दिखायी पड़ रहा था, पर हृदय स्वीकार कर रहा था पुत्र रूप को। शची माँ के बैठते ही नित्यानन्द उनके चरणों पर झुक गये। शची माँ का हाथ उनके माथे पर था,...आँखें अश्रु से माथे का सिंचन कर रही थीं।

पर यह क्या? नित्यानन्द झट से माँ की गोद में अपना सिर रखकर लेट गये।

–माँ कब से इस गोद के लिए तरस रहा था। परमब्रह्म परमात्मा जो निराकार है, साकार है और निर्गुण है उसे भी इस गोद का सुख लेने के लिए माँ यशोदा की गोद की शरण लेनी पड़ती है, कहते हुए नित्यानन्द अबोध से शिशु बन गये।

शची माँ की चेतना अब लौटी। विश्वरूप ऐसा नहीं कर सकता। इतना हास–परिहास करने का सवाल ही नहीं। वह तो जन्मजात गम्भीर पण्डित था। यह विश्वरूप नहीं है, शची माँ सकुचा गयीं। पर नित्यानन्द को कोई संकोच नहीं, सरल शिशु से माँ की गोद में पड़े रहे।

–माँ यह नित्यानन्द हैं बिल्कुल दादा की तरह हैं न? नारायण ने तुम्हारी प्रार्थना सुन ली, तभी तो इन्हें तुम्हारे पास भेजा है। निमाई अपनी माँ की आँखों में झाँकते हुए बोले।

–नित्यानन्द नहीं निताई। निमाई का भाई निताई; शची माँ प्रसन्न होकर बोलीं।

निमाई पण्डित ही नहीं, चैतन्यदेव बनने के बाद भी आज तक उन्हें वही आदर देते हैं जो विश्वरूप दादा को देते, बिल्कुल अपने अग्रज के समान। निमाई पण्डित ने श्रीवास आँगन में कहा भी था; गौड़ देश में स्पष्ट घोषणा कर दी थी–नित्यानन्द हमारे प्राणधन हैं। आप लोगों को कभी इनसे कोई भी कष्ट हो तो जो भी सज़ा चाहें मुझे दे दें पर इन्हें कष्ट नहीं पहुँचायेंगे...काका, क्या मेरी प्रार्थना स्वीकार करेंगे न?

तभी तो जब मधाई ने नित्यानन्द पर प्रहार किया तो क्रोध को अपने पास न फटकने देने वाले निमाई भावावेश में आ गये थे।

नित्यानन्द हैं भी अनोखे निराले, दुनिया की रीत से उलटी रीत वाले। साधु हो या महात्मा सब अच्छे पात्र की तलाश करते हैं ताकि उनमें अच्छे संस्कार डाले जा सकें जिससे वह जल्दी प्रस्फुटित होकर सुगन्ध बिखेर सकें। सभी में कहाँ है वैसी करुणा, प्रेम, दया जो कुपात्रों को देखकर उनके कल्याण के लिए अपनी मृत्यु को अंगीकार करने के लिए भी सहर्ष तैयार हो जाये।

नित्यानन्द ने यही किया। जब से जगाई–मधाई की क्रूरता के बारे में सुना तो उसके पीछे ही पड़ गये। हरिदास ने तो मना भी किया एक बार किसी तरह जान बच गयी है, ईश्वर की कृपा मानकर भजन करो।

पर नित्यानन्द कहाँ मानने वाले थे। उन्हें एकान्तिक भजन करके अपना कल्याण नहीं करना था। अपने कल्याण में उन्हें स्वार्थ की गन्ध जो आती थी। उसे भी क्या सन्मार्ग दिखाना जो मार्ग पर चल ही रहा हो।

जगाई–मधाई दोनों भाई अभी नवयुवक थे। हुसैन ख़ाँ ने उन्हें नदिया का कोतवाल बनाया था। एक दर्जन सिपाही उनके अंगरक्षक थे, सदा–सर्वदा सेवा में तत्पर। मांस और मदिरा का सेवन कर लाल–लाल आँखों से जब वे प्रजा पर .जुल्म ढाते तो जो बच जाता अपने को भाग्यशाली मानकर ईश्वर को धन्यवाद देता।

इन्हीं जगाई–मधाई को नित्यानन्द ने जाकर बड़े प्रेम से कहा–जगाई–मधाई! विधाता ने कितना सुन्दर रूप तुमको दिया है। तुम क्यों निर्दोष लोगों को सताकर उनकी आह ले रहे हो? अभी भी कुछ नहीं बिगड़ा है, लोगों को सताना छोड़कर हरे कृष्ण महामन्त्र का संकीर्तन करो।

जगाई–मधाई की आँखें विस्मय से फटी की फटी रह गयीं। कौन है यह व्यक्ति? पागल या कोई मुझसे भी अधिक शक्तिवान। दोनों भाई मिलकर चिंघाड़े। पर आश्चर्य, चिंघाड़ का लेशमात्र असर भी नित्यानन्द पर नहीं हुआ।

जगाई ज़ोर से चिल्लाया–तुम्हें होश नहीं है किससे बात कर रहे हो? तुम्हें सुनायी नहीं देता मैं क्या कह रहा हूँ? उसकी आवाज़ सुनकर अंगरक्षक दौड़े आये।

मधाई ने पास में पड़ी शराब की सुराही को उठाया और घुमाकर नित्यानन्द के सिर पर दे मारा–'यह ऐसे नहीं समझेगा' कहकर दूसरा पात्र उठाया। वह नशे में झूम रहा था, आज उसने भाई से भी अधिक पी ली थी।

जगाई ने आगे बढ़कर मधाई के हाथ को पकड़ लिया–देख सामने देख–इसके सिर से ख़ून के फव्वारे निकल रहे हैं।

नित्यानन्द एक रत्ती विचलित नहीं हुए। एक ही प्रार्थना दोनो भाइयों से करते रहे–'एक बार हरे कृष्ण कहो–कुमार्ग छोड़ दो।' माथे से ख़ून की धारा बह रही थी, पर मारने वाले के प्रति न रत्ती भर आक्रोश था न द्वेष, मुखमण्डल पर मुस्कान थिरक रही थी, पर दर्द की पीड़ा लक्षित हो रही थी।

जगाई–मधाई भी अजीब–सी दुविधा में पड़ गये। आज तक ऐसा मनुष्य देखा ही नहीं था। दोनों मिलकर उन्हें सँभालने की चेष्टा करने लगे।

चैतन्यदेव ने जब सुना कि जगाई–मधाई ने नित्यानन्द पर प्रहार किया है तो अपनी सुध–बुध खो बैठे। जगाई–मधाई ने यदि निमाई को चोट पहुँचाई होती तो भी वह इनकी करुणा के पात्र होते पर नित्यानन्द पर प्रहार निमाई के लिए असहनीय था।

जब निमाई घटना–स्थल पर पहुँचे तो जगाई–मधाई कोमल नवनीत सरीखे हृदय के व्यक्ति से ऐसे भयभीत हो रहे थे, जैसे चक्र लेकर साक्षात् नारायण प्रकट हो गये हों।

नित्यानन्द समझ गये, उन्होंने बात सँभाली–देव, यही है जगाई। इसी ने आज मेरी जान बचायी है।

कहाँ गया नृसिंह का आवेश? कहाँ गया नारायण का चक्र? निमाई ने अपनी दोनों बाँहें फैला दीं–तुम नहीं जानते जगाई, आज तुमने मुझ पर कितनी बड़ी कृपा की है। मेरे प्राणधन की रक्षा करके मुझे अपना ऋणी बना लिया है। जगाई को आलिंगनबद्ध करके अपने अश्रुजल से उसके कठोर मन में निमाई ने प्रेम का प्रवाह कर दिया।

जगाई अब वह जगाई नहीं रहा। उसका कठोर हृदय द्रवीभूत हो रहा था। उसका सिर लज्जित होकर झुक गया। आज तक जिसे वह अपनी वीरता, पौरुषता और न जाने क्या–क्या समझता था सब शूल की तरह उसके हृदय में बिंध रहे थे।

मधाई का नशा भी क़ाफ़ूर हो गया। वह भी आगे बढ़ा पर उसके पैर काँपने लगे। भाग्य का खेल भी अजीब है। आज तक जितने भी बुरे कृत्य किये दोनों भाइयों ने मिलकर किये। पर जगाई को विधाता ने सौभाग्यशाली बनाया था। तभी तो उसने कुछ कम मदिरापान किया था। ख़ैर, अब जो भी हो, अपने दुर्भाग्य को सौभाग्य में बदलने के लिए वह भी निमाई पण्डित के चरणों में साष्टांग गिर पड़ा–कृपया मुझ अधम को भी क्षमा करें।

तुम्हें क्षमा करने का सौभाग्य मुझमें नहीं है मधाई, तुमने नित्यानन्द पर प्रहार करके मुझे लाचार बना दिया है। यदि नित्यानन्द ही तुम्हें क्षमा कर दें तो...

—बस इतनी—सी बात। मैं तो कब का क्षमा कर चुका हूँ बस एक बार ऊँचे स्वर में 'हरे कृष्ण' कहो, नित्यानन्द हँसते हुए बोले।

कहाँ गयी जगाई—मधाई की क्रूरता? दोनों भाई नवद्वीप के घाटों की सफ़ाई करते रहते—वृद्धों के, लाचारों के घाट पर कपड़े साफ़ करते...। उनकी कायाकल्प ने उन्हें पूरे नदिया में, घर—घर चर्चा का विषय बना दिया।

शची माँ नित्यानन्द को भोजन करा रही थीं। सब वही व्यंजन बनाये थे, जो विश्वरूप को पसन्द थे। विश्वरूप ने शायद ही कभी भोजन की इतनी प्रशंसा की होगी जितनी नित्यानन्द कर रहे थे—माँ आप साक्षात् अन्नपूर्णा हो, नहीं—नहीं साक्षात् यशोदा हो।

शची माँ हँसते हुए बोली—और तुम बलराम।

—और निमाई कृष्ण हैं न माँ। एकदम बाल सुलभ चपलता...नित्यानन्द हँस रहे थे।

विष्णुप्रिया को आते देख नित्यानन्द सकुचाकर बाहर चले गये। शची माँ को प्रसन्न देखकर विष्णुप्रिया भी प्रसन्न हो गयी।

12

नदिया के वैष्णवों के मन की पीड़ा कम ही नहीं हो रही थी। गदाधर तो बहुत दुखी थे पर श्रीवास, मुकुन्द, श्रीधर, राघव और नित्यानन्द भी कम दुखी नहीं थे। श्रीवास आँगन में सवेरे—सवेरे उन लोगों ने एक बैठक बुलायी। जगाई—मधाई के हृदय परिवर्तन की प्रसन्नता तो थी परन्तु शास्त्री के कटु वचन कान में गर्म शीशे की तरह पिघलकर कष्ट पहुँचा रहे थे।

—शास्त्री की बातें बेसिर—पैर की हैं, उसकी बातों पर क्या ध्यान देना? सन्निपात का रोगी तो कुछ भी बकता है। उसकी चर्चा ही मत करो, भोले—भाले श्रीधर बोले।

—ध्यान क्यों नहीं देना चाहिए? दुष्टों को दण्ड मिलना ही चाहिए। दुष्ट दण्ड की ही भाषा समझते हैं। उसने जघन्य अपराध किया है, रघुनाथ बोले।

सबके चेहरे पर दर्द, क्षोभ और आक्रोश स्पष्ट दृष्टिगोचर हो रहे थे। आँखें सिकुड़ी हुई थीं, शोचनीय मुद्रा में बैठे थे, कैसे करें इस लोकनिन्दा का सामना?

सामने उत्तर उपस्थित था..., निमाई पण्डित कब आये पता ही नहीं चला।

–निन्दक की भूमिका हमारे जीवन में कम महत्त्वपूर्ण नहीं होती। वे हमारी कमियों की ओर हमारा ध्यान आकर्षित करते हैं। सच पूछो तो निन्दक माँ की तरह है। माँ गन्दगी से निकालकर हमें स्वच्छ बनाती है और निन्दक अपनी बदनामी सहन कर भी, सिर पर निन्दा करने का महापाप उठाकर भी निन्दा करके हमारे दुर्गुणों की ओर से हमें सचेत करते हैं, ताकि हम परिष्कृत हो सकें। क्या यह कम परोपकारिता है? निमाई पण्डित ने गम्भीर आवाज़ में कहा।

–निमाई पण्डित आप भी...। श्रीवास बोले।

–निमाई पण्डित ने एकदम सत्य वचन कहा है। इनकी प्रत्येक बात मेरे सिर–माथे। इनका प्रत्येक आदेश मेरे सिर–माथे, चाहे वह शास्त्रसम्मत हो या नहीं, नित्यानन्द हँसते हुए बोले।

–शास्त्री महोदय की बातों से हमें दो सीख मिली हैं। प्रथम यह कि हमें अपने आपकी समीक्षा करनी चाहिए कि हमसे क्या त्रुटियाँ हो रही हैं। ईमानदारीपूर्वक अपने आपको देखने की आवश्यकता है। दूसरी बात, कभी भी अफ़वाहों पर विश्वास न करें। किसी भी बात पर, जिसे अपनी आँखों से नहीं देखा है, उन पर मनगढ़न्त टिप्पणियाँ न करें। कई बार तो आँखों से देखी बातें भी वह नहीं होतीं जो दिखायी पड़ रही होती हैं। सापेक्षता से सत्य और असत्य की परिभाषाएँ भी बदल जाती हैं। सबसे अधिक आवश्यक है अपने आपसे लड़ना।–निमाई ने गम्भीर स्वर में कहा।

–मैं तो इतना जानता हूँ ईश्वर कभी उसे क्षमा नहीं करेंगे। मुकुन्द बहुत दुखी होकर बोले।

–ईश्वर करुणावरुणालय है मुकुन्द, दुनिया में कौन–सा महापाप है जिसे वे माफ़ नहीं करते, यह तो कुछ भी नहीं। हमें ईश्वर से ऐसी माँग करनी भी नहीं चाहिए। यदि करनी ही है तो यह करो कि उसे सद्‌बुद्धि देकर निर्मल बनायें..., कहते वक़्त निमाई पण्डित की आँखों में दर्द झलक रहा था।

–आज शाम संकीर्तन कहाँ होगा? गदाधर ने पूछा।

–संकीर्तन तो वहीं होगा श्रीवास आँगन में हमेशा की तरह, पर अब दरवाज़े बन्द नहीं होंगे और उसमें स्त्रियाँ शामिल नहीं होंगी। निमाई पण्डित का स्वर मद्धिम था।

–क्यों? लोकनिन्दा का दण्ड स्त्रियाँ ही क्यों भुगतें? मालिनी देवी अपने सिर को आँचल से ढँकती हुई बोलीं।

–काकी, मैं आपका गुनहगार हूँ पर इतनी सामर्थ्य नहीं है कि आपके प्रश्नों का उत्तर दे सकूँ? निमाई पण्डित हाथ जोड़ते हुए चले गये...।

गंगा किनारे एकान्त में, जहाँ न स्नानार्थियों की भीड़ थी न यात्रियों का कोलाहल, एक शिला पर बैठ गये चुपचाप। उनकी गर्दन झुकी हुई थी। अपनी नज़रें उठा ही नहीं पा रहे थे। कैसे नज़रें मिलायें माँ गंगे से? अभी–अभी माँ का अपमान जो हो गया था। निमाई पण्डित की आँखें भीग गयीं। मन विचारों के भँवरजाल में उलझता जा रहा था।

पर क्या करूँ मैं? यह कैसा समाधान निकाला है मैंने...। जो स्त्री हमें गर्भ में धारण करती है, पालन–पोषण करती है, संगिनी बनकर हमारा सम्बल बनती है, पत्नी बनकर अपने अस्तित्व तक को मिटा देती है, उसके साथ इतनी कठोरता? क्या ईश्वर माफ़ करेंगे या आने वाली पीढ़ियाँ माफ़ करेंगी?

फिर क्या करें? धर्म के नाम पर स्त्रियों का शोषण भी कितना हो रहा है। शक्ति के उपासक ही क्या कर रहे हैं? माँ की पूजा के बहाने उन्हें भोग्य वस्तु बना दिया है।

शास्त्री का भी क्या दोष? चारों ओर यही तो दिखायी पड़ रहा है। क्यों माने वह अन्य लोगों से मुझे अलग? अच्छे–अच्छे वस्त्र पहनता हूँ। लम्बे–लम्बे बाल हैं, बालों में सुगन्धित तेल लगा रहता है। रंग–बिरंगे रेशमी वस्त्रों को धारण करता हूँ। एक–से–एक अच्छे पकवान प्रसाद के रूप में ग्रहण करता हूँ और उसके बाद स्वर्ग की अप्सरा से भी सुन्दरी स्त्री के साथ शयन करता हूँ। इतना सब कुछ करने के बाद कुछ घण्टे संकीर्तन करता हूँ तो शास्त्री क्या ग़लत कह रहा है? एक अकेले शास्त्री ही नहीं कह रहा और भी लोग हैं और यदि आज नहीं भी हैं तो कल हो जायेंगे।

फिर मैं क्या करूँ? माँ गंगे रास्ता दिखा। बचपन से ही तेरी गोद में पलकर बड़ा हुआ हूँ। एक ओर माँ हैं जो मुझे देख–देखकर ही जी रही हैं। मैंने देखा है उन्हें, दादा के गृहत्याग के बाद जीते–जी मर गयी थीं। और बाबा के जाने के बाद तो माँ एक जीती–जागती लाश ही बन गयी थीं।

धन्य है विष्णुप्रिया, जिसके आने से माँ को संजीवनी मिल गयी है। मैं एक ही झटके में दोनों की प्राणवायु छीन लूँ?

निमाई पण्डित फूटं–फूटकर रो पड़े। मन शान्त हो गया। घर पहुँचे तो माँ और विष्णुप्रिया दीपक की लौ में बैठी उन्हीं का इन्तज़ार कर रही थीं।

–निमाई बड़ी देर कर दी बेटा। तू नहीं जानता नज़रों से तुम्हारे ओझल होते ही तेरी माँ की क्या हालत हो जाती है। निमाई पण्डित के सिर को चूमती हुई शची माँ बोलीं।

काँप गये निमाई पण्डित! क्या माता की हत्या का पाप मेरे ही भाग्य में लिखा है? पर मेरे पास कोई रास्ता भी नहीं है। मेरी माँ वीर जननी है। परिस्थितियों से मुक़ाबला कर सकती है। फिर उसे मेरे श्याम सँभालेंगे न। अपने मन को समझाने के प्रयास में लगे रहे चैतन्यदेव।

पहली बार नित्यानन्द से एकान्त में कहा–श्रीपाद, मैं संन्यास लेना चाहता हूँ।

–आप यह क्या कह रहे हैं देव? क्या माँ के बारे में सोचा है...और विष्णुप्रिया? नित्यानन्द हतप्रभ रह गये।

–आपने वचन दिया है न श्रीपाद! मेरी किसी बात का विरोध नहीं करेंगे? निमाई उन्हें घेरने की कोशिश कर रहे थे।

–मैं विरोध नहीं कर रहा। आप मुझे कोई ऐसी आज्ञा देकर देखें, जो शास्त्र सम्मत न हो फिर भी मैं नहीं मानूँ तो मुझे नरक मिले। पर मैं पाषाण नहीं हूँ देव। माँ की पीड़ा...! कैसे सहन करेंगी? वे शरीर धारण नहीं कर पायेंगी। नित्यानन्द की वाणी अवरुद्ध हो गयी।

–आप हैं न श्रीपाद! दादा के स्थान पर उसी कृपालु श्याम ने ही तो आपको भेजा है। मैंने कितनी बार देखा है और महसूस भी किया है जितनी सहज और प्रसन्नचित्त माँ आपकी सामीप्यता में रहती हैं, उतनी मेरे निकट नहीं।

–वाह देव! आपकी लीला भी न्यारी है, संन्यासी को माँ का आँचल पकड़ा दिया और मुझे इस बात से कोई दुःख नहीं, प्रसन्नता ही है। गोलोक प्राप्ति के लिए भी इस माँ का आँचल मुझसे नहीं छूटे...। पर स्वयं आप... इतनी सुखी गृहस्थी जहाँ घर ही वैकुण्ठ बना हुआ है, उसे ठुकराकर संन्यासी बनने की बात कर रहे हैं...? इस बात को यही समाप्त कर दें।

पर बात समाप्त कहाँ हुई। नित्यानन्द की सूजी और सूनी आँखों ने सब कुछ कह दिया। जिसने जाना, वही हतप्रभ रह गया। जिसने सुना

उसके मन में एक ही बात आयी, निमाई पण्डित के बिना जीवन क्या जीवन रह जायेगा? माँ एवं विष्णुप्रिया का क्या होगा? सब एक–दूसरे को ताकीद कर रहे थे यह बात शची माँ तक नहीं पहुँचनी चाहिए। विधाता ऐसा नहीं करेगा वह हम लोगों से इतना वाम नहीं हो सकता, हम लोग अपनी जान देकर भी इस अनहोनी घटना को रोकेंगे।

विधाता न प्रार्थना सुनता है और न चुनौती स्वीकार करता है। बात को जितना ही दबाने का प्रयत्न किया जा रहा था उतनी ही तेज़ी से फैलती जा रही थी। शची माँ और विष्णुप्रिया से किसी ने भी कुछ न कहा, न सुना, न पूछा। बात हवा में फैल रही थी। शची माँ के कानों में भी उड़ती–उड़ती ख़बरें आ रही थीं, पर वे किससे पूछें? क्या विष्णुप्रिया से जानकारी लें, वह बेचारी सुनते ही परेशान हो जायेगी। आता है निमाई तो सीधे उसी से पता करना होगा। शची माँ निश्चय करके निढाल होकर बैठ गयीं।

निमाई जब घर पहुँचे तो शची माँ का आँगन भरा हुआ था। चारों ओर निमाई की भक्तमण्डली और मध्य में खिलखिलाती शची माँ। नित्यानन्द तरह–तरह के कौतुक कर माँ को आनन्दित कर रहे थे।

–माँ अपने इतने पुत्रों के संग वैसे ही शोभायमान हो रही हैं जैसे तारों के बीच चन्द्रमा, कहते हुए निमाई पण्डित भी वहीं बैठ गये।

–बेटा यह चाँद तेरे प्रकाश से प्रकाशित होता है और ये तारागण भी उसी प्रकाश के कारण यहाँ जमा हैं। शची माँ की आवाज़ भर्रा गयी।

–नहीं माँ, आप में निमाई पण्डित की ज्योति क्यों रहेगी? आपकी ज्योति उनमें है। हम लोग उनके कारण नहीं अपनी स्नेहमयी माँ के पास आये हैं और आते रहेंगे। क्यों, है न गदाधर पण्डित? श्रीधर बोले।

–अवश्य! हम लोग निमाई पण्डित को तो छोड़ सकते हैं पर माँ को नहीं, समवेत स्वर निकला।

–अब मैं निश्चिन्त हो गया। मैं इस अभिमान में रहता था कि अपनी माँ का एकमात्र पुत्र हूँ पर मुझे अभी–अभी ज्ञात हो गया कि एक नहीं, दो नहीं, मेरी माँ तो सैकड़ों पुत्रों की जननी होने का सुख भोग रही हैं। हँसते हुए निमाई पण्डित ने कहा।

शची माँ सब समझ रही थीं। निमाई लाख पण्डित रहे पर उसे यह कहाँ पता कि पुत्र अपने मन में जो सोचता है माँ उस बात को भी जान लेती है। आज निमाई सोच रहा है माँ को बहला देगा। इतने बेटों का

हाथ पकड़ाकर अपना हाथ छुड़ा लेगा। माँ को अपने कलेजे के टुकड़े से बिछड़ने के ग़म से बचा लेगा।

शची माँ की आँखें भीग गयीं। वे कमरे में चली गयीं। विष्णुप्रिया अपने पिता के घर गयी थी। शाम अधिक हो गयी थी। शायद कल लौटे। घर उसके बिना घर ही नहीं लगता, निमाई के बिना उतना बुरा नहीं लगता जितना विष्णुप्रिया के बिना...। पर विष्णुप्रिया बिना निमाई की कल्पना से ही सिहर गयीं शची माँ, सारे रोंगटे खड़े हो गये–'हे नारायण, गज की रक्षा ग्राह से करने वाले स्वामी! मेरी प्यारी बहू पर कृपा बनाये रखना।'

–माँ विष्णुप्रिया अभी तक नहीं आयी है। आप कहें तो ले आऊँ?

निमाई के पूछते ही शची माँ को डूबती नौक़ा का किनारा मिल गया। नारायण ने प्रार्थना सुन ली। शची माँ मन–ही–मन उन्हें प्रणाम कर बोलीं–सभी चले गये क्या?'

–हाँ माँ...। निमाई धीमे स्वर में बोले।

–अवश्य बेटा, जल्दी जा विष्णुप्रिया के नूपुर की ध्वनि के बिना यह घर सूना–सूना सा लगता है।

हँसते–मुस्कुराते विष्णुप्रिया और निमाई को घर में प्रवेश करते देखकर शची माँ की छाती जुड़ गयी। बहुत दिनों बाद वह निश्चिन्त होकर सोयीं।

निमाई पण्डित के हाथों में रजनीगन्धा के फूलों की माला देखकर विष्णुप्रिया के कान लाल हो गये। निमाई पण्डित ने अपना हाथ विष्णुप्रिया की वेणी की ओर बढ़ाया–प्रिया के दिल की धड़कन तेज़ हो गयी। उसने अपनी आँखें बन्द कर लीं। फूलों की ख़ुशबू उनकी साँसों में घुल रही थी। फूलों के स्पर्श की कल्पना से मन रोमांचित हो रहा था। पर एक मिनट दो मिनट नहीं, पूरे दस मिनट हो गये होंगे रजनीगन्धा की वेणी अभी तक स्पर्शित भी नहीं होते देख विष्णुप्रिया ने अपनी आँखें खोल दीं, सम्मुख देख विस्मित रह गयी। उसके प्रियतम तो स्तम्भित अवस्था में थे, न हिल रहे थे न डुल रहे थे। बस आँखों से अश्रुधारा प्रवाहित हो रही थी। विष्णुप्रिया घबरा गयी। ध्यान से देखा तो ध्यानस्थ निमाई बुदबुदा रहे थे–

'हाय रे प्यारे! लोग कहते हैं आयु अल्प है, किन्तु प्यारे मेरी आयु तो तुमने अनन्त कर दी है और तुम मुझे अमर बनाकर कहाँ छिप गये हो? ज़रा मेरी दशा तो देखो। तुम्हें देखे बिना मेरी कैसी दशा हो रही है? और उसका सिर्फ़ एक ही कारण है, प्रभु तुम्हारा विरह...। लोग कहते हैं

वर्षा चार महीने होती है पर मेरा तो समस्त जीवन ही तुमने वर्षामय बना दिया है। मेरे नेत्रों से सदा वर्षा होती ही रहती है। क्योंकि तुम कहीं दूर जाकर छिप गये हो। प्रभु कहाँ हो, प्यारे, दर्शन दो।' निमाई पण्डित फूट–फूट कर रोने लगे।

विष्णुप्रिया घबराकर दौड़ी शची माँ के पास।

–शीघ्र कमरे में चलें माँ, उन्हें जाने क्या हो रहा है वे रोते ही चले जा रहे हैं। माँ ने कमरे में आते ही निमाई पण्डित को अपने सीने से चिपटा लिया।

–तुझे क्या हो गया है मेरे लाल; तू क्यों रो रहा है? शची माँ बार–बार पूछती रहीं, पर निमाई ने कोई उत्तर नहीं दिया।

–विष्णुप्रिया अपने को नहीं रोक पायी, हड़बड़ाकर उन्हें झकझोर दिया–स्वामी क्या हो गया आपको? चैतन्य होइए नाथ।

निमाई पण्डित, जैसे नींद से जागे हों, सकुचा गये, आँखें झुका लीं। विष्णुप्रिया से नज़रें नहीं मिला पा रहे थे। विष्णुप्रिया पुनः बोली–चैतन्य हो गये देव? मुझे बड़ी घबराहट हो रही है।

–चैतन्य होने का ही तो प्रयास कर रहा हूँ। मुझे बहुत ख़ुशी हो रही है कि मेरे प्रयास में तुम मेरे साथ हो।

–कौन–सी अभागन स्त्री होगी जो यह नहीं चाहेगी कि उसका पति चैतन्य न हो। पर आपको क्या हो गया था?

निमाई पण्डित सकुचाकर बोले–क्या कहूँ विष्णुप्रिया, मुझे क्या हो जाता है मुझे ख़ुद पता नहीं चलता। मैं तुम्हारे बालों में फूल लगाने ही वाला था कि वह साँवला–सलोना बालक फिर हँसते–हँसते मेरे सामने आ गया और अपनी तिरछी निगाहों से देखकर मुस्कुराने लगा। उसकी मुस्कुराहट मेरे हृदय को बेधती हुई आयी और मुझे स्तम्भित कर दिया। मैं उसके चरणों को चूमने ही वाला था कि न जाने वह कहाँ चला गया? एक क्षण में मेरी आँखों से ओझल हो गया। गोपियों को छकाते–छकाते वह थका नहीं प्रिये, अब मेरे साथ खेल प्रारम्भ कर दिया है।

जब सामने माँ पर नज़र पड़ी तो निमाई उठकर खड़े हो गये फिर माँ को अपनी बाँहों के घेरे में लेकर अपने कक्ष से चले गये; माँ के कक्ष में, शायद वह माँ को कुछ समझाने का प्रयास कर रहे थे।

विष्णुप्रिया निमाई पण्डित को देखती रही। माँ क्या समझीं विष्णुप्रिया को नहीं पता, पर अब वह समझ रही थी कि गया धाम से वापस आने

के बाद उनके पति ने उनके साथ जो भी प्रेमपूर्ण व्यवहार किया, वास्तव में उसी दिव्य और अलौकिक प्रेम की प्रतिच्छाया मात्र है। प्रेम की वह नन्ही–सी बूँद ही अब समुद्र बनकर लहरा रही है। अखण्ड सौभाग्यवती निमाई वल्लभा इस समय उसी बूँद में समाकर सूक्ष्म से विराट होती जा रही थी। विष्णुप्रिया का अन्तर यह बोध पा रहा था कि उसके प्रियतम अब अपने सूक्ष्म रूप से अनन्य और अविभाज्य हो रहे हैं।

13

सामने सागर गर्जना कर रहा था। उसकी लहरें चैतन्यदेव के चरणों को स्पर्श कर रही थीं। अचानक बादल के एक छोटे टुकड़े ने चाँद को ढँक लिया...। तेज़ हवा के झोंके से चैतन्यदेव के काषाय वस्त्र उड़ रहे थे। चैतन्यदेव ने अपने उड़ते वस्त्रों को एक हाथ से समेट लिया, पर मन उड़ता ही रहा...।

उस दिन भी ऐसी ही हवा चल रही थी ज़ोरों से। सामने गंगा की धारा कलकल करती हुई बह रही थी। गंगा की धारा में वेग बहुत अधिक था। गंगा का प्रवाह और उफनती धारा को देखकर भी निमाई पण्डित कैसे रुकते जब मन के वेग की गति गंगा की धारा के मुक़ाबले तेज़ हो? दो बजे रात्रि में नाव भी कहाँ से आती और नाव रहती भी तो, कौन नाविक इस तेज़ हवा में अपनी नाव को खेकर गंगा की इस उफनती धारा में जाता, अपनी जान को जोखिम में डालने के लिए?

पर निमाई पण्डित को तो अपनी जान जोखिम में डालनी ही थी, यदि जान जोखिम में नहीं डालते तो उनके पास दूसरा विकल्प ही क्या था? कितनी मुश्किलों से उस संसार को छोड़कर आये थे जिसको पाने के लिए लोग न जाने कितने जप–तप, दान पुण्य करते हैं।

एक ओर सुन्दर, श्री, समृद्ध संसार तो दूसरी ओर उत्कट वैराग्य की लालसा...जिसके सामने कुछ नहीं सुहाता था...। सब कुछ ऐसा लगता जैसे माया ही माया...।

निमाई पण्डित के मन में वैराग्य की तरंगें उफान मार रही थीं। विद्यालय भी बन्द ही कर दिया था। अब कृष्ण नाम के सिवा दूसरा कार्य शेष ही क्या बचा था? ख़ुद तो उस भाव–तरंग में गोते लगा ही रहे थे सम्पूर्ण नदियावासी भी उसी भाव गंगा में आप्लावित हो रहे थे।

पर पता नहीं उनका मन अब नदिया में बँधकर रहने को उद्धत नहीं था। दिन–रात एक ही धुन मन पर सवार थी; इस बन्धन को तोड़कर बन्धनरहित बन जाना है। किसी एक का नहीं सम्पूर्ण विश्व का और विश्वनियन्ता का ही होकर रहने के लिए मन मचल रहा था।

वैसे तो गया से लौटने के बाद ही निमाई पण्डित का मन मधुप बनकर श्यामकमल के चारों ओर गुंजन करता रहता था। मन डूबा रहता उसी में, उसके नाम गुण–लीला स्मरण के बीच कहाँ सोचने का समय था, वैराग्य के बारे में? पर शास्त्री की बातें उस दिन से मन में घूमती ही रहीं। इस लिए नहीं कि उसने निमाई पण्डित का अपमान किया था। जिस निमाई पण्डित ने अपने सहपाठी के मन में ईर्ष्या के उगते हुए बीज और उसकी वेदना को कम करने के लिए स्वलिखित न्यायशास्त्र के श्रेष्ठ ग्रन्थ को गंगा में प्रवाहित करने में क्षणभर भी देर नहीं लगायी थी। वही निमाई पण्डित शास्त्री के मन में उठे हुए ईर्ष्या के काले भुजंग की लपलपाती हुई जिह्वा को देखकर कैसे विचलित नहीं होते? बात सिर्फ़ शास्त्री की ही नहीं थी; शास्त्री ने कहा भी था–'मैं अकेला नहीं हूँ निमाई पण्डित से परेशान, ...मेरे साथ अनेक हैं'।

शास्त्री की बात सच भी हो गयी। श्रीवास के दरवाज़े पर उसी दिन मानव की खोपड़ी, सिन्दूर की पुड़िया, कुछ चावल के दाने और जले हुए कपड़े, एक कटोरी में सरसों तेल फैले हुए मिले थे। सारे वैष्णव अचम्भित थे, इस कुकृत्य को किसने किया है? जितने मुख उतनी बातें। वैष्णवों को सफ़ाई देते देखकर निमाई पण्डित यही सोच रहे थे बेचारे ये भोले–भाले भक्त...निर्दोष निष्कपट...इन्हें क्या पता? इन्हें मेरे यश की क़ीमत चुकानी पड़ रही है। मेरी प्रतिष्ठा बाधा बनकर उन शास्त्रियों के मन में भी ज़हर घोल रही है और इन लोगों को भी परेशान कर रही है, जो मुझे ही अपना सर्वस्व मानते हैं। निमाई पण्डित को वैराग्य हो रहा था प्रतिष्ठा से, मन उद्वेलित हो रहा था, प्रतिष्ठा से घृणा हो रही थी। निमाई पण्डित सोचने लगे 'प्रतिष्ठा शूकर विष्ठा' है कैसे इससे निजात पाऊँ...?

आशा की एक किरण झलकी। यदि संन्यासी बनकर,–मुँडाकर...घर–घर भिक्षा माँगूँ तो शायद उनके मन का क्षोभ शान्त हो जाये। उन्होंने अपना निश्चय अपने सुहृदों को बताया भी–श्रीपाद, अब मेरी इच्छा है कि शिखासूत्र का त्याग कर संन्यासी बन जाऊँ। मेरा हृदय अब संन्यासी होने के लिए तड़प रहा है। वर्तमान अवस्था में शान्ति नहीं, सच्चा सुख नहीं। मैं अब पूर्ण

शान्ति और सच्चे सुख की तलाश में संन्यासी बनकर भटकूँगा। मेरा मन उस आनन्द को प्राप्त करने के लिए लालायित हो रहा है जो अपरिग्रहियों को प्राप्त है। इसी में मेरा भी कल्याण है और शायद लोगों का भी।

–निमाई पण्डित! माँ..., विष्णुप्रिया..., माता आपके बिना जीवित नहीं रह पायेंगी? और हम सब लोग कैसे रहेंगे?

–श्रीपाद! आप तो ज्ञानी हैं। सब कुछ समझते हैं। सभी प्राणी अपने–अपने कर्मों के अधीन हैं। जितने दिनों तक जिनके साथ सम्बन्ध होता है, वह उतने ही दिनों तक उनके साथ रह सकता है। सभी अपने–अपने प्रारब्ध–कर्मों से विवश हैं।

श्रीवास की आँखों से अश्रुपात होते देख निमाई पण्डित बोले–आप मेरे पिता तुल्य हैं। जब आप ही इस तरह मुझे हतोत्साहित करेंगे तो मैं अपने धर्म का पालन कैसे कर सकूँगा? मैं कोई बुरा काम करने नहीं जा रहा हूँ। स्वार्थ के निमित्त मोक्ष प्राप्ति के लिए भी संन्यास नहीं ले रहा हूँ। आजकल मेरी दशा उस महाजन साहूकार की सी हो गयी है, जिसका नाम तो बड़ा भारी हो, किन्तु पास में पैसा एक भी न हो। मेरे पास प्रेम का अभाव है। आप सब लोगों को संसारी भोग्य पदार्थों की न इच्छा है और न कमी है। आप सभी प्रेम के भूखे हैं। मैं अब परदेश जा रहा हूँ। जिस प्रकार व्यापारी परदेश में जाकर धन कमा लाता है और फिर अपने स्वजनों का पालन–पोषण करता है; उसी प्रकार मैं भी प्रेमरूपी धन कमाकर आप लोगों के लिए लाऊँगा और हम सब मिलकर उसका उपभोग करेंगे।

सभी को रोते–बिलखते छोड़ निमाई पण्डित जब घर लौट रहे थे तो उन पर क्या बीत रही थी उनके सिवा कौन समझ सकता था? अपने प्रिय को दुखी करके मन में कितने तूफ़ान उठ रहे थे? मन में उठते तूफ़ानों के बीच जब निमाई पण्डित घर पहुँचे तो शची माँ दरवाज़े पर निमाई का ही इन्तज़ार कर रही थीं।

टिमटिमाती दीये की रोशनी में शोकमग्ना शची माँ शोक की मूर्ति ही नज़र आ रही थीं। कभी ज़मीन निहारतीं तो कभी आकाश, चारों दिशाओं में कहीं भी आशा की किरण नहीं दिखायी पड़ रही थी। कातरावस्था में अपनी माँ को देख निमाई पण्डित सहम गये, कैसे सामना करेंगे माँ का?

परन्तु सामना तो करना ही था। उन्होंने बचपन में ही माँ से वादा जो किया था–'जब भी संन्यास लूँगा तुम्हें बताकर लूँगा।' महीनों से यही तो

कर रहे थे संन्यास की आज्ञा का पूर्वाभ्यास। संन्यास की तैयारी करने में माँ और विष्णुप्रिया का मानस तैयार करने की जितनी ही कोशिश निमाई पण्डित कर रहे थे, उतनी ही सफलता उनसे दूर भागती जा रही थी।

कुछ देर निमाई दरवाज़े के बाहर ही रुके रहे। हिम्मत नहीं हो रही थी। माँ का सामना करना निमाई के सामर्थ्य से बाहर की बात थी। पर पत्तों की खड़खड़ाहट भाँपकर उठकर खड़ी हो जाने वाली शची माँ से कितनी देर छुपी रहती निमाई की साँसों की ध्वनि...?

–कौन...निमाई? कितनी कारुणिक आवाज़ थी शची माँ की, निमाई काँप गये। अपनी आँखें बन्द कर लीं। पर आँखें बन्द होने से क्या होना था? सामने माँ खड़ी थीं। कितनी देर आँखें बन्द रखते?

–बेटा निमाई, मैं जो कुछ सुन रही हूँ, क्या वह सत्य है? शची माँ की आवाज़ के कम्पन से दहल गये निमाई। एकदम पाँच वर्ष के बालक जैसे माँ को बहलाने की कोशिश कर रहे थे–'कौन–सी बात माँ?'

अब शची माँ अपने ही मुख से उस हृदयविदारक बात को कैसे निकाले? पर क्या करेंगी? उसके सिवा चारा ही क्या था? अपने हृदय पर पाषाण रखकर माँ बोली–बेटा तेरा भाई विश्वरूप जब से घर छोड़कर गया मैं अधमरी ही रही। वह मेरे कलेजे का टुकड़ा था, आज भी मेरा कलेजा अधूरा ही लगता है। जब भी आँखें बन्द करती हूँ विश्वरूप आ जाता है। तुम्हारे पिता जी ने जीवन–भर साथ निभाने का वादा किया था। वे भी मुझे अकेले छोड़कर चले गये। उस समय भी मेरे प्राण पखेरू नहीं उड़े। तूने नहीं उड़ने दिया। मुझ अभागन का एकमात्र सहारा बना रहा तू, मैं आज तक कभी खुलकर रो भी नहीं पायी निमाई, कि मेरे रोने से तेरा मुख मलिन हो जायेगा पर अब मैं क्या करूँ, तुम्हीं बताओ?

निमाई के मुख से कुछ न निकला। दृष्टि झुकाये हुए माँ के सामने आरोपी की तरह खड़े थे। माँ के आरोप को न स्वीकारने की शक्ति थी और न अस्वीकार करने की।

–बेटा, मौन रहकर माँ के कलेजे को और छलनी मत कर। तू सत्य बोल। सत्य को सहने की शक्ति ईश्वर ने बहुत अधिक दी है, तभी तो आज तक जीवित हूँ। शची माँ ने अपने नेत्रों के आँसू पोंछते हुए कहा।

निमाई की गर्दन स्वीकृति में हिलते ही शची माँ पूरी तरह हिल गयीं। बेहोश होकर धरती पर गिर पड़ीं।

निमाई पण्डित दौड़कर पानी लाये और माँ के चेहरे पर छींटे मारकर उन्हें होश में लाये। अपनी प्यारी माँ को अपनी बाँहों में लेकर कहा–माँ, तुम्हें अपने शरीर की चमड़ी का जूता बनाकर भी पहना दूँ तो भी मैं तुम्हारे ऋण से उऋण नहीं हो सकता। मैं जन्म–जन्मान्तर से तुम्हारा ऋणी हूँ और आगे भी रहूँगा, पर मैं क्या करूँ माँ, मेरे वश में कुछ भी नहीं है।

तुम साधारण नहीं हो माँ। तुमने ही मुझे बचपन में मदालसा की कहानी सुनायी थी। तुमने ही मुझे ध्रुव की कथा सुनायी थी। माता सुनीति ने अपने पाँच वर्ष के बेटे को तपस्या करने के लिए जाने की अनुमति दे दी थी। तुम्हारा पुत्र तो चौबीस साल का हो गया है। माँ मुझे भी अनुमति दे दो, एक वीर माँ की तरह, माता मदालसा की तरह मुझे भी आज्ञा दे दो।

–अब तू सिर्फ़ मेरा पुत्र नहीं है निमाई, जो मैं तुझे आज्ञा दे दूँ। तू दिन–रात संकीर्तन में लगा रहता है, कभी मैंने कुछ कहा है? श्रीवास, गदाधर, मुकुन्द, अद्वैताचार्य के साथ दिन–दिन भर भागवत पढ़ता और सुनता है मैंने कभी हस्तक्षेप किया? आगे भी करता रहेगा तो मैं कभी तुझे नहीं रोकूँगी? पर यदि तू चला जायेगा तो विष्णुप्रिया का क्या होगा, वो अबोध–सी बच्ची कैसे रहेगी? मेरा हृदय तो वज्र का है तभी तो न विश्वरूप के जाने पर फटा और न तेरे पिता के जाने पर! अभी भी सब कुछ सुनकर सहन कर रहा है।

भगवान बुद्ध ने भी जब गृहत्याग किया था यशोधरा के पास राहुल था। उसे भी एक आधार देकर ही बुद्ध भी गये। तू भी विष्णुप्रिया को कम–से–कम एक आधार देकर जा जिसके सहारे वह अपनी आगे की ज़िन्दगी काट लेगी।

–माँ, सबके आधार एकमात्र गोविन्द हैं, तो क्या तुम्हारे या विष्णुप्रिया के वे नहीं रहेंगे? माँ अपने पुत्र पर कृपा करो, उसे जाने दो, उस मार्ग पर जिस पर आचार्य शंकर गये, रामानुज गये...।

शची माँ प्रस्तर की प्रतिमा बन गयीं, समझ गयीं अब इसे रोकना विधाता के वश में भी नहीं है। जहाँ भी रहे सुखी रहे। शची माँ कलेजे पर पत्थर रखकर बोली–जहाँ भी रहना लेकिन मेरी ख़बर लेते रहना मुझे तुम्हारा समाचार मिलता रहे, क्या इतना कर सकेगा?

निमाई पण्डित के सीने पर पड़ा बोझ हलका हो गया–माँ, मैं आजीवन तुम्हारी ख़बर लेता रहूँगा, अपनी ख़बर भेजता रहूँगा। नदिया छोड़कर जिस तीर्थ में रहने को कहोगी, वहीं रहूँगा।

निमाई की आधी चिन्ता दूर हो गयी, अब बची विष्णुप्रिया, अपने बाबा के घर से जैसे ही लौटेगी–वैसे ही उससे बात करने का प्रयास करूँगा, पर कहूँगा क्या, किस पत्नी का उदाहरण दूँगा जिसने अपने पति को संन्यास की अनुमति दी हो। निमाई पण्डित फिर चिन्तित हो गये।

विष्णुप्रिया ने पीहर में ही सुना...। पूरे नदिया में आग की तरह बात फैल रही थी...। विष्णुप्रिया का हृदय इतनी ज़ोर से धड़क रहा था कि लाख चाहने पर भी क़ाबू में नहीं आ रहा था। जिसकी कल्पना से वे भयभीत हो जाती थी। जिस दृश्य को स्वप्न में देखकर वे कई दिनों तक भोजन नहीं कर पायी थी, आज कैसे धीरज रख पाती? भागती हुई वहाँ से चली आयी।

निमाई पण्डित अपने कक्ष में आराम कर रहे थे। माँ की ओर से थोड़ी–सी निश्चिन्तता का अनुभव कर रहे थे, विष्णुप्रिया का सामना करने की शक्ति संचित कर रहे थे,...तभी उनके पैरों पर जल की गरम बूँदें टपकीं। हड़बड़ाकर उठ बैठे। सामने पैरों पर उनकी प्रिया पड़ी थी...काँप गये चैतन्यदेव। विष्णुप्रिया के नेत्रों से गरम–गरम अश्रुजल निःसृत हो रहा था।

–विष्णुप्रिया, तुम! क्या हुआ तुम्हें? क्यों रुदन कर रही हो इतना अधीर होकर? निमाई पण्डित की सारी निश्चिन्तता समाप्त हो गयी।

–रोऊँ नहीं तो और क्या करूँ स्वामी? जिस स्त्री का पति उसका त्याग कर दे तो वह क्या करेगी? समाज में परित्यक्ता को किस दृष्टि से देखा जाता है आपको ज्ञात है न? परित्यक्ता स्त्री आँसू नहीं बहायेगी तो क्या करेगी? अब यही मेरी नियति है, सुबकते हुए विष्णुप्रिया बोली।

–किसने कहा तुम परित्यक्ता हो? समाज तुम्हें परित्यक्ता मानकर अनादर करेगा ऐसा तुमने सोच भी कैसे लिया? परित्यक्ता का अर्थ जानती हो, जिसका पति द्वारा त्याग कर दिया जाता है। तुम हमारा गौरव हो और सदा रहोगी। तुम अनादर नहीं आदर की पात्र बनोगी प्रिये। निमाई पण्डित ने विष्णुप्रिया की आँखों से आँसू पोंछते हुए कहा।

–न मुझे आदर की इच्छा है न दुनिया से पूजित होने की। मैं एक सौभाग्यशालिनी स्त्री की तरह एकमात्र अपने पति को अपना आश्रय मानते हुए अपनी ज़िन्दगी व्यतीत करना चाहती हूँ।

–सौभाग्यशालिनी कौन है प्रिये, इसका निर्णय कौन करेगा? पति को अपना एकमात्र आश्रय मानना यह अज्ञानता है और कुछ नहीं। सबके आश्रयदाता सिर्फ़ और सिर्फ़ श्रीकृष्ण हैं और कोई नहीं। जब मेरे आश्रयदाता

वे हैं तो मैं तुम्हारा आश्रयदाता कैसे हो सकता हूँ? तुम यदि दिन–रात उस श्रीकृष्ण का चिन्तन करोगी तो तुम भी उसी प्रेम सागर में डूब जाओगी जिसमें मैं आनन्द लेता रहता हूँ।

–मैं कोई आनन्द नहीं लेना चाहती जो आपस में अलग होकर मिलता हो...

–मैं कहाँ तुमसे अलग हूँ। सदा से तुम्हारा हूँ और सदा तुम्हारा ही रहूँगा। तुमने ही कहा था न तुम्हारे विष्णु ही सब जीवों में हैं वे मुझमें भी हैं तो तुममें भी तो हैं प्रिये, तब तो हम दोनों अभिन्न ही हैं। तुम विष्णुप्रिया हो, विष्णु का नाम, ध्यान और जपकर अपने नाम को सार्थक बनाओ। मैं तुम्हारे अलौकिक प्रेम को कभी नहीं भूल पाऊँगा। संसार में कौन भाग्यहीन होगा जो तुम जैसी पत्नी से अलग होना चाहेगा, पर मैं क्या करूँ, विष्णुप्रिया? मेरा मन अब गृहस्थ बनकर रहने के लिए एक क्षण भी तैयार नहीं...।

–मैं गृहस्थ बनकर रहने नहीं कह रही। बस एक प्रार्थना है नदिया छोड़कर मत जाइये। मैं पिता के घर चली जाऊँगी। जब आप गंगा स्नान करने जायेंगे मैं अपने दरवाज़े की ओट से आपको देख लिया करूँगी, आपके सामने कभी नहीं पड़ूँगी। माँ तो आपके साथ रह सकेंगी। उनकी सोचिए वे मर जायेंगी। नहीं झेल पायेंगी इस दुख को, इस दर्द को।

–संसार में सभी जीव प्रारब्ध के अधीन हैं। जिसको जितने दिनों तक जिसके साथ रहना लिखा है उतने दिनों तक ही रह सकता है प्रिये। अब लगता है हम लोगों का साथ रहने का समय समाप्त हो गया है। फिर ईश्वर है न माँ को सँभालने के लिए और सबसे बढ़कर तुम हो।

–मैं? मैं क्या सँभालूँगी किसी को? जो स्वयं अधमरा है जिसके अन्दर खड़े होने की भी शक्ति नहीं वह किसे सँभालेगी? विष्णुप्रिया मुस्कुराने की चेष्टा कर रही थी, पर उस मुस्कुराहट में कितनी कातरता थी।

–हाँ प्रिये तुम? क्या तुम एक साधारण स्त्री की तरह अपने पति के संन्यासी बन जाने के बाद रो–धोकर अपनी ज़िन्दगी बिताओगी या मुझसे भी दो क़दम आगे बढ़कर अपने उस आराध्य को प्राप्त कर लोगी, बचपन से जिनकी तुमने आराधना की है? निमाई पण्डित ने भी मुस्कुराने की चेष्टा की। उनकी मुस्कुराहट में भी कम कातरता नहीं थी।

–मैं साधारण हूँ या असाधारण नहीं जानती और जानना भी नहीं चाहती। पर इतना अवश्य जानती हूँ कि कोई स्त्री कितनी भी असाधारण क्यों न हो, अपने पति को हमेशा के लिए अपने से दूर जाते देखकर धीरज

नहीं रख सकती। कैसे रखूँ मैं धैर्य? पर इतना अवश्य है जाने वाले को कोई नहीं रोक सकता, तो मैं क्या हूँ? पर माँ?

—माँ ने आज्ञा दे दी है प्रिय! निमाई पण्डित ने शीघ्रतापूर्वक कहा।

विष्णुप्रिया के पाँव के नीचे की धरती खिसक गयी। जिस तोप को वह अभी तक अपना एकमात्र आधार मान रही थी वह तो पहले ही खिसक चुका था। जिस आधार पर भरोसा था वह तो धराशायी हो चुका था। अब क्या कर सकती थी? बँधी हुई मुट्ठी से रेत की तरह ज़िन्दगी बिखर रही थी। अब उसे सहेजने की इच्छा करना भी पागलपन था।

पर यह क्या? निमाई पण्डित अचानक यह क्या करने लगे। विष्णुप्रिया के श्रृंगार की वस्तुओं से आलता उठाकर ले आये। अपने हाथों से विष्णुप्रिया के पैरों में आलता लगाते वक़्त चित्रकला का सम्पूर्ण कौशल उनके पैरों को रँगने में लगा दिया। विष्णुप्रिया रोकती रही—'अब जाने वाले से क्या नेह? वैरागी से क्या प्रेम?'

विष्णुप्रिया समझ नहीं पा रही थी। उसके पति उससे ही भागकर संन्यासी बनने के लिए गृहत्याग की सोच रहे हैं तो फिर इस रसिक प्रेम का क्या तात्पर्य? विष्णुप्रिया देखती रही एकटक निमाई पण्डित को, जो उसके पैरों पर उतने ही मनोयोग से चित्रकारी कर रहे थे जितने मनोयोग से श्रीकृष्ण का संकीर्तन करते थे।

रात्रि के दो बज गये। आँखों में नीद कहाँ थी? विष्णुप्रिया थक गयी थी, तन से भी और उससे भी अधिक मन से। बस आँखें मुँद गयीं।

निमाई पण्डित बिना एक क्षण गँवाये पलँग से नीचे उतर गये और चल दिये हमेशा के लिए विष्णुप्रिया को छोड़कर...इस जीवन में फिर कभी नहीं मिलने के लिए...। कक्ष के दरवाज़े पर पहुँचे तो ठिठक गये, नहीं रोक पाये अपने को पीछे मुड़कर देखने से...। बिछावन पर विष्णुप्रिया थी..., सिरहाने एक टिमटिमाता दीपक...जो बस अब समाप्त होने ही वाला था, क्या विष्णुप्रिया भी इसी टिमटिमाती हुए लौ की तरह समाप्त हो जायेगी? तभी टिमटिमाता हुआ दीया ज़ोर से भभका। विष्णुप्रिया का पूरा चेहरा उसकी तेज़ रोशनी में और भी उद्दीप्त हो रहा था...इतने में चमकती हुई लौ बुझ गयी।

निमाई पण्डित ठिठक गये। यह कैसा अनर्थ कर रहा हूँ, एक निर्दोष स्त्री के साथ इतना बड़ा छल? इस कठोर और निन्दनीय कार्य के लिए क्या स्त्री समुदाय मुझे कभी क्षमा करेगा? सिर्फ़ वर्तमान ही नहीं भविष्य की स्त्रियाँ भी मेरी पाषाणता पर प्रश्न उठाती रहेंगी।

पर जाना तो होगा ही...। विष्णुप्रिया अवश्य समझेगी उनकी विवशता, क्षमा कर देगी उन्हें, सोचकर निमाई पण्डित जब घर के मुख्य दरवाज़े पर पहुँचे तो माँ वहीं खाट डाले पड़ी थीं। अर्द्धनिद्रा में अधमरी–सी। निमाई पण्डित माँ के चरणों के पास खड़े होकर उनके चरणों की धूलि को अपने मस्तिष्क पर चढ़ाते हुए यह कहते हुए निकल गये–'मुझे क्षमा कर देना माँ..., विधाता को यह मंजूर नहीं कि तुम्हारे ऋण से उऋण हो सकूँ तभी तो तुम्हारी सेवा से वंचित कर दिया। जन्म–जन्मान्तर तक मैं तुम्हारा ऋणी रहूँगा। बहुत जल्दी तुमसे मिलूँगा।' माँ ने करवट बदली। निमाई पण्डित को लगा अब हुई मुश्किल! अपनी साँसें रोक लीं, माँ की अधखुली आँखें नहीं खुलीं। अब एक मिनट भी समय गँवाने की भूल नहीं कर सकते थे निमाई...। पीछे मुड़कर न घर को देखा न द्वार को...सीधे गंगा तट पर आकर ही रुके...।

इतनी अँधेरी रात्रि में गंगातट पर निमाई को नाव मिलने की सम्भावना कहाँ से रहती? सवेरे तक प्रतीक्षा करने का प्रश्न ही नहीं उठता था। निमाई पण्डित ने न आव देखा न ताव, कूद पड़े उसी घाट से गंगा की लहरों में जिस घाट पर आज से लगभग बीस साल पहले विश्वरूप कूदे थे। वे फिर लौटकर कभी नहीं आये। पर निमाई पण्डित इस संकल्प से कूदे कि लौटकर आऊँगा। आऊँगा जगत् जननी के दर्शन करने..., आऊँगा सुरदायिनी माँ गंगा के दर्शन करने...और आऊँगा जन्मभूमि का दर्शन करने।

तैरते–तैरते थक गये। घुँघराले–घुँघराले रेशम से मुलायम भीगे केशों से टपकती बूँदों को निमाई ने ज़ोर से झटका। अपने घुँघराले केश निमाई को बहुत प्रिय थे परन्तु उसे तो अपनी हर प्रिय वस्तु का त्याग करना था क्योंकि अपने प्रियतम श्रीकृष्ण से जो मिलना था, इसी से उन्होंने कटवा ग्राम में केशव भारती के चरणों में अपने प्रिय केश को समर्पित कर दिया और निमाई पण्डित की जगह बन गये...श्रीकृष्ण चैतन्य...। केश मुण्डित काषाय वस्त्रधारी निमाई एकदम वैसे ही दीख रहे थे जैसे विष्णुप्रिया ने उन्हें सपने में देखा था। विष्णुप्रिया का स्वप्न सच हो गया।

14

चैतन्यदेव बनने के बाद भी उन कृत्यों से मुक्त होना सरल काम नहीं था, जो उनकी दृष्टि में उचित नहीं थे; पर संन्यास लेने के झोंक ने उनसे करा लिया था। वैराग्य के वेग ने सोचने–विचारने का समय ही नहीं दिया।

एक महाभय भी था माता और विष्णुप्रिया से, जिनको रुदन करते छोड़कर जाना सम्भव ही नहीं था।

सोती हुई विष्णुप्रिया और कराहती माँ की जब अर्धनिद्रा टूटी होगी तो क्या बीती होगी उन दोनों पर? सोचकर चैतन्यदेव का विचलित होना अस्वाभाविक नहीं था। निमाई पण्डित ने विचारा था, संन्यास लेते ही प्रियतम से मिलने वृन्दावन दौड़ता हुआ जाऊँगा; न जाने कितनी ही बार इस सुखद कल्पना का आनन्द लिया भी था। परन्तु चैतन्यदेव बनने के बाद पैर उठ ही नहीं सके वृन्दावन के लिए।

केशमुण्डित सिर और काषाय वस्त्रों से लिपटे चैतन्यदेव के पैर स्वतः ही मुड़ गये नदिया की ओर। बस एक बार माँ से क्षमा माँग लें फिर चले जायेंगे वृन्दावन। विचार करते–करते पहुँच गये शान्तिपुर आचार्य अद्वैत के घर। वहीं ठहर गये। अब अपने घर तो जा नहीं सकते। अपना घर अब कोई रहा भी नहीं, अब तो सारी दुनिया ही अपनी थी। लेकिन एक यक्ष प्रश्न सामने आकर आज भी खड़ा था–जब किसी के भी घर जा सकते हैं, जब सारी दुनिया अपनी है तो फिर वह घर क्यों नहीं जहाँ के एक–एक कण ने इनकी स्मृति को अपने में सँजोकर रखा है। जहाँ बाबा की यादें हैं, दादा की यादें हैं, बस सिर्फ़ यादें ही यादें। शची माँ के स्नेह, दुलार, ममता की छाँव से एक–एक कण सिंचित था। चैतन्यदेव वहाँ नहीं जा सकते थे। अब हमेशा वहाँ की स्मृतियाँ ही शेष रहेंगी; अभी तक की स्मृतियाँ। कोई नयी स्मृति तो बन नहीं पायेगी क्योंकि निमाई पण्डित के घर चैतन्यदेव कभी नहीं जा पायेंगे। पूरी दुनिया में किसी के घर चैतन्यदेव जा सकते हैं एक निमाई पण्डित के घर को छोड़कर। आख़िर क्यों? चैतन्यदेव को पता है क्यों नहीं जा पायेंगे। वहाँ निमाई पण्डित की पत्नी विष्णुप्रिया रहती है जिससे मिलने की मनाही है चैतन्यदेव को। उस अबोध स्त्री की उपस्थिति ही काफ़ी है वहाँ नहीं जाने के लिए। जाने की बात छोड़ दें, वहाँ के बारे में सोचना भी निषेध है। पर क्या करें चैतन्यदेव? कैसे न आने दें विष्णुप्रिया के विचार? यह उनके वश की बात भी नहीं है। दरअसल विष्णुप्रिया ने अपने हृदय में उन्हें बिठाकर उसके कपाट बन्द कर लिए हैं। विष्णुप्रिया ने अपनी आँखें भी बन्द कर ली हैं, वह उस दुनिया को नहीं देखना चाहती जिसमें उसके निमाई नहीं हैं।

अब चैतन्यदेव भी क्या कर सकते थे लाख संन्यासी बन गये हों, पर इतनी सामर्थ्य जब ईश्वर में भी नहीं कि अपना चिन्तन करने वालों को विस्मरण कर सकें, तो चैतन्यदेव क्या कर सकते थे?

यही कर सकते थे जो किया। नवद्वीप गये ही नहीं। शान्तिपुर में आचार्य अद्वैत के घर चैतन्यदेव के रुकने की ख़बर मिलते ही वृद्ध आचार्य प्रसन्नता से आह्लादित होकर अपने पुत्र की अगवानी करने के लिए गंगाघाट पर भेजने के लिए इधर–से–उधर भाग रहे थे।

चैतन्यदेव नाव से उतर रहे थे, जनसमूह से पूरा घाट पटा पड़ा था। शान्तिपुरवासियों के उत्साह का कोई अन्त नहीं था। नाव से उतरने के साथ ही देव ने अद्वैत के पुत्र को गले से लगा लिया। पूरा घाट चैतन्यदेव की जय–जयकार से गूँज रहा था।

–यह क्या प्रभो, क्या मुझे फिर प्रतिष्ठा के दल–दल में फँसा रहे हो? क्या तुम इन बातों में फँसाकर मुझे अपने से दूर कर दोगे? चैतन्यदेव लोगों को जय–जयकार करते देख सोच में पड़ गये। एकान्त की तलाश थी पर वह तो दूर–दूर तक नज़र नहीं आ रही थी। कोलाहल बढ़ता ही जा रहा था। यह कोलाहल उन लोगों का था जो भोले–भाले, निश्छल, निष्कपट और श्रद्धालु थे। ये वे लोग थे जो निमाई पण्डित के अत्यधिक प्रेम में डूबे हुए थे, और जिन्होंने पहली बार चैतन्यदेव को देखा था। इस कोलाहल में उन स्त्रियों का भी कोलाहल था जिनकी आँखें बरस रही थीं। उनकी बरसती आँखें सिर्फ़ उनकी अपनी आँखें नहीं थीं उन आँखों में शची माँ और विष्णुप्रिया की आँखें भी समावेशित थीं। यह कोलाहल उन भक्तों का था, जिन्होंने इनके साथ संकीर्तन करके अपने मन की कुण्ठाओं को, अपने मन की निराशाओं को पोटली बाँधकर वहाँ फेंक दिया जहाँ से लौटकर वह कभी उनके पास वापस नहीं आ सकती। यह कोलाहल था प्रेम में डूबे हुए उन लोगों का जिन्हें चैतन्यदेव प्रेम पुरुष दिखायी पड़ते।

तो प्रेम पुरुष कैसे दूर हो सकते थे इस कोलाहल से, भले ही एकान्तिक क्षण उन्हें कितनी ही आत्मानुभूति, कितना ही आनन्द देता हो।

आचार्य अद्वैत और सीता ठाकुरानी सहित सम्पूर्ण शान्तिपुर ने अपनी पलकों को चैतन्यदेव के चरणों के नीचे बिछा दिया। तभी तो चैतन्यदेव को अपने चरण उठाने में अत्यन्त सावधानी की आवश्यकता महसूस हो रही थी। प्रेमाश्रु उनके नेत्रों से छलक–छलक गालों पर लुढ़कने लगे। कैसे नहीं छलकते आँसू। कौन था ऐसा जो अपनी सिसकियों को रोकने की कोशिश नहीं कर रहा था।

–इतने व्यंजन, आपको पता है न आचार्य, मैंने संन्यास लिया है। चैतन्यदेव ने अपने सामने व्यंजनों से सजी थाल को देखकर कहा।

—आपको पता है, जब से आप संन्यासी बनने निकले हैं किसी ने भोजन किया है नदिया में? मुझे तो ज़ोरों से भूख लगी है, नित्यानन्द बोले।

नित्यानन्द को हमेशा भूख लगानी पड़ती है। कुछ देर पहले ही नवद्वीप में उन्हें शची माँ के पास भी इतनी ही भूख लगी हुई थी। जब नित्यानन्द शची माँ के पास पहुँचे, वे एकटक सड़क की ओर टकटकी लगाये बैठी थीं। उन्होंने ही भेजा था नित्यानन्द को, जाकर अपने भाई को लिवा ला–'कैसी विडम्बना है प्रभु की? तुम आये तो वह चल दिया। कैसे प्राण रखूँ मैं? और विष्णुप्रिया, वो बेचारी क्या करे...? जा निताई...।'

नित्यानन्द चल तो दिये। पहुँच भी गये कटवा। उनके समक्ष ही तो निमाई पण्डित अपने केश मुण्डित करा बन गये थे कृष्ण चैतन्य! नित्यानन्द क्या कर पाये? माँ ने भेज दिया तो चले आये, पर उन्हें प्रस्थान करते वक़्त भी पता था निमाई पण्डित के दृढ़ निश्चय को बदलना उनके वश की बात नहीं है। बस, इतना ही सोचा था कि कम–से–कम शची माँ को उनकी सच्ची ख़बर मिल पायेगी। ख़बर लाये भी और जितना सोचे थे उससे अच्छी ख़बर लेकर आये।

—माँ, आपका निमाई आ रहा है। बस पहुँचने ही वाला होगा। नवद्वीप पहुँचते ही नित्यानन्द ने बुलन्द आवाज़ में कहा।

—मेरा निमाई! क्या उसने संन्यास नहीं लिया? वह मेरा निमाई ही रह गया? कई दिनों से अन्न जल ग्रहण नहीं किये हुए उनके मुख पर चमक आ गयी।

—माँ दुनिया के लिए तो अब वे कृष्ण चैतन्यदेव बन गये हैं पर आपके लिए अभी भी वही निमाई हैं, अपने कलेजे पर पत्थर रखकर नित्यानन्द बोले।

—अब वह क्या आयेगा? धम्म से बैठ गयीं शची माँ और विष्णुप्रिया की स्थिति गाय के साथ बँधे उसके नवजात बछड़े की तरह थी जो एक क्षण के लिए भी गाय को नहीं छोड़ता। शची माँ के पास बैठी वह अपने आँचल के एक कोने को अपनी अँगुलियों से लपेट रही थी।

—वे आ रहे हैं माँ। उन्होंने ही मुझे आपके पास भेजा है। लेकिन उसके पहले अपने इस पुत्र पर तो कृपा करो नहीं तो भूख से तड़पते हुए उसकी जान ही चली जायेगी। दो दिन हो गये भोजन किये हुए।

कैसे एक पुत्र को भोजन के बिना तड़पता हुआ शची माँ छोड़ दें? उन्होंने विष्णुप्रिया से कुछ नहीं कहा, स्वयं खिचड़ी बनाने चल दीं।

शची माँ को बिठाकर कांचना और सुखिया दोनों ने मिलकर शीघ्रतापूर्वक भोजन तैयार कर दिया। भोजन तैयार होते ही नित्यानन्द ने एक शर्त रख दी कि माँ और विष्णुप्रिया की थाली लगेगी तो ही वे भोजन करेंगे। एक तरफ़ भूख से तड़पता हुआ पुत्र, दूसरी ओर अपना शोक। शची माँ कितनी देर इन्तज़ार करातीं...! विष्णुप्रिया को भी अपनी बूढ़ी सास की अवस्था देखकर न कहने की हिम्मत कहाँ थी?

—बेटा, निमाई आ रहा है न, मेरी शपथ खा, शची माँ को विश्वास ही नहीं हो रहा था। उनके कान बार–बार यही सुनना चाह रहे थे, वे आ रहे हैं...।

—तुम्हारे चरणों की सौगन्ध माँ, उन्होंने ही मुझे भेजा है। तुम्हें लेकर आने के लिए मैं पालकी भी ले आया हूँ।

—और विष्णुप्रिया? शची माँ बोलीं। नित्यानन्द मौन रहे।

विष्णुप्रिया के दिल की धड़कन बन्द हो गयी। हालाँकि उसे पता था उसी के कारण वे शान्तिपुर में रुके हुए हैं, नवद्वीप नहीं आये। पर मन के एक कोने में दुर्लभतम वस्तु की भी आशा रहती ही है। नित्यानन्द का मौन देखकर विष्णुप्रिया के दिल की धड़कन तेज़ हो गयी।

—विष्णुप्रिया नहीं जायेगी तो मैं भी नहीं जाऊँगी। मैं सिर्फ़ निमाई की माँ नहीं, इसकी भी हूँ और मेरी आवश्यकता निमाई से अधिक विष्णुप्रिया को है, शची माँ बैठ गयीं।

नित्यानन्द क्या कहते? शची माँ ठीक ही तो कह रही थीं। कैसे उसे अकेले तड़पते छोड़कर मिलने चल दें उससे, जो इस बेचारी के सर्वस्व हैं।

श्रान्त–क्लान्त शची माँ चुपचाप बैठ गयीं। निस्तब्ध थे सभी...। किसी के पास कोई शब्द ही नहीं था। एक उसको छोड़कर, जिसे शची माँ अबोध समझ रही थीं और जो अभी कुछ देर पहले तक शची माँ के आँचल को पकड़कर पीछे–पीछे डोल रही थी। सबके सब निःशब्द थे। पर अचानक वह बड़ी हो गयी...बहुत बड़ी...अब वह एक भावुक पण्डित की अल्हड़ किशोरी पत्नी नहीं थी। वह कृष्ण चैतन्यदेव संन्यासी की त्यागमयी पत्नी थी जिसका कर्तव्य था...विराट बनना...असीम बनना...असाधारण बनना।

असाधारण बनने के लिए साधारण स्त्री का दामन तो छोड़ना ही पड़ेगा। विष्णुप्रिया ने भी छोड़ दिया तभी तो शची माँ से जाकर कहा,—माँ, आप यदि नहीं जायेंगी तो सिर्फ़ आपको ही पीड़ा नहीं होगी, उन्हें भी होगी और मुझे भी होगी। आप जायेंगी, उनसे मिलेंगी, उनकी बातों को सुनकर

लौटकर आयेंगी, तभी तो हम लोग उनकी बातें करेंगी, माँ। मुझे पता है आप मेरी प्रसन्नता की ख़ातिर नहीं जाना चाहतीं, पर मेरी प्रसन्नता क्या यह हो सकती है कि आप अपने हृदय के पिण्ड से न मिलें? आप जाइए माँ, इसी में मेरी प्रसन्नता है।

—ठीक है, मैं जाऊँगी पर तू भी मेरे साथ चल...क्या हुआ यदि उसने तुझे नहीं बुलाया। उसके संन्यास धर्म की मर्यादा आड़े आ गयी होगी, पूरा नवद्वीप जा रहा है...तू उसकी पत्नी की तरह नहीं, जनसाधारण की तरह तो चल सकती है, उसे देख तो सकती है, शची माँ विष्णुप्रिया की हथेली को पकड़कर चिरौरी कर रही थीं।

नित्यानन्द ने अपनी साँसें रोक लीं। अब क्या होगा? यदि विष्णुप्रिया जाने को तैयार हो जायेगी तो किसमें इतनी शक्ति है कि उन्हें रोके? वे तो नहीं रोक पायेंगे और यदि शान्तिपुर में चैतन्यदेव इनके सामने आने से इनकार कर देंगे तो क्या बीतेगी विष्णुप्रिया पर? और चैतन्यदेव! वे भी अपराध—बोध से मर ही जायेंगे।

विष्णुप्रिया ने चैतन्यदेव को अपराध—बोध से मरने का अवसर नहीं दिया। उन्होंने शची माँ को भी अपराध से मुक्त कर दिया। सारा अपराध अपने सिर ले लिया।

—माँ, मैं उनकी पत्नी हूँ। वे सदा से मेरे हृदय में हैं और रहेंगे। पर, माँ, मैं एक स्त्री भी तो हूँ। सीता माता आदर्श हैं हम स्त्रियों की। उनकी सीख को भला कैसे छोड़ दूँ माँ? कैसे छोड़ दूँ वह स्वाभिमान जो माँ सीता ने सिखाया है—भगवान राम वाल्मीकि आश्रम से सीता को लेने स्वयं आये थे फिर भी सीता माँ नहीं गयी थीं। अपनी माता धरती की गोद में बैठ गयीं। विधाता ने मुझे दो—दो माताओं की गोद दी है। मैं क्यों करूँ नारी जाति का इतना अपमान?

शची माँ के नेत्र आश्चर्य से विस्फारित होकर देख रहे थे, यह वही अबोध शिशु—सी बालिका है जो थोड़ी देर पहले उनका आँचल नहीं छोड़ रही थी? पति प्रेम में डूबी पतिव्रता पत्नी विष्णुप्रिया को क्या हो गया?

विष्णुप्रिया से माँ के मनोभाव अप्रकट नहीं रहे तभी तो वह बोल उठी—पतिव्रता आज भी मैं हूँ...माँ, मन, वचन, कर्म से उनकी सलामती के लिए ईश्वर से प्रार्थना करूँगी...। उनको छोड़कर किसी और पुरुष को सपने में भी नहीं लाऊँगी, नहीं लाऊँगी क्या, मन में कोई आयेगा ही नहीं...बचपन से आप लोगों के संस्कार पड़े हैं। वे हमेशा मेरे हृदयस्थल

के सिंहासन पर विराजमान रहेंगे माँ, आप निश्चिन्त रहिए पर मैं वहाँ जाऊँगी नहीं। माँ, यह सिर्फ़ मेरे गौरव की बात नहीं है, उनके भी गौरव की रक्षा करना मेरा कर्तव्य है।

विष्णुप्रिया के साथ सिर्फ़ कांचना बची, पूरा नवद्वीप ही जा रहा था। विष्णुप्रिया तड़प रही थी। हृदय में ऐंठन हो रही थी। मात्र दो क़ोस की दूरी पर उसका प्रियतम है जिसे अपना सर्वस्व माना था, जो मात्र चार वर्ष की छोटी–सी अवधि में साथ छोड़कर चला गया। शची माँ चली गयीं, विष्णुप्रिया देखती रह गयी अपने पैरों को जिसमें चैतन्यदेव द्वारा चित्रित सुन्दर चित्रकारी अभी भी विद्यमान थी। उनका लाल रंग मद्धिम न पड़ जाये अपने पैरों की ओर देखकर सोचती रही विष्णुप्रिया। 'मेरे ही भय से तो नदिया छोड़कर चले गये। मैं ही तो थी संन्यास मार्ग का सबसे बड़ा कण्टक। फिर मैं कैसे जाती? संन्यासी अपनी पत्नी का क्या परिचय देगा? संन्यासी के लिए पत्नी शब्द तो एक गाली के सदृश ही है।'

सन्ध्या हो गयी, कांचना पास बैठी रही विष्णुप्रिया के। संझा बाती करने उठने लगी तो विष्णुप्रिया ने उसे रोका–तू रुक, मैं स्वयं दीप जलाऊँगी ठाकुरघर का...वही एकमात्र मेरे अवलम्ब हैं, उन्हीं का आसरा है।

शची माँ जब शान्तिपुर पहुँचीं चैतन्यदेव भोजन के बाद आराम कर रहे थे। अपने कक्ष में, एकान्त में, तभी कानों में आवाज़ आयी–माँ आ गयीं।

डर गये चैतन्यदेव...हिम्मत नहीं हो रही थी, माँ के सामने जाने की। माँ का नाम सुनते ही बिछावन से कूदकर खड़े हो गये...एक बच्चे की तरह। ग़लती करने वाले बेटे की कहाँ हिम्मत होती है माँ के सामने जाने की, पर चैतन्यदेव को तो जाना ही होगा। पर जाने की ज़रूरत ही नहीं पड़ी। माँ ही सामने आ गयीं। चैतन्यदेव की आँखें डबडबा गयीं, माँ कितनी कमज़ोर दिख रही थीं। हाथों की चमड़ी लटक गयी थी, सारी नसें दिखायी पड़ रही थीं। शरीर कृशकाय हो गया था। चैतन्यदेव माँ के चरणों पर झुक गये।

–अरे–अरे, आप यह क्या कर रहे हैं, संन्यासी होकर स्त्री के चरण स्पर्श कर रहे हैं, कौन हैं आप? शची माँ अपने पैरों को पीछे खींचते हुए बोलीं।

–मैं आपका अपराधी निमाई हूँ माँ, चैतन्यदेव सीधे खड़े होते हुए बोले।

–नि...मा...ई? काषाय वस्त्र धारित, केश मुण्डित मुखमण्डल। माँ की भी आँखें धोखा खा गयीं। धोखा कैसे नहीं खातीं? इस रूप की कल्पना दुनिया की कोई माँ करती है क्या?

अभी–अभी इस संन्यासी को देखकर, उसकी अद्वितीय रूपराशि और मुखमण्डल की दिव्यकान्ति को देखकर माँ चमत्कृत होकर श्रद्धा से भर उठी थीं। पर अपने निमाई को इस रूप में देखकर शची माँ विह्वल हो गयीं। आँखों से अश्रुजल की धारा बहने लगी।

–माँ, अपने निमाई को माफ़ कर दो। वह तुम्हारा अपराधी है, चैतन्यदेव ने शची माँ के पैर पकड़ लिए।

–अब तुम मेरे निमाई नहीं रहे चैतन्यदेव हो गये हो, संन्यासी...बन गये हो। संन्यासी होकर मेरे पैर स्पर्श करोगे तो मुझे ही अपराध लगेगा, शची माँ ने अपने पैर पीछे खींच लिए।

–माँ मैं सारी दुनिया के लिए, अपने लिए भी संन्यासी हूँ पर तुम्हारे लिए वही निमाई हूँ छोटा–सा, जिस पर तुम अभी भी शासन कर सकती हो। चैतन्यदेव सचमुच में निमाई बन गये थे, वह निमाई जिसकी अवस्था पाँच साल की थी।

–इतना ही माँ के शासन में रहना था तो क्यों चला गया रोते–कलपते छोड़कर उस दुखियारी माँ को, जिसका तेरे सिवा कोई आसरा ही नहीं था?

–मैं अपनी मर्ज़ी से नहीं गया, माँ। क्या तुझे लगता है मैं तुझे अपनी मर्ज़ी से रत्ती–भर भी कष्ट पहुँचाने का कारण बन सकता हूँ? माँ, मेरे द्वारा जो कुछ भी हो रहा है वही साँवला–सलोना करा रहा है, यन्त्री बनकर नचा रहा है। मैं तुम्हारी शपथ खाकर कहता हूँ माँ, अगर तुम मुझे संन्यास धर्म को छोड़ देने की आज्ञा दोगी तो मैं पुण्य और पाप की बात नहीं सोचूँगा। अभी इसी वक़्त संन्यास धर्म को तिलांजलि दे दूँगा। चैतन्यदेव की वाणी में दृढ़ता देख शची माँ मान गयीं...माँ का हृदय ऐसा होता ही है। शची माँ ने मान लिया कि निमाई के मन में उनके प्रति प्रेम में रत्ती–भर कमी नहीं आयी है। निमाई ने कुछ नहीं किया, यह जो कुछ भी हुआ है नारायण की इच्छा से हुआ है, ईश्वर की इच्छा से हुआ है। नारायण की इच्छा के विरुद्ध भला किसमें जाने का सामर्थ्य है? जो उसकी इच्छा के विरुद्ध जाता है वही तो राक्षस कहलाता है। रावण और कंस क्या थे... वह नारायण की इच्छा का ही विरोध तो करते थे। नहीं–नहीं, मुझे नहीं बनना है राक्षसी...शची माँ काँप गयीं। बहुत प्रेम है पुत्र से, उसके बिना ज़िन्दगी बहुत मुश्किल होगी फिर भी नारायण की इच्छा का विरोध करने का दुस्साहस कौन कर सकता है? बचपन से यही मानती आयी हूँ कि उसकी इच्छा के बिना एक पत्ता भी नहीं हिल सकता।

—बेटा जब तुम्हारा साँवला—सलोना तुम्हें छोड़ेगा ही नहीं तो कैसे रहेगा तू मेरे साथ? शची माँ की घुटती आवाज़ निकली।

—वह क्या करेगा, मैं नहीं जानता और जानने की इच्छा भी नहीं है क्योंकि वह जो चाहेगा, करायेगा मुझसे, पर मैं स्वयं यह जानता हूँ कि यदि तुम आज्ञा दो तो मैं इस काषाय वस्त्र का त्याग कर सकता हूँ। न मुझे नरक का भय है, न लोकनिन्दा की परवाह, बस तुम्हारी फ़िक्र है, माँ।

—मेरे लिए यही बहुत है तुम अभी भी मेरी इतनी चिन्ता कर रहे हो। अपने दादा की तरह निष्ठुर नहीं निकले। अपनी दुखियारी माँ की सुध लेने आये। मैं तेरी माँ हूँ, लोग कहते हैं माँ की ममता अन्धी होती है। पर ममता अन्धी नहीं बेटा, मोह अन्धा होता है। माँ की ममता सिर्फ़ पुत्र का भला चाहती है। अब तुम्हारी भलाई इसी में है कि तुमने जिस मार्ग का चयन किया है उसी पर चलो और कभी भी अपनी कीर्ति में दाग लगने मत देना। यह नहीं कि एक सुन्दरी स्त्री का साथ छोड़कर गये और अनेक स्त्रियों का संग करना, बेटा इस बात को सुनकर विष्णुप्रिया शरीर भी धारण नहीं रख सकेगी...। कहते—कहते शची माँ चुप हो गयीं।

विष्णुप्रिया का नाम सुनकर चैतन्यदेव का मुखमण्डल सफ़ेद पड़ गया, एकदम रक्तहीन चेहरा। अपने को संयत कर थोड़ी देर बाद बोले—मैं तुम्हारे सामने ही प्रतिज्ञा करता हूँ। आजीवन किसी स्त्री को न शिष्य बनाऊँगा। न स्पर्श करूँगा। ग़लती से भी किसी स्त्री का स्पर्श कर लूँगा तो उसी क्षण इस शरीर का त्याग कर दूँगा। यही नहीं, पूरी कोशिश करूँगा कि एकान्त में स्त्री से जहाँ तक बन सके सम्भाषण से भी दूर रहूँ।

—इतनी कठोर प्रतिज्ञा लेने को मैंने नहीं कहा था, पुत्र, विष्णुप्रिया अपने संन्यासी पति को देखकर धैर्य धारण कर सकती है क्योंकि वह सोचती है उसका पति उच्चमार्ग पर आरूढ़...

शची माँ की बात पूरी होने के पहले ही चैतन्यदेव बोल पड़े—माँ तुम्हारा निमाई ऐसा कोई कार्य नहीं करेगा जिससे तुम्हारा गर्व खण्डित हो।

दस दिन कैसे बीत गये पता ही नहीं चला शची माँ को। ऐसा कौन—सा व्यंजन था जो निमाई को पसन्द था और माँ ने नहीं बनाया। चैतन्यदेव के लिए निषेध थे इतने प्रकार के व्यंजन, पर शची माँ के निमाई को निषेध करने का अधिकार चैतन्यदेव के विधाता ने भी नहीं दिया था।

मिलना और बिछुड़ना जीवन का एक शाश्वत सत्य है। कभी—कभी ऐसा भी होता है कि प्रिय के वियोग और अप्रिय के संयोग का ऐसा अवसर

बनता है कि मनुष्य विवश होकर तड़फड़ाने के सिवा कुछ नहीं कर पाता। इससे बढ़कर प्रिय का वियोग क्या होगा जो शची माँ को हो रहा था?

अब जाना ही होगा। चैतन्यदेव सोच रहे थे। पर कहें कैसे? जितनी बार कहने का प्रयास किया असफलता ही हाथ लगी। शची माँ के सामने अपने जाने की बात कहने से भय लग रहा था, माँ की क्या प्रतिक्रिया होगी यह भी नहीं पता था। कहीं घर चलने को कह देंगी तब क्या होगा? पर कहना तो होगा ही, आख़िर संन्यासी किसी के घर कितने दिन ठहर सकता है?

–आचार्य अद्वैत, अब मुझे वृन्दावन जाने की आज्ञा दे, चैतन्यदेव ने धीमी आवाज़ में आचार्य से कहा।

–देव, इतनी जल्दी, अभी तो तप्त मन पर कुछ फुहारें पड़ी हैं। थोड़ा–सा भीग जाने दें। फिर नहीं रोकूँगा, अद्वैत हाथ जोड़कर बोले।

–आप हाथ न जोड़ें आचार्य, मेरी मर्यादा की रक्षा आप नहीं करेंगे तो कौन करेगा? आप हमारे अभिभावक हैं। चैतन्यदेव माँ को अपनी ओर आते देख चुप हो गये।

–कब जाना चाहते हो निमाई? शची माँ अभिभावक की तरह बोलीं। चैतन्यदेव अवाक् रह गये। लगता है माँ ने सुन ली अभिभावकों को दी गयी शिक्षा।

–कल...गर्दन झुकाकर चैतन्यदेव बोले।

–कहाँ? शची माँ ने पूछा।

–जहाँ तुम कहो, नदिया छोड़कर किसी भी धर्मक्षेत्र में? चैतन्यदेव ने शची माँ पर आशाभरी दृष्टि डालते हुए कहा।

–तुम क्या चाहते हो? माँ ने पूछा।

–मेरी इच्छा वृन्दावन की गलियों में, तटों पर डोलने की, यमुना के पुलिन पर विचरने की, वहाँ के लता–पताओं और कुंजों में श्यामा–श्याम की छवि निहारने की और ब्रजवासियों के घरों से रोटी का टुकड़ा मधुकरी करके जीवनयापन करने की है, पर तुम्हारी आज्ञा सर्वोपरि है, चैतन्यदेव ने कहा।

–मैं तुझे नदिया में रुकने को क्यों कहूँगी बेटा? ईश्वर की कृपा से इतनी समझ है, संन्यासी के कर्तव्य और अकर्तव्य का ज्ञान है। सच पूछो बेटा, मैं तेरे संन्यास का इतना विरोध भी नहीं करती यदि वह अबोध–सी बच्ची विष्णुप्रिया तेरे जीवन में नहीं होती। मैं संन्यासी पुत्रों की माँ बनकर गौरव से अपना जीवन काट सकती हूँ, पर वह नवयुवती क्या करे जिसका कोई आश्रय नहीं? फिर भी सब प्रारब्ध का खेल है। जितना ही सोचती हूँ

इस विषय पर, उतना ही लगता है सारे नाते–रिश्तेदारों का मिलना–बिछुड़ना उसी तरह होता है जैसे नदी में तैरते हुए तिनके कभी जल के प्रवाह में बहते–बहते मिल जाते हैं और दूसरे ही क्षण उससे अलग हो जाते हैं... शची माँ चुप हो गयीं।

चैतन्यदेव आश्चर्यचकित रह गये। ये शची माँ की वाणी है, रोक नहीं सके अपने को–माँ, आप वीर जननी ही नहीं, ज्ञानी जननी भी हैं, तभी तो आपके गर्भ से विश्वरूप जैसे ज्ञानी का जन्म हुआ। आज निमाई की माँ नहीं, संन्यासी चैतन्य की माँ बोल रही हैं। माँ की सहनशीलता की क्षमता विधाता ने इतनी अधिक कर दी कि वह धरती ही बन गयी। तभी तो गर्भ से ही अपनी सन्तान के छोटे–छोटे पैरों के प्रहार झेलते–झेलते आजीवन मुझ जैसे पुत्रों की भी मनमानी इतनी उदारता से सहन करती है...चैतन्यदेव की आँखें भर आयीं।

–माँ तुम बोलो न, मैं कहाँ रहूँ? तेरी आज्ञा नवद्वीप की होगी तो भी मुझे मंजूर है, चैतन्यदेव अपनी विह्वलता नहीं रोक पाये।

–नहीं–नहीं बेटा, तेरी माँ इतनी कमज़ोर नहीं है। तुम्हारे वियोग के दुख को मैं सहन कर सकती हूँ, पर तुम्हारी निन्दा नहीं सहन कर पाऊँगी। लेकिन वृन्दावन बहुत दूर...है। यदि तुम जगन्नाथपुरी में रहो, वह भी पुरुषोत्तम क्षेत्र है...माँ ने आशा भरी दृष्टि से अपने निमाई को देखा।

चैतन्यदेव के हर्ष का ठिकाना न रहा। माँ ने उन्हें किसी भी तरह के द्वन्द्व में रहने ही नहीं दिया। अनाथों के नाथ जगन्नाथ के चरणों में डाल दिया।

–माँ, मैं आजीवन जगन्नाथपुरी में ही रहूँगा। कभी–कभार माँ गंगा के दर्शन और अपनी जननी के दर्शन करने यहाँ भी आऊँगा।

शची माँ का कलेजा धक–से रह गया और विष्णुप्रिया...उससे कभी नहीं मिलेगा निमाई। दस दिन तो निमाई के साथ पलक झपकते बीत... गये पर वहाँ विष्णुप्रिया ने कैसे काटा होगा एक–एक पल। उसे वियोग का एक पल दस दिन के समान लग रहा होगा। निमाई के जाते ही वह नवद्वीप लौट जायेंगी। हज़ारों लोगों से घिरे चैतन्यदेव को देखकर माँ निश्चिन्त हो गयीं। अब चिन्ता निमाई की नहीं, विष्णुप्रिया की है।

अनाथों के नाथ जगन्नाथ की डोर चैतन्यदेव को अपनी ओर खींच रही थी तभी तो उन्होंने शची माँ की वाणी को माध्यम बनाया। प्रेम की उस डोर में बँधे चैतन्यदेव चल दिये जगन्नाथपुरी।

चैतन्यदेव से मिलने पूरा नदिया उमड़ आया था सिर्फ़ दो जनों को छोड़कर–एक विष्णुप्रिया और दूसरा शास्त्री। दोनों समय के हाथों लाचार थे। दोनों के मिलन में लज्जा बाधक थी। दोनों के ही मिलन में संकोच बाधक था। विष्णुप्रिया तो नहीं तोड़ पायी अपना संकोच, नहीं छोड़ पायी अपनी लज्जा। प्रश्न सिर्फ़ उनकी लज्जा का होता तो वह छोड़ भी देती पर उनकी लज्जा की डोर से ही बँधी थी चैतन्यदेव की डोर।

पर शास्त्री ने तोड़ दिया अपने सारे बन्धनों को। लाख कोशिश की पर मन नहीं माना। इतनी हिम्मत तो वह नहीं जुटा पाया कि आचार्य अद्वैत के घर पर हज़ारों भक्तों के सामने आ सके। बाट जोहता रहा इसी पल की...गंगा नदी के तीर ही पहुँच गया शास्त्री...एकान्त में। चैतन्यदेव के साथ सिर्फ़ चार ही लोग थे नित्यानन्द, मुकुन्द, जगदानन्द और गदाधर। अब इन लोगों से क्या छिपाव। शास्त्री हाथ जोड़े अश्रुपूरित नयन लिए विनीत भाव से अचानक सामने आकर खड़ा हो गया...।

चैतन्यदेव ठिठक गये–शास्त्री महाराज आप?

–मुझे शास्त्री महाराज कह लज्जित मत कीजिए। आप मुझ दुरात्मा के कारण ही इस संन्यास मार्ग के पथिक बन गये। मैंने आप पर यह आरोप लगाया था कि आप विद्यालय बन्द करने के बाद राजा हो गये! आप मेरी बात को असत्य सिद्ध करने हेतु दर–दर के भिखारी, संन्यासी बन गये, पर देव इस नाचीज़ की बात का बुरा मत मानियेगा। आप नदिया के राजा थे, राजा से अधिक पूजनीय। जनता आपके हाथ बिना मोल के बिकी थी। पर नाथ, आप नदिया को छोड़कर भले ही संन्यासी बन गये हों, भले ही आप भिक्षा करके भोजन ग्रहण करेंगे, परन्तु आपकी हैसियत अब राजाओं से कहीं ऊँची हो गयी है। आप महाराजा बन गये हैं चक्रवर्ती सम्राट! आपके इस रूप, इस त्याग के सामने सभी राजा–महाराजा नतमस्तक होंगे।

मैं मूर्ख हूँ, ईर्ष्यालु हूँ, पापी हूँ पर पण्डित भी हूँ। इतना तो जानता ही हूँ कि वही भोग करना जानता है जो त्याग करना जानता है। जो जितना अधिक त्याग करता है उसे उतने ही अधिक की प्राप्ति भी होती है, इसी से देव आप इस मूर्ख की बात पर ध्यान देकर जितना ही अधिक त्याग करेंगे, प्रसिद्धि, कीर्ति उतनी ही प्रचुर मात्रा में आपके पास आती जायेगी। यदि आप इन वस्तुओं को प्राप्त करना नहीं चाहते हैं तो लौट चलिए नदिया, यदि चक्रवर्ती सम्राट का सुख नहीं प्राप्त करना चाहते हैं, तो लौट चलिए नदिया। अपने निन्दकों को छोड़कर क्यों जा रहे हैं?

हमारे पूर्वजों ने कहा है निन्दक को हमेशा अपने निकट रखना चाहिए। शास्त्री की आवाज़ भरभरा गयी...।

—शास्त्री जी आप मेरे अत्यन्त प्रिय हैं मैं बहुत प्रसन्न हूँ कि आपने हृदय से मुझे क्षमा कर दिया। अनजाने में मैंने आपको बहुत पीड़ा पहुँचाई है, पर विश्वास कीजिए मेरा मन अब अपने वश में है ही नहीं, जगत् को नचाने वाला मुझे भी नचा रहा है। वह जैसे नचाता है बस वैसे ही नाचता हूँ, अपने मन की परवाह नहीं करता। चैतन्यदेव की वाणी में मिश्री घुली थी।

—कैसे माफ़ कर पाऊँगा अपने आपको? जब—जब शची माँ मिलेंगी कैसे आँखें मिला पाऊँगा उनसे? और बहूरानी? वे जो वियोग झेलेंगी उसके कष्ट से जो उन्हें पीड़ा पहुँचेगी उसका पाप कौन भोगेगा मुझे छोड़? शास्त्री जी फूट—फूटकर रो पड़े।

15

पर जिसको चलते जाना है...बस चलते जाना...वह कहाँ ठहर पाता है? चैतन्यदेव भी कैसे ठहर सकते थे? माया—मोह के बन्धन को काटकर जो विश्व को अपनाने के लिए निकल चुके थे और कितनी देर ठहरते..., अपनी ही धुन में चल दिये...।

मुकुन्द ने संकीर्तन प्रारम्भ कर दिया—

हरि हरये नमः कृष्ण यादवाय नमः।
गोपाल गोविन्द राम श्री मधुसूदन।।

बस फिर क्या था, भूल गये चैतन्यदेव...सारी दुनिया को...माँ को, नदिया को, भक्तों को, शास्त्री को और उनको भी जिन्हें याद करना नहीं चाहते थे पर स्वयं को उनका गुनहगार भी मानते थे। संकीर्तन प्रारम्भ होते ही विस्मरण हो गया सभी का, स्मरण रहा सिर्फ़...और सिर्फ़ उसी गोविन्द का जिसने इन्हें निमाई से चैतन्यदेव बनने के लिए विवश कर दिया था।

नाव पर चढ़े तो नाव डगमग—डगमग होने लगी। नाविक घबराया—स्वामीजी आप इतना झूमेंगे तो नाव उलट जायेगी। चैतन्यदेव कैसे रोकें अपने आपको झूमने से। लेकिन यह क्या! अब नाविक बेचारा क्या करे? नाव के सारे यात्री ही झूमने लगे। नाविक ने फिर भी रोकने की कोशिश की, नाव उलटने का भय जो था। पर नाविक को अचानक

न जाने क्या होने लगा! वह चाह तो रहा था लोगों को कहे–कृपया शान्त रहें, पर वह भी गा रहा था वही जो चैतन्यदेव गा रहे थे।

हरे कृष्ण हरे कृष्ण कृष्ण कृष्ण हरे हरे
हरे राम हरे राम राम राम हरे हरे

प्रेमाश्रु सिर्फ़ चैतन्यदेव के नेत्रों से ही निर्झरित नहीं हो रहे थे वरन् सभी यात्रियों के नेत्रों से भी हो रहे थे। नित्यानन्द, मुकुन्द, जगदानन्द और गदाधर के नेत्रों से भी और बेचारा व्यवसायी नाविक जो अपने पेट की ज्वाला को शान्त करने के लिए नाविक का काम करता था उसके भी नेत्रों से बह रहे थे। इतने नेत्रों के अश्रुप्रवाह से गंगा के पानी का वेग बढ़ तो नहीं रहा, नाविक सोचता हुआ अपना चप्पू धीरे–धीरे चला रहा था।

अलालनाथ पहुँचते ही चैतन्यदेव की दृष्टि जगन्नाथ मन्दिर के ध्वज पर पड़ी। फिर चैतन्यदेव की चेतना लुप्त हो गयी या कोई दिव्य चेतना इनके अन्दर प्रवेश कर गयी या स्वयं जगन्नाथ ने ही इनके मन–आत्मा और शरीर को अपने से एकरूप कर दिया...कुछ तो अवश्य हुआ चैतन्यदेव ने अपने होशोहवास खो दिये। इसके पूर्व भी कई बार लोगों ने उन्हें प्रेम में छककर, प्रेमामृत बनकर पिघलते देखा था पर आज की बात कुछ निराली थी...। चैतन्यदेव बिजली की गति से दौड़े। देखने वाले को प्रतीत हो रहा था आकाश की बिजली ही तरंगित होकर मन्दिर की सीढ़ियों पर फैल रही है...और क्षण–भर में बिजली मन्दिर के अन्दर प्रवेश कर गयी। चैतन्यदेव जगन्नाथ के चरणों पर पड़े थे...। पर जगन्नाथ के तो पैर हैं ही नहीं...यह भी अलौकिक रूप है...इस रूप में एक अलग दिव्यता है, एक अलग अलौकिकता हैं...नाथों के नाथ हैं ये...जगन्नाथ हैं ये...मन्दिर के पूरे परिसर...में ही जैसे वीणा के स्वर झंकृत हो रहे थे..., जैसे श्रीकृष्ण के पांचजन्य शंख गूँज रहे थे और चैतन्यदेव के कानों में श्रीकृष्ण की बाँसुरी की आवाज़ गूँज रही थी। जिसमें उनकी सुध–बुध सब डूबती जा रही थी और वे अचेत हो रहे थे...। मेरे प्राणनाथ...मेरे जीवनधन कहते–कहते वे अचेत हो गये।

यात्रियों से पैसे वसूलने के फेर में पड़े पण्डे ने ध्यान ही नहीं दिया कि चैतन्यदेव श्रीविग्रह के इतने समीप कैसे पहुँच गये...? पण्डे–पुजारियों को यह सहन कहाँ होता है कि कोई भक्त भगवान के पास पहुँच जाये...। सदियों से यह सिलसिला चलता आ रहा है...। इन पण्डों और पुजारियों ने हमेशा ईश्वर की सामीप्यता में रोड़ा बनने का कार्य किया है...।

यदि इतने में भी बात नहीं बनी तो मारपीट से लेकर हत्या तक की है। क्यों न करें...यह कुकृत्य वे, डरते जो हैं कि कहीं कोई सच्चा भक्त आ गया तो भक्त और भगवान दोनों मिलकर...मेरा रोज़गार ही बन्द करा देंगे! अकेले भगवान तो कुछ कर ही नहीं सकते...करने की ताक़त तो भक्त में होती है। इसी से मारो भक्त को...। बस फिर क्या था, पण्डों ने चैतन्यदेव की पिटाई प्रारम्भ कर दी। क्या यह सम्भव था कि चैतन्यदेव इस तरह जगन्नाथ के सामने समर्पित होकर अचेत हो जायें और जगन्नाथ अचल होकर श्रीविग्रह में विराजित रहें.., जैसे अचल का सचल में प्रवेश हो गया... भक्त और भगवान दोनों एक–दूसरे से मिलकर एक हो गये...कोई अन्तर ही नहीं रहा...तू मुझमें...मैं तुझमें...।

चैतन्यदेव ने कोई प्रतिकार नहीं किया, जैसे अर्धसमाधिस्थ हों...। पण्डों के बेंत बरसते हाथ स्तम्भित हो गये...कौन है यह चमत्कारी पुरुष...? पण्डे और पुजारी सिर्फ़ चमत्कार से ही तो भयभीत होते हैं। इसका कारण भी है। दिन–रात झूठे–सच्चे चमत्कारों की कहानियाँ सुना–सुनाकर भोले–भाले श्रद्धालुओं से धन जो ऐंठना रहता है।

चमत्कार...चमत्कार...कोलाहल मच गया। सबकी दृष्टि अचल जगन्नाथ से हटकर सचल जगन्नाथ की ओर मुड़ गयी...। दिव्य कान्ति से जिनका मुखमण्डल देदीप्यमान हो रहा था...जिनके नेत्रों से प्रेमाश्रु छलक रहे थे, जिनकी आँखें ऊर्ध्वाकार होकर अलौकिक जगत् की प्रतीत हो रही थीं...जिनके स्वर्ण सरीखे शरीर से स्वर्णकिरणें प्रस्फुटित हो रही थीं...उनके होंठ अब भी हिल रहे थे...हरे कृष्ण...हरे कृष्ण

सार्वभौम भट्टाचार्य भी आश्चर्यचकित हो रहे थे...कौन है यह काषायधारी नवयुवक, अलौकिक संन्यासी...?

सार्वभौम भट्टाचार्य के आते ही क्या पुजारी, क्या पण्डा और क्या दर्शनार्थियों की भीड़, सब एक ओर हट गयी...। उनकी ख्याति ही ऐसी थी, सिर्फ़ प्रकाण्ड विद्वान होते.तो दर्शनार्थी भले ही एक ओर हो जाते पर पण्डे–पुजारी...? प्रश्न ही नहीं था, पर सार्वभौम भट्‌टाचार्य...उड़ीसा के राजा के भी आदरणीय थे...।

–कौन है नवयुवक संन्यासी...? कोई है इनके साथ? सार्वभौम भट्टाचार्य के पूछते ही नित्यानन्द आगे आये...उनके पीछे–पीछे गदाधर, मुकुन्द और जगदानन्द भी...चारों चैतन्यदेव के पीछे–पीछे सीढ़ियों पर दौड़ते–दौड़ते भागे थे पर आकाश की बिजली को कौन पकड़ सकता था ?

—आप लोग इन्हें कहाँ से लेकर आये हैं...सार्वभौम भट्टाचार्य ने पूछा।

—महाराज, हम लोग नदिया से आये हैं...इनके पूर्वाश्रम का नाम निमाई पण्डित है और अब ईश्वर पुरी पाद से दीक्षा और केशव भारती से संन्यास लेकर...कृष्ण चैतन्यदेव बन गये हैं...मुकुन्द बोले।

—तो यही हैं निमाई पण्डित...इनके नाना और मेरे पिता में बहुत गहरी मित्रता थी...। निमाई पण्डित...यह तो अपने घर के ही लड़के हैं...उठाइए इन्हें और घर ले चलिए...। इतनी विह्वल भावावस्था में आप लोग इन्हें लाये कैसे...मार्ग में कठिनाई नहीं हुई...? सार्वभौम भट्टाचार्य ने आश्चर्यचकित होकर कहा।

—मार्ग में किसी को होश कहाँ था महाराज, ठीक या बेठीक होने का, रास्ते–भर संकीर्तन करके झूमते और दूसरों को भी झुमाते आये हैं। नित्यानन्द ने हँसते हुए कहा।

—आप लोगों का आना कैसे सम्भव हुआ? आपको पता है बंगाल और उड़ीसा के राजा में कट्टर शत्रुता है। बंगाल के मुस्लिम शासक ने इन्हें इस तरह आने कैसे दिया...? और उड़ीसा में प्रवेश करते वक़्त किसी ने आप लोगों को रोका नहीं? सार्वभौम भट्टाचार्य आश्चर्यचकित थे।

—कौन रोकता महाराज? किसी को होश रहता तब तो? जिसने भी देखा होगा सुध–बुध खो दी होगी...। वैसे भी किसी से भय खाते ही नहीं...चाहे खूँखार डाकू हो या तानाशाह शासक..., जंगली ख़तरनाक हिंस्र पशु हो या...विषैले जीवजन्तु...। सच कहता हूँ महाराज, जब घनघोर जंगल से गुज़र रहा था तो देखा जंगल के हिंसक पशु भी इनके साथ संकीर्तन करते हुए नृत्य कर रहे थे, कहते–कहते गदाधर पण्डित की आँखें डबडबा गयीं।

—इतनी विह्वलता, उच्चस्वर से संकीर्तन, नृत्य...! फिर यह नदिया में कैसे रह...पाते थे? सार्वमौम भट्टाचार्य ने आश्चर्यचकित होकर कहा।

—वैसे ही जैसे नाव में कर रहे थे, वैसे ही जैसे जंगल में कर रहे थे...और जैसे आप इन्हें यहाँ देख रहे हैं...। जगदानन्द बोले।

—यहाँ की बात दूसरी है...पर बंगाल का शासक तो बड़ा क्रूर है...आप लोगों को स्मृति कहाँ होगी...? उस समय आप लोगों का जन्म भी नहीं हुआ था। मुस्लिम शासक के धोखे, उनकी क्रूरता और यहाँ की भीरु जनता...कभी एक–दूसरे पर विश्वास करें भी तो कैसे? हिन्दू राजा–रजवाड़े भी चूँ तक कहने का साहस नहीं रखते थे...। फिर भी पराजितों के मन में अन्दर–अन्दर

आक्रोश तो रहता ही है। 1480 ई. की बात होगी...हुसैन शाह के कानों में पता नहीं किस दुष्ट ने यह बात डाल दी कि नदिया के ब्राह्मण हुसैन शाह के तख़्तोताज को पलटने के लिए यज्ञ–हवन–मन्त्र–अनुष्ठान कर रहे हैं। सुनते ही हुसैन शाह ने चिढ़कर एक कट्टर मुस्लिम सशस्त्र सेना नदिया भेज दी। पूरी नदिया और आसपास के गाँवों को घेरकर जो अवर्णनीय अत्याचार किया उसके बारे में क्या कहूँ...? मन्दिर, पुस्तकालय और सारे धार्मिक चिह्न मिटाने प्रारम्भ कर दिये। कितनी ही स्त्रियों का सतीत्व भंग किया गया। परमपूज्य एवं प्रतिष्ठित ब्राह्मणों को पकड़–पकड़ कर उन पर लातों से प्रहार किया गया। उनकी शिखाएँ काट दी गयीं। उन्हें कलमा पढ़ने के लिए मजबूर किया गया। बच्चे से लेकर बूढ़े तक प्रत्येक नर–नारी के होंठों से निषिद्ध मांस का स्पर्श कराकर...उन्हें कहीं का न छोड़ा। कल तक जो हिन्दू समाज के सर्वश्रेष्ठ आचार्य और शास्त्री होकर लोगों से पूजित हो रहे थे, वही अब खाँ...आलम...अली बनकर लोगों की अश्रद्धा के पात्र बन गये...।

बोलते–बोलते सार्वभौम भट्टाचार्य की आँखें डबडबा गयीं। कुछ देर चुप रहने के बाद पुनः कहना प्रारम्भ किया–हमारे परिवार ने उसी समय नदिया छोड़ दिया...पर हमारा परिवार अकेले नहीं था, छोड़ने वालों में और भी बहुत सारे पण्डित इधर–उधर चले गये। हालाँकि कुछ दिनों बाद शान्ति लौटी...कुछ लोग वापस नदिया लौट भी आये...। किसी तरह जीवन घसीटने लगे। सार्वजनिक रूप से धर्म, धार्मिक बातें और धार्मिक अनुष्ठान की बातें इतिहास के पन्नों में चली गयीं। यदि कोई–कोई व्रत–त्योहार मनाता भी था तो बड़े गोपनीय ढंग से...।

पाठशालाएँ तो चलने लगी थीं, ऐसा मैंने देखा भी था...पर इतना साहस कि खुलेआम संकीर्तन करें? वे लोग जिनका आत्मबल टूट चुका है। आतंक से जड़ीभूत जन–जीवन में...ऐसा कैसे सम्भव हो सकता है? किसी ने बताया था कि शान्तिपुर के अद्वैताचार्य दिन–रात अनुष्ठान कर रहे हैं कि नारायण आकर नदिया की श्रद्धालु जनता को भयमुक्त करें...।

नित्यानन्द बीच में ही बोल पड़े–नारायण ही तो हैं...चैतन्यदेव। सार्वभौम का माथा चकराया...अजीब–सी घूरती निगाहों से नित्यानन्द को देखा...समझ गये कोई बावला है। उन्होंने दूसरी ओर दृष्टि फेर ली।

–महाराज...आप विश्वास कीजिए, अब वह नदिया नहीं है जिसे आप और आपके पूर्वजों ने छोड़ा था...अब वहाँ सुर–ताल–लय के साथ, खोल और करताल के साथ..., जनसाधारण के बीच में संकीर्तन इतना लोकप्रिय

हो चुका है कि उसने जनमानस के दैनिक जीवन में अपना एक विशिष्ट स्थान बना लिया है।

–महाराज! चैतन्यदेव ने ईश्वर को अपने यहाँ के विभिन्न कर्मकाण्डों और जटिलताओं से मुक्त करके उनके श्रीकृष्ण रूप के आकर्षण में वहाँ के लोगों को ऐसे बाँध दिया है कि...शासक वर्ग की धमकियों से पूरी लोकआस्था मुक्त हो गयी है। नाचो–गाओ, कीर्तन में मस्त रहो, ईश्वर सिर्फ़ मूर्तियों में ही नहीं मिलते वरन् व्यक्ति के मन में, कर्म में सदा विराजमान रहते हैं। इसी से उनका नाम सतत स्मरण करते रहो की शिक्षा देकर चैतन्यदेव ने नाच–गाकर श्रीकृष्ण नाम लेने वाले दीवानों के जुलूस निकलवा दिये। गदाधर ने एक साँस में अपनी बात समाप्त की। बोलते समय उनके ललाट पर पसीने की बूँदें छलछला गयीं। यह स्वाभाविक भी था...सार्वभौम भट्टाचार्य जैसे विद्वान के सामने अपनी बात रखना इतना आसान काम नहीं था। गदाधर को भी चैतन्यदेव का साथ मिला है...निर्भीकता और आत्मबल...तो आ ही गया था।

सार्वभौम भट्टाचार्य प्रसन्न हो गये, कि इस युवा संन्यासी ने जनमानस में आत्मबल भरकर उसे भयमुक्त बना दिया...। सार्वभौम सोच रहे थे लगता है, इस संन्यासी का मार्ग ज्ञानियों वाला नहीं है, भावुकतापूर्ण है। इतना सुदर्शन और युवा संन्यासी...! इतनी भावुकता में कैसे संन्यास धर्म की मर्यादा का पालन कर सकेगा...मन–ही–मन निश्चय कर लिया मेरे पिता के मित्र का दौहित्र है...घर का ही लड़का है, इसे उत्तम ज्ञान दूँगा...।

प्रातःकाल चैतन्यदेव की नींद टूटी तो सर्वप्रथम राजपण्डित भट्टाचार्य को प्रणाम निवेदन करने पहुँचे। भट्टाचार्य महोदय के शब्द बड़े अपनत्व भरे थे–तुम्हारे संन्यासी वेश को देखते हुए मुझे तुम्हारा पूरा आदर करना चाहिए। फिर भी मुझसे यह कहे बिना नहीं रहा जाता कि इतनी छोटी आयु में तुम्हें संन्यास लेने की क्या आवश्यकता थी? संन्यास तो चौथे चरण में लेने की चीज़ है, शास्त्रानुसार भी यह सही नहीं है।

चैतन्यदेव संकुचित हो गये। अति विनम्रतापूर्वक बोले–आचार्य प्रवर... काषाय वस्त्र और केश मुण्डित सिर देखकर आप मुझे संन्यासी न समझ लें। मैं कृष्ण के पीछे पागल हो गया हूँ इसी से घर से निकल पड़ा और इस वस्त्र को धारण कर लिया। आपके सम्मुख तो बच्चा हूँ। अपने भले–बुरे का कहाँ ज्ञान है मुझे। जिस तरह आपने पण्डों के प्रहारों से मेरी प्राणरक्षा की है वैसे ही उचित शिक्षा देकर आत्मा की भी रक्षा करें।

शिक्षक ज्ञान देने को उद्यत था ही, छात्र भी तैयार हो गया...अब देर होने की गुंजाइश कहाँ बची? राजपण्डित बड़े प्रेम से नियत समय पर चैतन्यदेव को शिक्षा देने लगे। सार्वभौम महोदय महापण्डित थे। उनकी व्याख्या का तरीक़ा मौलिक और अनोखा था। आठ दिन बीत गये...नियत समय पर चैतन्यदेव आते और जाते..., पढ़ते समय एकाग्रचित्त होकर श्रवण करते रहे...पर व्याख्यान के समय एक बार भी प्रश्नोत्तर नहीं किया। सार्वभौम महोदय को यह बात कुछ बेढब और अटपटी लग रही थी। उन्होंने चैतन्यदेव से पूछा–सात दिनों तक मैं उपनिषदों की व्याख्या करता रहा और तुम मौनव्रत धारण किये रहे? क्या कोई जिज्ञासा तुम्हारे अन्दर हुई ही नहीं?

–आचार्य, मैं विद्वान नहीं हूँ...इतने सूक्ष्म विषयों का अनुसरण करना मेरे वश की बात कहाँ है? मैं केवल दो कारणों से अब तक सुनता रहा हूँ। एक तो आपने आज्ञा दी थी और दूसरा धर्मग्रन्थों को ध्यान से सुनना संन्यासी का कर्तव्य है।

राजपण्डित कुछ खिन्न से हो गये। उन्होंने गौरपूर्वक चैतन्यदेव की ओर देखा–इसका व्यवहार बड़ा रहस्यमय लग रहा है।

चैतन्यदेव ने उनकी आँखों में झाँकते हुए कहा–आप महापण्डित हैं, पर आपकी व्याख्या ने मुझे इतनी बार भ्रम में डाला कि मैं कितनी बार पूछता...

राजपण्डित के तेजस्वी मुख पर अहंकारमिश्रित क्रोध चमकने लगा। चैतन्यदेव सरल, स्पष्ट और विनम्र भाव से अपनी बात कहते रहे। चैतन्यदेव ने श्रीमद्भागवत के दशम स्कन्ध के चौदहवें अध्याय के इकतीसवें श्लोक का हवाला दिया। फिर गीता के सातवें अध्याय का पाँचवाँ श्लोक बखाना। पुनः सार्वभौम महोदय की व्याख्याओं से उनकी भ्रान्तियों की जब व्याख्या करना प्रारम्भ किया तो...सार्वभौम ठगे से रह गये।

सार्वभौम भट्टाचार्य ने भी चैतन्यदेव के द्वैतवाद की कसकर आलोचना की..., चैतन्यदेव ने भी अद्वैतवाद की धज्जियाँ उड़ाकर विशिष्ट द्वैतवाद को ऐसे प्रतिष्ठित किया कि सार्वभौम की आँखें आश्चर्य से खुली की खुली रह गयीं।

'अये दीन दयार्द्रनाथ!' कहते–कहते चैतन्य की आँखों से जल प्लावित होने लगा..., कण्ठ अवरुद्ध हो गया। सार्वभौम भट्टाचार्य ही नहीं, सारे उत्कल मनीषियों को ऐसा लगने लगा कि उनके शरीर से एक ऐसी कान्ति निकल रही है जो किसी साधारण मनुष्य से नहीं निकल सकती।...सार्वभौम महोदय थोड़ी देर टकटकी लगाकर देखते रह गये–नहीं, उनकी आँखें

धोखा नहीं दे रही हैं, सच, ये वही हैं, जिनका आनुष्ठानिक आह्वान अद्वैत आचार्य पिछले पचास वर्षों से कर रहे हैं। सार्वभौम भट्टाचार्य अब कैसे रुकते, चरणों पर झुक गये।

16

चैतन्यदेव सकुचा गये थे। सागर तट पर बैठे–बैठे अभी भी पुनः सकुचा गये तभी तो अपने पैर पीछे खींच लिए। संन्यास लेने के पहले कितना सोचते थे प्रतिष्ठा...शूकर की विष्ठा सदृश है...। यश कीर्ति...बाघिनी के समान है फिर कैसे यह सब होता जा रहा है?

कितनी कोशिश की थी...सार्वभौम के सम्मुख मुख नहीं खोलने की... आठ दिनों तक मौनव्रत रखा...फिर क्या हो गया? क्यों उनकी व्याख्या का खण्डन–मण्डन किया? चैतन्यदेव बुदबुदा रहे थे–

गोविन्द, तुम तो भक्तों की प्रतिज्ञा को बचाने के लिए अपनी प्रतिज्ञा भी तोड़ देते हो फिर मेरे साथ इसके विपरीत क्यों हो रहा है? मैं जानता हूँ तुम्हारी इच्छा के बिना पत्ता नहीं हिल सकता...तुम्हीं ने राजपण्डित प्रकाण्ड विद्वान सार्वभौम महोदय के सामने मुझे बोलने पर विवश कर दिया...न। इतना ही नहीं प्रभु, मेरी एक छोटी–सी प्रतिज्ञा थी किसी संन्यासी को राजा–महाराजाओं से नहीं मिलना चाहिए इसी से मैं भी नहीं मिलूँगा...तुमने नहीं ही पूरी होने दी...। जब तक मेरी प्रतिज्ञा तोड़ नहीं दी...तब तक तुम्हें कहाँ चैन...? नहीं, मेरी भी ग़लती है। मैंने प्रतिज्ञा तुम्हारे साक्षी में जो नहीं ली...। मन–ही–मन सोच जो लिया वह प्रतिज्ञा कहाँ हुई? तुम गर साक्षी होते तो राजा प्रतापरुद्र से मिलने के लिए तुम मुझे कभी विवश नहीं करते...। प्रतापरुद्र बहुत भले व्यक्ति हैं, पर हैं तो राजा...संकोच में पड़ गये चैतन्यदेव...! संन्यासियों का राजाओं से कहाँ मेल–जोल...दोनों दो ध्रुव पर...।

पहली बार सार्वभौम महोदय ने ही राजा प्रतापरुद्र के विषय में चैतन्यदेव को सुनाया था। चैतन्यदेव की उदासीनता देख वे थोड़े से तो सकपकाये...पर प्रयास नहीं छोड़ा...।

उनके प्रयास में फँस गये नित्यानन्द, पूछ बैठे–प्रतापरुद्र के पिता का क्या नाम है?

सूत्र मिलते ही सार्वभौम ने विस्तार से बताया था–राजा प्रतापरुद्र के पिता का नाम राजा पुरुषोत्तम देव था। राजा पुरुषोत्तम देव कांचीपुरम

की राजकन्या से प्रेम के बन्धन में बँध गये। उन्होंने अपने पुरोहित को कांचीपुरम के राजा के पास भेजा, पर उन्होंने पुरुषोत्तम देव का मज़ाक़ उड़ाते हुए रिश्ते के प्रस्ताव को वापस कर दिया...।

बात दरअसल यह है कि रथयात्रा के दौरान जगन्नाथ का रथ जिस मार्ग पर चलता है उस पर उत्कल नरेश के पुरखे स्वयं झाड़ू लगाते रहे हैं...इसी से कांचीपुरम के शासक ने इन्हें भंगी कहकर इनका मज़ाक़ उड़ाया कि वे अपनी बेटी भंगियों को नहीं देते...।

पुरुषोत्तम देव की नसें क्रोध से तन गयीं। क्रोध में होशोहवास खो दिये। जिस राजकन्या से इतना प्रेम करते थे उसी के बारे में प्रतिज्ञा कर ली कि उसका विवाह एक भंगी से कराकर ही रहूँगा...।

बेचारी निर्दोष कन्या...उसे कुछ पता भी नहीं, पर उसके भाग्य का फ़ैसला हो गया...। राजा पुरुषोत्तम देव ने कांचीपुरम पर आक्रमण करके उसे पराजित कर उसकी कन्या को उत्कल लाकर अपने मन्त्री को देते हुए कहा...'इसका विवाह किसी भंगी से करा दें।'

क्रोध में विवेक खोकर किये गये राजा के फ़ैसले से स्वयं राजा पर क्या बीत रही होगी...और बेचारी राजकन्या उसका क्या दोष...? सोचकर मन्त्री ने रथयात्रा उत्सव तक का इन्तज़ार किया...। पुरुषोत्तम देव आज्ञा देने के बाद मन–ही–मन घुलने लगे...। क्रोध इस तरह मनुष्य को मनुष्यत्व से नीचे गिरा देता है, सोच–सोचकर राजा परेशान हो उठे। रथयात्रा उत्सव में शोचनीय मुद्रा में जब जगन्नाथ के रथ चलने वाले मार्ग पर राजा झाड़ू दे रहे थे उसी समय मन्त्री ने राजकन्या के हाथों उनके गले में जयमाल डलवा दी...। मन्त्री बोले, 'आपकी प्रतिज्ञा पूरी हुई...एक भंगी से इनका विवाह सम्पन्न हुआ।'

राजा पुरुषोत्तम देव के मन के अवसाद छँट गये...हृदयाकाश पर आकाशपुष्प खिल गये और उसी आकाश के एक पुष्प हैं...राजा प्रतापरुद्र...। ऐसा पराक्रमी शासक कि पूरे दक्षिण में इनकी वीरता की धूम है। विजयनगर पर तो विजय प्राप्त कर ही ली है। आप लोगों का शासक हुसैन शाह एक बार जो पराजित होकर दुम दबाकर भागा है आज तक फिर पलटकर हिम्मत नहीं कर पाया है उत्कल की ओर रुख़ करने का...।

राजाओं की बातों को सुनना, उसमें आनन्द लेना चैतन्यदेव के लिए असह्य हो गया तो उठकर खड़े हो गये...।

–राजा प्रतापरुद्र आपके दर्शन की आज्ञा चाहते हैं। सार्वभौम महोदय ने सकुचाते हुए कहा।

—आचार्य संन्यासियों का भला राजाओं से क्या...मेल..., कहते हुए चैतन्यदेव अपने छोटे—से कमरे के अन्दर चले गये।

राय रामानन्द से चैतन्यदेव बहुत प्रेम करते...थे। इन्होंने चैतन्यदेव को साध्य—साधन निर्णय सुनाकर अपने प्रति अत्यन्त स्नेही बना लिया था...। राय रामानन्द वैसे तो साहित्कार थे, साधक थे पर राजाओं का राजकाज चलाने का एक तरीक़ा होता था...विद्वान और गुणी व्यक्तियों को अपने राजकाज में शामिल करना..., राजा प्रतापरुद्र ने राय रामानन्द को भी अपना मन्त्री बना लिया...। मानव रत्नों को अपने राजमुकुट में जड़ने वाला राजा...मानव शिरोमणि से कैसे न मेलजोल बढ़ाये...उसने राय रामानन्द को अपनी सिफ़ारिश में भेजा।

लेकिन चैतन्यदेव भी कैसे स्वीकार करें...भावुक थे और हमेशा अपने गोविन्द के लिए भावुक रहे..., पर अपने सिद्धान्तों के प्रति उतने ही अटल...।

—संन्यासी को अपने आचार—विचार और वाणी में निर्मल रहना चाहिए। राजा के साथ सम्बन्ध जुड़ जाने से मेरे संस्कारों पर उसका कुछ—न—कुछ प्रभाव पड़ सकता है। कहकर राय रामानन्द को समझा दिया।

रामानन्द क्या करते...चुप रहने के सिवा...। प्रतापरुद्र समझ गये... निर्लोभी संन्यासी..., वीतरागी संन्यासी..., निरापेक्षी संन्यासी और भगवान श्रयी संन्यासी...के सामने राजा की कोई बिसात नहीं...। सच में एक सच्चा संन्यासी ही असली चक्रवर्ती सम्राट होता है। पर मानव स्वभाव ही ऐसा है कि निषेध होने पर आकर्षण की प्रबलता बढ़ जाती है...। प्रतापरुद्र की हालत यहाँ तक हो गयी कि उसे अपना राजपाट, वैभव सब बेकार लगने लगा जिसे उसने कितनी कठिन लड़ाइयाँ लड़कर प्राप्त किया था।

रथयात्रा का दिन आ गया था। चैतन्यदेव जगन्नाथ के सामने संकीर्तन कर रहे थे...रथ आगे बढ़ रहा था और साथ—साथ चैतन्यदेव...। सड़क के किनारे वाले भवन के छज्जे पर बैठे राजा प्रतापरुद्र को ऐसा प्रतीत हो रहा था कि यह कोई लौकिक संगीत नहीं हो सकता...अलौकिक है या चमत्कार! निश्चय कर लिया—इस संन्यासी से मिलने के लिए राजपाट छोड़ना पड़े तो...छोड़ दूँगा पर इनका साथ नहीं छोड़ सकता...।

संकीर्तन करते—करते चैतन्यदेव आत्मविभोर होते जा रहे थे और उनके सर्वांग शरीर की कान्ति बढ़ती जा रही थी...। चैतन्यदेव का दर्शन मात्र ही ऐसा सम्मोहक था कि देखने वालों को लौकिक दुनिया से परे एक दूसरे धरातल पर ले जाकर एक अलौकिक आत्मानुभूति कराता था...।

उस अनुभूति के आनन्द के सामने उत्कल राज्य के आनन्द की क्या तुलना...! प्रतापरुद्र अपने को नहीं रोक सके।

समाधिस्थ चैतन्यदेव के चरणों को साधारण कपड़े पहने राजा प्रतापरुद्र ने जैसे ही स्पर्श किया, चैतन्यदेव की समाधि टूट गयी—हे कृष्ण! मुझे लौकिक सत्ता और ऐश्वर्य के प्रतीक ने कैसे स्पर्श कर लिया? मैंने ऐसा क्या पाप किया था? चैतन्यदेव ने अपने बन्द नेत्रों को खोलते हुए कहा।

राजा प्रतापरुद्र फूट—फूटकर रोने लगे—प्रभो! जो ऐश्वर्य और सत्ता मुझे इन चरणों से विलग करती है उसे मैं इसी क्षण इन्हीं चरणों में अर्पित कर रहा हूँ। आप दीन से दीनतम व्यक्ति को प्रेम देते हैं। बस मैं उसी अमूल्य निधि को प्राप्त करना चाहता हूँ...।

राजा प्रतापरुद्र की निर्मल, निश्छल...आँखों को देखकर, उनकी विनम्रता, सज्जनता को देखकर उनसे कैसे नहीं मिलते चैतन्यदेव...जो राजा सिर्फ़ बाह्य रूप से था; अन्तर तो भरा था सिर्फ़ और सिर्फ़ भक्ति भाव से...। तभी तो पिछले तीन वर्षों से कभी भी चैतन्यदेव के सामने राजसी चिह्न धारण करके नहीं आये जबकि अक्सर...वे संकीर्तन में शामिल होते ही थे।

तीन वर्ष...चैतन्यदेव ने अपनी दृष्टि उठाकर...सागर को देखा...और जैसे सागर से ही पूछा—तीन साल हो गये...नदिया छोड़े हुए...? लगता है जैसे कल की बात हो...। नदिया वालों ने कभी छोड़ा ही कहाँ...? साल—भर में चार महीने के लिए तो जैसे पूरा नवद्वीप ही नीलांचल चला आता था।...पहले...साल तो सिर्फ़...युवकों की टोली आयी थी...दूसरे साल... प्रौढ़, वृद्ध और युवक...पर इस साल तो स्त्री, पुरुष, वृद्ध...सभी चले आये थे...। सिर्फ़ नहीं आये थे तो शची माँ और विष्णुप्रिया...।

17

चैतन्यदेव अच्छी तरह समझ रहे हैं बेचारी माँ क्यों नहीं आयी हैं...। माँ ने नीलांचल आने से रोकने के लिए अपने मन को कैसे समझाया होगा,...कैसे रोका होगा अपने पैरों को जब इतने पैर उठ रहे होंगे। चैतन्यदेव मुस्कुराये...मन—ही—मन बुदबुदाये—माँ तुम अपनी मर्यादा कभी नहीं छोड़ती हो...मुझमें यह संस्कार तुमने ही डाला है...मैं अपनी मर्यादा कैसे छोड़ूँ..? ऐसी बात नहीं कि इच्छा नहीं होती तेरे चरणों के दर्शन की पर...और विष्णुप्रिया...? चैतन्यदेव ने अपनी आँखें मींच लीं...।

अचानक समुद्र की तरंगों का ज्वार इतनी ज़ोर से उठा कि चैतन्यदेव भीग गये...। सामने सागर की गर्जना बढ़ रही थी...उन्मत्त हो रहा था रत्नाकर, सामने चाँद की चाँदनी और भी अधिक देदीप्यमान जो हो रही थी...।

चाँदनी की उज्ज्वल छटा में दूर से ही स्वर्ण आभा–सी कान्ति वाले चैतन्यदेव मुकुन्द गुप्त को नज़र आ गये...। बाँछें खिल गयीं...कितनी देर से तलाश कर रहे थे...सागर के इस किनारे तो कभी आते नहीं थे... चैतन्यदेव..., ।

–देव, आप यहाँ विराजमान हैं...हम लोगों के प्राण अटक गये थे...सभी इधर–उधर आपको खोज रहे हैं। सामने चैतन्यदेव को देखकर मुकुन्द की आँखें छलछला गयीं।

–इतनी देर हो गयी पता नहीं चला...पर इतनी व्याकुलता क्यों, चैतन्यदेव स्नेह से बोले।

–आप अकेले यहाँ चुपचाप सागर किनारे बैठे हैं...आपको क्या पता देव कि आप हम सभी नदियावासियों के प्राणधन हैं...। सच पूछिए, सम्पूर्ण गौड़ देश के वासी इस पुरुषोत्तम क्षेत्र में आकर जो चातुर्मास वास करते हैं और वापस बंगाल जाना नहीं चाहते हैं वह सिर्फ़ अचल जगन्नाथ के लिए नहीं..., वरन् आप सचल देव के लिए...कहते हुए मुकुन्द देव ने अपना सिर उनके चरणों में रख दिया।

–अरे पगले...क्या हमें, पता नहीं है? तुम लोगों ने प्रेम बन्धन में मुझे बाँध रखा है...कहाँ स्वतन्त्र हूँ मैं...। मुकुन्द गुप्त को उठाते हुए चैतन्यदेव ने कहा।

–डर लगता है देव। जानता हूँ, आप करुणावरुणालय हैं...पर आपके संन्यासी रूप से डर लगता है...पता नहीं कब संन्यास के कठोर नियमों में बँधकर आप हम सब को विस्मृत कर दें, मुकुन्द मुरारी ने हाथ जोड़ते हुए कहा।

चैतन्यदेव ने उठकर गले से लगा लिया। दृढ़ आलिंगन में बाँधते हुए बोले–तुम लोग हमारे जन्म–जन्मान्तर के प्रिय...हो। यदि तुम सबको विस्मृत ही कर दूँगा तो फिर स्मृति को रखकर करूँगा ही क्या? स्मृतियों को सहेजकर इसी से तो रखा है कि अपने प्रेमी बन्धुओं का चिन्तन कर सकूँ. ..। मुकुन्द, संन्यासी भी मनुष्य होता है। उसके अन्दर भी कोमल भावनाएँ होती हैं। सच पूछो तो उसकी कोमल भावनाएँ और अधिक व्यापक हो जाती हैं। जो प्रेम, जो स्नेह अभी तक सिर्फ़ परिवार तक सीमित रहता है

वह और अधिक प्रस्फुटित हो जाता है; सम्पूर्ण विश्व के लिए प्रेम और अधिक व्यापक हो जाता है...।

मुकुन्द, प्रेम करने वाले से दूर रहना कितना कठिन होता है, इसे मुझसे बेहतर कौन जान सकता...। उससे भी कठिन है अपने से प्रेम करने वालो को स्वयं कष्ट देने का कारण बनना...। कहते हुए चैतन्यदेव ने हवा में उड़ते हुए अपने काषायवस्त्र को शरीर पर लपेटा और लम्बे–लम्बे डग भरते हुए गम्भीरा मठ की ओर चल दिये...।

18

गम्भीरा मठ में नित्यानन्द बड़ी व्यग्रता से चैतन्यदेव का इन्तज़ार कर रहे थे, श्रीपाद परेशान हो रहे थे। नित्यानन्द भी क्या करें ? वे बाल्यकाल में ही एक साधु के साथ तीर्थयात्रा पर निकल गये थे, न पूरी तरह गृहस्थ रहे और न संन्यासी..., अवधूत ही बन गये। अवधूत अवस्था में ही तो नित्यानन्द, निमाई पण्डित से मिले थे। पर समय के थपेड़े में पड़कर निमाई पण्डित चैतन्यदेव बन गये और किसी को पता नहीं चला कब शची माँ के हाथों पकड़ा गये नित्यानन्द को..., और नित्यानन्द भी बाल्यकाल से ही माँ की ममता के आँचल की छाँव से विहीन थे, माँ की ममता की छाँव में ठहर से गये।

माँ की ममता में रहने वाला पुत्र भला कैसे धारण करे वैराग्य का वेश...? कैसे खाये रूखा–सूखा? निमाई के जाने से माँ के आँगन का जो कोना खाली हो गया था, निताई–निताई की पुकार उस ख़ालीपन को भर रही थी।

माँ की छाया में रहकर नित्यानन्द का अवधूतपना कैसे टिकता? वह भी तब जब वे हर पल बस यही ध्यान रखते थे कि माँ के हृदय को थोड़ी–सी भी ठेस न पहुँचे। जिस शरीर पर कभी चिथड़े लिपटे रहते, तो कभी कफ़न सरीखे वस्त्र...अब वहाँ सुन्दर–सुन्दर वस्त्राभूषण सजने लगे तो कानाफूसी होनी ही थी...।

एक बात और जो नित्यानन्द कर रहे थे वह ब्राह्मण समाज के लिए असह्य हो रहा था...। यह कार्य नित्यानन्द चैतन्यदेव की आज्ञा से ही कर रहे थे पर इससे क्या, यह कार्य ही ऐसा था कि पण्डित–पुरोहित कैसे सहन कर सकते थे। जो काम पण्डितों, पुरोहितों का था उसको

विस्थापित कर उन जातियों को गुरु के पद पर बैठा रहे थे जो ब्राह्मणों के लिए अस्पृश्य थे...।

न जाति का विचार, न कुल का, न छुआछूत का विचार...। जिसकी छाया मात्र से भोजन अपवित्र हो जाता था...अब उन्हीं के द्वारा भोजन रन्धन होने लगा और वही भोजन गोविन्द को भोग लगाकर चिन्मय प्रसाद में परिवर्तित होकर पवित्र से पवित्रतम वस्तु बनकर भक्तों के लिए अत्यन्त श्रद्धेय बन रहा था।

'हरि–हरि...नित्यानन्द वर्णाश्रम धर्म की खिल्ली उड़ाकर, सनातन धर्म का नाश करने पर तुला हुआ है' पण्डितों के गल्प का एकमात्र यही विषय था...।

नित्यानन्द को भले ही और किसी की परवाह नहीं थी...पर चैतन्यदेव की बहुत ज़्यादा परवाह थी। चैतन्यदेव को यह बताने में भी वे संकोच कर रहे थे कि शची माँ की प्रसन्नता की ख़ातिर ही उन्होंने अच्छा भोजन और वस्त्राभूषण धारण किये हैं...।

नित्यानन्द श्रीवास के मण्डप पर शयन करते थे, सबेरे–सबेरे माँ का पदवन्दन करके कोई भी कार्य करते...। उनकी सूजी हुई आँखों को देखकर शची माँ समझ गयीं–मेरा निताई द्वन्द्वों से लड़ते–लड़ते थक जायेगा, फिर भी दुनिया इसे नहीं समझ सकती ? इतना निश्छल, भोला, निष्कपट, और सिर्फ़ दूसरों के लिए सोचने वाले निताई को भला कौन समझेगा? शची माँ ने नित्यानन्द से कहा–निताई, बहुत दिनों से निमाई की कोई ख़बर नहीं आयी..., बेटा तुम भी एक बार उससे मिल लो। सारे द्वन्द्व समाप्त हो जायेंगे।

नित्यानन्द जगन्नाथपुरी पहुँच तो गये पर संकोच और लज्जा से गड़े जा रहे थे। उन्होंने वही वस्त्राभूषण पहन रखे थे जो माँ ने चलते वक़्त उन्हें पहनने के लिए दिये थे...। माँ के दिये हुए वस्त्र कैसे उतारते...? काषाय वस्त्र को नहीं त्यागने की मर्यादा अगर चैतन्यदेव में थी, तो माँ के दिये वस्त्र को नहीं त्यागने की मर्यादा का पालन नित्यानन्द को भी करना था।

चार महीने हो गये नित्यानन्द को नीलांचल आये हुए...पर अभी तक अपने मन की बात कर नहीं पाये थे। मौक़ा ही कहाँ मिला...? पर कल तो जाना है...चैतन्यदेव ने स्वयं कहा भी था–'श्रीपाद आपसे बात करनी है...विशेष बातें...।' नित्यानन्द की बेसब्री बढ़ती जा रही थी।

आज चैतन्यदेव सागर किनारे ऐसे ध्यानमग्न हुए कि गंगा के तट नवद्वीप पर समाधिस्थ हो गये। अगर मुकुन्द गुप्त नहीं आते तो क्या पता अभी भी

उसी समुद्र के तट पर ध्यानमग्न बैठे होते...। चैतन्यदेव गम्भीरा की ओर सरपट भागे जा रहे थे और मुकुन्द गुप्त उनके पीछे-पीछे दौड़ रहे थे।

नित्यानन्द दरवाज़े पर ही मिल गये, बड़ी बेसब्री से इन्तज़ार कर रहे थे...

—श्रीपाद...आपको इन्तज़ार करना पड़ा..., चैतन्यदेव की दृष्टि झुक गयी।

—देव, आपके इन्तज़ार में जीवन निकल जाये...तो मेरा सौभाग्य! नित्यानन्द की वाणी लाख प्रयत्न करने के बावजूद भी विह्वल हो गयी।

—आपको पता है श्रीपाद, मुझे ऐसा लगता है जैसे मैं ही आप हूँ और आप ही मैं हूँ...अभिन्न हैं हम...। कोई मुझे मान दे और आपको नहीं वह मुझे कभी स्वीकार्य नहीं...।

—देव इतना मान मत दें, मुझे स्पष्टीकरण देने का मौक़ा दें, मेरे वस्त्राभूषण के बारे में...आप जो चाहे...नित्यानन्द को अपनी बात कहाँ समाप्त करने दी चैतन्यदेव ने।

—श्रीपाद, आप तो वृन्दावन बिहारी गोपकृष्ण के उपासक हैं...बेचारे गँवार ग्वाल बाल विधि-निषेध क्या जानें? पर गोप कुमार बिना गोपी के कैसे रहें? आप भी विवाह कर लें श्रीपाद...। आदर्श गृहस्थ बनकर लोगों के सम्मुख एक सुन्दर आदर्श उपस्थित करें कि गृहस्थ रहकर भी किस प्रकार भजन-कीर्तन और परमार्थ चिन्तन किया जा सकता है...।

नित्यानन्द अवाक् रह गये...बचपन से ही संन्यासियों की तरह तीर्थों में डोलता फिरा...अवस्था भी नहीं रही विवाह की..., पैंतीस साल के हो गये हैं..., नित्यानन्द काँप गये-देव, किस अपराध की सज़ा है यह...? नित्यानन्द की आँखें छलछला गयीं।

—याद है श्रीपाद, एक बार आपने कहा था, यदि मैं शास्त्रों से असम्मत आज्ञा भी दूँगा तो आप मानेंगे...। चैतन्यदेव ने मुस्कुराते हुए कहा।

—सब याद है और मैं उस पर कायम भी हूँ। पर देव आप स्वयं सन्तानहीन युवती पत्नी को छोड़कर संन्यासी बन गये और जिसका न कोई घर है न ठिकाना...उसे गृहस्थ बनने के लिए क्यों कह रहे हैं...? मेरी समझ में कुछ नहीं आ रहा...। यदि संन्यास उत्तम मार्ग है तो मुझे...क्यों उस मार्ग से वंचित कर रहे हैं...और यदि संन्यास उत्तम मार्ग नहीं है तो आपने क्यों इस मार्ग पर चलना स्वीकार किया.

—श्रीपाद मेरी अवस्था गृहस्थी के योग्य रह ही नहीं गयी थी...आपने देखा था न, एकदम पागलों-सी हो गयी थी। मैं किसी काम का रहा नहीं

एक यन्त्री बन गया हूँ...अपनी इच्छा से कुछ काम कर ही नहीं पाता...। आप नहीं जानते श्रीपाद...आपने नदिया में रहकर मुझ पर कितनी कृपा की है, माँ तो बस आपको देखकर...जीवित हैं...। मुझे पता है माँ की प्रसन्नता के लिए आप क्या कुछ नहीं करते...। आपने माँ को खुश रखने की जो शपथ ली है वह मुझसे छुपी नहीं...। श्रीपाद आप तो आत्मा की तरह मेरे अभिन्न हैं...एक शरीर संन्यासी रहकर संन्यास धर्म की मर्यादा का पालन करे और दूसरा गृहस्थ रहकर सद्गृहस्थ की मर्यादा का पालन करे...। दोनों ही आश्रमों का अपना महत्त्व है श्रीपाद...कोई किसी से न्यून या अधिक नहीं है...दोनों ही श्रेष्ठ हैं यदि हम उसकी मर्यादा की रक्षा करते हुए जीवन निर्वाह करते हैं.।

—पर देव बचपन से ही मैं संन्यासियों की तरह रहा...माँ—बाबा से नाता छोड़े हुए भी दो युग बीत गये...मुझसे अब परिवार के दायित्व का निर्वाह कैसे होगा...? दुनिया क्या कहेगी...? नित्यानन्द की समझ में कुछ नहीं आ रहा था।

—दुनिया क्या कहेगी...यह तो आपने देख ही लिया है? दूसरी बात आपने नाता तोड़ा कहाँ है श्रीपाद, जोड़ा है तभी तो आज शची माँ निताई—निताई कहते थकती नहीं...। आपने विधिवत संन्यास की दीक्षा तो ली ही नहीं है, आप संन्यासियों की श्रेणी में हैं ही नहीं...और यदि आप संन्यासियों की तरह रहना चाहते हैं तो नदिया छोड़ना होगा क्योंकि शची माँ के सामने आप संन्यास धर्म की मर्यादा का पालन कर ही नहीं सकते... मैं जानता हूँ श्रीपाद...।

काँप गये नित्यानन्द, प्रभु...। शची माँ का बिछोह...। नहीं, नहीं माँ सहन नहीं कर पायेंगी...। पहले साल जब चैतन्यदेव को जगन्नाथपुरी में छोड़कर नित्यानन्द लौटे थे तो शची माँ ने कहा था—'बेटा निताई...! निमाई भूल गया तो भूल गया तूने भी मेरी सुधि बिसार दी। बेटा आज इतने दिनों के बाद तेरे मुख को देखकर मुझे परमानन्द की प्राप्ति हो गयी। तुझे देखकर मैं विश्वरूप और निमाई के संन्यास के सभी दुख भूल जाती हूँ। मेरे प्यारे पुत्र! अब तू सदा मेरे पास रहकर संकीर्तन का प्रचार कर...मैं तुझे सदा अपने सामने देख सुखी होकर जी सकूँगी।'

नित्यानन्द ने वचन दिया था...शची माँ को, वे इसे नहीं तोड़ सकते... कभी नहीं...उन्होंने दृढ़ता के साथ कहा—देव, मैं नदिया नहीं छोड़ सकता, मैं शची माँ को नहीं छोड़ सकता...। पर नदिया में रहने के लिए विवाह करने की क्या आवश्यकता है?

—यह मेरी आज्ञा है...श्रीपाद...यदि आप नदिया में रहें तो गृहस्थ बनकर रहें...अधकचरा होना नहीं होने से भी बुरा है...।

—अब मुझे न कुछ कहना है न सुनना...। आपकी आज्ञा के सामने लोकनिन्दा की परवाह की बात छोड़ दें देव, रौरव नरक भी जाना स्वीकार है।

चैतन्यदेव उठकर नित्यानन्द के गले से लग गये...; श्रीपाद, इस बात को स्वीकार कर आपने मुझ पर कितना बड़ा अनुग्रह किया है, आप स्वयं नहीं जानते...। आप दादा बनकर आये हैं माँ के पास...।

—मैं क्या हूँ यह नहीं जानता, पर इतना अवश्य है कि माँ को छोड़कर अन्यत्र नहीं रह पाऊँगा। बचपन में माँ से कब बिछुड़ा अब याद भी नहीं, पर मेरे अन्दर के बचपन को माँ की कमी हमेशा खलती रही। एक कोना हमेशा ख़ाली रहा माँ के लिए...। पर शची माँ ने अन्तर के इस ख़ालीपन को भी भर दिया। अन्तर का ख़ालीपन भरने से मन हमेशा आनन्दित रहता है।

जगन्नाथ जी का प्रसादी वस्त्र और प्रसाद नित्यानन्द को देते हुए चैतन्यदेव बोले—श्रीपाद, इसे माँ को दे दीजिएगा...और कहिएगा उनसे...मैंने अपने कर्तव्य का निर्वाह नहीं किया...पर क्या वे मुझे बावला मानकर माफ़ कर देंगी? वे माँ हैं श्रीपाद...मुझे विश्वास है यदि आप कहेंगे तो मुझे ज़रूर माफ़ कर देंगी...क्यों न मानें वे आपकी बात...? आपने उनकी प्रसन्नता के लिए...न लोक की परवाह की और न परलोक की। जाइए श्रीपाद, पूरे बंगाल से जाति—पाँति का भेदभाव मिटा दीजिए...। सब को एक सूत्र में बाँध दीजिए...। वैष्णवता के सूत्र में बँधकर निर्भय होकर संकीर्तन कर सकें, इतना आत्मबल भर दीजिए...।

आप नर—नारी का कुछ भेद नहीं कीजियेगा। श्रीपाद, मैं तो संन्यास धर्म की मर्यादा में बँधा हूँ...माता के सामने की गयी प्रतिज्ञा में बँधा हूँ...पर आप गृहस्थ बनकर...संन्यास धर्म के उस कठोर बन्धन से मुक्त होकर सम्पूर्ण बंगाल की उन अबलाओं को भी इस सूत्र में बाँधकर नारकीय जीवन से मुक्त करवा सकते हैं। विदेशी आक्रान्ताओं के डर से बाल्यावस्था में विवाह करके...और पति के मरते ही बालविधवा बनकर जिन स्त्रियों को सभी संस्कारों में भाग लेने के अयोग्य करार कर दिया जाता है उनको वैष्णव सूत्र में बाँधकर समाज में यथोचित सम्मान दिलाने का प्रयत्न कीजियेगा...। हमारी माँ, बहनें, बेटियाँ, भाभियाँ, पत्नियाँ, काकियाँ हमें कितना स्नेह देती हैं श्रीपाद, पर हम लोग आपस में शास्त्रार्थ करते रहते हैं और उनसे कभी

इन विषयों पर वार्तालाप तक नहीं करते। मैं चाहता हूँ उन सभी स्त्रियों को भी वे सारे अधिकार मिलें जिनसे वे वंचित हैं...और...।

–बस–बस देव समझ गया मैं...सब कुछ समझ गया...आप अकारण कुछ नहीं कहते...समझ गया आपकी मंशा...अपना जीवन लगा दूँगा...आपके द्वारा प्रारम्भ किये गये कार्यों को सफल बनाने में...। बंगाल के एक–एक गाँव में अलख जगाने में जी–जान लगा दूँगा।

–जाइए प्रेम दाता...अपने प्रेम से बंगाल का सिंचन कीजिए और माँ से कहिएगा...मैं आऊँगा उनसे मिलने...। नहीं कह सके एक शब्द भी विष्णुप्रिया के लिए...चेहरे पर पीड़ा की स्पष्ट झलक देखकर नित्यानन्द संन्यास धर्म के कठोर बन्धन को देखकर निस्तब्ध हो रहे थे।

–जाता हूँ देव...प्रेमदाता तो अवश्य बनूँगा, मुझे पता है 'प्रेम पुरुष' से प्रेम छलक–छलक कर मेरे पास पहुँचता रहेगा...दीन–दुखियों...भक्तों...के लिए...। मैं उतना अपने पास कहाँ रख पाऊँगा...उससे छलककर सिर्फ़ बंगाल ही नहीं भारतवर्ष भी प्लावित होगा, अपने नेत्रों से छलकते हुए प्रेमाश्रु को पोंछते हुए नित्यानन्द चले गये...।

19

एक–एक कर सभी चले गये...। पूरा नदिया ही उठकर चला आया था... और आज पूरा नदिया चला गया...। संन्यासी हो या गृहस्थ कौन है जो प्रेमियों के वियोग से विचलित नहीं होता है...? प्रकृति की विरुद्ध धारा में चलना किसके वश की बात है...। चैतन्यदेव ने नदियावासियों से कहा... मैं जल्दी ही आऊँगा...।

पर कब...? उन लोगों के गमन करने के बाद चैतन्यदेव सोच रहे थे–माँ से वादा किया था...दादा को ढूँढ़ने जाऊँगा...पर आज तक नहीं जा पाया...नदिया जाने के पहले...मुझे उनकी खोज में जाना ही होगा...। यथाशीघ्र...कल ही...चैतन्यदेव ने मन–ही–मन निश्चय किया।

पर किसे पता था गोपीनाथ ग़बन के आरोप में पकड़ा जायेगा। चैतन्यदेव के उत्कल में सबसे लाड़ले राय रामानन्द ही तो थे...। रामानन्द के ही भाई थे गोपीनाथ, उसका चैतन्यदेव के यहाँ आना–जाना नहीं के बराबर था। कभी–कभार पिता भवानन्द की आज्ञा से आता भी तो, चैतन्यदेव को दूर से ही प्रणाम करके लौट जाता। गोपीनाथ का चैतन्यदेव के पास

भला कैसे मन लगता...। दोनों दो ध्रुव पर थे। चैतन्यदेव के जीवन जीने का सूत्र था–'भालो न खाइबो, भालो न पहिनबो, ग्राम्य कथा न कहिबो, ग्राम्य कथा न सुनिबो...।' और बेचारा गोपीनाथ...अच्छा भोजन करना और सुन्दर वस्त्र पहनना उसके जीवन का एकमात्र उद्देश्य था...। परचर्चा के बिना तो एक साँस भी नहीं ले सकता था। आपाद प्रपंच में डूबे हुए गोपीनाथ के बेतहाशा ख़र्च...पूरा होना मासिक वेतन से कहाँ सम्भव था? सरकारी कोष के पैसे स्वकार्यों पर ख़र्च होते चले गये...सोचता रहा अगले माह सरकारी कोष में पैसे डाल दूँगा पर कहाँ से डालता...ख़र्च की कटौती करता तब...तो। ख़र्च की कटौती भी क्यों करता...जब पैसे आ ही रहे थे। अधिक धन और उस पर से ग़लत तरीक़े से आये धन...से व्यक्ति की नैतिकता के ठहरने का सवाल ही कहाँ पैदा होता है, एक बार फिसला सो फिसलता चला गया...।

राजा प्रतापरुद्र राय का पुत्र...ग़बन के केस की छानबीन कर रहा था...। राजकुमार प्रतापरुद्र के बिल्कुल विपरीत था.., न व्यक्तित्व था, न बुद्धिमानी...गोपीनाथ क्यों उसे महत्त्व देता? गोपीनाथ को विश्वास था इस अयोग्य राजकुमार पर...वह खाक पकड़ पायेगा उसे, भले ही...लाख हिसाब–किताब करे।

अवैध तरीक़े से धनोपार्जन कर गोपीनाथ आत्ममुग्ध भी रहता था पर राजकुमार ने उसकी आत्ममुग्धता तोड़ दी। उसने राजा को सज़ा देने के लिए विवश कर दिया।

राजा प्रतापरुद्र तो धर्मसंकट में पड़ गये...एक ओर लाड़ले योग्य मन्त्री रामानन्द का भाई तो दूसरी ओर राजकुमार की ज़िद...।

उन्होंने गोपीनाथ को बुलाकर कहा–'अपनी ग़लती स्वीकार लो...और ग़बन के पैसे धीरे–धीरे कोष में जमा कर दो', पर ग़बन के पैसे ने उसकी खोपड़ी ही उलटी कर दी थी। उसने उलटे राजकुमार पर ही तंग करने का आरोप लगा दिया...।

राजकुमार चिढ़ गया–पिताजी, आप तो सत्प्रतिज्ञ हैं...इतना बड़ा असत्य यह आपके सामने बोल रहा है...क्या आप सचमुच नहीं जानते कि इसके पास आय से अधिक सम्पत्ति है...? यदि आप नहीं जानते तो पूछिए जनता से..., प्रजा जानती है कि यदि यह कोष के पैसे का दुरुपयोग नहीं करता है तो इतने पैसे इसके पास आते कहाँ से हैं? इसका रहन–सहन इतना ऊँचा कैसे है? अभी भी देखिए...इसके वस्त्राभूषण हमसे भी बेहतर हैं...।

प्रतापरुद्र भी क्या करते...? राजकाज में व्याप्त भ्रष्टाचार तो राजतन्त्र को खोखला बना देगा..., दे दिया आदेश–'चढ़ा दो सूली पर।'

चैतन्यदेव सोच ही रहे थे कि काशी मिश्र को बुलाकर दक्षिण यात्रा की आज्ञा लूँ। तब तक काशी मिश्र ही आ गये–देव! ग़ज़ब हो गया... भवानन्द जी का पुत्र गोपीनाथ ग़बन के आरोप में पकड़ा गया...उसे सूली पर चढ़ाने का आदेश हुआ है...।

–जैसी करनी वैसी भरनी तो पड़ेगी ही मिश्रजी...। चैतन्यदेव ने तटस्थ भाव से कहा...।

–पर देव वह सबसे छोटा है...। अन्दर से बुरा व्यक्ति नहीं है। ख़र्चीले स्वभाव के कारण उसने कोष का धन ग़बन कर लिया है...। पर उसने मुझसे कहा था जल्द ही लौटा दूँगा। आप कृपा करें तो गोपीनाथ बच सकता है। काशी मिश्र के पीछे–पीछे आये भवानन्द ने गिड़गिड़ाते हुए कहा। भवानन्द का गला भर्रा गया, पिता जो ठहरे।

किसी का रंचमात्र दुःख देखकर भी चैतन्यदेव द्रवीभूत हो जाते थे... कुछ भी करने को तैयार हो जाते थे। भावुक चैतन्यदेव के पास से कौन दुखिया खाली लौटता था जो भवानन्द लौटते...? बड़ी आशा और विश्वास के साथ आये थे...। पर आश्चर्य नहीं, घोर आश्चर्य।

–अपराधियों को दण्ड मिलना ही चाहिए...। मुझे ग़बन करने वाले से एक रत्ती सहानुभूति नहीं है...आप लोग उसका साथ देकर उसके पाप का भागी बनने का दुष्कर्म क्यों कर रहे हैं। देव की आवाज़ में कठोरता थी।

–प्रभो, आप चाहें तो सूली की सज़ा की माफ़ी मिल सकती है...बस जीवन बच जाये...। काशी मिश्र बोले।

–राजा के सामीप्य का यह मतलब नहीं है कि मैं उन्हें अपराधी को छोड़ देने को कहूँ। यह संन्यासियों का काम है या दलालों का...। काषाय वस्त्र पहन कर राजाओं के यहाँ बुरे व्यक्ति की सिफ़ारिश या अच्छे व्यक्ति की ही सिफ़ारिश करना क्या संन्यासियों का काम है? आप लोग क्या चाहते हैं मैं इस वस्त्र के सम्मान की रक्षा नहीं करूँ...? मैं जानता हूँ मैं यहाँ रहूँगा तो यह चलता रहेगा...। मिश्रजी...मैं अलालनाथ चला जाता हूँ वहीं से जगन्नाथ के दर्शन करने कभी–कभार आ जाया करूँगा...और सबसे बड़ी बात राजा से भी दूरी बढ़ जायेगी..., चैतन्यदेव मौन होकर बैठ गये।

काशी मिश्र की तो हालत ख़राब हो गयी। दौड़ते–कूदते–फाँदते राजा के पास पहुँचे–राजन्, चैतन्यदेव अलालनाथ जा रहे हैं।

सुनते ही प्रतापरुद्र खड़े हो गये। तुरन्त आदेश दिया–पहले गोपीनाथ को सूली से उतारो। फिर नंगे पाँव दौड़ते–हाँफते प्रतापरुद्र चैतन्यदेव के पास पहुँचे–

–देव! यदि आप इस तरह मुझे छोड़कर चले जायेंगे तो मैं पागल हो जाऊँगा...मैं सारा राजपाट छोड़ दूँगा या आत्महत्या कर लूँगा...। आप मुझे अपने साथ संन्यासी बनाकर ले चलें...।

वातावरण को स्निग्ध और शान्त बनाने के लिए चैतन्यदेव ने रुकने की स्वीकृति तो दे दी...पर प्रतापरुद्र के जाने के बाद काशी मिश्र से कहा–आपने मेरे नाम का प्रभाव डालकर राजा का न्याय बदलवाया। यह ठीक नहीं किया। चैतन्यदेव की गम्भीर वाणी सुनकर काशी मिश्र सहम गये...।

सार्वभौम भट्टाचार्य चैतन्यदेव का प्रस्ताव सुनते ही सन्न रह गये–आपके बिना कैसे रहेंगे देव...अचानक दक्षिण की यात्रा...; का कार्यक्रम कब बना लिया...?

–आप तो ज्ञानी हैं आचार्य...भावुक व्यक्तियों जैसी बातें क्यों कर रहे हैं?–कार्यक्रम अचानक नहीं बना है, तब से बना हुआ है जब निमाई पण्डित छह साल का था...। उस बालक ने अपनी माँ से वादा किया था कि वह अपने दादा को खोजने जायेगा...पर उस साँवले–सलोने ने निमाई को ऐसा उलझाया कि उसे कुछ होशोहवास ही नहीं रहा...। अब चैतन्यदेव को होश आया है आचार्य...कल ही मैं प्रस्थान करूँगा..., चैतन्यदेव ने कहा।

–कितने व्यक्ति साथ जायेंगे...? सेना के कितने जवान साथ जायेंगे? कम–से–कम सौ व्यक्तियों का सशस्त्र बल तो साथ रहना ही चाहिए। अन्य वस्तुओं की आवश्यकता भी होगी? सार्वभौम भट्टाचार्य यात्रा व्यवस्था का हिसाब करने लग गये...।

–आचार्य, आप भी स्नेह में सब कुछ विस्मरण कर जाते हैं...यह भी कि मैं एक संन्यासी हूँ...। इन्हीं कारणों से मैं किसी राजा को अपने सम्पर्क में आने देना नहीं चाहता था...। चैतन्यदेव की वाणी में कम्पन था।

सार्वभौम भट्टाचार्य को अपना आग्रह छोड़ना पड़ा...। आख़िरकार चैतन्यदेव गोविन्ददास को लेकर चल पड़े...निकल पड़े दक्षिण की ओर..., पैदल..., न लाव न लश्कर...।

20

सबसे पहला पड़ाव अलालनाथ पड़ा...। कभी–कभी भक्तों, विद्वानों और राजकर्मचारियों तथा राजा का संग मन को परेशान करने लगता तो चैतन्यदेव इसी अलालनाथ को अपना स्थायी वास बनाने के लिए सोचने लगते...। जन कोलाहल से दूर..., शान्त सुरम्य स्थल...। पर जगन्नाथपुरी में एक प्रबल आकर्षण था–नाथों के नाथ जगन्नाथ।

यात्रा प्रारम्भ ही हुई थी...अलालनाथ पहला ही पड़ाव था...। त्रिबन्ध पहुँचकर चैतन्यदेव शहर के बाहर ही एक मन्दिर में ठहर गये...। मन्दिर भी ध्वस्त था...भग्नावस्था में पड़ा मन्दिर उजाड़ और सुनसान था...मन्दिर के भग्नावशेष तो यही बता रहे थे कि कभी यह मन्दिर अपनी भव्यता के लिए प्रसिद्ध रहा होगा...। मन्दिर की प्राचीरें मज़बूत थीं पर ये गिरीं कैसे...? चैतन्यदेव सोच में पड़ गये...इतना तो समझ ही गये, इस मन्दिर को नष्ट किया गया है...। गोविन्ददास बोला–देव, ज़रूर यह काम मुस्लिम आक्रान्ताओं का ही होगा...। उन विधर्मियों को हमारे पूजास्थलों की दुर्गति करके क्या मिलता है?

–गोविन्द, कोई भी विदेशी आक्रान्ता सिर्फ़ धन–दौलत नहीं लूटता बल्कि जनमानस का विश्वास भी लूट लेता है। जिस आस्था और विश्वास से उन्हें आत्मबल मिलता है उस आस्था को ही वह नष्ट कर देना चाहता है। क्योंकि जिस प्रजा पर उसे राज करना है वह हताश, टूटी हुई–आत्महीनता के बोझ से दबी रहे ताकि उसे शासन करने में आसानी रहे। दूसरी बात जब तक हमें यह ज्ञात नहीं हो जाता कि इसे किसने ध्वस्त किया है तब तक क्या कहा जा सकता है...? आओ सबसे पहले हम इसकी साफ़–सफ़ाई करके वास करने योग्य बनायें।

ध्वस्त मन्दिर में एक संन्यासी ठहरा है। काषाय वस्त्र में उसका गौरवर्ण सूर्य की रश्मियों में ऐसे चमकता है जैसे स्वर्णकिरणें फूट रही हों...। पूरे त्रिबन्ध में बात फैल गयी। हिन्दुओं की संख्या थी ही कितनी...? बहुत कम, जो थे भी निराश...हताश...। फिर भी एक–एक करके आये देखने...कि बौद्ध साधु है या सनातनी...? दूर से ही कानों में आवाज़ आ रही थी–श्रीकृष्ण गोविन्द हरे मुरारी...। हताशा में आशा के फूल खिले पर शीघ्र ही मुरझा गये।

उनका मुरझाना ग़लत भी नहीं था। बौद्धों ने ऐसा ताण्डव कर रखा था...। समस्त हिन्दू मन्दिरों को ध्वस्त कर दिया था...। मन्दिर ने आये

आगन्तुकों में एक बूढ़े ने बताया–सिर्फ़ यही मन्दिर नहीं...देव, न जाने त्रिबन्ध में कितने मन्दिर हैं जो भग्नावस्था में पड़े हुए अपने दुर्भाग्य पर आँसू बहा रहे हैं...उन मन्दिरों के गर्भगृह या तो ख़ाली पड़े हैं या उसी गर्भगृह के एक कोने में हमारे आराध्यों की भग्न मूर्तियाँ पड़ी हैं..., जिन्हें उन लोगों ने ऐसा अपवित्र बना दिया है कि उन भग्न मूर्तियों की पूजा–आराधना नहीं हो सके...।

चैतन्यदेव की आँखें भर आयीं...। भगवान बुद्ध करुणा के अवतार हैं...उनके अनुयायियों के द्वारा इतनी हिंसा, इतनी क्रूरता...! काँप गये चैतन्यदेव..., यह बिल्कुल सही है महापुरुषों के सिद्धान्तों को उनके अनुयायी जितना नुक़सान पहुँचाते, विरोधी की पहुँचाने की सामर्थ्य ही नहीं है।

चैतन्यदेव को भग्न मन्दिर के गर्भगृह के एक कोने में मिले शेषशायी नारायण...शची माँ के नारायण...! मूर्ति के पैरों की अंगुलियाँ टूटी हुई थीं...। उन्हें उठाकर हृदय से लगाकर बुदबुदाने लगे–प्रभु, मैं समझता हूँ तुम सिर्फ़ इसी में नहीं हो...कण–कण में व्याप्त हो। मैं यह भी जानता हूँ कि तुम्हारी जो सन्तान यह नहीं समझती कि तुम विग्रह में भी रह सकते हो...उन्हें तुम क्षमा कर दोगे परन्तु सर्वशक्तिमान ईश्वर...को समझना इतना कठिन भी क्यों है प्रभु? सभी धर्मावलम्बियों चाहे वे बौद्ध, जैन, ईसाई और मुस्लिम हों...सब के तुम्हीं तो सृष्टिकर्ता हो। फिर तुम कैसे उनका सिर्फ़ इसलिए विनाश कर दोगे कि वे मनुष्यों के द्वारा ही बनायी गयी तुम्हारी मूति को तोड़ देते हैं? चैतन्यदेव ने अपने नेत्रों से निर्झरित आँसुओं की धारा से नारायण के विग्रह का अभिषेक कर दिया और मन्दिर के गर्भगृह को जल से धो–पोंछकर वहाँ नारायण की भग्न मूर्ति को स्थापित कर दिया...।

–राम–राम...यह क्या देव...। बूढ़ा व्यक्ति सहम गया...। 'घोर अनर्थ हो गया...अपशकुन ही अपशकुन–भग्न मूर्ति की पूजा गर्भगृह में? अवश्य ही हम लोगों पर कोई घोर विपत्ति आने वाली है...।'

–अन्धविश्वास से बाहर निकलिए ब्राह्मणदेवता...! दोष सिर्फ़ उनका नहीं है जो हमारे देवालयों को नष्ट–भ्रष्ट कर देते हैं, उनसे अधिक दोषी हैं हम लोग...। उनकी आस्था नहीं है हमारे आराध्यों में, वे कुछ भी कर सकते हैं कारण चाहे उनकी अज्ञानता हो या धर्मान्धता और कूपमण्डूकता। पर हम लोग किस मिट्टी के बने हैं...? वे हमारी आस्था पर चोट पहुँचाने के लिए हमारे आराध्य के विग्रहों को अपवित्र बना देते हैं और हम उन्हें अस्पृश्य मान लेते हैं। जब वह पतितपावन हैं...सर्वनियन्ता सर्वव्यापक हैं

तो वे अपवित्र कैसे हो सकते हैं? जिन विग्रहों की दिन–रात उपासना करते हैं, उन्हें ही अपवित्र मानकर छोड़ देते हैं? ऐसा इसलिए होता है बाबा, क्योंकि, हम उन्हें अपना नहीं मानते...क्या आपके बेटे के हाथ की एक उँगली टूट जायेगी तो आप उसे त्याज्य मान लेंगे? बूढ़े ब्राह्मण की गर्दन झुकती चली गयी।

–दूसरी बात ब्राह्मण देवता...वही प्रभु तो हमारी–आपकी आत्मा में भी अवस्थित है...हम उसी हृदयस्थ प्रभु के किसी एक स्वरूप को अपने मन और आँखों में बसाकर विग्रह के रूप में गढ़कर सामने भी बिठा लेते हैं...।

मन्दिर के गर्भगृह में नारायण स्थापित हो गये...संकीर्तन के मधुर स्वर से सिर्फ़ मन्दिर का प्रांगण ही नहीं उसके आसपास के परिसर भी झंकृत हो रहे थे। भग्न मन्दिर के पास ही त्रिबन्ध के राजा का राजमहल...था। राजा के कान खड़े हो गये–'किसकी इतनी अलौकिक आवाज़ है...मिश्री–सी घुली...।' नहीं रोक पाया अपने आपको वह बौद्ध राजा...। वैसे अब राजा और प्रजा दोनों सिर्फ़ नाम–भर के ही बौद्ध रह गये थे...। धर्म के प्रति उनकी सारी भावनाएँ सूखी नदी–सी हो गयीं। इसका कारण थे, धर्म के बड़े–बड़े मठाधीश...। जिनका जीवन इतना ऐश्वर्यपूर्ण था...कि बड़े–बड़े सामन्तों की जीवन–शैली भी फीकी पड़ जाये...। बौद्ध मठाधीश ज्ञान, दर्शन और साधना से विरत होकर पतित जीवन व्यतीत कर रहे थे...। धर्म के नाम पर एक ओर स्त्रियों के साथ अमानवीय व्यवहार हो रहा था तो दूसरी ओर अनुष्ठानों और तन्त्रविद्या के नाम पर उनका यौन शोषण हो रहा था।...ऐसे वातावरण में धर्म सूखी नदी न बने यह भला कैसे सम्भव है?

त्रिबन्ध के राजा के मन में इस अलौकिक संकीर्तन ने आशा और उत्साह का संचार कर दिया...! नंगे पाँव, सपरिवार चैतन्यदेव के चरणों पर गिर पड़ा–'स्वयं भगवान बुद्धदेव आपके रूप में हमें दर्शन देने आये हैं...मैं समझ गया आप और वे अभिन्न हैं...। मेरे मन को आपके मधुर स्वर जिस तरह झंकृत कर रहे हैं वह लौकिक नहीं है। बस एक प्रार्थना है, देव! जिस मधुर भाव को आपने मेरे हृदय में झंकृत किया है कृपा कर मेरे प्रजाजनों में भी जगायें...एक बार मेरे राज्य में आपकी कृपा से पुनः सद्धर्म की लहर फैल जाये...।'

चैतन्यदेव तैयार हो गये...भग्न मन्दिर और भग्न विग्रह को देखकर वे उतने दुखी नहीं थे जितना अधिक आत्महीनता से भरे हुए लोगों को देखकर हो रहे थे...उन्हें तैयार होना ही था।

नगर के एक विशाल मैदान में प्रजा को ढिंढोरा पीटकर बुलाया गया...। जनसाधारण से पूरा मैदान भर गया...। नगर के सभी प्रतिष्ठित बौद्ध धर्माधीश भी आमन्त्रित किये गये। सामन्तों सी ठाठ–बाट के साथ अहंकार के मद में चूर जनता के मनोभावों से बहुत दूर पड़े धार्मिक नेताओं का जमघट लग गया। एक पक्ष में चैतन्यदेव थे तो दूसरी ओर दर्जन भर मठाधीश..., पर विनम्रता के आगे अहंकार कहाँ ठहर पाता है? त्याग के सामने विलासिता कहाँ टिक पाती है?

जनसाधारण में कोलाहल मच गया। प्रजा का अपने धर्मगुरुओं के प्रति रहा–सहा विश्वास भी उठ गया। चैतन्यदेव के उपदेश एवं संकीर्तन ने आमजनों में नवोत्साह भर दिया। विशाल समुदाय ने नयी आस्था पाकर वैष्णव धर्म को अपना लिया...। राजा और प्रजा उनके प्रेम की गंगा में डुबकी लगा–लगाकर...नीलांचल चन्द्र के प्रेमपाश में बँध गये...।

21

पर संन्यासी कहाँ बँधता है...किसी बन्धन में वह तो सदैव नदी की धारा सदृश प्रवाहित होता रहता है...। चैतन्यदेव भी बढ़ गये तुंगभद्रा नदी के किनारे–किनारे...। गोविन्ददास साथ था...बड़ा भोला–भाला...जैसी बहती बयार...वैसा ही हो जाता था; तरल स्वभाव का, लोटे में पड़ा तो लोटा और थाली में पड़ा तो थाली सदृश। उसकी आन्तरिक इच्छा तो यही हो रही थी...इन रोते–धोते प्रियजनों को छोड़कर आगे बढ़े ही नहीं...। पर चैतन्यदेव तुंगभद्रा नदी के संग–संग चल दिये लम्बे–लम्बे डग भरते हुए। बगल में कल–कल करती हुई तुंगभद्रा कभी एकदम शान्त...हो जाती...तो कभी अठखेलियाँ करने लगती तो कभी एकदम कलकल करती तान छेड़ देती, कभी सिर्फ़ स्वच्छ जल दिखता तो कभी बड़े–बड़े घासों के जाल...कभी चंचला तो कभी शान्ता...। तुंगभद्रा के तट पर चैतन्यदेव बैठ गये।

मनुष्य की कीर्ति हो या अपकीर्ति, पीछा कहाँ छोड़ती है? धुण्डिराय शास्त्री को चैतन्यदेव की कीर्ति से कितनी तकलीफ़ हो रही थी; उसके इस दर्द को उसके सिवा भला कौन जान सकता था? जले हुए भूसे की तरह तिल–तिल कर ईर्ष्या की आग में जल रहा था। धुण्डिराय समझता था पूरी दुनिया में जितने ज्ञान हैं सभी सिर्फ़ डेढ़ मस्तिष्क के अन्दर हैं। एक मस्तिष्क तो स्वयं धुण्डिराय का है और आधे मस्तिष्क में पूरी दुनिया...।

उस शास्त्री को यह बात पच ही नहीं रही थी कि उससे बड़ा सनातनी कोई दूसरा भी हो सकता है।

तुंगभद्रा तट पर बैठे चैतन्यदेव एकटक तुंगभद्रा को निहार रहे थे... नदी भी बिल्कुल शान्त बह रही थी और उनका मन भी बिल्कुल शान्त था...तभी धुण्डिराय ने आकर एक कंकड़ मारा–

–चैतन्यदेव! मैंने सुना है आपने अनेक धार्मिक मठाधीशों को शास्त्रार्थ में पराजित किया है...मैं चाहता हूँ आप मेरे साथ शास्त्रार्थ करें और यदि मुझे पराजित कर देंगे तो मैं मान जाऊँगा...पर अफ़सोस, उसकी रत्ती–भर भी उम्मीद नहीं है मुझे...। कुटिल मुस्कान बिखेर रहा था।

–शास्त्री महोदय, मैं शास्त्रार्थ करना नहीं चाहता..., दिग्विजयी बनने की मेरी क़तई लालसा नहीं है। मैं अपने स्वामी के दास का दास बनकर जीवन व्यतीत करना चाहता हूँ। व्यर्थ के वाक्युद्ध में क्या हासिल होगा? सिर्फ़ हानि ही हानि है...। त्रिबन्ध में विजय और मान के लिए शास्त्रार्थ नहीं हुआ था। वहाँ तो संघर्ष था जीवन जीने के लिए...हतोत्साहित व्यक्तियों के मन में उत्साह का संचार करना था...। यहाँ बात सिर्फ़ आपकी है...आप यह मान लें कि मैं आपसे पराजित हो गया...विजयश्री की जयमाला आपके गले में पड़ गयी...। धुण्डिराय अपनी विजय पर फूलकर कुप्पा हो गया, पर अगले ही क्षण उसके मन में द्वन्द्व खड़ा हो गया, यह जय है या पराजय...? धुण्डिराय के हृदय प्रदेश में हिलोड़ मचने लगा। चैतन्यदेव के अन्तस् के आनन्द और उनकी दिव्य भाव समाधि के क्षणों को निरख–निरखकर धुण्डिराय के हृदयाकाश से विद्युत पुष्प की भाँति ईर्ष्या विलुप्त हो गयी...। सारे द्वन्द्व मिट गये। बिना शारीरिक श्रम किये मिले धन और यश से निर्मित ऐयाश मस्तिष्क–सा उसका मण्डित गर्व हिमशिला–सा गलकर प्रेम–गंगा बनकर प्रेमपुरुष के चरणों में लोटकर मानो उसे पखारने लगा।

परन्तु देव को पाँव पखरवाने हेतु रुकना नहीं था चलते जाना था, वहाँ से भी कूच कर दिया उन्होंने।

–देव! सिद्ध वटेश्वर आ गया है...अब आप थोड़ा विश्राम कर लेते। गोविन्ददास थककर चूर हो गया था। चैतन्यदेव के साथ तेज़ी से तो चल नहीं सकता था, बेचारे को दौड़ने की आवश्यकता पड़ जाती थी; और उसमें वह बुरी तरह थक जाता था।

चैतन्यदेव तो अभी भी एकदम तरोताज़ा थे...खिले हुए पुष्प की तरह...श्रान्त–क्लान्त का तो सवाल ही नहीं था? नित्य नूतन नवीन षोडश

वर्षीय किशोर श्याम उनके हृदयस्थ थे जो हमेशा उन्हें अपनी बाँहों में थामे रहते थे।

वे गोविन्द की थकान...का ध्यान कैसे न रखते...? रुक गये भगवान वटेश्वरनाथ के मन्दिर में। लिंगराज की पूजा अर्चन कर एक ओर बैठ गये...। मन्दिर के दर्शनार्थियों को अब पूजा–पाठ की कहाँ चिन्ता...? एक अद्वितीय युवा संन्यासी को देखकर कौतूहल का होना स्वाभाविक था...। कोई एकदम पास चला गया...कोई दूर से ही निहारता रहा...स्त्रियाँ भी अपनी दृष्टि उनके मुखमण्डल से हटा नहीं पा रही थीं।

तीर्थराम को बर्दाश्त नहीं हुआ–'लोगों की बेवक़ूफ़ी की कोई हद ही नहीं है...किसी को गेरुये कपड़े में देखा नहीं कि सिद्ध संन्यासी मानकर अनपढ़–जाहिल–गँवार लोग मुग्ध हो जाते हैं।' विद्वत्ता का इतना बड़ा बोझ पूरे सिद्ध वटेश्वर में अकेले तीर्थराम अपने कन्धों पर इतने दिनों से ढोये चला आ रहा था...वह निष्फल कैसे होने देता? निश्चय कर लिया कि...इन गँवारों की आँखों पर पड़ी अज्ञानता की पट्टी हटाकर वह दम लेगा...।

दर्शनार्थियों में कमला कुमारी भी थी...तीर्थराम की पत्नी...। कमला कुमारी को एकटक चैतन्यदेव को निहारते देख तीर्थराम के तन–मन में आग लग गयी...और तब तो धधक ही गयी जब कमला कुमारी बोली–स्वामी, लगता है स्वयं वटेश्वरनाथ ही सचल रूप में प्रकट हो गये हैं।

दाँत पीसने के सिवा तीर्थराम क्या कर सकता था? दाँत पीसते हुए बोला–बहुत देखे हैं ऐसे युवा संन्यासी...विवाह नहीं होने पर सिर मुँड़ाकर पेट पोसने के लिए घर से निकलने वाले बहुत संन्यासियों को मैं देख चुका हूँ...। इनका संन्यास धर्म और ब्रह्मचर्य के पाखण्ड सब समझता हूँ। अड़तालीस घण्टे के अन्दर यदि इस संन्यासी को लोगों के सामने बेनक़ाब न कर दूँ तो?

–तो क्या करेंगे...? आप इन अपराधों को अपने सिर पर क्यों चढ़ाते हैं... आप समझ नहीं रहे हैं यह कोई दिव्य पुरुष हैं...कमला चिरौरी कर रही थी।

–यदि पर्दाफ़ाश नहीं कर पाऊँगा तो उसका आश्रय ग्रहण कर लूँगा, पर मैं जानता हूँ क्या होने वाला है। तीर्थराम अहंकार में गर्वोन्मत्त होकर बोला।

तीर्थराम सिर्फ़ धनी ही नहीं विलासी भी था...वेश्याओं से संसर्ग रखना उसके लिए आम बात थी...कमला कुमारी बेचारी उसका क्या बिगाड़ सकती थी। सत्याबाई और लक्ष्मीबाई–इन दोनों वेश्याओं को खुलेआम रखता था। तीर्थराम की एक ख़ासियत और थी, अपने दाग को धोने के लिए वह दूसरों के चेहरे पर कालिख लगाने के प्रयास में हमेशा रत रहता था।

उसका वश चलता तो पूरे सिद्ध वटेश्वर में एक व्यक्ति भी ऐसा नहीं बच पाता जिसके चरित्र पर दाग न लगा हो। सत्यवादी को असत्यभाषी, सती को वेश्या बनाना उसके बायें हाथ का खेल था।

सत्याबाई और लक्ष्मीबाई के चंचल नयन और सुन्दर चितवन पर तीर्थराम को पूरा भरोसा था। कैसे भरोसा न हो..., जब उसके जैसे प्रौढ़ चरित्रवान व्यक्ति का मन वह फिसला सकती थी तो इस युवा संन्यासी की भला क्या बिसात।

पहुँच गया सत्याबाई और लक्ष्मीबाई के साथ...। उन बेचारियों का भी क्या दोष! पेट भरने के लिए समाज स्त्रियों से क्या–क्या नहीं कराता है। सत्याबाई डर रही थी...साधु–संन्यासियों से उलझने में डर लगना स्वाभाविक था–साधु–संन्यासी नाराज़ होकर श्राप भी दे सकते हैं, सत्याबाई डरते–डरते बोली।

–और यदि संन्यासी को नहीं डिगाओगी तो तीर्थराम हमें कहीं का नहीं छोड़ेगा...पहले सामने की मुसीबत से मुक्त होने की सोचो, लक्ष्मीबाई ने सत्याबाई को समझाया।

सत्याबाई और लक्ष्मीबाई के भौंडे लटके–झटके देख चैतन्यदेव विचलित हो गये। जिसे विष्णुप्रिया का अप्रतिम सौन्दर्य भी अपने बन्धन में नहीं बाँध सका था, बेचारी सत्याबाई और लक्ष्मीबाई की क्या औकात? जिस हृदय को साँवला–सलोना दिन–रात अपनी ओर खींचता रहता था...उसे कौन अपनी ओर आकर्षित कर सकता था? चैतन्यदेव के ऊर्ध्वाकार समाधिस्थ नेत्रों को देखकर लक्ष्मीबाई और सत्याबाई ने बग़ावत कर दी–बस अब हो गया। साधु संग पाकर अब इसी आनन्द को पायेंगे जिस परमानन्द में लीन यह अभूतपूर्व संन्यासी पा रहा है।

तीर्थराम कमला कुमारी से आँखें नहीं मिला पा रहा था...रात–भर करवटें बदलता रहा...। समस्त सम्पत्ति कमला कुमारी के सुपुर्द कर वह भी बन गया संन्यासी...। समझ गया कि सिर्फ़ विवाह नहीं होने से और पेट पोसने के लिए ही सभी संन्यासी नहीं बनते हैं...।

22

चैतन्यदेव को लक्ष्य तक पहुँचना था...आगे के मार्ग में नदी का साथ भी नहीं था...सामने घनघोर जंगल था...दुर्गम घाटियाँ थीं...पर उन्हें चलते

जाना था...वे चलते गये...चलते गये...। रास्ते में ऐसे घने जंगल थे जहाँ सूर्य की रोशनी भी धरती तक नहीं पहुँच सकती थी। दिन में ही रात का आभास होता था..। हिंस्र और जंगली पशुओं की दहाड़ से गोविन्ददास तो घबरा रहा था–'रक्षा करो–रक्षा करो...' कहते हुए कभी गजेन्द्र मोक्ष का पाठ करता तो कभी नारायण कवच का...। बीच–बीच में गोविन्ददास चैतन्यदेव को भी चेताने की कोशिश करता–देव, इस घनघोर जंगल से बचकर निकलना सम्भव नहीं दिखता...दस दिन हो गये अन्न ग्रहण किये हुए...कन्दमूल फल खाकर कब तक जीवित रहेंगे?

सामने डाकुओं के दल को देखकर गोविन्ददास बुरी तरह डर गया–अब जीवित बचूँगा तब तो अन्न खाऊँगा–सामने रौद्ररूप वाले डाकू को देखकर गोविन्ददास काँपने लगा। पर चैतन्यदेव का प्रेम डाकुओं के दल से कम लूटना नहीं जानता था...? डाकुओं के सरदार सहित...सभी लुट गये...लुटा दिया अपना सब कुछ ग़रीबों में और छोड़ दिया अपना घृणित कार्य...हमेशा के लिए...।

गोविन्ददास की जान में जान आयी पर पत्थर को मोम बनाने वाले चैतन्यदेव की भाव समाधि बढ़ती जा रही थी...। सामने जंगल में क़दम्ब के पेड़ों से आच्छादित भूमि के उस भाग को देखते ही गोविन्ददास ने सोचा चैतन्यदेव को दिखाऊँ पर वे तो कृष्णमय हो चुके थे। गोविन्ददास किससे क्या कहता? चैतन्यदेव जिधर देखते, उधर ही श्याम खड़े दिखायी देते। अपने भीतर दर्शन की प्यास बुझाने के लिए सदा बावले रहने वाले चैतन्यदेव कभी उस पेड़ से लिपटते तो कभी इस पेड़ से लिपटकर अश्रुपूरित नयनों से कहते रहते–गोविन्द...मेरे श्याम...मेरे मनमोहन अन्ततः आप मिल ही गये नाथ...। बेचारा गोविन्ददास समझ ही नहीं पा रहा था...क्या रहस्य है देव का...बाहरी तौर पर इनका आत्म विस्मृतकारी रूप..., महापण्डित वाला चमत्कारी प्रतिभाशाली रूप सही है या तीव्र भावावेश में डूबा यह रूप...।

पर यह रूप स्थायी नहीं है यह गोविन्ददास जानता था...और फिर यूँ हुआ कि भगवान ने उसकी दोनों प्रार्थनाएँ सुन लीं...। चैतन्यदेव भी चैतन्य हो गये...और जंगल समाप्त होकर बस्ती भी दिखने लगी...। सामने बड़ी–बड़ी ऊँची दीवारों वाले मन्दिर, महल और उसके परकोटे दूर से ही दिखायी पड़ रहे थे...। मन्दिर के शिखर पर फहराती हुई ध्वजा दूर से ही उसकी भव्यता को बढ़ा रही थी...। चैतन्यदेव ने शीघ्रतापूर्वक अपने पैर मन्दिर की ओर बढ़ाये...पर प्रांगण में पहुँचते–पहुँचते पैर ठिठकने लगे...।

सामने सिर्फ़ स्त्रियाँ ही स्त्रियाँ थीं। गोविन्ददास भी ठिठका...वह सोच रहा था, चैतन्यदेव क्या करेंगे...?

पर चैतन्यदेव को कुछ करने का मौक़ा मिलता तब तो कुछ करते। न लौट सकते थे, न आगे बढ़ सकते थे–चारों ओर से उन स्त्रियों ने उन्हें घेर लिया...। उनके दिव्यरूप को देखकर उन स्त्रियों को लगा शायद यही है हमारा उद्धारक...।

–देव, हम लोग देवदासियाँ हैं..., सिर झुकाते हुए उन स्त्रियों ने कहा।

–तुम लोग धन्य हो...तुम्हारा जीवन सार्थक है। अन्य स्त्रियों के पति तो हाड़–मांस के पुतले, नश्वर शरीर वाले मनुष्य हैं, तुम्हारे पति तो साक्षात् श्रीहरि ही हैं।

चैतन्यदेव के इतना बोलते ही देवदासियों की सिसकियाँ तेज़ हो गयीं...। प्रधान देवदासी इन्दिरा आगे आकर बोली–देव, हम लोगों के पति हरि नहीं हैं...। बचपन में हमारे माता–पिता ने भी हमें यही बताया था कि तुम्हें देवता को अर्पण करते हैं...तुम साधारण मानवी से ऊपर हो...। पर क्या कहूँ देव...व्यभिचार करते–करते...मैं थक गयी हूँ...सबसे पहले तो मन्दिर के प्रधान ने भोगा उसके बाद किसने क्या किया, क्या कहूँ देव...आत्मा छलनी हो गयी है। दुनिया भी हम व्यभिचारिणी स्त्रियों से घृणा करती है। सौभाग्यशालिनी स्त्रियाँ भी हमें देखकर घृणा से मुँह फेर लेती हैं...कोई हमारी पीड़ा नहीं समझता।

चैतन्यदेव का मन, प्राण, आत्मा और शरीर सभी काँपने लगा...। देव विह्वल हो गये...। वे देवदासियों को संन्यासनियाँ समझ रहे थे...। उनकी दुर्दशा सुनकर उनकी आँखें छलछला उठीं...। सभी स्थानों में गोविन्द का दर्शन करने वाले चैतन्यदेव को इन सभी देवदासियों में शची माँ के दर्शन हो रहे थे...। एक साथ इतनी शची माँ! जिधर दृष्टि जा रही थी शची माँ...शची माँ दिखायी पड़...रही थीं।

चैतन्यदेव घुटनों के बल बैठ गये और चीत्कार उठे–माँ–माँ...। फिर अपने को संयत करते हुए कहा–आप सभी मेरी माँ हो...व्यभिचारिणी आप नहीं...व्यभिचारी है पुरुष समाज...अपराधी वह समुदाय है जिसने अपनी मातृशक्ति का यह दुरुपयोग किया है...। पर अब भी मैं यही कहूँगा...आप धन्य हो कि आपने बचपन में ही श्रीहरि के लिए अपना घर–द्वार सब छोड़ा है...। भले ही उन दानवों ने आपकी भावना और शरीर को क्षति पहुँचाई है...पर आप पवित्र हैं...। आपके पति नन्दनन्दन है, आज से आप निश्चय

कर लें किसी व्यभिचारी के वश में नहीं आयेंगी...चाहे मृत्यु को ही क्यों न वरण करना पड़े। गोपियों ने श्रीकृष्ण को प्रेमी बनाने के लिए कठिन तप किया था। आप लोग भी अपने दुखों का चिन्तन करना छोड़कर अपने मन को उन्हीं के चरणों में लगा दें...।

पर देव...हमने जो पाप किये हैं...इतनी पापिनी होकर किस मुँह से हम उनकी शरण में जायें...। सिसकती हुई देवदासियों ने पूछा।

—आप लोगों पर कितनी कृपा है ईश्वर की...। तभी तो इतनी विनम्रता है। तभी तो आप उनकी श्रेष्ठता का अनुभव कर रही हैं। आप लोगों ने कोई पाप किया ही नहीं है और यदि आपको ऐसा लगता भी है तो आपको पता है उनका नाम पतितपावन है...। आप लोगों को वे अवश्य अपनायेंगे...। शोचनीय तो वे व्यक्ति हैं जो ईश्वर के नाम पर व्यभिचार का यह खेल खेल रहे हैं...न उन्हें ईश्वर की श्रेष्ठता का एहसास है और न अपने कुकृत्यों पर कोई शर्मिन्दगी...। हा हतभाग्य...! पुरुषों ने अपनी वासना की पूर्ति के लिए अपनी माताओं को क्या से क्या बना दिया...?

चैतन्यदेव ने उन्हें धैर्य बँधाते हुए कहा—माँ, श्रीकृष्ण दयामय हैं...। वे दीनों पर अत्यन्त शीघ्र कृपा करते हैं। आप उनका ही भजन करें और उनकी शरण ही ग्रहण करें। आप लोग अपना मन सभी ओर से हटाकर श्रीकृष्ण संकीर्तन में लगा दें, श्री भगवन्नाम में अनन्त शक्ति है, इतना कहते—कहते चैतन्यदेव अपने दोनों आजानुबाहु को उठाकर उच्च स्वर में नाम संकीर्तन करने लगे...। उनके साथ सैकड़ों देवदासियों ने भी अपने हाथ उठा दिये...समाज के ख़िलाफ़...उस व्यवस्था के ख़िलाफ़...हमेशा के लिए तोड़ डाला उस बन्धन को जो जीवनपर्यन्त का कालबन्धन लग रहा था।

देवदासियों के कमनीय कण्ठों के संकीर्तन ने पूरे खण्डवा शहर को मधुर स्वर से झंकृत कर दिया। उन देवदासियों ने चैतन्यदेव को अपना स्वीकार्य करके अपना सर्वस्व दीन—हीन ग़रीबों को बाँट दिया और संन्यासिनी बनकर...सचमुच की हरिप्रिया बन गयीं।

23

चैतन्यदेव कन्याकुमारी पहुँचकर स्तम्भित रह गये...चले तो थे सागर किनारे से जहाँ मरकत—सी हरी—हरी बंगाल की खाड़ी की लहरें लहराती हैं और पश्चिम के तट पर अरब सागर की दूधिया तरंगें उठती हैं...।

पर यहाँ हिन्दसागर जब उन दोनों सागरों से टकराता है तो आत्म विस्मृत कर देने वाला दृश्य उपस्थित हो जाता है। चैतन्यदेव निर्निमेष नेत्रों से निहारते रह गये। सूरज को समुद्र में डूबते हुए...और चन्द्रमा को बाहर निकलते हुए...देख, चैतन्यदेव अपने गोविन्द की चित्रकारी पर रीझ रहे थे...।

इधर चैतन्यदेव अद्‌भुत चित्रकार की चित्रकारी पर रीझते रहे, उधर मलार में गोविन्ददास...बहक गया...। वह बेचारा भी क्या करता...नाम...नाम और...श्रीकृष्ण नाम...सुनते–सुनते अकुला गया...था। तुलसी जस भव्यता वैसे मिले सहाय...।

उस सहाय ने गोविन्ददास को समझाया–ठीक है श्रीकृष्ण का नाम लो...पर इस दुनिया को किसने बनाया? श्रीकृष्ण ने..., ये सुन्दर स्त्री और ये धन–दौलत किसने बनाया? श्रीकृष्ण ने..., तो फिर हम क्यों वंचित रहें इन बातों से...?

गोविन्ददास को कुछ–कुछ बात समझ में आ रही थी...सही बोलता है यह सहाय...पर चैतन्यदेव से कैसे विलग हुआ जा सकता है? उसका मन–मस्तिष्क सुन्न पड़ता जा रहा था।

–तुम्हारे न भोजन का ठिकाना है न रहने का ठौर...मेरे साथ रहोगे तो प्रत्येक दिन हलुवा पूरी...और सुन्दरियों का संग भी मिलेगा। तुम्हारा शरीर क्षीण काया बनकर रह गया है। मुझे नहीं लगता बन्धु, इस हालत में तुम अधिक दिनों तक जीवित भी रह पाओगे।

गोविन्ददास डर गया...। मौत से कौन नहीं डरता...? और उसे तो अभी–अभी धन, सुन्दर स्त्री और मालपुए और हलुवे का प्रस्ताव मिला था...। अब वह मूर्खता करने को तैयार कैसे हो सकता था...? चुपचाप चैतन्यदेव को छोड़कर चल दिया...।

'गोविन्ददास–गोविन्ददास...' चैतन्यदेव ने ज़ोर से आवाज़ दी, पर गोविन्ददास वहाँ रहे तब तो। वह तो हलुवा–पूरी का आनन्द ले रहा था..., एक मोटी–सी स्त्री पंखा झल रही थी और बीच–बीच में उसकी ओर देखकर मुस्कुरा भी रही थी।

गोविन्ददास को उस समय उसकी मुस्कुराहट किसी अप्सरा से कम सुन्दर प्रतीत नहीं हो रही थी पर जैसे ही चैतन्यदेव का ख़याल मन में आया वह बेचैन हो गया...। उसके होंठ सूखने लगे...सूखे होंठ पर जीभ फेरकर उसने...होंठ तो गीले कर लिए, पर मन का सूखना बढ़ता ही चला जा रहा था...मन जल रहा था...छन–छन...।

पूरी–हलवा...और उसकी मुस्कुराहट उसे अब कुछ नहीं सुहा रहा था, गोविन्ददास अपने ही उलझन की गुत्थी में उलझता जा रहा था–यदि चैतन्यदेव अपने त्यागपूर्ण जीवन की इतनी अस्वाभाविक कठोरता का पालन नहीं करते तो क्यों उसे इस पाखण्डी के शरण ग्रहण की आवश्यकता पड़ती।

क्यों रखते हैं देव त्याग की इतनी कठोरता...गोविन्ददास का मन खिन्न हो गया...इतनी वितृष्णा का क्या मतलब...? समाज में सभी अपरिग्रही हो जायें तो कैसे चलेगी दुनिया...? अब गोविन्ददास भी क्या करे...? एक छोटी से छोटी वस्तु...को भी साथ रखने नहीं देते हैं चैतन्यदेव...। अब उस दिन की बात..., देव ने दाँत कुरेदने के लिए गोविन्ददास से दन्तशोधन माँगा...। गोविन्ददास के पास दन्तशोधक था नहीं, विलम्ब होना स्वाभाविक था, पर देव शान्ति से इन्तज़ार करते रहे...। दूसरे दिन भी देव को ज़रूरत पड़ी ही...। गोविन्ददास की क्या ग़लती थी उसने यदि थोड़े से दन्तशोधक को अपने पास रख लिया...? गोविन्ददास ने तो सेवक का धर्म निभाया था। देव ने जैसे ही भोजन समाप्त किया कि वह दन्तशोधक को लेकर हाज़िर हो गया...। गोविन्ददास ने सोचा, देव प्रसन्न होकर उसे आशीर्वचन देंगे। पर हुआ बिल्कुल उलटा...पहले दिन जब विलम्ब से लेकर आया था तो कितनी प्रसन्नता के साथ उसे ग्रहण किया था और आज इतना शीघ्र लेकर उपस्थित हो गया...तो अप्रसन्न हो गये...। तभी तो बोले देव–गोविन्ददास, तुमने कल की चिन्ता करके इसे अपने पास क्यों रखा...? संन्यासियों का काम संग्रह करना नहीं है... फिर संन्यासी और गृहस्थ में अन्तर ही क्या रह जायेगा...अपरिग्रह हमारे जीवन का मूल आधार है।

गोविन्ददास का सिर चकरा रहा था...सिर चकराना पूरी तरह ग़लत भी नहीं था...। अभी–अभी देव को छोड़ कर जिस व्यक्ति के साथ वह आया है यह भी तो संन्यासी है...मल्लार स्वामी...। गोविन्ददास की आँखें चौंधिया गयी थीं। बाप रे, इतनी सम्पदा...इतने ठाठ–बाट...किसी राजा–महाराजा से कम सामन्तशाही ऐश्वर्य मल्लार स्वामी के नहीं थे...।

एक छोटा–सा खड़का...रखना संग्रह...है और मल्लार स्वामी का भण्डार...घर! कौन–सी वस्तु विश्व में है जो वहाँ नहीं थी...। चावल–दाल...घी...तेल... के इतने बोरे और पीपे कि बेचारा गोविन्ददास गिन भी नहीं सकता था। सोने के लिए गद्दे का तो ढेर ही लगा था...मुलायम गद्दे...गोविन्ददास ने अपने गद्दे को स्पर्श किया...मल्लार स्वामी ने इसके भी शयन हेतु मोटा–सा

मुलायम गद्दा दिया है...जीवन में पहली बार इतना मुलायम बिछावन नसीब हुआ है...। चैतन्यदेव जब ख़ुद नहीं सोते मुलायम बिछावन पर...तो गोविन्ददास को कहाँ से देते...?

गोविन्ददास मल्लार स्वामी की सम्पन्नता में गोते लगा–लगाकर अवगुण्ठित–सा होकर बस अब आत्मविस्मृत होने ही वाला था कि मल्लार स्वामी का शिष्य आ धमका–'स्वामी जी आपको अपने कक्ष में बुला रहे हैं।'

गोविन्ददास आत्मविस्मृति से बच गया। आगे मल्लार स्वामी का शिष्य और पीछे–पीछे गोविन्ददास। स्वामी के कक्ष में ले जाने के क्रम में ही शिष्य ने वाचाल सुघड़ता से कहा–भैया गोविन्ददास, स्वामी जी की बड़ी कृपा है तुम पर, जो इतनी जल्दी उनके कक्ष तक तुम्हारी प्रविष्टि हो गयी...कुछ–न–कुछ पूर्वजन्म के संस्कार तो अवश्य हैं तुम्हारे...।

मल्लार स्वामी के शयनकक्ष में प्रविष्ट होकर गोविन्ददास के लिए अपने पूर्वजन्म के संस्कार पर एक रत्ती भी सन्देह रखने की गुंजाइश का कहाँ सवाल था...? सामने मल्लार स्वामी अपने शयनकक्ष में अपने पलँग पर बैठा था...। पलँग पर मोटे–मोटे गद्दे बिछे थे...मुलायम तो होंगे ही...गोविन्ददास स्पर्श तो नहीं कर सका, पर कल्पना तो कर ही सकता था...उसकी आँखें आश्चर्यचकित होकर विस्फारित हो गयीं...।

मल्लार स्वामी भोजन कर रहा था। गोविन्ददास ने सुना था यह स्वामी अन्न नहीं खाता..., सामने अन्न नहीं था दूध की राबड़ी थी, होगी क़रीब पाँच किलो...सूखे मेवे के तो ढेर लगे थे और ताज़े फल...के पहाड़ खड़े थे। मल्लार स्वामी ने अपनी थाली सामने से खिसका दी, जबकि थाली में इतनी सामग्रियाँ बची हुई थीं कि पाँच व्यक्ति अभी भी भरपेट भोजन कर सकें...।

वही स्त्री आकर थाली उठाकर ले गयी जिसके पास भण्डारघर की चाभी थी..., उसकी साड़ी के आँचल में लम्बे–लम्बे चाभी के गुच्छे लटक रहे थे। मल्लार स्वामी ने धीरे–से उस स्त्री के कान में कुछ कहा...। स्त्री मुस्कुरायी...। गोविन्ददास ने थोड़ा–थोड़ा कन्नड़ समझा...चैतन्यदेव के कारण थोड़ी–थोड़ी समझ लेता था...परन्तु बोल नहीं पाता था...।

गोविन्ददास का चेहरा लटक गया...मल्लार स्वामी ने उसे नया मुर्गा कहा था...। अचानक गोविन्ददास को स्वर्ग की अनुभूति कराने वाला वह कक्ष...नरक–सा दिखायी देने लगा। शानदार पलँग पर बैठा मल्लार स्वामी कालनेमि राक्षस सदृश लगने लगा...। उसकी आँखें छलछला गयीं...। अभी मल्लार स्वामी का उच्छिष्ट मुँह में डालने ही वाला था कि उसके

हाथ स्वतः रुक गये। उसके डबडबाये नेत्रों को देखकर मल्लार स्वामी ने कहा—गोविन्ददास..., उदास क्यों हो? वहाँ क्या छोड़कर आये हो जो यहाँ शोक मना रहे हो?

गोविन्ददास ने पूरी कोशिश की मुस्कुराने की...। पर यह क्या? वह फफककर रो पड़ा—हीरे को छोड़कर काँच के निकट आने वाला मुझसे बड़ा मूर्ख दुनिया में दूसरा कौन होगा...?

मल्लार स्वामी ज़ोर से चिल्लाया—कृतघ्न...सोने के लिए मुलायम बिछावन...खाने के सुन्दर स्वादिष्ट व्यंजन...की व्यवस्था। विधाता ने कृपा की जो यहाँ आ गये—बिना पूर्वजन्म के प्रारब्ध के इतना सुख कहाँ नसीब होता है..., और वहाँ क्या मिलता था तुम्हें...न सोने का ठौर न भोजन का ठिकाना...।

गोविन्ददास की सिसकी तेज़ हो गयी। मल्लार स्वामी झल्लाया—ले जाओ इसे यहाँ से, कमरे में ले जाकर डाल दो...कुछ देर में मस्तिष्क ठिकाने पर आ जायेगा...। लगता है उस संन्यासी ने इसके दिमाग़ को सम्मोहित कर लिया है...।

शिष्य ने आज्ञाकारी सेवक की तरह गोविन्ददास को लाकर कमरे में छोड़ दिया...और बाहर से साँकल लगा दी। गोविन्ददास सिर धुनने के सिवा और क्या कर सकता था...? पहले तो ख़ूब सिर धुना...फिर असहायावस्था में नैराश्य मूर्ति बनकर विचार—सागर में गोते लगाने लगा—जिस चैतन्यदेव की कृपा से कैसे—कैसे दुर्दान्त डाकुओं का हृदय परिवर्तन हो गया। डाकू सन्त बन गया, वह भी कितनी कम अवधि में, जैसे चमत्कार हो गया। क्षणमात्र में, कुछ क्षण के संयोग से इतना हृदय परिवर्तन। फिर उसके साथ ऐसा क्यों हुआ...? पिछले तीन सालों से वह लगातार...चैतन्यदेव के साथ रहा है...दिन—रात देव का सान्निध्य मिला फिर कैसे वह यह दुष्कार्य कर बैठा...? देव को छोड़कर कैसे कालनेमि के पास आ गया...? चैतन्यदेव की सुगन्ध कमल के फूलों के सदृश चारों दिशाओं में फैलती थी...तभी तो न जाने कहाँ—कहाँ से मधुप आकर उनके इर्द—गिर्द मँडराते रहते थे...। भिन्न—भिन्न भौंरों ने अपनी अभिरुचि के अनुसार मधु ग्रहण किया और अपने जीवन को क्या से क्या बना लिया...और एक वह...! कितना अभागा है? कमल पुष्प के अहर्निश सान्निध्य और सामीप्य के बावजूद उसके पराग का एक कण भी नहीं ले सका...तभी तो आज वह कालनेमि के पास नज़रबन्द हैं।

उत्तररहित प्रश्न की मनःस्थिति में गोविन्ददास का ध्यान कमल पुष्प के डण्ठल पर चला गया...जो कीचड़ में धँसा रहता है...। वह समझ गया कि वह कहाँ से पुष्प के परागकण को ग्रहण कर पाता, उसका मन तो पूरा का पूरा कीचड़ ही है। कीचड़ को सुगन्ध से क्या प्रयोजन? सिर्फ़ साथ रहने से लाभ हो ही जायेगा...पूरी तरह सत्य नहीं है...। कमल पुष्प के नीचे मेढक भी तो रहते हैं...मेढक को कमल के सौन्दर्य और सुगन्ध से क्या प्रयोजन...? गोविन्ददास पागलों की तरह हँसा–चैतन्यदेव रूपी कमल के साथ रहने वाला मेढक...ही तो है वह...। परन्तु उसने निश्चय कर लिया–देव के सान्निध्य की अशेष स्मृतियाँ ही अब उसकी एकमात्र अनमोल निधि हैं उस धन को एक कंजूस की तरह सँभालकर रखेगा..., निष्प्रयोजन नहीं होने देगा विधाता द्वारा प्रदत्त देव के सामीप्य को। चाहे अब उसका जो हाल करे मल्लार स्वामी...। परदेश में देव का साथ छोड़कर उसने भयंकर अपराध किया है। पर देव तो करुणावरुणालय हैं, इस अधम की खोज अवश्य की होगी पर अब तक इस परिणामहीन उलझन से आगे निकल गये होंगे...गोविन्ददास अधीर होकर रोने लगा।

तभी गोविन्ददास को लगा देव उसे पुकार रहे हैं। पहले तो वह हुलसा पर फिर मन का भ्रम समझ निराश होकर बैठ गया...। लेकिन फिर आवाज़ स्पष्ट हो गयी। चैतन्यदेव अपनी गम्भीर आवाज़ में गर्जना कर रहे थे–'गोविन्ददास...गोविन्ददास...।' गोविन्ददास निविड़तम हताशा से निकलकर सीधे परमानन्द को प्राप्त हो गया। उसके मन प्राण आलोड़ित हो रहे थे।

–क्या बात है बाबा, इतना क्यों चिल्ला रहे हो? मल्लार स्वामी का शिष्य हड़बड़ाकर बाहर आया।

–मेरा साथी गोविन्ददास तुम्हारे क़ब्ज़े में है। कृपा कर उसे छोड़ दो...बेचारा सीधा–सादा सरल इन्सान है...। तुम्हारे पास भक्तों का क्या अभाव...? उसे छोड़ दो...उस अबोध को छोड़कर मैं अपनी यात्रा में आगे बढ़ नहीं सकता। वह बेचारा भी मेरे बिना परेशान हो रहा होगा, चैतन्यदेव ने विनम्रतापूर्वक कहा।

मल्लार स्वामी का शिष्य मुग्धावस्था में अपने गुरु के पास जाकर बोला : स्वामी, वह बाबा साधारण मनुष्य–सा नहीं दिखता...अकेले ऐसे खड़ा है जैसे निर्भीक शेर। उसके स्वर में मिठास तो मिश्री सदृश है पर उसकी गम्भीर वाणी में ओज इतना अधिक है कि डर लगता है...।

उपहासित दृष्टि अपने उस अज्ञानी शिष्य पर डालते हुए मल्लार स्वामी शीघ्रता पूर्वक उठा, पैरों में चाँदी जड़ित खड़ाऊँ डाली और खट–खट कर आगे बढ़ा...और जैसे ही अपने कक्ष से बाहर निकला, शिष्यगण उसके ऊपर छत्र और चँवर लगाकर पीछे–पीछे चलने लगे...। एक ओर छत्र–चँवर की छाया में सैकड़ों सेवकों के साथ खड़ा निस्तेज मल्लार स्वामी और दूसरी ओर सूर्य की रश्मियों में काषाय वस्त्रों में लिप्त देव का गौर शरीर और दिव्य कान्ति वाला मुखमण्डल जो मल्लार स्वामी के समस्त शिष्यों को अपनी ओर आकर्षित कर रहा था...। मल्लार स्वामी को अपने शिष्यों की आँखों में वही सम्मोहन दृष्टिगोचर हो रहा था जो उसने गोविन्ददास की आँखों में महसूस किया था। मल्लार स्वामी घबराया, यदि दो मिनट भी यह प्रकाशपुंज यहाँ रुका तो उसका सारा व्यापार...क्षण मात्र में समाप्त हो जायेगा। वह एक सेवक क्या बढ़ायेगा, उसके सभी सेवक हाथ से निकल जायेंगे.., वह उन्मादित आवाज़ में चिल्लाया–शीघ्रतापूर्वक गोविन्ददास को इन्हें समर्पित करो। फिर देव की तरफ़ मुड़कर बोला बाबा–आप से एक आग्रह है क्षण–भर भी आप यहाँ न विराजें, गोविन्ददास को लेकर शीघ्रतापूर्वक यहाँ से चले जायें...।

चैतन्यदेव को यहाँ ठहरने से क्या सरोकार था, मिश्री घुली वाणी प्रस्फुटित हुई–मुझे तो सिर्फ़ अपना गोविन्ददास चाहिए।

अपना गोविन्ददास सुनकर चीत्कार मारकर गोविन्ददास चैतन्यदेव के चरणों पर गिर पड़ा...। चैतन्यदेव ने उसे अपने अंक में भरकर उठाते हुए कहा–गोविन्ददास, मैंने मल्लार स्वामी को वचन दिया है कि वे जब तुम्हें मुक्त कर देंगे तो मैं एक क्षण भी यहाँ नहीं ठहरूँगा, शीघ्रतापूर्वक चलो...।

गोविन्ददास का सिर लज्जा से झुका जा रहा था। उसे दुखी देखकर चैतन्यदेव ने जिज्ञासा की–इन लोगों ने तुम्हें पकड़ कैसे लिया...तुमने ईश्वर को नहीं पुकारा?

–कैसे पुकारता देव, जब मैं स्वयं अपनी इच्छा से गया था, पर एक बात यह नहीं समझ पा रहा हूँ कि इस यात्रा के दौरान, डाकू से लेकर देवदासी तक, राजा से लेकर प्रजा तक आपके संसर्ग में आकर दुरात्मा से शुद्धात्मा हो गये...पर मैं क्यों नहीं। गोविन्ददास फूट–फूटकर रो रहा था–अब चाहे जो हो जाये...इस लोभरूपी पिशाच को कभी भी अपने पास नहीं फटकने देगा।

24

प्रारब्ध भी गोविन्ददास की परीक्षा लेने के लिए कमर कसे हुए था तभी तो चैतन्यदेव के कुमर्म पहुँचते ही सबसे पहली भेंट वासुदेव से हुई जो शहर से दूर, बहुत दूर एकान्त में एक झोंपड़ी में रहता था...। रहता क्या था, रख दिया गया था अपने परिवारवालों के द्वारा...। परिवारवाले भी क्या करते...? कैसे प्रेम कर पाते उस कुष्ठ रोगी से...? किसे अपनी जान प्यारी नहीं होती...?

वासुदेव अकेले रहता था, जो मिल जाता वही खा–पी लेता। कभी पेड़–पौधे से कुछ मिल जाता तो कभी किसी सहृदय प्राणी से, उसी से गुज़ारा करता था। सहृदय से सहृदय व्यक्ति भी वहाँ की हवा से स्पर्शित होने से बचने की कोशिश करता था।

चैतन्यदेव सीधे प्रविष्ट कर गये वासुदेव की कुटिया में। गोविन्ददास ने रोकने की चेष्टा भी की–देव, कुष्ठी के इतने क़रीब न जायें, बाहर ही आसन ग्रहण करें। पर चैतन्यदेव बाहर रुकने तो आये नहीं थे, अधखुली आँखों से अन्दर प्रविष्ट हो गये। वासुदेव विकल होकर कराह रहा था। परन्तु अन्दर के दृश्य को देखकर कोई भी व्यक्ति अर्द्धचेतनावस्था में गये बिना नहीं रह सकता था। उसके शरीर में पड़े हुए कीड़े उसके गलित कुष्ठ घाव से निकलकर इधर–उधर रेंगते हुए बाहर आ रहे थे, जिन्हें भी पकड़–पकड़ कर अपने घावों के अन्दर डालकर पुचकारते हुए बुदबुदा रहा था–'भैया बाहर तुम किसी के पैरों तले कुचलकर दब जाओगे यहाँ खाने का आहार तो मिलेगा...।'

गोविन्ददास की क्या, चैतन्यदेव की भी आँखें आश्चर्य से विस्फारित होकर फैल गयीं। 'ईश्वर तेरी सृष्टि में एक से बढ़कर एक मनुष्य हैं।' चैतन्यदेव ने आगे बढ़कर वासुदेव को गले लगा लिया...।

–देव, आप मेरा स्पर्श न करें...मुझे कुष्ठरोग है...आपके स्वर्ण सरीखे शरीर में पीव लग जायेंगे...वासुदेव ने अपने को आलिंगन से छुड़ाते हुए कहा।

पर चैतन्यदेव नहीं माने, पुनः उसे आलिंगनबद्ध करते हुए बोले–तुम्हारे जैसे मानवतावादी का स्पर्श करके मैं स्वयं पवित्र होना चाहता हूँ वासुदेव...।

रुक गये चैतन्यदेव...वहीं वासुदेव के पास...और इस बार गोविन्ददास भी प्रारब्ध की परीक्षा में सफल हो गया...। चैतन्यदेव के साथ वह भी वासुदेव की शुश्रूषा में लग गया, साफ़–सफ़ाई...जड़ी–बूटियों के प्रयोग और चैतन्यदेव के प्रेम के सामने कुष्ठ कितने दिन टिकता...?

और न चैतन्यदेव वहाँ अधिक दिनों तक टिक सकते थे...उन्हें भी अभी तक अपनी मंज़िल कहाँ मिली थी...? कन्याकुमारी से लेकर रामेश्वरम् कांचीपुरम् से लेकर श्रीरंगम्...सभी जगह छान मारा पर विश्वरूप दादा का कुछ भी पता नहीं चला था। चैतन्यदेव भी निराश होने लगे थे–दादा का पता नहीं चल पायेगा...।

दक्षिण के अन्तिम छोर से लौटते वक़्त पंढरपुर में दादा का पता चला..., अच्छा होता पता नहीं ही चलता।

पंढरपुर में ही माधवेन्द्रपुरी महोदय के भक्त श्रीरंगपुरी से चैतन्यदेव की भेंट हुई...। वह भी संयोग ही था कि चैतन्यदेव पर उन्हीं की नज़र पड़ी...। वे स्वयं उनके पास आकर बोले–आप बंगाली हैं महोदय...।

गोविन्ददास ने स्वीकृति में सिर हिला दिया...।

–मैं देखते ही समझ गया था...मैं भी एक बार बंगाल गया हूँ अपने गुरुदेव माधवेन्द्रपुरी जी के साथ...नदिया में अद्वैताचार्य जी के घर पर रुका था...। वहीं पर एक दम्पति से भेंट हुई थी...। उनका सर्वगुणसम्पन्न बेटा संन्यासी हो गया था, बड़ा ही होनहार लड़का था, किन्तु दैव की गति बड़ी न्यारी होती है...। संन्यास लेने के दो वर्ष बाद ही उसने यहीं पर अपना शरीर त्याग दिया...उसका संन्यास का नाम शंड्‌कराण्य था...।

चैतन्यदेव के बड़े–बड़े नेत्रों से आँसू टपकने लगे...। श्रीरंगपुरी को आश्चर्यचकित होकर अपनी ओर देखते देख रुँधे कण्ठ से चैतन्यदेव बोले–महापुरुष शंड्‌कराण्य स्वामी मेरे दादा थे...मेरे अग्रज...।

कुछ देर के लिए श्रीरंगपुरी भी चुप हो गये। वातावरण ही मौन हो गया...। थोड़ी देर बाद श्रीरंगपुरी ही ने पूछा–आप सब के सब संन्यासी हो गये कि घर पर और भाई भी है...?

घर पर...श्रीनारायण ही हैं, पिता रहे नहीं...वृद्धा माता हैं और...चैतन्यदेव की वाणी रुँध गयी...।

रात–भर चैतन्यदेव करवटें बदलते रहे...। दादा की स्मृतियाँ...मन को झकझोरती रहीं...। जिस समय दादा ने घर त्यागा था उसी समय से नन्हा निमाई सोचता था एक दिन जब वह बड़ा हो जायेगा...भारतवर्ष के किसी कोने से दादा को अवश्य खोज निकालेगा...चाहे वह कितने ही बड़े त्रिदण्ड स्वामी बन गये हों..., कितने ही बड़े साधक या सिद्ध बन गये हों..., उनके चरणों पर गिर जायेगा पर उन्हें लौटाकर एक बार तो अवश्य लायेगा माँ के पास...।

पर अब चैतन्यदेव क्या करें, कहाँ से लायें...उन्हें, क्या कहेंगे वे माँ को...? उठकर बैठ गये चैतन्यदेव...। इससे तो यही अच्छा था कि दादा के बारे में कुछ पता ही नहीं चलता...कम–से–कम सब इस आशा में तो रहते कि जीवन यात्रा के किसी मोड़ पर एक दिन शायद दादा टकरा जायें...। पर अब तो वे अलौकिक लोक की अशरीरी यात्रा कर रहे हैं...देव ने सिर थाम लिया...। इतनी हिम्मत नहीं है चैतन्यदेव में कि माँ को इस सच की जानकारी दे सकें...।

कितनी ही बार माँ को मर्मान्तक पीड़ा देने का कारण चैतन्यदेव बन चुके हैं, अब हिम्मत नहीं है...। वैसे भी दादा तो संन्यासी थे...उनसे क्या नाता? चैतन्यदेव स्वयं को समझा रहे थे, पर मन कहाँ समझने को तैयार था, एक–से–एक अनुत्तरित प्रश्न सामने आकर खड़े हो जा रहे थे– मैं क्या हूँ...एक संन्यासी...! अब क्या नाता है मेरा दादा से...? दादा गृहत्याग के बाद मात्र दो वर्ष ही जीवित रहे...। घर पर भी रहते तो माँ को उनकी मृत्यु की मर्मान्तक पीड़ा झेलनी ही पड़ती...माँ सहन कर लेती वे वीर जननी हैं...उन्हें बताना ही उचित होगा। दूसरे ही क्षण चैतन्यदेव उठकर कमरे में चहलक़दमी करने लगे–नहीं–नहीं, दादा के जाने के बाद माँ उनके वियोग की भयंकर पीड़ा से गुज़र चुकी हैं दादा उसी दिन उनके लिए...नहीं रह गये थे, देव ने निश्चय कर लिया...नहीं, माँ को नहीं बताऊँगा...।

–द्वारिकाधीश का दर्शन करते हुए जगन्नाथपुरी लौट जाना है, देव के मुख से निकला नहीं कि गोविन्ददास का मुखमण्डल खिल उठा। आख़िर कोई कूल–किनारा तो मिला। गोविन्ददास तो निश्चिन्त हो गया था कि इस गति में शायद ही इस जीवन में...बंगाल पहुँच पायेगा...। कितने दिन हो गये थे...दिन की कौन कहे वर्ष बीत गये थे उसे बंगला भाषा में बात करते हुए...।

चैतन्यदेव तो स्वयं बंगलाभाषी थे, पर जब से दक्षिण की यात्रा पर निकले थे वे बंगला बोलते कहाँ थे...तमिल से लेकर तेलुगु तक...कन्नड़ से लेकर मलयालम तक...महाराष्ट्र पहुँचे तो मराठी भी बोलना...सीख लिया...। वे गोविन्ददास से भी कहते–जहाँ जाओ, उस प्रदेश की भाषा सीखने का प्रयत्न करो...चैतन्यदेव गोविन्ददास को तमिल सिखाने के लिए और स्वयं भी सीखने के लिए आपस में संस्कृत मिश्रित तमिल भाषा में ही बात करते थे। गोविन्ददास बेचारा कितनी भी कोशिश करता पर उसके पल्ले न तमिल पड़ती, न तेलुगु...उसने मान लिया था...वह नहीं बन सकता बहुभाषी ज्ञाता। वैसे भी देव से बराबरी की होड़ उसे नहीं...करनी थी।

द्वारिका में बंगाल के विद्वत् समाज के शिरोमणि रामचरण बसु से भेंट होगी देव ने सोचा भी नहीं था। चैतन्यदेव उनसे मिलकर अतिप्रसन्न हुए। इतने दिनों बाद परिष्कृत और काव्यात्मक मधुर बंगला भाषा सुनना चैतन्यदेव को अच्छा लग रहा था। गोविन्ददास की जिह्वा कब से छटपटा रही थी बंगला बोलने के लिए और कान कब से बंगला भाषा सुनने के लिए तड़प रहे थे...। बंगला सुनते और बोलते...ही जैसे उसने कुछ पा लिया...सिर्फ़ बंगभाषा बोलने के कारण अपरिचित रामचरण बसु उसे परदेश में सिर्फ़ आत्मीय नहीं...प्रियतम आत्मीय प्रतीत हो रहे थे...। बेचारा गोविन्ददास भाषा प्रेम में बावला हो रहा था।

—क्यों गोविन्ददास...द्वारिकाधीश के दर्शन भी करने हैं या बंगभाषा के आनन्द में ही डूबे रहना है? चैतन्यदेव के बोलने पर गोविन्ददास चैतन्य हुआ।

द्वारिकाधीश के दर्शन के समय...भी चैतन्यदेव को वृन्दावन के किशोर श्याम का ही दर्शन होता रहा, ऐश्वर्य से सम्पन्न श्रीकृष्ण उनके मन–मस्तिष्क को प्रभावित नहीं कर पा...रहे थे, ऐसा गोविन्ददास को लग रहा था।

नन्दनन्दन...गिरिधारी...मोहन...गोविन्द...! ब्रज में नंगे पाँव गायों और ग्वाल–बालों के संग विचरते हुए...होंठों पर वंशी की मधुर तान छेड़ते हुए श्री राधा प्रेम में लिप्त चित्ताकर्षक स्वरूप ही हरि हमेशा मेरे नयनों में बसा रहे...देव बुदबुदा रहे थे।

अधरं मधुरं..., माधवेन्द्र पुरी जी के पद को गुनगुनाते हुए चैतन्यदेव को मन्दिर से बाहर निकलते देख...गोविन्ददास को अपनी आँखों पर विश्वास ही नहीं हुआ...। जब से चैतन्यदेव के साथ गोविन्ददास ने यात्रा प्रारम्भ की थी, श्रीकृष्ण का सिर्फ़ नाम सुनकर...ही उन्हें भाव समाधिस्थ होते देखा था और आज साक्षात् द्वारिकापुरी में देव को इतनी सामान्यावस्था में देखकर कैसे विस्मय में न पड़े?

देव आप ठीक हैं न, एक बार नहीं...दो बार नहीं...कई बार गोविन्ददास ने पूछा...।

चैतन्यदेव मुस्कुराने लगे; समझ गये—गोविन्ददास...यहाँ हमारे प्रभु राजऐश्वर्य में हैं, यहाँ चपलता ठीक नहीं...। गोविन्ददास भी समझ गया... देव हमेशा श्रीकृष्ण भावना से ही भावित रहते हैं...।

25

चैतन्यदेव के अलालनाथ पहुँचते ही जगन्नाथपुरी वासियों की अक्षयस्मृति में रहने वालों के मध्य विद्युत गति से...यह बात फैल गयी कि देव दक्षिण की यात्रा से लौट आये हैं...। फिर क्या था...जगन्नाथपुरी के भक्त और जनता–जनार्दन सहित राजा प्रतापरुद्र भी पहुँच गये...चैतन्यदेव की अगवानी के लिए...।

बस एक यही बात थी जगन्नाथपुरी में जो चैतन्यदेव को पीड़ा पहुँचाती थी, इतनी जय–जयकार...इतना जन कोलाहल...उनके मनोभाव को रास नहीं आता था। उस पर राजा की उपस्थिति राज कर्मचारियों से लेकर प्रजा तक के मन पर एक प्रभाव तो पड़ता था...और उस प्रभाव से प्रभावित–जनता भी होती ही थी...। इन बातों से चैतन्यदेव की परेशानी बढ़ जाती थी। इतनी जय–जयकार और इतना कोलाहल उनके मन में प्रसन्नता की जगह खिन्नता पैदा कर रहा था...। पर जगन्नाथ देव का दर्शन करते ही प्रेमपुरुष प्रेम विभोर हो गये...अपने स्वामी के दर्शन से वर्ष–दर–वर्ष वंचित रहने वाले चैतन्यदेव को एक पल का भी अलगाव महसूस नहीं हुआ था, वे बुदबुदा रहे थे–'नाथ...आपने मुझे वैसे ही पकड़ रखा है...जैसे बिल्ली अपने छोटे बच्चे को पकड़े रहती है, प्रभु! इतना जानता हूँ मैं आपको विस्मृत कर सकता हूँ...पर आप नहीं करेंगे।'

परन्तु दक्षिण यात्रा की स्मृति अक्षयस्मृति बनकर देव मन–मस्तिष्क को आच्छादित कर रही थी। कुछ अविस्मरणीय बातें बार–बार कौंध रही थीं। देवदासियों की दुर्दशा की स्मृति मन को मथ रही थी...। अभी भी उनका करुण–क्रन्दन कर्णरन्ध्रों में गूँज रहा था..., इन्दिरा माँ, मातृ स्वरूपा..., कितनी मधुर आवाज़ थी उनकी...इतना मीठा स्वर...संगीत निपुणा भी थीं...तभी तो संकीर्तन के संगीत से उनके भीतर छिपा भक्ति स्रोत फूट पड़ा। तभी तो उन्हें दुनिया नहीं सुहायी...। अपनी धन–सम्पत्ति ग़रीबों के बीच बाँटते हुए श्रीकृष्ण प्रेम में बावरी होकर...जाते वक़्त...सिद्ध गोपी सदृश दिख रही थीं...। चैतन्यदेव की आँखों के सामने...सारी देवदासियाँ अपने श्यामसुन्दर से मिलने की आकांक्षा में गोपियों के स्वरूप में ही परिणत होती दीख रही थीं। इस रूपान्तरण दर्शन से चैतन्यदेव की दन्त पंक्तियाँ चमकने लगीं...।

चैतन्यदेव को तिरुवांकुर की याद भी आ रही थी। उन्हें वहाँ घुटन–सी होने लगी थी। ऐसा प्रायः होता है, राजाओं, धनिकों की संगति में उनका

दम घुटने–सा लगता है...? श्रीकृष्ण ने गीता में उद्घोष किया है–मनुष्यों में मैं राजा हूँ फिर क्यों किसी राजा में वे दिखायी नहीं पड़ते?

तिरुवांकुर का राजा रुद्रपति ही कितना विद्वान था...श्रीमद्भागवत पर कितना सुन्दर सत्संग भी करता था। पर जब उसने देव को बुलाने के लिए कुछ लोगों को भेजा तो उन्होंने बिना एक क्षण विलम्ब के कह दिया–मैं किसी राजा के यहाँ नहीं जाता हूँ।

राजा रुद्रपति ने स्वयं उपस्थित होकर कहा–मुझसे अपराध हो गया, मुझे स्वयं आपके दर्शन के लिए आना चाहिए था। उस समय देव का मन भी अपराध–बोध से भर गया था...। सोचकर परेशान हो गये थे–क्या यह उनका अहं था...? क्यों नहीं सहज रह पाता राजाओं के बीच...? आज ही राजा प्रतापरुद्र के आने के पहले तक सहज थे उनके आने के बाद ही असहज होने लगे थे। देव बुदबुदा रहे थे–प्रभु, इसमें भी तुम्हारी ही कोई अदृश्य लीला तो नहीं? तेरी इच्छा समस्त संन्यासियों को मर्यादा में रखने की है इसलिए तू मुझे असहज कर देता है न...? चैतन्यदेव का मन हलका लग रहा था। स्वामी की इच्छा जो समझ गये थे, द्वन्द्व जो समाप्त हो गया था।

पर सबसे बड़ा द्वन्द्व तो अभी बचा ही था...अभी तो समर शेष ही था...। इस घनीभूत अवस्था में अनासक्त योगी साँवले–सलोने ने भी अपना हाथ चुपके से ही इनसे छुड़ा लिया। तभी तो निद्रावस्था में बच गये बस तीन–माँ और दादा के मध्य खड़े चैतन्यदेव...–दादा, तुम्हीं बताओ मैं क्या करूँ? कहाँ चले गये तुम...? अकेले मेरे ऊपर इतनी बड़ी ज़िम्मेदारी देकर...तुम तो मुझे छोटी अवस्था में छोड़कर गये थे...।

–अब छोटे से कहाँ रहे...? कितने बड़े हो गये हो निमाई..., चैतन्यदेव बन गये हो...पूरे भारतवर्ष में कौन है जो मेरे अनुज को नहीं जानता...? मेरी मृत्यु की इतनी छोटी–सी बात...इतने बड़े चैतन्यदेव को माँ से बताने में इतनी परेशानी हो रही है? जिसके सामने दिग्विजयियों की जिह्वा मौन हो जाती है, वह इतना मजबूर क्यों है?

–दादा, मैं आपके और माँ के सामने कैसे बड़ा बन सकता हूँ...चैतन्यदेव भी नहीं बन सकता...? मेरी बोलती माँ के सामने सचमुच बन्द हो जाती है...। वैसे भी माँ से कैसे कहूँ दादा? अपराधी जो हूँ उनका..., आपके जाने के बाद भी अपने कर्तव्य का निर्वाह कहाँ कर सका...? आपने मेरे भरोसे ही तो छोड़ा होगा..., मैं आपके भी भरोसे को तोड़ने का अपराधी हूँ...। अपराधी कैसे किसी का सामना करे...?

—उफ़ निमाई...तुम सचमुच बहुत भावुक हो...तुम क्यों अपने को अपराधी मान रहे हो...? मनुष्य के भरोसे का क्या मतलब है...आज है कल नहीं...एक काँच की चूड़ी भी सुरक्षित रखने पर कुछ वर्षों तक टिकाऊ रह सकती है पर—मनुष्य...? कितना क्षणभंगुर है मानव जीवन...? मैं तो माँ को नारायण के भरोसे छोड़ आया था...।

—पर दादा, आप हैं कहाँ...वह स्थान कैसा है? चैतन्यदेव को दादा... बिल्कुल उतने ही बड़े दिखायी पड़ रहे थे जितनी बड़ी...अवस्था में घर छोड़ कर गये थे...।

—अलौकिक...जिस पद, प्रतिष्ठा, धन के लिए हम मनुष्य से शैतान बन जाते हैं निमाई...यहाँ का जीवन उससे बिल्कुल अलग है...। यहाँ आकर जाना कि दुनिया का सबसे बड़ा पुरस्कार भी कितना नगण्य है, उसका कोई मोल ही नहीं।

—और बाबा...उनसे मिले आप...पता है दादा आपके जाने के बाद माँ की क्या हालत हुई थी और बाबा...? चैतन्यदेव को सबकुछ जान लेने की जल्दी थी पर नींद टूट गयी, सूर्योदय होने ही वाला था, न दादा थे, न माँ।

चैतन्यदेव ने शीघ्रतापूर्वक शयनासन का त्याग किया। आज गोविन्ददास को नदिया जाना है...शची माँ के लिए रामेश्वरम् और द्वारिका का प्रसाद और वस्त्र भी भेजना है...।

गोविन्ददास को प्रसादी देते हुए चैतन्यदेव ने कहा—गोविन्ददास...! माँ के चरणों में मेरा प्रणाम निवेदन करना और उनसे कहना—उनका निमाई सदा उनका स्मरण करता रहता है...दक्षिण की यात्रा में भी एक पल उनसे अलग नहीं रहा।

गोविन्ददास चला गया...चैतन्यदेव की आँखों से जब तक ओझल नहीं हो गया उसे देखते रहे...और देखते—देखते उनकी आँखें शची माँ को भी देखने लगीं जो प्रसादी को लेकर अपने सिर माथे पर चढ़ा रही थीं...। शची माँ ख़ुश हो रही थीं...वे गोविन्ददास से पूछ रही थीं—दक्षिण में कहाँ—कहाँ गये तुम लोग...?

—कहाँ नहीं गया माँ...रामेश्वरम्, कन्याकुमारी, तंजावुर, त्रिबन्ध... पंढरपुर...द्वारिका..., गोविन्ददास उल्लसित होकर बता रहा था पर पंढरपुर सुनकर चैतन्यदेव सहम गये...।

'कुछ विश्वरूप का पता चला...? मैंने बाल्यावस्था में ही निमाई को निषेध किया था तुम कभी भी विश्वरूप की खोज में नहीं जाओगे...।'

पर निमाई ने कहा था–'बड़ा होकर दादा को अवश्य खोज निकालूँगा...।' माँ की डूबती आवाज़ जगन्नाथपुरी में चैतन्यदेव को सुनायी पड़ रही थी।

चैतन्यदेव की साँसें थम गयीं। भोला गोविन्ददास! किसी के भी फुसलाने पर बहल जाने वाला...बता ही देगा...। चैतन्यदेव ने अपनी आँखें और कान दोनों बन्द कर लिए...। पर आश्चर्य, भोला गोविन्ददास...इतना भोला नहीं निकला..., माँ को हृदयविदारक समाचार देने का साहस नहीं कर सका...प्रंसग ही बदल दिया...।

चैतन्यदेव उठ खड़े हुए...। अब नदिया जाना ही होगा इस बार बिना किसी सूचना के जाऊँगा...देखूँगा प्रेमदाता श्रीपाद के बंगाल में...प्रेम की कैसी लहरें प्रवाहित हो रही हैं।

एक स्थान पर और जाना है जो नदिया से भी आगे, बहुत आगे है, जिस दिन काषाय वस्त्र धारण किये थे और सिर मुँड़ाकर...चैतन्यदेव बने थे, जिस तिथि को ईश्वर पुरी पाद से दीक्षा लिया था...उसी दिन से जहाँ जाने के लिए, नदिया लौटने को तैयार तक नहीं थे...वहाँ भी तो जाना है...। चिन्मय वृन्दावन उन्हें अपनी ओर आकृष्ट कर रहा था, वही वृन्दावन...'मधुर–मधुर बंसी बाजे सेई वृन्दावन'...चैतन्यदेव का सारा शरीर रोमांचित हो गया...। वृन्दावन चैतन्यदेव का गुप्त धन था...ठीक वैसे ही जैसे किसी कंजूस ग़रीब के हाथ की स्वर्णमुद्रा...। चैतन्यदेव मानसिक वृन्दावन से शायद ही कभी बाहर निकलते थे...पर जब से दक्षिण की यात्रा करके लौटे थे...गुप्तधन वृन्दावन...को गुप्त नहीं रख पा रहे थे...।

तभी तो पर्वत को देखते ही उस दिन भावसमाधि लग गयी...धीर–गम्भीर चैतन्यदेव दौड़ने लग गये, उनके पीछे–पीछे स्वरूप दामोदर–'देव, रुकिये देव...।'

पर चैतन्यदेव कहाँ रुके...'हा वृन्दावन..., हा वृन्दावन, राधाकुण्ड... श्यामकुण्ड गिरिगोवर्धन...गिरिगोवर्धन' करते हुए तप्त पर्वत पर नंगे पाँव दौड़ते ही चले गये...। मध्य दुपहरी में नग्न चट्टानों वाला पर्वत कितना गर्म हो गया था...। चैतन्यदेव के सफ़ेद पैर लाल सिन्दूरी रंग में परिवर्तित हो गये थे...तलुवों के नीचे फफोले पड़ गये थे...पर उन्हें होश कहाँ था? जब चेतना लौटी तो संकुचित होकर बैठ गये...।

पर अब कंजूस के पास धन छिपाने का सामर्थ्य घटता जा रहा था...। जगन्नाथ दर्शन करने के पूर्व समुद्र स्नान करने का देव का प्रतिदिन का नियम था। समुद्र जाने के मार्ग के मध्य ही रहते थे हरिदास।

उनसे भेंट करने देव प्रतिदिन उनकी कुटिया में कुछ देर अवश्य ठहरते ही थे...। पर उस दिन आगे बढ़ गये। अपनी ही धुन में बढ़े चले जा रहे थे। वे धीरे–धीरे बुदबुदा रहे थे–हा वृन्दावन...हा वृन्दावन...। आगे चैतन्यदेव थे, पीछे थी पूरी मण्डली...। जब तक लोग अपने वस्त्र उतारते, तब तक शस्य श्यामल बहते हुए समुद्र को 'जय यमुना' कहते हुए चैतन्यदेव ने उसमें छलाँग लगा दी...यमुना भी श्यामल...समुद्र भी श्यामल...और उनके श्याम भी श्यामल...तीन श्यामल के बीच अकेले गौरांग...चैतन्यदेव अपने पर नियन्त्रण नहीं रख सके...।

'देव...देव' जब तक सार्वभौम भट्टाचार्य ने आवाज़ दी तब तक...तो समुद्र की उफनती लहरें उन्हें अपने साथ इतनी दूर लेकर चली गयीं कि सबके होश उड़ गये...। भयाक्रान्त स्वरूप दामोदर भी कूद पड़े उनके पीछे...। उनके कूदते ही एक...दो...तीन करते–करते पचासों लोग कूद पड़े....। सागर तट पर खड़े लोग तो जैसे निष्प्राण हो गये थे। सागर भले ही उन्मादित होकर अगम्भीर गर्जन कर रहा था, परन्तु तट पर निस्तब्ध नीरवता विराजमान थी। सागर में मछुआरे मछली पकड़ना छोड़कर अपने जाल को इधर–उधर फेंकते हुए जगन्नाथ से टेक लगा रहे थे–अनाथों के नाथ जगन्नाथ, भले ही आज के बाद मेरे जाल में एक भी मछली नहीं फँसे पर आज इतनी कृपा कर दो कि देव मेरे जाल में फँस जायें। जगन्नाथ इतनी शीघ्रतापूर्वक इनकी प्रार्थना कबूल कर लेंगे मछुआरों ने कहाँ सोचा था। मछुआरों की भीड़ ने जाल को अपनी ओर खींचते हुए कसकर आवाज़ लगायी–जय जगन्नाथ...। जाल में चैतन्यदेव हो सकते हैं नैराश्य भक्तों ने कल्पना भी न की थी। स्वरूप दामोदर भावावेश में देव को जाल से निकालने की जगह जिस मछुआरे के हाथ में जाल था, उसके पैरों पर गिर पड़ रहे थे। तटीय जनमानस के होंठों पर मुस्कान थी और आँखों में आँसू छलछला रहे थे...।

उन सबकी छलछलाती आँखों को देखकर...चैतन्यदेव शर्मिन्दा हो रहे थे, आरक्त मुख से उन्होंने कहा–'आप लोगों को बहुत परेशानी होती है न...मेरी नादानियों के कारण। अबोध समझकर क्षमा कर दीजियेगा...।'

–देव...कृपया शर्मिन्दा न करें, स्वरूप दामोदर बोले।

सम्पूर्ण रात्रि परेशान ही रहे चैतन्यदेव, आजकल उन्हें क्या होता जा रहा है...? किसी भी पर्वत को देखते हैं तो उसमें गोवर्धन का दर्शन होने लगता है...समुद्र में...यमुना का दर्शन होता है...जंगल में वृन्दावन दिखायी

पड़ता है। यह क्या हो रहा है मतिभ्रम या दृष्टिभ्रम...? चैतन्यदेव जितना ही सोचते, मामला उतना ही उलझता जा रहा था।

शायद चिन्मय वृन्दावन धाम उन्हें अपनी ओर तीव्रतापूर्वक आकर्षित कर रहा था। पिछले दस–बारह वर्षों से वृन्दावन धाम के नाम से ही हृदय में जैसे प्रेम की कटारी से गड़ी ऐंठन होने लगती थी। शची माँ ने देव को जगन्नाथपुरी में वास की ही आज्ञा दी, वृन्दावन मन में ही बसा रह गया। नीलांचल से चिन्मय वृन्दावन धाम का दर्शन सम्भव नहीं था, श्री वृन्दावन जाने के ख़ामख़याल से देव स्फूर्तवान हो उठे।

26

वृन्दावन के अलावा...एक और स्थान था जहाँ से प्रेम की डोर अहर्निश उन्हें अप्रेम के बन्धन से बाँध लेने के लिए प्रयासरत थी..., वह स्थान था–जगन्नाथपुरी और वृन्दावन के बीच बसा–नवद्वीप।

उस डोर के प्रति चैतन्यदेव की सारी संवेदनशीलता कहाँ चली जाती थी?...कितनी कठोरता से उस डोर को तोड़ने का प्रयत्न करते थे, परन्तु प्रत्येक बार असफलता ही हाथ लगती थी। फिर भी न हताश होते और न भावुकता का दामन ही थामते...। हर बार...उस पुकार को अनसुनी कर देते...। पर ऐसी बात नहीं थी कि इस पुकार को अनसुनी करने में उन्हें पीड़ा नहीं पहुँचती थी...। भयंकर पीड़ा होती थी...। समझ सकते थे उस स्त्री की पीड़ा को जिसे उन्होंने संन्यासी बनने की झोंक में अपने प्रियतम से अलग कर दिया था।

कोई भी दिन ऐसा नहीं था, जिस दिन विष्णुप्रिया चिट्ठियाँ नहीं लिखती, पर पता नहीं क्या हो जाता कि पढ़कर तुरन्त फाड़ देती...। क्या लिखती...; प्रियतम या स्वामी...? एक संन्यासी के पास उसकी पत्नी की चिट्ठी आयी है...इससे बड़ी शर्मिन्दगी उस संन्यासी के लिए क्या होगी। क्या बीतेगी उस समय देव पर...? लज्जा से उनका सिर झुक जायेगा...खीज कर विष्णुप्रिया चिट्ठी फाड़कर फेंक देती...।

कांचना कहती भी–दीदी, कम–से–कम एक बार तो निमाई पण्डित को अपने मन की बात लिखकर भेजिए...प्रत्येक दिन लिखती हैं और फाड़ कर फेंक देती हैं, दीदी, वे कैसे आपके दर्द को...जान पायेंगे?

–अब वे तुम्हारे निमाई पण्डित नहीं हैं पगली, चैतन्यदेव बन गये हैं...उन्हें क्या लिखकर भेजूँ...?

विष्णुप्रिया पृष्ठों पर अंकित शब्दों को फाड़ सकती थी और फाड़ देती भी थी पर ह्रदय से निकली हुई आह...को रोकने का सामर्थ्य किसमें था? विष्णुप्रिया में तो नहीं था...उनके विष्णु में भी नहीं था। और उस आह को अपने पास नहीं आने देने की शक्ति संन्यासी चैतन्यदेव में भी नहीं थी...।

विष्णुप्रिया अपने दुख...दर्द की गाथा को लिखकर नदिया में फाड़ती थी और यहाँ चैतन्यदेव का ह्रदय विदीर्ण होने लगता था...। आज फिर चैतन्यदेव का ह्रदय ज़ोर–ज़ोर से धड़क रहा था...विष्णुप्रिया ने आज भी बड़ी कारुणिक पाती लिखकर फाड़ी थी।

अदृश्य कारुणिक पाती देव के पास पहुँच गयी थी तभी तो वे मन–ही–मन निश्चय कर रहे थे–चाहे जो कुछ हो...वृन्दावन जाने से पहले एक बार विष्णुप्रिया से ज़रूर मिलूँगा...। पर क्या कहूँगा उससे...? भले ही कुछ भी नहीं कह पाऊँ पर मुझे देखकर ही वह सब कुछ समझ जायेगी...। पिछली बार भी शान्तिपुर गया था। समस्त नवद्वीपवासियों से मिला, एक नहीं मिला था तो सिर्फ़ विष्णुप्रिया से...। कितनी तकलीफ़ उसे हुई होगी...? क्या सोचती होगी मेरे बारे में..., एक क्रूर पति...? इससे बढ़कर एक पति की क्रूरता क्या हो सकती है, अकल्पनीय क्रूरता मैंने उसके संग की है। ...उसे बीच मँझधार में जीवन की नाव खेने के लिए अकेले छोड़ दिया...? पर मैं जानता हूँ विष्णुप्रिया कभी भी मुझे क्रूर नहीं समझेगी। उसे पता है मैं उससे कितना प्रेम करता था और आज भी करता हूँ...। प्रेम का मतलब यह नहीं होता कि पति–पत्नी हमेशा एक साथ ही रहें...। पति होने के पहले भी, जीव का असली स्वरूप क्या है...? 'जीवेर स्वरूप हय नित्यकृष्ण दास...' विष्णुप्रिया का भी असली स्वरूप तो वही है...। वह भी तो नित्यकृष्ण दास है।

विष्णुप्रिया आज भी अपने को गौर प्रिया मानती है। इसी से दुखी है...। हालाँकि उसे पता है...वह विष्णुप्रिया है...। बस एक बार जाकर उसे उसके स्वरूप की स्मृति दिलानी है, वह मेरे मिलन के पूर्व से ही विष्णुप्रिया बन चुकी थी।

मैं तो अब जाकर बन पाया हूँ कृष्णप्रिय..., चैतन्यदेव शून्यत्वमय अनुभूति की चिन्तन धारा में स्वयं से वार्तालाप कर रहे थे–हाँ विष्णुप्रिया..., तुम्हारा निमाई पण्डित...सिर्फ़ बाह्यरूप से चैतन्यदेव बना है...उसका अन्तर तो तुम बन गया है। तुम मेरे वियोग में दुखी रहती हो और मैं...भी अपने

प्रियतम के वियोग में दुखी रहता हूँ...। मेरा और तुम्हारा दोनों का एक ही दुख है–वियोग का दुख–अपने–अपने प्रियतम के वियोग का दुख, बस एक ही अन्तर है कि दोनों के प्रियतम दो हैं। मैं चाहता हूँ कि हम दोनों के प्रियतम एक हो जायें...तो न तुम दुखी रह जाओगी और न मैं अपराध–बोध से ग्रसित रहूँगा...।

अचल मुद्रा का त्यागकर चैतन्यदेव ने हाथ–मुँह धोया...सूर्योदय होने ही वाला था...प्राची दिशा लाल हो रही थी...और उस लालिमा के बीच एक स्वर्णिम गोला उदय हो रहा था...चैतन्यदेव गुनगुना रहे थे...।

कितनी कृपा की तुमने जो
अपने इतने नाम बनाये...
कृष्ण, माधव, गोविन्द...
किससे करूँ मैं प्रेम...

स्वरूप दामोदर और काशी मिश्र को अपनी ओर आते देख चैतन्यदेव ने गुनगुनाना बन्द करते हुए कहा–सवेरे से आपकी बाट जोह रहा था... सोचता हूँ नदिया होते हुए ही श्री वृन्दावन धाम के दर्शन कर आऊँ...।

दोनों चुप रहे, क्या कहते...? जगन्नाथपुरी से वृन्दावन की इतनी अधिक दूरी...। अभी दक्षिण यात्रा की थकान ठीक से उतरी भी नहीं होगी...काशी मिश्र सोच रहे थे। लेकिन स्वरूप दामोदर की दूसरी चिन्ता थी...'समुद्र देखकर यमुना की प्रतीति होती है तो समुद्र में कूद जाते हैं...किसी भी पर्वत को देखकर गोवर्धन का स्मरण होने लगता है...तो नंगे पाँव पहाड़ पर चढ़ने लग जाते हैं, तमाल पेड़ पर दृष्टि जाती है तो वृन्दावन की प्रतीति होने लगती है...और यदि देव वृन्दावन पहुँच जायेंगे...तो इनकी क्या स्थिति होगी...? इतना अधिक भाव यह पंचभौतिक शरीर कैसे सहन कर सकेगा...? क्या देव भाव समाधि से निकल पायेंगे...? कैसे निकलेंगे...चिन्ता से स्वरूप दामोदर के माथे पर बल पड़ रहे थे...।

–आप लोगों ने मौन व्रत ले लिया है? आज्ञा नहीं देंगे जननी, जन्मभूमि और ब्रजभूमि के दर्शन के लिए...? जिसके लिए मेरी आत्मा तड़प रही है, दीर्घ साँस छोड़ते हुए देव ने कहा।

–देव..., आपको आज्ञा देने की हिमाक़त कौन कर सकता है...? माता आपकी बाट जोहते रहने के कारण जीवित हैं...यह हमें पता है...। आपको अवश्य जाना भी चाहिए। पर क्या कहूँ...देव, ऐसा क्यों लग रहा है जैसे शरीर से आत्मा बाहर जा रही हो? काशी मिश्र बोले...।

—यह तो आपका प्रेम है...मिश्र जी...पर वियोग और संयोग का खेल ही तो जीवन है...। जीवन गतिमान है...नदी की तरह, नदी रुक जायेगी तो नदी नहीं रह जायेगी...तालाब बन जायेगी...ठहरा हुआ जल...जहाँ जल कलकल कर नहीं बहता...। फिर जीवन में भी सड़ाँध आ जायेगी, जैसे स्थिर जल में आ जाती है..., चैतन्यदेव ने कहा...।

एक कान से दो कान और दो कान से धीरे—धीरे सम्पूर्ण जगन्नाथपुरी में यह बात फैल गयी—देव वृन्दावन जा रहे हैं...। चैतन्यदेव से सम्बन्धित कोई भी बात हो, छोटी या बड़ी इतनी द्रुत गति से फैलती कैसे थी...? इसे तो सार्वभौम भट्टाचार्य भी नहीं समझ पाते थे...। वे स्वयं इस भीड़ से परेशान थे...। उन्हें भी क्षण—भर का एकान्त नहीं मिलता था, जिसमें उनसे अपने मन की दो बातें कर सकें। अभी कुछ दिन पूर्व ही दक्षिण की यात्रा से लौटे हैं...और इतना शीघ्र पुनः वृन्दावन जाने की तैयारी..। अभी तो सार्वभौम ने ओस की कुछ बूँदें ही चखी थीं...पानी की चन्द फुहारें भी पड़ जातीं...तो लगता मन कुछ भीगा...। पर आज कुछ भी हो चैतन्यदेव को अपने घर ले जाऊँगा भोजन कराने...। बिना एक क्षण गँवाये ही सार्वभौम चल दिये देव के पास और पहुँचते ही अपने मन की बात कह दी।

सार्वभौम भट्टाचार्य की एक बात नहीं मानी देव ने, एक महीने तक प्रत्येक दिन उन्हीं के घर भोजन ग्रहण करना भला कैसे सम्भव था!

—यह कैसे सम्भव है आचार्य...? आप स्वयं ज्ञानी हैं। क्या एक संन्यासी के लिए यह सम्भव है कि वह एक ही गृह में एक मास तक निरन्तर भोजन करे?

—दरअसल देव, षाठी की माँ का विशेष आग्रह है...एक स्त्री है न...और माँ भी...वो कहाँ समझती है आपके ज्ञान और संन्यास को...?

—समझने की ज़रूरत भी उन्हें कहाँ है...? माँ की बात है, तो एक सप्ताह की आज्ञा तो माननी ही होगी...। चैतन्यदेव ने मुस्कुराते हुए कहा।

—इतने सारे व्यंजन...कितने लोगों का निमन्त्रण है...? और इतने विविध व्यंजन...संन्यासी के लिए ग्राह्य नहीं हैं...आचार्य...।

—बस देव, आज—भर प्रसाद पा लीजिए, कल से आप जो भी रुखा—सूखा भोजन करेंगे वही बनवाऊँगा। देव, षाठी की माँ का हृदय बिंध जायेगा...।

अब चैतन्यदेव कितनी माँओं का दिल तोड़ते रहते...उन्हें भी डर लग रहा था...मातृशक्ति को दुख पहुँचाने में...।

—लेकिन आचार्य बस आजभर..., प्रसाद के बहाने छप्पन भोग खाना संन्यासियों को शोभा नहीं देता। सार्वभौम भट्टाचार्य चैतन्यदेव को भोजन भी करा रहे थे और बार–बार दरवाज़े की ओर भी देख रहे थे। शायद किसी का इन्तज़ार कर रहे होंगे...चैतन्यदेव ने सोचा...।

पर सार्वभौम महोदय को इन्तज़ार नहीं था, बल्कि कहीं अमोघ आ न जाये, इस भय से बार–बार शंकित नयनों से घर के बाहर निहार रहे थे...। सार्वभौम महोदय का भय निर्मूल भी नहीं था...। अमोघ उनका जामाता था...एक पुत्र था चन्दनेश्वर और एक पुत्री थी–षाठी। अमोघ षाठी का पति था...। षाठी अपने पति के साथ पितृगृह में ही रहती थी...। अमोघ था तो कुलीन ब्राह्मण...उत्तम कुल का, पर...घोर नास्तिक था...। अपनी सारी बुद्धि और ज्ञान को ईश्वर के अस्तित्व को नकारने में ही लगाता रहता था। सार्वभौम नहीं चाहते थे कि अमोघ और चैतन्यदेव आमने–सामने पड़ें। उसका क्या ठीक, क्या कर बैठे? बहाना बनाकर घर से बाहर भेज दिया था। परन्तु चैतन्यदेव का भोजन समाप्त भी नहीं हुआ और वह लौट आया। सार्वभौम ने उसे बाहर ही रोका...वे स्वयं मुख्य द्वार पर ही बैठ गये...। अचानक चैतन्यदेव के हाथ से जल भरा गिलास छूट गया। सार्वभौम जल लेने रसोईघर गये और इधर अमोघ अन्दर आ गया...। घर के अन्दर आते ही सर्वप्रथम उसकी दृष्टि चैतन्यदेव और उनके आगे रखे विविध व्यंजनों और मात्रा पर पड़ी। उसने कटुता के साथ कहा–'अरे बाप रे! यह संन्यासी है या...आफ़त...? इतना भोजन कोई एक आदमी अकेला कैसे कर सकता है? बीस आदमी मिलकर करें तब भी समाप्त नहीं होगा'...। उसकी आवाज़ सुनते ही सार्वभौम महोदय भागते आये। अपना माथा पीट लिया, चैतन्यदेव से क्षमायाचना करने लगे...।

चैतन्यदेव ने मुस्कुराकर कहा–आप ही बतायें आचार्य, अमोघ ने क्या ग़लत कहा है, उसने सच्चाई ही तो बयाँ की है...एक संन्यासी का इतना भोजन करना क्या उचित है?

षाठी और उसकी माँ का भी मन विक्षुब्ध हो गया...सारी मेहनत पर इस दुष्ट ने पानी फेर दिया। षाठी ने अमोघ से कोई बात नहीं की, उसकी माँ और सार्वभौम का तो सवाल ही नहीं उठता था...। अमोघ घर से बाहर निकल गया...। बाहर जाकर क्या खाया–पीया भगवान जाने, पर उसे दस्त और उल्टी दोनों होने लगीं। सैकड़ों दस्त और उल्टी...के बाद वह निस्सहाय अवस्था में बाज़ार में ही गिर पड़ा...। बीस आदमी का भोजन

किया उस संन्यासी ने और उल्टी–दस्त उसे कैसे होने लगे...अमोघ की समझ में कुछ नहीं आ रहा था।

समझ में आने की बात भी नहीं थी, अमोघ को और सोचने का समय भी नहीं मिला...बेहोश होकर भरे बाज़ार में ही गिर पड़ा। शोर मच गया, सार्वभौम महोदय का जँवाई...है, पर इस संक्रामक रोग के रोगी का स्पर्श कौन करे? सार्वभौम का एक शिष्य किसी तरह उसे टाँग–टूँगकर घर ले आया। घनघोर रात्रि थी...चैतन्यदेव शयन के लिए जा ही रहे थे तभी उन्हें ज्ञात हुआ, बिना एक पल गँवाये...दौड़ते हुए भागे। अमोघ की नाड़ी धीमी पड़ रही थी...साँसें उखड़ रही थीं...। उसके वस्त्र उल्टी और मिट्टी से सने थे। सार्वभौम उदासीन होकर बैठे थे, षाठी विधवा विलाप नहीं कर रही थी और उसकी माँ निर्विकार अवस्था में थीं।

चैतन्यदेव पर दृष्टि पड़ते ही सार्वभौम ने कहा–अपने कर्मों का फल भोग रहा है, ऐसे पति के साथ रहने से अच्छा है षाठी विधवा बनकर जीवनयापन करे।

देव ने आश्चर्यचकित दृष्टि से सार्वभौम को देखा–अभी इन बातों का समय नहीं है।

–यह मेरा नहीं, षाठी का विचार है, देव।

चैतन्यदेव के पास तर्क–वितर्क करने का समय नहीं था। अमोघ के गन्दे कपड़ों को स्वयं अपने हाथों से बदलकर उसकी शुश्रुषा में लग गये...।

कुछ देर बाद ही उसके नेत्र खुल गये...आँख खुलते ही प्रथम दृष्टि पड़ी चैतन्यदेव पर जो उसके हाथों को रगड़–रगड़कर गर्माहट पैदा कर रहे थे और मुख से हरे कृष्ण महामन्त्र का जप कर रहे थे...।

अमोघ का मन लज्जा, ग्लानि और क्षोभ से भरा जा रहा था...इच्छा तो यही हो रही थी...बन्द आँखें खुलें ही नहीं। चैतन्यदेव को मुस्कुराते देखकर वह शरम से गड़ता जा रहा था...उसके दोनों नेत्रों के कोनों से आँसू ढलककर गालों पर गिर रहे थे...।

चैतन्यदेव ने अपने कर से उसके आँसू पोंछते हुए कहा–अमोघ, तुमने सत्य कहा था। मैंने आचार्य महोदय से स्वयं कहा भी था–बीस जनों का भोजन अकेले कैसे करूँगा...? पर आचार्य माने ही नहीं...। भोजन के बाद आसन से उठा तक नहीं जा रहा था,...। सच पूछो तो यह हाल मेरा होना चाहिए था, तुम्हारा कैसे हो गया अमोघ...? लगता है तुमने मेरे आने वाले कष्ट को अपने ऊपर लिया...।

अमोघ चैतन्यदेव ही नहीं सार्वभौम के चरणों पर गिर गिड़गिड़ाकर क्षमा माँग रहा था। गाली देने वाले व्यक्ति की इतनी शुश्रुषा क्या साधारण मानव कर सकता है? सारे तर्क–वितर्क अब उसे बेमानी लग रहे थे। ईश्वर के अस्तित्व पर प्रश्नचिह्न लगाने वाले अमोघ को उसका ईश्वर मिल गया था।

27

चैतन्यदेव को तो अपने प्यारे के धाम वृन्दावन जाना था...नहीं रुकने वाले क़दमों से यात्रा पर निकल पड़े। उत्कल की सीमा समाप्त हो गयी थी, गौड़ देश की सीमा प्रारम्भ हो चुकी थी। जगन्नाथपुरी से यात्रा पर निकले कई दिन हो गये थे...। शाम हो गयी थी...। संझाबत्ती का समय हो रहा था...। सामने दलितों की बस्तियाँ थीं...। छोटी–छोटी झोंपड़ियाँ...एक क़तार में खड़ी थीं। उन झोंपड़ियों से धीमी–धीमी आवाज़ आ रही थी। चैतन्यदेव एकाग्रचित्त होकर सुनने लगे..., देव अपने साथियों को पीछे छोड़, लम्बे–लम्बे डग भरकर पहुँच गये, उस झोपड़ी के पास जिससे, मधुर आवाज़ आ रही थी–

'भज गौरांग कह गौरांग, लेह गौरांग नाम।
जे भजे गौरांग चाँद, शेइ आमार प्राण।।'
–'हरे कृष्ण' चैतन्यदेव ने आवाज़ दी...।

–आप...कौन, झोपड़ी से निकलती हुई स्त्री अपने चेहरे को आँचल से ढँकते हुए बोली।

–पहचाना नहीं, यही तो हैं हमारे गौरांग...गौरांग चाँद..., आगे बढ़कर एक बुज़ुर्ग ने उल्लसित स्वर में कहा।

–'गौरांग चाँद...!' पूरी अस्पृश्य बस्ती बाहर निकल आयी। स्वप्न में भी जिसके आने की कल्पना किसी ने नहीं की थी वे आज साक्षात् सामने खड़े थे...। अविस्मरणीय पल में बाल, वृद्ध, नर–नारी अवाक् खड़े निर्निमेष नेत्रों से देव को निहार रहे थे।

–'भज कृष्ण, कह कृष्ण लेह कृष्ण नाम, जेई जन कृष्ण भजे शेई आमार प्राण', कृपया, आप लोग इस पद का गायन करें...यही पद आपका कल्याण करेगा...। गौरांग भी उन्हीं का दास है, देव उन लोगों को समझाने की कोशिश कर रहे थे।

अनपढ़, गँवार...भोले–भाले लोग...यह भी नहीं जानते कि कृष्ण और गौरांग में क्या अन्तर है...। उन्होंने हाथ जोड़ कर कहा–देव! हम लोग नहीं जानते क्या गाना चाहिए और क्या नहीं पर इतना नित्यानन्द प्रभु ने बता दिया है कि श्रीकृष्ण नाम की प्रसन्नता ख़ातिर यह गीत गाओ...। देव! हम लोग श्रीपाद की बात नहीं छोड़ सकते...।

चैतन्यदेव का भी ऐसे विकट भक्तों से पाला नहीं पड़ा था...उन सब को अपने आनन्द में छोड़ देव आगे बढ़ गये। पूरी बस्ती में 'हरे कृष्ण' महामन्त्र की ध्वनि गूँज रही थी...। चैतन्यदेव के पग धीरे–धीरे उठ रहे थे और मन भ्रमर बनकर नित्यानन्द मकरन्द के चारों ओर मँडरा रहा था...।

नित्यानन्द कहाँ छोड़ना चाहते थे, निमाई पण्डित को एक क्षण के लिए भी...। पर निमाई पण्डित के चैतन्यदेव बनते ही कैसे श्रीपाद ने माँ के बूढ़े हाथों को अपने हाथों में थामकर देव को ऋणी बना लिया था। जब पहली बार चैतन्यदेव ने नित्यानन्द से कहा था–श्रीपाद...आप इतनी कृपा करें मुझ पर, बंगाल के बेचारे दीन, दुखी और दलित जनों के जीवन में आनन्द और आस्था का सैलाब प्रवाहित कर दीजिए...नहीं तो सब कुछ समाप्त हो जायेगा। उस समय नित्यानन्द ने हँसते हुए कहा था–देव, यह आपका काम है...मैं तो आपके पीछे–पीछे चलूँगा...।

चैतन्यदेव ने उन्हें गले से लगाते हुए कहा था–गौड़ देश की समस्याएँ अति जटिल हैं, श्रीपाद? छात्रों और आचार्यों ने ज्ञान का मतलब किताबी जानकारी समझ लिया है, लोगों की अनास्था बढ़ती जा रही है... हो सकता है लोग ऊबकर या घुटकर धर्म परिवर्तन की बात सोचने लग जायें...। धर्म परिवर्तन करके भी वे शान्ति से और आनन्द से नहीं रह पायेंगे...। श्रीपाद...एक अँधेरे से निकलकर दूसरे अँधेरे में चले जायेंगे, पर उनके जीवन का अन्धकार दूर नहीं हो पायेगा।

नित्यानन्द कुछ समझ ही नहीं पा रहे थे। इतना बड़ा दायित्व वे कैसे पूरा करेंगे...? मन में विचारों का तूफ़ान चल रहा था, चुपचाप सिर झुका कर बैठे थे...।

चैतन्यदेव उनकी उलझन समझ गये थे। आगे बढ़कर उनके हस्त को अपने कर में लेते हुए कहा था–श्रीपाद...आप मेरे भाई के समान नहीं, बड़े भाई ही हैं। इस तरह तटस्थ होकर मत बैठिए। मूर्ख, नीच, पापी, पण्डित, चाण्डाल से लेकर ब्राह्मण तक सभी को अपने प्रेम में प्लावित कर दीजिए...। कृष्ण नाम के आनन्द रस से सींच दीजिए...पूरे बंगाल को...।

नित्यानन्द ने कहा था–मैं तो कठपुतली हूँ, सूत्रधार तो आप हैं...'जिमि नचाइबो तिमि नाचबो...'।

गाँव के गाँव पार करते रहे चैतन्यदेव पर संकीर्तन की ध्वनि आनी बन्द नहीं हो रही थी...। चैतन्यदेव स्वयं भी आश्चर्यचकित हो रहे थे, नित्यानन्द ने कितना काम किया है...। कैसे इन्होंने गौड़ देश के अस्पृश्य वर्ग में इतनी अद्‌भुत आस्था उत्पन्न कर दी...। बौद्ध मान्यताओं वाला समाज किस क़दर आस्थाहीन हो गया था...। कितनी मेहनत की होगी श्रीपाद ने...! नित्यानन्द ने सिर्फ़ शची माँ और वैष्णवों को ही नहीं सँभाला पूरे गौड़ देश को ही सँभाल लिया...। चैतन्यदेव गुनगुना रहे थे–निमाई आमार प्राण रे,...प्रेमदाता निताई...।

देव के शान्तिपुर पहुँचने के पूर्व ही लाखों की संख्या में जनसैलाब उमड़ पड़ा, हरे कृष्ण के तुमुल घोष से...चारों दिशाएँ गूँज रही थीं। अद्वैताचार्य की आँखों से आँसू निर्झरित हो रहे थे। इस अविश्वसनीय दृश्य को देखकर आचार्य आश्चर्यचकित होकर चिन्तन कर रहे थे–देव ने कैसी प्रेरणा दी लोगों को..., कहाँ से इतना आत्मबल आया इनके अन्तस् में? चैतन्यदेव की अलौकिक विरह लीला का गूढ़ अर्थ क्या है? श्रीकृष्ण से उनका विरह एकांगी नहीं है...उनका विरह आमजनों की पीड़ा को भी अपने में समेट लेता था।

चैतन्यदेव गंगातट पर सामने से आ रहे थे...उनकी दोनों भुजाएँ ऊपर की ओर उठी थीं...उन्हें देखते ही जनसैलाब में एक नया जोश, एक नया उत्साह भर गया–'जय गौर हरि' से आकाश गूँज रहा था...। संन्यासी का मन भी अपना संयम नहीं रख सका। नदिया के जनसाधारण के प्रेम सागर में डूबने और उतराने लगा। इस सरल और सात्विक प्रेम में चैतन्यदेव को चारों ओर श्रीकृष्ण ही श्रीकृष्ण दृष्टिगोचर हो रहे थे...।

सामने खड़े अद्वैताचार्य और नित्यानन्द को देखते ही चैतन्यदेव ने उन्हें आलिंगनबद्ध कर लिया–आचार्य और श्रीपाद...आप लोग हुसैन शाह के भय को इस क़दर प्रजा के मन से समाप्त कर देंगे, यह मेरे लिए भी अकल्पनीय है।

–देव, यह सब आपकी मेहरबानी है...आपके चमत्कार की ऐसी कहानियाँ समाज में फैल गयी हैं जो न हम लोग जानते हैं और न आप ही...। हुसैन शाह भी अब इन संकीर्तनियों से घबराता है...नित्यानन्द हँसते हुए बोले...।

–श्रीपाद...आपने ग्राम–ग्राम भ्रमण कर अस्पृश्योद्धार का जो काम किया है, उसे अपनी इन खुली आँखों से देखकर आ रहा...देव अपनी

बात समाप्त भी नहीं कर पाये थे कि सामने से शची माँ को आते देख मौन हो गये।

शची माँ ने अपनी कोख से एक ऐसे पुत्र को जन्म दिया...जिसने दुनिया की पीड़ा और ईश्वर की साधना के लिए अपनी माँ से ही अनन्त दूरी बढ़ा ली, पर ईश्वर तो देखता है तभी तो उस एक पुत्र के बदले इस माँ के आँचल में हज़ारों पुत्र डाल दिये।

चैतन्यदेव को माँ के चरणों में झुकते देख नित्यानन्द के नयन भर आये...। जब–जब शची माँ पर नित्यानन्द की दृष्टि पड़ती वे देव की कठोरता के बारे में सोचने पर विवश हो जाते। पर आज माँ के चरणों में झुके देव को देखकर नित्यानन्द का पूरा भाव ही बदल रहा था।

नित्यानन्द सोच रहे थे–संन्यासी हो जाने के बाद व्यक्ति अपने माता–पिता से रिश्ता समाप्त कर लेता है...वह सिर्फ़ और सिर्फ़ अपने गुरु का शिष्य बनकर रह जाता है...पर चैतन्यदेव ने इन सारे बन्धनों को न स्वीकार करके दुनिया को एक नयी दृष्टि दी कि वे जड़ नियमों के बन्धन में बँधकर जड़ नहीं हो गये हैं बल्कि चैतन्य हो गये हैं।

नित्यानन्द स्वतः ही मुस्कुराये, देव ने एक नियम तोड़ा हो तब न, मेरे साथ क्या किया...बचपन के अवधूत को गृहस्थ बना दिया...।

चैतन्यदेव को अपने से लिपटते देख...शची माँ भूल गयीं कि उनका बेटा लाखों जनों का जननायक और अलौकिक संन्यासी है। फिर वही निमाई और माँ...छोटा–सा निमाई और उसकी ममतामयी माँ...। माँ ने उन्हें हृदय से चिपका लिया, अपने आँसुओं से निमाई के सिर को भिगो दिया...। शची माँ बार–बार अपने निमाई का माथा चूमती रहीं..., पुत्र के मुखमण्डल को अपने दोनों हाथों से पकड़कर एकटक देख रही थीं।

शची माँ को अचानक अपने निमाई के चेहरे पर एक दिव्य कान्ति दृष्टिगोचर होने लगी, शची माँ को लग रहा था–निमाई तो वही है पर आज जो एक आत्मतेज का आभामण्डल प्रकाशित हो रहा है वह पूर्व में तो कभी नहीं दिखायी पड़ा। अपने निमाई के अलौकिक श्री को देखकर शची माँ चमत्कृत हो रही थीं।

निमाई के संन्यास लेने की कल्पना से भी शची माँ घबरा जाती थीं। केश मुण्डित सिर में निमाई माँ को कितना कुरूप दीखता था, स्वाभाविक है एक माँ को संन्यासी पुत्र का रूप कैसे मनमोहक लगे! परन्तु आज मनःस्थिति एकदम विपरीत हो गयी थी, शची माँ को लग रहा था, निमाई सुन्दर तो था

पर इतना नहीं जितना चैतन्यदेव हैं...। केश मुण्डित मुखमण्डल में जितनी तेज़स्विता है...पहले कहाँ थी...? पहले लौकिक सौन्दर्य था और अब अलौकिक सौन्दर्य है...शची माँ इस रूप समुद्र में डूबती जा रही थीं।

तभी चैतन्यदेव उठे और शची माँ की प्रदक्षिणा करके पुनः प्रणाम करने लगे तो शची माँ बोलीं—बेटा, तू संन्यासी होकर मुझे क्यों प्रणाम करता है...? मैं कैसे तेरा प्रणाम स्वीकार करूँ...? यह अपराध या पाप तो नहीं?

—माँ, तुम कैसी बातें कर रही हो। जिसे प्रणाम करके मैं अपना जन्म सार्थक करता हूँ उसे भला पाप क्यों लगेगा...? चैतन्यदेव शिशुवत् बोले।

शची माँ आनन्द से विह्वल हो गयीं। उन्होंने चैतन्यदेव को खींचकर अपने हृदय से लगा लिया—तू दुनिया के लिए कुछ भी हो जाये मेरे लिए हमेशा मेरा निमाई ही रहेगा...। चैतन्यदेव भी छोटे से निमाई बनकर माँ से लिपटे रहे...।

माँ का ध्यान अचानक विष्णुप्रिया पर चला गया...गोद में निमाई का सिर और मन में विष्णुप्रिया...। शान्तिपुर आते वक़्त विष्णुप्रिया के कमरे में जब शची माँ गयी थीं तो उसे देखकर डर गयी थीं—कटी हुई पतंग—सी पड़ी थी पलँग पर...दोनों हाथ और दोनों पैर चारों दिशाओं में फैले हुए थे आँखें उलटी हुई सी थीं। शची माँ के होश उड़ गये ज़ोर से चिल्लायीं—बेटी, तुम धोखा देकर नहीं जा सकतीं..., शची माँ की आवाज़ सुनते ही विष्णुप्रिया उठकर बैठ गयी...।

—विष्णुप्रिया तुम्हें इस हालत में इस तरह अकेले छोड़कर मैं नहीं जा सकती। शची माँ के हृदय में भले ही निमाई से मिलने के लिए ज्वार—भाटे उठ रहे थे पर विष्णुप्रिया को इस तरह छोड़कर जाना एक माँ के वश की बात नहीं थी...। अब वे सास—बहू रह ही कहाँ गयी थीं...? माँ और पुत्री बन गयी थीं...। माँ—बेटी से भी अधिक दोनों एक—दूसरे की पूरक बन गयी थीं...। अब दोनों के कष्ट का भी एक ही कारण था तो प्रसन्नता का...भी। इस दुख—सुख के बन्धन ने दोनों को इतनी दृढ़ता से बाँध दिया था कि शची माँ के जीवन का ध्येय एक ही रह गया था कि क्या करें जो विष्णुप्रिया प्रसन्न रहे...और विष्णुप्रिया...शची माँ की प्रसन्नता की ख़ातिर वही करती जो शची माँ कहतीं। यहाँ तक कि विष्णुप्रिया अपने पीहर भी नहीं जाती...। उस विष्णुप्रिया को छोड़कर शची माँ आयी हैं अपने निमाई से मिलने...।

विष्णुप्रिया ने ही कहा था—माँ आप जाइए...मैं एकदम ठीक हूँ...आँख लग गयी थी...सपने में कुछ ऊटपटाँग देख लिया होगा...।

शची माँ...एकटक विष्णुप्रिया को देखती रहीं..., माँग में सिन्दूर, माथे पर दमकती हुई बड़ी–सी लाल बिन्दी...लाल पाड़ की साड़ी में विष्णुप्रिया ऐसी दिख रही थी जैसे अभी–अभी विवाह हुआ हो, नववधू जैसी...। काया क्षीण–सी हो जाने के कारण और भी कम अवस्था की प्रतीत हो रही थी।

शची माँ समझती हैं विष्णुप्रिया की श्रृंगार से अनिच्छा, उन्होंने ही श्रृंगारविहीन विष्णुप्रिया से कहा था–बेटी, जब तक मैं जीवित हूँ तुम सुहाग–चिह्नों को धारण करके वैसे ही रहो जैसे निमाई के सामने रहती थीं...तुम्हें इस रूप में देखकर मेरी छाती फटने लगती है।

विष्णुप्रिया ने कुछ नहीं कहा था–चुपचाप सुहागचिह्न धारण कर लिये थे...। शची माँ समझती हैं, विष्णुप्रिया को कितनी पीड़ा होती होगी सजने–सँवरने में, फूल–सी बच्ची उनके कारण ज़हर का कड़वा घूँट चुपचाप पी रही थी...।

शची माँ की आँखों से गरम–गरम आँसू टपककर चैतन्यदेव के ललाट पर लुढ़क गये। चैतन्यदेव समझ रहे थे, ये तप्त आँसू माँ के नहीं, विष्णुप्रिया के हैं...। माँ के आँसू कभी तप्त हो ही नहीं सकते...। उनकी गोद में उनका पुत्र निमाई है यदि माँ के आँसू होते तो उनमें शीतलता होती...ख़ुशी के आँसू, आनन्द के आँसू होते।

शची माँ ने चैतन्यदेव से कुछ भी नहीं कहा, कहतीं भी क्या...और कहकर होता भी क्या...? अधिकाधिक सकुचाकर...चैतन्यदेव अपनी आँखें बन्द कर लेते या शर्मिन्दा होकर सिर झुका लेते...। शची माँ को अपने निमाई को लज्जित होकर सिर झुकाये देखना स्वीकार्य नहीं था।

एक सप्ताह बीत गया...। सप्ताह–भर से शची माँ के दो ही काम थे, अपने निमाई का मनपसन्द भोजन बनाना और उसके पार्श्व में बैठकर चुपचाप उसे निहारते रहना...।

–माँ, सात दिन हो गये, संन्यासी धर्म किसी घर में इससे अधिक रहने की अनुमति नहीं देता..., चैतन्यदेव ने धीमे स्वर में कहा।

–और माँ के घर? शची माँ के मुख से अकस्मात निकल गया।

–तुम मुझसे बेहतर समझती हो माँ...तुम जो कहोगी मुझे स्वीकार्य है...।

लेकिन शची माँ को स्वीकार्य नहीं, उनका निमाई जिस पथ पर चला है उस पथ पर उत्तरोत्तर विकास करता रहे, अब यही नारायण से विनती करती हैं। चैतन्यदेव को कालना की ओर जाना था, कालना होते हुए उन्हें आगे जाना था। आचार्य, श्रीवास, नित्यानन्द सहित सबकी आँखों

से आँसू छलक–छलक कर गालों पर लुढ़क रहे थे, पूरा जनमानस ही अश्रुपूरित नयनों से देव को विदा कर रहा था सिर्फ़ एक को छोड़कर, हाँ शची माँ की आँखें भीगी तक नहीं थीं...एकदम सूखी नदी की तरह वीरान थीं। उनकी वीरान आँखें बता रही थीं सिर्फ़ संन्यासी की मर्यादा ही नहीं, संन्यासी की माँ की भी कुछ मर्यादाएँ होतीं हैं...और शची माँ ने हमेशा अपनी मर्यादाओं का ख़याल रखा है तो अब कैसे न रखतीं...?

किन्तु विष्णुप्रिया क्या करे? कौन–सी मर्यादा का पालन करे और कौन–सी छोड़े...? उनके चारों ओर मर्यादाओं के इतने अधिक बन्धन थे कि...किसका मन उन बन्धनों से मुक्त होने के लिए न छटपटाये! आठ दिन हो गये थे...शची माँ को शान्तिपुर गये हुए, तब से विष्णुप्रिया ने अपने बालों में कंघी तक नहीं की थी तो सिन्दूर और तेल क्या लगाती! शची माँ की प्रसन्नता की ख़ातिर कुछ उलटा–सीधा लगा लेती थी...।

आज विष्णुप्रिया ने पुनः एक पाती लिखने का निश्चय किया, अन्तिम चिट्ठी अपने प्रियतम के नाम...। इसके बाद कभी नहीं लिखने का संकल्प लेकर लिखना प्रारम्भ किया–

'मेरे स्वामी...पता नहीं कि अब मुझे यह सम्बोधन आपको करना चाहिए कि नहीं...? आप ही बतायें इसे मैं कैसे जान सकती हूँ...? आपने भी नहीं बताया...कि संन्यासी की पत्नी अपने संन्यासी पति को क्या लिखकर सम्बोधित करे...और दूसरी बात यह भी नहीं जानती कि मुझे आपको अब पत्र लिखना भी चाहिए या नहीं...पर क्या करूँ...आपको नहीं लिखूँ तो किसे कहूँ...? यदि मुझे कोई यह बताने वाला होता कि संन्यासी की पत्नी को अपने संन्यासी पति को पत्र लिखने का अधिकार नहीं है तो मैं कभी न लिखती...पर कौन बतायेगा ऐसी बातें...। आसपास के जितने भी गाँव हैं...किसी गाँव में संन्यासी की पत्नी है या नहीं मैं जानती भी नहीं। एकाध है भी–मैंने सुना है–पर वह बेचारी जानती ही नहीं कि उसका पति कहाँ रहता है...और कहाँ चला गया...? जिस संन्यासी की पत्नी को उसके स्वामी का पता मालूम है वह कैसे रखे धैर्य?

जब से आप गये हैं...एक–एक पल मैंने सिर्फ़ आपकी स्मृतियों के साथ काटा है...मैं और माँ आपकी ही बातें करती हैं...बातें करके कभी हम लोग ख़ूब हँसते भी हैं और कभी आँखों से सावन–भादों भी बरसाते हैं। पर एक बात का मैंने हमेशा ध्यान रखा है कि माँ को कष्ट न पहुँचे...। आपकी कमी कैसे पूरा कर सकती हूँ? पर मेरे कारण इन्हें

दुख पहुँचे यह नहीं होने देती...। बचपन से ही मातृविहीन लड़की को उसकी माँ मिल गयी...जो मेरी भी माँ हैं और मेरे प्रियतम की भी...। बाबा हमेशा मुझे लेने आते हैं। सोचते हैं आपके घर में आपकी स्मृतियाँ मुझे अधिक परेशान या दुखी करेंगी...। पर सत्य तो यही है कि अब मेरे पास बचा ही क्या है इन स्मृतियों को छोड़कर? मैं कैसे छोड़कर जाऊँ इन स्मृतियों को और अपनी माँ को...? मैंने बाबा से कह दिया है...बाबा आप ही आ जाया करें...मुझसे मिलने...। बाबा आते भी हैं...। पर उन्हें देखकर क्या ख़ुश होऊँ...? वे मुझे आपसे विलग देख स्वयं धैर्य नहीं रख पाते हैं।

आपने गृहत्याग के पूर्व कहा था–'तुम विष्णुप्रिया हो।' मैं थी विष्णुप्रिया, पर विवाह के बाद मैं गौरप्रिया बन गयी थी...। इसमें मेरा क्या दोष...? आप कहते हैं, 'जीवेर स्वरूप हम नित्य कृष्णदास' तो फिर क्यों हम लड़कियों को जन्म से ही यही घुट्टी पिलायी जाती है कि तुम्हारा पति ही तुम्हारा गुरु है...। विवाह के मन्त्र में भी यही उच्चारण हो रहा था न...? आपने उसी समय इस मन्त्र को पढ़ने से क्यों नहीं रोका? उसी समय क्यों नहीं कहा पण्डित से–पति परमेश्वर नहीं होता...परमेश्वर तो श्रीकृष्ण हैं।

मैं क्या करूँ स्वामी? जब से होश सँभाला है यही सुना है कि स्त्रियों का अपना अलग कोई अस्तित्व नहीं...? उसका जीवन सिर्फ़ उसके पति के संग सुरक्षित है। बिना पति के स्त्री का जीवन कटी हुई पतंग की तरह है...। फिर मेरा मन क्यों न घबराये...? मुझे भी ऐसा लगता है कि मैं आसमान में उड़ती हुई कटी पतंग हूँ जिसकी डोर किसी के हाथ में नहीं है। क्या कभी आप अपने अदृश्य हाथों से भी उस डोर को थामेंगे...?

मैं जानती हूँ आप एक श्रेष्ठ नहीं, सर्वश्रेष्ठ कार्य के लिए घर छोड़कर गये हैं...। पूरा बंगाल ही नहीं भारतवर्ष में लोग आपको प्रभु नहीं महाप्रभु कहते हैं...। पर मैं उन्हीं महाप्रभु से एक सवाल करना चाहती हूँ। आशा है आप नाराज़ नहीं होंगे। मेरा प्रश्न है यदि विष्णुप्रिया घर छोड़कर कृष्ण प्रेम में निकल जाती, तो आप क्या करते स्वामी...? क्या समाज मुझे भी वही मान देता...जो आपको मिला...? मुझे तो लगता है नहीं मिलता...। घर की चारदीवारी से पैर निकालते ही स्त्री की इज़्ज़त लोग दो कौड़ी की बना देते हैं।

माँ हमेशा कहती हैं कि भगवान बुद्ध गये यशोधरा को छोड़कर तो यशोधरा के पास राहुल था, उसकी गोद में उसका पुत्र था, पर मेरी विष्णुप्रिया के आगे–पीछे कोई नहीं है...कैसे काटेगी तू अपनी ज़िन्दगी...? मैं बहुत सोचती हूँ इन सभी विषयों पर...मेरे सभी प्रश्न अनुत्तरित रह जाते हैं। मेरे सारे प्रश्न एक–दूसरे से गड्डमड्ड हो जाते हैं..., अन्तर्ध्वनि की आवाज़ भी नहीं सुन पाती।

क्या आप मेरे प्रश्न के उत्तर देंगे? आपके पास ही मेरी आत्मा के स्वरों की तूलिका है। अब पूर्व की निरर्थक चर्चा करने से क्या लाभ, पर इतना तो अवश्य जानना चाहती हूँ...आगे मुझे क्या करना चाहिए...? मेरे जीवन का लक्ष्य क्या हो?

मैंने सुना है, श्रीपाद माँ से बता रहे थे, आप जब जंगल से गुज़रते वक़्त संकीर्तन कर रहे थे उस समय जंगली हिंस्र पशु भी आपके संकीर्तन में नृत्य कर रहे थे, झूम रहे थे...। क्या मेरा सौभाग्य उन भाग्यशाली पशुओं के भी जितना नहीं कि मैं भी आपके संकीर्तन की सहभागिनी बन सकूँ...?

सबसे अन्तिम प्रार्थना, मैं चाहती हूँ...आप एक बार स्वयं आकर मेरा मार्गदर्शन करें कि मैं क्या करूँ...? आप संन्यास लेते समय मुझे सोयी हुई छोड़कर चले गये थे...। मैं आज तक उस सत्य को स्वीकार नहीं कर पा रही हूँ कि आप सचमुच चले गये हैं...। रात को नींद भी नहीं आती यही सोच–सोचकर कि आप चले जायेंगे...। मैं चाहती हूँ जब आप इस बार जायें तो मैं जाग्रत नेत्रों से निहारती रहूँ कि आप जा रहे हैं...। मैं अपने नेत्रों की गोलक में आपके गमन की तस्वीर को क़ैद कर रख लूँगी। आपकी जो भी आज्ञा होगी...मैं उसे शिरोधार्य कर आजीवन उसका पालन करूँगी...।

आपकी प्रिया।'

विष्णुप्रिया ने पत्र लिखकर अपने तकिये के नीचे रख दिया...। मन नहीं माना तो एक बार फिर से पढ़ने के लिए पुनः निकाल लिया लेकिन जब पढ़ने की कोशिश की तो कुछ भी नहीं पढ़ सकी...। कैसे पढ़ पाती...? सारे अक्षर उसके आँसुओं से धुल गये थे...। अब इस पत्र को क्या भेजती, अभी–अभी प्रतिज्ञा भी कर ली थी कि यह आख़िरी पत्र हैं, शायद विधाता को यही मंज़ूर है विष्णुप्रिया की पाती उन तक पहुँचे ही नहीं। विष्णुप्रिया की आँखें भर आयीं...।

विष्णुप्रिया की भीगी आँखों को देखकर कांचना बोली—दीदी, चाहे जो हो पर आप इसी पत्र को निमाई पण्डित के पास भिजवा दीजिए। वे बुद्धिमान हैं...पत्र को देखते ही सब समझ जायेंगे...।

पत्र भेजने या नहीं भेजने का निर्णय होने के पहले ही बाहर संकुल कोलाहल हो रहा था—शची माँ आ गयीं...। विष्णुप्रिया ने शीघ्रतापूर्वक पत्र को तकिये के नीचे दबाया और दौड़ी शची माँ के पास...माँ की सूनी आँखों को देख समझ गयी विष्णुप्रिया..., उसके प्राणधन मनमोहक छलना की तरह चले गये...।

शची माँ की तो आँखें ही सूनी थीं, विष्णुप्रिया का तो पूरा शरीर स्पन्दनहीन होकर सफ़ेद हो रहा था। विष्णुप्रिया के शरीर का रंग हमेशा से गेहुआँ रहा है। वह निमाई की तरह गौरांगी कभी नहीं थी, पर अचानक माँ की सूनी नदी—सी आँखों पर दृष्टि पड़ते ही गौरांग के रंग में रँगकर गौरांगी नज़र आ रही थी।

शची माँ आगे बढ़कर विष्णुप्रिया को गले से लगाते हुए बोलीं—बेटी, वह कहीं नहीं गया है, तेरे अन्दर ही समा गया है...इतना अधिक समा गया है कि तेरे शरीर के बाह्य रूप में भी उसका रंग प्रकटित हो रहा है।

विष्णुप्रिया कुछ नहीं सुन रही थी...उसके दिमाग़ और मन—मस्तिष्क में सिर्फ़ एक ही आवाज़ गूँज रही थी—वे चले गये...।

आशा टूटती है तो सिर्फ़ निराशा ही नहीं घेरती...व्यक्ति भी टूट जाता है। विष्णुप्रिया भी टूट रही थी...। चटक रही थी मन की एक—एक गाँठ और शरीर का एक—एक पोर...। निमाई पण्डित को गये इतने वर्ष हो गये थे...चैतन्यदेव इसके पहले भी शान्तिपुर आये विष्णुप्रिया से उस वक़्त भी नहीं मिले थे...। विष्णुप्रिया भी मिलने नहीं गयी थी...उस समय उनका जाना इतना नया था कि विष्णुप्रिया स्वीकार ही नहीं कर पायी थी कि उनके प्राणधन सचमुच चले गये हैं...। पर अब उसने चैतन्यदेव के स्वरूप को स्वीकार कर लिया था...फिर भी विष्णुप्रिया को यह क्यों लग रहा था कि इस बार वे सिर्फ़ उसी के लिए आ...रहे हैं...सिर्फ़ उससे मिलने ही नवद्वीप आ रहे हैं। विष्णुप्रिया निष्कम्प नेत्रों से शून्य को निहार रही थी।

विष्णुप्रिया धम्म से बैठ गयी...। पर चैतन्यदेव के पैर जल्दी—जल्दी उठ रहे थे...। सात दिन हो गये थे शची माँ से आज्ञा लेकर शान्तिपुर

छोड़े हुए...। सात दिनों पूर्व विद्यानगर होते हुए चैतन्यदेव कुलिया पहुँच गये, पर उनका मन...शान्तिपुर से माँ के संग–संग नवद्वीप चला गया था...। तब से एक भी क्षण ऐसा नहीं था जिसमें विष्णुप्रिया से नहीं मिलने के पश्चात्ताप ने उन्हें परेशान न किया हो। कुलिया...में भी जनसैलाब और जनकोलाहल के बीच चैतन्यदेव के मन में सोती हुई विष्णुप्रिया का मुखमण्डल...जो उस दिन दीप की रोशनी में दमदम दमक रहा था...लेकिन आरक्त गालों पर लुढ़के सूख गये आँसू उसके चेहरे पर लावण्यपूर्ण की जगह कारुणिक लग रहे थे...।

संन्यास धर्म की अपनी मर्यादा है...चैतन्यदेव जानते थे...समझते थे। पर एक बात थी जो उनके जीवन का आधार था, देव की दृष्टि में मानवता का धर्म, संन्यास धर्म से कहीं अधिक श्रेष्ठ था। विष्णुप्रिया से नहीं मिलने के बाद से चैतन्यदेव को महसूस हो रहा था कि उनका संन्यास मानवता को ही निगलता जा रहा था...। एक मनुष्य दिन–रात केवल उन्हीं का चिन्तन कर रहा है, उन्हें ही अपना आधार मानता है, और उससे बिना मिले...चले जाना बहुत बड़ा अपराध होगा...। चैतन्यदेव के डग आगे नहीं बढ़ पाये।

कुलिया ग्राम में गंगातट पर देव नाव में जा बैठे। उनके साथ उसी नाव पर जगदानन्द, स्वरूप दामोदर, मुकुन्द भी बैठ गये।

नवद्वीप के उसी घाट पर नाव लगी...जिसे नवद्वीपवासी निर्मोही घाट कहकर उधर का रुख़ ही नहीं करते थे...। इसी घाट से निमाई पण्डित गंगा की कलकल करती उफनती धारा में कूद गये थे। निमाई पण्डित तैरते भी जा रहे थे और इस घाट को आशीर्वचन भी देते जा रहे थे–मैं आऊँगा तुम्हारे दर्शन के लिए, सुरदायिनी माँ के दर्शन के लिए...। पर उस समय यह नहीं सोचा था कि वे कभी आयेंगे विष्णुप्रिया के दर्शन के लिए...। उस समय निमाई पण्डित...चैतन्यदेव बनने के लिए इतने उतावले थे कि...कैसे सोचते विष्णुप्रिया के बारे में। चैतन्यदेव बनने के बाद पता चला कि...इतना आसान नहीं है प्रेमी की स्मृतियों को हृदय से निकाल फेंकना...। वह भी तब जब प्रेमी दिन–रात उन्हीं का चिन्तन करता हो...। एक पल नहीं, खाते–पीते, सोते–जागते, उठते–बैठते हर पल विष्णुप्रिया उन्हीं का चिन्तन करती रहती थी...। इतना ही नहीं, उसने अपने हृदय में जैसे इन्हें बिठाकर उसके कपाट को सात ताले में बन्द कर उसकी चाभी गंगा की बहती धारा में फेंक दी थी...। आज उस चाभी को लेकर स्वयं देव आये थे। नवद्वीप के गंगा का वह घाट सचमुच सुनसान लग

रहा था...। जिन गलियों, जिन मार्गों पर हँसते–खिलखिलाते हुए विचरण किया करते थे आज वो गलियाँ और सड़कें भी नाव पर विराजमान देव को सचमुच उदास लग रही थीं...।

पर सारी उदासी और सूनापन तभी तक था, जब तक देव नाव पर थे। नाव से उतरते ही नवद्वीप प्रफुल्लित हो उठा। निर्मोही घाट की उदासी भी चली गयी...। जिसके लिए उदास था...वही आ गये थे...तो उदासी की विदाई तो उसी क्षण तय हो गयी। घाट विहँसने लगा। सूने और उदास चेहरे पर मुस्कान और हँसी प्रस्फुटित होकर बिखरने लगी। पलक झपकते...नवद्वीप में यह बात फैल गयी...निमाई पण्डित आये हैं...हाँ निमाई पण्डित...पूरी दुनिया के लिए भले ही वे कृष्ण चैतन्यदेव हो जायें पर नवद्वीप के लिए तो निमाई पण्डित ही थे।

श्रीवास को जैसे ही ज्ञात हुआ, दौड़ते हुए शची माँ के पास पहुँचे–माँ, निमाई पण्डित आये हैं घाट पर उतर चुके हैं।

माँ को अपने कानों पर विश्वास नहीं हुआ...अभी सात दिन पहले ही तो निमाई श्री वृन्दावन धाम गया है इतनी जल्दी कैसे लौट सकता है? शीघ्रतापूर्वक अपनी साड़ी के आँचल को सिर पर रखकर घुटनों में दर्द होने के बावजूद भागती हुई बाहर आयीं–श्रीवास, मेरा निमाई आ रहा है?

–हाँ माँ, आपका निमाई, हम सबके निमाई पण्डित...श्रीवास प्रसन्नता में भरकर बोले।

न माँ युवा थीं और न श्रीवास, पर दोनों के पैर किसी युवा से कम नहीं उठ रहे थे। शची माँ के घुटने में इतना दर्द था कि कुछ पल पूर्व खाट से उठने में भी तकलीफ़ हो रही थी और अभी पालकी आने तक का इन्तज़ार नहीं कर सकीं...।

शची माँ के पहुँचने के पहले पूरा नवद्वीप गंगा के घाट पर जमा हो चुका था। गंगा के इस पुलिन पर चैतन्यदेव बनने के बाद पहली बार आये थे। इस घाट पर निमाई ने कितनी उच्छृंखलताएँ की थीं इसका अन्त ही नहीं था, उसी घाट को शान्त धीर–गम्भीर चैतन्यदेव एकटक निस्तब्ध हो निहार रहे थे।

एक साथ जननी, जन्मभूमि और पतितपावनी माँ गंगे तीनों की उपस्थिति ने चैतन्यदेव को भी भाव विह्वल कर दिया। अश्रुपूरित नयनों से तीनों की एक साथ वन्दना की...। जननी ने उन दोनों माताओं की ओर से भी आगे बढ़कर निमाई को अपने कलेजे से चिपका लिया...।

निमाई को कलेजे से चिपकाते ही शची माँ का हृदय स्पन्दित होने लगता है...निमाई के लिए नहीं विष्णुप्रिया के लिए...। शची माँ की इच्छा हुई कहें, निमाई से—बेटा एक बार घर चल...एक बार उस बच्ची से मिल आ...जिसका तू प्राणधन है...। पर शची माँ चुप रह गयीं...। यदि निमाई नहीं गया...यदि चैतन्यदेव का संन्यास धर्म माँ की आज्ञा मानने से इनकार कर दे तो सिर्फ़ वे ही दुखी नहीं होंगी...निमाई भी अत्यन्त दुखी हो जायेगा और सबसे ज़्यादा दुखी तो हो जायेगी विष्णुप्रिया, जब वह सुनेगी कि निमाई ने उससे मिलने से मना कर दिया है। इस नैराश्य व्यवहार से वह टूट जायेगी, पता नहीं अभी किस आशा में जीती है, शची माँ मौन ही रहीं।

मौन तो चैतन्यदेव भी थे, एकदम चुपचाप..., धीरे—धीरे पग बढ़ा रहे थे...देव के आजानुबाहु घेरे में माँ धीरे—धीरे पग बढ़ाते हुए नारायण से टेक लगा रही थीं—समय यहीं थम जाये। लेकिन समय तो अपनी गति से चलता है...पर शची माँ को लग रहा था समय अत्यन्त द्रुत गति से चल रहा है। चैतन्यदेव आगे बढ़ रहे थे और उनके पीछे...भीड़ बढ़ती ही जा रही थी। बीच—बीच में भीड़ से ज़ोरों से जयकार की आवाज़ गूँज रही थी...जय शची नन्दन, जय गौर हरि।

कांचना दौड़ती हुई घर के अन्दर आयी—दीदी...दीदी, निमाई पण्डित नवद्वीप आ रहे हैं, निर्मोही घाट से इधर ही आ रहे हैं...दीदी, उनके केश मुण्डित मुखमण्डल पर ठीक वैसी ही शान्ति और करुणा झलक रही है जैसी भगवान बुद्ध की मूर्तियों के मुखमण्डल से टपकती है...उनकी ऊर्ध्वाकार आँखें ऐसी लगती हैं जैसे...ईश्वर से संवाद कर रही हों।

—बस—बस कांचना...अब और वर्णन मत कर...इतनी धैर्यवान नहीं है तेरी दीदी...। नहीं रख पाऊँगी इतना धैर्य...दौड़...पड़ूँगी उनके दर्शन के लिए... विष्णुप्रिया ने अपनी उखड़ती साँसों पर क़ाबू करते हुए कांचना को रोका।

—अब धैर्य रखने की आवश्यकता ही कहाँ दीदी, मैं आपको लेने ही तो आयी हूँ, हाँफती हुई कांचना बोली।

—पर मैं कैसे जाऊँ...? यदि वे मुझे आते देख अपना मार्ग बदल दें तो...फिर मैं क्या करूँगी कांचना...? कैसे झेल पाऊँगी इस अपमान को...? हालाँकि मैं जानती हूँ जीवमात्र के लिए उनके मन में प्रेम है, वे जान—बूझकर मेरा अपमान नहीं कर सकते...। पर मैंने यह भी सुना है कि अपने सिद्धान्तों के प्रति वे अत्यन्त आग्रही भी हैं...। मैं नहीं जाऊँगी।

मुझे अपना भी स्वाभिमान पसन्द है और उनके जीवन के उसूलों में भी बाधक नहीं बनना है, विष्णुप्रिया मौन हो गयी...।

लेकिन कांचना नहीं मानी। मनाती रही विष्णुप्रिया को—दीदी, कहीं ऐसा नहीं हो कि निमाई पण्डित वापस चले जायें...और हमेशा मन में नहीं मिलने का मलाल रह जाये...।

विष्णुप्रिया ने कोई उत्तर नहीं दिया, उत्तरहीन बातों का कोई क्या उत्तर दे सकता था। विष्णुप्रिया के कर्णरन्ध्रों में प्रथम बार ध्वनि सुनायी पड़ी—विष्णुप्रिया गौर हरि..., आवाज़ तेज़ होती जा रही थी...। क्या वे इधर ही आ रहे हैं...? विष्णुप्रिया के दिल की धड़कन तेज़ हो गयी...। विष्णुप्रिया घर के दरवाज़े की ओर दौड़ी...देहरी लाँघने ही वाली थी कि पैर ठिठक गये, स्वाभिमान ने आगे बढ़ने से रोक दिया, पैर स्वतः पीछे की ओर मुड़ गये, दरवाज़े के सामने ही आँगन में बैठ गयी...।

आवाज़ तेज़ होती जा रही थी...शनैः—शनैः चैतन्यदेव...निमाई पण्डित के घर की गली की ओर मुड़ गये...। निमाई ने बिना कुछ कहे मेरे मन की बात कैसे जान ली...शची माँ आश्चर्य से स्तब्ध हो गयीं।

वो घड़ी आ ही गयी जिसका इन्तज़ार पिछले छह वर्षों से विष्णुप्रिया ने हर पल किया है...और शायद चैतन्यदेव ने भी...। विष्णुप्रिया की तो छह वर्षों से प्रत्येक रात...करवट बदलते बीती है। चैतन्यदेव भी जब—जब साँवले की गिरफ़्त से बाहर रहे हैं...कम...परेशान नहीं हुए हैं...।

तभी चैतन्यदेव खड़े हो गये...निमाई पण्डित के घर के दरवाज़े के ठीक सामने...। उनका सिर झुका था...। आँखें नीची थीं...और वे चुपचाप खड़े थे...। भीड़ भी निःशब्द हो गयी...इतनी निःशब्द कि एक सूई गिरने की आवाज़ भी सुनायी दे...।

आवाज़ आनी बन्द होते ही विष्णुप्रिया ने घबराकर अपनी बन्द आँखों को यह सोचकर खोल दिया कि कांचना ठीक कहती थी...ज़िन्दगी—भर इसी मलाल के साथ जीना पड़ेगा..., लगता है उन्होंने रास्ता बदल दिया...। उसने घबराकर आँखें खोल दीं...विष्णुप्रिया को विश्वास नहीं हुआ, सामने उसके प्राणधन खड़े थे जो हर पल उसकी बन्द आँखों में रहते हैं। वे दरवाज़े के ठीक सामने खड़े थे। उनका सिर झुका था, आँखें नीची थीं...। दोनों हथेलियाँ एक—दूसरे से गुँथी हुई थीं, वे एक अपराधी की तरह खड़े थे। विष्णुप्रिया ने छह वर्षों बाद अपने प्रियतम को इस रूप में देखा—काषाय वस्त्रधारी केशमुण्डित...मुखमण्डल जिससे दिव्य ज्योति निकल रही थी...।

चेहरे पर दिव्य ज्योति तो थी पर चैतन्यदेव बनने का...गर्व नहीं झलक रहा था...। चैतन्यदेव का गर्व खण्डित हो रहा था निमाई के दरवाज़े पर...।

विष्णुप्रिया काँप गयी...जगत् जिन्हें अपना उद्धारकर्ता मानता है...वे अपने ही गृह के सामने...अपराधी की तरह खड़े हैं...। गृहस्वामी...को अपने गृह के सामने ही अपराधी जैसी, अवस्था में खड़े देख विष्णुप्रिया का चित्त विह्वल हो गया...।

नहीं..., अब मैं नहीं रुक सकती...। पैदल चलकर इतनी लम्बी दूरी सिर्फ़ उन्होंने मेरे लिए ही तय की है...। संन्यास धर्म की मर्यादा को भी मर्यादित करके मुझे दर्शन देने आये हैं। यह मेरा स्वाभिमान नहीं झूठा अहंकार ही होगा...मन में उठते विचार तूफ़ान बनकर विष्णुप्रिया को झकझोर रहे थे।

विष्णुप्रिया जाने के लिए उठी तो अपनी ओर ध्यान गया...जब से शची माँ शान्तिपुर गयी थीं...विष्णुप्रिया ने न चोटी गूँथी थी और न कोई आभूषण ही धारण किया था...। भोजन की मात्रा तो जब से निमाई पण्डित गये थे कम ही हो गयी थी पर शची माँ के शान्तिपुर जाने से और भी कम हो गयी थी। अपनी क्षीण–सी काया...उखड़े–उखड़े बालों पर दृष्टि जाते ही विष्णुप्रिया संकोच में गड़ गयी कि कैसे इस रूप में उनके सामने जाऊँ? पर न तो इतना समय था...और न धैर्य...विष्णुप्रिया घर के अन्दर से भागती हुई निकली और चैतन्यदेव के पैरों पर गिर पड़ी...।

दीन–हीन, क्षीण काया में मुड़ी–तुड़ी सी साड़ी पहने एक गठरी–सी बनी स्त्री को अपने पैरों पर गिरी देखकर चैतन्यदेव हड़बड़ाकर पीछे हट गये...स्त्री स्पर्श से बचने का माँ को वचन जो दिया था...। देव के भक्त उन्हें अन्तर्यामी कहते थे पर...अभी अन्तर्यामी को यह भी पता नहीं चल पाया कि यह वही स्त्री है जिसके निश्छल, निष्कपट और निःस्वार्थ प्रेम की डोर से वे लाख कोशिश के बाद भी मुक्त नहीं हो पा रहे हैं। उन्होंने अपने पैर को पीछे खींचते हुए कहा–'तूमि के...?'

चैतन्यदेव ने तो सिर्फ़ एक बार कहा–'तूमि के'...पर निःशब्द नीरवता के इस क्षण में यह शब्द आकाश तक गुंजायमान हो गया। सिर्फ़ आकाश में ही नहीं, जनमानस के मन–मस्तिष्क पर हथौड़े–सी चोट कर रहा था...। चैतन्यदेव की मृदु वाणी नदियावासियों को वीणा की झंकृत स्वरलहरियों के समान लगती थी...पर आज 'तूमि के' शब्द काक वाणी सरीखी प्रतीत हो रही थी।

विष्णुप्रिया का हृदय विदीर्ण हो गया...वह क्या बताये–कौन है वह...? क्या परिचय दे, वह निर्निमेष नेत्रों से उनके चरणों को देखती सोच रही थी भीड़ ही मेरा परिचय देगी...पर इस भीड़ में इतना पाषाण हृदय कोई नहीं था। विष्णुप्रिया ने अपने हृदय पर पत्थर रखकर कहा–प्रिया...फिर अपने दाँत से जीभ को काटकर कहा–विष्णुप्रिया।

सम्पूर्ण शरीर काँप गया चैतन्यदेव का...। सर्वांग पसीजने लगा...। सारे ज्ञान...सारे ध्यान–सारी भक्ति...सारी शक्ति समाप्त होने लगी। चैतन्यदेव पहचान ही नहीं पाये यह वही गौरप्रिया है जिसके पैरों में आलता का श्रृंगार करके अपने पलँग पर सोता छोड़ निमाई चला गया था...।

चैतन्यदेव ने स्वप्न में भी नहीं सोचा था कि जिस शुभांगी, कोमलांगी सौन्दर्य की देवी विष्णुप्रिया...का शयनकक्ष में परित्याग करके जा रहे हैं उसकी पति के संन्यासी बन जाने के कारण ऐसी हालत हो जायेगी। चैतन्यदेव की आँखें छलछला गयीं–संन्यास...निमाई पण्डित ने लिया था या विष्णुप्रिया ने...? आज चैतन्यदेव तो जन–जन प्रिय बनकर...राजाओं और प्रजा दोनों द्वारा पूजित हो रहे...विभिन्न प्रकार के मिष्ठान्न खा रहे थे...तीर्थों की यात्राएँ कर रहे थे...। त्यागराज चैतन्यदेव है या त्यागमूर्ति विष्णुप्रिया है...? अपने ही अनुत्तरित प्रश्न ने उन्हें संकोच और ग्लानि से भर दिया...। बहुत साहस करके चैतन्यदेव बोल पाये–विष्णुप्रिया, तुम अपने नाम को सार्थक बनाओ...तुम स्वयं तो विष्णुप्रिया हो ही...अन्य स्त्रियों को भी विष्णुप्रिया बनने के लिए प्रेरित करो...।

'जीवेर स्वरूप हय नित्य कृष्णदास'...तुम तो जानती ही हो...तो क्या जीव सिर्फ़ पुरुष होते हैं...? मैं तो अपनी प्रतिज्ञा की डोर से बँधा हूँ। इसी से चाहकर भी स्त्रियों के लिए बहुत कुछ नहीं कर सकता...। तुम...बहुत कुछ कर सकती हो...। परन्तु इसके लिए सबसे पहले तुम्हें स्वयं आत्मबली बनना होगा...। मैं जानता हूँ तुममें कूट–कूट कर आत्मबल भरा हुआ है पर तुम स्वयं ही परित्यक्ता होने की हीनता की दशा झेल रही हो...।

विष्णुप्रिया...तुमने सुना है न, जीवन का सबसे बड़ा कष्ट क्या है...? विष्णु को भूल जाना ही सबसे बड़ी विपत्ति है...। यह कैसे सम्भव है विष्णुप्रिया विष्णु को भूल जाये...? और यदि विष्णु को नहीं भूलती हो तो विपत्ति तुम्हारे पास फटकेगी कैसे...? पति के जाने पर उसे विपत्ति मानना साधारण स्त्रियों का काम है...तुम जैसी असाधारण स्त्री का नहीं...।

कौन कहता है तुम्हारा कोई आधार नहीं...? तुम्हारे आधार तो हमारे गोविन्द हैं। वे सभी जीवों के एकमात्र आधार हैं तो क्या तुम्हारे नहीं होंगे...? और यदि स्त्रियाँ सन्तान को ही अपना आधार मानती हैं...तो तुम्हारे जितनी सन्तानें किसकी होंगी...विष्णुप्रिया...? ये हज़ारों...स्त्री–पुरुष सभी तुम्हारे बालक ही तो हैं...।

चैतन्यदेव चुप हो गये...। विष्णुप्रिया ने भी अपनी आँखों के आँसू आँचल के अन्दर ही पोंछ लिए...। विष्णुप्रिया ने पत्र में लिखा था...पति परमेश्वर नहीं होता..., गुरु नहीं होता...। पर विष्णुप्रिया ग़लत थी...। आज वह मान गयी कि...चैतन्यदेव ही उसके गुरु हैं...। विष्णुप्रिया पूरी तरह ग़लत भी नहीं थी, निमाई पण्डित को उसने कहाँ गुरु बनाया था..., गुरु की गद्दी पर तो चैतन्यदेव को बैठाया था...।

विष्णुप्रिया ने कहा–देव...आज से आप मेरे गुरु हैं...मैं आपकी प्रत्येक आज्ञा का पालन करूँगी। मैं अपनी साधना कैसे करूँ...?

तुम पूर्वजन्मों में बहुत साधना कर चुकी हो, तभी तो विष्णुप्रिया बनी हो...बस...जो कुछ भी करती हो ध्यान, पूजा करती रहो पर मेरा एक आग्रह है एक लाख नाम का जप अवश्य करना...। विष्णुप्रिया, 'जिवेर दया और नामेर रुचि' से बढ़कर मनुष्य के लिए कुछ भी नहीं है...। जैसे माँ अपने बच्चे से प्रेम करती है वैसे ही तुम समस्त नदियावासियों से माँ की तरह प्रेम करो...नदियावासी तो तुम्हें माँ मानते ही हैं...।

चैतन्यदेव शान्त हो गये...पर उन्हें इतना साहस नहीं हुआ कि विष्णुप्रिया की ओर आँख उठाकर देख सकें। प्रथम झलक के बाद दृष्टि उठाने का साहस नहीं सँजो सके थे। चैतन्यदेव को श्रीधाम वृन्दावन भी जाना था, जाने की घड़ी आ गयी थी, उनका काम भी समाप्त हो चुका था। देव अपने पथ पर अग्रसर होने के लिए अपने पग उठाकर चलने को उद्यत हुए।

–ठहरिए स्वामी...। विष्णुप्रिया की आवाज़ सुनकर चैतन्यदेव ठिठक गये...।

–आज मैं पति नहीं, अपने गुरु से उनकी चरणपादुका माँग रही हूँ... मैं जानती हूँ एक गुरु अपने शिष्य को इस अधिकार से वंचित नहीं कर सकता...।

चैतन्यदेव रुक गये...कुछ देर खड़े रहे किंकर्तव्यविमूढ़...क्या करें और क्या न करें...कैसे स्वीकार करें उसका गुरु पद...जिसे कभी उन्होंने स्वयं अपने से श्रेष्ठ माना था...। जिस समय निमाई पण्डित वैष्णवों की खिल्ली उड़ाया करते थे उसी समय यह विष्णुप्रिया बन चुकी थी...।

चैतन्यदेव ने मुड़कर पीछे देखा विष्णुप्रिया की ओर..., पहली बार उन्हें गौर से देखा। अब विष्णुप्रिया न उन्हें दीन–हीन स्त्री दिखायी दे रही थी और न उन्हें अपनी शिष्या प्रतीत हो रही थी। उनके चिदाकाश में विष्णुप्रिया जगन्माता के रूप में छा रही थी, उनके सामने सभी लोग शिशुवत दीख रहे थे और विष्णुप्रिया स्नेहमयी माँ...। उन्हीं शिशुओं की भीड़ में चैतन्यदेव को एक और शिशु दिखायी पड़ रहा था चैतन्यदेव या निमाई पण्डित...नहीं, नन्हा शिशु निमाई...।

चैतन्यदेव ने अपनी दृष्टि विपरीत दिशा में घुमा ली, कोई कुछ भी माँगे, एक संन्यासी कैसे मना कर सकता है। संन्यास धर्म तो यही शिक्षा देता है कि माँगने वाले को अपना शरीर भी अर्पित कर देना चाहिए..., दधीचि ने ऐसा करके दिखाया है...। विष्णुप्रिया ने सिर्फ़ खड़ाऊँ माँगा है...कैसे मना कर सकते थे देव? चुपचाप खड़ाऊँ से उतर गये...और चल दिये आनन्द में भरकर वृन्दावन की यात्रा पर। मन के सारे बोझ हट गये थे...। अब वे निमाई पण्डित की नववधू विष्णुप्रिया को छोड़कर नहीं जा रहे थे, जगन्माता विष्णुप्रिया से विदा लेकर जा रहे थे...। चैतन्यदेव के आगे बढ़ते ही...ज़ोर से जयकार की आवाज़ गूँजी 'विष्णुप्रिया गौर हरि–जय–जय शचीनन्दन'...।

आवाज़ सुनकर विष्णुप्रिया ने सिर उठाया...देखा, चैतन्यदेव जा रहे हैं...उनके भक्तों में से कोई भी उनके एकदम पीछे नहीं चल रहा था ताकि जब तक विष्णुप्रिया की दृष्टि से देव ओझल न हो जायें वे उन्हें निहारती रह सकें...।

विष्णुप्रिया निहारती रही...। चैतन्यदेव आगे बढ़ते रहे...। एक–एक क़दम वे आगे बढ़ाते जा रहे थे पर आश्चर्य उन क़दमों की बढ़ती दूरी...विष्णुप्रिया को दूरी का एहसास कराने के बजाय निकटता का आभास करा रही थी...। देव का बिम्ब लघु से लघुतर होता गया और एक क्षण ऐसा आया जब बिम्ब आँखों के सामने से विलीन हो गया...। पर वह विलीन होकर कहीं गया नहीं, विष्णुप्रिया के अन्तस् में प्रवेश कर गया। अन्तस् में समाकर वह बिम्ब प्रज्वलित दीप बनकर मन, हृदय और आत्मा तीनों को प्रकाशित कर रहा था...। तभी तो, शची माँ ने देखा और महसूस भी किया जो दिव्य कान्ति निमाई के चेहरे पर दिखायी पड़ी थी अभी वही दिव्य कान्ति विष्णुप्रिया के मुखमण्डल पर भी परिलक्षित हो रही है...।

कीर्तन की आवाज़ तेज़ होती जा रही थी–विष्णुप्रिया गौर हरि...। विष्णुप्रिया ने अपने हृदय से उस खड़ाऊँ को लगा लिया, और चल दी

अपने घर की ओर जहाँ इस खड़ाऊँ को प्रतिष्ठित करना था। विष्णुप्रिया मुड़ गयी अपने गृह की ओर। लोगों ने फिर से एक बार ज़ोर से जयकारा लगाया—विष्णुप्रिया गौर हरि।

विष्णुप्रिया मुस्कुरायी—देव ने सत्य कहा था, सभी मेरे बच्चे ही तो हैं... मेरे नहीं हमारे...; जो हमें कभी विलग न होने देंगे...जन्म—जन्मान्तर तक प्रेम की डोर से बाँधकर रखेंगे। विष्णुप्रिया मन—ही—मन बुदबुदाई—देव, मैं अपनी जयकार नहीं सुनना चाहती हूँ, बस आपका सान्निध्य चाहती हूँ, चाहे वह अशरीरी ही क्यों न हो और मुझे विश्वास है वह सान्निध्य अब हमसे कोई नहीं छीन सकता, आप भी नहीं।

28

चैतन्यदेव अपनी यात्रा के अगले चरण में रामकेलि की ओर बढ़ रहे थे...। रामकेलि में साकर मल्लिक और दबीर ख़ास दोनों मौन मुद्रा में बैठे थे। वैसे साकर मल्लिक का नाम अमर था और दबीर ख़ास का सन्तोष, पर ऐसा लगता है लोग इनके पुराने या असली नाम भूल चुके थे। ये दोनों महाशय भी अपना पुराना नाम भूलकर इसी नाम में रच—पच गये थे। इस नाम में रचना—पचना स्वाभाविक भी था। जिस नाम ने पद, पैसा, प्रतिष्ठा और यश दिलाया हो, उस नाम में व्यक्ति कैसे रचे—पचे नहीं!

इन दोनों के पिता व्यापारी थे। व्यापार में पैसा तो था पर पद की शक्ति नहीं थी। यह बात इनके पिता कुमारदेव को हमेशा खलती थी। इसी से अमर और सन्तोष को संस्कृत के साथ—साथ फ़ारसी भी पढ़वायी, ताकि राजपद पा सकें।

फ़ारसी के शिक्षक सैयद फख़रुद्दीन भी दाँतों तले उँगली दबा लेते कि हिन्दू होने के बावजूद दोनों भाइयों की फ़ारसी पर ऐसी पकड़ है जैसे इनकी मादरी ज़बान हो।

इन दोनों के फूफा मालाधर बसु, गौड़ देश के बादशाह हुसैन शाह के राज्यमन्त्री थे, पूरे गौड़ प्रदेश में गुणराज जी के नाम से जाने जाते थे। अमर और सन्तोष की फ़ारसी पर चमत्कृत कर देने वाली पकड़ देख लेकर आ गये हुसैन शाह के पास। कुमारदेव का अपने पुत्रों को फ़ारसी पढ़ाना फलीभूत हो गया। अपने बहनोई मालाधर बसु के ठाठ देखकर कुमारदेव को व्यापार से अर्जित अपना धन तुच्छ प्रतीत होता था। धन तो था

पर वह रौब–दाब, सरकारी पदाधिकारियों द्वारा झुक–झुककर सलाम करना तो नहीं था, जो उन्हें असन्तोष से भर देता था।

मालाधर बसु इन दोनों को ले तो गये थे सरकारी मुलाज़िम बनाने पर कब दोनों बादशाह के कृपापात्र बनकर कर्मचारी से मन्त्री बन गये उन्हें भी पता नहीं चला। मालाधर बसु को भी यह कहाँ पता था कि हुसैन शाह सन्तोष और अमर से इस क़दर प्रभावित हो जायेगा। अमर साकर मल्लिक बन गया तो सन्तोष दबीर ख़ास। पद बढ़ा तो वैभव भी बढ़ा। वैभव इतना बढ़ गया कि बड़े–बड़े महल बनवाने के साथ रामकेलि नाम का नगर ही बसा लिया।

बस एक चीज़ पीछे छूट गयी थी, वह था धार्मिक संस्कार...उसे भी पकड़ने के लिए हाथ–पाँव मारना छोड़ते नहीं थे तभी तो कन्हाई नाट्यशाला में मूर्ति संग्रहालय का सिर्फ़ निर्माण ही नहीं कराया बल्कि श्रेष्ठ काव्य की रचना भी की...।

पर आज दोनों गुमसुम थे...दोनों के दोनों...। गुमसुम होने की वजह थी...। कुछ देर पूर्व ही तो राजधानी से आकर अचकन–पाजामा उतार कर धोती धारण की थी...। अमर और सन्तोष जितने अधिक भाई थे उससे अधिक मित्र थे। दोनों बैठ गये झरोखे पर...। मुख में हुक़्क़े की नली लगायी, लेकिन कश खींच नहीं पाये। बारिश का मौसम था, शायद आग बुझ गयी थी। सन्तोष ने चाँदी के हुक़्क़े की नली हटाकर अमर के हाथ में दी। अमर आग के लिए सेवक को आवाज़ देने ही वाले थे कि ज़ोरों से बारिश होने लगी...रिमझिम झमाझम...। मूसलाधार बारिश से सिर्फ़ धरती ही नहीं भीग रही थी कवि हृदय अमर के मन प्राण भी भीग रहे थे। वर्षा की तेज़ बौछार उनके झरोखे से टकराकर ऐसी फुहारें बना रही थी जैसे पानी के फुहारे जलवाष्प बनकर उड़ रहे हों। अमर और सन्तोष दोनों मन्त्रमुग्ध से हो रहे थे। बारिश समाप्त होने तक हुक़्क़ा पीने का भी होश न रहा। सुरमई शाम गहरी रात में परिवर्तित हो गयी। वर्षा की रफ़्तार धीमी पड़ गयी थी। तभी किसी के पैरों की पदचाप सुनायी दी...। अमर और सन्तोष ने भी पदचाप सुनी...पर ध्यान नहीं दिया। ध्यान देने की कोई ख़ास वजह भी नहीं थी। पर एक बात ऐसी कानों में पड़ी कि दोनों ही घायल हो गये...बात हृदय को बेधती हुए टेढ़ी होकर हृदय में ऐसी धँसी कि बस...धँसी ही रह गयी।

उनके घर के ठीक सामने एक ग़रीब स्त्री अपने छोटे–से बेटे के साथ बारिश में भीगने के डर से आश्रय लिए हुए थी। उसी समय पैरों

की पदचाप सुनकर छोटे–से बच्चे ने डरते हुए पूछा–माँ, यह किसके पैरों की पदचाप है? निस्तब्ध नीरवता में माँ की सहज आवाज़ गूँजी–किसकी होगी...चोर डाकू, राज्य कर्मचारी या कुत्ते...।

सन्तोष और अमर स्तब्ध और निष्प्रभ रह गये। उस स्त्री ने क्या मार्मिक चित्रण किया है–'चोर डाकू और कुत्ते के बराबर...हैसियत है हमारी...। एक साधारण ग़रीब स्त्री ने कितनी सहजता से अपने बच्चे को हमारी वास्तविक स्थिति का आईना दिखाया है।'

अमर और सन्तोष दोनों ही उदास हो गये। अमर मारक पीड़ा से पीड़ित हो गये, तो सन्तोष असन्तोष के दलदल में फँस गये। यह भी नहीं कहा जा सकता कि अमर और सन्तोष को इस प्रकार का असन्तोष पहली बार हुआ है...सुख–समृद्धि और वैभव के बीच–बीच में भी वे असन्तोष के हिचकोले पर कभी–कभार सवार हो ही जाते थे। परन्तु प्रजा से मिली प्रतिष्ठा शीघ्र ही असन्तोष के बादल को छितरा देती थी...।

लेकिन आज ज्ञानचक्षु खुल ही गये उनके। अमर ने अपने बड़े भाई सन्तोष से धीमे स्वर में कहा–भैया, उस स्त्री ने बिल्कुल सही कहा है हम लोग कुत्ते और चोर–डाकू से क्या बेहतर हैं...?

–बेहतर नहीं अमर, समकक्ष हैं तभी तो उस स्त्री ने तीनों को समकक्ष रखा है, सन्तोष बोले...।

–स्त्री रत्ती–भर भी ग़लत नहीं...। हम लोग पालतू कुत्ते की तरह दिन–रात बादशाह के सामने पूँछ ही तो हिलाते रहते हैं...चाहे वह ग़लत कहें या सही...। कितनी बार हमारे सामने बादशाह ने मन्दिर ध्वस्त करने का आदेश दिया है और हमने अपने दोनों होंठों को सिलकर रखा है... कि कहीं बादशाह नाराज़ न हो जायें। कुत्ता तो मालिक पर कभी–कभी भौंक लेता है लेकिन हम लोगों में वह शक्ति भी नहीं...। अमर का स्वर दर्द में डूबा था।

–और चोर–डाकू...? समाज उन्हें चोर–डाकू कहता है जो दूसरे का धन हड़प लेते हैं, लूट लेते हैं, अमर, हमारे पास भी इतना धन कहाँ से आया। न व्यापार किया, न खेती...। एक मन्त्री के पास आय के इतने स्रोत कहाँ से आ गये जो हमने इतने बड़े–बड़े महल बगीचे बनवा लिए... सब लूट के ही तो पैसे हैं। हम लोगों ने भी दूसरे के हिस्से के धन को अपना बनाकर चोरी ही तो की है...। सन्तोष अपने हाथ को माथे पर टिकाते हुए बोले।

–भैया, पहले भी कई बार ऐसा लगता था कि जीवन दलदल में धँसता जा रहा है। हाथ–पैर मारने की कोशिश भी करता था...पर इसी लूट से कमाये पैसे मेरे हाथ को पकड़कर पुनः दलदल में खींच लेते थे। इसी से तो मैंने आपसे कहा था रामकेलि में राधाकृष्ण का मन्दिर बनवाने के लिए ताकि हमारे पाप कुछ कम हो जायें...।

अमर की बात समाप्त होने के पहले ही सन्तोष बोल पड़े–

–मन्दिर बनवाने से पाप कम होने का सवाल कहाँ अमर...? यह सिर्फ़ मन का भ्रम है...मैं तो सोचता हूँ पाप की कमाई से धार्मिक कृत्य करना महापाप है और हम लोगों ने तो जघन्य अपराध किया है।

अमर को पता था पाप कम होने वाला नहीं पर...सन्तोष के मुख से महापाप सुनकर, मन पुनर्जात स्मृतियों में पड़कर अधीर हो उठा। छोटे भाई की अधीरता देख...बड़े भाई उससे कैसे विलग रह सकते थे...? दोनों निष्कम्प नयन से एक–दूसरे की आँखों में झाँकते हुए, मौन हो गये...। प्रकाशहीन सायंकाल में गुमसुम होकर बैठ गये...। गुम केवल शरीर हुआ, मन में बग़ावत उठ रही थी...सब बन्धनों को तोड़ने की बग़ावत...। ज़ंजीरों के बन्धन को तोड़ने के लिए मन कसमसा रहा था। पर अमर और सन्तोष को यह समझ नहीं आ रहा था कैसे आज़ाद हों इन बन्धनों से...? मन तड़फड़ा रहा था, मानसिक विद्रोह की चेष्टा भी प्रारम्भ हो चुकी थी परन्तु न मंज़िल का पता था और न रास्ते का..., गुमसुम बैठने के सिवा क्या कर सकते थे।

गौड़ बादशाह हुसैन शाह के सामने कभी भी कितनी भी बड़ी समस्या आ जाती तो उसे विश्वास था अपने मन्त्री साकर मल्लिक और दबीर ख़ास पर, और यह सत्य भी था, कैसी भी समस्या हो चुटकियों में सुलझा देते थे। हुसैन शाह भी सोचता था ऐसा कोई मर्ज़ नहीं जिसका इलाज इन दोनों भाइयों के पास नहीं है। इसी से वह बहुत निश्चिन्त होकर अपने पाँव पसारकर सोता था।

लेकिन आज अपनी बारी आयी तो अँधेरा ही अँधेरा दिख रहा था–घुप्प अँधेरे में प्रकाश की छोटी किरण भी चंचला–सी अदृश्य नज़र आ रही थी। मेघाच्छादित आकाश में कभी–कभार बिजली चमक भी जा रही थी पर उनके जीवन में प्रकम्पमय दीप्ति की भी झलक दुर्लभ प्रतीत हो रही थी।

तभी छोटे भाई अनूप ने आकर बताया–दादा, आप लोगों को पता है रामकेलि में चैतन्यदेव आये हैं...?

अमर और सन्तोष की आँखों में आशा की किरण प्रकाश तरंग बनकर प्रोद्भासित हो उठी। घनघोर अन्धकार के बीच एक जुगनू भी कितना टिमटिमाता है, यहाँ तो सामने प्रकाशपुंज ही उदित हो रहा था...।

अनूप की बात सुनकर अमर और सन्तोष को ध्यान आया चैतन्यदेव की चिट्ठी का..., पहले भी न जाने कितनी बार पढ़ चुके थे पर तसल्ली नहीं होती थी। कुछ दिनों से उस पत्र से भी उदासीनता हो गयी थी। आज पुनः उस चिट्ठी को निकाला। यह चिट्ठी अमर की उस चिट्ठी का उत्तर था जिसमें अमर ने चैतन्यदेव को लिखा था–

'श्रद्धेय देव...

बहुत दिनों से मैं आपके दर्शन के लिए आना चाहता था। आपने नवद्वीप में क़ाज़ी को संकीर्तन की शक्ति के सामने झुकने के लिए अपने प्रेम से मजबूर कर दिया था–उसी समय से मेरा मन आपसे मिलने के लिए बेतरह छटपटा रहा है।

आपसे मिलने की छटपटाहट में भी हमारा स्वार्थ है देव...राजकीय अन्न खाते–खाते मन इतना स्वार्थी हो गया है कि निःस्वार्थ कार्य करने का मन ही नहीं करता...। मेरा जन्म तो ब्राह्मण कुल में हुआ है किन्तु आज हम लोग अर्द्ध–मुस्लिम बन गये हैं..., हमारा रहन–सहन, पहनावा, खान–पान कुछ भी शुद्ध नहीं रहा...।

इतने धन, वैभव, पद पाने के बाद भी मन और हृदय दोनों अतृप्त ही बने हुए हैं। गौड़ देश के शासक के द्वारा किये गये रक्तपात में हमें भी रज़ामन्दी देनी ही पड़ती है। अपने हस्त हमें रक्त से सने दिखते हैं...। भीषण रक्तपात और उन लाशों के ढेर को देखकर न कुछ खाने का मन करता है और न किसी अन्य काम में ही मन लगता है। हम अभी तक न जाने कितने पण्डितों और साधुओं से सम्पर्क कर चुके हैं, अपने घर पर रखकर उन पण्डितों का आतिथ्य भी किया है। पर वे हमारे यहाँ ठहरते तो हैं,...शास्त्रार्थ भी करते हैं, पर हमारी रसोई का बना भोजन नहीं करते तो हमारी समस्याओं का अन्त क्या करेंगे? दान–दक्षिणा लेकर चले जाते हैं। हमें बीच भँवर में छोड़कर यह कहते हुए निकल जाते हैं कि–'हिन्दू धर्म में यही विधान है कि एक बार भी किसी विधर्मी के साथ खानपान हो जाने से उस व्यक्ति का पतन होना निश्चित है। इस धर्म की यही विशेषता है कि एक बार शुचिता गयी कि आप गये...।'

देव, उन पण्डितों का कहना कि आप जिस तरह अभी मन्त्री पद का काम कर रहे हैं, करते रहें...मन–ही–मन प्रायश्चित्त करते रहें, ब्राह्मणों को दान–दक्षिणा देते रहें, कुछ पाप कम हो जायेंगे पर आप अब पवित्र नहीं हो सकते...। हम निराश हो चुके थे पर अभी–अभी सुना है कि आपने नदिया में एक विप्लवकारी समाज की संरचना की है।

हमने यह भी सुना कि आपका मानना है कि एक बार समाज द्वारा घोषित पतित व्यक्ति हमेशा के लिए पतित नहीं हो जाता। आपने कहा है न देव, कि एक बार प्रसन्न होकर प्रभु की शरण में जाने से सम्पूर्ण पाप जलकर भस्म हो जाते हैं। हम भी अपने सम्पूर्ण पाप राशि आपके सामने ही भस्म करना चाहते थे, पर हमारा दुर्भाग्य कि आपने बंगाल ही छोड़ दिया और चले गये उत्कल।

देव...गौड़ देश के बादशाह और उत्कल नरेश के बीच की शत्रुता को तो आप जानते हैं न? हमारे पैरों में गौड़ देश के मन्त्री की ज़ंजीर लगी है...शायद उत्कल नरेश भी हमें अपने राज्य में प्रवेश न करने दें। हम क्या करें देव...क्या आप हमें सुमार्ग निर्देशित करेंगे? अब हम इन राजकीय कार्यों से मुक्ति चाहते हैं, हमारा मन आत्मविसर्जन के लिए व्याकुल हो रहा है।

मार्गदर्शन की प्रतीक्षा में–दास अमर'

जिस सन्देशवाहक के हाथ पत्र भेजा था वही चैतन्यदेव का सन्देश लेकर आया था। सन्देश में बस एक श्लोक था...पर उस एक श्लोक ने अमर और सन्तोष के तप्त मन को जो अतुलनीय शीतलता पहुँचायी थी उसकी अनुभूति अविस्मरणीय थी। पत्र मिलने के बाद उनका मन शान्त हो गया और वे उन्हीं के निर्देश पर अपनी दिनचर्या का पालन भी कर रहे थे।

चैतन्यदेव ने लिखा था–'कोई स्त्री अपने पति को छोड़कर जब किसी दूसरे पुरुष से प्रेम करती है तो मन–ही–मन उस पुरुष का चिन्तन करती है पर बाह्य रूप से सारे गृहकार्य करने में व्यस्त रहती है। इसी प्रकार तुम भी अन्दर–ही–अन्दर अपना मन–प्राण–आत्मा सभी ईश्वर को समर्पित कर दो, बाह्य रूप से और अनासक्त भाव से राजकाज के कार्यों को करते रहो...'

चैतन्यदेव की हस्तलिखित इन पंक्तियों को जब–जब पढ़ते भ्राताद्वय का मन नीलांचल जाने के लिए आकुल–व्याकुल हो जाता। पर जितना

ही बड़ा पद, उतना ही अधिक बन्धन भी तो रहता है। उस पर से उत्कल और गौड़ देश में युद्ध भी छिड़ गया था...। मन मसोसकर रहने के सिवा चारा ही क्या था?

और आज प्यासे के पास कुएँ के ही आने की ख़बर जब प्यासे को लगी तब प्यासा क्या करेगा। सुबह होने का इन्तज़ार करना कहाँ सम्भव था, अमर और सन्तोष के लिए सूर्योदय का इन्तज़ार करना असह्य था। इनकी प्यास न जाने कितने वर्षों की थी या कितने जन्मों की यह तो ईश्वर जाने, चैतन्यदेव के पास तो ऐसे गये जैसे जन्म–जन्मान्तर से प्यासे हों।

मध्य रात्रि की वेला, मेघाच्छन्न आकाश, पवन चंचल हो रहा था बरसाती बादल का यौवन ज्वार पर था। मनःस्थिति बाह्य परिस्थितियों से अनभिज्ञ–सी थी, अपने राजमहल से निकलते वक़्त शून्यत्वमय अनुभूति की प्रतीति हो रही थी।

मन्दिर के उस परिसर में जहाँ देव का वास था, प्रशान्त नीरवता व्याप्त थी। ताम्रवर्ण प्रकाश अन्धकारमय वातावरण को स्निग्धता प्रदान कर रहा था। आह्लादित तो भ्राताद्वय भी हो रहे थे...चिरसंचित घड़ी की इतनी निकटता व्याकुलता भी उत्पन्न कर रही थी। पर इतनी रात्रि में कौन जगा रहता...? नव जाग्रत वैराग्य भ्रातात्द्वय को निराशा और आशा के हिंडोले पर झुला रहा था। तभी एक मधु मिश्रित आवाज़ आयी–'कौन?'

मन्दिर के बगल वाले कक्ष से रोशनी आ रही थी, शायद यह गम्भीर आवाज़ भी उधर से ही आयी थी, अमर उसी कक्ष की ओर लपके, सन्तोष ने भी अपने अनुज का अनुसरण किया...।

सामने चैतन्यदेव थे, अमर हों या सन्तोष, अपनी आँखों पर विश्वास नहीं हो रहा था, उन्हें आत्मविस्मृति हो रही थी। अमर और सन्तोष देव के चरणों पर गिर पड़े...। उन्होंने दोनों को गले लगाते हुए कहा–अब तक कहाँ थी रूप और सनातन...की जोड़ी...।

–देव...!, शायद आपको हमारी अधमता का विस्मरण हो गया है। हम लोग अर्द्ध–मुस्लिम से हो गये हैं। क्या अब समाज हमें रूप और सनातन के रूप में स्वीकार करेगा?

–समाज क्या है, रूप? समाज वही है जो हम बनाते हैं। यदि हम सड़ी–गली मान्यताओं को मानते रहेंगे तो समाज पीछे की ओर भागता रहेगा। यदि हम अन्धविश्वास की पट्टी अपनी आँखों पर बाँधे रहेंगे तो

समाज अन्धा हो जायेगा...। समाज को इन सड़ी–गली मान्यताओं से बाहर लाने का काम हम सबका है...।

–हम क्या करें देव...? बादशाह हम दोनों पर बहुत अधिक विश्वास करता है। राजकाज को सुचारु रुप से चलाने की निश्चिन्तता का अनुभव वह हम दोनों के ही कारण करता है। जैसे ही हम मन्त्री पद त्यागने की बात करेंगे वह उन्मत्त हो जायेगा, सनातन ने आशंका व्यक्त की।

–अब यह तो तुम्हें स्वयं निर्णय लेना है, पर इतना याद रखो कि ईश्वर के प्रति समर्पण का सबसे पहला मूल मन्त्र है–निर्भीकता...निर्भयता...। यदि तुम निर्भय नहीं हो तो इसका अर्थ है तुम्हारी ईश्वर में आस्था नहीं। मुझे तुम दोनों पर पूरा विश्वास है। मैं अभी वृन्दावन जा रहा हूँ...आशा करता हूँ शीघ्र भेंट होगी...।

चैतन्यदेव चले गये, जाते–जाते रूप–सनातन के मन, प्राण, हृदय सबको मानो खींचते चले गये। रूप सोच रहे थे–'अब चाहे जो हो मन्त्री पद स्वीकार्य नहीं।' रूप राजधानी गये ही नहीं, अपनी सम्पत्ति का तीन हिस्सा समाज के निर्धनों और ज़रूरतमन्दों के बीच बाँट दिया और चौथा हिस्सा परिवार को देकर गृह त्याग कर, वृन्दावन की ओर निकल पड़े।

सनातन राजधानी लौटे तो लेकिन राजदरबार में नहीं गये। निर्भीकता आयी तो थी पर इतनी नहीं कि स्पष्ट शब्दों में निषेध कर सकें। हुसैन शाह के आमन्त्रण पर सनातन ने सन्देश भेज दिया : 'तबीयत ठीक नहीं है।' बादशाह ने राजवैद्य को भेजा। राजवैद्य ने संशयात्मा के स्वर में बादशाह से कहा–'मुझे नहीं लगता कि कोई रोग है।'

बादशाह का माथा ठनका : 'कहीं मेरा दुश्मन राजा से तो नहीं मिल गया।' बिना एक क्षण गँवाये अपने पैरों में जूती डालकर पहुँच गया सनातन के पास। सनातन पण्डितों के साथ बैठकर शास्त्र चर्चा कर रहे थे।

बादशाह हुसैन शाह स्वस्थ सनातन को देखते ही क्रोध से आगबबूला हो गया, लेकिन आज सनातन ने चैतन्यदेव की निर्भीकता के पाठ को आत्मसात कर लिया था...वे निर्भय होकर खड़े थे।

हुसैन शाह चिल्लाया–साकिर मल्लिक बिना कुछ बताये अपनी धन–सम्पत्ति लेकर राजधानी छोड़कर चला गया और तुम स्वस्थ होते हुए भी अस्वस्थ होने का बहाना बनाकर ऐसे समय राजदरबार नहीं आ रहे हो जबकि मुझे तुम्हारी सबसे ज़्यादा ज़रूरत है। चारों तरफ़ अविश्वास, मारकाट...हिंसा का ताण्डव हो रहा है...।

सनातन ने नम्रता एवं दृढ़ता के साथ कहा–मेरा अनुज सर्वस्व त्याग संन्यासी बनकर वृन्दावन चला गया है। आपसे बग़ावत करके किसी दुश्मन राजा से नहीं मिल गया है। राजमन्त्री पद पर रहते जो धन कमाया था वह भी लेकर नहीं गया, सब कुछ बाँट दिया, अपने निर्धन ग्रामवासियों के बीच...और जहाँ तक मेरा सवाल है मैं भी वृन्दावन जाऊँगा। अब मुझसे राजकाज का कार्य नहीं हो सकेगा।

बादशाह बोला–अच्छी बात है चले जाना, पर जाने के पहले कम–से–कम उत्कल राज्य को हराकर जाओ...फिर मैं तुम्हारे जाने की व्यवस्था स्वयं करूँगा।

–शाह, कृपया मुझे क्षमा करें, अब मैं किसी भी तरह की हिंसा में अपनी भागीदारी नहीं दे सकता।

बादशाह आश्चर्यचकित था–दबीर ख़ास ने कुछ नशा तो नहीं कर लिया है, हमेशा मेरे सामने हाथ जोड़ने की मुद्रा में ही खड़ा रहता था, आज तक एक बात भी काटने की हिम्मत नहीं की थी। हुसैन शाह ने प्यार से समझाते हुए कहा–तुमने कुछ नशा तो नहीं कर लिया। तुम जिस तरह से अमर्यादित भाषा में बात कर रहे हो उसके परिणाम से वाक़िफ़ हो...?

–जानता हूँ। सिर से धड़ अलग, पर मैं पूरी तरह होशोहवास में हूँ... सच पूछें तो पहली बार होश में आया हूँ, सनातन ने मुस्कुराते हुए कहा।

सनातन को मुस्कुराते देख हुसैन शाह के क्रोध का पारा और बढ़ गया–उसने तुरन्त ही कारागार में बन्द करने का आदेश दे दिया।

पर जो मन और धन दोनों से मुक्त हो गया हो उसे कितने दिनों तक नज़रबन्द किया जा सकता है...? सनातन के पास जो भी धन था उसे कर्मचारियों को सौंपकर श्री वृन्दावन धाम निकल गये।

29

तमाल के बड़े–बड़े वृक्षों से आच्छादित करील कुंजों पर लगे छोटे–छोटे लाल फल और कँटीले बेर के पेड़ों से निर्मित झुरमुट तथा तुलसी के बड़े–बड़े पौधे–कुछ हरी तुलसी तो कुछ श्याम तुलसी की मंजरियों से उठती सुगन्ध से चैतन्यदेव का मन सुवासित हो रहा था।

सामने यमुना का पुलिन, उस पर चरती गायें और उनके बछड़े जिनके गले में बँधी घण्टियाँ टनटन कर ध्वनि को गुंजायमान कर रही थीं।

गायों के खुरों से उड़ती धूल से आकाश आच्छादित हो रहा था। गायों के पीछे–पीछे हाथ में लकुटि लिए ब्रजवासी बालक...को देखते ही चैतन्यदेव की भावावस्था बदल गयी। कुछ पल के लिए देह–दशा का ध्यान ही नहीं रहा। काशी से ही साथ हो लिए थे भट्टाचार्य महोदय...उनके तो हाथ–पाँव ही फूलने लगे...।

–हे भगवान अब क्या होगा? मुझे क्या पता वृन्दावन आते ही ऐसा हो जायेगा...काशी में तो इतने दिनों तक देव के साथ रहा पर कभी इस तरह उनकी अवस्था नहीं देखी..., भट्टाचार्य महोदय बुदबुदाते भी जा रहे थे और चैतन्यदेव के चेहरे पर पेड़ के पत्ते से हवा भी कर रहे थे।

चैतन्यदेव चैतन्य हुए तो भट्टाचार्य महोदय को पत्तों से पंखा झलते देख उदास हो गये–भट्टाचार्य महोदय, मेरे कारण आपको इतनी अधिक परेशानी हुई, मुझे इसका बहुत खेद है पर आपने मेरे सुख के निमित्त वृन्दावन के पेड़ों से इन पत्तों को अकारण क्यों तोड़ लिया? महाशय...आप जानते हैं न, सभी पेड़–पौधे सजीव होते हैं, इन्हें काटने–तोड़ने और मसलने से पीड़ा पहुँचती है। वृन्दावन के पेड़ साधारण पेड़ों की तरह नहीं हैं...। यह वही स्थल है जहाँ ब्रह्मा भी पेड़–पौधे बनकर जन्म लेना चाहते हैं...। क्या पता...जिस पेड़ को तोड़ा वे कोई महात्मा हों, पेड़ बनकर तपस्या कर रहे हों। आपने सुना है न महाशय, उद्धव जी भी ब्रज में लता–पता बनकर जन्म लेना चाहते हैं...। क्या पता साधारण पेड़ के रूप में मेरे सामने कौन जीवन्मुक्त सन्त खड़े हों...? चैतन्यदेव अपने दोनों हाथों को जोड़कर खड़े हो गये।

भट्टाचार्य महाशय अवाक् हो गये...। इतने दिनों से बंगाल छोड़कर काशी में वास कर रहे थे, विद्वान व्यक्ति थे, अभी नासमझों की तरह आँखें झपका रहे थे : यह कौन–सी दुनिया है, क्या यह एक दूसरी दुनिया है जो भावभूमि से ही भावित है...। यह लौकिक दुनिया है या पारलौकिक...? पारलौकिक और लौकिक दुनिया के यथार्थ में कितना अन्तर है? अन्तर है या नहीं, पर भट्टाचार्य इस निराली दुनिया में आत्मनिवेदन का यह अभूतपूर्व दृश्य देखकर...ईश्वर से प्रार्थना करने लगे–मुझे भी इस अद्‌भुत भाव जगत् की दुनिया में प्रवेश करा, प्रभो...।

भावभूमि में प्रवेश की बात का तो नहीं पता परन्तु चौबे जी का प्रवेश तो हो ही गया–आज वृन्दावन नहीं जाना है तो मेरे घर सप्तपुरी में, न्यारी मथुरा में ही विश्राम करें। भट्टाचार्य महाशय की थमी साँस चलने लगी...एक से भले दो...। चैतन्यदेव के साथ दोनों चल पड़े।

—यह वृन्दावन नहीं है चौबे जी? भट्टाचार्य महाशय ने पूछा।

—यहीं से वृन्दावन की सीमा प्रारम्भ होती है...पर अब सन्ध्या होने को है...आगे घना जंगल है इतना घना कि दिन में सूर्य की रोशनी में भी अँधेरा रहता है। आप लोग कल सबेरे चले जायें...। आज रात्रि में मेरे घर पर विश्राम करें। आप लोग मेरे यजमान हैं, पूरा बंगाल मेरा ही यजमान, है...। नाग नथैया ही मेरे ठाकुर हैं...मुर्शिदाबाद के एक बाबू मोशाय ने ही उनके लिए कमरे बनवा दिये हैं और भोग–राग की भी व्यवस्था उन्हीं के द्वारा हो रही है। भैया, मैं तो ठाकुरजी की सेवा करता हूँ और ठाकुरजी भी मेरा ख़याल रखते हैं। आप लोगों की कृपा से कोई कमी नहीं है। चौबे हँसते हुए बोला।

—हम लोगों के ठहरने की व्यवस्था किसी आश्रम में कर देते तो अच्छा रहता। आसपास में कोई आश्रम अवश्य होगा। चैतन्यदेव ने कहा।

—क्यों बन्धु! संन्यासी आश्रम में क्यों रहोगे...? भाँग घुटेगी, चौबाइन बनायेगी चकाचक रसोई...। जमकर प्रसाद अरोगना और छककर भाँग पीना...। मथुरा की भाँग पीकर दुनिया का कोई तनाव नहीं रह जाता...। मस्ती में झूमते हुए पण्डे ने कहा।

—तुम्हारे आतिथ्यभाव के लिए बहुत धन्यवाद भैया, पर हमें तो कोई आश्रम दिखा दो...। न तो मैं भाँग खाता हूँ न चकाचक भोजन...। संन्यासियों के लिए न भाँग लेने का विधान है और न चकाचक भोजन का। आसपास कोई मन्दिर हो या आश्रम कहीं व्यवस्था कर दो...। चैतन्यदेव ने ज़िद की।

—एक आश्रम है, पास में ही है...बंगाली तीर्थयात्री वहीं रुकते हैं... कुछ बूढ़ी माई भी रहती हैं। तीर्थयात्रा करने आयी थीं, वापस गयी नहीं, कुछ साधु भी रहते हैं...चलिए, आपको वहीं छोड़ दूँ.., पण्डा आश्रम तक छोड़ गया।

आश्रम पहुँचते चैतन्यदेव का मन खिन्न हो गया, एक साधु बुरी तरह एक दीन–हीन सी बूढ़ी माई पर बिगड़ रहा था...। क्षीण काया, कमर झुकी हुई, पोपला मुँह, सफ़ेद रंग की फटी मैली–कुचैली धोती पहने बुढ़िया कातरावस्था में उस साधु की डाँट सुन रही थी। बूढ़ी माई की आँखों में आँसू छलछला रहे थे।

साधु डपटकर कक्ष के अन्दर चला गया...। बूढ़ी माई आगे बढ़ गयी, छलछलायी आँखों से उसे देव दिखायी नहीं पड़े, वह डगमगाकर चैतन्यदेव से टकरा गयी। 'बेटा क्षमा करना', बूढ़ी माई घबरा गयी।

—माफ़ तो मुझे करना माँ...। उस बूढ़ी माई में देव को शची माँ दीख रही थी। क्या इस माई का पुत्र भी उनकी तरह संन्यासी होकर अपनी बूढ़ी माँ को छोड़कर कहीं तपस्या कर रहा होगा? माँ की सेवा के वक़्त वह कहाँ है? चैतन्यदेव की आँखें छलछला गयीं।

—माँ, आप यहाँ कैसे...? बंगाल से इतनी दूर तक कैसे आयीं...? भट्टाचार्य महाशय ने पूछा।

—मैं आज नहीं आयी बेटा...बहुत दिन पहले, युवावस्था में ही आ गयी थी। पति की मृत्यु के बाद परिवारवाले ज़बर्दस्ती मुझे सती बनाना चाहते थे...। मैं जीना चाहती थी बेटा...मरना नहीं चाहती थी। मेरा पति बूढ़ा था उस पर से बीमार भी...मेरे पिता से भी अधिक उम्र का था। मैंने उसकी पूरी बीमारी में जी–जान से सेवा की पर वह बच नहीं सका...। ससुराल वालों ने बहुत समझाया तू अपने पति के साथ पतिलोक चली जा, वहाँ उसकी सेवा भी करना और पतिलोक के सुख भोगना। मैं उनके प्रलोभन में नहीं आयी। मुझे जलने से बहुत डर लगता था...जलन की पीड़ा के अकल्पनीय दुःख से घबराकर, मैंने उनकी बात नहीं मानी। मेरे ससुराल वालों ने सोचा कि जैसे ही मुझे नींद आयेगी वे मेरा गला दबाकर मेरे पति की चिता पर सुला देंगे...। बेटा...मैं रात्रि में सोयी ही नहीं, मौक़ा देखते ही घर से निकलकर भाग गयी। गंगा किनारे–किनारे दौड़ती रही। काशी प्रयाग के रास्ते भटकते–भटकते यहाँ तक आ गयी...गोविन्द की शरण...। पूरी ज़िन्दगी तो कट गयी इसी आश्रम की सेवा करते–करते...। अपने आँसुओं को पोंछते हुए माई बोली।

—आपको वह साधु क्यों डाँट रहा था? भट्टाचार्य महोदय का अगला सवाल था।

बूढ़ी माई ने चारों ओर इधर–उधर देखा फिर निश्चिन्त होकर बोलीं—वह साधु नहीं, महन्त है बेटा...बूढ़े महन्त को गोलोकधाम की प्राप्ति हो गयी, वे हमारे गुरुदेव भी थे। जब मैं घर से भागी थी अपने सोने के गहने की पोटली साथ लेकर भागी थी...। उसे गुरुदेव के पास जमा कर दिया था, वे अब रहे नहीं...बहुत बड़े सन्त थे। वर्तमान महन्त उनका ही उत्तराधिकारी है परन्तु बहुत क्रोधी...बूढ़ी माइयों को देखते ही साँप की तरह फुँफकारने लगता है। अब मरने का समय निकट आ गया है। सोचती हूँ कुछ गहनों को बेचकर दान–पुण्य कर लूँ। नया महन्त गहने देने को तैयार नहीं...कहता है गहनों से ठाकुरजी का मुकुट बनवा देगा...अब जो ठाकुर की मर्ज़ी।

अब शरीर से काम भी नहीं होता...काम से जी नहीं चुराती, पर शरीर साथ ही नहीं देता...इससे भी महन्त नाराज़ होता है पर क्या करूँ बेटा...? किसी तरह ज़िन्दगी कट ही जायेगी! मैं अपने को बड़भागी मानती हूँ कि गोविन्द ने मुझे ज़िन्दा जलने से बचाकर अपनी शरण, अपने धाम में रखा है।

'आपनेर कि अपूर्व निष्ठा...' बूढ़ी माई ने नज़र घुमायी तो सामने एक प्रकाशपुंज संन्यासी के रूप में खड़ा था। जैसे ही बूढ़ी माई चैतन्यदेव का चरण स्पर्श करने के लिए झुकने लगीं वे पीछे हट गये–'माँ, तुम आशीर्वाद दो कि जैसी तुम्हारी निष्ठा है गोविन्द के प्रति, जैसा तुम्हारा समर्पण है अपने ठाकुर के प्रति मुझे भी हो', चैतन्यदेव भावुक हो गये।

बूढ़ी माँ अपलक निहारती हुई विनीत भाव से बोली–'मैं नहीं जानती आप कौन हैं, पर मुझे ऐसा क्यों लग रहा है कि मेरा साँवला–सलोना कन्हैया ही गौरांग रूप में मेरे समक्ष खड़ा होकर मुझे माँ कहकर कृतार्थ कर रहा है। आपके दर्शन मात्र से मेरे सारे दुःख, सारे कष्ट, जीवन की सारी विपदाएँ कहाँ चली गयीं, मुझे स्वयं नहीं पता। हर्ष और आनन्द के अतिरेक से मेरे मन–प्राण आप्लावित हो रहे हैं..। ऐसी ख़ुशी, ऐसा आनन्द सिर्फ़ परमानन्द ही दे सकता है...आप वही हो। न मुझे गहने चाहिए और न आश्रम में सम्मान...गहने को बेचकर जिसकी प्रसन्नता के लिए दान–पुण्य करना चाहती थी उसका सम्पूर्ण फल मुझे आज आपके दर्शन से प्राप्त हो गया...।' उस बूढ़ी माँ को न भय रहा, न संकोच, न लज्जा रही और न पुण्य प्राप्ति का लोभ...।

–माँ, मैं कुछ भी नहीं पर गोविन्द तुम्हें हमेशा ऐसे ही प्रसन्न रखेगा..., चैतन्यदेव ने विनम्रतापूर्वक कहा।

कोलाहल सुनकर महन्त से लेकर सभी आश्रमवासियों ने अपने कक्ष से निकलकर देखा तो बूढ़ी माँ आनन्दातिरेक में गाती हुई नाच रही थी–गौर रूप धरे आमार कृष्ण आयो...

30

सूर्योदय के पूर्व भट्टाचार्य महोदय के साथ चल दिये वृन्दावन। घने जंगल के मध्य से ही मार्ग था, पेड़ों की गहनता इतनी अधिक थी कि हाथ को हाथ नहीं सूझ रहा था। प्रकाश और अन्धकार को संघर्ष करते देख चैतन्यदेव घाट पर ही रुककर सूर्योदय होने की प्रतीक्षा करने लगे...।

घाट की ओर आते हुए एक ब्रजवासी से भट्टाचार्य महाशय ने पूछा–इस घाट का नाम क्या है?

–अक्रूर घाट...कहकर ब्रजवासी आगे बढ़ गया पर देव कलिकाल से सीधे पहुँच गये द्वापर युग..., अक्रूरजी को दर्शन देते उनके प्रियतम साँवले–सलोने श्यामसुन्दर उन्हें भी दृष्टिगोचर होने लगे...। न जाने कितनी अवधि इसी अवस्था में बीत गयी। सूर्योदय हुंआ...सूरज चढ़ने लगा...उसकी तेज़ आँच बढ़ती ही जा रही थी लेकिन उनकी समाधि टूटे, तब न भट्टाचार्य महोदय कुछ कहें।

समाधि हटी तो सूरज माथे पर चमक रहा था।–अब कहाँ सम्भव है! वृन्दावन जाकर वहाँ से वापस लौटना...मथुरा ही लौट चलते हैं–भट्टाचार्य महोदय बोले।

–लौटने की ज़रूरत ही क्या है? रात्रि में वृन्दावन में ही विश्राम करेंगे।

–जंगल में कहाँ विश्राम करेंगे?' भट्टाचार्य महोदय की भय से घिग्घी बँध रही थी।

–जंगल कहाँ हैं? महाशय? यह तो वृन्दावन है, वही वृन्दावन जहाँ मधुर–मधुर वंशी बजती है...सुनायी दे रही है आपको वंशी की आवाज़...?

–आज रात्रि कालिदह घाट में ही रुक जाते हैं, क्यों भट्टाचार्य? चैतन्यदेव ने कहा।

–आप जहाँ हैं वही स्थान मेरे लिए सर्वश्रेष्ठ है; मधुर वंशी की ध्वनि का आस्वादन अभी–अभी तो हुआ था, भट्टाचार्य अपना मत देकर उस ध्वनि से वंचित होने के लिए तैयार नहीं थे।

घनघोर रात्रि की नीरव शान्ति, चैतन्यदेव सो गये...। भावुक भट्टाचार्य की आँखों के समक्ष एक अलौकिक दृश्य था : ठीक सामने कालिदह नाग पर नागनथैया भगवान श्रीकृष्ण साक्षात् विराजमान थे। यमुना के तट पर कुछ लोगों की परछाईं भी दीख रही थी। एक ही दिन में इतनी कृपा–वंशी की ध्वनि भी सुन ली और साक्षात् नागनथैया के दर्शन भी हो गये...। भट्टाचार्य असमंजस में थे–देव को उठायें या नहीं, पर मन नहीं माना। देव को जब ज्ञात होगा कि मैंने साक्षात् श्रीकृष्ण का दर्शन कर लिया और उन्हें नहीं जगाया तो कितनी तकलीफ़ होगी। अतिरेक उत्साह में भट्टाचार्य ने झकझोरकर देव को जगाया–सामने देखिए देव, कालीनाग पर साक्षात् श्रीकृष्ण हैं, नागनथैया श्रीकृष्ण...मेरा जीवन सफल हो गया...। भट्टाचार्य महाशय ने देव को जाग्रत तो कर दिया परन्तु अगले ही क्षण भय के मारे थर–थर काँपने लगे...।

अब क्या होगा...? वृन्दावन धाम में प्रवेश करते ही देव को महाभाव समाधि लग गयी थी। यमुना को देखते ही देव भावावेश में छलाँग मारकर कूद पड़े थे, साक्षात् श्रीकृष्ण दर्शन होते ही क्या कर लेंगे? कैसे सँभाल पायेंगे। पर आश्चर्य नहीं परम आश्चर्य देव अविचलित भाव से अचल मुद्रा में बैठे रहे। भट्टाचार्य को साक्षात् श्रीकृष्ण का दर्शन छोड़ मूढ़ की भाँति बिना पलकें झपकाये अपनी ओर निहारते देख चैतन्यदेव ने प्यार से एक चपत भट्टाचार्य के सिर पर लगाते हुए कहा–इतना आसान है श्रीकृष्ण का...साक्षात् दर्शन...?

–आपकी आज्ञा हो तो मैं निकट जाकर दर्शन कर आऊँ...। भट्टाचार्य अपनी आँखों पर कैसे अविश्वास करें।

–आप अवश्य जायें महाशय...कोई भी बात आप तब तक न स्वीकार करें जब तक आपका मन उसे स्वीकार न करे...आप जाकर अवश्य तसल्ली करें...

भट्टाचार्य महाशय बिना एक क्षण गँवाये पहुँच गये यमुना तीरे। सामने एक मल्लाह यमुना के मध्य में नाव पर खड़ा होकर मछली मार रहा था। नाव के खम्भे में एक लालटेन लटक रही थी। उसी लालटेन की टिमटिमाती रोशनी को ही भट्टाचार्य महाशय ने कालिया नाग की चमकती आँख समझ लिया और मछली पकड़ने के लिए इधर–से–उधर करने वाले मल्लाह को नाग पर नृत्य करते नागनथैया। भोले–भाले भट्टाचार्य महोदय को अपना विश्वास टूटने पर दुःख से अधिक लज्जा का बोध हो रहा था। संकोच से गड़ते जा रहे थे। वापसी में पैर उठ ही नहीं रहे थे। मन परेशान हो रहा था, कैसे सामना करेंगे देव का...? 'देव नाराज़ होंगे या हँसी के पात्र बनायेंगे...अब चाहे जो करें। अल्पबुद्धि होकर अपने आपको देव से भी अधिक तीक्ष्ण बुद्धि का समझ लिया तभी तो सत्य का परीक्षण करने चल दिया...। अब चाहे देव जो करें, सब सिर माथे...स्वीकार्य।'

पर आश्चर्य, देव ने कुछ भी नहीं कहा। भट्टाचार्य महाशय ही बोले आपकी अवज्ञा कर गया देव...वहाँ तो एक मल्लाह मछली पकड़ रहा था।

–कोई बात नहीं महाशय...इतने समय तक आप नागनथैया के सान्निध्य में, एकाग्रतापूर्वक मन, वचन, कर्म से जुड़े तो रहे, चैतन्यदेव ने मुस्कुराते हुए कहा...।

दो दिन के अन्दर ही पूरे ब्रजमण्डल में विद्युत गति से यह बात फैल गयी कि एक अप्रतिम सौन्दर्य का अलौकिक स्वामी संन्यासी वृन्दावन आया है...वह वृन्दावन की प्रत्येक लीलास्थली को पहचानता है जहाँ–जहाँ कन्हैया ने लीलाएँ की थीं...।

—कहीं वह कन्हैया ही तो नहीं...? दूसरा कैसे जान सकता है कि कन्हैया ने कब, कहाँ क्या किया है? एक बूढ़े ब्रजवासी ने कहा।

—पर कन्हैया तो काला था, हमने सुना है कि यह संन्यासी तो एकदम दूध के समान गौरांग है। दूसरे बुज़ुर्ग ब्रजवासी ने कहा...।

—अरे भाई, हमारे कन्हैया को काले से गोरा बनने में कितने क्षण लगेंगे? तुम्हीं बताओ। ब्रजवासी माई अपने चेहरे को आँचल से ढँकती हुई बोलीं...।

वही गोवर्धन पर्वत जिसे कन्हैया ने सात दिनों तक अपनी कनिष्ठा पर उठाकर रखा था, ऐसा सिर्फ़ ब्रजवासी ही नहीं कहते श्रीमद्भागवत पुराण में भी वर्णित है। सात कोस में फैली इस शस्य श्यामला पहाड़ी—गोवर्धन को ब्रजवासी अपने कान्हा का ही दूसरा रूप मानते हैं...। उसी गोवर्धन के ऊपर माधवेन्द्रपुरी गोस्वामी के श्रीनाथ जी विराजमान थे, चैतन्यदेव के सामने बड़ी मुश्किल थी...वे अपने पैर को गिरिराज पर्वत पर रखें तो कैसे...? और श्रीनाथ जी के दर्शन बिना लौटें तो कैसे...?

फिर भी दोनों विकल्पों में लौटना ही स्वीकार्य था...। गोवर्धन के ठीक आगे एक छोटा—सा गड्ढा था उसे देखते ही चैतन्यदेव के मुख से स्वत: निकल गया—यही तो है राधाकुण्ड—श्यामकुण्ड। फिर क्या था : ब्रजवासियों ने दिन—रात एक करके दो बड़े—बड़े कुण्डों की खुदाई कर दी...राधाकुण्ड, श्यामकुण्ड।

राधाकुण्ड का जल शुभ्र, स्वच्छ और सुवासित तो श्यामकुण्ड का जल शस्य श्यामल। चैतन्यदेव के प्राण आह्लादित हो गुनगुना रहे थे—राधाकुण्ड, श्यामकुण्ड...सेई वृन्दावन। देव की प्रसन्नता देखकर भट्टाचार्य महाशय ने हुलसित होकर पूछा—देव, जब से आपका वृन्दावन आगमन हुआ है, आप पेड़, पहाड़, कुण्ड...इन तीनों में ऐसे आत्मसात हो गये हैं जैसे इन्हीं से सत्य की खोज होती है, जैसे इन्हीं से ज्ञान की खोज होती है, जैसे इन्हीं से सौन्दर्य की खोज होती है, यही नहीं देव आपका इन तीनों के प्रति अतिशय समर्पण देखकर कभी—कभी लगता क्या मुक्ति की खोज भी इन्हीं तीनों के माध्यम से होती है!

—भट्टाचार्य जी, वृन्दावन का रजकण मेरे लिए कम महत्त्वपूर्ण नहीं है। वैसे भी इस संसार में छोटे—से—छोटा अणु भी किसी से अधिक या न्यून नहीं, उतना ही महत्त्वपूर्ण है...। सभी उसी गोविन्द की संरचना हैं। पर पहाड़, पेड़, जल इनके बिना तो जीवन ही नहीं है। संसार में जो भी सौन्दर्य प्रलक्षित होता है पहाड़, पेड़ और जल के ही कारण। कल्पना कीजिए

ऐसा संसार जहाँ न पेड़ हों, न पानी और न पहाड़...वहाँ जीवन एक दिन भी रहेगा...? ईश्वर ने इस संसार की रचना की है तो ईश्वर भक्तों का कर्तव्य है उसकी सुन्दर रचना को सुन्दर बने रहने देने में सहयोग करें।

और रही बात वृन्दावन की...यहाँ के पेड़ भी बड़भागी हैं और पहाड़ भी... सभी कृष्णमय हैं...। पेड़ों से हरा–भरा वन प्रदेश यह वृन्दावन...हरियाली से आच्छादित यह गोवर्धन...ढेर सारे कुण्डों में प्रवाहित निर्मल जल और यमुना में बहती श्यामल धारा, इससे सुन्दर इस धरती पर क्या है, यह चिन्मय भूमि है, तभी तो यह हमें नैसर्गिक सत्प्रेरणा देती रहती है, कहते–कहते देव की आँखें मुँद गयीं।

कोलाहल से चैतन्यदेव का ध्यान भंग हुआ। सामने से भीड़ आ रही थी। भीड़ के आगे–आगे पालकी पर श्रीनाथ जी विराजमान थे। चैतन्यदेव नाथजी के आगे साष्टांग लेट गये–'कितने कृपालु हो नाथ?'

–हम लोग कभी–कभी श्रीनाथ जी को नीचे भी उतारते हैं, हमारे गोपाल जी तो छोटे सों बालक हैं न, मोरे लाला..., ब्रजवासी भोलेपन से बोला।

चैतन्यदेव मुस्कुरा रहे थे–अखिल ब्रह्माण्ड के नायक, जिनकी इच्छा के बिना पत्ता भी नहीं हिलता पर प्रेम भरे भक्तों के लिए वे लाला ही तो हैं। छोटे से कन्हैया...जिसे भय सताता है..., सब भक्तों की महिमा है। देव प्रार्थना कर रहे थे–कुछ लोग तुम्हें पाषाण की प्रतिमा मानते हैं जबकि तुम स्वयं साक्षात् ईश्वर हो...तुमने गुरुदेव से चन्दन माँगकर उन पर तो कृपा की ही है, मुझ़ अधम को भी दर्शन देने स्वयं नीचे चले आये...; स्वामी! चैतन्यदेव का शरीर पुलकायमान हो रहा था।

–तीन दिन तक गोपाल जी यहीं विराजमान रहेंगे, पुजारी के घोषणा करते ही ब्रजवासियों ने ज़ोर से जयकारा लगाया–बोलो श्रीनाथ जी की जय...।

उस भीड़ में चैतन्यदेव की दृष्टि जब सुबुद्धि राय पर पड़ी तो प्रसन्नता का ठिकाना न रहा और सुबुद्धि राय...उनकी प्रसन्नता, उनके आह्लाद का हिसाब लगाना तो असम्भव ही था।

भट्टाचार्य महाशय भी देखते रह गये–सुबुद्धि राय को...बहुत साल पूर्व एक बार देखने का मौक़ा मिला था उसी समय जब सुबुद्धि राय गौड़ देश के राजा थे...। माथे पर राजमुकुट, शरीर पर मुर्शिदाबाद सिल्क की धोती पहने राजसिंहासन पर आसीन शोभायमान हो रहे थे। वर्तमान बादशाह हुसैन शाह उस समय उनके सामने कोर्निश बजा रहा था, उस वक़्त वह राजदरबार में एक कर्मचारी था।

और आज सुबुद्धि राय को इस रूप में देखना कल्पना से परे था—एक साधारण—सी धोती पहने, गले में तुलसी की माला, माथे पर तिलक, चेहरे पर इतनी चमक और होंठों पर इतनी मृदु मुस्कान तो उस समय भी नहीं थी जितनी आज है...। उस समय बादशाह सुबुद्धि राय का चेहरा कितना कठोर और तनावपूर्ण लग रहा था जैसे रणदुन्दुभि बज चुकी हो और बस अब रणक्षेत्र में जाने को उद्यत हों। परन्तु सादगी की प्रतिमूर्ति सुबुद्धि राय के मुखमण्डल पर आज कितनी शान्ति और मृदुता झलक रही है,... भट्टाचार्य महाशय मन्त्रमुग्ध होकर निर्निमेष नेत्रों से देखते रह गये...अपने देश के पूर्व बादशाह को...।

उनका बादशाह देख रहा था बादशाहों के बादशाह को जिनके कारण उन्हें आकस्मिक आलोक की प्राप्ति हुई थी, जिनकी अन्तर्दृष्टि के कारण उन्हें सिर्फ़ जीवन ही नहीं...वह अनासक्त आनन्द प्राप्त था जो आज तक बादशाहत के दौरान भी नसीब नहीं हुआ था...।

सुबुद्धि राय उस दुरवस्था को कैसे भूल सकते थे, जब उनके साथ हुसैन शाह ने गद्दारी की थी। दुःख की उस घड़ी में उनके साथ कौन खड़ा था? सुबुद्धि राय हुसैन शाह से कितना प्रेम करते थे और विश्वास भी...। हुसैन शाह सुबुद्धि राय का सम्मान भी कितना करता था...सामने ज़ुबान चलाने की बात तो दूर, कभी कमर सीधी कर खड़ा भी नहीं होता। हूज़ूर, आलमपनाह, जहाँपनाह बोलते—बोलते उसकी जिह्वा कभी थकती ही नहीं थी...। पर जब उसने पैसों का ग़बन किया तो सुबुद्धि राय क्या करते? वही दण्ड दिया जो ग़बन करने पर दिया जाता था। बस थोड़ी—सी रियायत दी कि हुसैन शाह की पीठ पर बीस के स्थान पर दस कोड़े लगवाकर छुड़वा दिया...।

सुबुद्धि राय का हुसैन शाह प्रिय पात्र था, न्याय—अन्याय का भय नहीं होता तो हुसैन शाह को क्षमा मिल ही जाती। उन्होंने हुसैन शाह के दर्द पर मलहम लगाने हेतु कहा भी—अधिक दर्द तो नहीं हो रहा हुसैन शाह... आगे से ऐसी ग़लती मत करना...उस समय शायद मैं भी नहीं बचा सकूँगा।

पर उसे बचाने की नौबत सुबुद्धि राय को नहीं आयी...सुबुद्धि राय को स्वयं को बचाने की आवश्यकता पड़ गयी। पीठ पर पड़े उस बेंत के दाग को...हुसैन शाह हमेशा सहलाता रहता...कभी स्वयं सहलाता, तो कभी अपनी बीवी से सहलवाता...। और जब—जब अपनी बीवी से सहलवाता उसके सामने प्रतिज्ञा करता कि—'सुबुद्धि राय को सिर्फ़ राज से च्युत नहीं करूँगा उसे धर्मच्युत भी करके रहूँगा।'

पर सुबुद्धि राय को न इस प्रतिज्ञा की भनक लगी और न उसके द्वारा किये गये षड्यन्त्र की...। उस घड़ी को याद करके सुबुद्धि राय का रोम–रोम सिहर उठता, जिस घड़ी धोखे में रखकर हुसैन शाह ने अपने बधने का जूठा पानी इनके पीने वाले जल में मिला दिया...। उस जल को पीते ही हुसैन शाह ने हल्ला मचा दिया–सुबुद्धि राय भ्रष्ट हो गया...उसने मेरे बधने का जूठा पानी पी लिया है...।

हुसैन शाह ने ऐसा शोर मचाया कि पूरे गौड़ देश में शोर मच गया...एक कान से दो कान दो कान से...पूरे देश में बात फैलती और बिगड़ती चली गयी। किसी ने कहा–हुसैन शाह के बावर्चीख़ाने का बना भोजन राजा ने किया है...। सुनने वाला कहने वाले से पीछे कैसे रहता? उसने एक क़दम बढ़कर नमक–मिर्च लगाकर अपनी बात बतायी–तुम नहीं जानते भैया मैंने अपनी आँखों से देखा है राजा के भोजन में गोमांस था...।

अब कहाँ सवाल उठता था कि एक भी हिन्दू उनके पक्ष में खड़ा हो जाये...? दूसरों की तो बात छोड़ दें, पर उस पल को कैसे विस्मरण कर दे सुबुद्धि राय–जब आँसू भरी डबडबायी आँखों से रानी भी उनसे हटकर खड़ी हो गयीं। ज़ब अपनी माँ के पास पहुँचे तो उनकी आँखों से गंगा–यमुना की धारा प्रवाहित हो रही थी परन्तु बुढ़ापे में धर्म जाने के भय से भयभीत थी–बेटा, बचे–खुचे दिन अपने धर्म में कट जायें...।

सुबुद्धि राय महल से उलटे पैर लौट आये...पर कहाँ जाते...? हुसैन शाह गद्दी को हथिया चुका था...। सुबुद्धि राय के पास विकल्प ही क्या था? कुछ भी नहीं। जब अपनी माँ और पत्नी ने ही साथ छोड़ दिया तो कौन–सा वफ़ादार सैनिक और मन्त्री इनके साथ खड़ा होता?

क़ाज़ी कमरुद्दीन ने इनसे कहा भी–जनाब, अभी भी कुछ नहीं बिगड़ा है...आप मुस्लिम धर्म स्वीकार कर लीजिए...। आपकी सारी समस्याओं का समाधान हो जायेगा...। आपका राजपाट भी मिल जायेगा और परिवार भी।

पर सुबुद्धि राय डटे रहे–मैंने जिस धर्म में जन्म लिया है उसी धर्म में मरूँगा क़ाज़ी साहब...।

पर कैसे हुज़ूर...? आपको एक भी हिन्दू अपनाने को तैयार नहीं...। आपका परिवार तक आपसे रिश्ता रखने को तैयार नहीं...कैसे बने रहेंगे हिन्दू...और क्यों बने रहेंगे...? अब आपका इस धर्म के प्रति क्या कर्तव्य...? भूल जाइए कि कभी आप हिन्दू थे...? परिवार सहित इस्लाम अपना

लीजिए...आप कहें तो अभी कलमा पढ़ा दूँ...राजगद्दी दिलाने तक साथ दूँगा, क़ाज़ी ने भरोसा दिलाया।

लेकिन सुबुद्धि राय नहीं माने—मेहरबानी करने के लिए शुक्रिया क़ाज़ी साहब, पर मैं हिन्दू धर्म का त्याग नहीं कर सकता, बड़े–से–बड़े धर्माचार्यों से मिलूँगा—कोई–न–कोई रास्ता तो होगा...काशी जाऊँगा...वहाँ के पण्डितों से मिलूँगा...पर इस्लाम ग्रहण नहीं करूँगा। ग्रहण नहीं कर पाने का कारण यह नहीं कि इस्लाम धर्म में खोट है...इस्लाम भी महान धर्म है, मैं जानता हूँ परन्तु धर्म परिवर्तन किसी प्रतिक्रिया के फलस्वरूप होना अधर्म है।

सुबुद्धि राय काशी भी इसी विश्वास से गये कि कोई तो होगा जो इस पानी पीने के पाप से प्रायश्चित्त करवा सके...पर हा हतभाग्य! एक भी पण्डित नहीं मिला...।

काशीश्वर मिश्र ने स्पष्ट कह दिया—अब बस एक ही उपाय है अपने कान में गरम शीशे को पिघलाकर डाल लें अथवा गर्म–गर्म खौलते हुए घी का पान करके जीवन से मुक्ति प्राप्त कर लें।

सुबुद्धि राय चीत्कार कर उठे थे—मैं इस तरह मरना नहीं चाहता...। सिर्फ़ बधना का जूठा पानी पीने से मैं हिन्दू नहीं रहा..., यह कैसा धर्म है...?

काशी से फिर लौटे गौड़ देश...इनकी दुर्दशा पर हुसैन शाह को मुँहमाँगी मुराद मिल गयी। अपनी गुल्लरियों–सी आँखों को गोल–गोल घुमाता हुआ बेगम से बोला—देखा न...मैंने इसे जान से क्यों नहीं मारा? चाहता तो बधने के जूठे पानी की जगह...ज़हर भी मिला सकता था बेगम, पर मैं इसे तिल–तिल कर मरते हुए देखना चाहता था...। दर–दर की ठोकरें खा रहा है। एक दिन ख़ुद आत्महत्या कर लेगा।

हुसैन शाह का सोचना ग़लत नहीं था। सुबुद्धि राय ने फ़ैसला कर लिया था जब मरना है ही तो क्यों न प्रायश्चित्त करके मरे...। बस द्वन्द्व क़ेवल इतना ही शेष था कि तप्त घी को पीकर प्राण त्यागना सही रहेगा या कानों में पिघले हुए गर्म शीशा डालकर...।

किन्तु विधाता को कुछ और मंज़ूर था उसी समय सुबुद्धि राय की भेंट हो गयी चैतन्यदेव से...। श्रान्त–क्लान्त, जीवन से निराश...अवसाद में ग्रस्त... परिवार, समाज से उपेक्षित, पण्डितों से प्रताड़ित...सुबुद्धि राय की जैसे ही प्रथम दृष्टि चैतन्यदेव पर पड़ी...एक अजीब–सी अनुभूति से मन प्रसन्नता से भर उठा। उस समय जनसमूह के बीच थे चैतन्यदेव...। उनको साहस

नहीं हुआ इतने लोगों के बीच देव के पास जाने का...। लौट तो आये पर मन वहीं छोड़ आये...। जो थोड़ा–सा मन साथ में आया वह दिलासा देता रहा कि सारी समस्याओं का समाधान करने वाले यही तारणहार हैं।

अँधेरा होने का इन्तज़ार करना सुबुद्धि राय को कितना भारी पड़ रहा था। आकाश में तारे टिमटिमा रहे थे। चाँद की चाँदनी प्रमुदित होकर छिटक रही थी...। सुबुद्धि राय सोच रहा था–कितना अच्छा होता आज अमावस की रात होती...। दूधिया चाँदनी में किसी की भी दृष्टि में आने का भय था। उस दिन अमावस की रात हो भी कैसे सकती थी जब उनके जीवन से कालिमा विदा लेने वाली थी और शीतल चाँदनी छिटकने वाली थी। तभी तो जब सुबुद्धि राय चैतन्यदेव के पास पहुँचे तो उन्हें गौर चाँद का दर्शन हुआ..., जिसकी छिटकती चाँदनी से इनका मन स्निग्ध हो रहा था...।

कैसे निकट जायें, जनसाधारण द्वारा भी उपेक्षित और घृणित पात्र होकर इतने महान आध्यात्मिक सन्त पुरुष के पास, सुबुद्धि राय के मन में तूफ़ान चल रहा था, नदी के पास आकर प्यासा जल पीने का साहस नहीं कर पा रहा था...। उनके होंठ सूखने लगे...पैर थरथराने लगे... आँखों के सामने अँधेरा छाने लगा...सुबुद्धि राय लड़खड़ाकर गिरने लगे, तभी चैतन्यदेव ने लपककर उन्हें अपनी बाँहों में भरकर सँभाल लिया...।

–देव...देव...यह आप क्या कर रहे हैं? कृपया मुझ अधम का स्पर्श न करें...। शायद आपने मुझे नहीं पहचाना...। मैं ही वह पापी हूँ जिसके पाप का इस दुनिया में कोई प्रायश्चित्त नहीं...। मेरे लिए सिर्फ़ एक ही रास्ता है...मृत्यु को स्वीकार करना...। सुबुद्धि राय चैतन्यदेव के आलिंगन से मुक्त होने की चेष्टा कर रहे थे।

सुबुद्धि राय के बाल, दाढ़ी, मूँछ बढ़कर मुखमण्डल को विकृत बना रहे थे। दो बार पैदल गौड़ देश से काशी और काशी से गौड़ देश का चक्कर लगाकर काया क्षीण हो चुकी थी।

चैतन्यदेव पहली झलक में सुबुद्धि राय को पहचान ही नहीं पाये...फिर गौर से उनकी ओर देखा और देखते रह गये...। सुबुद्धि राय की अश्रुपूरित आँखें झुकी हुई थीं, देव की छलछलायी आँखों से निकलती स्नेह की धारा में सारे दुःख प्रवाहित हो रहे थे।

कल तक यह शरीर एक राजा का था। क्या ठाठ–बाट थे...क्या जीवन था। तेल, इत्र, फूल से सुसज्जित जीवन, सेवा के लिए दास–दासियों

की लम्बी क़तारें...चलने के लिए हाथी–घोड़े–पालकी...थे और आज...? यही जीवन है। उस पर तेज़ी से हाथ बढ़ाता बुढ़ापा...! देव ने आगे बढ़कर सुबुद्धि राय के काँपते हाथों को पकड़ते हुए कहा–राजन...आप घबरायें नहीं...।

सुबुद्धि राय बीच में हड़बड़ाकर बोल उठे–देव, अब मैं राजा नहीं... अब वह मेरा स्वरूप नहीं...।

चैतन्यदेव मुस्कुराते हुए बोले–आपका स्वरूप कभी वह था ही नहीं...। राजा तो एक पद है। आज है, कल नहीं रहेगा...आज आपका नाम सुबुद्धि राय है पर अगले जन्म में नहीं रहेगा...या इसी जन्म में आप अपना नाम परिवर्तित कर सकते हैं। सिर्फ़ एक चीज़ शाश्वत सत्य है कि आप...कृष्णदास हैं...। आप हम सभी कृष्णदास हैं...यही प्रत्येक जीव का स्वरूप है...'जीवेर स्वरूप हय नित्य कृष्णदास...'।

सुबुद्धि राय की आँखें आशा और उत्साह से चमकीं, पर अगले ही क्षण बुझ गयीं...। बुझी आँखों और दबी आवाज़ में वे बोले–क्या पतित अधम व्यक्ति भी कृष्णदास बन सकता है?

–क्यों नहीं, वे तो पतितपावन हैं...अधमों को स्वीकार करने वाले सर्व सामर्थ्यवान परमात्मा हैं...। चैतन्यदेव ने कहा।

–क्या वह भी कृष्णदास बन सकता है देव, जो अब हिन्दू न रहा...जिसे हिन्दू धर्म के पण्डितों और हिन्दू समाज ने हिन्दू धर्म से बहिष्कृत मान लिया है? सुबुद्धि राय के भीतर कुछ–कुछ आशा का संचार हो रहा था।

–सुबुद्धि राय जी...श्रीकृष्ण कोई व्यक्ति नहीं..., वे सर्वशक्तिमान ईश्वर हैं...। क्या वे मुसलमानों को नहीं अपनायेंगे या ईसाइयों को नहीं अपनायेंगे...? उनके तो सभी बच्चे हैं...। ईसाई, मुसलमान भी उनके उतने ही प्रिय हैं जितने हिन्दू...। फिर बहिष्कृत हिन्दू का क्या तात्पर्य...?

–देव...मैं दो–दो बार काशी गया...नदिया के विद्वानों से मिला; विद्वान ब्राह्मणों से मिला..., कर्मकाण्डी पण्डितों से मिला, धर्माचार्यों से मिला, मेरे पास जो भी जमापूँजी थी सब इन्हीं पण्डितों और ब्राह्मणों को दान देते–देते समाप्त हो गयी...एक अधेली भी नहीं बची। दक्षिणा लेते समय तो आशा दिला देते कि मुझे हिन्दू धर्म में पुनः लाने का उपाय करेंगे, पर दक्षिणा की राशि समाप्त होते ही–कोई उपाय नहीं कहकर दरवाज़ा बन्द कर लेते। मैं समझता–बूझता हुआ भी मूर्खों और बेवक़ूफ़ों की तरह दक्षिणा देता रहा कि शायद डूबते को तिनका का सहारा मिल जाये। पर अनजाने में बधने का पानी पीने वाले व्यक्ति के लिए हिन्दू धर्म में प्रायश्चित्त करने का कोई

उपाय नहीं मिला...। इस्लाम स्वीकार करना नहीं चाहता...हिन्दू मुझे हिन्दू मानने को तैयार नहीं...फिर मैं क्या करूँ देव.., कहते–कहते सुबुद्धि राय की मूँछ–दाढ़ी आँसुओं से भीग गयी।

चैतन्यदेव ने अपने गाल पर लुढ़के आँसुओं को पोंछने की जगह सुबुद्धि राय के आँसुओं से सराबोर चेहरे को पोंछते हुए कहा–करना तो आपको ही होगा, हमें होगा...सबको होगा...नहीं तो सब कुछ समाप्त हो जायेगा...। ऐसे ब्राह्मण और पण्डित नहीं समझते धर्म क्या है...? अध्यात्म क्या है...? आप ही बतायें आपने सुना है न वेद और उपनिषद् क्या कहते हैं...? एक ही आत्मा सभी जीवों में है तो कोई ऊँच और कोई नीच कैसे हो गया..? वेद और उपनिषद् की भी बातें जाने दीजिए, श्रीमद्भागवत गीता में भगवान श्रीकृष्ण ने क्या कहा है–'मैं वासुदेव ही सभी भूतों में स्थित हूँ।' जब सभी जीवों में हमारे वासुदेव उपस्थित हैं तो एक व्यक्ति इतना ऊँचा और दूसरा व्यक्ति दलित कैसे हो सकता है...? आपको पता है न समाज से तिरस्कृत अस्पृश्यों की बस्तियों में नित्यानन्द ने संकीर्तन का ऐसा आन्दोलन चलाया है कि दलित और ब्राह्मण एक साथ संकीर्तन करते हुए नृत्य कर रहे हैं...। मैंने उनसे आग्रह किया है–पूरे बंगाल और उड़ीसा में तोड़ दीजिए जाति की दीवारें...ध्वस्त कर दीजिए जातिवाद के इस घिनौने खेल को जिसमें एक भाई दूसरे भाई से सिर्फ़ भिन्न कार्यों को करने के कारण घृणा करता है...। चैतन्यदेव के गौरवर्ण मुखमण्डल से ज्योतिर्मयी आभा छिटक रही थी।

–अस्पृश्य तो हिन्दू हैं देव, पर हिन्दू धर्म से बहिष्कृत व्यक्ति...वह जब हिन्दू रहा ही नहीं...सुबुद्धि राय की बात पूरी होने के पहले ही चैतन्यदेव ने उनके वाक्य को काटते हुए कहा–कौन यह निर्णय करेगा कि कौन हिन्दू रहा और कौन नहीं रहा? क्या हिन्दू धर्म इतना कमज़ोर है कि किसी ने बधने का पानी पिला दिया तो समाप्त हो जाता है, किसी ने कुछ खिला दिया तो समाप्त...? यदि हिन्दू धर्म ऐसा ही है तो उसे समाप्त ही हो जाना चाहिए। ऐसे कमज़ोर धर्म से किसका कल्याण हो सकता है? पर मुझे यह पता है कि यह एक महान धर्म है–इतना महान कि इस धर्म का दर्शन यह कहता है कि अणु से लेकर पूरा ब्रह्माण्ड, समस्त योनियाँ मनुष्य से लेकर कीट–पंतगे तक उस विराट रूप ईश्वर के अंश हैं, जब सभी उसी विराट रूप के अंश हैं तो यह भेद कहाँ से पैदा होता है?

घृणा त्याज्य वस्तु है। मुझे स्वयं पता नहीं, घृणा को कब मानवों ने अपना हाथ–पैर बना लिया...? कोई भी धार्मिक व्यक्ति नफ़रत और घृणा

की बात करता है तो समझिए वह धर्म के स्वरूप का क, ख, ग भी नहीं समझता...।

—सुबुद्धि राय जी, जिन पण्डितों ने आपसे मृत्यु वरण करने को कहा है वे सभी सिर्फ़ आपके ही अपराधी नहीं हैं, पूरे हिन्दू धर्म के अपराधी हैं, समाज के अपराधी हैं, मानवता के अपराधी हैं। मैं आपकी पीड़ा, आपके कष्ट और वेदना को समझ सकता हूँ फिर भी आपसे आग्रह करता हूँ कि आप उन्हें क्षमा कर दें...क्योंकि वे स्वयं नहीं जानते कि वे क्या कर रहे हैं...?

सिर्फ़ बाह्य आडम्बर, अन्धविश्वासों और पाखण्डों को ही उन्होंने धर्म मान लिया है...। यही उनकी आजीविका बन गयी है। समाज में ऐसे सड़े–गले अमानवीय नियमों के चलते रहने से ही उनकी दुकानदारी चलती रहेगी...। लेकिन वे भी यह नहीं समझ पा रहे हैं कि अनजाने में वे महापाप कर रहे हैं...। अनजाने में बधने का जूठा पानी पीना पाप नहीं है परधर्म के नाम पर कमाई करना दुनिया का सबसे बड़ा दुष्कर्म है...और सबसे बड़े दुष्कर्म की पापराशि, कैसी प्रचण्ड होगी आप समझ सकते हैं। मेरा तो मानना है कि वेश्या का काम भी उतना पापपूर्ण नहीं है जितना कि धर्म को बेचकर कमाई करना...। वेश्या भी सिर्फ़ शरीर बेचती है अपना मन, प्राण और आत्मा नहीं बेचती पर...धर्म के नाम पर कमाई करने वाला तो अपनी आत्मा को ही बेच देता है...।

आप उन महत्त्वहीन बातों पर ध्यान न दें। आप हिन्दू हैं और हमेशा हिन्दू ही रहेंगे...। सिर्फ़ हिन्दू ही नहीं रहेंगे...हिन्दू आपको श्रेष्ठ हिन्दू मानकर शिरोधार्य करेंगे। आपके जीवनकाल के बाद भी आने वाली पीढ़ियों के लिए आप अनुकरणीय और आदरणीय रहेंगे। चैतन्यदेव की बात समाप्त होते ही उनके कक्ष के दरवाज़े पर ज़ोर से हर्षमिश्रित जयध्वनि हुई...।

कक्ष के द्वार पर लोगों की अपार भीड़ जमा थी...। पूरी रात सत्संग में निकल गयी, दोनों में से किसी को भी पता नहीं चला...। जयध्वनि सुनकर सुबुद्धि राय हर्षातिरेक में भरकर रो रहे थे...।

चैतन्यदेव ने उनसे कहा—सर्वप्रथम आप भद्र हो लें...उसके बाद आयें तब तक मैं भी दैनिक कार्यों से निवृत्त हो लूँ...।

सुबुद्धि राय जब वहाँ से चले तो उनके साथ निर्भीकता थी, साथ–साथ जनसमूह भी था...। दाढ़ी–बाल कटते ही सुबुद्धि राय का मुखमण्डल साफ़–सुथरा होकर चमकने लगा...। उनकी माँ, पत्नी, बच्चे दौड़ते हुए आये।

सुबुद्धि राय ने देखा–इतने दिनों में माँ भी सूखकर काँटा हो गयी हैं। पत्नी की क्षीण काया को देखकर मन भर गया...। बच्चों की भी आँखें सूनी–सूनी थीं...। विवश परिवार को आँसू बहाते देख सुबुद्धि राय ने कहा–आपकी पीड़ा को मैं समझ रहा हूँ। आप लोगों ने मुझसे दूरी बढ़ाकर अपने धर्म की रक्षा करने का जो प्रयत्न किया था वह ग़लत नहीं था...। मैं स्वयं भी चाहता था कि आप मुझसे सम्बन्ध नहीं रखें। इसी से मैं लौटकर आपके पास नहीं आया। यदि मुझे आते–जाते पण्डितों ने देख लिया होता तो आप लोग भी मेरी तरह दर–दर की ठोकरें खा रहे होते...।

–पर बेटा, अब तो तू बहिष्कृत नहीं रहा...अब घर चल...तेरे बिना मैंने, बहू ने और बच्चों ने कैसे दिन काटे हैं...कहते–कहते सुबुद्धि राय की वयोवृद्धा माँ सिसक–सिसककर रोने लगी थीं...।

–जानता हूँ माँ, पर तेरे जवान पौत्र हैं...पौत्र बधुएँ हैं, बहू है...सब तेरी सेवा करेंगे, मैं अब अपने जीवन का उत्तरार्द्ध वृन्दावन में गुज़ारना चाहता हूँ...।

तब चैतन्यदेव ने उनसे कहा था कि आप वृन्दावन जाकर वहाँ कुछ शारीरिक श्रम करें, और श्रम से उपार्जित धन से वृन्दावन जाने वाले तीर्थयात्रियों की कुछ सेवा हो सके इसका इन्तज़ाम भी करें। शारीरिक श्रम, सेवा और श्रीकृष्ण का नाम स्मरण इन तीन बातों का सतत स्मरण रखें।

सुबुद्धि राय की अतीत स्मृतियों में वह दृश्य पुण्य–स्मरण बनकर आज भी आह्लादित करता रहता है जब चैतन्यदेव की आज्ञा से गौड़ देश से वृन्दावन की विदाई के वक़्त माँ और पत्नी नहीं पूरा गौड़ प्रदेश अश्रुपूरित नयनों से उन्हें विदाई देने आया था...। कल तक उनकी छाया भी उनका साथ छोड़ रही थी और उस दिन जनसमूह ने उन्हें अपने बीच में वैसा ही स्थान दिया था जैसे वे आज भी उनके शाह हों।

सुबुद्धि राय भूत से वर्तमान में आ गये...। और चातक की तरह चैतन्यदेव के मुखमण्डल के तेज का पान करने लगे...न उनकी आँखें तृप्त हो रही थीं और न मन...। पर चैतन्यदेव को आगे की यात्रा करनी थी, तीन दिन हो गये थे। आज श्रीनाथ जी को भी पहाड़ी की चोटी पर जाना था और चैतन्यदेव को भी। सुबुद्धि राय की आँखों से निर्झरिणी प्रवाहित होने लगी। चैतन्यदेव ने उन्हें ढाढस बँधाते हुए कहा–बहुत जल्दी साकिर मल्लिक और दबीर ख़ास, रूप–सनातन के अपने नये स्वरूप में आपके साथ रहने आने वाले हैं।

ब्रजमण्डल में भ्रमण करते–करते कितने महीने निकल गये, चैतन्यदेव यहाँ से प्रस्थान करने का नाम ही नहीं ले रहे थे। भट्टाचार्य महाशय की चिन्ता बढ़ती जा रही थी। कल ही जब हा श्याम...हा श्याम कहते ब्रह्ममुहूर्त में यमुना में कूद गये तब भट्टाचार्य की घबराहट इतनी बढ़ गयी थी कि उनकी समझ में ही नहीं आ रहा था कि वे क्या करें। सवेरा भी नहीं हुआ था...अँधेरे में कुछ दिखायी भी नहीं पड़ रहा था...तैरना भी नहीं आता था। दो–तीन बार ज़ोर–ज़ोर से आवाज़ लगायी, पर कोई आसपास रहे तब तो...स्वयं कूद गये यमुना की बहती धारा में। जब तक ब्रजवासियों का दल आया तब तक भट्टाचार्य महोदय डूबने की पूरी तैयारी कर चुके थे। चैतन्यदेव का शरीर तो पानी की ऊपरी सतह पर तैर रहा था परन्तु भट्टाचार्य महाशय का पूरा शरीर पानी के अन्दर धँसता जा रहा था केवल बाल दिख रहे थे। केशों को ही कसकर पकड़कर ब्रजवासियों ने बाहर की ओर खींचा...। जब भट्टाचार्य महाशय को होश आया तो ब्रजवसियों के साथ चैतन्यदेव भी उसकी शुश्रुषा में लगे हुए थे...। कुम्हार की चाक पर घुमा–घुमाकर पेट से पानी निकाला गया...तब जाकर बची जान...।

किसी तरह देव को यहाँ से लेकर जाना ही होगा...इतनी समाधि शरीर झेल नहीं पायेगा–भट्टाचार्य महाशय के पास इस संकल्प के सिवा कोई विकल्प शेष नहीं था।

चैतन्यदेव अक्रूर घाट पर बैठे थे। जनसैलाब उमड़ रहा था...उनके दर्शन के लिए। जन कोलाहल...आदर...जय–जयकार से उनका मन हमेशा घबराता था। इस बात की जानकारी, भट्टाचार्य महोदय को थी इसी से उचित अवसर देखकर उन्होंने कहा–देव, यहाँ तो जनसमूह की भीड़ बढ़ती जा रही है, एक पल भी एकान्त आपको नहीं मिल पाता...। आपका तीर्थाटन तो हो गया है...आपने माँ को वचन भी दिया है पुरुषोत्तम क्षेत्र में रहने का...।

चैतन्यदेव इतनी शीघ्रतापूर्वक मान जायेंगे...भट्टाचार्य महाशय ने कल्पना भी नहीं की थी। देव एकदम छोटे शिशु के समान तुरन्त तैयार हो गये। भट्टाचार्य के आश्चर्य की यह पहली घटना नहीं थी।

31

चैतन्यदेव को हमेशा से जनसमूह और जय–जयकार से घबराहट होती थी। उनका मन सबसे ज़्यादा तब प्रसन्न होता जब नीरवता के क्षण में सिर्फ़ वे होते थे और उनके अन्तस् का श्याम...। वे चल पड़े अक्रूर घाट से...काशी की ओर, पर अकेले नहीं अपने श्याम के साथ...और पीछे–पीछे भागते दौड़ते भट्टाचार्य महोदय...।

वृन्दावन से काशी आने तक चैतन्यदेव के मन–प्राणों पर छाये रहे श्रीनाथ जी..., छायी रहीं यमुना की कलकल करती जलप्रपात–सी जलधारा..., छायी रही गोवर्धन की तलहटियाँ...। मन को आच्छादित करता रहा राधाकुण्ड और श्यामकुण्ड। वृन्दावन के लता–पता से लेकर करील, बेर और नीम के पेड़ हृदयाकाश पर आच्छादित हो रहे थे और वृन्दावन से काशी तक की यात्रा में मानो कर थामे रहे श्याम सुन्दर...।

एक और बात थी जो देव को अत्यधिक आह्लादित कर रही थी–वह थी प्रसन्नचित्त सुबुद्धि राय का जीवन...। जिसने आज तक शारीरिक श्रम का कोई आनन्द नहीं लिया था, पहली बार अपने शरीर की मेहनत से पैसे का उपार्जन कर रहे थे...। उन पैसों में से भी अपने लिए नाममात्र का रखकर सारे पैसे ज़रूरतमन्दों पर ख़र्च कर देते थे...। दिन–रात नाम लेते हुए उनके मुखमण्डल पर चिरन्तन शान्ति दिखायी पड़ रही थी...।

जब पहली बार देव से मिले थे, कैसे लग रहे थे सुबुद्धि राय? उन्हें देखकर चैतन्यदेव के भी उस समय रोंगटे खड़े हो गये थे...उस स्मृति से आज भी खड़े हो जाते हैं रोंगटे। चैतन्यदेव की चिन्तनधारा अविरल चल रही थी–आख़िर पण्डितों ने कहाँ पढ़ा है कि मुसलमानों के बधने का पानी पीने से या अखाद्यपदार्थ खाने से हिन्दू धर्म से व्यक्ति च्युत हो जाता है? वेद, उपनिषद् अधिकतर पुराणों की रचना तो इस्लाम धर्म के अभ्युदय के पहले हुई...। फिर इन पण्डितों को किस शास्त्र में मिल गयीं... ऐसी बेसिर–पैर की बातें? हिन्दू धर्म को नुक़सान पहुँचाने वाले किसी दूसरे धर्म के व्यक्ति नहीं हैं। इन्हीं पाखण्डियों की वजह से...यह महान धर्म इतना सिकुड़ता जा रहा है।

चिन्तन की विचारधारा न जाने कब तक चलती रहती, संयोग ऐसा हुआ कि काशी प्रवेश करते ही तपन मिश्र, साथ में उनके पुत्र रघुनाथ

और वैद्य आचार्य चन्द्रशेखर तीनों एक साथ देव के चरणों पर झुक गये। चैतन्यदेव इन तीनों को एक साथ नगर सीमा पर देखकर...आश्चर्यचकित रह गये–'कैसे पता चला मेरे आगमन का, क्या भट्टाचार्य महाशय ने किसी से सूचना भिजवायी...?'

–मुझे पता है देव, आगमन की सूचना भिजवाना आपको पसन्द नहीं.., मैंने किसी से कुछ नहीं कहा–भट्टाचार्य महोदय ने तत्परता से बताया।

–बात यह हुई देव कि वैद्य जी ने कल रात्रि में स्वप्न देखा कि आज आप काशी आ रहे हैं...। यही वह स्थान है जहाँ पर स्वप्न में आपके दर्शन हुए थे। आज सुबह से यहीं पर डेरा डालकर बैठे हुए हैं...। हम लोग भी इनकी श्रद्धा के साथ हो गये...तपन मिश्र अपने पुत्र रघुनाथ को चैतन्यदेव के चरणों पर डालते हुए बोले।

–वैद्य जी आप भी..., इतना बावलापन क्यों? मैं काशी आता तो आपसे मुलाक़ात होती ही...बढ़ती उम्र में शरीर को इतना कष्ट देना ठीक नहीं...। चैतन्यदेव ने कहा।

–देव, मैं अपने स्वार्थ में यहाँ रुका हुआ था...स्वार्थी मनुष्य स्वार्थ में अन्धा हो जाता है तब उसे शारीरिक कष्ट भी कहाँ महसूस होता है? वैद्य जी बोले।

–आपका इसमें क्या स्वार्थ है...? मुस्कुराते हुए देव ने कहा।

–है न, आपसे यह वचन लेना कि जब तक आप काशी रहें मेरे निवास पर ही रहें...।

–एक संन्यासी का किसी के घर में लगातार इतने दिनों तक रुकना सही नहीं है...वैद्य जी...। '

–मैं घर नहीं, अपनी उद्यान वाली कुटिया की बात कर रहा हूँ, हरे–भरे पेड़ों और रंग–बिरंगे पुष्पों के मध्य बना मात्र दो कमरों का निर्मित भवन है...जन कोलाहल से दूर बहुत शान्त स्थल है देव...। तपन मिश्र ने चिरौरी करते हुए कहा।

चैतन्यदेव को मौन देखकर तपन मिश्र भी मौक़ा नहीं चूके–देव...प्रत्येक दिन अपराह्न की भिक्षा मेरे घर की लें।

–वाह रे संन्यास...वास और भोजन की व्यवस्था पहले से तय...! कब ऐसा दिन दिखाओगे प्रभु कि आज क्या खाऊँगा...इसका भी ठिकाना...न होगा, तब समझूँगा तुम्हारी कृपा बरस रही है, चैतन्यदेव ने चन्द्रशेखर वैद्य के सामने हथियार डाल दिये...।

अब शरीर से काम भी नहीं होता...काम से जी नहीं चुराती, पर शरीर साथ ही नहीं देता...इससे भी महन्त नाराज़ होता है पर क्या करूँ बेटा...? किसी तरह ज़िन्दगी कट ही जायेगी! मैं अपने को बड़भागी मानती हूँ कि गोविन्द ने मुझे ज़िन्दा जलने से बचाकर अपनी शरण, अपने धाम में रखा है।

'आपनेर कि अपूर्व निष्ठा...' बूढ़ी माई ने नज़र घुमायी तो सामने एक प्रकाशपुंज संन्यासी के रूप में खड़ा था। जैसे ही बूढ़ी माई. चैतन्यदेव का चरण स्पर्श करने के लिए झुकने लगीं वे पीछे हट गये–'माँ, तुम आशीर्वाद दो कि जैसी तुम्हारी निष्ठा है गोविन्द के प्रति, जैसा तुम्हारा समर्पण है अपने ठाकुर के प्रति मुझे भी हो', चैतन्यदेव भावुक हो गये।

बूढ़ी माँ अपलक निहारती हुई विनीत भाव से बोली–'मैं नहीं जानती आप कौन हैं, पर मुझे ऐसा क्यों लग रहा है कि मेरा साँवला–सलोना कन्हैया ही गौरांग रूप में मेरे समक्ष खड़ा होकर मुझे माँ कहकर कृतार्थ कर रहा है। आपके दर्शन मात्र से मेरे सारे दुःख, सारे कष्ट, जीवन की सारी विपदाएँ कहाँ चली गयीं, मुझे स्वयं नहीं पता। हर्ष और आनन्द के अतिरेक से मेरे मन–प्राण आप्लावित हो रहे हैं..। ऐसी ख़ुशी, ऐसा आनन्द सिर्फ़ परमानन्द ही दे सकता है...आप वही हो। न मुझे गहने चाहिए और न आश्रम में सम्मान...गहने को बेचकर जिसकी प्रसन्नता के लिए दान–पुण्य करना चाहती थी उसका सम्पूर्ण फल मुझे आज आपके दर्शन से प्राप्त हो गया...।' उस बूढ़ी माँ को न भय रहा, न संकोच, न लज्जा रही और न पुण्य प्राप्ति का लोभ...।

–माँ, मैं कुछ भी नहीं पर गोविन्द तुम्हें हमेशा ऐसे ही प्रसन्न रखेगा..., चैतन्यदेव ने विनम्रतापूर्वक कहा।

कोलाहल सुनकर महन्त से लेकर सभी आश्रमवासियों ने अपने कक्ष से निकलकर देखा तो बूढ़ी माँ आनन्दातिरेक में गाती हुई नाच रही थी–गौर रूप धरे आमार कृष्ण आयो...

30

सूर्योदय के पूर्व भट्टाचार्य महोदय के साथ चल दिये वृन्दावन। घने जंगल के मध्य से ही मार्ग था, पेड़ों की गहनता इतनी अधिक थी कि हाथ को हाथ नहीं सूझ रहा था। प्रकाश और अन्धकार को संघर्ष करते देख चैतन्यदेव घाट पर ही रुककर सूर्योदय होने की प्रतीक्षा करने लगे...।

–हुसैन शाह ने उन्हें कारागार में डाल दिया था...पर वे किसी तरह वहाँ से निकल चुके हैं। जल्दी ही आपके दर्शन के लिए आयेंगे। सकुचाते हुए रूप ने कहा।

भट्टाचार्य महाशय एक बार फिर आश्चर्यचकित होकर सोचने पर विवश हो गये–मन्त्रीपद छोड़ दिया...धन–दौलत, महल–परिवार आज इनके पास कुछ नहीं है, वृन्दावन में ब्रजवासियों के घर भिक्षा माँगकर जीवनयापन करेंगे, पर देव कहते हैं–तुमि कि...बड़भागी...रूप...। एकदम उलटी रीति देखकर भट्टाचार्य महाशय का हैरत में पड़ना अस्वाभाविक नहीं था...।

–रूप...आज तुमने त्याग किया है। जो त्याग करता है...वही बन्धन मुक्त है...। नहीं तो सारे जीव बन्धन में ही तो पड़े हुए हैं, कोई लोहे की ज़ंजीर से जकड़ा है तो कोई सोने की ज़ंजीर से, पर बन्धन तो बन्धन है। कोई हमारे हाथ–पैर को बाँध दे तो हमें कितनी अधिक उकताहट होगी...। चौबीसों घण्टे उसी बन्धन पर ध्यान रहेगा कि कैसे इससे मुक्त हों, उससे मुक्ति का प्रयास जी–जान से करेंगे। परन्तु यह बन्धन अदृश्य है। इसे खुली आँखों से नहीं देखा जा सकता है...। इसे देखने के लिए मन को शान्त करके अपनी आँखों को कुछ घड़ी के लिए बन्द करके...विचार करना होगा कि हम स्वतन्त्र हैं या परतन्त्र, परतन्त्र हैं तो क्यों ? कंचन कामिनी और प्रतिष्ठा की प्राप्ति के लिए लाखों यत्न करने के कारण ही हम बन्धन में पड़े हैं। सिर्फ़ गृहस्थों की बात नहीं..., साधु–संन्यासी तो और भी अधिक इस रोग के शिकार हैं...। बेचारे गृहस्थ...! इनकी परवशता तो समझ में आती है रूप, पर घर–बार त्यागकर कौपीनधारी संन्यासियों को जब कीर्ति और कंचन के पीछे भागते देखता हूँ तथा मन–ही–मन स्त्रियों को कामना की वस्तु समझ चिन्तन करते हुए देखता हूँ तो...लगता है ईश्वर की प्राप्ति का ध्येय क्या धीरे–धीरे लुप्त होता जा रहा है?

लोग ईश्वर के बारे में बड़ी–बड़ी बातें करते हैं कि मैं उन्हें जानता हूँ...। हिन्दू कहता है...पश्चिम की ओर मुँह करके सजदा करने वाला विधर्मी है। मुस्लिम कहता है पूरब की ओर मुँह करके पूजा करने वाला हिन्दू क़ाफ़िर है। इतना अगोचर, इतना अगम्य तत्त्व...ईश्वर के बारे में सत्य जान लेना और उसके बारे में भाषण देने लगना, क्या इतनी सरल बात है यह! अब जिसने जिस चीज़ को चखा ही नहीं...खाया ही नहीं... वह कैसे बता सकता है उसका स्वाद...? जिसने रसगुल्ला नहीं खाया... वह कैसे उसके स्वाद का वर्णन करे...जिसने जिसे देखा ही नहीं,

कैसे उसकी आकृति के बारे में कहे...? लेकिन रूप, लोगों को सबसे अधिक आसान ईश्वर के ही बारे में बोलना लगता है...तभी तो उसके नाम पर इतने अधिक अविश्वास–इतनी कुरीतियाँ, इतने पाखण्ड फैल रहे हैं...। तुम स्वयं उसी कुरीति के शिकार बन रहे थे...।

पृथ्वी पर अधिकतर इन्सान धन के पीछे भाग रहे हैं...भाग रहे हैं या नहीं...? रूप तो चित्रलिखित सुनते रहे..., अनूप ने सिर हिलाया। चैतन्यदेव अपनी बात को बढ़ाते हुए बोले–पृथ्वी का एक नाम वसुन्धरा भी है। वसु कहते हैं रत्न को अर्थात् रत्नों को धारण करने वाली वसुन्धरा...तुम विद्वान हो, इतिहास भी पढ़ा है...आज से हज़ारों साल पहले अशोक नाम का राजा भारतवर्ष में हो चुका है। चक्रवर्ती सम्राट की तरह उसका साम्राज्य, अभी के भारतवर्ष से भी बड़ा था...। पर पड़ोस का कलिंग राज्य उसके अधीन नहीं था...बहुत छोटा–सा राज्य था कलिंग। उसकी स्वतन्त्रता न उसे चैन से सोने देती थी और न खाने...। भीषण रक्तपात करके उसने कलिंग पर भी विजय प्राप्त की...। उसे लगता था कलिंग विजय के बाद उसके जीवन में कोई असन्तोष नहीं रहेगा, वह दुनिया का सबसे अधिक सुखी और शान्त व्यक्ति बन जायेगा। पर क्या ऐसा हो सका? नहीं न...। जब भी वह एकान्त में बैठता उसकी आँखों के सामने युद्ध के भीषण रक्तपात वाले दृश्य उपस्थित हो जाते., हिंसा, द्वेष...नफ़रत...से वह तंग आ गया। राजमहल में बढ़ते षड्यन्त्रों को देख–देखकर वह पहले से भी अधिक अशान्त और परेशान रहने लगा...। और अन्त में जब उसने जीवन में त्याग को स्थान दिया...सब कुछ छोड़कर करुणावरुणालय बुद्धदेव के बताये मार्ग पर चला तब जाकर उसे सुख, शान्ति और सन्तोष मिला और उसे सुकून की ज़िन्दगी प्राप्त हुई।

हम–तुम तथा यहाँ के ज़्यादातर लोग अपना जी–जान लगा देंगे तो क्या प्राप्त कर लेंगे? तुमने एक ग्राम बसाया रामकेलि...कुछ लोग तुमसे भी अधिक दस–बीस गाँव बसा सकते हैं। कुछ बेचारे दिन–रात परिश्रम करके अपने लिए एक मकान बना लेते हैं या ग़बन आदि करके अनेक स्थानों पर महल ही बना लेते हैं तो क्या वे सुखी हो जाते हैं ? तुमने भी तो रामकेलि में महल, चौबारे सभी बनवा लिया था तो क्या सुखी थे, प्रसन्न थे? क्यों नहीं सुखी थे...? क्योंकि उसमें सुख है ही नहीं।

लेकिन उस सुख को प्राप्त करने के लिए मनुष्य क्या नहीं करता, जो दरअसल सुख है ही नहीं...। तुम हुसैन शाह के दरबार में क्यों रहते थे?

—कहीं वह कन्हैया ही तो नहीं...? दूसरा कैसे जान सकता है कि कन्हैया ने कब, कहाँ क्या किया है? एक बूढ़े ब्रजवासी ने कहा।

—पर कन्हैया तो काला था, हमने सुना है कि यह संन्यासी तो एकदम दूध के समान गौरांग है। दूसरे बुज़ुर्ग ब्रजवासी ने कहा...।

—अरे भाई, हमारे कन्हैया को काले से गोरा बनने में कितने क्षण लगेंगे? तुम्हीं बताओ। ब्रजवासी माई अपने चेहरे को आँचल से ढँकती हुई बोलीं...।

वही गोवर्धन पर्वत जिसे कन्हैया ने सात दिनों तक अपनी कनिष्ठा पर उठाकर रखा था, ऐसा सिर्फ़ ब्रजवासी ही नहीं कहते श्रीमद्‌भागवत पुराण में भी वर्णित है। सात कोस में फैली इस शस्य श्यामला पहाड़ी—गोवर्धन को ब्रजवासी अपने कान्हा का ही दूसरा रूप मानते हैं...। उसी गोवर्धन के ऊपर माधवेन्द्रपुरी गोस्वामी के श्रीनाथ जी विराजमान थे, चैतन्यदेव के सामने बड़ी मुश्किल थी...वे अपने पैर को गिरिराज पर्वत पर रखें तो कैसे...? और श्रीनाथ जी के दर्शन बिना लौटें तो कैसे...?

फिर भी दोनों विकल्पों में लौटना ही स्वीकार्य था...। गोवर्धन के ठीक आगे एक छोटा—सा गड्ढा था उसे देखते ही चैतन्यदेव के मुख से स्वत; निकल गया—यही तो है राधाकुण्ड—श्यामकुण्ड। फिर क्या था : ब्रजवासियों ने दिन—रात एक करके दो बड़े—बड़े कुण्डों की खुदाई कर दी...राधाकुण्ड, श्यामकुण्ड।

राधाकुण्ड का जल शुभ्र, स्वच्छ और सुवासित तो श्यामकुण्ड का जल शस्य श्यामल। चैतन्यदेव के प्राण आह्लादित हो गुनगुना रहे थे—राधाकुण्ड, श्यामकुण्ड...सेई वृन्दावन। देव की प्रसन्नता देखकर भट्टाचार्य महाशय ने हुलसित होकर पूछा—देव, जब से आपका वृन्दावन आगमन हुआ है, आप पेड़, पहाड़, कुण्ड...इन तीनों में ऐसे आत्मसात हो गये हैं जैसे इन्हीं से सत्य की खोज होती है, जैसे इन्हीं से ज्ञान की खोज होती है, जैसे इन्हीं से सौन्दर्य की खोज होती है, यही नहीं देव आपका इन तीनों के प्रति अतिशय समर्पण देखकर कभी—कभी लगता क्या मुक्ति की खोज भी इन्हीं तीनों के माध्यम से होती है!

—भट्टाचार्य जी, वृन्दावन का रजकण मेरे लिए कम महत्त्वपूर्ण नहीं है। वैसे भी इस संसार में छोटे—से—छोटा अणु भी किसी से अधिक या न्यून नहीं, उतना ही महत्त्वपूर्ण है...। सभी उसी गोविन्द की संरचना हैं। पर पहाड़, पेड़, जल इनके बिना तो जीवन ही नहीं है। संसार में जो भी सौन्दर्य प्रलक्षित होता है पहाड़, पेड़ और जल के ही कारण। कल्पना कीजिए

ऐसा संसार जहाँ न पेड़ हों, न पानी और न पहाड़...वहाँ जीवन एक दिन भी रहेगा...? ईश्वर ने इस संसार की रचना की है तो ईश्वर भक्तों का कर्तव्य है उसकी सुन्दर रचना को सुन्दर बने रहने देने में सहयोग करें।

और रही बात वृन्दावन की...यहाँ के पेड़ भी बड़भागी हैं और पहाड़ भी... सभी कृष्णमय हैं...। पेड़ों से हरा–भरा वन प्रदेश यह वृन्दावन...हरियाली से आच्छादित यह गोवर्धन...ढेर सारे कुण्डों में प्रवाहित निर्मल जल और यमुना में बहती श्यामल धारा, इससे सुन्दर इस धरती पर क्या है, यह चिन्मय भूमि है, तभी तो यह हमें नैसर्गिक सत्प्रेरणा देती रहती है, कहते–कहते देव की आँखें मुँद गयीं।

कोलाहल से चैतन्यदेव का ध्यान भंग हुआ। सामने से भीड़ आ रही थी। भीड़ के आगे–आगे पालकी पर श्रीनाथ जी विराजमान थे। चैतन्यदेव नाथजी के आगे साष्टांग लेट गये–'कितने कृपालु हो नाथ?'

–हम लोग कभी–कभी श्रीनाथ जी को नीचे भी उतारते हैं, हमारे गोपाल जी तो छोटे सों बालक हैं न, मोरे लाला..., ब्रजवासी भोलेपन से बोला।

चैतन्यदेव मुस्कुरा रहे थे–अखिल ब्रह्माण्ड के नायक, जिनकी इच्छा के बिना पत्ता भी नहीं हिलता पर प्रेम भरे भक्तों के लिए वे लाला ही तो हैं। छोटे से कन्हैया...जिसे भय सताता है..., सब भक्तों की महिमा है। देव प्रार्थना कर रहे थे–कुछ लोग तुम्हें पाषाण की प्रतिमा मानते हैं जबकि तुम स्वयं साक्षात् ईश्वर हो...तुमने गुरुदेव से चन्दन माँगकर उन पर तो कृपा की ही है, मुझ अधम को भी दर्शन देने स्वयं नीचे चले आये...; स्वामी! चैतन्यदेव का शरीर पुलकायमान हो रहा था।

–तीन दिन तक गोपाल जी यहीं विराजमान रहेंगे, पुजारी के घोषणा करते ही ब्रजवासियों ने ज़ोर से जयकारा लगाया–बोलो श्रीनाथ जी की जय...।

उस भीड़ में चैतन्यदेव की दृष्टि जब सुबुद्धि राय पर पड़ी तो प्रसन्नता का ठिकाना न रहा और सुबुद्धि राय...उनकी प्रसन्नता, उनके आह्लाद का हिसाब लगाना तो असम्भव ही था।

भट्टाचार्य महाशय भी देखते रह गये–सुबुद्धि राय को...बहुत साल पूर्व एक बार देखने का मौक़ा मिला था उसी समय जब सुबुद्धि राय गौड़ देश के राजा थे...। माथे पर राजमुकुट, शरीर पर मुर्शिदाबाद सिल्क की धोती पहने राजसिंहासन पर आसीन शोभायमान हो रहे थे। वर्तमान बादशाह हुसैन शाह उस समय उनके सामने कोर्निश बजा रहा था, उस वक़्त वह राजदरबार में एक कर्मचारी था।

हैं...फिर उन्होंने अपना सिर झटका...कि उनके पास है ही क्या जिसका वे त्याग करेंगे...? वे बिना पूछे नहीं रह सके–देव...त्याग करने के लिए तो पहले व्यक्ति के पास कुछ होना भी चाहिए न...हम लोग क्या त्याग करेंगे...? पहले से ही धन नहीं है परिवार भी है तो साधारण–सा...क्या त्याग करूँगा...कि बड़भागी बनूँगा...?

चैतन्यदेव मुस्कुराते हुए बोले–भट्टाचार्य महाशय, आप फिर उलझ गये–ईश्वर को इन बातों से क्या लेना–देना...कि कोई दो कंकड़; छोड़कर आया और कोई सौ कंकड़? उनके लिए सारे धन हीरे, जवाहरात और सोने, चाँदी...और मिट्टी...सभी बराबर हैं...। जब आपके बच्चे कंकड़, –मिट्टी, बालू से खेलते हैं, आप उन्हें आवाज़ लगाते हैं, आपकी आवाज़ सुनते ही बच्चे कंकड़, बालू और मिट्टी को लात मारते हुए आपके पास दौड़ते आते हैं। तब उस समय आपने कभी भी इन बातों पर गौर किया कि किस बच्चे के पास कितने कंकड़–बालू थे...और जिसने अधिक बालू–कंकड़ को छोड़ा वह आपके प्रेम का अधिक भागीदार हुआ..., नहीं न, कहकर चुप हो गये...देव। दूर दृष्टि उठायी तो दिखायी दिये–रूप जा रहे थे, उनका बिम्ब छोटा होता जा रहा था पर चैतन्यदेव के हृदयाकाश पर रूप बृहद् बनकर छाते जा रहे थे...। रूप की अद्‌भुत विनम्रता और वैराग्य देखकर चैतन्यदेव भी चमत्कृत थे...। चैतन्यदेव अपने कमरे के अन्दर जाते–जाते प्रभु से यही प्रार्थना कर रहे थे–रूप पर हमेशा ऐसी ही कृपा–दृष्टि बनाये रखना, विनम्रता और वैराग्य कभी उसका साथ न छोड़े...ऐसी दया करना प्रभो...।

32

आज ब्रह्ममुहूर्त में नींद टूटते ही चैतन्यदेव निकल पड़े काशी के मणिकर्णिका घाट की ओर...साथ में भट्टाचार्य महाशय को...भी नहीं लिया...। उन्हें सोये छोड़कर, अपने पदचाप को धीमी करते हुए वे निकल ही रहे थे कि बालक रघुनाथ उठ गया...। अपने पिता तपन मिश्र से आग्रह कर यहाँ रुका था कि वह देव की सेवा करेगा...। चैतन्यदेव जब वहाँ से निकल रहे थे वह सोया हुआ था। उसके निश्छल चेहरे पर नज़र डालते हुए देव आगे बढ़ गये। देव अपनी ही धुन में थे, उन्हें पता ही नहीं चला...कब उनके पीछे हो लिया रघुनाथ और पहुँच गया मणिकर्णिका घाट...।

सामने प्राची दिशा में लालिमा फैल रही थी...सूर्योदय होते वक़्त मन में आशा का उदय और उत्साह का संचार भी हो रहा था...पर घाट पर व्याप्त करुण क्रन्दन उस आशा को निराशा तथा उदय को अस्त में परिवर्तित करने की भरपूर चेष्टा कर रहा था...। एक साथ कितनी चिताएँ सजी थीं...कहीं चन्दन की चिता थी, तो कहीं आम की...पर प्रत्येक चिता पर सोया हुआ था मृत मनुष्य ही। कल तक जिनके शरीर को परिवारवाले अपना प्रिय नहीं प्रियतम और प्रियतमा मानते थे...वे ही आज उन्हें अपने हाथों मुखाग्नि देकर अपने कर्तव्य की इतिश्री कर रहे थे। एक साथ इतनी चिताओं को देखकर भयभीत हो गया रघुनाथ...। रोते–चिल्लाते लोगों को देखकर उसके कलेजे में ऐंठन होने लगी। उसने पहले तो घबराकर अपनी आँखें बन्द कर लीं। अब सामने का दृश्य भले ही न दिख रहा हो पर कानों में रोने–चिल्लाने की आवाज़ आ ही रही थी। घबराकर वह चैतन्यदेव के आगे आ गया...।

–रघुनाथ तुम...चैतन्यदेव अचम्भित हो गये।

–देव...मैं भी आपके पीछे–पीछे आ गया पर यहाँ आकर मेरा मन घबरा रहा है...यह सब क्या है? किशोर रघुनाथ का स्वर काँप रहा था।

–यही परम सत्य है रघुनाथ हमसे पहले कितने लोग इस दुनिया में आये और चले गये...एक दिन हम भी चले जायेंगे...और हमारे बाद पीढ़ियाँ–दर–पीढ़ियाँ आती–जाती रहेंगी। न आने का सिलसिला रुकेगा और न जाने का...। चैतन्यदेव रघुनाथ के सिर पर हाथ फेरते हुए प्रेमपूर्वक बोले।

–क्या आप भी...और हम भी चले जायेंगे...देव...? कहाँ चले जायेंगे? हमेशा क्यों नहीं यहीं रह सकते? जाना क्यों ज़रूरी है...? देव, मैं मरना नहीं चाहता। रघुनाथ के बालमन का घबराना स्वाभाविक था।

–जब आये हैं, तब जाना भी होगा ही रघुनाथ...। आना और जाना प्रकृति का नियम है...। पर इसका मतलब यह नहीं कि हम नहीं रहेंगे। हम हमेशा रहेंगे। ऐसा हो सकता है कि एक दिन चाँद और सूर्य नहीं रहें...ये तारे नहीं रहें, पृथ्वी के भी टुकड़े–टुकड़े हो जायें पर हम हमेशा रहेंगे...। हमारा नाश कभी नहीं होगा...क्योंकि आत्मा कभी नहीं मरती।

अभी तुम्हारे सामने जो ये चिताएँ सजी हैं और उन पर रखा है निर्जीव शरीर...वह शरीर जो पुराना हो गया है, जर्जर हो गया है, ठीक वैसे ही जैसे वस्त्र...पुराना हो जाता है...जीर्ण–शीर्ण हो जाता है तो हम उसकी

लीजिए...आप कहें तो अभी कलमा पढ़ा दूँ...राजगद्दी दिलाने तक साथ दूँगा, क़ाज़ी ने भरोसा दिलाया।

लेकिन सुबुद्धि राय नहीं माने–मेहरबानी करने के लिए शुक्रिया क़ाज़ी साहब, पर मैं हिन्दू धर्म का त्याग नहीं कर सकता, बड़े–से–बड़े धर्माचार्यों से मिलूँगा–कोई–न–कोई रास्ता तो होगा...काशी जाऊँगा...वहाँ के पण्डितों से मिलूँगा...पर इस्लाम ग्रहण नहीं करूँगा। ग्रहण नहीं कर पाने का कारण यह नहीं कि इस्लाम धर्म में खोट है...इस्लाम भी महान धर्म है, मैं जानता हूँ परन्तु धर्म परिवर्तन किसी प्रतिक्रिया के फलस्वरूप होना अधर्म है।

सुबुद्धि राय काशी भी इसी विश्वास से गये कि कोई तो होगा जो इस पानी पीने के पाप से प्रायश्चित्त करवा सके...पर हा हतभाग्य! एक भी पण्डित नहीं मिला...।

काशीश्वर मिश्र ने स्पष्ट कह दिया–अब बस एक ही उपाय है अपने कान में गरम शीशे को पिघलाकर डाल लें अथवा गर्म–गर्म खौलते हुए घी का पान करके जीवन से मुक्ति प्राप्त कर लें।

सुबुद्धि राय चीत्कार कर उठे थे–मैं इस तरह मरना नहीं चाहता...। सिर्फ़ बधना का जूठा पानी पीने से मैं हिन्दू नहीं रहा..., यह कैसा धर्म है...?

काशी से फिर लौटे गौड़ देश...इनकी दुर्दशा पर हुसैन शाह को मुँहमाँगी मुराद मिल गयी। अपनी गुल्लरियों–सी आँखों को गोल–गोल घुमाता हुआ बेगम से बोला–देखा न...मैंने इसे जान से क्यों नहीं मारा? चाहता तो बधने के जूठे पानी की जगह...ज़हर भी मिला सकता था बेगम, पर मैं इसे तिल–तिल कर मरते हुए देखना चाहता था...। दर–दर की ठोकरें खा रहा है। एक दिन ख़ुद आत्महत्या कर लेगा।

हुसैन शाह का सोचना ग़लत नहीं था। सुबुद्धि राय ने फ़ैसला कर लिया था जब मरना है ही तो क्यों न प्रायश्चित्त करके मरे...। बस द्वन्द्व क़ेवल इतना ही शेष था कि तप्त घी को पीकर प्राण त्यागना सही रहेगा या कानों में पिघले हुए गर्म शीशा डालकर...।

किन्तु विधाता को कुछ और मंज़ूर था उसी समय सुबुद्धि राय की भेंट हो गयी चैतन्यदेव से...। श्रान्त–क्लान्त, जीवन से निराश...अवसाद में ग्रस्त... परिवार, समाज से उपेक्षित, पण्डितों से प्रताड़ित...सुबुद्धि राय की जैसे ही प्रथम दृष्टि चैतन्यदेव पर पड़ी...एक अजीब–सी अनुभूति से मन प्रसन्नता से भर उठा। उस समय जनसमूह के बीच थे चैतन्यदेव...। उनको साहस

नहीं हुआ इतने लोगों के बीच देव के पास जाने का...। लौट तो आये पर मन वहीं छोड़ आये...। जो थोड़ा–सा मन साथ में आया वह दिलासा देता रहा कि सारी समस्याओं का समाधान करने वाले यही तारणहार हैं।

अँधेरा होने का इन्तज़ार करना सुबुद्धि राय को कितना भारी पड़ रहा था। आकाश में तारे टिमटिमा रहे थे। चाँद की चाँदनी प्रमुदित होकर छिटक रही थी...। सुबुद्धि राय सोच रहा था–कितना अच्छा होता आज अमावस की रात होती...। दूधिया चाँदनी में किसी की भी दृष्टि में आने का भय था। उस दिन अमावस की रात हो भी कैसे सकती थी जब उनके जीवन से कालिमा विदा लेने वाली थी और शीतल चाँदनी छिटकने वाली थी। तभी तो जब सुबुद्धि राय चैतन्यदेव के पास पहुँचे तो उन्हें गौर चाँद का दर्शन हुआ..., जिसकी छिटकती चाँदनी से इनका मन स्निग्ध हो रहा था...।

कैसे निकट जायें, जनसाधारण द्वारा भी उपेक्षित और घृणित पात्र होकर इतने महान आध्यात्मिक सन्त पुरुष के पास, सुबुद्धि राय के मन में तूफ़ान चल रहा था, नदी के पास आकर प्यासा जल पीने का साहस नहीं कर पा रहा था...। उनके होंठ सूखने लगे...पैर थरथराने लगे... आँखों के सामने अँधेरा छाने लगा...सुबुद्धि राय लड़खड़ाकर गिरने लगे, तभी चैतन्यदेव ने लपककर उन्हें अपनी बाँहों में भरकर सँभाल लिया...।

–देव...देव...यह आप क्या कर रहे हैं? कृपया मुझ अधम का स्पर्श न करें...। शायद आपने मुझे नहीं पहचाना...। मैं ही वह पापी हूँ जिसके पाप का इस दुनिया में कोई प्रायश्चित्त नहीं...। मेरे लिए सिर्फ़ एक ही रास्ता है...मृत्यु को स्वीकार करना...। सुबुद्धि राय चैतन्यदेव के आलिंगन से मुक्त होने की चेष्टा कर रहे थे।

सुबुद्धि राय के बाल, दाढ़ी, मूँछ बढ़कर मुखमण्डल को विकृत बना रहे थे। दो बार पैदल गौड़ देश से काशी और काशी से गौड़ देश का चक्कर लगाकर काया क्षीण हो चुकी थी।

चैतन्यदेव पहली झलक में सुबुद्धि राय को पहचान ही नहीं पाये...फिर गौर से उनकी ओर देखा और देखते रह गये...। सुबुद्धि राय की अश्रुपूरित आँखें झुकी हुई थीं, देव की छलछलायी आँखों से निकलती स्नेह की धारा में सारे दुःख प्रवाहित हो रहे थे।

कल तक यह शरीर एक राजा का था। क्या ठाठ–बाट थे...क्या जीवन था। तेल, इत्र, फूल से सुसज्जित जीवन, सेवा के लिए दास–दासियों

सनातन की झुकी गर्दन धीरे–धीरे हिल रही थी...। मराठी सज्जन देशपाण्डे की आँखों की चमक बढ़ती जा रही थी जो प्रतिदिन चुपचाप आकर पीछे बैठकर श्रवण करते रहते थे। महाराष्ट्र छोड़े तो इन्हें कई वर्ष बीत चुके थे...अब तो काशीवासी हो चुके हैं...। पहले भी प्रकाशानन्द की सभा–गोष्ठियों में जाते रहते थे। सत्संग करने का व्यसन–सा था उन्हें। प्रकाशानन्द के आश्रम पर जाना इनकी नियमित दैनन्दिनी थी...। वहाँ जाना भी मन को बहुत भाता था...पर यहाँ तो उनकी आत्मा तृप्त होती जा रही थी...आज लग रहा था, काशीवास सफल हुआ।

देशपाण्डे से रहा नहीं गया...। वैसे भी अच्छी चीज़ हो या बुरी...जो व्यक्ति के मन को बहुत अधिक प्रभावित कर लेती है तो इच्छा होती है उसके बारे में अन्य लोगों को भी बताया जाये। देशपाण्डे भी पहुँच गये प्रकाशानन्द के पास...। प्रकाशानन्द अपने हज़ारों शिष्यों को पढ़ा भी रहे थे–ब्रह्म सत्य और जगत् मिथ्या है।

पढ़ाई समाप्त होते ही देशपाण्डे सीधे प्रकाशानन्द के पास पहुँच गये। प्रकाशानन्द प्रारम्भ से ही देशपाण्डे का सम्मान करते थे...देशपाण्डे तो इन्हें साक्षात् शंकर का अवतार ही मानते थे। प्रकाशानन्द ने इन्हें देखते ही कहा–कहाँ से आ रहे हैं? बड़े प्रसन्न दिख रहे हैं।

–बात ही ऐसी है स्वामी जी...अमृतपान कर लौट रहा हूँ...चन्द्रशेखर वैद्य के यहाँ चैतन्यदेव का सत्संग सुनकर आ रहा हूँ...। देशपाण्डे बोले।

क्या वह नचनिया गवैया! लौट आया वृन्दावन से...? वृन्दावन जाते वक़्त पता तो चला था उसके आने का...पर मुझे लगा था वह लौटकर नहीं आयेगा...। गाने–बजाने वालों को विद्वानों की नगरी काशी में कोई उसे कौड़ी के भाव भी नहीं पूछेगा...? आप लोगों की भावुकता का ऐसे लोग ही लाभ उठा लेते हैं। मैं तो आपको समझदार समझता था पर आप भी उससे प्रभावित हो गये...। प्रकाशानन्द का मृदुल स्वर कब इतनी कठोरता में परिवर्तित हो गया उन्हें स्वयं भी पता नहीं चला...।

देशपाण्डे का आश्चर्य से मुँह खुला का खुला रह गया...। इतने बड़े प्रकाण्ड विद्वान और संन्यासी में इतनी ईर्ष्या? जब तक मैं इनकी व्याख्या सुन रहा था...सराहना कर रहा था तब तक मैं समझदार था...परन्तु चैतन्यदेव की प्रशंसा करते ही नासमझ हो गया...? देशपाण्डे अभी तक यही समझते थे कि ईर्ष्या, द्वेष जैसी तुच्छ भावनाएँ उन लोगों जैसे साधारण गृहस्थों को

ही होती हैं, विद्वान और संन्यासियों को नहीं...। उनका मन सिर्फ़ उदास ही नहीं हुआ, डूबने–सा लगा...।

प्रकाशानन्द की नाराज़गी चैतन्यदेव से आकस्मिक नहीं थी। ऐसा नहीं था कि देशपाण्डे से उनकी प्रशंसा सुनते ही वे नाराज़ हो गये...। चैतन्यदेव से तो वे उसी दिन से नाराज़ हैं जब से उन्होंने सार्वभौम जैसे दिग्गज अद्वैतवादी विद्वान को श्रीकृष्ण नाम को रटने वाला एक साधारण–सा व्यक्ति बना दिया था...। प्रकाशानन्द ने सार्वभौम को सैकड़ों पत्र लिखे थे कि उस मायावी चैतन्य के जाल से अभी भी निकल जायें पर...सार्वभौम की तो अब एकमात्र इच्छा यही शेष थी कि इसी कृष्णनाम को गाते जीवन की शाम बीत जाये...।

जब सार्वभौम ने उनकी चिट्ठियों का माक़ूल उत्तर नहीं दिया तो भी प्रकाशानन्द ने हार नहीं मानी। चैतन्यदेव को लिख भेजा कि काशी छोड़कर मूर्खों की तरह इधर–उधर भटकना कहाँ की बुद्धिमानी है...? मोक्ष के द्वार को छोड़कर पशु ही इधर–उधर डोलेगा...।

चैतन्यदेव ने यह कहकर उनके प्रश्न का उत्तर नहीं दिया कि उपदेश देने का अधिकार प्रत्येक मनुष्य को प्राप्त है...परन्तु स्वरूप दामोदर के अनुनय करने पर लिख भेजा–उन्हीं गोविन्द का नाम व्यक्ति को हमेशा लेते हुए डोलते रहना चाहिए जिन्हें स्वयं शंकर भगवान जपते हैं और आचार्य शंकर ने 'गोविन्दं भज गोविन्दं भज मूढ़मते' कहकर गान किया है...।

बौखलाकर प्रकाशानन्द ने फिर एक पत्र लिखा...उसमें कटु निन्दा थी...। इस बार चैतन्यदेव ने पत्रोत्तर नहीं दिया–गाली का जवाब गाली...

यह कोई पत्र व्यवहार हुआ?

बात इतनी ही नहीं थी। चैतन्यदेव दक्षिण यात्रा के दौरान प्रकाशानन्द के बड़े भाई वैंकट भट्ट के घर चार महीने तक रहे थे...वैंकट भट्ट के पुत्र गोपाल भट्ट अपना घरबार छोड़कर...चैतन्यदेव के पथ के अनुरागी हो गये थे...। इस घटना ने प्रकाशानन्द की क्रोधाग्नि को बढ़ाने में घी का काम किया...।

बचपन से ही गोपाल भट्ट, प्रकाशानन्द के लाड़ले थे, क्या–क्या सोचा था अपने योग्य भतीजे के उज्ज्वल भविष्य के लिए ? गोपालभट्ट की विद्वत्ता को देखकर वे निश्चिन्त थे, एक दिन वह काशी के समस्त विद्वानों को पराजित कर शीर्ष पर बैठेगा...। चैतन्यदेव के कारण उनके स्वप्न टूट गये थे, तो कैसे न क्रोधित हों प्रकाशानन्द?

की बात करता है तो समझिए वह धर्म के स्वरूप का क, ख, ग भी नहीं समझता...।

–सुबुद्धि राय जी, जिन पण्डितों ने आपसे मृत्यु वरण करने को कहा है वे सभी सिर्फ़ आपके ही अपराधी नहीं हैं, पूरे हिन्दू धर्म के अपराधी हैं, समाज के अपराधी हैं, मानवता के अपराधी हैं। मैं आपकी पीड़ा, आपके कष्ट और वेदना को समझ सकता हूँ फिर भी आपसे आग्रह करता हूँ कि आप उन्हें क्षमा कर दें...क्योंकि वे स्वयं नहीं जानते कि वे क्या कर रहे हैं...?

सिर्फ़ बाह्य आडम्बर, अन्धविश्वासों और पाखण्डों को ही उन्होंने धर्म मान लिया है...। यही उनकी आजीविका बन गयी है। समाज में ऐसे सड़े–गले अमानवीय नियमों के चलते रहने से ही उनकी दुकानदारी चलती रहेगी...। लेकिन वे भी यह नहीं समझ पा रहे हैं कि अनजाने में वे महापाप कर रहे हैं...। अनजाने में बधने का जूठा पानी पीना पाप नहीं है परधर्म के नाम पर कमाई करना दुनिया का सबसे बड़ा दुष्कर्म है...और सबसे बड़े दुष्कर्म की पापराशि, कैसी प्रचण्ड होगी आप समझ सकते हैं। मेरा तो मानना है कि वेश्या का काम भी उतना पापपूर्ण नहीं है जितना कि धर्म को बेचकर कमाई करना...। वेश्या भी सिर्फ़ शरीर बेचती है अपना मन, प्राण और आत्मा नहीं बेचती पर...धर्म के नाम पर कमाई करने वाला तो अपनी आत्मा को ही बेच देता है...।

आप उन महत्त्वहीन बातों पर ध्यान न दें। आप हिन्दू हैं और हमेशा हिन्दू ही रहेंगे...। सिर्फ़ हिन्दू ही नहीं रहेंगे...हिन्दू आपको श्रेष्ठ हिन्दू मानकर शिरोधार्य करेंगे। आपके जीवनकाल के बाद भी आने वाली पीढ़ियों के लिए आप अनुकरणीय और आदरणीय रहेंगे। चैतन्यदेव की बात समाप्त होते ही उनके कक्ष के दरवाज़े पर ज़ोर से हर्षमिश्रित जयध्वनि हुई...।

कक्ष के द्वार पर लोगों की अपार भीड़ जमा थी...। पूरी रात सत्संग में निकल गयी, दोनों में से किसी को भी पता नहीं चला...। जयध्वनि सुनकर सुबुद्धि राय हर्षातिरेक में भरकर रो रहे थे...।

चैतन्यदेव ने उनसे कहा–सर्वप्रथम आप भद्र हो लें...उसके बाद आयें तब तक मैं भी दैनिक कार्यों से निवृत्त हो लूँ...।

सुबुद्धि राय जब वहाँ से चले तो उनके साथ निर्भीकता थी, साथ–साथ जनसमूह भी था...। दाढ़ी–बाल कटते ही सुबुद्धि राय का मुखमण्डल साफ़–सुथरा होकर चमकने लगा...। उनकी माँ, पत्नी, बच्चे दौड़ते हुए आये।

सुबुद्धि राय ने देखा–इतने दिनों में माँ भी सूखकर काँटा हो गयी हैं। पत्नी की क्षीण काया को देखकर मन भर गया...। बच्चों की भी आँखें सूनी–सूनी थीं...। विवश परिवार को आँसू बहाते देख सुबुद्धि राय ने कहा–आपकी पीड़ा को मैं समझ रहा हूँ। आप लोगों ने मुझसे दूरी बढ़ाकर अपने धर्म की रक्षा करने का जो प्रयत्न किया था वह ग़लत नहीं था...। मैं स्वयं भी चाहता था कि आप मुझसे सम्बन्ध नहीं रखें। इसी से मैं लौटकर आपके पास नहीं आया। यदि मुझे आते–जाते पण्डितों ने देख लिया होता तो आप लोग भी मेरी तरह दर–दर की ठोकरें खा रहे होते...।

–पर बेटा, अब तो तू बहिष्कृत नहीं रहा...अब घर चल...तेरे बिना मैंने, बहू ने और बच्चों ने कैसे दिन काटे हैं...कहते–कहते सुबुद्धि राय की वयोवृद्धा माँ सिसक–सिसककर रोने लगी थीं...।

–जानता हूँ माँ, पर तेरे जवान पौत्र हैं...पौत्र बधुएँ हैं, बहू है...सब तेरी सेवा करेंगे, मैं अब अपने जीवन का उत्तरार्द्ध वृन्दावन में गुज़ारना चाहता हूँ...।

तब चैतन्यदेव ने उनसे कहा था कि आप वृन्दावन जाकर वहाँ कुछ शारीरिक श्रम करें, और श्रम से उपार्जित धन से वृन्दावन जाने वाले तीर्थयात्रियों की कुछ सेवा हो सके इसका इन्तज़ाम भी करें। शारीरिक श्रम, सेवा और श्रीकृष्ण का नाम स्मरण इन तीन बातों का सतत स्मरण रखें।

सुबुद्धि राय की अतीत स्मृतियों में वह दृश्य पुण्य–स्मरण बनकर आज भी आह्लादित करता रहता है जब चैतन्यदेव की आज्ञा से गौड़ देश से वृन्दावन की विदाई के वक़्त माँ और पत्नी नहीं पूरा गौड़ प्रदेश अश्रुपूरित नयनों से उन्हें विदाई देने आया था...। कल तक उनकी छाया भी उनका साथ छोड़ रही थी और उस दिन जनसमूह ने उन्हें अपने बीच में वैसा ही स्थान दिया था जैसे वे आज भी उनके शाह हों।

सुबुद्धि राय भूत से वर्तमान में आ गये...। और चातक की तरह चैतन्यदेव के मुखमण्डल के तेज का पान करने लगे...न उनकी आँखें तृप्त हो रही थीं और न मन...। पर चैतन्यदेव को आगे की यात्रा करनी थी, तीन दिन हो गये थे। आज श्रीनाथ जी को भी पहाड़ी की चोटी पर जाना था और चैतन्यदेव को भी। सुबुद्धि राय की आँखों से निर्झरिणी प्रवाहित होने लगी। चैतन्यदेव ने उन्हें ढाढस बँधाते हुए कहा–बहुत जल्दी साकिर मल्लिक और दबीर ख़ास, रूप–सनातन के अपने नये स्वरूप में आपके साथ रहने आने वाले हैं।

बारे में चिन्तन करना चाहिए पर तुम वेदान्त का चिन्तन छोड़कर श्रीकृष्ण का नाम स्मरण क्यों कर रहे हो?

–मेरे गुरु ने मुझे यही बताया है–स्वामी जी!

'हरेर्नाम हरेर्नाम हरेर्नाम केवलम

कलौ नास्त्येव नास्त्येव नास्त्येव गतिरन्यथा

'चैतन्यदेव ने धीरे से कहा।

–पर नाचना–गाना तो संन्यासियों के लिए अत्यन्त अशोभनीय कार्य है फिर आप ऐसा क्यों करते हैं? प्रकाशानन्द ने अपनी भृकुटि को सिकोड़ते हुए कहा।

–अपनी इच्छा से नहीं करता श्रीपाद। अन्तःकरण में पता नहीं क्या हो जाता है...? नृत्यगीत स्वतः होने लगते हैं...कितनी बार मैं स्वयं चाहता हूँ इस पर नियन्त्रण करूँ, पर मैं विवश हो जाता हूँ...।

और उसके बाद प्रकाशानन्द तर्क करते गये, चैतन्यदेव उनके प्रत्येक मत का खण्डन करते गये। चैतन्यदेव की शान्त, मधुर, ओजस्वी वाणी गंगा की धारा की तरह कलकल कर बहती रही जिसमें डुबकी लगाती रही पूरी विद्वत् मण्डली...। पूरा विद्वत् समाज सम्मोहित हो रहा था। प्रकाशानन्द का हाल तो बेहाल होता जा रहा था...। चैतन्यदेव के तर्क अकाट्य हैं; वे महसूस कर रहे थे, पर मन इतनी जल्दी हार मान ले वह भी किसी धार्मिक विद्वान से...असम्भव ही है...। एकान्त में होते तो शायद प्रकाशानन्द इतने अकाट्य तर्कों के बाद हार मान भी लेते क्योंकि हृदय प्यार से सत्य स्वीकारने की ज़िद कर रहा था। पर बुद्धि कैसे स्वीकार करे–वह भी अपने ही शिष्यों के सामने जिन्हें वे वर्षों से पढ़ा रहे थे और उन शिष्यों के लिए बृहस्पति से कहाँ कम थे प्रकाशानन्द...? उन्होंने अपना अन्तिम तर्क दिया...पर इतना कमज़ोर कि...उनका सिर स्वयं झुक गया। दरअसल, प्रकाशानन्द को अपना ज्ञान पहली बार शुष्क लग रहा था। वे चैतन्यदेव के चरणों पर गिर पड़े–'देव, आज तक मेरे मन में आपके प्रति उपेक्षा का भाव था। मैं सोचता था आपने किसी बाज़ीगरी के तहत सार्वभौम और गोपाल को प्रभावित कर लिया है। पर अब मैं समझ गया हूँ कि आपने भक्ति की यह जो धारा प्रवाहित की है इसी की आवश्यकता समाज को सबसे अधिक है। आज देश और काल जिस प्रकार अनास्था मण्डित होकर अपने भीतर ही भीतर बिखर रहा है...उसे सँभालने की शक्ति ज्ञान में नहीं सिर्फ़ भक्ति में ही है देव।'

काशी के बेताज बादशाह प्रकाशानन्द...चैतन्यदेव के चरणों से उठ ही नहीं रहे थे। चैतन्यदेव ने प्रेम से उन्हें उठाकर गले से लगाते हुए कहा—आप सिर्फ़ प्रकाशानन्द नहीं प्रबोधानन्द भी हैं...।

—आज से मैं प्रकाशानन्द नहीं सिर्फ़ प्रबोधानन्द ही हूँ...आप मेरे गुरु हैं...गुरु द्वारा प्रदत्त नाम मुझे स्वीकार है। प्रबोधानन्द हाथ जोड़कर उनके चरणों में बैठ गये।

33

पर चैतन्यदेव को प्रबोधानन्द और उनके हज़ारों शिष्यों का गुरु बनकर काशी में पूजित होना तो था नहीं...। उन्हें नीलांचल पुकार रहा था, निकल पड़े जगन्नाथपुरी की यात्रा पर...। देखते रह गये सनातन, प्रबोधानन्द, चन्द्रशेखर वैद्य, देशपाण्डे और तपन मिश्र...के साथ प्रकाशानन्द के हज़ारों शिष्य...और आगे पाँव बढ़ाते चले गये चैतन्यदेव के साथ भट्टाचार्य महोदय। आज भट्टाचार्य महोदय को भी हैरानी नहीं हुई। इतना अवश्य सोच रहे थे कि यदि वे देव की जगह पर होते तो कुछ महीने तो अवश्य यहाँ रुकते...पर अब वे समझ गये हैं कि असाधारण व्यक्ति की सारी बातें असाधारण होती हैं इसी से हैरान नहीं हुए। चल दिये असाधारण देव के पीछे—पीछे...।

जगन्नाथपुरी में आज सुबह से ही स्वरूप दामोदर की दायी आँख फड़क रही थी...मन्दिर परिसर में ही सार्वभौम भट्टाचार्य से भेंट हुई। जब से चैतन्यदेव वृन्दावन गये हैं सार्वभौम का मन उड़ा—उड़ा सा रहता है। वैसे उनके घर का वातावरण आजकल बहुत ही अच्छा है...एकमात्र जामाता अमोघ भक्त बन गया है, अपने गुरुदेव की तरह ही उनकी सेवा करता है...। सार्वभौम को यह बात और परेशान करती है कि उनके घर—संसार को तो सुन्दर बना दिया पर स्वयं चले गये, देव। उनका मन नहीं मानता कि अब चैतन्यदेव लौटकर आयेंगे...। जब भी देव के आने की बात सोचते कलेजा बैठने लगता...। आज भी सार्वभौम भट्टाचार्य का मन उदास है पर स्वरूप दामोदर की दायीं आँख भी फड़क रही है और मन भी न जाने क्यों विहँस रहा है...।

सार्वभौम भट्टाचार्य से रहा नहीं गया, आज अचानक स्वरूप को क्या हो गया है। हमेशा गुमसुम रहने वाले स्वरूप को चहकते देख अच्छा तो बहुत लग रहा था पर कारण का पता तो करना ही था...।

और वैद्य आचार्य चन्द्रशेखर तीनों एक साथ देव के चरणों पर झुक गये। चैतन्यदेव इन तीनों को एक साथ नगर सीमा पर देखकर...आश्चर्यचकित रह गये–'कैसे पता चला मेरे आगमन का, क्या भट्टाचार्य महाशय ने किसी से सूचना भिजवायी...?'

–मुझे पता है देव, आगमन की सूचना भिजवाना आपको पसन्द नहीं.., मैंने किसी से कुछ नहीं कहा–भट्टाचार्य महोदय ने तत्परता से बताया।

–बात यह हुई देव कि वैद्य जी ने कल रात्रि में स्वप्न देखा कि आज आप काशी आ रहे हैं...। यही वह स्थान है जहाँ पर स्वप्न में आपके दर्शन हुए थे। आज सुबह से यहीं पर डेरा डालकर बैठे हुए हैं...। हम लोग भी इनकी श्रद्धा के साथ हो गये...तपन मिश्र अपने पुत्र रघुनाथ को चैतन्यदेव के चरणों पर डालते हुए बोले।

–वैद्य जी आप भी..., इतना बावलापन क्यों? मैं काशी आता तो आपसे मुलाक़ात होती ही...बढ़ती उम्र में शरीर को इतना कष्ट देना ठीक नहीं...। चैतन्यदेव ने कहा।

–देव, मैं अपने स्वार्थ में यहाँ रुका हुआ था...स्वार्थी मनुष्य स्वार्थ में अन्धा हो जाता है तब उसे शारीरिक कष्ट भी कहाँ महसूस होता है? वैद्य जी बोले।

–आपका इसमें क्या स्वार्थ है...? मुस्कुराते हुए देव ने कहा।

–है न, आपसे यह वचन लेना कि जब तक आप काशी रहें मेरे निवास पर ही रहें...।

–एक संन्यासी का किसी के घर में लगातार इतने दिनों तक रुकना सही नहीं है...वैद्य जी...। '

–मैं घर नहीं, अपनी उद्यान वाली कुटिया की बात कर रहा हूँ, हरे–भरे पेड़ों और रंग–बिरंगे पुष्पों के मध्य बना मात्र दो कमरों का निर्मित भवन है...जन कोलाहल से दूर बहुत शान्त स्थल है देव...। तपन मिश्र ने चिरौरी करते हुए कहा।

चैतन्यदेव को मौन देखकर तपन मिश्र भी मौक़ा नहीं चूके–देव...प्रत्येक दिन अपराह्न की भिक्षा मेरे घर की लें।

–वाह रे संन्यास...वास और भोजन की व्यवस्था पहले से तय...! कब ऐसा दिन दिखाओगे प्रभु कि आज क्या खाऊँगा...इसका भी ठिकाना...न होगा, तब समझूँगा तुम्हारी कृपा बरस रही है, चैतन्यदेव ने चन्द्रशेखर वैद्य के सामने हथियार डाल दिये...।

दो दिन हो गये रघुनाथ दास को जगन्नाथपुरी आये हुए अभी तक किसी ने इनकी आवाज़ भी नहीं सुनी थी। अभी अचानक इतनी दृढ़तापूर्वक बोलते देख स्वरूप भी आश्चर्यचकित रह गये।

जिस समय रघुनाथ आया था कैसे हाँफ रहा था...शरीर पर कपड़े तो क़ीमती थे...मुर्शिदाबाद की सिल्क की धोती और कुर्ता किन्तु मैले–कुचैले और अवस्था लथपथ थी...।

शिवानन्द सेन देखते ही पहचान गये थे–अरे यह तो ज़मींदार हिरण्य मजूमदार का एकलौता बेटा कुँवर रघुनाथ है...यह यहाँ कैसे पहुँच गया...? मैं जब बंगाल से जगन्नाथपुरी के मार्ग में था तो इसी को ढूँढ़ने इसके पिता ने अपने कर्मचारियों को मेरे यात्रादल में भेजा होगा। इसे नहीं पाकर एक कर्मचारी ने उदास होकर कहा था–'पिता और काका के मध्य एकमात्र एकलौते पुत्र हैं कुँवर जी, उनकी माँ और पत्नी पछाड़ें खाकर रो रही हैं।'

परन्तु एक बात शिवानन्द सेन को समझ नहीं आ रही थी यह इतनी जल्दी यहाँ कैसे पहुँच गया...अभी मात्र बारह दिन ही तो हुए हैं इसे घर से निकले...इतनी शीघ्रतापूर्वक यहाँ पहुँचा कैसे? हमारे यात्री दल को तो पच्चीस दिन लग गये थे...।

रघुनाथ की आँखों की गहराई में स्वरूप को सब उत्तर मिल गये...। रघुनाथ तो चुप रहे, उसके बदले स्वरूप बोले–सेन महोदय, आप तीर्थयात्रियों की तरह आये हैं पर रघुनाथ तो जेल से भागे क़ैदियों की तरह आया है, क्यों, है न रघुनाथ...? उस दिन रघुनाथ ने स्वीकृति में सिर हिला दिया था परन्तु आज की दृढ़ता अपूर्व थी।

रघुनाथ भी संकोच से गड़ गया, इतने बड़े–बुज़ुर्गों के सामने धृष्टता करने की क्या ज़रूरत पड़ी थी...? दरअसल बात यह थी कि जब देव शान्तिपुर होते वृन्दावन जा रहे थे तो अद्वैताचार्य के घर पर रघुनाथ भी तो गया था चैतन्यदेव से यह निवेदन करने कि...उसे भी वृन्दावन साथ लेते चलें...। परन्तु चैतन्यदेव ने निषेध कर दिया था–अभी घर जाओ, रघुनाथ! दुख पड़ने पर वैराग्य की भावना सब में आ जाती है, पर सुख की घड़ी आते ही वैराग्य समाप्त हो जाता है...त्याग और वैराग्य कोई एक या दो घड़ी की चीज़ नहीं है, जीवनपर्यन्त निभाने की चीज़ है।

उस समय रघुनाथ उनकी आज्ञा मानकर घर लौट आया था। उसने स्वीकार कर लिया था हो सकता है घर में हुए झंझटों की वजह से ही यह

मर्कट वैराग्य आ गया हो..., सब कुछ ठीक हो जाने पर संसार आकर्षित करने लगे। परन्तु ऐसा हुआ नहीं...। जब सब कुछ ठीक हो गया तो रघुनाथ का मन और वितृष्णा से भर उठा...पहले पिता और चाचाओं ने ज़मींदारी के पैसे का ग़बन किया...फिर आपस में लड़ाई हुई...और अन्त में रुपयों के आपसी बन्दरबाँट के बाद इतनी गाढ़ी मित्रता हुई जैसी पहले भी नहीं थी...। किशोर रघुनाथ के मन में और भी अधिक अकुलाहट होने लगी। वह और भी अधिक महसूस करने लगा–कोई किसी का नहीं है... सब कुछ पैसा है। लेकिन पैसा किसी का सगा नहीं...। सारे नाते–रिश्ते अर्थ पर टिके हुए हैं...। भाई से बढ़कर पैसा, बाप से बढ़कर पैसा, सन्तान से बढ़कर पैसा, पति से बढ़कर पैसा, पत्नी से बढ़कर पैसा...। रघुनाथ का मन चीत्कार उठा, सर्वस्व छोड़कर चला आया जगन्नाथपुरी...। उस दिन वृन्दावन जाते समय अद्वैताचार्य के घर पर जब शची माँ ने पूछा था–बेटा निमाई, वृन्दावन से आयेगा न..., याद है न अपनी माँ को दिया वचन नीलांचल में वास का।

–हाँ माँ याद है...तुमने अपने कलेजे पर पत्थर रखकर...जीवन और मृत्यु के मध्य में झूलती रहने के बावजूद भी मेरे संन्यास लेने के पश्चात मुझे माफ़ करके एक ही आज्ञा तो दी है और मैं उसका जीवनपर्यन्त निर्वाह करूँगा–कहते वक़्त देव की आँखें भी छलछला गयी थीं।

तब भला देव वृन्दावन में कैसे रह सकते थे...। इस दृश्य का साक्षी था रघुनाथ, इसी से बोल पड़ा...था।

रघुनाथ का बोलना व्यर्थ नहीं गया...। दो घण्टे भी कहाँ बीते, अभी सब लोग मन्दिर परिसर में ही थे कि दूर से ही दिखा काषाय वस्त्र...में लिपटा संन्यासी...। उतनी दूर से न मुखाकृति दिखी, न रूप–रंग...काषाय वस्त्र धारी तो सभी संन्यासी होते हैं पर दौड़ गये रघुनाथ, स्वरूप, शिवानन्द सेन...अपने पुत्रों के साथ...और सार्वभौम भट्टाचार्य...भी कहाँ रुके अपने बुढ़ापे को पीछे ढकलते हुए वे भी भागे। सबसे आगे किशोर रघुनाथ दौड़ रहा था और सबसे पीछे सार्वभौम थे पर उनके अन्दर का जोश रघुनाथ से कम नहीं था...।

लगता है चैतन्यदेव आ गये...फूल बेचने वाले–प्रसाद बेचने वाले... सिन्दूर और शंख बेचने वाले सभी अपनी–अपनी दुकान को छोड़कर इन लोगों के पीछे हो गये थे। सभी ख़ुश ही हो गये ऐसी बात नहीं थी...पण्डित और पुरोहित तो दुखी हो गये कि लो फिर आ गया...।

मन्दिर ऊँचाई पर था। मन्दिर के ऊपर लहराते शिखरध्वज का दूर से ही दर्शन कर देव भावविभोर...होकर वहीं पर साष्टांग हो गये...। जब खड़े हुए तो देखा रघुनाथ उनके पैरों पर गिरा पड़ा था।

—तुम कब आये रघुनाथ? चैतन्यदेव उसे उठाकर गले से लगाते हुए बोले...।

रघुनाथ चुप रहा...स्वरूप बोले—दो दिन हुए हैं देव...इसे विश्वास था आपके आने का...हम लोग तो निराशा और आशा के मध्य झूल रहे थे...।

—और मैं तो सिर्फ़ निराशा के मध्य...झूलता था...पर अमोघ भी कहता था—बाबा, देव ज़रूर आयेंगे। सार्वभौम अभी भी हाँफ रहे थे इतनी तेज़ी से जो आये थे।

स्वरूप अपनी गीली आँखों को पोंछते हुए बोले—रघुनाथ के प्रेम ने ही देव को वृन्दावन में रुकने नहीं दिया।

—स्वरूप का रघुनाथ, हँसते हुए चैतन्यदेव ने कहा—आज से तुम ही रघुनाथ के स्वजन, माता—पिता गुरु हो इसे अपने संरक्षण में रखो, स्वरूप।

चैतन्यदेव आगे बढ़ गये। मन्दिर के गर्भगृह के सामने जगन्नाथ के दर्शन करते वक़्त देव के नेत्रों से सतत अश्रुधारा बह रही थी, गला अवरुद्ध हो रहा था...शरीर का एक—एक रोम खड़ा हो गया था...और मुँह से गोविन्द का नाम निर्झरित हो रहा था...।

ऐसे ही खड़े न जाने कितना समय बीत गयी। वे स्तम्भित वैसे ही खड़े रहे।...आश्चर्य से रघुनाथ का मुँह खुला का खुला रह गया, समाधिस्थ अवस्था के प्रथम दर्शन से चमत्कृत था। रघुनाथ जगन्नाथ का दर्शन क्या करता, एकटक चैतन्यदेव को ही निहारता रह गया। चैतन्यदेव समाधिस्थ अवस्था में अपने दोनों घुटनों के बल बैठ गये। ठीक उसी समय वह वृद्धा भी दर्शन के लिए आयी...जो प्रतिदिन नियमपूर्वक आती थी। जगन्नाथ के दर्शन की दीवानी वह वृद्धा न नीचे देखती थी न ऊपर...उसका मन इतना एकाग्र हो जाता कि सामने क्या है कुछ नहीं दिखायी पड़ता। छोटे क़द की माई को जगन्नाथ जी का दर्शन ठीक से हो नहीं पा रहा था...माई को क्या पता सामने कौन है, वह अपने दोनों पैरों को उठाकर चैतन्यदेव के कन्धे पर रखकर खड़ी हो गयी...। स्वरूप दामोदर दौड़े—क्या कर रही हो माई? पर माई कुछ सुने तब न, बेसुध—सी खड़ी थी...। चैतन्यदेव ने स्वरूप दामोदर को रोक दिया—दर्शन करना तो यह माई जानती है स्वरूप...। इतनी एकाग्रता...! इन्हें कुछ मत कहो...। रघुनाथ अवाक् होकर देखते रह गया...।

वृन्दावन से नीलांचल लौटने में लगभग दो वर्ष लग गये थे। गम्भीरा मठ–काशी मिश्र का उद्यान कब से राह निहार रहा था अपने देव की...। चैतन्यदेव जब अपने छोटे–से शयनकक्ष में आये..., तो बहुत देर तक मन में घूमता रहा काशी, प्रयाग से लेकर रूप–सनातन, प्रकाशानन्द, रघुनाथ, देशपाण्डे, तपन मिश्र। वृन्दावन की कील–करील और तमाल के कुंजों में भ्रमण करते–करते कब नींद लग गयी पता ही नहीं चला...।

सवेरे जब देव की नींद खुली तो रघुनाथ को सामने बरामदे पर सिर झुकाये बैठे देखा...। ब्रह्ममुहूर्त में उसे बरामदे में बैठे देख, देव ने पूछा–स्नान के लिए समुद्र जाना है?

–जी स्नान हो गया है, विनम्रतापूर्वक रघुनाथ ने कहा।

ब्रह्ममुहूर्त से भी पहले जग गया है यह छोटा–सा लड़का, सोचते हुए स्नान के लिए चैतन्यदेव समुद्र की ओर तेज़ चाल में निकल गये...उनके पीछे–पीछे तेज़ी से भागे–स्वरूप...जगदानन्द और रघुनाथ...।

–देव! रघुनाथ रात्रि में मुझसे कह रहा था, मैं घर छोड़कर आ तो गया हूँ, पर अब मुझे क्या करना चाहिए...? देव! आप उसका मार्गदर्शन करें, स्वरूप बोले।

–तुम मार्गदर्शन करो न स्वरूप? तुम क्या नहीं जानते...मेरे सारे सिद्धान्त, मेरे जीवन का सत्य, क्या है जो तुम नहीं जानते...।

–पर देव आपकी वाणी का अलग प्रभाव पड़ेगा..., कहते–कहते स्वरूप ने रघुनाथ को पकड़कर आगे कर दिया...देव के समक्ष खड़ा कर दिया...।

–क्या जानना चाहते हो स्वरूप के रघु...? हँसते हुए चैतन्यदेव ने कहा–बस इतनी बात याद रखो–न स्वादिष्ट भोजन के प्रति रुझान रखना, न स्वादिष्ट भोजन करना, अच्छे वस्त्रों की चाह मन में भी नहीं रखना और पहनना भी नहीं...। दुनिया–भर की बेकार बातें, कौन क्या कर रहा है, कौन नहीं कर रहा है...में समय मत गँवाना। साधारणतया लोग क्या वार्ता करते हैं, दूसरे की निन्दा स्तुति...। इसी से तुम हमेशा दुनिया–भर के व्यर्थ वार्तालाप से बचना, न कहना न सुनना...। रघुनाथ यह तो वो बातें हुईं जो नहीं करनी हैं और अब क्या–क्या करना है, उसे सुनो, बस यही तीन बातें हैं जो मेरी समझ में आती हैं कि हर मनुष्य को करना चाहिए–सभी जीवों पर दया...मनुष्यों की सेवा और भगवान के नाम का निरन्तर जप...।

सामने सागर की तरंगें उठ रही थीं...उनकी गम्भीर गर्जना को सुन चैतन्यदेव चुप हो गये। रघुनाथ को इससे ज़्यादा जानने की ललक भी नहीं थी...न दुनिया–भर के शास्त्र को ही सुनने की इच्छा थी.।

दोपहर में चैतन्यदेव जब भिक्षा के लिए जगदानन्द के यहाँ जाने लगे तो रघुनाथ को ढूँढ़ा पर वह आसपास कहीं दिखा ही नहीं...। शाम तक रघुनाथ का रूप परिवर्तित हो चुका था, मुर्शिदाबाद सिल्क की धोती की जगह कफ़न–से कपड़े की धोती धारण किये हुए था..। 'भालो न पहिरबो', इतना शीघ्र अपना लेगा किसी ने नहीं सोचा था।

–रघुनाथ तुमने भोजन किया? चैतन्यदेव की वाणी रघुनाथ को कितनी अधिक प्रेमिल अनुभूत हो रही थी।

–जी कहकर रघुनाथ चुपचाप बाहर निकल गया। कई दिनों तक रघुनाथ कहाँ भोजन करता है किसी को पता ही नहीं चला। जब चैतन्यदेव को पता चला तो स्वयं चल दिये उसको भोजन करते रँगे हाथ पकड़ने...। रघुनाथ जगन्नाथ जी के बासी प्रसादी भात को उठाकर पानी से धोकर उसमें थोड़ा–सा नमक मिलाकर खाने ही जा रहा था कि चैतन्यदेव ने उसका हाथ पकड़ लिया–वाह रे रघुनाथ...इतना स्वादिष्ट भोजन अकेले–अकेले कर रहे हो। पगले...गुरु गुड़ रह गया और चेला चीनी बन गया 'भालो न खाइबो' कहा था तुमसे, पर ख़ुद भी उस पर इतनी दृढ़ता से नहीं चला...जितना तुम चल पड़े...।

स्वरूप की आँखें गीली हो गयीं...करोड़पति घर का एकलौता वारिस रघुनाथ...! दस दिन पूर्व तक इसके लिए भोजन बनाने वालों की लम्बी क़तारें लगी रहती थीं...छप्पन व्यंजन से कम नहीं बनते थे...और आज... त्याग की प्रतिमूर्ति बनकर वैराग्य को भी गर्वोन्मत्त कर रहा है। चैतन्यदेव के स्पर्श मात्र से ही व्यक्ति क्या से क्या हो जाता है।

34

घाट का पूरा किनारा यात्रियों से पट गया था...। तिल रखने की भी कहीं जगह नहीं थी। चारों ओर अपूर्व कोलाहल था, घाट जैसे मछली बाज़ार बन गया था। इस बार बंगाल से आने वाले तीर्थयात्रियों की क़तारें समाप्त होने का नाम ही नहीं ले रही थीं...जब नाव से स्त्रियाँ उतरने लगीं तो घाट पर बंगाली नाविक शिवानन्द सेन से पूछ रहा था–मालिक इस बार

महिलाएँ बहुत आयी हैं, देश में सब ठीक तो है...लौटकर बंगाल जाना है कि उत्कल में ही बसने का इरादा है...।

शिवानन्द बोले–क्या बताऊँ केवट, इस बार स्त्रियों ने ज़िद पकड़ लिया–जाना ही है नीलांचल, तो क्या करता...ले आया...। शिवानन्द मन–ही–मन सोच रहे थे–स्त्रियाँ आ तो गयी हैं, पर देव तो उनसे मिलते–जुलते ही नहीं...शची माँ के सामने ही तो स्त्रियों से न मिलने की प्रतिज्ञा जो कर ली है। फिर स्त्रियों को क्या नीलांचल में अच्छा लगेगा...? अच्छा है कम–से–कम जगन्नाथदेव का दर्शन कर लेंगी, कहाँ निकल पाती हैं बेचारी घर–गृहस्थी के झंझट से...? स्त्रियों का काम भी कितना दुरूह है। जीवन–भर घर की चहारदीवारी में क़ैदी के समान अपनी पूरी ज़िन्दगी निकाल देती हैं...बिना किसी राजकीय दण्ड के ही नज़रबन्द रहती हैं। शिवानन्द की आँखें भर आयीं। उन्हें अपने इस निर्णय पर आत्मसन्तोष हुआ कि स्त्रियाँ अधिक–से–अधिक संख्या में नीलांचल आयें। भले ही यात्रा में उन्हें कुछ परेशानी हुई हो या...आगे भी ठहरने, भोजन की व्यवस्था करने में परेशानी हो...सकती है।

पर प्रसव पीड़ा जैसी दुरूह पीड़ा को अपनी मर्ज़ी से झेलने वाली स्त्रियों के लिए ये सब परेशानियाँ क्या मायने रखती हैं...? घाट से उतरते ही सब उस स्थान की सफ़ाई करने में जुट गये जो उन्हें आवास के लिए मिला था...। थोड़ी ही देर में ही वह स्थान साफ़–सुथरा, परिष्कृत होकर चमक रहा था...।

सार्वभौम भट्टाचार्य ने चूल्हे और जलावन के साथ–साथ पकाने के लिए मिट्टी और धातु दोनों प्रकार के पात्रों की व्यवस्था कर ही दी थी...।

स्नान–ध्यान करके सभी यात्री चैतन्यदेव के पास पहुँचे...। पुरुष आगे आये, स्त्रियाँ पीछे ही प्रणाम करके बैठ गयीं...। मन तो उनका भी करता ही होगा...चैतन्यदेव के पास आने का...उनसे कुछ कहने का...कुछ सुनने का...पर स्त्री होने की सज़ा तो उन्हें भुगतनी ही थी...। उनके मन में विद्रोह हिलोरें मार रहा था ऐसी बात भी नहीं थी, यह सौभाग्य भी क्या कम था कि उन्हें नीलांचल आने का मौक़ा मिला था...।

पर भोले–भाले परमेश्वर को क्या पता कि निमाई...चैतन्यदेव बन गये तो स्त्रियों से सम्भाषण ही नहीं करेंगे। वह अपने परिवार के साथ सबसे अन्त में उनके पास गया–मैं ग़रीब कहाँ से आ पाता नीलांचल? सेन महाशय सपरिवार ले आये...। मुझे पहचाना...निमाई....न न चैतन्यदेव?

–कैसी बात करते हो परमेश्वर...अभी तक तुम्हारे हाथों के बने लड्डू का स्वाद दूसरे लड्डू में नहीं मिला...। कितने प्यार से तुम मुझे अपनी गोद में बैठाकर हरि–हरि बोलना सिखाते थे...तुम अपने लड्डू बेचने की जगह मुझे ही लड्डू खिला देते थे...चैतन्यदेव बुढ़ापे में उसकी टेढ़ी होती कमर पर हाथ फेरते हुए बोले...।

परमेश्वर उत्साहित होकर बोला–यह रहा आपका पुत्र, यह पुत्रवधू...। इधर आओ सभी इनके चरण छूकर आशीर्वाद लो...। कौन रोकता उसे, प्रेम के सामने नियम के बन्धन ढीले पड़ ही जाते हैं...बस प्रेम निश्छल होना चाहिए...स्वरूप दामोदर सोच रहे थे।

पर कभी–कभी निश्छल प्रेम भी किसी–किसी की आँखों में काँटों की तरह चुभने लगता है तभी तो दामोदर पण्डित को वह बारह–तेरह वर्ष का बालक ज़रा भी न सुहाता था। भोला–भाला निश्छल बालक...जब मौक़ा मिलता..देव के पास भाग आता...। सभी जन तो देव का इतना सम्मान करते थे कि उनके सामने अधिक खुल ही नहीं पाते थे पर उस बालक को क्या डर और भय...। देव की प्रेमभरी बातें सुनकर वह भी सहजता से बातें करता...। चैतन्यदेव उसे अपने पास बैठाकर प्यार से बातें करते... प्रसाद खिलाते...। बेचारा दामोदर...जलता–भुनता रहता...। पहले तो बड़ी कोशिश की कि उस बच्चे को ही डाँट–फटकार कर भगा दे पर प्रेम में पगा ढीठ बालक नहीं माना...देव के पास चला ही जाता। देव को उससे बाल भाव से बातें करते देख दामोदर...और चिढ़ जाता। उस दिन अपने पर क़ाबू नहीं रख सका, फट पड़ा–आप जानते हैं न, इसकी माँ एक युवा सुन्दरी विधवा है। यदि आप इससे इतना प्रेम करेंगे तो लोग आपकी निन्दा करेंगे कि नहीं...?

धर्म की आड़ में वाममार्गियों द्वारा स्त्रियों को भोग्य वस्तु बनाकर भोगने की प्रवृत्ति से चैतन्यदेव इतने परेशान थे कि उन्होंने स्वयं स्त्रियों को लेकर कठोर सिद्धान्त अपनाया था। साथ ही प्रत्येक संन्यासी को यह सीख ज़रूर देते थे कि जहाँ तक बन सके...स्त्रियों से दूरी बनाकर रखो...।

पर दामोदर पण्डित ने आज देव को ही चित कर दिया...। कुछ देर के लिए वे भी अवाक् रह गये...स्त्री–पुरुष का भेद...! क्या इतनी कठोरता से इसका पालन करके मैंने इसे दुर्भेद्य बना दिया...? इतना दुर्भेद्य कि दामोदर पण्डित को आज उस लड़के को स्नेह देना बन्द करवाने के लिए...स्त्री का सहारा लेना पड़ रहा है...।

देव समझ गये...न इसमें स्त्री है न पुरुष, यह दामोदर की नासमझी है...। दामोदर के अन्दर ईर्ष्या की आग दहक रही है...। दामोदर के स्वभाव में एक प्रकार की क्रूरता आती जा रही थी...। दरअसल वह सहन ही नहीं कर पा रहा था कि देव किसी से भी प्यार से बातें करें, किसी को कुछ दें...। कुछ दिनों से चैतन्यदेव देख रहे थे दामोदर की गतिविधियों को, बालक के हाथ में देव प्रसाद रखते नहीं कि दामोदर की भनभनाहट शुरू हो जाती...भन्न–भन्न...मक्खियों की तरह गाने लगता...। बेचारा छोटा–सा बालक जितना सुन्दर देखने में उतना ही भोला–भाला...। पर दामोदर को दुनिया में उससे भयानक चेहरे वाला कोई दूसरा मनुष्य दिखायी नहीं पड़ता था...। सिर्फ़ दिन में ही उसे बालक परेशान नहीं करता था...रात्रि में भी आ–आकर उसे चिढ़ाकर जाता था...। कभी–कभी तो उसके दाँत बड़े विकराल रूप में टेढ़े–मेढ़े होकर निकले रहते...। घबराकर उठता...। मन–ही–मन उस बालक को जमकर कोसने के बाद भी नींद नहीं आती तो माला लेकर जपने की कोशिश करने लगता पर इतने क्रोध और ईर्ष्या के बाद कहाँ से होता नाम स्मरण...। मन और भी अधिक चिड़चिड़ा होता जा रहा था। तभी तो नहीं रख सका अपने पर क़ाबू और चैतन्यदेव की जूती उन्हीं के सिर पर मार बैठा...।

पर चैतन्यदेव बुरा नहीं माने, और न नाराज़ ही हुए। समझ गये दामोदर मानसिक रोगी होता जा रहा है...इसका इलाज आवश्यक है...। मानसिक रोगी का प्रथम इलाज है ममता, स्नेह और प्रेम की छाँव...। और यह सभी मिल सकता है शची माँ...के पास...। उन्होंने उसे एकान्त में बुलाकर कहा–दामोदर...कुछ दिनों के लिए तुम नवद्वीप चले जाओ...वहाँ माँ के पास रहना और जब इच्छा हो...यहाँ भी आना...।

दामोदर की आँखें बड़ी होकर फैल गयीं, घूरकर देव को देखा। अन्दर ही अन्दर घुटकर रह गया, कुछ बोल नहीं पाया...। पर उसका अन्तर्मन बोल रहा था–आख़िर उस बाल राक्षस ने मुझे आपके पास से निकलवा ही दिया...। मुझे पता था वह ऐसा करेगा...। तभी तो मैं नहीं चाहता था वह आये, पर चैतन्यदेव उसके बिना बोले ही समझ गये क्योंकि उसकी आँखें स्पष्ट बयाँ कर रही थीं...। दामोदर का जाना उसके लिए भी सर्वोत्तम था और नीलांचल के वातावरण के लिए भी...। देव दामोदर के हाथ में जगन्नाथपुरी की प्रसादी रखते समय बोले–दामोदर...माँ अब काफ़ी वृद्धा

हो गयी हैं...तुम उनका ख़याल रखना...। मेरी ज़िम्मेवारी थी पर नहीं कर सका उनकी सेवा, तुम करोगे न मेरे स्थान पर उनकी सेवा...?

इतनी बड़ी ज़िम्मेवारी! देव की ज़िम्मेवारी पूरी करनी है...। इतना विश्वास करते हैं मुझ पर...इसी से भेज रहे हैं मुझे और मैं कहाँ सोच रहा था उस बालक के बारे में..., उस बच्चे की क्या औक़ात मेरे सामने...।

चैतन्यदेव कह रहे थे—माँ के चरणों में मेरा प्रणाम कहना...शीश झुकाकर...कहना उनसे, मैं नित्यप्रति उनकी वन्दना करता हूँ...।

दामोदर अपनी ज़िम्मेवारियों को ओढ़ रहा था और उसका अन्तस् छोड़ रहा था ईर्ष्या, आक्रोश। पूर्णरूपेण हलका होकर चल दिया...नवद्वीप की ओर...।

लेकिन नवद्वीप और पूरे बंगाल से आये हुए हज़ारों व्यक्ति...सम्पूर्ण जगन्नाथपुरी में छाये हुए थे...। गले में तुलसी की माला और हाथ में जप की माला लिये जिधर जायें उधर ही बंग भक्त थे...। दामोदर दास के वक्तव्य से सभी के मुखमण्डल पर उदासी थी। सबसे अधिक उदास थे शिवानन्द सेन...। कितनी मुश्किल और कठिनाइयों से स्त्रियाँ यहाँ तक आयी हैं पर अब दामोदर की बात से तो देव, पता नहीं आगे क्या रुख़ ले...लें!

देव क्या रुख़ लेते...? इतनी छोटी—छोटी बातों से रुख़ बदल ही लेते तो साधारण ही नहीं रह जाते, असाधारण कहाँ से बन पाते...? बंगाल की स्त्रियों ने भी शिवानन्द की चिन्ता को यह कहकर निर्मूल कर दिया—बस उत्कल के भक्तों से एक बात पक्की कर लें कि चार महीने तक देव... बंगाली भक्तों के यहाँ ही भिक्षा करेंगे। एक सौ बीस...दिन...और एक सौ बीस परिवार से भी ज़्यादा है भक्तों की संख्या—बंगीय भक्तों की। एक—एक दिन भी हमारे हाथ से बनी भिक्षा कर लेंगे तो हमें भी लगेगा आना सार्थक हुआ है चेहरे पर पड़े घूँघट को थोड़ा और आगे खींचती हुई राघव की पत्नी बोली।

सबसे अधिक तैयारी इसे ही तो करनी पड़ती है...और इसकी ननद, हाँ राघव की बहन, साल—भर अचार बनाती ही रहती है कभी अमरा का अचार तो कभी आम का, कभी टेंटी का तो कभी कटहल का, कभी चने के बेसन की बड़ी तो कभी उड़द की...। सब राघव के हाथ भेजती थी, पर इस बार मौक़ा है स्वयं आने का...तो कैसे छोड़ दे चैतन्यदेव को अपने हाथों से बने प्रसाद पवाने से...। नाव पर बैठी ननद—भाभी बातें करती आयी थीं क्या—क्या बनाकर देव को खिलायेंगी।

–देव को भोजन कराने का सर्वप्रथम सुअवसर हमें देने की कृपा करें, यह सुअवसर मैं अपने लिए नहीं माँग रहा। मेरी बहन...बेचारी जिसके जीवन में सुख के दिन कभी आये ही नहीं...। पर इस तपस्विनी ने इस दुख को ही अपना तप बना लिया...। नवद्वीप में बैठी–बैठी नाम भी जपती है और देव को रंधन करके क्या–क्या खिलायेगी कल्पना करते थकती ही नहीं है, कभी मालपुआ तो कभी लुची पूरी...राघव की आँखें भर आयीं–गला अवरुद्ध हो गया।

सार्वभौम भट्टाचार्य मुस्कुराते हुए बोले–बस एक शर्त है...उस बहन को इस बूढ़े को भी मालपुआ खिलाना होगा...।

राघव की बहन के बनाये मालपुए...खाकर चैतन्यदेव चले गये और संयोग ऐसा कि उसी समय आ गये रामचन्द्र पुरी..., चैतन्यदेव के गुरुदेव ईश्वर पुरी के गुरुभाई...। जगदानन्द ने उन्हें भी ख़ूब आग्रह करके मालपुए खिलाये...। पुरी महोदय ने इतने अधिक मालपुए खा लिए कि उन्हें अपच होने लगा...अन्न का नहीं, बातों का...। पेट में पुआ हुड़दंग मचा रहा था, तभी तो वाणी बाहर इतना उत्पात मचा रही थी–हे भगवान! चैतन्य के शिष्य सभी इतने ही पेटू हैं क्या? जब मुझे इतना आग्रह करके इतना अधिक खिलाया तब पता नहीं चैतन्य का क्या हाल हुआ होगा? साधु होकर जब स्वाद को ही नहीं जीता तो कैसा साधु...? भगवान जाने लोग उसे क्यों इतना महत्त्व देते हैं...? साधु होकर गृहस्थों के घर में रहता है...कहता है स्त्रियों से सम्भाषण नहीं करता है, भगवान जाने क्या करता है? मान लें स्त्रियों से बात नहीं भी करता है पर भोजन तो वही बनाती हैं...घर की साफ़–सफ़ाई तो वही करती हैं...। एक मैं हूँ, न अपना मठ बनाया, न आश्रम और न किसी गृहस्थ के घर रुकता हूँ पर फिर भी कौन है मुझे सम्मान देने...को तैयार...? पता नहीं क्या करता है चैतन्य? पर यह हमारा शिष्य ही तो है...उसे समझाना मेरा कर्तव्य है...समझाऊँगा ज़रूर...।

समझाने के लिए मन इतना अधिक छटपटा रहा था कि...बड़ी मुश्किल से उनकी रात कटी। उनकी इस वेदना को उनके सिवा कौन समझ सकता है। चैतन्यदेव समुद्र स्नान करके लौट आये थे...आँखें बन्द कर नाम जप रहे थे...। रामचन्द्र पुरी को सामने देख उठ खड़े हो गये। पुरी महोदय कमरे में चारों ओर दृष्टि घुमा–घुमाकर निरीक्षण कर रहे थे। सामने श्रीमद्‌भागवत था, कमण्डल था...तुलसी की माला रखी थी...पर, उनकी दृष्टि थम गयी एक जगह पर, जहाँ चींटियाँ क़तार...बाँधे एक रेखा बनाती दीवाल पर, ऊपर की

ओर चढ़ रही थीं...। उनकी आँखें चमकीं, उन्हें सूत्र मिल गया,...चहककर बोले–क्यों भाई चैतन्य, कितना मीठा खाते हो? देखो इन चींटियों को...अवश्य ही यहाँ मिठाई रखी है। चैतन्यदेव क्या बोलते, मौन रहे।

पुरी महोदय तो चले गये...पर देव पूरी रात सो नहीं पाये। वे स्वयं जानते थे संन्यासियों का भोजन सादा होना चाहिए...। पर भावुक बंगाली मानते ही नहीं...। कभी डण्ठल की सब्ज़ी तो कभी पत्ते की.., सब मिलाकर कितने प्रकार के व्यंजन बना देते थे...। देव स्त्रियों से मेलजोल नहीं रखते थे, इससे वे उतनी दुखी नहीं होती थीं...। उन्होंने स्वीकार कर लिया था–स्वामी संन्यासी स्त्रियों से उतना मेलभाव नहीं रखते। शास्त्र में निषेध है। पर...क्या कहकर भोजन करने से मना कर दें...। लगभग एक महीने तक पैदल चलकर श्रान्त–क्लान्त होकर सब नीलांचल आती हैं...। चैतन्यदेव को पता है शची माँ की भी यही कमज़ोरी थी...। संन्यासी पुत्र को देखकर छाती फट रही थी, पर उसका मनपसन्द भोजन बनाने में जुटी रहीं...। देव को बंगाल से आयी हुई सभी महिलाओं में शची माँ के दर्शन होते थे। इसी से वे निषेध ही नहीं कर पाते थे पर आज परमानन्द पुरी आदेश देकर गये–चैतन्य, स्वयं भी ध्यान दो और अपने भक्तों पर भी..., रूखा–सूखा भोजन करें और कम–से–कम सोयें...।

चैतन्यदेव सागर किनारे टहल रहे थे अकेले...। परमानन्द पुरी ने दूर से ही देखा, देव की क्षीण काया देखकर दुखी हो गये–लगता है आजकल रामचन्द्र पुरी के उपदेशों पर जीवन चर्या चल रही है...। अरे बेटा...किस निन्दक की बात को दिल से लगा बैठे...? जितना बड़ा निन्दक है उतना बड़ा उपदेशक भी है। तुम्हें पता है जब हमारे महान गुरु श्रीपाद माधवेन्द्र पुरी...अपने अन्तिम समय में–'हे मथुरापते'–कहकर प्रार्थना कर रहे थे तब भी यह रामचन्द्र नहीं चूका, उन्हें उपदेश देने से, बोल पड़ा,–'मन को शान्त करके उसे ब्रह्म में लीन कीजिए...। अब तुम्हीं सोचो चैतन्यदेव, उसकी बातों पर ध्यान देना बुद्धिमानी है क्या? मैं भी तुम्हारे गुरुतुल्य हूँ...मेरी आज्ञा है भोजन ठीक से करो...।'

चैतन्यदेव मुस्कुराने लगे...दो गुरुओं के बीच पिसता एक शिष्य...बेचारा क्या करे...। दूसरी और बंगाल से लेकर उत्कल तक के सारे भक्तों ने भी न्यून मात्रा में भोजन लेना प्रारम्भ कर दिया था। क्या करते चैतन्यदेव...? बस अब एक ही रास्ता बचा था, भगवान बुद्ध का मध्यम मार्ग जो उन्हें सुजाता ने सुझाया था।

चैतन्यदेव भी चल पड़े मध्यम मार्ग पर...और उस मार्ग पर चल पड़ा पूरा बंगाल ओर उड़ीसा...।

35

आषाढ़ का महीना...। जितनी उमस, उतनी ही...गर्मी...। न हवा चल रही थी...न सूरज की तपिश ही कम हो रही थी...और उस पर से इतनी भीड़–भाड़...। भीड़–भाड़...क्या...? कोई छोटा–मोटा मेला तो रहता नहीं...। न किसी को निमन्त्रण भेजा जाता है...न कोई प्रचार ही किया जाता है पर...कहाँ से आ जाती है इतनी भीड़...। हाथ में बक्सा लिए, माथे पर टोकरी लिए, बगल में पोटली दबाये क्या जवान क्या बूढ़े...और स्त्रियाँ अपने बाल–बच्चों के साथ पहुँचने लगते हैं नीलांचल–जगन्नाथपुरी। उस जनसैलाब को सँभालने की शक्ति भगवान जगन्नाथ में ही है...तभी तो न कोई दबता है और न कुचलता है...। रथयात्रा समाप्त हो गयी...दर्शनार्थियों की भीड़ कम होती जा रही थी पर...चैतन्यदेव के भक्तों की चहल–पहल बढ़ ही रही थी...।

छोटा–सा सोमू...और उसके बाबा...दोनों को कितना इन्तज़ार रहता था इस रथयात्रा का...। बाबा कहते हैं साल भर तो कमाई होती नहीं...रथयात्रा के महीने में ही जो कमाई होगी उसे ही साल भर खाते हैं पर भला हो देव का कि उनके कारण चार महीने चहल–पहल रहती है, भात–भाजी के लायक कमाई भी हो जाती है...। सोमू भी बाबा की बात से सहमत है...। तभी तो उसे काषायधारी चैतन्यदेव इतने अच्छे लगते हैं कि दौड़ता रहता है उनके पीछे–पीछे...और समीप जाकर धीरे–से उनका स्पर्श कर ख़ुश होता रहता है। देव भी तो उससे स्नेह करते हैं तभी तो उसके सिर पर हाथ फेरते–फेरते बातें करते हैं और इतने प्रसाद देते हैं कि नन्हा–सा हाथ उसे सँभाल भी नहीं सकता, पर सोमू सँभाल लेता है, इसी से तो बाबा कहते हैं सोमू समझदार है...।

आज सोमू और बाबा ने अपनी दुकान जल्दी लगा ली, यात्रियों का दल धीरे–धीरे कम होता जा रहा था। घर लौटने के समय ही तो अधिकतर यात्री ख़रीदारी करते हैं...। सोमू के बाबा की सिन्दूर, शंख, पोला, आलता और चूड़ी की दुकान है। सोमू इतनी सावधानी से चूड़ी रखता कि क्या मजाल जो उससे एक भी टूट जाय...। बाबा से भले ही टूट जाये तो टूट जाये।

जब चूड़ियाँ टूट जातीं तो बाबा सोमू को टूटी चूड़ियाँ समेटने नहीं देते, डर लगा रहता हाथ में चूड़ी का टुकड़ा गड़ गया तो, क्या होगा, नाज़ुक बच्चा है...। जब बाबा चूड़ियाँ उठा लेते तो सोमू दूर तक जाकर झाड़ू लगा आता...। सोमू दूर तक झाड़ू लगाता...सिर्फ़ अपने ग्राहकों के लिए नहीं...। झाड़ू लगाते वक़्त.., उसके मन में बहुत कुछ चलता रहता है, वह यह सोचकर रोमांचित होता रहता है कि देव...भी इस मार्ग पर चलते हैं, मन्दिर जाने का रास्ता भी यही है, देव खड़ाऊँ भी तो नहीं पहनते; जगन्नाथ जी का दर्शन जो करना रहता है...। सोमू एक–एक तिनके को साफ़ कर लेता है तभी निश्चिन्त होकर बैठता है।

पर दुनिया में सभी लोग सोमू जैसे तो होते नहीं...। कोई–कोई ऐसे भी होते हैं जो मार्ग पर काँटे, कंकड़–पत्थर डालकर दूसरों को कष्ट पहुँचाकर जीवन का आनन्द लेते हैं...। तभी तो सोमू ने कल देखा था–माथे पर तिलक लगाये हुए...चमकने वाली धोती पहने पण्डा...रास्ते पर कुछ डाल रहा था...। अभी डालकर भागा ही था कि उसने देखा देव आ रहे हैं...छोटा बालक हाँफता–फाँदता–दौड़ता गया और देव के पहुँचने के पहले ही उस स्थल पर पहुँच गया। उस कँटीले–नुकीले शीशे के टुकड़े और कील के पास, उसने लपककर उस नुकीले शीशे को उठा लिया।

'गन्दे लोग...अभी देव को चुभ जाता तो...' सोमू ने हाँफते–हाँफते, जब बाबा को बताया तो बाबा ने उसे गले से लगाकर कहा–'शाबाश मेरे लाल'। सोमू ने सोच लिया उसे आगे भी देव का ख़याल रखना होगा। वैसे सिर्फ़ सोमू और उसके बाबा ही नहीं...मन्दिर के रास्ते के दोनों ओर जितनी भी दुकानें लगी थीं...चाहे नारियल बेचने वाले सामल की हो या फूल बेचने वाले सुदुल की, सब के नाम की गिनती तो मुश्किल है पर सब के सब देव के भक्त थे।

भक्त कैसे नहीं बनते...? चैतन्यदेव के पहले–आज तक न किसी स्वामी ने, न किसी संन्यासी ने ही उन्हें स्पर्श किया था और न मन्दिर के पण्डे–पुजारियों ने! वे भला इन लोगों को मनुष्य समझते कहाँ थे...? पहली बार देव ने इन्हें मनुष्य समझा था...तभी तो सोमू के बाबा को 'हरे कृष्ण' कहकर गले से लगा लिया था...। सोमू का बाबा तो सिन्दूर, चूड़ी बेचता है पर जब देव ने उस रमेश धोबी को कपड़े साफ़ करते वक़्त उसके हाथ पकड़कर कहा–'मेरे भाई, तुम्हारे कपड़े को तब तक मैं साफ़ करता हूँ जब तक तुम 'हरे कृष्ण' कहो।

पहले तो रमेश घबराया, माजरा क्या है? कैसा स्वामी–संन्यासी है...? आज तक तो ऐसा दिखा नहीं...। संन्यासी भी ऐसा कि राजा प्रतापरुद्र इनसे मिलने व्याकुल रहते हैं पर यह मिलते नहीं और मेरे हाथ के मैले कपड़े छीनकर साफ़ कर रहे हैं...। इन वस्त्रों के छींटे भी किसी स्वामी, पण्डे को पड़ जाये तो क्या बवाल मच जाये? चमड़ी उधेड़े बिना नहीं मानेंगे, भले ही छींटे उनके अपने ही कपड़े के हों। छींटे और वस्त्र स्पर्श करने की बात तो छोड़ दीजिए...दूर से ही उसे देखकर नाक–भौं सिकोड़ने लगते हैं...। शरीफ़ आदमी अपने अपवित्र होने के डर से अपनी धोती समेटने लगता है पर दबंग पण्डित ज़ोर से ही चिल्लाता है–'अलग हटो रास्ते से, देखते नहीं...हम आ रहे हैं।' रमेश बड़बड़ाता–जैसे राजा प्रतापरुद्र आ रहे हों, पर कुछ बोल नहीं पाता। क्या बोलता? पर आज यह क्या हो गया...। उसके मुँह से हरे कृष्ण निकल ही नहीं रहा था...आज तक पूरे जीवन में उस नाम को कभी लिया ही नहीं था..। सोचा भी नहीं था कि... वह भी भगवान नाम का संकीर्तन कर सकता है...। शायद चैतन्यदेव समझ गये तभी तो रमेश को प्यार से गले लगाते हुए बोले–'मेरे भाई एक बार प्रेम से बोल न 'हरे कृष्ण'।'

उसके बाद पता नहीं रमेश को क्या हो गया...जैसे नशा छा गया उसके मन–मस्तिष्क पर। जैसे कोई अलौकिक शक्ति उसे नचा रही हो। वह गदगद होकर नाच रहा था...वह विह्वल होकर गा रहा था...'हरे कृष्ण'। आज तक किसी ने उससे इतने प्यार से बात नहीं की थी। प्यार से कहने का प्रश्न कहाँ था, उलटे पूजा–पाठ करने जाता तो पण्डा डाँटता–चल हट, बड़ा आया है पुजारी बनने। सभी कुत्ते काशी चले जायेंगे तो यहाँ कौन बचेगा–? कलियुग तो आ ही गया है...लगता है अब घोर कलिकाल आने वाला है। दलित बस्तियों में घण्टा घड़ियाल बजेंगे और इन सालों के ललाट पर भी किसी दिन चन्दन–टीका लगने लगेगा, जगन्नाथ जी से प्रार्थना करूँगा कि ऐसे दिन दिखाने से पहले मुझे उठा लें।

पर जगन्नाथजी इतने कृपालु नहीं निकले...। पण्डे की प्रार्थना अनसुनी कर दी। तभी तो उसे यह दिन देखना पड़ा...। मन्दिर के सामने सड़क पर जितनी छोटी–छोटी दुकानें थीं...उन सभी दुकानदारों के गले में कण्ठी और माथे पर तिलक चमकने लगा...। सिर्फ़ दुकानदारों ने ही नहीं...शरीर से मेहनत करने वाली पिछड़ी जाति से लेकर अस्पृश्य तक...सभी गले में तुलसी की कण्ठी बाँधे उच्च स्वर से हरे कृष्ण कीर्तन करते दिखायी पड़ रहे थे।

मर्मान्तक पीड़ा से गुज़र रहा था पण्डा...। भगवान से मौत तक माँगने लगा था कि यह दिन न देखना पड़े...। पर जब भगवान ने प्रार्थना नहीं सुनी तो पण्डे ही अब कुछ–न–कुछ करने की सोचने लगे। उसने तो अपना काम कर ही दिया था...। शीशे और लोहे को चूरकर बिखेर दिया था...। 'बचने का सवाल ही नहीं था...पर कहाँ से आ गया कमबख़्त सोमू...' दाँत पीसते हुए हरेन पण्डा बोल रहा था।

–अब यह काम मुझ पर और सोमनाथ पर छोड़ दो...वीरभद्र पण्डा बोला।

–अब दूसरा उपाय करना होगा...मन्दिर में भीड़–भाड़ वाली जगह रहती है। सोमनाथ मिश्र ने सतर्क होकर अपनी कंजी आँखों को चारों ओर घुमाते हुए कहा।

–सिर्फ़ सजातीय लोग ही हैं। आप निस्संकोच बतायें, आपके दिमाग़ में क्या चल रहा है? हम लोगों का सहयोग...रहेगा...हिन्दू धर्म की रक्षा करने के लिए हमसे जो कुछ बन पड़ेगा करेंगे, जान देने को भी प्रस्तुत हैं और लेने को भी। वीरभद्र वीररस में आ गया था।

–बहुत अधिक कठिन काम नहीं है...। काम तो वही है जो हरेन पण्डा पहले कर चुका है सिर्फ़ जगह बदलनी है। वह मायावी जो हिन्दू धर्म को समाप्त करने पर आमादा हो गया है..., सवेरे–सवेरे ब्रह्ममुहूर्त में प्रत्येक दिन...समुद्र स्नान करने जिस रास्ते से जाता है उसी मार्ग पर जंग लगे लोहे की नुकीली कीलें रख देंगे। उस समय सूर्योदय तो होता नहीं, जो किसी को कील दिखे और उसे रास्ते से हटा दे...बोलते वक़्त सोमनाथ शास्त्री की कंजी आँखें चमक रही थीं बिल्कुल बिलाड़ की तरह...।

–पर वह अकेले तो जाता नहीं, उसके साथ भक्त भी तो रहते हैं...। उसके पैरों में ही गड़े...यह आवश्यक तो नहीं। उसके सभी भक्त भी तो नंगे पैर ही होते हैं...। किसी और के पैर में चुभ गया तो सब सतर्क हो जायेंगे, साफ़–सफ़ाई कर देंगे...। देखो भाई यह संन्यासी देखने में जितना सुन्दर है, मन से भी उतना ही सुन्दर है, विनम्रता की तो मूर्ति है...पर हिन्दू धर्म को जिस तरह नाश करने पर तुल गया है इस कारण मैं व्यथित हूँ...। राजा के डर से आदर–सम्मान तो करता हूँ पर हृदय वर्णाश्रम धर्म के विरुद्ध आचरण स्वीकार नहीं कर सकता। कालेश्वर पटनायक प्रधान पुजारी बोला।

–मैं जो बात आपको बताने वाला हूँ सुनकर होश ही उड़ जायेंगे। शायद आपको विश्वास भी नहीं हो, पर है सोलह आने सच। इसने अपने

एक ब्राह्मण भक्त को दीक्षा शूद्र गुरु से दिलवायी है..., समझो, ब्राह्मण चेला और शूद्र गुरु...। गुरु जैसा पद जो सिर्फ़ ब्राह्मणों के लिए सुरक्षित है उस पर शूद्र को पदस्थापित करना तो सनातन धर्म का नाश करना है। यही सुनकर तो मैं अपने को रोक नहीं पाया और मन्दिर मार्ग में रख दी थीं कीलें...पर...बच गया। हरेन पण्ड्या की आँखें हिंस्र पशु के सदृश दिखायी पड़ रही थीं।

—शूद्र गुरु...! ब्राह्मण शिष्य...! हे जगन्नाथ...यह तो हद हो गयी। जितनी देर होगी..., सनातन धर्म के लोप होने का ख़तरा उतना ही अधिक है...। अब कुछ भी हो...आज ही रात्रि बीतने पर नुकीले शीशे और कीलें जो भी पास में हैं बिछा दीजिए...बातों में समय व्यर्थ ही नष्ट करने से क्या लाभ,...मुझे भी जाकर ब्रह्मसूत्र पढ़ना है, कहते हुए सोमेश्वर शास्त्री चला गया।

—मेरे पास शीशे भी हैं और कीलें भी हैं, चिन्ता मत कीजिए, सुबह होने के पहले बिखेर दूँगा। हीरेन पण्ड्या बोला...।

इस बार हीरेन पण्ड्या का कीलें रखना व्यर्थ नहीं गया। नुकीली कीलों पर चैतन्यदेव के कोमल पैरों के पड़ते ही ख़ून की धारा बहने लगी...। कच की आवाज़ हुई...! चैतन्यदेव के मुँह से निकला—हरे कृष्ण...पर स्वर में वेदना थी...। स्वरूप दामोदर ने घुटने के बल वहीं सड़क पर बैठकर देव के पैरों को अपनी गोद में रख लिया...। तलवे से गरम—गरम लहू निकल रहा था...क्षण—भर में स्वरूप की धोती ख़ून से भीग गयी...।

'कोई मशाल लेकर आओ'...स्वरूप चिल्लायी। कील अभी भी उस स्वर्ण से चमकते तलवे में धँसी थी...स्वरूप कैसे खींचे उस कील को, हिम्मत नहीं पड़ रही थी...। तभी जगदानन्द आ गये...और रघुनाथ के साथ, हाथ में मशाल लिए पूरी भक्त मण्डली...। वह मण्डली, जो उनके लिए अपनी जान, हँसते—हँसते न्यौछावर कर सकती थी, जो देव की वेदना को देखकर उतनी ही व्यथित थी, जितने देव या उनसे भी अधिक...।

जगदानन्द ने अपनी आँखें बन्द कर लीं...और ज़ोर से पकड़ा कील का वह हिस्सा जो बाहर था...। उसे कसकर पकड़ा...बहुत ज़ोर से...मन काँप रहा था पर हाथ नहीं, ज़ोर से खींचकर बाहर निकाला। कील के निकलते ही एक बार ख़ून का फब्बारा ज़ोर से भभका...। रघुनाथ ने दौड़कर अपनी धुली चादर को उस जगह पर लपेटा, देव का जप चल रहा था...हरे कृष्ण...हरे कृष्ण...।

सम्पूर्ण जगन्नाथपुरी में कोलाहल मच गया...सूर्योदय होते–होते बात पूरे नगर में फैल गयी...। देव को ले जाने सार्वभौम पालकी लेकर आये, राजा प्रतापरुद्र को भी न अपने वस्त्र का होश रहा न जूती का...उनके पीछे–पीछे राय रामानन्द...।

चैतन्यदेव ने जब पालकी पर चढ़ने से मना कर दिया तो राय रामानन्द मायूस हो गये...। 'विपत्ति काल में इन बातों पर विचार नहीं किया जाता देव', राय रामानन्द ने देव को समझाने की कोशिश की...।

पर अभी विपत्ति काल आया कहाँ है...इतने शुभेच्छुओं से घिरा हुआ हूँ, इतनी सेवा–शुश्रुषा हो रही है। यह विपत्ति है तो सुख क्या है रामानन्द...? चैतन्यदेव ने कहा।

प्रतापरुद्र देख रहे थे कि देव का चेहरा...सफ़ेद पड़ता जा रहा था, देव गौरांग थे, स्वर्ण आभा–सी उनकी अंग कान्ति बिल्कुल सफ़ेद पड़ रही थी। प्रतापरुद्र ने बिना एक क्षण गँवाये उठा लिया देव को...साथ में हाथ बढ़ा दिया रामानन्द और स्वरूप ने, जब तक...चैतन्यदेव मना करते...तब तक तो वे गम्भीरा मठ पहुँच गये...।

प्रतापरुद्र देव का बिछावन देखकर...काँप गये...। बिछावन के नाम पर सिर्फ़ केले के पत्ते बिछे हुए थे, कैसे रखें इनके सुकोमल शरीर को इस बिछावन पर? पर रखना तो था ही, जब यही इनका बिछावन है...। राजवैद्य ने चिकित्सा प्रारम्भ कर दी...। एक अँगुली से अधिक गहरा और आधी अँगुली से अधिक चौड़ा घाव था...ख़ून का बहना बहुत मुश्किल से रुका।

'ख़तरे की कोई बात नहीं है, परन्तु यहाँ भीड़भाड़ कम करें', वैद्य के कहने पर भी कोई भी हटने को तैयार नहीं था। प्रतापरुद्र ने लोगों को समझा–बुझाकर उस कक्ष से हटाया–बस एक व्यक्ति यहाँ रहेगा...चुपचाप, देव को टोक–टाक नहीं करेगा...।

स्वरूप...देव के कमरे में रह गये...। स्वरूप की आँखों से इतने गरम आँसू निकल रहे थे कि दोनों गालों पर फफोले पड़ गये...स्वरूप गरम–गरम आँसुओं को पीते रहे और जगन्नाथ जी से प्रार्थना करते रहे–प्रभु...अपनी कृपा बनाये रखना...देव ही हमारी आत्मा हैं...आत्मा को शरीर से जुदा मत करना...बिना आत्मा के शरीर का क्या मोल...?

आज दुकानें नहीं सजीं...दुकानें लगने के पहले ही समेट ली गयीं, सम्पूर्ण जगन्नाथपुरी में मातम छा गया...।

सोमू रोते–रोते अपने बाबा से कह रहा था–बाबा उसी छोटी–छोटी कंजी आँखों वाले व्यक्ति ने ज़रूर...वहाँ भी काँटा रखा होगा...जिसने उस दिन मन्दिर की सीढ़ियों पर रखा था...। बाबा की आँखों से आँसू गिर रहे थे।

प्रतापरुद्र की हमेशा शान्त रहने वाली आँखों में ख़ून खौल रहा था। चारों दिशाओं में मस्तिष्क दौड़ रहा था–किसका काम है यह...? ज़रूर हुसैन शाह का होगा...। उसके दो–दो भरोसेमन्द मन्त्रियों को देव ने संन्यासी बनाकर उससे विलग कर दिया है। उसके सबसे बड़े दुश्मन...सुबुद्धि राय को...समाज में इतनी प्रतिष्ठा दिला दी जितनी पहले भी कभी नहीं थी...। जिस दिन से सुबुद्धि राय को देव ने आत्मसात कर लिया था हुसैन शाह साँप की तरह फुफकारें मार रहा है, उसे राजपाट, वैभव मिलने से उतनी ख़ुशी नहीं मिल रही थी जितनी सुबुद्धि राय की दुरवस्था पर मिल रही थी।

पर प्रतापरुद्र ने यह भी सुना था...कि हुसैन शाह को किसी फ़क़ीर ने बताया था कि जिस दिन तुम किसी औलिया से दुश्मनी लोगे उसी दिन तुम्हारा नाश हो जायेगा, भले ही औलिया किसी धर्म का हो। इस बात से लगता तो नहीं है कि हुसैन शाह यह कृत्य करेगा...पर क्या पता किसकी बुद्धि...कब किस करवट बैठे...? कोई निष्कर्ष निकल नहीं पा रहा था।

राजा प्रतापरुद्र ने इसे एक दुर्घटना मानकर चुप्पी साध ली, परन्तु सोम की आवाज़ जब उनके कानों तक पहुँची...उनका मन उसी दिशा में दौड़ने लगा पर नतीजा निकला, वही ढाक के तीन पात।

सोमू को उसके बाबा के साथ प्रतापरुद्र ने अपने महल में बुलवाया...। इतना निर्भीक बालक...प्रतापरुद्र भी आश्चर्यचकित रह गये...। ज़रा–सा भी नहीं घबराया...राजा जो–जो पूछते गये, बताता रहा।

जिस व्यक्ति को तुमने देव के आने के पहले शीशा रखते देखा था... क्या तुम उसे पहचान लोगे...?

–अवश्य महाराज..., सोमू बेझिझक होकर बोला...।

–क्या उसकी दाढ़ी थी...?

–नहीं...

–तुमने उसे पहले भी कभी देखा था कि जीवन में पहली बार उसी दिन देखा था ?

–प्रतिदिन देखता हूँ महाराज...। चमकीली धोती पहनता है...माथे पर टीका लगाता है...मन्दिर रोज़ जाता है, इतना कहकर सोमू चला गया।

प्रतापरुद्र अपना सिर पकड़कर बैठ गये...हा हतभाग्य हिन्दू...! अपने ही अनमोल रत्न के साथ...एक हिन्दू...वह भी ब्राह्मण...जो अपने को सनातन धर्म का पैरोकार समझता है, ऐसा कर सकता है...?

मन्दिर की सीढ़ियों से लेकर उसके परिसर के आसपास सादे वस्त्रों में सैनिकों की पहरेदारी बढ़ा दी गयी...जितने भी पण्डित–पण्डा, ब्राह्मण, पुजारी...मन्दिर से आ–जा रहे थे, सोमू उनकी पहचान नहीं कर पाया था, उसकी गर्दन किसी को देखकर अब तक स्वीकृति में नहीं हिली थी।

राय रामानन्द ने एक तरकीब निकाली–ऐसे पण्डितों की सूची बनायी जाये जो इस दुर्घटना के बाद मन्दिर नहीं आये हैं...। राजा को कितनी देर लगती पता लगाने में, आनन–फानन उनके हाथ में सूची पहुँचा दी गयी–सोमनाथ शास्त्री, वीरभद्र पण्डा, कालेश्वर पटनायक और हरेन पण्ड्या...।

चारों के चारों...उस दिन से मन्दिर नहीं आये थे। सोमनाथ शास्त्री के पैरों में मोच थी, वीरभद्र पण्डा को बुख़ार और कालेश्वर पटनायक को दस्त हो रहे थे और हरेन पण्ड्या अपनी बीमार बहन को देखने गया था...।

सोमू ने तीनों बीमार पड़े पण्डाओं को देखकर अपनी गर्दन न में हिला दी। अब बचा एक हरेन पण्ड्या...पर वह तो बीमार बहन को देखने कांचीपुरम गया था...उसकी पत्नी तक को नहीं पता था कब लौटेगा...? बात हवा में धीरे–धीरे फैल रही थी...फ़िज़ा में बात घुल रही थी कि हरेन पण्ड्या ने चैतन्यदेव को मारने को कोशिश की...।

–क्या देव की...? हरेन पण्ड्या की पत्नी चीत्कार कर उठी...। उनकी हत्या की कोशिश जो स्वयं सचल जगन्नाथ हैं। हे भगवान! दिव्य मुखाकृति वाले देव की हत्या का प्रयास। उस पापी की पत्नी बनकर रहने से अच्छा है विधवा बनकर जीवन काटना, भले ही हरेन पण्ड्या की पत्नी का सिर घूँघट से ढँका था, पर बुद्धि ढँकी हुई नहीं थी। उसे अपने पति की मक्कारी की जानकारी थी कि वह कुछ भी कर सकता है।

चैतन्यदेव का घाव धीरे–धीरे भर रहा था...। पर मन व्यथित था...। हरेन पण्ड्या की बात से मन की पीड़ा बढ़ गयी थी...। चैतन्यदेव के लाख कोशिश के बाद भी स्मृति नहीं आयी कि शायद कभी अनजाने में भी हरेन पण्ड्या को उनसे कोई तकलीफ़ पहुँच गयी हो। कुछ याद नहीं आया...। घाव से भी अधिक पीड़ा इस बात से हो रही थी कि आख़िर उनकी किस बात से हरेन पण्ड्या को इतनी तकलीफ़ पहुँची कि वह जान लेने पर

उतारू हो आया। वे सिर्फ़ प्रेम में जीना चाहते थे...उनका भोजन भी प्रेम था और पीना भी प्रेम था, उनके ईश्वर भी प्रेम थे, उनकी आराधना भी प्रेम था, बस प्रेम ही प्रेम उनके जीवन का आधार था। उन्हें याद नहीं बचपन से लेकर आज तक कभी भी उनके मन में किसी के प्रति थोड़ा–सा भी, एक छीटें के बराबर भी द्वेष उपजा हो या किसी को अपना नहीं माना हो..., कोई पराया लगता ही नहीं था...फिर भी कहाँ कमी रही...?

चैतन्यदेव को बिछावन पर जाते ही नींद आ जाती थी, वे गहरी निद्रा में निश्चेष्ट हो जाते थे पर आज नींद आँखों से कोसों दूर थी–बार–बार एक बात मन को मथ रही थी कि आख़िर मेरे प्रेम में कहाँ कमी रही...? यदि मुझमें पूर्ण प्रेम है तो क्यों नहीं उसके द्वेष को समाप्त कर पाया...? इसका मतलब है मुझमें प्रेम की कमी है, जिसमें प्रेम की थोड़ी–सी भी न्यूनता रह जायेगी, उसे गोविन्द कैसे स्वीकार कर सकते है? नहीं कर सकते...। चैतन्यदेव की आँखों से अश्रुधारा प्रवाहित होने लगी–गोविन्द, तुम कभी मुझे अपना नहीं पाओगे न...। कैसे अपनाओगे, जब तक मेरे अन्तस् में प्रेम की इतनी कमी है...? कब ऐसा होगा कि तुम्हारे नाम को सुनते ही मेरे दोनों नेत्र आँसुओं से लबालब भर जायेंगे, वाणी अवरुद्ध हो जायेगी, शरीर के सारे रोंगटे खड़े हो जायेंगे...? पर ऐसा तभी होगा न जब मेरे अन्दर सिर्फ़ प्रेम ही प्रेम रहे। जब हरेन पण्ड्या के मन में मेरे प्रति इतना द्वेष है कि वह हत्या जैसे पापपूर्ण कृत्य करने को तैयार हो गया तो इसका अर्थ तो यही है मेरे अन्दर प्रेम की बहुत कमी है।

कक्ष में इतनी शान्ति थी कि चैतन्यदेव को अपनी साँसों की ध्वनि भी सुनायी पड़ रही थी...। बाहर खड़े पेड़ों के पत्तों की सरसराहट भी नहीं हो रही थी, निःशब्द नीरवता थी। शायद पत्ते तक अपनी सुध–बुध खोकर मूक बन गये थे, हिलना–डुलना तक छोड़ दिया था। तभी एक आहट हुई। चैतन्यदेव ने धीरे–से पूछा–के...। कोई आवाज़ नहीं आयी। चैतन्यदेव सोने की चेष्टा करने लगे, परन्तु तभी उन्हें लगा, कोई है, किसी की तेज़–तेज़ साँस चलने की आवाज़ कमरे में अब स्पष्ट सुनायी पड़ रही थी।

–कौन है भाई...सामने तो आओ...चैतन्यदेव ने धीमी आवाज़ में कहा, बाहर सोये हुए स्वरूप और गोविन्ददास की आँख अभी–अभी लगी थी...।

–मैं...हूँ देव...काँपती आवाज़ आयी...।

–तुम कौन...मैं तुम्हें जानता हूँ क्या...?

—हरेन पण्ड्या...आवाज़ थरथरा रही थी।

चैतन्यदेव उठकर बैठ गये। मीठी वाणी में बहुत धीमी आवाज़ में कहा—हरेन पण्ड्या...! मेरे भाई...कब से आपकी राह देख रहा था, जब से सुना है कि मुझे मारने के लिए आपको इतने कष्ट उठाने पड़े...बार—बार अपराध—बोध से मेरा मन भर रहा है। मेरे कारण आपको कितने मानसिक कष्टों से गुज़रना पड़ा होगा। पर विश्वास करें मुझसे जो भी अपराध हुए हैं अनजाने में हुए होंगे। मैं आज भी अनजान हूँ, अपने ही अपराध को नहीं जानता। बस इतनी कृपा कीजिए मेरे अपराध बता दीजिए ताकि मैं उसका प्रायश्चित्त कर सकूँ। चैतन्यदेव की बात समाप्त होने के पहले ही हरेन पण्ड्या उनके चरणों में लोट गया।

—मेरी रक्षा करो देव, मैं मरना नहीं चाहता, राजा मुझे फाँसी पर लटका देंगे। आप चाहें तो मेरी ज़िन्दगी बच सकती है, हरेन पण्ड्या थर—थर काँप रहा था।

देव ने प्रेम से उसे अपने पास बिठाकर कहा—तुम डरो मत...मैं अपने जीते जी तुम्हारी ज़िन्दगी पर आँच नहीं आने दूँगा...।

अभी तक हरेन पण्ड्या अपनी ज़िन्दगी की रक्षा के लिए परेशान था। अपनी पत्नी की आँखों में अपने लिए लज्जा—घृणा और तिरस्कार देखकर वह अपमान की आग में जला जा रहा था। पर अब सारी परेशानी छोटी लग रही थी क्योंकि उससे भी बड़ी परेशानी शुरू हो गयी थी। हरेन पण्ड्या अपनी ही नज़रों में गिरता जा रहा था, इतनी अधिक तेज़ी से गिर रहा था कि तिनके का भी सहारा नहीं मिल पा रहा था। चैतन्यदेव ने अपने प्रेम से उस सहारे को भी समाप्त कर दिया था। वह गिरते—गिरते इतना थक चुका था कि जिस ज़िन्दगी को बचाने के लिए यहाँ आया था अब वह भी भारस्वरूप ही लग रही थी...। उसके पाप सहन करने की शक्ति शायद समाप्त हो गयी तभी तो...उसका धैर्य समाप्त हो गया और फूट—फूटकर ज़ोर से रोने लगा...।

उसके रोने की आवाज़ सुनकर सिर्फ़ स्वरूप ही नहीं, सभी लोग जाग गये...। वैसे भी सूर्योदय होने में समय ही कितना बचा था...? थोड़ी ही देर में क्या बंगाल के भक्त और क्या उत्कल के सभी जमा हो गये। इससे बड़ी ख़बर जगन्नाथपुरी के लिए क्या हो सकती थी कि हरेन पण्ड्या, चैतन्यदेव के पास बैठा है।

सार्वभौम ने भी सुना, हरेन पण्ड्या क्षमा माँग रहा है, सार्वभौम मन–ही–मन मुस्कुराये किससे क्षमा माँग रहा है, उनसे जो अपने ऊपर मृत्यु–प्रहार करने वाले को अपराधी मान ही नहीं रहे हैं। प्रेम से भरे इस प्रेमपुरुष के मन में कहाँ है किसी के लिए क्रोध और द्वेष...?

राय रामानन्द ने भी सुना! राजा के मन्त्री होने के नाते समझ रहे हैं, हरेन पण्ड्या को दण्ड मिलना ही चाहिए...पर देव के सामने उनकी दलील, उनके तर्क का क्या मतलब होगा...? तर्क करेंगे भी तो देव के अकाट्य तर्क के सामने उनके तर्क टिकेंगे ही नहीं...इससे बेहतर है चुप रहना, राय रामानन्द चुप ही रहे...।

पर प्रतापरुद्र चुप नहीं रहे...। कैसे चुप रहते? उनकी आँखों के सामने इतना बड़ा अपराध हुआ था। एक राजा कैसे चुप रह सकता था? और यदि एक राजा ऐसे मौक़े पर चुप रहता है तो देश की जनता बोलने लगती है, चाहे प्रजातन्त्रीय व्यवस्था हो या राजतन्त्रीय।

प्रतापरुद्र ने सार्वभौम से कहा–आचार्य, मैं राजसी वेश में देव के सामने जा नहीं सकता...और जनसाधारण वेश में उनके सामने उनकी बात काट नहीं सकता, मेरे मुख खुलेगा ही नहीं...। हरेन पण्ड्या इतना मक्कार है कि देव के पास से हटेगा नहीं...। सैनिकों को भेजता हूँ यह भी सही नहीं होगा, पर उस मक्कार दुष्ट पापी को मैं बिना सज़ा दिये मानूँगा नहीं। आप किसी तरह उस नीच को वहाँ से हटाइए...।

–देखता हूँ, कहकर...सार्वभौम चल दिये...पर यहाँ तो दूसरा ही दृश्य उपस्थित था...। मक्कार, दुष्ट...हिरेन अपनी जान बचाने के लिए प्रयत्नशील ही नहीं था, वह तो बार–बार यही कह रहा था–अब इस नीच शरीर को रखने की इच्छा ही नहीं है, राजा प्राणदण्ड दे दें तो सबसे अच्छा..., दूसरे लोग भी इस सज़ा को देखकर भयभीत होंगे। मेरी इच्छा है मुझे मन्दिर के आगे चौराहे पर फाँसी की सज़ा दी जाये ताकि सभी लोग देखें, बस मेरी एक आख़िरी इच्छा यही है कि प्राण निकलते वक़्त यह नीलांचल चन्द्र मेरे सामने खड़े हों...।

सिर्फ़ प्रेमपुरुष के नेत्रों में ही अश्रु नहीं छलछला रहे थे, उनकी पूरी भक्त मण्डली सिसकियाँ ले रही थी...। सार्वभौम भट्टाचार्य का माथा चकरा रहा था, किसको गिरफ़्तार करेंगे राजा...किसको सज़ा सुनायेंगे...? यहाँ अपराधी ही अपने आपको सबसे कठोरतम सज़ा सुना रहा था...।

परन्तु देव को अपने प्रश्न का उत्तर अभी तक नहीं मिला था, उन्होंने फिर हरेन पण्ड्या से कहा—आपके अपराध पता चल गये हैं हिरेन, आप अपने अपराध का प्रायश्चित्त कर लेंगे पर मुझ अभी तक अपना अपराध पता नहीं चल पाया है।

—देव, नरक में भी मेरे लिए जगह नहीं होगी...मैं जानता हूँ, पर क्या बताऊँ आपसे कि आपका क्या अपराध है। यही अपराध है देव...कि किसी मनुष्य को इतना श्रेष्ठ नहीं हो जाना चाहिए कि आम आदमी उसे समझ ही नहीं सके...। कैसे समझेंगे धरती के मनुष्य...चाँद पर खड़े लोगों को। सभी मनुष्यों की समझ अपनी ही बुद्धि पर निर्भर करती है। देव, सारी दुनिया को वह उसी पैमाने से नापता है। सारी दुनिया को शायद वह समझ भी ले पर आदमी फँस जाता है एक जगह...आप जैसे महापुरुषों के पास...? वह नहीं समझ पाता है कि कोई मनुष्य ऐसा भी हो सकता है।

—यह तो मेरे प्रश्न का उत्तर नहीं है हिरेन...अच्छा चलिए इतना ही बता दीजिए किस कारण आपको इतना अधिक क्रोध आया...?

—यही तो बता रहा था देव...। क्रोध की वजह मेरी नासमझी थी... मेरी अज्ञानता थी...। सच पूछें देव, मेरी नासमझी, मेरी अज्ञानता के लिए सिर्फ़ मैं दोषी भी नहीं हूँ, दोषी है पूरी सामाजिक व्यवस्था और बचपन से हमारे मन पर पड़े संस्कार। बचपन से ही हमें यही समझाया गया कि हम सर्वश्रेष्ठ हैं, पूर्वजन्मों के पुण्य के कारण ब्राह्मण गृह में जन्म मिला है...। हमारे मन में यह बात घर कर गयी है कि और जितनी जातियाँ या उपजातियाँ हैं वह हमारी सेवा करने के लिए ही बनी हैं। ख़ासकर शूद्र और अस्पृश्य। पता नहीं क्यों देव, न मुझे इनका अच्छा खाना सुहाता न अच्छा पहनना...मैं इन्हें अच्छी अवस्था में देखते ही पागल हो जाता था देव...। इन्हें पूजा—पाठ करते देखना मुझे स्वीकार्य नहीं था...। इतनी अधिक नफ़रत, इतने द्वेष के बीच मेरी ज़िन्दगी चल रही थी पर आपने उसे उद्वेलित कर दिया। मैंने आपके भक्तों के मुख से ही सुना था कि आपने नित्यानन्द से कहा है कि पूरे बंगाल के अस्पृश्यों के गले में कण्ठी और माथे पर तिलक लगा दो...। अस्पृश्यों की बस्तियों में शंख, घण्टा और घड़ियाल बजवा दो और नित्यानन्द ऐसा ही कर रहे हैं।

बंगाल की बात छोड़ दीजिए, देव, उत्कल में भी कौन—सी नीच जाति है जिसे आपने संकीर्तन करने का अधिकारी नहीं बना दिया...।

बंगाल से आने वाले आपके भक्तों की जाति पता ही नहीं चलती...। सभी अपने को कृष्णदास बोलते हैं...। देव, इन बातों को देख–देखकर मेरे हृदय में द्वेष की प्रचण्ड आँधी चलने लगती थी। क्रोध और ईर्ष्या की आग में धधकता रहता था मैं...। उस क्रोधाग्नि में घी डालने का काम आपने ही किया...देव, जब मैंने यह सुना कि आप शूद्र को भी गुरु के पद पर बैठा रहे हैं, इतना ही नहीं ब्राह्मण को शूद्र का शिष्य बना रहे हैं तब मैं अपने पर क़ाबू नहीं रख सका...और यह कुकृत्य कर बैठा। सिर्फ़ मुझे ही नहीं, मेरे अन्य साथियों को भी यही लगता था कि इससे हिन्दू धर्म का विनाश हो जायेगा...।

सिर्फ़ शूद्र और अस्पृश्य हिन्दुओं तक ही बात सीमित नहीं रही...आपने मुस्लिम बन गये...दबीर ख़ास और साकर मल्लिक को भी सिर्फ़ हिन्दू ही नहीं बनाया, हिन्दुओं का पूजनीय बना दिया। जिस सुबुद्धि राय को हिन्दू धर्म से बहिष्कृत कर दिया गया था, नवद्वीप से लेकर काशी तक, एक–से–एक धुरन्धर प्रकाण्ड विद्वानों ने एक ही निष्कर्ष निकाला था कि अब वह कभी भी हिन्दू धर्म में वापस नहीं आ सकता...क्योंकि हिन्दू धर्म एक महान धर्म है इसमें अपवित्र हो गये लोगों के लिए कोई स्थान नहीं है...। लेकिन आपने इस महान सनातन धर्म को गँदला नाला बना दिया और धर्मभ्रष्ट व्यक्ति को हिन्दू धर्म के पवित्रतम तीर्थ स्थान पर प्रतिष्ठित कर दिया...।

देव की आँखें मुँदी थीं। वे मौन थे। हरेन पण्ड्या कुछ क्षण रुककर फिर बोला–मेरे मन में जितना भी ज़हर था वह मैंने वमन कर दिया...देव, पर अब मेरे मन में अमृत भरा है, ऐसा अमृत जिसे पीकर मैं फाँसी के फन्दे पर भी झूलूँगा तो अमरता को ही प्राप्त करूँगा...। हरेन पण्ड्या आचार्य के साथ चल दिया, राजा प्रतापरुद्र के पास...।

और देव स्तम्भित होकर बैठे रह गये...सोचते रह गये इस अपराध का क्या निदान हो सकता है...? देव का मन दुख और करुणा से भर गया...। सोचते रह गये देव, ऐसी कौन–सी भयानक घड़ी में हिन्दू धर्म में यह कोढ़ पनपा होगा कि लोग अपने ही भाइयों से घृणा करने लग गये...। इतनी घृणा...इतनी नफ़रत अपने ही भाइयों से जब कर रहे हैं...तो कैसे नहीं वे इस्लाम धर्म स्वीकार करें। चैतन्यदेव मन–ही–मन बुदबुदाये–हे मेरे भाइयो, आपने हमारे इतने पाशविक व्यवहार के बाद भी अपना धर्म नहीं छोड़कर यह साबित किया है कि यदि हिन्दू धर्म आज भी बचा हुआ है तो आपके कारण और आगे भी बचा रहेगा तो आपके कारण...।

सच पूछिए तो हिन्दू धर्म के असली पुरोधा आप हैं और आने वाला इतिहास भी इस बात का साक्षी रहेगा...कि आप ही हिन्दू धर्म के सर्वश्रेष्ठ अंग हैं...। पता नहीं चैतन्यदेव...अपनी ही चिन्तन धारा में कब तक ओतप्रोत होते रहते यदि गोविन्ददास ने भोजन के लिए याद नहीं दिलाया होता...।

पर चिन्तनधारा टूटी नहीं...भोजन के वक़्त भी चलती रही और उसके बाद भी। तभी तो चैतन्यदेव ने भोजन के बाद रघुनाथ से पूछा—अच्छा रघु, एक बात बताओ कि जो वस्तु जितनी महान और पवित्र होगी उसमें दूसरों को पवित्र बनाने की शक्ति उतनी अधिक होगी न...?

—हाँ देव, तभी तो सुरदायिनी पवित्र गंगा में सारे पाप धुल जाते हैं...। रघुनाथ ने कहा।

—फिर पण्डितों ने सुबुद्धि राय को इतना सरल उपाय क्यों नहीं बताया कि गंगा स्नान कर लो...। यदि गंगा में इतनी शक्ति भी नहीं कि...बधना का पानी पी लेने से हुए धर्मभ्रष्ट को पवित्र कर सके तो उसकी पवित्रता की बड़ी—बड़ी बातों से क्या लाभ...? रघुनाथ, क्या तुम्हें ऐसा नहीं लगता कि वर्तमान में हिन्दू धर्म में आचार और विचार में थोड़ी—सी भी समानता नहीं...। एक तरफ़ हमारा शास्त्र कहता है...पण्डित भी कहते हैं एक भगवतनाम सभी प्रकार के पापों से मुक्ति दिलाकर पवित्र बना देता है और जब वो मुक्ति की घड़ी आती है तो वही पण्डित कहते हैं प्रायश्चित्त के लिए तप्त घी को कानों में डालकर मृत्यु स्वीकार करो। अब तुम्हीं सोचो जो कान हमें मिले हैं सद्वाणी को सुनने के लिए, ईश्वर का मधुर नाम श्रवण के लिए, उसमें तप्त घी डालने की बात करने वाला व्यक्ति पण्डित कैसे माना जा सकता है?

—देव, सप्तग्राम में एक व्यक्ति के हाथों जब एक बिल्ली मर गयी थी, तब ब्राह्मणों ने उसका प्रायश्चित्त बताया था, चाँदी या सोने की बिल्ली बनाकर पुरोहित को दान करे, और उसने ऐसा किया तब जाकर उसका प्रायश्चित्त हुआ...। पण्डितों ने उसे सरल उपाय भगवतनाम लेने को नहीं कहा...। बेचारे ग़रीब ने अपनी गाय बेचकर चाँदी की बिल्ली बनवायी, रघुनाथ ने कहा।

—सब व्यापार है रघुनाथ, नित्यानन्द ने हँसते हुए कक्ष में प्रवेश किया।

चैतन्यदेव ने नित्यानन्द की आवाज़ सुनकर सिर घुमाया तो सामने दिखे एक साथ इतने सारे लोग—राय रामानन्द, काशी मिश्र, जगदानन्द... और भी...।

राय रामानन्द पर दृष्टि पड़ते ही देव ने उनसे पहला प्रश्न यही किया—हरेन पण्ड्या ठीक है न...आप लोगों ने उसे सज़ा तो नहीं दी?

राय रामानन्द ने हँसते हुए कहा—आप उसे सज़ा के लायक छोड़ते तब तो उसे सज़ा मिलती। राज व्यवस्था अपराधी को समाप्त कर देते हैं देव, पर आप तो उसके अन्दर के अपराध को समाप्त कर देते हैं...। यह काम दुनिया के किसी भी राजा और मन्त्री के वश की बात नहीं है।

—यह राजा, मन्त्री या मेरे वश की बात नहीं है...राय रामानन्द जी, यह सब कुछ प्रेम पर निर्भर करता है...। प्रेम ही जीवन का सर्वोपरि और अनुपम धर्म है। बुराई का प्रतिकार न करने का सिद्धान्त प्रेम के अनुशासन का ही दूसरा नाम है।

मेरी दृष्टि में सभी समझदार इन्सानों को यह बात समझ लेनी चाहिए कि प्रेम ही जीवन का मूलभूत तत्त्व है...। इतना ही नहीं स्वरूप, मैं देवता की वाणी बोलूँ पर मुझमें प्रेम न हो तो मैं ढोल या खाली घड़े के समान हूँ। भले ही मैं भविष्यवाणी कर सकूँ, मुझे पूर्ण ज्ञान हो, मुझमें पर्वतों को खिसका देने की श्रद्धा हो पर प्रेम न हो तो मैं तिनके के बराबर हूँ। अगर मैं अपना सब कुछ ग़रीबों को दे दूँ और अपना शरीर भी जला डालूँ पर मुझमें प्रेम न हो तो मेरे कार्य से कुछ भी लाभ न होगा...।

प्रेम बहुत सहन करता है। जहाँ प्रेम है, वहाँ दया है। प्रेम में द्वेष की गुंजाइश ही नहीं। प्रेम में अहंभाव नहीं, प्रेम में मद नहीं, प्रेम में अयोग्यता नहीं, प्रेम स्वार्थी नहीं, प्रेम जल्दी नहीं चिढ़ता, प्रेम को दुष्ट विचार नहीं आते, प्रेम अन्याय से प्रसन्न नहीं होता। प्रेम सत्य से ही प्रसन्न रहता है, प्रेम सब कुछ सहन करता है, सब कुछ मान लेता है। प्रेम आशामय है। ज्ञान का नाश हो जाता है पर प्रेम कभी निष्फल नहीं होता...। देव प्रेम से विह्वल हो रहे थे...और उस प्रेम की गंगा में सभी डूब और उतर रहे थे।

प्रेम तो राधाजी ने किया था...श्रीकृष्ण...से। प्रेम उसे ही तो कहते हैं जो प्रेमी से कोई माँग नहीं करता...अपना सुख भी नहीं चाहता है...बस यही सोचता है कि कौन—सा कार्य करूँ...जो प्रेमी को सुख मिले।

हा हा कृष्ण प्राणधन, हा हा पद्मलोचन., गुनगुनाते हुए देव अन्दर चले गये। कुछ दिनों से चैतन्यदेव पूरी रात्रि सिर्फ़ ईश्वर को पुकार रहे थे। गोविन्ददास पास में ही सोता था, अब उसकी आदत ही हो गयी थी...चैतन्यदेव की भगवत नाम 'हरे कृष्ण' की निर्झरिणी में शयन करने

की, जब संकीर्तन की आवाज़ आनी बन्द हो जाती तो उसकी नींद झट से खुल जाती...।

36

काशी मिश्र का वास स्थान था तो बहुत बड़ा, तभी तो बंगाल से आने वाले भक्तों का यहाँ समावेश हो जाता था। चैतन्यदेव जिस कक्ष में रहते थे वह बहुत छोटा–सा था...किसी तरह एक आदमी सो सकता था बस...। गोविन्ददास उसी कमरे के बाहर सोता था। चैतन्यदेव उसकी नींद का ख़याल रखने की पूरी चेष्टा करते, पर अब वह गोविन्ददास कहाँ रह गया था, गोविन्द माँ बन गया था तभी तो जैसे माँ अपने छोटे बच्चे के करवट बदलते ही उठ जाती है...वैसे ही गोविन्ददास भी...उठ जाता था। जैसे चैतन्यदेव छोटे–से सरल शिशु हों और गोविन्ददास उसकी माँ...। किसी भी पुरुष में जब मातृत्व का गुण आ जाता है तो वह कितना प्रेमिल हो जाता है, लेकिन यह दुर्लभतम चीज़ है। गोविन्ददास की सेवा, समर्पण, प्रेम और तत्परता देख देव भी हतप्रभ थे...।

एक मास से भी ऊपर हो गया था चैतन्यदेव को समुद्र स्नान किये हुए...। जब से पैर में लोहे की कील प्रविष्ट हुई थी...उस दिन से कहाँ जा पाये थे...। घाव भी पूर्णरूपेण नहीं सूखा था और राजवैद्य ने भी समुद्र स्नान का निषेध कर दिया था...। देव को इससे कोई परेशानी भी नहीं थी। वैसे भी बाह्य परिस्थितियों से उनका अन्तस् कहाँ प्रभावित होता था, श्रीकृष्ण के दिव्योन्माद प्रेम में वे गम्भीरा में पड़े रहते थे...। पर एक चीज़ जो उन्हें परेशान कर रही थी, वह थी...हरिदास से मिलना नहीं हो पा रहा था। नवद्वीप से जब देव जगन्नाथपुरी आये थे...एकमात्र हरिदास ही तो तब से लगातार साथ है।

जगन्नाथपुरी में कोलाहल मच गया था–बंगाल से एक संन्यासी आया है। उसके साथ एक मुसलमान है...नाम रख लिया है हरिदास...। हमेशा दोनों साथ रहते हैं...और वह यवन हरिदास बनकर दिन–रात हरे कृष्ण, हरे कृष्ण नाम जपता रहता है।

बाबा रे...! उस समय भी कितना हंगामा हुआ था...। एक यवन कैसे हिन्दुओं की तरह तिलक लगाकर कण्ठी पहनकर ईश्वर का नाम जप सकता है ?

उस दिन भी देव ने उन पण्डितों से यही पूछा था—क्या हिन्दू धर्म इतना संकीर्ण और संकुचित धर्म है कि इसमें किसी दूसरे धर्म के अनुयायी को आत्मसात करने की शक्ति ही नहीं है?

—संकीर्ण धर्म, नहीं महान धर्म है और आगे भी बना रहे इसके लिए किसी भी दूसरे धर्म की मिलावट से इसे दूषित नहीं होने दे सकते, शास्त्री विद्यालंकार अडिगता के साथ अड़ गये थे।

—इसका मतलब आप यह मानते हैं कि हरिदास को आपके ईश्वर ने नहीं बनाया...। आपके ईश्वर की सीमा इतनी छोटी है...

चैतन्यदेव की बात काटते हुए उन्होंने कहा—मैं यह नहीं जानता कि मेरे ईश्वर की सीमा क्या है और न मैं जानना ही चाहता हूँ पर इतना ज़रूर जानता हूँ कि हिन्दू धर्म ही सर्वश्रेष्ठ धर्म है और हिन्दू धर्म में भी ब्राह्मण सर्वश्रेष्ठ हैं...। हम यवनों को अस्पृश्य मानते हैं...।

चैतन्य मुस्कुराते हुए बोले थे—मैं सच कहता हूँ, इस विषय पर जितना अधिक सोचता हूँ उतना ही मुझे यह प्रतीत होता है कि कोई आदमी अपने को किसी से उच्चतर माने, इससे बड़ा पाप कुछ भी नहीं हो सकता। जितने भी महापुरुष हुए हैं चाहे शंकर हों या रामानुज, चाहे माधवाचार्य, सब ने अपने को तुच्छातितुच्छ कहा है। किसी भी मनुष्य को अस्पृश्य मानना भयंकर पाप है। मनुष्य का अहंकार ही उससे ऐसा कहता है कि वह अन्य लोगों से श्रेष्ठ है।

—ठीक है हम अहंकारी ही सही...पर हम यवन को हरिदास नहीं मानेंगे...। कहकर चले गये थे शास्त्री।

पर यवन को हरिदास पूरे बंगाल और उड़ीसा ने माना...सिर्फ़ माना ही नहीं...किसी भी हिन्दू साधु—सन्त से उनका सम्मान कम नहीं, अधिक था...।

उन्हीं हरिदास से मिलने प्रत्येक दिन चैतन्यदेव जाते थे...। गम्भीरा मठ से समुद्र जाने के बीच में ही तो रहते थे हरिदास—बकुल मठ में। समुद्र स्नान के लिए जाते या आते समय नियम था चैतन्यदेव का, उनके पास कुछ देर बैठने का...। हरिदास चैतन्यदेव के पास नहीं रहते थे, उन्हें एकान्त की ज़रूरत भी थी प्रतिदिन तीन लाख नाम जप जो करना था...।

प्रतिदिन का नियम था गोविन्ददास का, हरिदास के भोजन के लिए मन्दिर का प्रसाद पहुँचाना...। हरिदास का जगन्नाथ मन्दिर में प्रवेश वर्जित जो था...। चैतन्यदेव के हृदय में इस बात के लिए कितनी मरोड़ उठती थी

इसे तो वे ही जानते थे। अपने प्रभु जगन्नाथ से वे हमेशा आर्त भाव में कहते–'आप तो जगन्नाथ हैं...जगत् के नाथ...तो हरिदास आपके दर्शन के लिए क्यों नहीं आ सकते ?'

चैतन्यदेव को लगता जैसे प्रभु कह रहे हों–मैं हमेशा हरिदास के पास ही तो रहता हूँ...हर पल, हर क्षण...।

देव ने पूछा भी था हरिदास से–जगन्नाथ जी की झलक यहाँ मिलती है न...?

हरिदास ने मुस्कुराकर कहा था–'हर पल–हर क्षण।'

अभी भी चैतन्यदेव के कर्णरन्ध्रों में हरिदास की वाणी में मिश्रित अपने प्रभु की आवाज़ गूँज रही थी।

पर आज गोविन्ददास जब हरिदास को प्रसाद देकर लौटा तो बताया–देव, इतने वर्षों में आज पहली बार देखा कि हरिदास बैठकर नहीं लेटकर धीरे–धीरे नाम जप कर रहे थे।

–तुमने प्रसाद खिला दिया न? चैतन्यदेव के स्वर में चिन्ता थी।

गोविन्ददास उन्हें भोजन कराकर ही आता था, परन्तु आज हरिदास ने सिर्फ़ एक कण ही लिया था वह भी यह कहते हुए कि 'प्रसाद का अपमान हो जायेगा।' जप संख्या पूरी होने के बाद ही भोजन करूँगा...कहकर वे लेटे–लेटे ही जप करने लगे। मैं कितनी देर बैठता, चला आया...।

गोविन्ददास कहकर चला गया...पर देव के मन–मस्तिष्क पर छाये रहे हरिदास, चलचित्र की भाँति घूमता रहा वह दृश्य जब पहली बार उन से मिले थे।

अद्वैताचार्य ने ही पहली बार देव से परिचय कराया था–निमाई यह मुझे अपने पुत्र से भी प्रिय है...बचपन में ही इसके माता–पिता चल बसे। पता नहीं क्यों और कैसे, पर बालपन से ही यह राम–राम जपता है...। दर्जी का काम करता है...पर न इसे हिन्दू स्वीकार करते हैं न मुस्लिम।

देव की गहरी झील–सी आँखों में हरिदास उतरकर कब हृदय में स्थापित हो गये दोनों में से किसी को पता भी नहीं चला, पर इतना अवश्य है कि उस दिन से अभिन्न बन गये।

उस दिन निमाई ने कहा था–हरिदास जी, प्रत्येक मनुष्य वहीं तक देख सकता है जितना खुली आँखों से दिखलाई पड़ता है...उसके आगे देखने की शक्ति नहीं होती...। हम अपने प्रारब्धवश किसी के घर भी जन्म लेते हैं। जिनसे हमारा राग–द्वेष होता है, वे ही हमारे सगे–सम्बन्धी परिवार

बन जाते हैं...। हम इस जन्म में हिन्दू हैं, अगले जन्म में मुसलमान के घर में जन्म ले सकते हैं। अभी मुसलमान हैं अगले जन्म हिन्दू के घर पैदा हो सकते हैं...। यह तो संयोग की बात है कि किसने किस घर में जन्म लिया है...। ज़बर्दस्ती किसी व्यक्ति का धर्मान्तरण कराना ग़लत है...सिर्फ़ बात हिन्दू मुसलमान की नहीं...सबकी है।

सच्चा धार्मिक व्यक्ति कभी भी किसी दूसरे व्यक्ति के धर्म परिवर्तन को उचित नहीं मान सकता...। मेरी तो यही कोशिश है कि किसी दूसरे के धार्मिक विश्वास को मेरे कारण ठेस न लगे...। सभी धर्मों में सच्चाई और विश्वास को आदर दिया गया है...। जिस धर्म में तुम्हारा जन्म हुआ... तुम्हारा मन उधर क्यों नहीं जाता...?

—मैं उस धर्म का आदर करता हूँ, पर पता नहीं क्यों मुझे भगवत नाम लेना बहुत अच्छा लगता है। बहुत सारे मौलवियों के समझाने के बाद मैंने इसे छोड़ने की बहुत कोशिश की पर सफल नहीं हो पाया, हरिदास ने कहा था।

—बहुत अच्छी बात है हरिदास—लगता है आपने पिछले जन्म में बहुत यज्ञ, तप—दान किये हैं तभी तो ईश्वर के नामों में इतनी रुचि है, कहाँ होती है किसी में इतनी नाम निष्ठा...? अच्छा हो आप कुछ दिन एकान्त में रहकर नाम जप करें।

हरिदास मौन रहे, अपना सिर झुका लिया। आचार्य अद्वैत ने बताया—निमाई, हरिदास पहले एकान्त में एक छोटी—सी कुटिया बनाकर भजन करता था...। आप जानते हैं न रामचन्द्र को...उसने एक वेश्या को इनकी कुटिया पर भेज दिया...कि 'एकान्त देखकर...इसके भजन के नाटक का पर्दाफ़ाश करना।'

बेचारा हरिदास भजन करता रहा...। वेश्या बेचारी भी क्या करती...पेट भरने के लिए हमारी माँ को ही हमने वेश्या बना दिया है। वह मजबूर होकर बैठी रही। उसे रामचन्द्र की आज्ञा का पालन करना था...। तीन दिन बीत गये...उस गणिका को..., हरिदास से बात करने का मौक़ा नहीं मिला...। हरिदास ने कहा था उससे...'भजन करके बात करता हूँ', पर तीन दिन तक इसने नाम जपना छोड़ा ही नहीं...। बेचारी छोटी—सी लड़की. ..इसके सामने बैठी—बैठी वह भी सुन—सुनकर राम—राम करती...रही। तीन दिन बाद उसने कह दिया अपने मालिक से, 'नहीं चाहिए मुझे तुम्हारे पैसे...? पेट की आग नहीं बुझानी मुझे इस निश्छल व्यक्ति को...

तंग करके...।' बाप रे! कैसा पुरुष है? एकान्त–अन्धेरी रात में सोलह शृंगार कर प्रलोभन देती यौवना को आज तक किसी ने छोड़ा है–वनिता आश्चर्यचकित थी।

उस वनिता ने हरिदास से कहा–'अब मैं भी भजन करना चाहती हूँ...।'

हरिदास ने उसे अपनी कुटिया दे दी...। इसकी कुटिया में तो अब हरिदासी रहती है, यह अब यहीं रहते हैं...पास में ही...। हँसते हुए अद्वैताचार्य ने कहा था।

पर जब से गौरैया क़ाज़ी ने इन्हें बेंतों से पिटवाया है कोई स्थायी ठिकाना नहीं है...अद्वैत आचार्य ने ही बताया।

निमाई चौंक पड़े थे...कब...?

–तभी जब आप गया गये थे...। बेंतों से मारते–मारते हरिदास को सरेआम बाज़ार में घुमाया गया, पर इनकी भी विचित्र स्थिति थी नाम लेना आख़िर तक नहीं ही छोड़ा। जब तक होश रहा नाम लेते रहे, जब गिर पड़े तो क़ाज़ी ने गंगा में फेंकवा दिया, माँ गंगा के शीतल अंक में इन्हें होश आ गया...।

होश में आने पर मुलुकपति ने इन्हें समझाया–तुमने मुसलमान होकर हिन्दू धर्म क्यों स्वीकार किया है? हरिदास ने निर्भीकता के साथ कहा–आप हिन्दुओं को तो नहीं मना करते मुस्लिम धर्म स्वीकार करने से?

मुलुकपति बोला–यह क़ाफ़िरों का धर्म है। सिर्फ़ मुसलमान ही जन्नत जायेंगे...और सभी धर्म वाले दोज़ख।

हरिदास ने कहा–एक बात पूछूँ हुज़ूर, तब तो इस्लाम धर्म के पहले जितने भी व्यक्ति पैदा हुए सभी नरक में ही होंगे, आपके दादा–परदादा भी...। लगता है इस्लाम धर्म के बाद ही ईश्वर ने स्वर्ग का विभाग खोला है...।

–मुलुकपति ने पागल कह, झल्लाकर इन्हें छोड़ दिया है पर पूरे गौड़ प्रदेश में घोषणा करवा दी है कि कोई इसे सहारा नहीं देगा। उसके आदेश के बाद इन्हें कोई अपने पास रहने ही नहीं देता है, कोई चाहता भी है तो हरिदास स्वयं नहीं रहते, यह सोचकर कि बेकार इनके कारण दूसरों को परेशानी होगी। इतना सुनते ही निमाई पण्डित ने उठकर हरिदास को अपने अंक में भर लिया,...आज से आप नवद्वीप में मेरे पास रहें।

मेरा इतना बड़ा घर खाली ही पड़ा है हरिदास मेरे साथ रुकें..., श्रीवास के प्रस्ताव रखते ही हरिदास ने स्वीकार कर लिया।

हरिदास तब से रहने लगे थे श्रीवास के आँगन में, हमेशा निमाई पण्डित के आसपास बने रहते...। हरिदास के हाथ को अपने हाथ में लेकर एक दिन निमाई पण्डित ने पूछा था, जब बेंत से सैनिक आपकी पिटाई कर रहे थे, आपको कितनी पीड़ा हो रही होगी, उस समय भी आपने भगवत नाम का आश्रय नहीं छोड़ा। उस समय आपके मन में क्या चल रहा था, इस बात की बहुत जिज्ञासा है, यदि संकोच न हो तो बतायेंगे हरिदास जी?

आपसे क्या संकोच देव...? मैं प्रार्थना कर रहा था, ईश्वर इन्हें माफ़ कर दें, मैंने सुना है भगवान उनसे नाराज़ हो जाते हैं, जो नाम जपने वाले को पीड़ा पहुँचाते हैं, सकुचाकर हरिदास ने कहा।

कितना महान है हरिदास...न वह मुसलमान है न हिन्दू...वह महामानव है, निमाई की आँखें बरसने लगी थीं।

सूर्योदय होने का इन्तज़ार करना देव को बहुत भारी लग रहा था। लालिमा के फैलते ही देव हरिदास की कुटिया की ओर निकल पड़े। हरिदास की कुटिया के हरे–भरे पेड़ लहलहा रहे थे, उन पेड़ों को हरिदास ने अपने हाथों से लगाया था...। हरिदास वैसी ही लकड़ियों से दातुन करते थे, जिन्हें दातुन करने के बाद धरती में रोप दिया जाता है तो वह पेड़ बनकर लग जायें, इतने संवेदनशील थे हरिदास।...वहाँ का एक–एक पेड़ साक्षी है हरिदास के नाम जप का। देव उन्हीं पेड़ों को स्पर्श करते हुए कुटी में प्रवेश कर रहे थे तभी क्षीण स्वर में हरिदास का हरे कृष्ण... महामन्त्र सुनायी दिया।

चैतन्यदेव ने आवाज़ लगायी...'हरिदास...।'

–देव..., उठने की कोशिश की हरिदास ने, पर उठ नहीं पाये, पैर थरथरा रहे थे...।

–बैठे रहिए..., चैतन्यदेव ने दौड़कर उन्हें सँभाला...।

–ऐसे ही सँभाले रहिएगा देव, जीवन के अन्तिम क्षण तक, बस इसी तरह आपकी बाँहों मे दम निकल जाये...एकमात्र यही इच्छा शेष है...।

–ऐसी बातें मत कीजिए हरिदास, एक आप ही तो हैं जो सदा हमारे साथ हैं। जब में मैंने नवद्वीप छोड़ा है, आपने कभी मेरा साथ नहीं छोड़ा है और अब छोड़कर जाने की बात क्यों कर रहे हैं? चलेंगे न एक साथ, हँसते हुए चैतन्यदेव ने कहा।

–देव, कृपया ऐसी हृदयविदारक बात मत कहें, जब से आपके पैरों में शूल चुभा है...एक क्षण के लिए भी मुझे चैन नहीं है...। नाम का आश्रय

ले रहा हूँ, पर पता नहीं क्यों आपसे बिछुड़ने के गम में अन्दर ही अन्दर मेरा मन घुटता रहता है। आप हमें धोखा नहीं देंगे न, देव ?

देव ने छलछलायी आँखों से कहा–इतने बड़े नाम जापक को धोखा देने की शक्ति किसमें हो सकती है...?

देव अपने वस्त्र को पानी में भिगोकर हरिदास के मुखमण्डल और शरीर को पोंछने लगे...। रघुनाथ ने उनसे वस्त्र माँगते हुए कहा–देव, यह अवसर मुझे दीजिए...बचपन से मैं हरिदास ठाकुर को नाम जपते देखता था तो सोचता था बड़ा होकर...मैं भी इनके जैसा बनूँगा...।

–नहीं रघुनाथ...आज मुझे करने दो...अश्रुपूरित नयनों से देव ने हरिदास के वस्त्र बदले...। उनके बिछावन को साफ़ किया। अपने हाथों से उन्हें भोजन कराया। चैतन्यदेव के हाथ हरिदास के मुख तक आते नहीं थे कि उनका मुख स्वतः ही खुल जाता था, गोविन्ददास हँसते हुए बोला–देखिए देव का प्रभाव, कितनी मिन्नतों के बाद भी हरिदास जी ने मुझसे एक ग्रास भी नहीं लिया था।

हरिदास मुस्कुराने लगे...।

–ऐसे ही मुस्कुराते रहिए हरिदास, और रघुनाथ, तुम अब यहीं रुको इनके पास...मैं फिर कल सवेरे आता हूँ...।

कल सवेरे जब चैतन्यदेव हरिदास की कुटिया पर पहुँचे तो पूरी कुटिया ही नहीं, आगे का बाग़ भी साफ़–सुथरा चमक रहा था...। हरिदास की कौपीन, अचला सूख रही थी...। उनके माथे पर तिलक लगा था और वे क्षीण स्वर में जप रहे थे–हरे कृष्ण...।

अचानक रिमझिम–रिमझिम बारिश होने लगी...। रघुनाथ बाहर पड़ी चटाई को समेट रहे थे तभी देव ने प्रवेश किया, वर्षा की बूँदें उनके शरीर पर पड़ने से मलमल से भी पतला, काषाय वस्त्र भीगकर उनके अंगों में चिपक गया था...। उनके ललाट पर पड़ी बारिश की बूँदें कपोलों पर टपक रही थीं, रघुनाथ देव के इस रूप को देखकर महाशून्य में अवस्थित हो गये, अर्द्धसमाधि लग गयी। देव ने पुकारा–रघु, क्या देख रहे हो? रघुनाथ को होश आया तो एक गमछा लेकर देव के भीगे माथे को पोंछने को जैसे ही आगे बढ़े, देव ने हँसते हुए रोक दिया–पहले यह बताओ हरिदास कैसे हैं...?

–कमज़ोरी बढ़ती जा रही है...देव, शरीर भी काफ़ी गर्म है...राजवैद्य आये थे, दवा दे गये हैं...पर हरिदास जी ले नहीं रहे हैं...बस नाम संख्या पूरी करने में लगे हुए हैं...,रघुनाथ ने धीरे–से कहा।

चैतन्यदेव धीमी आवाज़ में बोले–'हरिदास!'

–देव...! नाम जप छोड़कर चौंकते हुए हरिदास ने कहा।

–हाँ मैं, आप ठीक हैं न हरिदास...।

–शरीर तो स्वस्थ है देव, पर मन नहीं...पिछले एक सप्ताह से नाम जप की संख्या पूरी नहीं होती...तो मन कैसे ठीक रहे...कल का जप भी पूरा नहीं हुआ है, हरिदास की आवाज़ क्षीण होती जा रही थी।

–हरिदास, शरीर का अपना धर्म होता है। वृद्धावस्था...में इतना हठ ठीक नहीं...। आपको जितना जप करना था आप कर चुके हैं, अब संख्या का नियम मत रखिए.।

–ठीक है देव.., हरिदास किसी तरह बोल पाये...।

–रघुनाथ, तुमने आज मेरे लिए कोई सेवा छोड़ी ही नहीं है...। इनकी ख़ूब अच्छी तरह से सेवा करना...। मैं फिर कल सवेरे आऊँगा...।

पर कल सवेरे तक चैतन्यदेव इन्तज़ार नहीं कर सके। दोपहर का भोजन करते ही हरिदास की कुटिया पर पहुँच गये। देव के साथ राय रामानन्द, सार्वभौम भट्टाचार्य, स्वरूप दामोदर, वकेश्वर पण्डित, गदाधर, काशीश्वर, जगदानन्द...सभी हो लिए...।

देव भी आश्चर्यचकित रह गये। हरिदास के अस्फुट स्वर अभी भी निकल रहे थे...हरे कृष्ण...। चैतन्यदेव ने उनके माथे पर हाथ फेरते–फेरते धीरे–से पूछा–कैसे हैं हरिदास?

–आनन्द है देव...! हरिदास ने कहा पर देव देख रहे थे कि वे किस मर्मान्तक वेदना से गुज़र रहे थे...।

अचानक हरिदास की साँसें चलनी धीमी पड़ने लगीं...। गदाधर ने संकीर्तन प्रारम्भ कर दिया...चारों ओर से भक्त हरिदास को घेर कर बैठ गये...। सार्वभौम ने भी लम्बी तान छेड़ी..., संकीर्तन का स्वर तेज़ हो गया। देव की अपलक दृष्टि हरिदास पर टिकी थीं। उन्होंने हरिदास के सिर को अपनी गोद में रख लिया। देव के बड़े–बड़े नेत्रों से आँसू निर्झरित हो रहे थे।

–आप लोग देखिए हमारे हरिदास हमसे विदा हो रहे हैं...। हरिदास हमारे प्रेरणास्रोत हैं, हम यदि इनसे प्रेम करते हैं तो इनके सद्‌गुणों का अनुसरण करना ही इनके प्रति हमारे प्रेम को दर्शायेगा। ऐसा महान जीवन देह नष्ट होने से क्षीण नहीं होता, बल्कि देह नष्ट होने के बाद उसकी शुरुआत होती है...।

हरिदास ने जो भगवत् नाम लिया है वह हर एक आदमी इच्छामात्र से अपने हृदय में अंकित नहीं कर सकता। उसमें अथक परिश्रम की आवश्यकता है, धीरज की भी...। पारसमणि को हासिल करने के लिए कितने धीरज की आवश्यकता है, नाम तो उससे भी बढ़कर है, और नाम जापक भी उससे भिन्न कहाँ रह जाता है?

तभी हरिदास की साँसें तेज़ चलने लगीं...। उनकी बन्द आँखें खुल गयीं, नेत्रों के माध्यम से उनकी सारी चेष्टाएँ जो हमेशा देव के लिए होती थीं, अभी भी मुखमण्डल पर टिक गयीं। हरिदास की आँखों के कोने से अश्रु निकल रहे थे, उनके सूखे होंठों पर मन्द मुस्कान थी...। ऐसा लग रहा था जैसे अश्रुपूरित नयन और मन्द मुस्कान युक्त होंठ कह रहे हों–अब आज्ञा दीजिए देव...। हरिदास के मुख से अन्तिम शब्द निकले–'देव' और उसके बाद आँखें खुली की खुली रह गयीं, शायद उन नेत्रों को देव को निहारना छोड़कर बन्द होना स्वीकार्य नहीं था।

'हरि बोल' की तुमुल ध्वनि से बकुल मठ गूँज रहा था...। चैतन्यदेव ने अपने दोनों हाथों से उन्हें ऐसे उठा लिया जैसे वे उनके छोटे–से शिशु हों, देव उन्हें अपनी बाँहों के घेरे में उठाकर हरि–हरि बोलकर उच्च स्वर से जयध्वनि कर रहे थे और उनके नेत्रों से प्रवाहित हो रही थी आँसुओं की धारा...।

हरेन पण्ड्या, सोमनाथ शास्त्री और वीरभद्र पण्डा मन्दिर से जगन्नाथ जी का प्रसादी वस्त्र और प्रसाद लेकर दौड़े आये...। जगन्नाथ जी के प्रसादी वस्त्र को हरिदास के पूरे शरीर पर रघुनाथ और हरेन पण्ड्या ने मिलकर लपेट दिया...।

देव ने जब जगन्नाथ के वस्त्रों में लिपटे हरिदास को देखा तो आत्म विह्वल होकर आर्त स्वर में जगन्नाथ को टेक लगाने लगे–प्रभु, जीवन–भर हरिदास आपके विग्रह का दर्शन नहीं कर पाये, एक प्रार्थना है प्रभु, अब किसी दूसरे हरिदास की इतनी कठिन परीक्षा मत लेना...। सम्भव नहीं है किसी दूसरे हरिदास में इतना धैर्य, इतनी सहनशक्ति, इतनी क्षमा और इतना प्रेम हो।

देव को लगा, जैसे जगन्नाथ जी ही कह रहे थे–ये सारी बाह्य बातें हैं, यह सत्य भी नहीं कि जो मन्दिर में आकर मेरे विग्रह का दर्शन करते हैं, मैं उनसे ही प्रेम करता हूँ या वे मुझसे प्रेम करते हैं। मुझसे तो हरिदास प्रेम करता था और मैं हरिदास से करता हूँ...देख रहे हो न उसे अपने अंग वस्त्रों में लपेटकर लिए जा रहा हूँ।

—तुम्हारा तुम ही जानो..., 'दूसरा कौन जान सकता है...? तुम्हारी इच्छा के बिना एक पत्ता भी नहीं हिल सकता है, 'आमि तुमार काठेर पुतुल..., चैतन्यदेव बुदबुदा रहे थे तभी पण्डितों ने मिलकर एक स्वर से 'हरि बोल' की जयध्वनि की।

हरिदास को समुद्र में स्नान कराते वक़्त देव का धैर्य चुक गया। हरिदास के शरीर का सिर्फ़ समुद्र के खारे पानी से स्नान नहीं हो रहा था, चैतन्यदेव के नयनों से गिरते गर्म—गर्म खारे जल से भी हो रहा था। चैतन्यदेव की आँखों से आँसुओं की जलधारा बह रही थी। वे अवरुद्ध कण्ठ से कहने लगे—'देखो, आज हरिदास के स्पर्श से सागर भी पवित्र हो रहा है...। तुम सब लोग इनके चरणों का पादोदक लेकर पान करो...।'

समुद्र किनारे ही बालू में खुदे गड्ढे में रोते—रोते चैतन्यदेव ने अपने हाथों से उनके शरीर को ऐसे रखा...जैसे नवजात शिशु को रख रहे हों शनैः—शनैः,...प्रेम से...कि कहीं समाधिस्थ हरिदास की समाधि भंग न हो जाये...। हरिदास समाधि में ही तो चले गये थे, महासमाधि में...।

देव ने हरिदास की अन्तिम विदाई का महोत्सव मनाने के लिए स्वयं भिक्षाटन किया। आयोजन हो जाने के बाद देव थोड़ी देर के लिए निढाल से हो गये...। नाचते—गाते, संकीर्तन करते हुए इतना विशाल आयोजन करना जिसमें हज़ारों व्यक्तियों ने भोजन किया था, भक्तों का थकना भी लाज़िमी था, सभी निढाल पड़ गये...। कुछ शारीरिक थकान थी और उससे भी अधिक मानसिक थकान, हरिदास के शारीरिक बिछोह ने सब के अन्तर्मन पर...असर तो डाला ही था।

सार्वभौम आश्चर्यचकित होकर सोच रहे थे, यह कैसे हो गया...? इतनी क्रान्तिकारी और आश्चर्यजनक घटना कैसे घट गयी? उस समय तो पता नहीं चला परन्तु यह हुआ कैसे...? राजा प्रतापरुद्र डुगडुगी पिटवा देते कि एक यवन की शवयात्रा में जाना है तब भी लोग नहीं मानते...। हो सकता था जनता विद्रोह कर देती, न कोई विद्रोह हुआ न विरोध के स्वर सुनायी पड़े, जनसैलाब उमड़ पड़ा हरिदास के मृत्यु भोज का प्रसाद लेने...। एक मुसलमान—यवन हरिदास...के भोज में..., कोई दीवार रही ही नहीं...। यह चमत्कार ही तो था...चैतन्यदेव का चमत्कार...।

चैतन्यदेव इसे अपना चमत्कार नहीं मान रहे थे...। यह तो हरिदास की अटूट भक्ति का चमत्कार था। क्या हो गया देव को, इतनें दुखी तो कभी नहीं हुए थे, बाबा की मृत्यु पर भी नहीं...। हरिदास की मृत्यु से क्यों

मन इतना आहत हो रहा था? क्या हरिदास के शरीर के बिछोह का दुख हो रहा था? क्या इन्हें पता नहीं आत्मा अजर–अमर है? पुराने कपड़े की तरह शरीर बदला है हरिदास की अमर आत्मा ने, फिर मन इतना विह्वल क्यों हो रहा है?

देव उठकर बैठ गये। सामने गोविन्ददास सोया था। उसके हाथ–पाँव सीधे भी नहीं हुए थे, जैसे बैठा था वैसे ही लुढ़क गया था, चेहरे पर थकान स्पष्ट झलक रही थी...। देव दबे पाँव उठे...धीरे–धीरे...और गम्भीरा मठ से निकलकर चल दिये...तेज़ी से., इतनी तेज़ी से कि कुछ ही क्षण में पहुँच गये सागर के तट पर...। पता नहीं कितनी बार...देव अकेले, निपट अकेले...कभी सूर्यास्त के समय तो कभी सूर्योदय के वक़्त, कभी पूर्णिमा की चाँदनी रात्रि में तो कभी अमावस की घनघोर अँधेरी रात में, सागर हमेशा इन्हें अपनी गम्भीर आवाज़ में अपने पास आने का आमन्त्रण भेजता रहा है, और देव ने कभी भी उसे निराश नहीं किया है...। पर आज सागर के किनारे, सागर के आमन्त्रण पर नहीं आये हैं...। आज आये हैं...अपने प्रिय हरिदास के पास...जो सागर के सान्निध्य में यहीं समाधि लीन हैं...पूर्ण निद्रा में, पूर्ण समाधिस्थ।

हरिदास की समाधि...बालू का एक ऊँचा–सा टीला बन गया था...। चैतन्यदेव बैठ गये उसी टीले के पास और अपने हाथों से बालू समेट–समेटकर कुछ देर तक डालते रहे...उस टीले पर। फिर थककर बैठ गये वहीं...उसी समाधि के पास, उसी टीले के पास...उठने का मन ही नहीं कर रहा था...।

मन में एक नहीं, दो नहीं...ढेर सारे ख़याल आ रहे थे...घुमड़–घुमड़ कर...। देव हरिदास की समाधि को देखकर सोच रहे थे, अगर कोई वस्तु मनुष्य के सामने प्रत्यक्ष है, तो वह मृत्यु ही है...फिर भी इस अनिवार्य प्रत्यक्ष वस्तु से...दुख कैसा...? काँच के गोले को भी दस हज़ार वर्ष तक ज्यों का त्यों रखा जा सकता है, परन्तु इस शरीर को एक मिनट के लिए भी जस का तस नहीं रखा जा सकता।

कौन कब तक है यह कौन जान सकता है सिर्फ़ ईश्वर के सिवा...। लोग कहते हैं अकाल मृत्यु..., पर क्या अकाल मृत्यु शब्द में सत्यता है? क्या दादा की अकाल मृत्यु हुई...? बीस वर्ष की आयु, कोई मरने की आयु होती है...? पर जब मृत्यु की घड़ी पहले से ही तय है तो वह अकाल कैसे हो सकती है...?

और मेरी मृत्यु...? मैं कब इस राजमार्ग पर जाऊँगा...? हाँ, राजमार्ग ही तो है जिस पर असंख्य बटोहियों का चलना निरन्तर चलता रहता है...पर फिर भी वह सुनसान लगता है...इसी से तो सूना लगता है क्योंकि वह परम शान्ति का मार्ग है...उस परम शान्ति के मार्ग पर मुझे भी तो जाना है...उसी राजमार्ग पर चलकर एक दिन अपने प्रियतम से मिलने...! क्या प्रियतम स्वीकार करेंगे मुझे...? जीवन में कभी किसी क्षण...प्रेम को तो नहीं छोड़ा...यदि प्रेम को छोड़ दूँगा तो कैसे मिलेंगे उस राजमार्ग पर प्रियतम...? कभी कुछ दुराव–छिपाव तो मैंने नहीं किया? कैसे अपनायेंगे प्रियतम...जीवन में जिस क्षण छिपाव और दुराव आ गया...? उसी क्षण प्रभु कहाँ होंगे पास...? वह प्रियतम है भी तो अद्‌भुत। उससे कुछ छिप भी तो नहीं सकता...फिर वह कैसे सहन कर सकता है उसकी सृष्टि से कुछ छिपाया जाये...? चैतन्यदेव ने अपने माथे पर बल दिया...क्या प्रियतम की सृष्टि से कभी कुछ छिपाया...? हरिदास के बारे में...यह हरिदास नहीं छोटा हरिदास...कीर्तनियाँ हरिदास के बारे में...? देव सोच में पड़ गये...और उलझ गये छोटे हरिदास में, जिसमें उलझने से हमेशा कतराते रहे।

37

उस दिन देव के पास भगवानाचार्य आये थे–कल आप मेरे यहाँ भिक्षा लें...देव...।

–वाह रे भिक्षा...एक दिन पहले निमन्त्रण मिल जाता है भिक्षा के लिए...ऐसी निराली भिक्षा..., हँसते हुए चैतन्यदेव ने कहा था।

–यह भारत देश है देव...यहाँ की प्रत्येक चीज़ निराली है...। कहकर हँसते हुए भगवानाचार्य चले गये थे...।

जब तक भोजन बनता रहा...भगवानाचार्य गुनगुनाते रहे...। कभी अन्दर–कभी बाहर...करते रहे..., प्रांगण में देव के प्रवेश करते ही मन प्रफुल्लित हो गया।।

सुगन्धित चावल की ख़ुशबू पूरे परिसर में अपनी सुगन्ध बिखेर रही थी...मह–मह।

–इतना सुगन्धित चावल कहाँ से मँगवाया? मुख में ग्रास डालते हुए देव ने भगवानाचार्य से पूछा।

—हरिदास लाया था...उसी ने कहा था देव के लिए मैं सुगन्धित चावल भिक्षा लेकर आऊँगा...।

देव के माथे पर हलका–सा बल पड़ते देख भगवानाचार्य एक पल के लिए सहम गये पर दूसरे ही पल सहज हो गये...।

—उसने चावल की भिक्षा कहाँ से ली...?

—माधवी देवी के पास से...कल उसने दरवाज़े पर से बहुत देर तक आवाज़ दी...जब माधवी देवी बाहर नहीं निकली तो वह अन्दर चला गया और मैं घर आ गया, हरिदास चावल लेकर ही लौटा...। भगवानाचार्य ने हरिदास की शौर्य गाथा को गौरवान्वित होकर सुनाया...।

पर यह क्या...चैतन्यदेव के हाथ का ग्रास छूटकर थाली में गिर पड़ा...। माथे पर पड़े बल और गहरे हो गये...। भगवानाचार्य की दृष्टि देव पर ही टिकी थी।

देव की तो सचमुच अजीब स्थिति हो गयी...ग्रास मुँह के अन्दर जा ही नहीं रहा था...पर सामने प्रसाद की थाली थी...वो अन्न जिसे वे चिन्मय मानते थे...उस चिन्मय प्रसाद का अपमान कैसे कर सकते थे अपने सामने से थाली खिसकाकर...? जिस चावल की ख़ुशबू अभी तक कमरे में सुगन्ध बिखेर रही थी, वही सुगन्ध देव के मन में वितृष्णा पैदा कर रही थी...चावल से भी और...चावल लाने वाले से भी।

देव ने मन–ही–मन प्रसाद से क्षमायाचना की–अपने व्यवहार के लिए क्षमा चाहता हूँ। इतनी संवेदनशीलता उस प्रसाद के प्रति, पर हरिदास के लिए देव असंवेदनशील हो रहे थे, इतने अधिक कि गोविन्ददास से भी कह दिया–गोविन्द, आज के बाद छोटा हरिदास कभी मेरे पास नहीं आये...मैं उसका मुख भी नहीं देखना चाहता...।

स्वरूप ने भी सुना, देव यह क्या कह रहे हैं...? आज तक ऐसा तो कभी नहीं हुआ...? इसके पहले देव ने किसी के लिए भी यह नहीं कहा कि अमुक का मुँह नहीं देखूँगा...। जगाई–मधाई जैसे दुष्ट व्यक्ति तक को प्रेम से गले लगाने वाले देव को यह क्या हो गया...? स्वरूप को अपने कानों पर विश्वास नहीं हुआ...। यह कैसे हो सकता है? हरिदास विरक्त है, साधु है, कितनी अच्छी आवाज़ है उसकी...। मधुर कण्ठ से वह देव को प्रतिदिन कीर्तन गाकर सुनाता है, उस हरिदास के प्रति कैसे इतने कठोर हो सकते हैं...? स्वरूप का मन नहीं माना...चैतन्यदेव के पास गये...उनके निकट जाकर खड़े हो गये...। देव के गम्भीर चेहरे को देखकर स्वरूप को

साहस तो नहीं हो रहा था प्रश्न करने का, पर सवाल कीर्तनियाँ हरिदास पर कोप का था...। स्वरूप नहीं माने—देव इतनी बड़ी सज़ा...आख़िर उसने ऐसा क्या किया है?

—उसने साधु नहीं, मनुष्य होने की मर्यादा को भी भंग किया है, अब मैं इस सम्बन्ध में कोई बात करना नहीं चाहता, कहते हुए देव आगे बढ़ गये...।

पर स्वरूप को चैन कहाँ...। मन छटपटा रहा था। छोटे हरिदास के बारे में सोच—सोचकर परेशान हो रहे थे, जब देव की आज्ञा का पता उसे चलेगा तो क्या बीतेगी उस पर...?

बीतना तो था ही। छोटे हरिदास ने अन्न—जल का त्याग कर दिया...। उसकी चिन्ता तो सबको थी पर सबसे अधिक स्वरूप को थी...। वे वहाँ पहुँच गये जहाँ छोटा हरिदास था...। कैसा लग रहा था वह, एकदम श्रीहीन। उसकी आँखें उठीं ही नहीं...झेंपी दृष्टि से अगल—बगल देख रहा था। पर स्वरूप की आँखों में आँखें डालकर बात नहीं कर पाया। स्वरूप ने कोशिश भी की पर न उसने आँखें उठायीं और न अन्न—जल ही ग्रहण किया।

छोटे हरिदास की आँखें स्वरूप को कुछ—कुछ गवाही दे रही थीं...। स्वरूप इतना तो समझ गये कि इसने कोई बड़ी ग़लती तो अवश्य की है, इसकी झेंपती आँखें ही नहीं इसका निस्तेज चेहरा भी साक्षी दे रहा था इसके अपराध की, थके क़दमों से स्वरूप लौट आये।

सात दिन हो गये। न छोटे हरिदास ने अन्न—जल ग्रहण किया और न चैतन्यदेव उससे मिलने के लिए राज़ी हुए...। सम्पूर्ण जगन्नाथपुरी में यह बात फैल गयी...।

शायद छोटे हरिदास ने माधवी देवी से चावल की भिक्षा ली है। इसी से देव ने नाराज़ होकर ही उसके मुख को नहीं देखने का निर्णय लिया है। भगवानाचार्य ने चैतन्यदेव की नाराज़गी का जो कारण समझा था, वह तो बता दिया...पर यह नहीं समझ पाये—क्यों?

इसी से तो उन्होंने स्वरूप से पूछा—किसी भी स्त्री से भिक्षा लेना अपराध है क्या?

स्वरूप चुप रहे, कुछ नहीं बोले। भगवानाचार्य के अन्तर्मन में ऊहापोह चलता रहा—'माधवी देवी कोई ऐसी—वैसी स्त्री नहीं है...। देव ख़ुद उनको कितना मान देते हैं...। एक बार मैंने ख़ुद सुना था देव के मुख से ही कि माधवी देवी...श्रीकृष्ण की रहस्यमय लीलाओं को तत्त्वतः समझती हैं...।

तब फिर क्यों इतनी नाराज़गी...? मेरी समझ में नहीं आ रहा स्वरूप जी... कोई बुरी स्त्री होती, कोई वेश्या रहती तो एक बात भी थी...।'

अब स्वरूप मौन नहीं रह सके, धीमी आवाज़ में कहा—भगवानाचार्य जी...आप नहीं जानते आप क्या बोल रहे हैं...? देव यह मानते ही नहीं कि कोई स्त्री बुरी होती है...वेश्या भी नहीं। देव उन्हें भी माँ कहते हैं। स्त्रियाँ अच्छी या बुरी नहीं होतीं...हमारी सोच अच्छी और बुरी होती है।

स्वरूप की बात सुनकर भगवानाचार्य झेंप गये..., फिर भी समस्या का समाधान नहीं हुआ। काशीश्वर मिश्र को सार्वभौम भट्टाचार्य और राय रामानन्द ने देव के पास भेजा। वृद्ध काशीश्वर मिश्र चल दिये, बिना किसी आपत्ति के...। अपनी वृद्धावस्था पर उन्हें विश्वास था कि देव उनकी बात नहीं टालेंगे।

—आइए, आइए, मिश्रजी, चैतन्यदेव मुस्कुराते हुए बोले।

—देव...आप प्रसन्नचित्त तो हैं न...।

—श्रीकृष्ण का वियोग जब तक है तब तक चित्त कैसे प्रसन्न हो मिश्र जी...।

—देव आपसे एक बात कहना चाहता हूँ।

—कहिए न...।

—छोटे हरिदास ने एक स्त्री से चावल की भिक्षा ली, इससे आपने उसे अपने पास आने से मना कर दिया...?

—हाँ...!

—क्यों देव...?

—एक साधु होकर उसने मर्यादा नहीं रखी है।

—क्या साधु का स्त्री से भिक्षा लेना मना है...?

—मिश्र जी, मैं इस विषय पर कोई बात करना नहीं चाहता...।

—देव..., आप इतने कठोर तो कभी नहीं थे...। फिर आपके आसपास जितने भी साधु–सन्त हैं चाहे वे उड़ीसा में हों या बंगाल में, या वृन्दावन धाम में सभी स्थानों पर स्त्रियों से ही भिक्षा ग्रहण करते हैं तो फिर हरिदास के साथ इतनी कठोरता क्यों...?

—क्योंकि...चैतन्यदेव चुप हो गये।

—हाँ देव, कहिए...किसी को नहीं समझ में आ रहा है कि यह कैसी पहेली है? जब से संन्यास धर्म है तभी से संन्यासी स्त्रियों से भिक्षा ले रहे हैं...यदि स्त्रियों से भिक्षा नहीं लें तो सारे संन्यासी भूखे ही मर जायेंगे...क्या मैं ग़लत कह रहा हूँ...?

—देव चुप रहे...उनके लाल—लाल होंठ कुछ कहने के लिए फड़कते थे पर फिर शान्त हो जाते...।

—देव, क्या स्त्रियाँ इतनी घृणित हैं...? क्या सिर्फ़ उनसे भिक्षा लेने से साधु भ्रष्ट हो जाता है...? उस पर से हरिदास ने किस स्त्री से भिक्षा ली है माधवी देवी से...जिसे आप स्वयं मानते हैं कि जिन चार व्यक्तियों को श्रीकृष्ण का तत्त्वतः ज्ञान है उनमें एक माधवी देवी भी हैं...। कोई ऐसी—वैसी स्त्री...।

चैतन्यदेव ने काशी मिश्र की बात को काटते हुए कहा—ऐसी—वैसी स्त्री कोई नहीं होती मिश्र जी...। किसने कहा स्त्रियाँ घृणित होती हैं? वे हमारी माँ हैं, हमेशा आदर की पात्र हैं...। परमात्मा भी जब धरती पर अवतीर्ण होता है स्त्री का ही आश्रय लेता है। श्रीकृष्ण को भी माँ देवकी और माँ यशोदा का आश्रय लेना पड़ा था...। स्त्रियों के साथ रहने वाले उनसे प्रेम नहीं करते, सिर्फ़ उन्हें वासना पूर्ति का साधन मानते हैं। जो स्त्रियों से मेलजोल बढ़ाते भी हैं उसे सिर्फ़ भोग्या की नज़र से देखते हैं...। आप देख रहे हैं न मिश्र जी पूरे बंगाल में वाममार्गी धर्म के नाम पर स्त्रियों का किस तरह यौन शोषण कर रहे हैं...।

—पर देव छोटे हरिदास...।

बीच में ही उनकी बात काटते हुए चैतन्यदेव बोले, कृपया मिश्र जी अब इस विषय पर वार्तालाप न करें।

क्या करते मिश्रजी...चुप लगा गये...पर इतना तो समझ ही गये, कोई गहरी बात है जो देव कहना नहीं चाहते.।

क्या कहते देव और किससे कहते? सोच—सोच कर स्वयं परेशान हो रहे थे। आज पहली बार, अपने पूरे जीवन में यदि उन्हें किसी से घृणा हुई है तो वह है छोटा हरिदास...। चोर, डाकू, लूटेरा, हत्यारा, नास्तिक...किसी से घृणा का सवाल ही नहीं था...। ऐसे बुरे काम करने वाले कितने ही लोग थे जो आज उनके प्रियपात्र हैं...जगाई—मधाई ही क्या नहीं करते थे...पर उन्हें कैसे सुधारा...? हमेशा यह कहने वाले चैतन्य, पाप से घृणा करो, पापी से नहीं...अभी पापी से घृणा करने के लिए क्यों विवश हो रहे थे...? इसे स्वरूप भी नहीं समझ पा रहे थे...। वही स्वरूप जो चैतन्यदेव की परछाईं की तरह उनके साथ रहते थे, स्वरूप धीरे—से बुदबुदाये—आख़िर साधु है।

और चैतन्यदेव को इसी साधु का वेश होने पर तो सबसे अधिक आपत्ति थी, आख़िर एक साधु होकर...उसने ऐसा करने का दुस्साहस क्यों किया...?

शिखि माहिति को उस दिन मन्दिर से आने में देर हो गयी थी। मन्दिर का पूरा हिसाब–किताब इन्हें ही करना होता था...मासिक हिसाब में तो न इतनी व्यस्तता होती थी और न थकावट...। पर वार्षिक हिसाब...पूरा सप्ताह हिसाब–किताब में ही बीत जाता था।

–दादा, आप हिसाब–किताब करने में एकदम सूखते जा रहे हैं..., माधवी अपने बड़े भाई शिखि माहिति से बोली...।

–तुम्हारी जैसी बहन रहेगी तो कहाँ से दुबला हो सकेगा भाई..., मेरी माँ...मुरारी कहाँ है, उसे भी बुला...आज हिसाब का अन्तिम दिन है कुछ बही खाते साथ ले जाने हैं...शिखि माहिति बोले।

शिखि माहिति अपने छोटे भाई मुरारी के साथ चले तो गये, पर ध्यान लगा रहा माधवी पर...। परम सुन्दरी माधवी का कब विवाह हुआ और कब विधवा हुई...इसकी याद माधवी को तो नहीं ही थी...उससे बड़े भाई मुरारी को भी नहीं थी...। बस शिखि माहिति को याद है अपनी गुड़िया–सी बहन की शादी...। रंग–बिरंगे वस्त्रों में सुसज्जित माधवी...नन्ही परी लग रही थी...। उसी नन्ही–सी परी को जब सफ़ेद कफ़न में लिपटी शिखि माहिति ने देखा तो...पूरा संसार ही उजाड़ दिखने लगा...। मुरारी ने तो विवाह ही नहीं किया...। साफ़ बोल दिया–जिसकी बहन की यह हालत हो उसका भाई पत्नी का संग करे...यह मुझसे नहीं होगा...दादा।

शिखि माहिति ने तो शादी की थी पर...ऐसा संयोग कि इनकी पत्नी को भी साँप ने काट लिया...दूसरी शादी के नाम पर इन्होंने भी हाथ उठा दिया–मुरारी कुँवारा रहे, माधवी बिना पति के रहे और मैं संसार का सुख भोगूँ यह नहीं हो सकता...।

तीनों भाई–बहन का एक–दूसरे का ध्यान रखना ही मानो जीवन की एकमात्र नियति बन गयी थी...समाज, दुनिया से बिल्कुल कटे–कटे से हो गये थे...।

सार्वभौम भट्टाचार्य का शिखि माहिति से परिचय बहुत पहले से था पर उस दिन जब मन्दिर में खड़े प्रभु जगन्नाथ के आगे तीनों भाई–बहनों के नयनाश्रु को कपोलों पर लुढ़कते देखा तो सार्वभौम अपने को रोक नहीं पाये–आप लोगों ने कभी चैतन्यदेव का दर्शन किया है?

नहीं आचार्य, सुना तो है, पर सुना है बड़ी भीड़–भाड़ रहती है...वहाँ। दूसरे, राजा, मन्त्री और बड़े–बड़े अधिकारी ही जाते हैं...। मैं एक छोटा–सा कर्मचारी...उन लोगों के बीच जाऊँ, अच्छा नहीं लगता, यही सोचकर नहीं

जा पाता, पर मन बहुत छटपटाता रहता है। माहिति अपनी बात बताकर चुप हो गये।

—माहिति जी, न देव को राजा से कुछ लेना है और न मन्त्री से...उनके लिए राजा, ग़रीब, ब्राह्मण, चाण्डाल सभी एक बराबर हैं...बस कृष्णभक्त होना चाहिए...वैसे जैसी तुम्हारी इच्छा।' कहकर आचार्य चले गये।

अब इच्छा का कहाँ सवाल था, माधवी ज़िद कर बैठी—आज ही चलिए न...चैतन्यदेव के पास, दर्शन करके लौट आयेंगे..।

—माधवी ठीक कह रही है दिन भर घर में अकेली पड़ी रहती है, इसका मन भी लग जायेगा। मुरारी बोला।

—मन की बात नहीं है, मेरा मन तो लग ही जाता है। मेरे पास कहाँ ख़ाली समय है कि मन नहीं लगेगा...? मैं तो उलटे सोचती हूँ कि एक दिन कम—से—कम छत्तीस घण्टे का होता...बारह घण्टे की रात तो चौबीस घण्टे का दिन...। माधवी शीघ्रतापूर्वक बोली, उसे पता है, उसके बड़े भाई, शिखि माहिति दिन भर उसी के दुख को गुनते रह जायेंगे।

शिखि माहिति और मुरारी घर जल्दी आ गये...। दिन भर काम में मन नहीं लगा...एक अजीब—सा उत्साह मन को आच्छादित करता रहा। माधवी के मन में क्या चल रहा था..., इसे वही समझ सकता है जिसने तुरन्त ब्याई हुई गाय को अपने बछड़े के पास जाने के लिए छटपटाते देखा होगा...।

शिखि माहिति और मुरारी आये तो देखा माधवी को, अपने कमरे में गोल—गोल चक्कर लगा रही थी...।

—तैयार हो न, मुरारी ने हँसकर पूछा।

—हाँ—हाँ हड़बड़ाकर माधवी बोली और चल दी दोनों भाइयों के साथ।

वैसे भी माधवी को क्या तैयार होना था। कफ़न सरीखे सफ़ेद कपड़े को शरीर पर लपटने के सिवा...। साबुन, तेल, लगाना नहीं था...। याद ही नहीं, कभी लगाया था...कंघी करनी नहीं थी...हालाँकि अभी तक माधवी ने अपने बाल नहीं काटे थे।

संयोग ऐसा, न भीड़—भाड़ थी; न राजा, मन्त्री ही थे और न कोई राज्य का बड़ा अधिकारी ही वहाँ उपस्थित था। शिखि माहिति सहज होकर चैतन्यदेव के बिल्कुल समीप चले गये...। माधवी बहुत पीछे ही रुक गयी...अपने सिर के आँचल को थोड़ा और खींचकर बैठ गयी...।

—देव, बहुत दिनों से मन में अभिलाषा थी आपके दर्शन की...पर सुयोग नहीं मिला, हिम्मत भी नहीं होती थी, कल आचार्य सार्वभौम ने हौसला दिया तो माधवी मेरी बहन ज़िद कर बैठी...। हाथ जोड़कर शिखि माहिति बोले।

—मेरे पास आने में हिम्मत की क्या आवश्यकता है...? संन्यासी फ़क़ीर के बारे में ऐसी जनधारणा ठीक नहीं...यह बात तो राजा मन्त्री के लिए कही जा सकती है।

—देव, मैं एक छोटा–सा कर्मचारी हूँ। राज्य के, मन्दिर का बही–खाता देखता हूँ और यहाँ राजा से लेकर बड़े–बड़े राज्य कर्मचारियों का आना–जाना बराबर लगा रहता है–बस इसी कारण से हिम्मत नहीं होती थी...। मुझे पता है आपकी करुणाशीलता के बारे में, शिखि माहिति धीरे–से बोले।

—माहिति, पर मुझे तो तुम्हारे जैसे लोगों का इन्तज़ार रहता है...कृष्ण भक्त का, जो दुनिया की बातों में प्रवीण न होकर कृष्ण भक्ति में प्रवीण हो...। दुनिया के छल–कपट से दूर...।

—देव, ऐसा मैं तो नहीं हूँ, पर मेरी बहन माधवी ऐसी अवश्य है देव, निर्मल निश्छल, भोली और कृष्णभक्त...तपस्वनियों–सी जीवन व्यतीत करती है।

—बहुत अच्छी बात है, उन्हीं का जीवन धन्य है, इस संसार में जो कुछ परम तत्त्व निश्चित रूप से निहित है, यदि उसकी झाँकी सध सके, उस पर श्रद्धा रहे तभी जीना सार्थक है, उसकी खोज ही परम पुरुषार्थ है।

—देव, मेरी बहन ने जीवन में बहुत दुख सहे हैं, मुरारी थोड़ा–सा आगे खिसककर बोला।

—सिर पर आये दुख को सहन करने में ही भक्ति है। दुख से डरना क्या, ईश्वर को छोड़कर किसी चीज़ से डरना ईश्वर को नहीं मानना है।

—देव, माधवी ने चलते वक़्त मुझसे कहा था देव से पूछना मनुष्य का कर्तव्य क्या है?

—बहुत अच्छे कार्य करना, जीवमात्र पर दया, कृष्ण या ईश्वर के नाम के साथ अपने को आत्मसात कर लेना...। जीवमात्र पर दया का अर्थ है जीवों की सेवा। सेवा करने से मन निर्मल हो जाता है...और अहंकार समाप्त हो जाता है। बहुत अच्छे कार्य करना तभी सम्भव है, जब सच्चाई के रास्ते पर चल रहे हों। जैसा खाये अन्न वैसा हो मन...। हमेशा सच्चाई से कमाई गयी राशि से ही जीवनयापन करे...और भगवत नाम एक क्षण के लिए भी विस्मृत नहीं करे...। महतजनों का संग करे...।

और बस उस दिन से शिखि माहिति के घर का स्वरूप ही बदल गया...। जहाँ पहले उदासी की एक पतली चादर–सी बिछी रहती थी वहाँ अब गुलाब के फूल खिल रहे थे और उन गुलाबों के फूलों के मध्य माधवी अपने प्रियतम श्रीकृष्ण के साथ विचरण करती थी...।

श्रीकृष्ण के लिए पोशाक बनाने हैं, उनके लिए भोग बनाने हैं, एक लाख नाम जपने हैं, अब सचमुच माधवी को एक पल की भी छुट्टी नहीं थी।

माधवी की सहेली देवकी ससुराल से लौटी तो माधवी से मिलने आयी। थोड़ी देर में ही बातचीत बीच में ही छोड़कर माधवी तीन बार उठी...। देवकी झल्ला गयी–माधवी, मैं तो यह सोचकर आयी थी तुम्हारे पास कि बैठकर दो–तीन घण्टे बैठकर गप्पें मारूँगी लेकिन देख रही हूँ न तुम्हें फुर्सत है और न तुम्हें मेरी ससुराल के सुख–दुःख की बातों में कोई रुचि...।

–देवकी...तुम्हारी सास की निन्दा सुनकर मैं क्या करूँगी...तुम्हारी कोई मदद तो कर नहीं पाऊँगी...वैसे भी देव ग्राम्य कथा सुनने और कहने दोनों से निषेध करते हैं., हँसती हुई माधवी बोली।

देवकी लौट गयी...पर माधवी के चमकते हुए चेहरे और उसकी निश्छल हँसी को देख बुदबुदाते जा रही थी–मुझसे तो लाख गुनी अच्छी स्थिति में माधवी है...सोचकर गयी थी दुखियारी है, कुछ देर रहूँगी तो उसे सुख मिलेगा... लेकिन उसे देखने के बाद, मैं ही उसके सामने दुखियारी लग रही हूँ...।

देवकी का सोचना बिल्कुल सही था...माधवी अब वह माधवी नहीं थी विधवा माधवी...अब उसने अमर सधवा बनने का निर्णय कर श्रीकृष्ण से नाता कर लिया था। शिखि माहिति और मुरारी भी अपनी प्यारी बहन के होंठों पर मुस्कान देखकर अब बहुत ख़ुश रहते थे।

लेकिन आज जब शिखि माहिति मुरारी के साथ कार्यालय पहुँचे तो उनका मन...कुछ खिन्न–सा होता जा रहा था...। बार–बार ध्यान माधवी की ओर जा रहा था...। किसी काम में उनका मन नहीं लग रहा था, आज हिसाब–किताब का अन्तिम दिन था...। मन रहे या नहीं आज बिना काम समाप्त किये घर जाना सम्भव नहीं था। उनका मन नहीं माना, उन्होंने मुरारी को घर भेज दिया–तुम घर चले जाओ...माधवी अकेली है...पता नहीं क्यों मेरा मन घबरा रहा है माधवी...की तबीयत तो ठीक थी न...?

–हाँ दादा तबीयत तो ठीक थी...पर मैं अभी जाता हूँ...। मुरारी चल दिया...।

साँझ बत्ती का समय हो गया था...। घर का दरवाज़ा बन्द था...बहुत धीमी–सी रोशनी घर के अन्दर से आ रही थी...मुरारी ने ज़ोर से दरवाज़े

की साँकल खटखटायी...। दरवाज़ा नहीं खुला...। मुरारी भी घबराया...कहीं माधवी बेहोश तो नहीं है...दिल ज़ोर–ज़ोर से धड़कने लगा...। कुण्डी को अपनी पूरी ताक़त लगाकर खटखटाया...तभी खट से दरवाज़ा खुल गया...। माधवी दरवाज़ा खोलकर एक क्षण भी नहीं रुकी, मुड़ गयी...वापस...घर के अन्दर और जाकर बैठ गयी...ठाकुर घर के सामने..., जहाँ एक दीपक... जल रहा था...टिमटिमाता हुआ...।

–माधवी तू ठीक है न...दादा आज पूरे दिन तुम्हारे बारे में सोच–सोचकर परेशान होते रहे...। तुमने दरवाज़ा खोलने में विलम्ब किया तो मेरी भी जान निकली जा रही थी...।

माधवी का मौन व्रत नहीं टूटा, मुरारी की ओर पीठ और श्रीकृष्ण विग्रह के सामने मुख रखकर खड़ी रही...।

–आरती हो गयी? मुरारी ने पूछा।

–हाँ, कहने के साथ माधवी का गला अवरुद्ध हो गया...। मुरारी माधवी के सामने आकर खड़ा हो गया...। माधवी का चेहरा आँसुओं से तरबतर था।

–माधवी तुम क्यों रो रही हो? तुम्हें क्या हुआ है? कुछ तो बोलो...। वर्षों बीत गये, तुम्हारी आँखों में किसी ने दुःख के आँसू नहीं देखे थे...। आज से बारह वर्ष पूर्व देव के दर्शन का तुम्हें सौभाग्य मिला था, उसके बाद तुम्हें हमेशा प्रसन्नचित्त देखकर मैं और दादा कितने ख़ुश थे पर आज क्या बात हुई जो हमारी बहन...सायंकाल में ठाकुर घर के सामने बैठी आँसू बहा रही है...?

–छोटे, दा...इसके सामने आँसू नहीं बहाऊँ तो किसके सामने बहाऊँ...? यही तो है जिसने द्रौपदी की लाज बचाई थी और आज मेरी भी, कहते–कहते माधवी रोने लगी।

मुरारी का मुँह खुला का खुला रह गया...क्या बोल रही है माधवी...? वैसे भी मुरारी का ख़ून जल्दी गर्म हो जाता है...उस पर भी माधवी की कोई बात हो तो फिर वह अपने को क़ाबू में कहाँ रख पाता है। मिनट भर में इसके नेत्र जलने लग गये...।

–माधवी कौन है वह निर्लज्ज? मुरारी दाँत पीसते हुए चिल्लाया...।

–छोटा हरिदास...। माधवी मुरारी को नहीं बताना चाहती थी...। उसे पता है मुरारी आगा–पीछा नहीं सोचता। पर उसकी भी ऐसी हालत नहीं थी अपने मस्तिष्क पर नियन्त्रण रख सके., निकल गया मुख से।

–उसकी इतनी हिम्मत...नीच...रावण...। साधु का वेश रखकर...इस तरह का घिनौना कृत्य करता है...। देव को कीर्तन सुनाता है नीच...। दादा इस नीच को कितना आदर करते थे...पर अब मैं उसे नहीं छोड़ूँगा, उस नीच को उसके किये की सज़ा देकर रहूँगा...।

माधवी उठकर मुरारी के सामने खड़ी हो गयी...।–छोटे हो तुम, ऐसा, कुछ नहीं करोगे...। तुम नहीं जानते इससे उस रावण का कुछ नहीं बिगड़ेगा...बदनामी केवल मेरी होगी...। दुनिया अग्नि परीक्षा सिर्फ़ सीता की लेती है...। रावण के सीताहरण करने के बाद भी राम उसे अपनी शरण में आने पर अयोध्या का राज देने को सहर्ष तैयार हो जाते हैं पर निर्दोष सीता को अयोध्या से निष्कासित कर देते हैं मुरारी, स्त्री जन्मजात दोषी अपराधिनी मानी जाती है।

मुरारी रुक गया...हिम्मत नहीं हुई माधवी की बात काटकर जाने की–'दादा को आने देते हैं, कहकर सिर थामकर बैठ गया।

–दादा भी क्या करेंगे...उनके विश्वास को कितनी ठेस लगेगी...? जिस दिन कोई साधु–वैष्णव नहीं आता...दादा कितने उदास हो जाते हैं। मेरे कारण आप दोनों ने ज़िन्दगी में कितने त्याग किये हैं...शायद ही दुनिया में कहीं ऐसे भाई हों, सुबकते हुए माधवी बोली।

शिखि माहिति को घर आने में थोड़ी देर हो गयी...। माधवी पर नज़र पड़ते ही चीख निकलते–निकलते बची। माधवी के मुँड़ाये हुए सिर को देखकर...उनकी साँसें थम गयीं...। पूरा समाज छोटी–सी बच्ची माधवी का सिर मुँड़ाने के लिए हाथ में नंगा अस्तूरा लिए खड़ा था पर किशोर शिखि माहिति डट गया, मेरी बहन के बाल नहीं कटेंगे... और उसी बहन के मूँड़े सिर को देखकर...वे काँप गये कृमाधवी, यह तुमने क्या कर लिया...?

–क्या पता दादा, वह राक्षस इन्हीं बालों को देख आकर्षित हुआ हो...मैं आईना देखती नहीं जो मुझे यह भी पता चले कि कैसी दिखती हूँ...। पर मैंने बाल आपको परेशान करने के लिए नहीं...मुँड़ाए हैं...आगे मेरे कारण आपको कोई परेशानी नहीं उठानी पड़े इसी से मुँड़ाया है, कहती हुई माधवी अपने कमरे में जाने के लिए मुड़ी।

माधवी के केशविहीन सिर को देखकर आश्चर्य से मुरारी की आँखें फटी रह गयीं।

'दादा...' कहकर रो पड़ा मुरारी एक बच्चे की तरह...।

माधवी रुक गयी–छोटे दा, मैंने आपको पीड़ा देने के लिए केश नहीं... मुँड़वाये...बल्कि इसके लिए मुँड़वाये हैं कि दूसरा रावण मेरे प्रति आकर्षित नहीं हो और वह साधु वेश में भिक्षा माँगने नहीं आये। माधवी अपने कक्ष में चली गयी...।

–कोई मुझसे भी कहेगा कि आख़िर बात क्या हुई है...? मुरारी, मुझे भी तो बताओ क्या बात है...? साधु...रावण...भिक्षा...मेरी कुछ समझ में नहीं आ रहा है?

–क्या बताऊँ दादा? मेरा मन खौल रहा है...उस नीच, नराधम छोटे हरिदास ने जो किया है।

–छोटे हरिदास ने? क्या किया है उन्होंने? उनके लिए इस तरह अपमानजनक शब्द का व्यवहार नहीं करना चाहिए, उनसे कोई भी ग़लती हुई हो पर वे तो साधु वेश में हैं।

–साधु वेश में तो रावण भी था दादा...।

–छोड़ो उन बातों को पहले यह बताओं हुआ क्या है?

–हम लोगों के घर से निकलते ही छोटा हरिदास आया था, दरवाज़े पर से एक–दो बार आवाज़ दी, माधवी रसोई में रन्धन कर रही थी...वह सुन नहीं सकी...। छोटा हरिदास...रसोई घर के अन्दर चला आया...। माधवी हड़बड़ा गयी...। छोटा हरिदास आपके पास आज तक जब भी कीर्तन सुनाने आया है, घर के अन्दर कभी प्रविष्ट नहीं किया था, उसे घर के अन्दर देख माधवी ने घबराकर पूछा–आप यहाँ स्वामी जी...?

उस नीच ने क़हा–भगवानाचार्य, देव को अपने यहाँ भोजन कराने वाले हैं। चावल की भिक्षा मुझे ही लाने को कहा है। मैं आपके घर के पास से गुज़र रहा था तो सोचा क्यों न आपके घर से ही देव के लिए सुगन्धित चावल ले जाऊँ...।

माधवी प्रसन्न हो गयी, देव भोजन करेंगे। उसने तुलसी, फूल, चावल हरिदास को दे दिया...। उस अधम ने चावल लेने के बाद माधवी का हाथ पकड़ लिया...बोलते–बोलते मुरारी क्रोध से हाँफने लगा।

शिखि माहिति तो पत्थर के बन गये...न हिले, न डुले, न काँपे..., थोड़ी देर बाद हे जगन्नाथ! कहकर सिर पकड़कर बैठ गये...। उन्हें विश्वास नहीं हो रहा था छोटा हरिदास ऐसा कर सकता है...? देव के सान्निध्य में रहने वाला साधु...इतना पतित हो सकता है?

–फिर...? शिखि माहिति काँपते स्वर से पूछे।

–फिर क्या दादा...? अब आप माधवी से ही पूछिए...मैं इसके आगे पूछने की हिम्मत नहीं कर सका।

थरथराते पाँव और मन में उठते बबंडर के मध्य झूलते शिखि माहिति माधवी के कमरे में पहुँचे तो माधवी टकटकी लगाये छत निहार रही थी...।

'माधवी...।' काँपते स्वर में पुकारा। माधवी उठकर बैठ गयी...।

–माधवी तू ठीक तो है न...।

–ठीक हूँ दादा...रावण आया तो था भिक्षा माँगने पर अपहरण नहीं कर सका, श्रीकृष्ण ने मेरी लाज बचा ली, माधवी अपनी सिसकियों पर क़ाबू नहीं रख पायी।

–चुप हो जा माधवी...हिम्मत से काम ले। तू तो श्रीकृष्ण भक्त है... उन्होंने अन्याय से लड़ने के लिए कहा है...। उसने तुझसे कुछ कहा भी...?

–कामातुरनर पिशाच क्या कहेगा दादा...? यही कहा कि बहुत दिनों से उसका मन मेरी तरफ़ आकर्षित था...। जब आपके पास भी आता था तो...मुझे ही देखने। दूर से ही देखकर सन्तोष कर लेता था पर आज उसका संयम टूट गया और अपने पर नियन्त्रण नहीं रख पाया...। मैंने उसे बाहर की ओर ठेलकर रसोई घर का दरवाज़ा बन्द कर लिया...। बहुत देर तक रसोई घर में ही बन्द रही...। कई घण्टे बाद डरते–डरते रसोई घर से निकली तब तक वह जा चुका था।

शिखि माहिति घर से निकल गये, गुस्से में काँपते, क्षोभ में व्यथित, कार्यालय से आकर एक गिलास पानी भी नहीं पीया था। इतनी रात को दादा को घर से निकलते देख माधवी डर गयी। उसने मुरारी को आवाज़ दी,–छोटे दा, दादा को रोको। मुरारी को रोकने की हिम्मत तो नहीं हुई, उनके पीछे हो लिया...।

दौड़ती हुई माधवी, शिखि माहिति के चरणों पर गिर पड़ी–दादा, आप कहीं मत जाइये...। उसको कोई दण्ड नहीं मिलेगा...। बदनामी सिर्फ़ मेरी होगी...। आज तक सीता माँ पर सवाल उठ रहे हैं कि उसने रावण को क्यों भिक्षा देने के लिए चौखट से बाहर अपने क़दम बढ़ाये...? मैंने चौखट से बाहर क़दम भी नहीं बढ़ाया है पर दादा...मैंने विधवा युवती होकर अपने बाल नहीं काटे थे...समाज आपसे ही सवाल पूछेगा...। आप क्या जवाब देंगे...? मेरे साथ–साथ आपको भी जलील होना होगा...।

शिखि माहिति अपनी निर्दोष बहन को इस तरह अपने पैरों पर निढाल पड़ी देख दुख और विक्षोभ से भर गये...।

हाय रे दुनिया...निर्दोष स्त्री...डर रही है...। कहाँ जायें स्त्रियाँ...? अपने घर तक में सुरक्षित नहीं...इन नीच भेड़ियों की वजह से...। बेचारी माधवी न घर से कहीं बाहर जाती है, न श्रृंगार करती है और न किसी से बातें करती है, न मिलती जुलती है। बात करना तो दूर...नज़र उठाकर भी किसी को नहीं देखती...। फिर भी समाज से वही डर रही है, कौन लेगा इस अबला का पक्ष? साधु हो या संन्यासी कोई भी हों, अपने समाज पर इतनी बड़ी कालिख लगाने के लिए तैयार नहीं होंगे। परन्तु उस नीच को दण्ड तो मिलना ही चाहिए...।

शिखि माहिति ने पैरों पर पड़ी माधवी को उठाकर उसके सिर को सहलाते हुए बोलना चाहा, पर सिर पर केश कहाँ था जो हाथ फिसलता? चिकने सिर पर हाथ रुक गया। अवरुद्ध गले से वे बोल पाये—माधवी, धीरज रख, तेरी रक्षा सदा जगन्नाथ जी ने की है, और आगे भी वे ही करेंगे, पर...उसे दण्ड दिलाना होगा।

—पर दादा कौन देगा उसको दण्ड...?

—चैतन्यदेव..., हाँ देव देंगे उसको दण्ड...शिखि माहिति ने विश्वस्त स्वर में कहा।

—पर दादा, देव क्या सोचेंगे, मेरे प्रति भी क्या धारणा बनायेंगे...? दादा देव की नज़रों से गिर कर फिर कहाँ की रहूँगी...?

—माधवी..., देव क्या हमारी तुम्हारी तरह साधारण इन्सान हैं जो निर्दोष में दोष ढूँढ़ेंगे? वे असाधारण हैं, असाधारण निर्णय ही लेंगे...। और वैसे कुछ भी हो, मैं उनसे बिना बताये नहीं रह सकता और यदि उन पर तुम्हारी अखण्ड आस्था है तो छिपाव का कहाँ स्थान बचता है? मेरी प्यारी बहन, वे क्या तुझे बदनाम होने देंगे? तुझे कोई अग्नि परीक्षा नहीं देनी पड़ेगी...सीता माँ तो जगज्जननी है, वह सब ईश्वर की लीला है।

बात देव पर आस्था की थी और माधवी को तो उन पर अटूट आस्था थी, अब दादा को जाने से रोकने का सवाल ही नहीं था...। शिखि माहिति चले गये...पर मुरारी को वहीं रोक दिया—तुम यहीं रुको माधवी के पास... काफ़ी रात हो गयी है...दो से कम नहीं बज रहे होंगे। मैं अभी ही जाता हूँ...देव के जागते ही, उनसे बताऊँगा...।

—सूर्योदय होने का इन्तज़ार तो कर लीजिए...दादा।

—अब इन्तज़ार भी वहीं करूँगा। कहकर चल दिये...शिखि माहिति।

पर इन्तज़ार का सवाल ही कहाँ था...? आश्चर्य नहीं, परम आश्चर्य... देव गम्भीरा मठ के मुख प्रांगण में ही मिल गये...तुलसी के पौधों के बीच... चहलक़दमी करते हुए, वे गुनगुना रहे थे–

'राम राघव राम राघव राम राघव रक्षिमाम,
कृष्ण केशव कृष्ण केशव कृष्ण केशव पाहिमाम।

अभी जाऊँ या नहीं ? शिखि माहिति सोच ही रहे थे कि उन्हें ज़ोर से छींक आयी...नाक को दबाया तो अवश्य पर नीरव रात्रि में छींक की आवाज़ दब नहीं पायी।

–कौन...?

–मैं...शिखि...

–अभी, इस वक़्त...?

–रोक नहीं सका अपने को देव, अभी इस स्थान पर आपके दर्शन होंगे अकल्पनीय है सोचा तो यही था कि आपके जाग्रत होने का इन्तज़ार करूँगा, आप यहाँ कैसे देव...?

–शाम से ही मन बोझिल है...नींद नहीं आ रही थी, इससे उठकर आ गया माँ वृन्दा के पास...माँ ही तो ढाढस दे सकती हैं।

–पर देव कुपुत्र माँ का भी तो शील हरण कर लेता है...।

–वह नराधम है, पतित है...

–और यदि शीलहरण करने वाला साधु हो तब...?

–तो वह महाअधम है...महापतित...उससे अच्छे राक्षस...।

–कोई साधु किसी स्त्री से दुराचार करने की चेष्टा करता है और स्त्री निर्दोष हो तो...?

–स्त्री हमेशा निर्दोष होती है...प्रलोभन देकर पुरुष उसे भरमाते हैं...। पातिव्रत धर्म के नाम पर उन्हें आत्मा, परमात्मा, भक्ति, मोक्ष जैसे तत्त्वों से अलग रखते हैं और वे अलग रहती हैं...। स्त्रियाँ दुराचारी पति की भी दुराचार में सहायिका बनती हैं ताकि उनका लोक–परलोक सुधरा रहे...। उन्हें यह पता ही नहीं कि अनाचार का साथ देना हमेशा ग़लत है...ग़लती करने वाला भले ही उसका पति क्यों न हो।

स्त्रियाँ भोली होती हैं, उन्हें क्रूर और चालाक पुरुष, चाहे वह साधु हो या संसारी अपने वाग्जालों में फँसा लेता है...और जब बेचारी जाल में फँस जाती है तो पूरा समाज और वह व्यक्ति सदाचारी बनकर सारा दोष उस बेचारी अबला पर डाल देता है...। इसी से तो माहिति...

मैंने हमेशा अपने साथ रहने वाले साधुओं से कहा है, स्त्रियों से कम–से–कम मेलजोल रखो...। जब तक स्त्रियाँ अपना भोलापन नहीं छोड़तीं तब तक उनका शोषण नहीं रुक सकता...। और सबसे मुख्य बात यह है कि इसी से हमने स्त्रियों के संग की भी मनाही की है, दरअसल पुरुष स्त्रियों को मानव तक नहीं समझते..., तो अपने समकक्ष कैसे समझ सकते हैं? सिर्फ़ कमतर ही नहीं मानते हैं, भोग्या मानते हैं, भोग की वस्तु...मानते हैं...।

जब तक पुरुष वर्ग की मानसिकता नहीं बदलती, जब तक साधुओं की मानसिकता नहीं बदल जाती..., जब तक वे स्त्री को मानव या व्यक्ति नहीं समझने लगते हैं तब तक मैं यही कहता रहूँगा तुम लोग स्त्रियों से दूर रहो...। पर तुम ऐसी बात क्यों कर रहे हो...? क्या किसी साधु ने इस तरह का नीच कुकृत्य किया है...?

–हाँ देव...।

–किसने...? चैतन्यदेव की भी आवाज़ काँप गयी।

–छोटा हरिदास...।

कुछ देर के लिए जैसे देव की साँसें थम गयीं, निस्तब्ध नीरवता के परिवेश में पेड़ के पत्तों ने भी जैसे हिलना–डुलना बन्द कर दिया...।

–कौन है वह निर्दोष स्त्री...? बड़ी मुश्किल से पूछ पाये देव...।

–आपकी शरणापन्न माधवी., फूट–फूटकर रो पड़े शिखि माहिति...ठीक उसी तरह जैसे घर में माधवी रोयी थी, रोते रहे शिखि माहिति...।

–क्या–? देव को भी अपने कानों पर विश्वास नहीं हुआ...। कृष्ण भक्तों में सर्वश्रेष्ठ स्त्री, तपस्विनी, सदाचारिणी! माधवी क्या बीत रही होगी उस पर? चैतन्यदेव की गर्दन शर्म और क्षोभ से झुकती चली गयी...। इतनी झुक गयी कि हिम्मत नहीं हो रही थी कि शिखि माहिति से आँखों को मिला सकें।

क्या कहें शिखि माहिति से...? क्या सन्देश दें माधवी को...? हरिदास ने ऐसा दुष्कृत्य करने का दुस्साहस कैसे किया...? यदि उसे ब्रह्मचर्य का पालन कठिन लग रहा था...गृहस्थ धर्म स्वीकार कर लेता...। इन्हीं सब कारणों से तो मैंने संन्यासी नित्यानन्द को गृहस्थ बनने का आग्रह किया और श्रीपाद अपनी निन्दा की परवाह न करते हुए भी गृहस्थ बन गये, जबकि न उन्हें काम सताता था; न क्रोध और न लोभ...। नित्यानन्द का उदाहरण था हरिदास के सामने। उसने इस कुकृत्य को किया है तो उसका दण्ड उसे भोगना ही होगा...चाहे पृथ्वी इधर से उधर चली जाय...।

बहुत साहस करके चैतन्यदेव अपनी डबडबायी आँखों और जुड़े हुए हाथों के साथ खड़े हो पाये शिखि माहिति के सामने—मुझे क्षमा कर दीजिए..., आपने, माधवी ने जो इस मर्मान्तक पीड़ा को झेला है उसके लिए...मैं भी ज़िम्मेवार हूँ...। अवश्य ही मुझमें ही कोई कमी होगी...तभी तो हरिदास ने यह दुस्साहस किया है...। पर विश्वास कीजिए...उसे कठोर से कठोरतम सज़ा मिलेगी जिससे सिर्फ़ वह नहीं...दूसरे साधु भी ऐसे कृत्य को करने के पहले सौ बार सोचेंगे।

—पर देव...इससे माधवी की बदनामी..!

—आप इसकी फ़िक्र मत करो माहिति...मैं समझ सकता हूँ। माधवी आपकी भगिनी है पर वह केवल आपकी बहन ही नहीं है मेरी भी माँ है, ऐसी माँ जो सर्वश्रेष्ठ कृष्ण भक्त है...। उससे कहिएगा...वह अपने श्रीकृष्ण पर भरोसा रखे...वे सदा उसकी रक्षा ही नहीं करेंगे, उस पर हमेशा अपनी कृपा दृष्टि बनाये रखेंगे...। उसकी बदनामी का प्रश्न ही नहीं उठता। भले ही हरिदास को कठोर दण्ड देने के लिए मुझे बदनामी उठानी पड़े...मैं उठाऊँगा...। कठोरता का जितना भी आवरण ओढ़ना पड़ेगा मैं ओढ़ूँगा...। बदनामी के एक भी छींटे माधवी तक कभी नहीं जायेंगे...। अब आप भी इस बात को, इस दुविधा को, इस चिन्ता को सब मेरे पास छोड़ जाइये...।

शिखि माहिति सरल निष्कपट और भोले—भाले तो थे ही, जगन्नाथ के भक्त भी थे और चैतन्यदेव के भी...सचमुच अपना दुख, क्षोभ दुविधा सब छोड़कर सहज होकर घर आ गये।

लेकिन चैतन्यदेव सहज नहीं रह पाये। मन में दण्ड देने को लेकर एक रत्ती दुविधा नहीं थी, दण्ड तो देना ही था पर कठिनतम दण्ड क्या हो सकता है? लोग दण्ड का कारण पूछेंगे, कारण तो वे नहीं बता पायेंगे, माधवी के सम्मान का सवाल है और फिर उसके भाई को वचन भी दिया है...।

चैतन्यदेव के जीवन की यह पहली घटना है जब किसी व्यक्ति से उन्हें घृणा हुई...। हरिदास यदि साधु नहीं रहता तो भी शायद देव इतने दुखी नहीं होते...।

समाज में जो व्यभिचारी के रूप में चिह्नित है उससे तो स्त्रियाँ सावधान भी रहती हैं पर एक साधु...उस पर कितनी आस्था रखता है समाज...। अपने भोजन करने से पहले साधु को कराता है...। अपने बैठने से पहले उसे बैठाता है...। उसकी पद धूलि ही नहीं लेता, बल्कि गृहस्थ अपने को राई मानता है और साधु को पर्वत...। यह साधु ऐसा ही...पाषाण है जिसे

समुद्र में डूब जाना चाहिए...। चैतन्यदेव इन्हीं विचारों के सागर में हिचकोले खा रहे थे कि गोविन्ददास बोल उठा था–देव भगवानाचार्य के यहाँ भिक्षा करने का समय हो गया...।

भगवानाचार्य के यहाँ से भोजन करके लौटते ही देव ने तो गोविन्ददास से कह दिया–हरिदास को मेरे पास आने से मना कर देना...अब मैं उसका मुँह नहीं देख सकता...।

–क्यों देव...गोविन्ददास, आज तक देव को इतना क्रोधित होते कभी नहीं देखा था...।

–उसने स्त्री से सम्भाषण किया है कहकर जल्दी से चले गये गम्भीरा कक्ष में। गोविन्द सन्न रह गया...स्त्री से सम्भाषण...इसके लिए इतनी बड़ी सज़ा...।

जिसने सुना वही आश्चर्यचकित रह गया...स्त्री संभाषण या स्त्री से भिक्षा लेना इतना बड़ा अपराध तो नहीं? पर देव अपने फ़ैसले पर अड़े रहे...।

स्वरूप ने भक्तों को समझाया–हो सकता है देव...संन्यासियों के सामने एक कठोर आदर्श रखना चाहते हों...हम लोग जहाँ तक हो सके इस आदर्श पर चलने की कोशिश करें। भक्त संन्यासी तो मान गये पर परमानन्द पुरी नहीं माने...आख़िर वे चैतन्यदेव के गुरु के गुरुभाई थे...। एक बार जब देव ने भोजन की मात्रा बहुत कम कर दी थी और हर किसी के भोजन की मात्रा बढ़ाने के आग्रह को अनसुना कर दिया था, लेकिन इनकी बात नहीं टाल पाये थे, गुरु तुल्य जो थे...।

गुरु तुल्य होने के कारण परमानन्द पुरी निःसंकोच अपनी बात कह सकते थे–चैतन्यदेव, तुमने हरिदास को इतनी कठोर सज़ा देकर सही नहीं किया है...। सात दिन हो गये उसने अन्न–जल ग्रहण नहीं किया है। उसे कुछ हो गया तो अपराध किसे लगेगा?

–मैं अपराध लेने के लिए प्रस्तुत हूँ पुरी महोदय, देव ने दो टूक शब्दों में कह दिया।

–इतनी कठोरता...एक संन्यासी के लिए सही नहीं। साधु एक चींटी तक मारने के दोष लेने की कल्पना से घबराता है और तुम हरिदास के मरने का अपराध लेने को तैयार हो...?

–हाँ...यदि इस अपराध के कारण मुझे नरक भी जाना पड़े तो मैं जाने के लिए सहर्ष तैयार हूँ...महोदय, आप मुझ पर दबाव न डालें, चाहे कुछ हो जाये...मैं उसका मुँह नहीं देखूँगा...।

परमानन्द पुरी समझ गये अभी गुरुआई काम नहीं आयेगी...इस बात को चैतन्यदेव ने गुरुआई से भी बड़ा मान लिया है...।

सात दिन हो गये थे छोटे हरिदास को अन्नजल ग्रहण किये हुए...। स्वरूप दामोदर का मन नहीं माना...। अब देव को कहने का तो सवाल ही नहीं था, इसी से छोटे हरिदास को ही समझाया–शरीर रहेगा तभी तो देव का दर्शन भी करोगे या भजन करोगे...। अन्न–जल ग्रहण करो और कहीं दूर से तुम देव का दर्शन कर लिया करना। पर वे तुम्हें नहीं देख पायें इस बात का ख़याल रखना...।

जीवन का मोह किसे नहीं होता। सात दिनों में इतनी कमज़ोरी आ गयी थी कि उठा भी नहीं जा रहा था...। छोटा हरिदास किसी तरह उठकर खड़ा हो पाया।

पर बहुत शीघ्र ही छोटे हरिदास को अपना जीवन भार लगने लगा, धीरे–धीरे...सब उससे कन्नी काटने लगे...। जगन्नाथपुरी में एक भी ऐसा व्यक्ति नहीं था जो उससे सहर्ष बात करने को तैयार था।

छोटा हरिदास मुस्कुराते हुए सोमू की दुकान पर पहुँचा–कैसे हो सोमू बेटा...? सुनते ही सोमू का पिता बोल उठा–बेटा, देव आते ही होंगे तुम मार्ग पर ज़रा झाड़ू लगा दो। हरिदास अपना मुँह लेकर चला गया।

कभी–कभी छोटे हरिदास की इच्छा होती थी धरती फट जाये वह उसी में समा जाये। भक्तों की स्वीकार्यता के लिए अपने जी भर प्रयास किया। वक्रेश्वर पण्डित के घर कीर्तन हो रहा था। छोटा हरिदास का कण्ठ मधुर था, गाता भी बहुत अच्छा था...शास्त्रीय संगीत का भी ज्ञान था। कहीं भी संकीर्तन हो तो संगीत विशेषज्ञ और गवैये की क़द्र नहीं होगी तो भला किसकी होगी...? इसी सोच ने हरिदास को कीर्तन में जाने के लिए प्रेरित किया, वहाँ पहुँचकर जैसे ही खोल हाथ में लिया...वक्रेश्वर पण्डित उठकर चल दिये, उनके बाद एक–एक कर सब निकल गये...।

छोटा हरिदास समझ गया...अब दुनिया हाथ से गयी। न चैतन्यदेव डिगे न समाज...। जगन्नाथपुरी में रहना भारी पड़ने...लगा। मन मारकर प्रयाग चला गया...।

अद्वैताचार्य जब अगले साल नीलांचल आये थे तब पूछा था देव, छोटा हरिदास कहाँ है?

–अपने कुकर्मों की सज़ा कहीं भुगत रहा होगा...चैतन्यदेव ने उपेक्षापूर्वक कहा था।

देव, मैंने सुना है उसने प्रयाग में संगम के पावन तट पर आत्मघात कर लिया, त्रिवेणी की बहती धारा में आपका स्मरण करते–करते कूद गया...। '

'च्च, च्च...' गोविन्ददास, स्वरूप और जगदानन्द के मुख से निकला। पर देव..., जिनका हृदय मोम की तरह था, पाषाण की तरह बैठे रहे...। अद्वैताचार्य को लगा शायद देव सुन नहीं पाये, इसी से फिर दुहराया–देव, छोटा हरिदास...त्रिवेणी में...

–सुन लिया आचार्य...पता नहीं उसके पापों के प्रायश्चित्त कराने की शक्ति त्रिवेणी में भी है या नहीं...? उसने जैसे कर्म किये...उसके लिए मेरे मन में कभी भी संवेदना के अंकुर भी नहीं फूट सकेंगे। हो सकता है आप हमें कठोर समझें, हमारे निर्णय से सहमत नहीं हों, पर आचार्य, इस विषय पर पूरी दुनिया मेरा साथ छोड़ दे तो भी छोटा हरिदास मेरी नज़र में अपराधी रहेगा, मुझे अपने निर्णय पर...कोई अफ़सोस नहीं...।

–देव...जगदानन्द ने कुछ कहने का प्रयास किया। पर आचार्य ने आँखों से ही मना कर दिया...विराम। पूर्ण विराम, आज से छोटे हरिदास की कोई चर्चा नहीं होगी। उसके बाद इसकी चर्चा बन्द तो नहीं हुई पर देव से किसी ने चर्चा नहीं की...।

38

देव लम्बी साँस लेते हुए उठ खड़े हुए...एकटक देखते रहे हरिदास की समाधि को, देव हरिदास से सम्भाषण कर रहे थे–हरिदास एक आप हैं..., नाम तो उसका भी हरिदास था...पर कितना फ़र्क़ है आप में और उसमें उतना ही जितना दिन और रात में होता है, जितना पाप और पुण्य में होता है...। तभी तो आपको एक मिनट के लिए भी मन भूलना नहीं चाहता और उसका नाम भी कोई लेता है तो असह्य पीड़ा होने लगती है...।

देव समाधि से आगे जा रहे थे, समुद्र की ओर...सागर तट पर...। सागर की लहरें उठती–गिरती आ रही थीं और अपने साथ समेटे जा रही थीं...तट पर फैले फूलों को भी और ग़न्दगी को भी...। उसे देखते ही देव के मन में आया मृत्यु भी तो इसी प्रकार...अपने साथ समेट लेती है सारी चीज़ें...अच्छाई को भी, बुराई को भी..., पर नहीं...अच्छाई को कहाँ समेट ले जाती है मृत्यु...? हरिदास की अच्छाइयाँ अभी भी यत्र–यत्र सुगन्ध बिखेर

रही हैं मेरे हृदय की स्मृतियों में आज भी एक सुखद अनुभूति की धरोहर के रूप में विद्यमान हैं और छोटे हरिदास की बुराइयाँ अभी कहाँ समाप्त हुई हैं, अभी भी हृदय के कोने में मर्मान्तक टीस देती हैं कि उसने पूरे साधु समाज को बदनाम कर दिया।

चैतन्यदेव के पाँव को स्पर्श करती हुई सागर की लहरें लौट गयीं...। कुछ देर उन लहरों को देखते रहे...देव...फिर आगे बढ़ गये...। किनारे–किनारे चलते बहुत दूर निकल आये...। नज़र घुमाकर देखा तो हरिदास की समाधि बहुत पीछे छूट गयी थी, बहुत आगे निकल आये थे...। थककर उसी पुलिन पर बैठ गये...। सफ़ेद पुलिन पर बैठते ही धीरे–धीरे अपने कर को उस पर फेरने लगे...। कर फेरते–फेरते कब...वह सागर का किनारा यमुना के पुलिन में बदल गया...देव को पता ही नहीं चला।

देव के शरीर में एक साथ सभी सात्विक भाव प्रकट होने लगे...। शरीर स्तम्भित हो गया, कुछ देर पश्चात कँपकँपी पैदा होने लगी, शरीर में स्वेद छूटने लगा...। आँखों से आँसुओं की धारा प्रवाहित होने लगी। चैतन्यदेव गाने लगे–

आशिलस्य वा पादरतां पिनष्टु मा
मद दर्शनात्मर्महतां करोतु वा
यथा तथा वा विदधातु लम्पटो
मत्प्राणनाथस्तु स एवं नापरः।।

हे सखी! इन व्यर्थ की बातों में क्या रखा है? तू मुझे उस श्रीकृष्ण के गुणों को क्यों नहीं सुनाती है? चाहे वह दयामय हो या निष्ठुर मैं तो अपना सर्वस्व उस पर वार चुकी...।

न जाने कितने घण्टे बीत गये...चैतन्यदेव इसी अवस्था में बैठे रहे–गाते रहे, पुकारते रहे 'प्राणनाथ...हा प्रियतम श्यामसुन्दर' ठीक वैसे ही जैसे ब्रज में श्रीकृष्ण वियोग की पीड़ा में राधा पुकार रही हो।

जब चैतन्य हुए चैतन्यदेव तो सामने जगदानन्द को देख सकुचा गये–क्या हो जाता है जगदानन्द...पता ही नहीं चलता...।

–वही जो राधा जी को होता है श्रीकृष्ण के लिए..., गोपियों को होता है श्रीकृष्ण के लिए..., देव को होता है कृष्ण के लिए...।

–पर देव आपसे एक बात पूछूँ...? सागर तट पर अपनी अँगुलियों से आड़ी–तिरछी रेखा खींचते हुए चैतन्यदेव से जगदानन्द ने कहा।

–पूछो, दूर से आती ऊँची लहरों पर नज़र टिकाये देव ने कहा।

–लगभग चौबीस साल पहले आपने संन्यास लिया था...। उस दिन से आपने स्त्रियों से नहीं के बराबर सम्पर्क रखा है। उस समय से मैं लगभग आपके साथ ही रहा हूँ, पर एक बात समझ में नहीं आती देव कि स्त्रियों से हमेशा इतनी दूरी बनाकर रखने वाले देव का अन्तस् स्वयं एक स्त्री का कैसे हो गया?

तभी सागर ने गर्जना की, जगदानन्द की आवाज़ दब गयी...शायद देव ने कुछ नहीं सुना, सोचकर जगदानन्द ने फिर कहा–देव, मैं ज़्यादा पढ़ा–लिखा नहीं हूँ...न शास्त्र पढ़ा है और न सुना है, न मेरी शास्त्र पढ़ने में रुचि है और न सुनने में। इतना जानता हूँ...माधुर्य भाव उत्तम है...पर आपके बारे में सोचकर आश्चर्यचकित हूँ कि आप स्त्रियों से इतनी अधिक दूरी बनाकर रखने के बावजूद स्वयं अन्दर से स्त्री कैसे बन गये...?

–प्रेम करना तो स्त्रियाँ ही जानती हैं जगदानन्द...पुरुष कहाँ जानते प्रेम क्या है? जानें भी तो कैसे...उनके पास प्रेम करने लायक हृदय कहाँ है? जब दुनियावी प्रेम करना पुरुष नहीं जानते तो श्रीकृष्ण से कोई पुरुष कैसे प्रेम कर सकता है, उसके लिए तो स्त्री बनना ही पड़ेगा...।

–क्यों अर्जुन, उद्धव..., सुबल, श्रीदाम, नन्द बाबा उनसे प्रेम नहीं करते थे..., देव?

–करते थे, पर प्रेम की पराकाष्ठा तो गोपी और श्री राधा जानती थी...प्रेम करना पुरुषों के वश की बात नहीं...।

–फिर आप स्त्रियों की इतनी उपेक्षा क्यों करते हैं? जगदानन्द से पूछे बिना रहा नहीं गया, कितने दिनों से यह अनुत्तरित प्रश्न परेशान कर रहा था।

–पगले..., कौन कहता है मैं उनकी उपेक्षा करता हूँ, वे माँ हैं, हमारी जगज्जननी...। हमारे लिए सभी स्त्रियाँ पूज्या हैं। जगदानन्द, बहुत पहले, बाल्यावस्था में जब दादा बिना बताये संन्यास लेने गृह त्याग कर चले गये थे, तब माँ–बाबा बहुत परेशान रहते थे...। उसी समय माँ–बाबा के साथ मैं तारापीठ गया था...पास ही है, नवद्वीप से गंगा किनारे–किनारे नाव से गया था।

श्मशान घाट के किनारे माँ तारा का मन्दिर है उसके चारों ओर औघड़ों का जमघट लगा था.। उन सभी के साथ कम–से–कम एक स्त्री तो ज़रूर थी...। माँ का उपासक एक दूसरी जीती–जागती माँ को साधना के नाम पर उसके शरीर का शोषण कर रहा था। वे स्त्रियाँ कभी हँसतीं,

कभी रोतीं, कभी चिल्लातीं..., कभी पागलों जैसा अट्टहास लगातीं तो कभी भक्तों की तरफ़ इशारा करतीं...। मैं क्या बताऊँ जगदानन्द उसी दिन से मुझे लग गया—ये नरपशु इस योग्य नहीं कि स्त्रियों के साथ सम्बन्ध रख सकें...। जब तक पुरुष इतने सभ्य नहीं हो जाते कि वे स्त्रियों को अपने समकक्ष समझने लग जायें...मनुष्य समझने लग जायें तब तक स्त्रियों के साथ इनकी दूरी ही ठीक है। जिस दिन पुरुष स्त्रियों को भोग्या नहीं मानकर व्यक्ति मानने लगेंगे उस दिन से साधुओं के लिए भी यह बात गौण हो जायेगी...।

—देव क्या बिंना स्त्री बने प्रेमा भक्ति की प्राप्ति हो ही नहीं सकती...?

—कैसे होगी...? प्रेम रहेगा तभी तो प्रेमाभक्ति होगी...प्रेम तो गोपियों ने किया था...अपने स्वसुख के स्थान पर चाहती थीं अपने प्यारे श्यामसुन्दर का सुख...। ऐसा एक भी उदाहरण पुरुषों के पक्ष में ढूंढने पर भी मिलेगा? नहीं न, न लौकिक जगत् में और न पारलौकिक जगत् में।

लौकिक जगत् का ध्यान आते ही चैतन्यदेव की आँखों के आगे आकर खड़ी हो गयीं शची माँ। वह माँ, जिसने अपने कलेजे पर पत्थर रखकर इनकी ख़ुशी की ख़ातिर, इनके सुख के लिए...इन्हें संन्यासी बनने की अनुमति दे दी, भले ही स्वयं उन्हें मर्मान्तक पीड़ा से गुज़रना पड़ा। उनके निमाई को अपने धर्म से च्युत नहीं होना पड़े इसके लिए यह भी नहीं कहा कि कम—से—कम वह उनकी आँखों के सामने नवद्वीप में ही कुटिया बनाकर रहे। अपने एकलौते बेटे के वियोग में डूबी माँ दुख से कातर हो रही थी पर रसोई घर में पुत्र का मनपसन्द भोजन बनाने झुकी कमर से लगी रही...। शची माँ की प्रसन्नता...निमाई के भोजन करने में है.। कैसे कर सकता हूँ मैं स्त्रियों की उपेक्षा करने का पाप...चैतन्यदेव की आँखें शची माँ के स्मरण से डबडबा गयीं।

और...विष्णुप्रिया...जो माधुर्य प्रेम की जीती—जागती उदाहरण है...। सच कहें तो माधुर्य प्रेम की दीक्षा देने वाली...प्रथम गुरु तो वही है...। उससे मिलने के पहले मुझे कहाँ ज्ञात था प्रेम के इस स्वरूप का जिसमें व्यक्ति स्वयं से भी ज़्यादा प्रेम अपने प्रेमी से करने लग जाता है...। विष्णुप्रिया अपने सुख के बारे में कब सोचती थी, हर हमेशा...उसको एक ही बात का ध्यान रहता था कि मुझे कैसे सुख मिले। उसकी सारी गतिविधियाँ इसी विचार के इर्द—गिर्द घूमती रहती थीं। उसका सँवरना—सजना, नये वस्त्र पहनना, हँसना, रोना तक मेरी ख़ुशियों के लिए था...।

यदि विष्णुप्रिया मेरे जीवन में नहीं आयी होती तो इस साधना को समझने में कितने वर्ष लग जाते जो विष्णुप्रिया ने मात्र एक साल में सिखा दिया... उपदेश देकर नहीं...आचरण के द्वारा...।

चैतन्यदेव की आँखें पुनः पनीली होने लगीं, देव अपनी बन्द आँखों में बुदबुदा रहे थे–विष्णुप्रिया, तुमने मुझसे मेरा खड़ाऊँ माँगकर मुझे अपने गुरु के पद पर बैठा दिया...पर सच्चाई यही है विष्णुप्रिया कि तुम मेरी पहली गुरु हो...। तुम्हारे प्रेम को ही देख मैंने श्रीकृष्ण से प्रेम करने की शिक्षा ली। निमाई पण्डित हमेशा गौर प्रिया का ऋणी रहेगा कि उससे ही प्रेम की दीक्षा लेकर वह कृष्ण चैतन्य बन सका...। और कृष्ण चैतन्य भी विष्णुप्रिया का आजीवन ऋणी रहेगा। विष्णुप्रिया ने चैतन्यदेव की मर्यादा का हर पल सिर्फ़ ध्यान ही नहीं रखा है...इतना ध्यान रखा कि अपने बारे में सोचना ही भूल गयी...। चैतन्यदेव ने अपनी आँखें मींच लीं...।

–अच्छा देव...एक प्रश्न करूँ...? जगदानन्द भी आज अपनी ही रौ में था जैसे सारे सवाल आज ही कर लेगा...।

'कह मेरी माँ...। शची माँ की जगह तो तूने ही ले ली है न। तू कहता है मैं अन्दर से गोपी बन गया हूँ और तुम...क्या बन गये हो अन्दर से... माँ...मेरी माँ...। हँसते हुए चैतन्यदेव ने कहा।

–आप शची माँ का ख़याल रखते हैं। उनकी सेवा के लिए, दामोदर, कृष्णदास को भेजा भी...। पर मुझे ऐसा क्यों लगता है कि आप सिर्फ़ ऊपरी मन से अपने कर्तव्य का निर्वाह कर रहे हैं...? उन लोगों के प्रति मन में कोई गाढ़ा भाव नहीं है...।

चैतन्यदेव चौंके–जगदानन्द, लगता है, सिद्ध हो गया तभी तो मन के भाव को इतनी जल्दी पढ़ लेता है।

फिर मुस्कुराक़र बोले–तुम्हें क्या लगता है जगदानन्द, मैं पाषाण हृदय हूँ!

–नहीं–नहीं देव, पूरी दुनिया के लिए तो नवनीत सरीखे हो...पर...।

–पर क्या...ये पूरी दुनिया हमारे गोपाल की ही तो है...। जब हम अपने प्यारे से प्रेम करते हैं...तो कौन है जो उसमें समाहित नहीं है? संन्यासी को भी भूख लगती है, प्यास लगती है, नींद आती है, सर्दी और गर्मी लगती है...। उसका भी हृदय धड़कता है, उसकी भी साँसें चलती हैं तो कैसे नहीं उन लोगों के लिए मन में भाव आये जो उनसे प्रेम करते हैं...?

—जगदानन्द, संन्यासी तो वही है जो प्रेम नहीं करने वाले से भी प्रेम करे...इतना ही नहीं इससे बढ़कर...अपने से घृणा करने वाले से भी प्रेम करे। पूरी मानव जाति ही नहीं प्राणी मात्र से प्रेम करे., जो प्रेम करने वाले से भी प्रेम नहीं करते., वे तो निकृष्ट जीव हैं।

—क्षमा करें देव...छोटी—सी खोपड़ी है कुछ—न—कुछ खुराफ़ात करती ही रहती है...? इसी से तो प्रेमपुरुष के ही प्रेम पर प्रश्नचिह्न लगा दिया।... अल्पज्ञ हूँ न देव...तभी तो वन्य हिंसक पशुओं को भी अपने प्रेम में नचाने वाले...प्रेम स्वरूप से, ऐसा प्रश्न कर बैठा।

—प्रेम पुरुष तो सामने हैं जगदानन्द देखो समुद्र की लहरों पर अपनी स्वर्णिम आभा के साथ...देखो, खड़े कैसे बाँसुरी बजा रहे हैं। जगदानन्द ने अब जाकर अपनी दृष्टि उठायीं। कब अँधेरा छंट गया पता ही नहीं चला...। इतने प्रहर बीत गये। देव तो दो बजे ही गम्भीरा मठ से निकल आये थे और जगदानन्द भी कुछ देर पश्चात ही इनके पीछे—पीछे आ गये थे। आज का सत्संग जीवन भर की अनमोल निधि बनकर संचित रहेगा यह सोचते हुए जगदानन्द भी समुद्र की ओर मुड़ गया।

प्राची दिशा लालिमा का घूँघट ओढ़े खड़ी हो गयी थी...। सूर्योदय हो रहा था...। समुद्र की गोद से सूरज निकल रहा था—लाल गोला जो कल ही शाम में डूब गया था, समुद्र के अन्दर से अब धीरे—धीरे निकल रहा था...। निकलते—निकलते जैसे ही समुद्र की सतह से ऊपर उठा वह लाल गोला बदल गया एक स्वर्णिम गोले में। इतनी तेज़ी से उसने अपना स्वरूप बदला कि आँखें चौंधिया गयीं। उस गोले से निकलती किरणें इतनी तीव्र थीं कि घबराकर उसने अपनी आँखें कसकर मींच लीं—।

चैतन्यदेव की आँखें खुली थीं...उनकी न आँखें चौंधिया रही थीं...न किरणों के तेज़ से नयन बन्द हो रहे थे। वे अपनी खुली आँखों से देख रहे थे सागर में अपने श्याम को, स्वर्णिम श्याम को जो सूरज की किरणें पड़ने से बन रही थीं। किरणों से बनी श्यामाकृति...तीन जगह से टेढ़े श्याम...और हाथ में वंशी भी...और उनके पीताम्बर भी फहरा रहे थे लेकिन सब कुछ स्वर्ण का...बाँसुरी भी सोने की...तो पीताम्बर भी स्वर्ण का और स्वयं मुरली की तान फूँकने वाले कृष्ण भी स्वर्ण के।

प्रकृति की यह कैसी न्यारी लीला है...प्रकृति ने प्रेम पुरुषोत्तम श्रीकृष्ण का चित्र बनाने का कितना सुन्दर माध्यम चुना है...समुद्र को ही कागज़

बना दिया...और कूँची सूरज की किरणों को, ऐसा क़ागज़ और ऐसी कूँची किस चित्रकार के पास होंगी...?

पर देव प्रकृति को छोड़ आगे बढ़ गये अपने प्रेम पुरुषोत्तम के पास जो अभी स्वर्णपुरुष बना हुआ है, पर यह क्या...? अचानक सागर के वक्षस्थल से स्वर्णपुरुष लुप्त होने लगा और देखते ही देखते विलीन हो गया। देव विकल हो उठे...तभी दिखायी पड़े वे स्वर्णिम पुरुष...पर वे नट भी तो हैं क्षण भर में बदल गये...सिर से लेकर पाँव तक...रंग से लेकर वस्त्र तक...बाँसुरी से लेकर पीताम्बर तक...। अभी–अभी समुद्र पर स्वर्ण पुरुष बनकर क्षीरशायी नारायण की तरह विराजमान थे...पर अभी सामने से आ रहे थे...सागर से निकलकर धीरे–धीरे...जैसे श्याम सागर से श्याम निकल रहे हों...। पूरा शरीर श्यामल...! उनके सिर पर मोर पंख, और कानों के ऊपर कनेर के पीले–पीले फूल, शरीर पर सुनहला पीताम्बर और गले में वैजयन्ती माला भी है। माथे पर कस्तूरी तिलक लगा है, कपालों पर कुण्डल झूल रहे हैं, नेत्र कमल के समान हैं, कण्ठ शंख की तरह है... होंठों पर वंशी है...। चैतन्यदेव देख रहे हैं श्याम धीरे–धीरे इनकी ओर बढ़ रहे हैं...और शनैः–शनैः मुस्कुरा भी रहे हैं...।

श्याम आगे बढ़ रहे हैं..., धीरे–धीरे...। चैतन्यदेव...भूल गये सब कुछ... सुध–बुध, ज्ञान, भक्ति, त्याग–वैराग्य, स्त्री, पुरुष...नवद्वीप, नीलांचल...समुद्र, जंगल...सिर्फ़ दो ही रहे एक वे और एक उनके प्रियतम, आज अचिन्त्य भेदाभेद साकार रूप में खड़ा था। तभी देव को लगा उनके आराध्य, उनके प्रियतम उन्हें अपनी ओर आने का इशारा कर रहे हों–आनन्दातिरेक में चैतन्यदेव दौड़ पड़े अपने प्रियतम का आलिंगन करने...और उनकी बाँहों में समा जाने के लिए...। जगदानन्द को देव और श्याम का मिलन वैसे ही लग रहा था जैसे बादल से बिजली मिल रही हो, जैसे श्याम में देव प्रवेश कर रहे हों, देव समुद्र की लहरों में ओझल होते जा रहे हों और एक साथ सागर, सूर्य, श्याम और नीलांचल चन्द्र सब विहँस रहे हों।

❐❐